# EL MUSEO

OWEN KING

# EL MUSEO

Traducción de
Manu Viciano

PLAZA JANÉS

El papel utilizado para la impresión de este libro ha sido fabricado a partir de madera procedente de bosques y plantaciones gestionadas con los más altos estándares ambientales, garantizando una explotación de los recursos sostenible con el medio ambiente y beneficiosa para las personas.

**El museo**

Título original: *The Curator*

Primera edición en España: abril, 2024
Primera edición en México: abril, 2024

D. R. © 2023, Owen King
Publicado por acuerdo con el autor, representado por Jenny Meyer Literary Agency, Inc.

D. R. © 2024, Penguin Random House Grupo Editorial, S. A. U.
Travessera de Gràcia, 47-4, 08021, Barcelona

D. R. © 2024, derechos de edición mundiales en lengua castellana:
Penguin Random House Grupo Editorial, S. A. de C. V.
Blvd. Miguel de Cervantes Saavedra núm. 301, 1er piso,
colonia Granada, alcaldía Miguel Hidalgo, C. P. 11520,
Ciudad de México

penguinlibros.com

D. R. © 2024, Manu Viciano, por la traducción
Ilustraciones del interior y de las guardas de Kathleen Jennings

ISBN: 978-607-384-474-1

Impreso en México – *Printed in Mexico*

La princesa era una princesa tan maravillosa que tenía el poder de conocer los secretos, y le preguntó a la mujercita: «¿Por qué lo guardas ahí?». Eso demostró a la mujercita que la princesa sabía por qué vivía sola hilando con su rueca, y se arrodilló a los pies de la princesa y le pidió que nunca revelara su secreto. Así que la princesa dijo: «Nunca te traicionaré. Enséñame lo que hay ahí». Así pues, la mujer diminuta cerró los postigos de la ventana de la casita, cerró bien la puerta y, temblando de pies a cabeza, pues temía que alguien adivinara su secreto, abrió algo que tenía en un rincón muy oculto y le mostró a la princesa una sombra.

CHARLES DICKENS, *La pequeña Dorrit*

Iré incluso más lejos y diré que todos los gatos son malvados, aunque a menudo resulten útiles. ¿Quién no ha visto al diablo en sus taimados rostros?

CHARLES PORTIS, *Valor de ley*

PARTE I

# GENTE NUEVA

*La ciudad, apodada «la Más Bella».*

# Tal vez especialmente

La ciudad, apodada «la Más Bella» por poetas y procuradores municipales en honor a su río, el caudaloso Bello, sobresalía del territorio como un padrastro de su pulgar.

El folclore afirmaba que la había fundado un cantero que construyó un castillo en aquel lugar y lo dejó vacío como tributo a Dios, quien le concedió la eterna juventud a modo de recompensa… hasta que, al cabo de unos pocos siglos, una familia de mendigos se coló dentro y su repentina presencia conmocionó tanto al cantero que cayó fulminado. Era más probable que el asentamiento inicial lo establecieran marineros de origen nórdico.

En tiempos más recientes, la ciudad se distinguía por la estirpe de apuestos y ceñudos monarcas que la tenían como sede; por su congreso y sus cortes; por la eficacia, fortaleza, alcance, rentabilidad y diversidad de su ejército mercenario, de cuyos soldados se decía que hablaban más de veinte idiomas; por su río, el Bello, que descendía desde las regiones montañosas para dividir en dos la metrópolis, la parte oriental y la occidental, y ahogar sus aguas frescas en el océano; por los altísimos peñascos de la península, que iban decreciendo hacia el mar en paralelo al Bello; por el ajetreo y el comercio de su puerto; por sus dos puentes voladizos; por la moderna conveniencia de su red de tranvías eléctricos; por su extenso parque urbano, los Campos Reales, y el Estanque Real en su interior, donde los barqueros remaban en embarcaciones de proas talladas con los bustos de los ceñudos monarcas de la nación, desde Macon I hasta Zak XXI; por la competencia entre sus suntuosos hoteles por saber qué establecimiento tenía al gato más suntuoso como mascota; por sus atracciones culturales, como los teatros, los museos y el Barco Morgue; por los tres imponentes monolitos que dominaban la meseta sobre la Gran Carretera unos kilómetros más allá del límite municipal y a los que, por tradición, viajaban los recién casados desde todo el mundo con martillos y picos para tallar de ellos una esquirla que simbolizase su compromiso compartido; por lo irónico del nombre que tenía su apestoso río gris; por los incendios de sus fábricas; por los incendios de sus barrios; por su atestado distrito inferior, los Posos; por los fértiles pobres que poblaban los Posos y entregaban sus nuevas generaciones para nutrir sus plagas y sus ejércitos; por sus vestigios de paganismo; por sus sociedades secretas; por la acidez del escabeche empleado para encurtir sus ostras; por las bandas de laboriosos delincuentes que se agolpaban en sus calles; por la valentía y la fuerza de sus hombres; por la sabiduría y la perseverancia de sus mujeres; y, como todas las ciudades, pero tal vez especialmente, por su fundamental imposibilidad de cartografiar.

# Gente nueva

Antes de la revuelta, D había trabajado como limpiadora en la Universidad Nacional, pero en esos momentos se proponía obtener un puesto en la Sociedad para la Investigación Psíkica. Por toda la ciudad iban a necesitar a gente nueva, ¿verdad?, que sustituyera a los miembros del régimen derrocado y sus simpatizantes. Y no solo en lo relativo al gobierno y al ejército, sino también en los más diversos ámbitos de la vida cotidiana, desde los colegios hasta las tiendas pasando por las fábricas de gas, todo ello controlado por las élites desde tiempos inmemoriales.

Aunque D solo había estado entre las paredes de la Sociedad en una ocasión, de niña, conservaba una imagen de ella en su mente, la del «Gran Salón» donde una mañana había esperado a que un sirviente llamara a su hermano mayor, que había sido miembro afiliado. Recordaba la alfombra dorada y roja, que a sus ojos de niña parecía lo bastante mullida para enterrar en ella una canica; las altas estanterías que recubrían las paredes, llenas de libros; una mujer de enorme sombrero azul sentada a un escritorio, encorvada sobre un libro mayor abierto, trazando líneas con regla y compás; una pulcra y pequeña tarima en la que se exhibían trucos de ilusionista; el móvil de la galaxia que pendía del techo, su sol del tamaño de una bola de cróquet y sus once planetas como bolas de billar; y delante de la chimenea, un caballero con pantalón de tweed, dormido en un sillón de cuero con una sonrisa en el rostro y las manos metidas en las axilas.

En los complicados años que siguieron a aquella única visita, D se había refugiado a menudo en la idea de calma y posibilidades que parecía sugerir aquella estancia espaciosa y civilizada. Si un espacio tan perfecto podía existir sin llamar la atención en una ciudad como aquella, entonces quizá hubiera algo diferente, algo más: otra faceta de la vida, oculta a la vista.

Su visita a la Sociedad y su Gran Salón había tenido lugar unos quince años antes, durante una época en que una insurrección contra los ricos y poderosos era inimaginable. No fue mucho después cuando su hermano, Ambrose, falleció tras un breve episodio de cólera. Los dos acontecimientos, su visita y la muerte de Ambrose, estaban relacionados en su mente.

D pensaba con frecuencia en las últimas palabras de su hermano. Habían sonado fascinadas y rasposas, pero claras: «Sí, te veo. Tu... rostro».

¿La cara de quién? Si algo había sido Ambrose, era reservado, siempre saliendo a escondidas, y a veces decía unas cosas que D no había sabido si creerse, o si tomarse en serio siquiera. Una vez afirmó que existían otros mundos. Quizá fuese cierto. D estaba casi segura de que su hermano había visto algo en aquellos últimos momentos: no una alucinación, sino algo real y asombroso. Había convicción en su voz.

Si existía una vida después de la muerte, o una otra-vida, o lo que fuera, cualquier cosa en absoluto, la persona con quien D quería reunirse allí era su hermano.

Ya de adulta, sin embargo, esa esperanza la asaltaba solo como distraída ensoñación, cuando sus recados la enviaban por la avenida Legado y, al pasar por la esquina de Pequeño Acervo, se paraba un momento para atisbar el elegante edificio de ladrillo que albergaba la Sociedad para la Investigación Psíquica, apartado a la sombra de dos álamos.

Hasta que se le presentó una oportunidad. La revolución prácticamente había abierto de par en par la radiante puerta roja de la Sociedad y la había invitado a pasar.

Δ

D le pidió ayuda a su amante, un teniente de la Defensa Civil Voluntaria llamado Robert Barnes, y él le dijo que haría lo que ella quisiera, pero... «¿Investigación psíquica, Dora?». ¿Era la clase de club al que iban las mujeres frívolas y ricas para que les leyesen las líneas de la mano y entablar conversación con eminencias fallecidas? Porque era a lo que sonaba.

—Teniente —replicó D—, ¿se puede saber quién da las órdenes aquí?

Δ

Fueron a la sede del Gobierno Provisional, situada en el Tribunal de la Magistratura, por el centro de la ribera oriental.

En la plaza encontraron a un asistente de Crossley. Aunque la revuelta la habían fomentado los estudiantes, el sindicato de estibadores y otros radicales, fue el alineamiento del general Crossley con los líderes opositores lo que aceleró y solidificó la revolución. Sin el poderío de la Guarnición Auxiliar de Crossley, no habría sido posible forzar al régimen a exiliarse de la ciudad.

El asistente, un sargento apellidado Van Goor, estaba sentado a una pequeña mesa. Llevaba unos grandes gemelos de esmeralda y, cuando apoyó la barbilla en el puño, una de las gemas reflejó una acuosa luz verde en el ojo de la estatua de un tigre rampante que dominaba el centro de la plaza enlosada. D sospechó que los gemelos eran una adquisición reciente del sargento Van Goor.

El teniente Robert le explicó a Van Goor lo que querían y le aseguró que D era toda una patriota.

—¿Ah, sí? —dijo Van Goor con una sonrisa. Ella bajó la mirada y asintió—. Estupendo. Me han convencido. Pueden seguir adelante con ello.

Pero Robert prefería que D tuviera algo más oficial; no quería problemas ni enredos. Se sacó un papel del bolsillo y redactó en él una proclamación. El texto concedía a D autoridad sobre el edificio de la Sociedad y sus terrenos «con objeto de preservar la legítima propiedad pública hasta que se establezca un gobierno elegido libremente y se lleve a cabo una evaluación que decida su futuro uso». Se lo leyó en voz alta al asistente.

Van Goor soltó una risita, dijo que era espléndido y, con mano meticulosa, rubricó el papel con sus iniciales.

La pareja se marchó en dirección noreste con los brazos enlazados.

Δ

Un piano de pared, un mantel hecho jirones, botellas de vino rotas, un arbolito de caucho con la bola que tenía por raíz visible entre las esquirlas de su maceta, libros esparcidos y un millar de otros objetos, los restos del gobierno derrocado y sus partidarios, tirados al suelo desde carros y carruajes, ensuciaban el bulevar Nacional. D pensó que, como estaban ascendiendo a los sirvientes domésticos, todo el mundo tendría que aprender a recoger lo que desordenase. La gente apenas empezaba a salir de casa después de la lucha que había expulsado de la ciudad a la Milicia de la Corona.

Las personas con las que se cruzaban lucían expresiones alarmadas, mirando a un lado y a otro como para situarse entre tanto resto disperso.

—Ahora todo va bien —aseguró el teniente a varios transeúntes desorientados, sin que ellos le hubieran dicho nada.

Los desconocidos parpadearon, aventuraron una sonrisa, saludaron levantándose el sombrero y parecieron volver en sí.

—¿Está usted seguro? —espetó una mujer, escrutando a Robert a través de las lentes rayadas de unos minúsculos anteojos. Llevaba una falda negra y llena de polvo; sería enfermera, supuso D, o maestra.

—Sí —dijo él.

—¿Se han rendido?

—Se han marchado —respondió el teniente—, y ya no van a volver.

D observó que la mujer de la falda polvorienta fruncía el ceño, pero las palabras de Robert parecían haber satisfecho a los demás, varios de los cuales aplaudieron y vitorearon.

—¡Venga, a trabajar! —exclamó inspirado uno de ellos, y un grupito se congregó en torno al esqueleto de un carruaje volcado para apartarlo a pulso del recorrido del tranvía.

D vio que su teniente sonreía para sus adentros. De perfil, daba el pego como oficial: un cabello negro rizado que le rodeaba las orejas y le acariciaba la nuca, una excelente nariz recta que sobresalía un pelín por delante de su recia barbilla. A D le venía a la mente de vez en cuando lo mucho que le gustaba. Cuando ese hombre decía que todo iba bien y seguiría así, una podía creer que era cierto.

Había otros jóvenes con el brazalete verde que los distinguía como miembros de la Defensa Civil Voluntaria apostados en las calles para mantener el orden. Robert, como muchos otros voluntarios, había sido alumno de la universidad, y lanzó breves, informales e irónicos saludos militares a sus compañeros, que se los devolvieron.

Un niño pequeño, que tenía los pies embutidos en unas pantuflas amarillo canario que debían de haber pertenecido a alguna ricachona, se les acercó a la carrera y se llevó la mano a la frente. Robert se detuvo, petrificó al chico con una mirada adusta y le dedicó un repentino y brusco saludo. El niño se fue corriendo entre gritítos.

Un hombre llamó al teniente desde debajo del toldo de una ventana en una primera planta.

—¿En qué puede ayudar un hombre hambriento, oficial?

El teniente de D le respondió a viva voz que fuese al campamento levantado en los jardines de la Corte de la Magistratura. Le explicó dónde encontrar al ayudante que había firmado la proclamación de D.

—Dile que te envía el teniente Barnes.

Allí le darían de comer y le buscarían alguna ocupación, pues no escaseaba el trabajo por hacer.

—¡Gracias por su ayuda! ¡No se arrepentirá! ¡Me esforzaré en la tarea que me asignen! —le gritó el hombre mientras ya se iban—. Cuando me pongo, no hay quien me supere. ¡Que un gato le sonría, señor! ¡A usted y a su dama!

Tuvieron varios encuentros más como aquel. Robert siempre se paraba a hablar con quien fuese, a ofrecerle consejo para encontrar comida o trabajo o la ayuda que necesitara. D se quedó impresionada al ver que no rehuía a aquellas personas, buena parte de las cuales a todas luces estaban necesitadas, vestidas con harapos y desaseadas. Por la manera en que Robert cuadraba los hombros después de cada consulta, le pareció que su teniente también se impresionaba a sí mismo.

Llegaron al borde del Distrito Gubernamental, donde las embajadas de la avenida Legado topaban con el centro de la ciudad, y enfilaron por allí. En esa zona se distinguían menos indicios del conflicto. A lo largo de la hilera de embajadas aún pendían las banderas de otras naciones, en colores que resplandecían al despejado sol de la mañana, aunque los embajadores y diplomáticos habían partido en tropel. En su desocupación sin precedentes, la avenida parecía extenderse solo para ellos… hasta que llegaron al poste de hierro que sostenía el letrero que rezaba Calle Pequeño Acervo.

# Acontecimientos que llevaron al derrocamiento del Gobierno de la Corona, primera parte

Un hombre llamado Juven, propietario de una empresa que manufacturaba cerámica fina, acusó al ministro de la Moneda, Westhover, de craso fraude.

La empresa de Juven había sido contratada para producir más de doscientos platos, cuencos, jarrones y ceniceros que colocar en los aparadores y las mesas de comedor de la mansión del ministro Westhover en la ciudad, su casa de campo y su hacienda en el Continente. En cada pieza debía figurar la efigie de Westhover, una imagen del ministro de la Moneda en toga romana, sosteniendo una balanza cargada con monedas en un platillo y trigo en el otro. El conjunto destinado a cada residencia se fabricó con tinta de un color distinto: rojo para la ciudad, verde para el campo, negro para el Continente.

Tales detalles pasaron al dominio público cuando Juven, el agraviado vendedor, imprimió un venenoso panfleto sobre el asunto, titulado:

## UN HOMBRE QUE ES TODO PALABRA NO PUEDE PESARSE

El panfleto relataba que Westhover había aceptado la entrega del pedido para después cambiar el precio de manera unilateral, ofreciendo solo una pequeña parte de la suma acordada. Juven, afirmaba el panfleto, se había negado a aceptar las condiciones modificadas y había exigido la devolución del producto. El ministro había hecho caso omiso a su exigencia, había conservado las piezas y se había valido de su influencia en los tribunales para frustrar los intentos de Juven por obtener una compensación legal:

**El Ministro es amigo del Magistrado que dictaminó en el caso, son Vecinos, lo cual es Intolerable y Nada Apropiado en un Proceso Legal.**

También se insinuaba en el *cri de cœur* del fabricante que la imagen del ministro de la Moneda estaba exageradamente idealizada.

**Hasta lo representé según su Imaginación de sí mismo porque era lo que le gustaba y Deseaba a pesar de que No es un hombre delgado.**

En represalia, el ministro puso en circulación su propio panfleto. En él se declaraba que la fábrica de Juven empleaba materiales de escasa calidad, lo cual resultó en platos frágiles y deficientes, y que todo el mundo sabía que Westhover era meramente robusto. «Es lamentable que a individuos de tamaña vileza y baja cuna se les permita insultar a sus superiores». El ministro interpuso una demanda por difamación cuya rápida sentencia obligaba a Juven a indemnizarlo.

Hasta ese momento, todo el asunto se interpretó en clave de comedia, como un bienvenido alivio al creciente descontento que se extendía por toda la ciudad.

El cólera corría incluso más desbocado de lo habitual por los barrios pobres del distrito de los Posos, en la punta inferior de la ciudad; para advertir a los visitantes que no bebieran agua ni comieran nada de la zona, habían clavado guantes bajo las aldabas de las casas donde estaba presente la enfermedad, hasta el punto de que calles enteras de edificios «llevaban la mano». Una huelga de estibadores acababa de desbandarse, con sus cabecillas expulsados del oficio. A principios de verano, una sequía en la campiña de las Provincias Norteñas había abrasado la cosecha, y el efecto dominó había disparado el precio del pan, las legumbres, la carne y demás. El ejército, contratado por los francos en el Continente y comandado por el gran Mangilsworth, se había quedado atascado en las montañas tras una sucesión de derrotas y había sufrido numerosas bajas. El antaño estimado general se había convertido en símbolo de senil debilidad; se rumoreaba que, en los barrios más sórdidos de la ciudad, las bandas de matones arrancaban las mangas de las chaquetas a los viandantes y los obligaban a quemarlas allí mismo, en la calle, so pena de recibir una paliza.

Los detalles que se conocieron acerca de la ostentosa vajilla del ministro fueron una exquisita confirmación de los derroches cometidos por una Corona y un gobierno que se permitían dar lecciones al público sobre la relación entre sus exagerados gastos en licor, apuestas e idolatría y las condiciones de su pobreza. El simultáneo castigo del arrogante hombre de negocios que sostenía aquellas demenciales ideas sobre la justicia fue incluso más amargamente satisfactorio, como una obra antigua interpretada con renovado aderezo. Todo el mundo sabía que el error de Juven no había sido emplear materiales inferiores. Su error había sido olvidar cómo funcionaban las cosas. Sí, Juven había obtenido éxito y dinero. Pero los hombres como Westhover, cuyo apellido no encabezaba por primera vez, ni por segunda siquiera, el Ministerio de la Moneda…, los hombres como él personificaban el dinero.

Las viñetas de los periódicos se cebaron con la escasa estatura y la cabeza casi calva de Juven. Los ilustradores sugirieron su locura dibujándolo con ojos desorbitados y cuatro o cinco pelos erizados de furia. En una viñeta aparecía blandiendo un plato del que goteaba cola por una docena de grietas, mientras exclamaba: «¿Lo veis? ¡Artesanía de primera!». En otra se lo veía sentado sobre un gigantesco montón de platos rotos, hecho una fuente de lágrimas, gimoteando: «Creo que ya no quiero que me los devuelvan», mientras brotaban lágrimas también de cada uno de sus cuatro indignados pelos.

Quizá Juven de verdad estuviera loco, o lo que pasaba por loco en aquellos últimos y decadentes días del anterior gobierno, pues, obstinado, incluso después de que el tribunal dictaminara en su contra, se negó a dejar estar el asunto.

Juven se había criado en los barrios empobrecidos de los Posos, cerca de la bahía. Jamás había ido a la escuela, sino que había aprendido su oficio de un barrero, y había empezado utilizando improvisados hornos de piedra para cocer bastos platos hechos de fango del río Bello. Más adelante desarrolló una técnica particular en la que mezclaba lodo del Bello con hueso triturado para crear unas piezas moldeadas a mano que eran lo bastante lisas para confundirlas con las de fábrica y, poco a poco, encargo a encargo, amasó su capital.

De niño, Juven había evitado el cólera y las demás enfermedades. De joven no lo reclutó el ejército. Nunca se casó. Lo único que hacía era trabajar, expandir su negocio sin contactos ni influencias, hasta ser el dueño de una fábrica, un almacén y una ornamentada mansión en las colinas que dominaban el Distrito Gubernamental. Una mansión, de hecho, que se alzaba no muy lejos de los ancestrales terrenos del ministro Westhover.

Juven tenía las yemas de los dedos insensibles por haberse quemado los nervios en sus años mozos, trabajando muy cerca del fuego con instrumentos caseros. Tenía unos andares amenazadores, con la cabeza gacha, que hacían apartarse de un salto al verlo llegar a la gente que ni siquiera estaba en su camino. Nadie que lo conociera le había oído decir jamás que le gustaba alguna cosa. Cuando algo —un diseño, una taza de café, un asiento de su carruaje— se ajustaba a sus expectativas, a veces ladraba un «¡Sí!», pero eso era lo más parecido a una alabanza que pronunciaba nunca. Sí que parecía disfrutar destruyendo piezas defectuosas, arrojándolas para que se hicieran añicos a los pies de sus capataces, tan fuerte que a veces las esquirlas rebotaban y le hacían cortes en las manos. En la empresa de Juven, los empleados habían apodado a su jefe «el Encantador», abreviado a «el Encanto», por su absoluta falta de modales.

Ni siquiera de niño, cuando vendía tazas y cazos sueltos, Juven le había fiado un penique a nadie ni había hecho descuento alguno. Había docenas de taberneros y cocineros en los Posos que conservaban invisibles monumentos a la insolencia del Encanto. Esa era la esquina, ese era el portal, ese era el sitio de la barra donde el pequeño Juven había plantado sus pies descalzos y embarrados para mirarlos proyectando el labio, y señalar con su dedo entumecido, y decirles que un trato era un trato, lo tomabas o lo dejabas.

En otras palabras, no les caía bien ni siquiera a los suyos. No importaba que hubiera alcanzado una prosperidad inaudita para una rata de río iletrada. Se le admiraba por su ingenio, y se le envidiaba por su suerte, pero el Encantador nunca había sido muy dado a hacer amigos.

Δ

La verja de la mansión del ministro Westhover se abrió una fría mañana de primavera. Los cascos de cuatro caballos alazanes resonaron en la niebla, que llegaba a la altura del tobillo, y sacaron a la calle el brillante carruaje blanco del ministro. Juven, que había estado esperando junto a la puerta, se asomó y lanzó un plato de lado por el aire. Era una réplica creada por él mismo de uno perteneciente a la vajilla de Westhover.

Juven conservaba el buen estado físico que había perfeccionado saltando de roca en roca por las riberas del Bello, y el plato giró raudo y atinado. Dio contra la puerta del carruaje e hizo un tajo astillado en la lustrosa madera blanca.

—¡Ahí tienes tus materiales de escasa calidad, cabrón estafador!

Corrió hacia allí y recogió el plato de donde había rebotado a los adoquines. Juven levantó el plato intacto por encima de la cabeza y lo meneó para enseñárselo a la gente que pasaba, los criados, los barrenderos, los repartidores, los carpinteros que iban de camino a la obra.

—¡Está perfecto! ¡No tiene ni una muesca en su fea jeta!

El cochero detuvo los caballos. El ministro de la Moneda abrió la puerta resquebrajada y miró fuera. El lacayo soltó las riendas y bajó del pescante, seguido por el palafrenero.

Juven embistió hacia ellos con el plato en una mano y la otra cerrada en puño, pero lo detuvo un disparo de la pistola que el palafrenero había sacado de su chaqueta. El proyectil lo alcanzó en la cadera y lo derribó.

El plato cayó al suelo, y en esa ocasión dio mal contra los adoquines. Se partió y quedó llano en dos pulcros semicírculos.

—Sujetadlo —ordenó Westhover desde el carruaje, y el lacayo y el palafrenero fueron donde había caído Juven y le agarraron los brazos y los hombros contra el empedrado.

El carruaje tenía incorporado un pequeño brasero para que el economista en jefe del gobierno estuviera calentito en las mañanas frías como aquella. Usando un mitón de ingeniero, Westhover extrajo de él un ascua ardiente, descendió y se acercó al grupo.

Juven forcejeó, pero lo tenían bien agarrado. El ministro se acuclilló en la calle e intentó meterle el carbón al rojo vivo en la boca. Juven cerró los labios a cal y canto y balanceó la cabeza de un lado a otro, llevándose quemaduras en las mejillas y la nariz, pero impidiendo que el ministro de la Moneda le metiera el ascua. Gruñó sin dejar de sacudir la cabeza. El forcejeo removió el vapor del suelo mientras la neblina les lamía la espalda y las extremidades.

Al cabo de un par de minutos, el ministro Westhover refunfuñó, tiró el ascua a un lado y se arrancó de la mano el humeante mitón. Se levantó con esfuerzo, dejando a Juven postrado en el suelo.

El ministro era una década más joven que el empresario, pero rechoncho y en baja forma, por lo que resollaba. Parecía acalorado. Le colgaba moco del bigote rubio. Su corbata azul de seda se le había amontonado arrugada en la garganta. Se palpó los bolsillos, parpadeando, tragando saliva, con la respiración entrecortada.

Sus hombres liberaron los brazos de Juven y se pusieron en pie. La niebla empezó a calar de nuevo en el pequeño claro que habían despejado los hombres con su altercado.

Juven apoyó un codo en el suelo y escupió a los zapatos de Westhover. Tenía las mejillas y la nariz peladas y en carne viva donde le habían apretado el ascua.

Estaba triunfante.

—¡No harás que me coma tu mierda! ¡Así me quemes la nariz, no lo haré jamás!

Quienes miraban a cierta distancia, las doncellas y los hombres con carretillas, murmuraron incómodos. El grito de Juven puso voz a sus pensamientos:

—¡Lo habéis visto! ¡Lo habéis visto todos! ¡Ha intentado matarme!

Juven gateó hacia el ministro, moviéndose como un cangrejo sobre las palmas de las manos, al parecer con intención de aproximarse lo suficiente para hacer más que escupir. La sangre de su cadera manchó las piedras, atenuada por la niebla a mera pintura negra. Rio mientras reptaba hacia Westhover; la risa del Encantador era un sonido que nadie había oído nunca.

—¡Se cree que todo le pertenece, el muy cabrón estafador! ¡Que puede apropiarse de lo que quiera! ¡Romper cualquier trato! ¡Se cree que puede matar a un honrado artesano en plena calle!

El ministro de la Moneda inhaló e hizo un mohín. Se frotó el pulgar con las puntas de los dedos, como para confirmar que llevaba las uñas bien cortadas.

De pronto, Westhover metió la mano en el bolsillo de su palafrenero, que estaba a su lado, sacó la pistola de golpe y disparó a Juven dos veces en el pecho.

El tosco e iletrado alfarero de dedos chamuscados, el hombre que tanto había trascendido de su posición social, cayó cuan largo era, muerto, allí mismo a plena vista de más de treinta testigos. Un respingo de niebla se alzó y, muy poco a poco, volvió a asentarse sobre el cadáver.

Δ

Alguien de la muchedumbre sollozó. «Asesino», dijo otra persona, y varias voces concurrieron. El ministro de la Moneda le puso la pistola en la mano a su palafrenero, que la cogió.

—¡Lo hemos visto! —gritó una mujer.

Alguien la secundó, y otro alguien la terció. Un hombre preguntó:

—¿Por qué ha tenido que hacerlo?

Westhover no contestó. Volvió deprisa al carruaje, subió y cerró de golpe la puerta resquebrajada. Sus hombres regresaron al pescante e hicieron dar media vuelta al vehículo para avanzar por la verja abierta de la mansión, que se cerró a su paso.

Los alguaciles llegaron unos minutos más tarde y ordenaron a la multitud que se dispersara. Entretanto, la niebla había reducido a Juven a un sombrío montículo.

Δ

Al día siguiente se celebró una vista en la que se desestimó el caso sin hacer acusación alguna. El ministro de la Moneda, según determinaron los investigadores del magistrado, había actuado dentro de los límites de la defensa propia.

# ¿Y ese sitio tan grande de ahí?

Sin embargo, cuando doblaron la esquina de Pequeño Acervo, vieron que el edificio de la Sociedad para la Investigación Psíkica había ardido.

Era imposible saber si el incendio había sido accidental o provocado. En su retirada, la Milicia de la Corona y la parte de las fuerzas policiales que había permanecido leal a la monarquía se había dedicado a incendiar la ciudad de forma indiscriminada. El Gobierno Provisional apenas estaba comenzando a evaluar los daños. Aun con ello, la calle Pequeño Acervo no era ni por asomo una avenida principal. La causa podría haber sido perfectamente una vela caída o una chispa de la chimenea. El teniente le explicó a D esas cosas tan evidentes mientras contemplaban las ruinas desde la acera.

Los edificios colindantes estaban ilesos. El efecto era como el de un diente podrido en una sonrisa por lo demás resplandeciente.

D se aventuró por el camino de acceso hasta llegar a los álamos. La puerta roja había saltado disparada de sus goznes hacia fuera y se había clavado formando ángulo en la hierba del jardín. El techo se había derrumbado. Por el umbral vacío se veían montículos de madera, ladrillo y tejas chamuscadas. Entre el tufo a ceniza se distinguía un penetrante olor fangoso, como si el calor hubiera sido tan intenso que pusiera a hervir la tierra circundante. Aún irradiaba una calidez desde los restos, y una neblina de partículas negruzcas flotaba sobre las ruinas de la estructura.

Los principios del plan en el que D nunca se había permitido creer del todo, el de descubrir algún registro de su hermano en la Sociedad, alguna prueba de que sus últimas palabras habían sido significativas, se desintegraron. El modelo del sol y sus planetas estaban reducidos a cenizas, el escritorio donde la mujer del sombrero había trabajado en su libro mayor ya era solo astillas, el lugar del hombre adormilado junto al hogar estaba enterrado bajo capas y capas de escombros. El Gran Salón había desaparecido junto con el resto del edificio, junto con Ambrose.

Pero D no podía permitirse pasar demasiado tiempo decepcionada, no en su situación. Una podía retener en la mente imágenes de salas perfectas y recuerdos de hermanos muertos, pero, cuando estaba sola, debía tener los pies en el suelo. Debía seguir adelante, siempre, si quería seguir en absoluto.

—¿Dora? —Su teniente había llegado junto a ella—. ¿Estás bien?

D entrelazó su brazo con el de él y se volvió para iniciar el regreso por el camino.

—Estoy bien. Espero que no hubiera nadie dentro.

—No salió herido ningún espíritu —dijo Robert—. Creo que eso es una certeza.

D no se había llevado la impresión de que la Sociedad para la Investigación Psíquica tuviera mucho que ver con los fantasmas, pero no puso objeciones. En realidad, nunca había terminado de comprender exactamente a qué se dedicaba aquella Sociedad: solo sabía que era un lugar donde los miembros emprendían ciertas investigaciones y estudios… y que Ambrose, durante un breve intervalo de tiempo, había pertenecido a ella.

—Eso me tranquiliza, teniente. No se me había ocurrido. Ser un fantasma parece melancólico, pero al menos no se te puede incinerar.

Desde que se estableció el cuerpo de voluntarios, D se había aficionado a llamarlo por su graduación. Para el resto del círculo de amistades de Robert, los otros jóvenes revolucionarios universitarios, ella era la modosa y joven sirvienta que Bobby había tenido la astucia de tomar como amante, poco más que un sencillo vestido gris y un tocado que nunca se apartaban mucho de las paredes. Ninguno de ellos tenía forma de saber cómo eran las cosas realmente entre ellos. D sabía que, para él, eso formaba parte de la diversión.

—Y aunque fuesen vulnerables al fuego —dijo Robert—, podrían haber huido al ver las primeras volutas de humo. Los espíritus pueden atravesar paredes y ventanas, o colarse por debajo de las puertas. O también marcharse por la rendija para el correo, como cartas a la inversa. Depende de cada espíritu individual.

—¿Dónde te enteraste de todo eso?

—Por mi niñera.

—¿Era una borracha?

—Sí. Me caía de maravilla.

D le dijo que en realidad no tenía mucha importancia, que era solo que había admirado aquel edificio, nada más. No quería hablarle de Ambrose, ni de su familia, y de todos modos así su relación era más fácil. A Robert le gustaba la idea que tenía de ella.

—Sé que querías contribuir, Dora, pero hay una cantidad inmensa de otros lugares que necesitan atenciones. Ni siquiera estamos en la calle de los museos buenos.

Habían vuelto sobre sus pasos hasta la bocacalle de Pequeño Acervo, donde el primer edificio, una altísima construcción cimentada en bloques de piedra picados, dominaba la esquina. Robert señaló a la derecha, al norte por Legado, más allá de la embajada del principal aliado del anterior gobierno.

—Vayamos hacia Gran Acervo y te prometo que te encontraré... —Se interrumpió, desviando la mirada hacia la inmensa pila de bloques de piedra que tenían al lado—. No, espera. ¿Y ese sitio tan grande de ahí?

# Está a punto de pasar algo

Un día muchos años antes, unos chicos se habían burlado de ella. D iba por la calle con su hermano. Tenía ocho años. Los chicos estaban holgazaneando fuera de una botica, vestidos con elegante uniforme escolar y gorra azul, y parecían un par de años más jóvenes que Ambrose, que a sus quince ya no era un niño en absoluto. D tenía una mano sudada cogida a la de Ambrose y su adorada muñeca acunada en el otro codo.

—¡Querida, no puedo evitar fijarme en ese bebé tan bonito que llevas! —aulló un chico.

Tenía el pelo rubio platino y del bolsillo de su chaleco pendía la cadena dorada de un reloj, como si fuese adulto. Detrás de él, en el escaparate de la botica, se veían tablones con dibujos pintados —un hombre con la cabeza vendada, una mujer con un ojo desorbitado, un dedo del pie rojo e hinchado del que emanaban negras líneas de dolor— para informar al público de la variedad de dolencias que trataban los tónicos y las píldoras del boticario.

—¡Oh, querida! —cacareó otro chico, tomando el relevo—. ¡Pero si es un bebé!

Resultaba que la muñeca se llamaba Bebé, y a D le parecía que estaba preciosa en su camisón blanco con cuello de encaje. Las burlas de los chicos, más mayores y bien vestidos, confundían y avergonzaban a D, que se sorbió la nariz mientras su hermano se la llevaba de allí.

Los abusones hicieron ruidos de gato, siseos y roncos chillidos. El líder siguió con sus pullas.

—¡Y esa debe de ser su pequeña esposa! ¡Felicidades, señor mío, felicidades!

D se preguntó por qué su hermano no les decía que parasen. Era más corpulento que ellos. Pero Ambrose ni siquiera miró hacia los chicos.

Lo que hizo, sin detenerse ni inclinarse hacia ella, fue susurrar:

—Cálmate, D. Les gusta ver que lloras. Yo nunca dejaría que te hicieran daño. Me crees, ¿verdad?

Ella dijo que sí, pero en realidad no estaba segura de nada. Hasta entonces no había sabido que existían chicos en el mundo dispuestos a gritarte porque eras pequeña y tenías un juguete que te encantaba. D lloró más fuerte y las lágrimas gotearon sobre Bebé.

—Bien. Y ahora, no te alejes de mí y presta atención —añadió Ambrose—. Está a punto de pasar algo.

Los chicos no los siguieron y sus voces fueron desvaneciéndose mientras los hermanos doblaban la esquina hacia la siguiente calle. El hermano de D le dijo que se detuviera y mirara alrededor.

—Fíjate todo lo que puedas. Cáptalo todo.

D vio:

Casas bonitas parecidas a la suya, de tres alturas excepto las que tenían cuatro, con peldaños de piedra que llegaban a la acera. Las finas barras metálicas paralelas por las que circulaba el tranvía, dividiendo en dos el empedrado, y, dentro del recinto vallado de la parada, un hombre que se había quitado la bota y mantenía el equilibrio sobre el otro pie mientras raspaba algo de la suela con una varilla. Al otro lado de la avenida, una mujer con sombrero plano y delantal de doncella caminaba llevando una cesta de lechugas sobre la cabeza. Más abajo, el barrendero del barrio recogía excrementos de caballo en su carretilla, haciendo tintinear la hoja de la pala contra la piedra. Había estorninos posados en el cable del tranvía que colgaba sobre los rieles. Estaba el cielo despejado y gris.

D cruzó la mirada con su hermano. Igual que aquellos chicos tan malos, Ambrose llevaba gorra de colegial, pero la suya era de un tono gris no mucho más oscuro que el cielo, y se la calaba casi hasta las cejas. En los años venideros, esa sería la imagen más vívida que D conservaría de él, con su nariz afilada y su sonrisa astuta, sobresaliente, dentuda bajo una visera de sombras.

—¿Has visto lo que ha pasado?

—No, me parece que no.

—Los hemos hecho desaparecer. Es nuestra magia especial, D.

Ella sabía que no era cierto. No se podía hacer que nadie se esfumase, por mucho que una lo odiara. No obstante, agradeció la fantasía como el regalo que era, como una idea tranquilizadora que les pertenecía solo a ellos dos. El chico rubio tendría un caro reloj con cadena, pero no tenía un hermano como el de D, y nunca vería esa sonrisa de conejo que Ambrose le reservaba a ella; ni tampoco tenía una hermana como D, en la que confiar bajo cualquier circunstancia.

Quizá, en cierto modo, por comparación con lo que Ambrose y D compartían, aquellos chicos fuesen tan pequeños que era como si desapareciesen.

A su madre no le hacía ninguna gracia que Ambrose la llamara D en vez de Dora, pero eso formaba parte de su cercanía. De más niños, la lengua de Ambrose tendía a enredarse con el final de su nombre, así que se había acostumbrado a dejarlo en «D».

A la Nana le encantaba contar esa historia. «El joven señor proclamó: "¡No pienso agotarme intentando decirlo entero! ¿Por qué iba a hacerlo? ¡Tampoco es tan grande para necesitar más de una letra, a fin de cuentas!"».

D no recordaba pensar en sí misma de ningún otro modo. La abreviatura hacía que se sintiera especial, vista y tenida en cuenta por él. Tal vez una letra fuese poca cosa, pero solo había veintisiete, y su hermano le había dado la cuarta a ella.

—Te quiero —dijo D, y su hermano le dio una palmadita en el hombro y le respondió que también la quería.

Allí quietos en la calle, la doncella de la cesta de lechugas pasó junto a ellos dando un cuidadoso rodeo.

Δ

Cuando llegaron a casa, encontraron a la Nana en el suelo, entre la salita de atrás y la cocina. Papá estaba en el trabajo y mamá en algún otro sitio. La Nana se rio y le quitó importancia moviendo una mano hacia ellos. Tenía la cara regordeta, arrugada, alegre, como una nube feliz. D nunca la había oído decir una palabra brusca y, cuando no se reía, siempre parecía a punto de hacerlo.

—Pero qué cosas pasan: ¿pues no van mis piernas y deciden sentarme? ¿Tú te crees? —La Nana se rio un poco más—. Habré pillado alguna cosa, supongo. Me pondré bien.

Ambrose la ayudó a levantarse.

—Claro que te pondrás bien.

La llevó a que se sentara en una silla de la cocina. A D le llegó su olor, extraño y dulce, como el de las manzanas que caían alrededor de las raíces de un manzano, esas demasiado maduras que rezumaban un poco y ya no quería nadie.

D se sentó enfrente de la Nana y estiró el brazo para acariciarle la mano suave y húmeda. Le dijo lo mismo que la Nana le decía siempre cuando no se encontraba bien:

—No te preocupes, querida, hoy no es tu Día de Botadura.

Eso hizo que la Nana soltara una gozosa carcajada antes de dejar caer la cabeza en el hueco del codo y gemir con alegría. D le acarició la mano un poco más.

Su hermano volvió a abotonarse el chaquetón. Había ido a traerle a la Nana un tónico para calmarle los nervios.

—Cuida de la paciente hasta que vuelva, D.

La botica estaba a la vuelta de la esquina. Ambrose cogió la pala de ceniza de su gancho junto al fogón y prometió regresar pronto.

Δ

Un mes o dos después, la Nana volvió a caer enferma.

Ambrose ya le había advertido a D que era muy probable que sucediera, y le había pedido aceptar la responsabilidad, extraordinariamente importante, de ir a buscarlo al instante si se daba el caso. Era crucial que sus padres no descubrieran la frágil condición de la Nana. El motivo era que, en vez de volver a casa después de clase como sus padres creían, el hermano de D solía llegar apenas unos minutos antes de que su madre entrara por la puerta tras hacer la compra y los recados del día. Si despedían a la Nana, su sustituta podría no ser tan tolerante con los retrasos de Ambrose.

—No soy la persona que papá y mamá querrían, D. No quiero trabajar en un banco, ni ser el marido de alguien que desee casarse con un bancario. No soy como ellos.

Ambrose le había guiñado el ojo desde la sombra que proyectaba la visera de su gorra.

—¿Y cómo eres? —le preguntó D.

—Soy interesante —dijo él.

—¿Yo soy interesante?

D no se veía a sí misma tan interesante como su hermano, pero quizá hubiera una graduación.

—¿Conoces a gente interesante?

—A ti.

—Bueno —dijo su hermano—, pues ahí lo tienes. Eres interesante. O lo serás, porque se pega. Yo me hice amigo de una persona interesante, una cosa llevó a la otra y ahora formo parte de todo un grupo de gente interesante, y vamos a salvar el mundo. Espero que algún día quieras unirte tú también. Y ahora, ¿qué me dices? ¿Serás mi centinela y correrás deprisa si la Nana se pone enferma?

D le prometió que lo haría. Y al mismo tiempo se preguntó: «¿Salvar el mundo de qué?».

Antes de salir de casa, D puso un cojín bajo la cabeza de la Nana, que se había quedado dormida en el suelo del cuarto de baño. Tal y como le había dicho Ambrose, cogió el tranvía hasta la segunda parada, bajó y anduvo hasta la esquina donde el letrero señalaba la calle Gran Acervo en una dirección y la avenida Legado en otra. De ahí, siguió por Legado una manzana más hasta la señal que rezaba Calle Pequeño Acervo. Ya en Pequeño Acervo, como le había descrito su hermano, el segundo edificio desde la esquina estaba hecho de vistoso ladrillo y tenía dos árboles altos y flacuchos delante.

Cruzó la calle a toda prisa, recorrió el sendero hasta la puerta roja con un triángulo de plata incrustado y llamó.

Δ

Un portero apuntó el nombre de su hermano, le dio la bienvenida a la Sociedad para la Investigación Psíquica y la hizo pasar. Llevó a D por un recibidor alicatado hasta una arcada cubierta por una cortina, que llevaba a lo que el portero anunció como «el Gran Salón, señorita». El hombre le indicó que permaneciera allí mientras iba a sacar al joven caballero de sus estudios y se marchó por un segundo acceso encortinado al fondo de la larga estancia.

D permaneció de mil amores allí donde estaba. Sus circunstancias familiares eran más que holgadas y nunca le había faltado comida, ropa ni techo, pero la majestuosidad inequívocamente adulta de la sala donde la habían depositado era abrumadora. Le parecía que su compromiso con su hermano la había llevado ya tan lejos como cabía esperar. También lamentaba con amargura haberse olvidado de traer a Bebé para darle apoyo.

Las estanterías de libros se extendían por toda la inmensa longitud del salón y alcanzaban su alto techo, donde una constelación de bolas de colores —planetas, comprendió D— colgaba de un arácnido dispositivo compuesto de curvos alambres plateados. En el centro de aquel aparato estaba la bola más grande de todas, el sol pintado de amarillo. La construcción entera rotaba despacio en el sentido de las agujas del reloj y, al hacerlo, la luz trazaba leves franjas en la curvatura de los planetas.

Por toda la sala tenían lugar actividades calladas y meticulosas. En el centro de lo que parecían hectáreas de alfombra roja con estampados de oro había una mujer sentada a un escritorio ante un libro mayor abierto. Llevaba un fastuoso sombrero de fieltro con perlas y flores inclinado en la cabeza, tapándole la cara, y trazaba líneas en el libro valiéndose de un instrumento de medida. Una escalera sujeta a la pared sostenía en su cima a un hombre que examinaba los títulos del estante más alto. Lejos, en una esquina, se veía a un grupito bebiendo de tazas y cuencos y charlando. Dos mujeres idénticas —¡gemelas!— con vestido de cuello alto consultaban un globo terráqueo en un soporte de bronce.

Más cerca de D, en una butaca de cuero junto a la chimenea de mármol, estaba arrellanado un hombre mayor con pantalón de tweed. Incluso él, medio dormido, parecía felizmente atareado: tenía las manos encajadas en las axilas y la boca somnolienta curvada en pensativa sonrisa, además de unas mejillas sonrojadas por el calor.

El Gran Salón olía de maravilla, a cedro y humo de madera y cuero y abrillantador y cera.

D estaba equilibrada al borde de la vasta alfombra, con la punta de los zapatos hundida en el mullido pelo color borgoña con diseños de triángulo como el de la puerta de entrada, pero dorados en vez de plateados, y los talones en el umbral. La tela de la cortina le rozaba la espalda. ¿De dónde había sacado su hermano el valor para avanzar más allá de ese punto?

Contempló los planetas, poniendo en práctica la estrategia de que, si concentraba toda su atención en algo, se integraría en el entorno y nadie se incomodaría con ella. Al vientecillo de las conversaciones susurradas, el suave giro del dispositivo de alambre daba un agudo y leve zumbido.

—¡Bienvenida, bienvenida! ¡La sangre de miembros nuevos es lo que mantiene fresco y vivo nuestro cometido!

El hombre de la butaca junto al fuego acababa de aparecer delante de ella. Aún sonreía estando despierto, y mantenía las manos bajo las axilas como si tuviera fríos los dedos. Su cabello era blanco grisáceo como el humo de las fábricas, y le pendía alrededor de la cara en rizos sueltos. El chaleco que se veía bajo la chaqueta de tweed era de brillante oro. D no sabía que pudiera llevarse un chaleco de ese color. Pensó que ese hombre debía de gozar de alta estima.

—No soy miembro, señor. Solo estoy esperando a mi hermano Ambrose —dijo D.

Retrocedió desde el borde de la alfombra a la cortina. Si se había metido en un lío, podría cruzarla y echar a correr por el vestíbulo.

—Ambrose, estupendo. Ah, conque eres una invitada. Y una chica encantadora encantadora. Bueno, confío en que decidas unirte. Ya ves que tenemos a varias mujeres como miembros.

Sus maneras amables y la forma en que retenía las manos la tranquilizaron. D consideró que era seguro salir de la cortina.

—He tenido que dejar a mi nana en el suelo del cuarto de baño. Ha tomado demasiada medicina.

—Un problema habitual. Conoces la solución, ¿verdad?

D negó con la cabeza.

—La solución es más medicina. Recuérdalo.

—Lo haré, señor.

—Bien. ¿Qué te parece este sitio?

—Me gusta —respondió D.

—¿Te has fijado en los planetas?

—Sí, señor.

—¿Te preocupa que alguno pueda soltarse del gancho, caerte en la cabeza y matarte ahí mismo?

—No, señor.

—Excelente. No ha ocurrido jamás. Los alambres están bien apretados. ¿Te lo han enseñado todo ya?

—No, señor. Me han dicho que permanezca aquí.

—Esa no es forma de tratar a un posible miembro. Vayamos a ver algo. ¿Querrías acompañarme a dar un breve paseo?

Con las manos aún guardadas bajo los brazos, el amistoso anciano le indicó la dirección en la que quería ir con un movimiento de cabeza.

—Sí, señor.

El caballero la llevó entre los escritorios y las zonas con asientos. D mantuvo la mirada fija en los talones de sus pantuflas mientras lo seguía. Contuvo un poderoso impulso de pisar solo en los triángulos de oro bordados. Nadie la miró ni una vez.

—Échale un vistazo a esto, querida, un buen buen vistazo, y dime qué crees que es.

Habían llegado a una plataforma elevada que se extendía entre dos inmensas estanterías. Sobre el estrado había una mesita y una caja rectangular alta y profunda, con los costados de terciopelo rojo y una puerta también roja: un armario. La puerta estaba cubierta por versiones más pequeñas del triángulo de plata incrustado en la puerta principal del edificio. En la mesa había un bombín y un bastón negros, una baraja de cartas extendida en abanico y un huevo de plata.

—¿Y bien?

El anciano la miraba divertido, con un ojo tan abierto como podía y el otro casi cerrado. Lo amable que era le dio a D la confianza suficiente para responder con sinceridad, en lugar de limitarse a decir que no lo sabía.

—¿Es para un juego de contar historias? Podrías llevarte todas las cosas de la mesa a ese armario, ponerte el sombrero, salir con otras cosas y usarlas para contar una historia, ¿no?

Era precisamente como ella utilizaría los objetos del escenario. En casa utilizaba su propio armario a modo de camerino para las representaciones de cuentos de hadas que le hacía a la Nana.

—Casi, casi —dijo el anciano alegre—. ¡Pero qué chica más lista! —Bufó una risita y se frotó la nariz contra el hombro—. Esto es el escenario de un conjurador, y estos son los instrumentos de un conjurador muy particular, un apreciado miembro de nuestro pequeño club, de hecho. No sé cuánto sabes sobre conjuración. Pero es como contar historias. Es contar historias, en realidad. El conjurador te narra un relato inverosímil y luego te demuestra que es verídico. Un oficio sagaz sagaz, ya lo creo que sí. Parecido al hurto, pero lo que roba un conjurador es la fe, y el hombre que hacía trucos en este escenario era el delincuente más maravilloso que puedas imaginarte.

# El Museo Nacional del Obrero

No había jardines ni setos ornamentales alrededor de los pétreos cimientos que tenía la enorme estructura de la esquina de Legado con Pequeño Acervo. No había sitio para ellos. La fachada del gran edificio gris estaba en la misma calle. Sus paredes se alzaban rectas y amplias, interrumpidas solo por las cinco franjas de descascarillados postigos verdes que señalaban cada planta. D tenía la impresión de que ya estaba ahí cuando era niña, pero su inmensidad era impersonal y, en su recuerdo, contrastando con el vivaracho edificio de la Sociedad y sus brillantes paredes de ladrillos, la presencia de aquella mole era tenue e indefinida. No parecía que lo hubieran construido, sino más bien que se hubiera asentado allí, como un peñasco en un campo.

Unas letras de latón atornilladas encima de las altas puertas anunciaban el nombre del edificio y su propósito:

MUSEO NACIONAL DEL OBRERO:
«PARA HONRAR A LOS CONSTRUCTORES ANÓNIMOS»

Las puertas metálicas tenían la altura de un caballo encabritado. Una placa más pequeña clavada en la pared junto a ellas informaba a los visitantes de que estaban moldeadas a partir de herramientas fundidas. Algunos fragmentos identificables de cabezas de maza, martillos de bola y cuernos de yunque sobresalían de la superficie de las puertas como si estuvieran bajo una sábana.

Robert apretó el pasador de la hoja derecha y un chasquido les reveló que el museo no estaba cerrado con llave. D se dio cuenta de que su teniente no estaba nada complacido. No tenían forma de saber si serían los primeros en entrar allí desde la caída del gobierno de la Corona.

—Ya me buscaré otra cosa que hacer —dijo D—. No importa.

Era verdad. Había más lugares, más tareas.

—Pero es que ahora todo importa —repuso él, rechazando la excusa que D le ofrecía—. Esto es una propiedad pública.

Robert sostuvo la puerta mientras D localizaba dentro un tope de hierro y lo insertaba en el hueco.

La luz del día entraba por la abertura de la puerta y caía sobre la amplia escalinata que llevaba a la galería de la planta baja. Robert dijo que debería adelantarse, «por si quedase alguna resistencia atrincherada aquí dentro», y subió al trote el corto tramo de peldaños desde el recibidor. Pero D fue tras él sin esperar.

Al llegar al final de la escalera, vieron la taquilla de las entradas a un lado. Por delante, la galería de la planta baja estaba sumida en una penumbra nebulosa y marrón, a la escasa luz que se filtraba entre los listones de los postigos cerrados en las paredes. D olió a polvo, a hierro y la peste del humo que llegaba desde las cercanas ruinas de la Sociedad.

—¡Hola! ¿Hay alguien? Soy teniente de la Defensa Civil Voluntaria y tengo documentación del Gobierno Provisional que me otorga derecho de entrada y mando sobre este inmueble. —El teniente había sacado su arma de la pistolera—. No habrá problemas. Solo tenéis que dejar lo que hayáis cogido, salir con las manos vacías y os dejaré marchar.

Sus palabras resonaron, persiguiéndose unas a otras antes de desvanecerse. Robert la miró con una cierta tensión en la comisura de la boca. D notó que estaba ansioso, que con su expresión le preguntaba si debería estar preparado para dispararle a alguien y, más que eso, si ella creía que iba a poder.

Seis meses antes, cuando se conocieron, Robert era alumno de la universidad. Durante las cuarenta y ocho horas de escaramuzas, que habían tenido lugar sobre todo en torno al Distrito

Gubernamental, Robert no había entrado en combate. Lo habían destinado al extremo occidental del Puente Sur del Bello con una sierra, a aguardar la orden de cortar los cables telegráficos. Había pasado el rato leyendo las frases raspadas en las farolas y repartiéndose el pan que llevaba con una niña mendiga de los Posos. «No quiero decir que la batalla me resultó relajante —le había contado Robert a D—, pero sí que hice unas lecturas muy educativas. ¿Sabías que la cerveza del Paso Franco es sobre todo agua del río, pero mezclada con un poco de pis y vinagre para potabilizarla?».

D no sabía si Robert era un cobarde o no. ¿Cómo iba a saberlo? Aún no lo sabía ni él. Preferiría que su teniente nunca se viera obligado a averiguarlo. Le ajustó el brazalete verde sobre el bíceps.

—Si había saqueadores aquí dentro, teniente, creo que se han ido.

—Estoy de acuerdo —dijo él.

Robert respiró hondo y, con cuidado, enfundó el arma y cerró el botón de la pistolera.

Ella le dio un beso en la mejilla.

Él hizo un sonido gutural mientras su mano se deslizaba por el costado del vestido de D, apretándole las costillas.

D se apartó girando sobre sí misma. Fue al par de contraventanas más próximo, lo desplegó y siguió galería abajo abriendo una tras otra con brío.

Los postigos repiquetearon y el suelo de madera de la galería se fue desplegando en franjas de polvorienta luz solar. La primera pieza de exhibición que cobró forma era un modelo de varios engranajes enormes trabados entre sí en el centro del suelo. Un letrero que pendía del techo rezaba: MÁQUINAS Y SUS OPERARIOS. En aquella planta baja todo estaba dedicado a alguna invención mecánica: la imprenta, la serrería, la máquina de vapor, el reloj, la bicicleta… y también a los ingenieros y operadores que trabajaban con esos inventos. Las piezas más grandes estaban intercaladas con vitrinas de cristal más pequeñas dispuestas en soportes de madera.

Ya dejando pasar la luz, las ventanas de la parte izquierda del edificio daban a la avenida Legado, y las del lado derecho, sedimentadas con ceniza del incendio, se encaraban hacia los restos del edificio de la Sociedad para la Investigación Psíkica. Las ventanas de la pared del fondo tenían vistas a la embajada de los imperialistas y su patio trasero.

El museo no tenía cableado eléctrico. Había unas deslustradas lámparas de gas en apliques de las paredes. D abrió la tapa de una y la oyó sisear. Volvió a cerrarla.

Robert la llamó desde los engranajes. Era una pieza interactiva. Había tres engranajes, todos ellos tan altos como el teniente. D vio como empujaba el primero, que hizo rodar a su hermano del centro y lo trabó del todo con el tercero, lo que provocó que la plataforma baja en la que se exhibía la pieza girase muy despacio. Los engranajes traqueteaban unos contra otros y la tarima al rotar emitía un áspero murmullo.

—Habría que engrasarlo —dijo Robert.

Varias piezas de la galería estaban pobladas por trabajadores de cera. Un operario en mangas de camisa sujetas por bandas elásticas examinaba un largo papel que se desenrollaba desde la imprenta. En la serrería había un leñador de pie, con los brazos en jarras y una pipa en la boca, haciendo una mueca mientras observaba su funcionamiento. Dos hombres de cera con largos guantes y mandiles de cuero se afanaban en su locomotora a vapor, con las mejillas pintadas de rosa y moteadas de gotas blanquecinas, sudadas por el calor de la combustión. Un joven mecánico atornillaba una rueda en la bicicleta mientras su propietaria, vestida con falda acampanada, la sostenía derecha por el manillar. Todas las figuras eran diferentes; al igual que la población de la propia ciudad, tenían tonos de piel variados y distintas formas corporales.

Una escalera al fondo de la galería los llevó al primer piso, que estaba dedicado al Trabajo manual. D también abrió los postigos, revelando exposiciones de oficios como la albañilería, la caza y desolladura, la fabricación de alfombras, la cordelería, la costura, la alfarería, el comercio al por menor o la repostería.

Desde su horno, la panadera levantaba una bandeja con varias hogazas de pan de madera, ya casi blancas de tanto manipularlas. Robert cogió una de la bandeja, la sopesó y volvió a dejarla caer con un golpe seco.

—Está pasada —le dijo a la mujer de cera, que tenía el rostro crispado y ojeroso.

D pensó que la panadera tenía buen motivo para estar agotada, después de sostener aquella bandeja desde hacía vete a saber cuántos años, y de oír a la gente burlarse de su pan de madera. Una capa de polvo le cubría los ojos.

La cordelera, que por algún motivo a D le resultó familiar de inmediato, estaba dentro de un enmarañado nido de hilos de cáñamo, con los carrillos inflados en una arrugada expresión alegre. Los albañiles tenían cordeles blancos pasados por las trabillas para impedir que se les cayeran los pantalones de mahón. D supuso que alguien debía de haberse llevado los cinturones. Los ojos de esas figuras también estaban cubiertos de polvo. Era evidente que varios cuencos y jarrones de los alfareros se habían roto y los habían pegado con cola.

El segundo piso se titulaba Ferrocarriles, carreteras y océanos. En esa galería, los maquinistas de cera manejaban partes de trenes y tranvías, los lacayos conducían carruajes y una tripulación de marinos faenaba en media cubierta de ballenero sostenida sobre el suelo por un andamiaje.

A lo largo de todo el museo muchas figuras de cera, por muy detalladas y realistas que fuesen, mostraban calvas en el cuero cabelludo donde el pelo se les había caído o se lo habían arrancado. Unas cuantas habían sufrido daños más graves: dedos perdidos, agujeros en la piel, ojos quebrados o ausentes por completo. Al igual que a los albañiles, a otras figuras parecían haberles sustraído los accesorios que les correspondían; por ejemplo, la mariscadora llevaba un balde para carbón en vez del cubo de su oficio. La mayoría de las máquinas de exhibición estaban averiadas. De la media docena de bocinas de tren dispuestas en una mesa para que las probasen los niños, solo la más pequeña funcionó al pulsar su botón, emitiendo un gimoteo lastimero, y no salía agua de la bomba que debía alimentar la noria de la serrería. Los improvisados intentos de mantenimiento —el cordel de los albañiles, el balde para carbón— parecían hechos de cualquier manera, por alguien sin demasiado interés.

Había placas que indicaban los donativos realizados por los benefactores del museo en los bancos y las paredes junto a algunas de las piezas exhibidas. Fue revelador constatar que la más reciente databa de veinte años antes. D dudaba mucho que el Museo Nacional del Obrero corriera serio peligro de saqueos, o, en el caso de los cinturones y el cubo, de más saqueos. Parecía haber transcurrido mucho tiempo desde que despertara el menor interés a posibles visitantes, y en la actualidad había destinos mucho más atractivos.

La tercera planta albergaba a los Comunicadores y custodios del conocimiento, y la última se titulaba De piedra y tierra: minas, granjas y bosques.

Δ

Cerca de la esquina posterior derecha de la galería del cuarto piso, una imitación de la cabaña de un buscador de oro se alzaba, aunque no mucho, junto a un arroyo hecho de grueso cristal. Bajo la transparente superficie cerámica flotaban piscardos suspendidos de alambres. El hombre de cera estaba cubierto hasta los tobillos por el agua de cristal, trabajando con su cedazo. Más cerca de la choza, su esposa colgaba trapos en una cuerda de tender.

Robert se sentó en una de las sillas de mimbre, delante de la cabaña. Se puso las manos en las rodillas.

—¿Quieres saber lo que pienso? Creo que esto es notablemente ilustrativo, Dora. Todo este lugar.

—¿Mmm?

D fue con paso tranquilo al arroyo de cristal. Sus zapatos dejaron huellas en el polvo de la superficie.

—Quizá hayas reparado en que no hay exhibiciones de reyes, ni duques, ni ministros, ni alcaldes, ni legisladores. Es bastante raro, ¿no te parece?

Si habían pasado por alguna exhibición dedicada al servicio doméstico, o incluso ante una sola criada de cera a la que se le hubiera permitido darle un discreto barrido a algún tablón, D tampoco se había fijado en ellas, pero dio un murmullo de conformidad.

—Los hombres que acaparan la riqueza, los que redactan las grandes legislaciones y deciden si ir o no a la guerra, no están en el museo dedicado a los trabajadores. Y eso dice mucho, ¿no te parece? Aunque quizá no lo que ellos pretendían, porque acabas dándote cuenta de que el motivo por el que ninguno de ellos está aquí es que esa gente no hace nada. Nada real, por lo menos.

»¡Y mira en qué estado lo tenían! Hay polvo en todas partes, le falta pintura a todo, la ropa de las figuras se cae, o se deshace, o no está, y nada funciona. En realidad, es una expresión terriblemente precisa de cómo los poderosos ven al resto, o, mejor dicho, de cómo no los ven, porque...

Robert siguió hablando y su discurso pasó a abarcar, entre otros, los siguientes temas: los comités que ya estaban formándose en los distintos barrios de la ciudad, grupos localizados que gestionarían los recursos de manera justa y efectiva; sus inconscientes y acaudalados padres, que tenían buena intención a su manera, pero que no eran capaces de concebir un mundo más allá de los acres de su finca y sus propiedades en las Provincias Norteñas; y los fajos de billetes que se habían hallado en un húmedo subsótano de la mansión del primer ministro, acumulados sobre palés en la oscuridad, llenos de moho y semidesintegrados, suficientes para alimentar a miles de personas y olvidados allí para que literalmente se pudrieran.

—Diría que son una metáfora de todo lo que va mal en este país, pero estamos hablando de verdadero papel moneda convirtiéndose en compost...

Se había sonrojado. El sudor brillaba en su frente y sus ojos estaban abiertos como los de una rana. El teniente de D se había transformado en el chico al que sus amigos del colegio llamaban Bobby.

Mientras hablaba de cómo planeaban perforar los estratos

económicos y permitir que la riqueza drenara hacia abajo hasta empapar las desnutridas raíces de la nación, era fácil imaginarlo como la primera vez que D lo había visto, jugando un partido en el patio interior de la universidad. Ella estaba trabajando, cargada con una brazada de pliegos por el camino pavimentado que recorría el borde del campo hacia uno de los edificios de apartamentos. Robert había emergido de entre un grupo de jugadores con una pelota de cuero sujeta bajo el brazo. Vestido con pantalones cortos manchados de hierba y un jersey a rayas con desgarrones, reía gritando: «¡Nunca, nunca, nunca!» a los otros chicos que lo perseguían. Era hermoso, había pensado D, hermoso y atractivo verlo reír así, con aquel desinhibido gozo por sí mismo, por la gloria de sí mismo.

—Pero ¿acaso no es de esperar que este sitio esté cubierto de polvo? —Su teniente había vuelto por fin a su asunto original—. ¿Qué trabajador querría entrar aquí y ver el andrajoso homenaje que se le dedica a su oficio?

Una pregunta mejor, podría haber replicado D, era qué trabajador querría pasar sus escasas horas libres visitando una exposición sobre el trabajo.

—¿Por qué sonríes? —preguntó Robert.

Jamás se le podría haber ocurrido que D lo encontrase gracioso sin pretenderlo, y no digamos que lo encontrase atractivo por ello.

—Sonrío, teniente —dijo ella— porque se me acaba de ocurrir el homenaje que querría dedicar yo a los trabajadores.

D desabrochó los tres botones de color gris oscuro de su vestido gris claro y se lo bajó por los brazos, y por el cuerpo, y salió de él.

Δ

Lo hicieron primero en la superficie del arroyo y luego por segunda vez, a instancias del teniente, encima del largo mostrador del tercer piso donde los cajeros de banco hechos de cera estaban sentados en hilera sacando cambio de sus cajones y estudiando unas tiras de papel llenas de números que brotaban de máquinas de escribir con bulbos de cristal. Robert no paraba de hablar.

—¡Qué espectáculo estás dándoles! ¡Esta sí que es la inversión que todo contable sueña con hacer!

Había una bandeja con arandelas plateadas de distintos tamaños delante de cada cajero. D estaba agarrada a los lados del mostrador y, con cada empujón, las arandelas traqueteaban y tintineaban, y a veces hasta saltaban fuera de la superficie, caían al suelo y se iban rodando por los tablones. Entretanto, las tiras de papel, que pendían de los dedos cerosos de sus lectores hasta el suelo, aportaban sus propios siseos.

D no sentía excitación ni éxtasis; más que otra cosa, se sentía zarandeada. Pues, por mucho que pudiera decirse a favor de su teniente, como amante era pésimo. D encontraba monótono su parloteo sexual. Robert ya había hablado de follársela en un desierto, hundiéndola en la arena a embestidas mientras los lobos miraban y aullaban; había hablado de follársela en un esquife río abajo mientras la gente de la orilla se tocaba; había hablado de follársela en la calle, de follársela en un tranvía a rebosar de trabajadores volviendo a casa, de follársela con público en la Ópera Municipal, de follársela sobre el lomo de la estatua del tigre que había delante del Tribunal de la Magistratura para diversión de los turistas. Había propuesto otras muchas situaciones que D ya había olvidado, o que había estado demasiado distraída para asimilar en un principio.

D no se escandalizaba por las fantasías del teniente, pero eran sus fantasías y, en realidad, no requerían de ella tal y como se comprendía a sí misma. Las ensoñaciones que tenía D se parecían más a cómo había visto a Robert por primera vez, huyendo con la pelota de los otros jugadores, rojo como un tomate. Que alguien la deseara como él había deseado alejarse de ellos —eufórico, jactancioso, deleitado— era lo que la excitaba. Solo su primer e impulsivo encuentro había sido así. Desde entonces, siempre daba más la impresión de que su teniente estuviera persiguiéndose y huyendo de sí mismo a la vez. Robert tenía buen corazón, pero en eso había resultado ser más infantil de lo que D habría querido.

El mostrador se sacudió una última vez y Robert dio un bramido y se derrumbó encima de ella.

D giró la cabeza a un lado. Un cajero de banco estaba justo sobre ella. Una visera verde le tapaba los ojos por encima de una amplia sonrisa.

Δ

Detrás de la taquilla encontraron una puerta donde se leía la palabra Conservador en descascarilladas letras de oro. Daba a un pequeño despacho sin ventanas. La llave del museo colgaba de un clavo en la parte interior de la puerta. Era una llave voluminosa, tan larga como su antebrazo.

D dejó a su teniente en el austero despacho y regresó a la cuarta planta, donde había visto la figura de un recolector de fruta que llevaba un morral de arpillera. Le quitó el morral del cuello y vació las manzanas de madera a sus pies. Alguien le había sacado ya un ojo al recolector, que iba vestido solo con pantalones de mahón bajo su lacio sombrero de paja. A D le dio un poco de remordimiento agravar los apuros del pobre hombre. Además, si iba a quedarse el museo, aquella figura era, en cierto sentido, suya. Todas lo eran.

—Te lo devolveré pronto y veremos qué puede hacerse con el ojo —le dijo D al recolector.

Supuso que, con el tiempo, se acostumbraría a las figuras de cera. De momento, por algún motivo le parecía más raro no decir nada que hacerlo. Tenían la misma solemnidad que los cadáveres en un ataúd abierto. Las figuras no tenían aspecto de estar vivas, sino más bien casi muertas.

Fue hacia una ventana de la pared, detrás de la choza, cruzando una parcela de tierra encajonada que estaba arando de manera bastante poco convincente un granjero de cera con una escoba en vez de una azada, bajo la atenta mirada de su perro. Al llegar a la ventana, D contempló las ruinas de la Sociedad.

Desde aquella posición elevada, el edificio era un estómago

abierto. Ladrillos ennegrecidos, vigas ennegrecidas, tejas ennegrecidas, todo revuelto entre las paredes que aún permanecían en pie. Aquí y allá se veían pequeños movimientos en los montículos de escombros, pequeños escapes de yeso y piedra a medida que los restos continuaban asentándose. Una corta sección de la primera planta sobresalía de la fachada trasera y, cobijada bajo ella, D reconoció el escenario donde habían estado expuestos los trucos de conjurador.

El estrado aún sostenía el armario del mago, pero el rico tejido que recubría sus lados había ardido, y la puerta tampoco estaba. Era solo una caja negra. No había ni rastro de la mesita donde se había desplegado en otro tiempo la parafernalia del conjurador: el sombrero, el bastón, las cartas, el huevo de plata. Por lo que D alcanzaba a distinguir, la península de la primera planta y el maltrecho armario eran los únicos restos reconocibles en el interior del edificio.

Fuera, en el jardín, un peludo gato blanco pasó por el espacio en ángulo que había entre el suelo y la puerta clavada por una esquina en el césped, frotándose el lomo con el borde.

Incluso en aquella ventana del cuarto piso, el hollín del incendio se había acumulado formando finas ondículas en el cristal. D utilizó el sucio reflejo para ajustarse el tocado.

Δ

Robert estaba sentado en la única silla con los codos sobre la mesa, la barbilla apoyada en los dedos entrelazados y el semblante contemplativo. El único otro elemento del despacho, aparte del clavo para la llave en el dorso de la puerta, era un perchero en la pared del que colgaba una raída chaqueta de tweed. La única decoración era un ferrotipo enmarcado del padre del rey destituido, de cuyo reinado posiblemente databa también la chaqueta. Acorde a la ausencia de electricidad, no había ni rotófono ni cableado para conectarlo.

Sí, pensó D, el Museo Nacional del Obrero no había tenido muchos visitantes. Se preguntó qué habría sido del anterior conservador. Parecía haber pasado mucho tiempo desde que hiciera falta uno.

—¿Estás segura de esto? —le preguntó Robert—. Hay más museos y bibliotecas. Podríamos buscarte un sitio más agradable. Con menos gente de cera.

Ella le dijo que no sería necesario.

—Con esto me basta y me sobra, teniente.

Robert sonrió y dio una palmada en la mesa.

—¡Pues que así sea! ¡Eres la nueva conservadora!

D rodeó la mesa y se plantó junto a él.

—Desde luego que lo soy. Y estás en mi silla.

Δ

En el papel que había firmado el ayudante de Crossley, Robert tachó «La Sociedad para la Investigación Psíkica» y escribió con pulcra caligrafía «El Museo Nacional del Obrero». Salieron del edificio y cerraron con llave la pesada puerta. D cargó con la gigantesca llave en el morral de arpillera.

Echaron a andar juntos. Robert tenía reunión del Comité Interino de Justicia esa tarde. Ella regresaría al alojamiento del servicio en la universidad y empezaría a trabajar en el museo la mañana siguiente.

En la esquina de la avenida Legado vieron que, mientras estaban dentro, la bandera imperialista que había ondeado en la embajada ya no estaba, reemplazada por una tela verde que representaba al movimiento revolucionario. Robert le pidió a D que esperase un momento mientras se presentaba a quienquiera que se hubiese puesto al mando. Esa vez D obedeció.

El teniente llamó y la puerta se abrió casi de inmediato. La luz vespertina se reflejaba hiriente en las ventanas y los tejados de latón de las embajadas y en los raíles del tranvía que partían en dos la calle. D entrecerró los ojos y solo pudo captar una leve impresión —barba, hombros anchos— del hombre con quien hablaba Robert. La conversación fue breve y el teniente regresó mientras la puerta se cerraba de nuevo.

—Es un capitán a las órdenes de Crossley —informó—. Se llama Anthony. Trabaja en asuntos de seguridad.

Si D tenía algún problema, o si necesitaba utilizar un rotófono, debía ir derecha a lo que había sido la embajada. Su vecino, el capitán Anthony, la ayudaría.

# El Gentil

Simon el Gentil era el nombre artístico del conjurador, pero sobre todo se le conocía como el Gentil. Su verdadero nombre era Scott. O Alain, o Salvador. Lo habían criado unos mariscadores después de salvarlo, siendo un bebé, de que lo devorase una almeja monstruosa que había quedado varada en la orilla al descender la marea, bajo el Puente Sur del Bello. O bien eran unos pescadores que lo habían encontrado en un esquife vacío flotando en la bahía. O el Gentil había aparecido siendo un niño de seis o siete años que silbaba, amnésico, subido a la herrumbrosa barandilla que protegía las alturas de los acantilados occidentales; había visto a una mujer, una criada empobrecida que pretendía arrojarse a las rocas, y le había preguntado si era su madre, a lo que ella había respondido que sí. O un profesor de pedagogía había sacado al chico del Albergue Juvenil para adoptarlo y demostrar con él la excelencia de su método educativo, formando al espécimen menos prometedor imaginable: un huérfano común de los Posos. Había muchas más historias y, aunque el Gentil se negaba a confirmar ninguna especulación, tampoco las negaba jamás. Como mucho, se prestaba a reconocer que «aunque no siempre he sido Simon, sí que he sido siempre gentil».

El ilusionismo y la conjuración no estaban nada bien vistos por las autoridades en la época del Gentil. Los prestidigitadores eran incluso más infames por carteristas que en la actualidad, y en los pueblos montañosos de las Provincias Norteñas aún ahogaban a la gente por yacer con demonios en el bosque o cometer otros delitos sobrenaturales. Sin embargo, el Gentil era una apreciada excepción, por lo encantadoras y pacíficas que eran sus ilusiones.

El huevo de plata, por ejemplo, se lo entregaba a miembros de su público para que comprobasen su peso y solidez. Cuando se quedaban satisfechos y le devolvían el huevo, el Gentil declaraba que toda existencia era mercurial. Usaba su bastón negro para trazar la palabra HOY con letras que brillaban en el aire y, al instante, las atravesaba con el brazo. Las letras dispersas se apresuraban a reorganizarse en una nueva palabra: MAÑANA. Cuando el Gentil rompía esa palabra con su bastón, su materia rociaba el suelo en forma de polvo gris. Entonces estrujaba el huevo en la mano y una plata líquida se escurría entre sus dedos para caer al sombrero. Recorría el público con unas pinzas y, con toda meticulosidad, arrancaba una cana de cada cabeza que afirmaba que habían crecido durante la actuación. Apretaba los pelos en el puño cerrado y, al abrirlo, en su palma reposaba el huevo de plata, entero de nuevo, y su sombrero estaba vacío.

En otro número se comía los naipes. Encorvado sobre la mesa, con una tetera, taza y platillo, el Gentil partía cada carta en refinados trocitos y se los llevaba a la boca. Dejaba de comer de vez en cuando para darle un sorbito al té y tocarse la boca con una servilleta. El Gentil iba describiendo el sabor de ciertas cartas: el tres de diamantes le recordaba al frío musgoso de una cueva cuya entrada estuviera oculta por gruesas enredaderas, el seis de tréboles a cerveza salada, el siete de corazones a una dulce brisa, la jota de picas al momento en que tu hijo sabe más que tú y sientes el orgullo y el melancólico gozo que conlleva la liberación del deber, a la vez que la primera e impactante punzada de obsolescencia. Tras devorar la baraja entera, el Gentil pedía a la gente que comprobara sus monederos y carteras: cada mujer encontraba una reina de tréboles con su propio aspecto y cada hombre un rey de corazones con el suyo. El Gentil recogía todas las reinas y los reyes y construía un castillo de naipes en la mesita. Al terminar, invitaba a miembros del público a intentar derribarlo a soplidos. Nadie lo conseguía nunca.

La vida privada de Simon el Gentil era o bien circunspecta o bien tediosa. Vivía en el hotel Metropole sin esposa ni amante. Después de su muerte, una doncella anónima del Metropole declaró que siempre tenía el cuarto de baño muy limpio, pero que había que cambiarle los ceniceros cada día porque fumaba como un carretero. También se decía, tanto por parte de la doncella anónima como de otros, que el Gentil le tenía demasiado aprecio a la famosa gata que el Metropole tenía como mascota, Talmadge —en aquellos tiempos, ya Talmadge III—, y que la malcriaba. El conjurador le llevaba al lanoso animal blanco sobras de la carnicería y bromeaba diciendo que había aprendido todas sus habilidades de un gato igualito que él.

(Al mencionar los gatos, la expresión del jovial anciano de la Sociedad que narraba la historia se agrió unos instantes en una mueca. «No debemos juzgar al Gentil por sus supersticiones. Recuerda que hablamos de una época más primitiva, y que incluso los individuos más extraordinarios tienen sus puntos ciegos, querida mía».

D asintió, comprendiendo. Sus padres no eran muy de ir a misa, pero aun así denigraban a la gente de baja estofa que creía que los gatos estaban bendecidos, cuando en realidad eran solo un tipo más de alimaña estúpida y transmisora de enfermedades.

Ella, en cambio, admiraba a los gatos y le habría gustado tener uno propio. No creía que los gatos propagasen enfermedades y no le parecían nada tontos. Siempre estaban limpiándose, y tenían una expresión de lo más inteligente y deliberativa. No podía saberse lo que los gatos opinaban de nada, solo que se lo tomaban todo muy en serio).

El conjurador vivió en los tiempos previos a la llegada de las líneas de tranvía, y era conocimiento general que le gustaba caminar por toda la ciudad. Era una figura de misterio, pero no una figura misteriosa; la gente lo veía pasear por las avenidas, por los caminos de los Campos, por los miradores sobre los Despeñaderos, y él siempre saludaba levantándose el sombrero. Era delgado, de constitución media, con una presencia física normal y corriente. El Gentil parecía una persona del fondo de un cuadro, su labio siempre decorado con la clase de fino y pulcro bigote que solían llevar los hombres que salían al fondo de los cuadros. Cuando el conjurador ingresó en la Sociedad, hizo muchas amistades en los estratos superiores del gobierno y la industria, y hasta le presentaron a la familia real.

Δ

El Vestíbulo, que era como llamaba a su armario, era el elemento principal de la fantasía más deslumbrante del Gentil. (No llegó a determinarse nunca cómo había obtenido el Vestíbulo, si lo había diseñado el mismo conjurador o había llegado a su poder de algún otro modo).

Para empezar, el Gentil solicitaba la ayuda de alguna mujer hermosa entre el público. Cuando la voluntaria acudía con él al escenario, el conjurador le preguntaba si temía a la muerte o no. En caso de que ella confesara que sí, el Gentil la tranquilizaba diciéndole que era solo un cambio organizativo, como mudarse de casa. Si la mujer afirmaba no tenerle miedo a la muerte, el Gentil se volvía hacia el público y decía: «Quizá cambie de opinión antes de que hayamos terminado».

Abría la puerta del Vestíbulo para ofrecer a la concurrencia una visión clara de su interior vacío y forrado de terciopelo. Golpeaba las paredes desde dentro y desde fuera, y el sonido era siempre sólido. A continuación invitaba a la voluntaria a acompañarlo dentro, prometía al público que regresarían en breve y cerraba la puerta después de entrar.

Durante el tiempo que transcurría, unos diez o quince minutos, el cuarteto de cuerda que había al pie del escenario afinaba sus instrumentos. Al rato se arrancaban con un vals y, al segundo o tercer compás, la puerta se abría otra vez y el conjurador y su voluntaria salían bailando con elegancia al escenario. Sin embargo, estaban cambiados: el cuello de ella sujetaba la cabeza de él y viceversa. Mientras el respetable rugía de terror y placer, la pareja danzaba grácil dando vueltas y vueltas. Cuando el vals llegaba a su conclusión, el Gentil dejaba caer la cabeza sobre su propio hombro y la mujer que llevaba su cuerpo y dirigía el baile los llevaba de vuelta al interior del Vestíbulo. La puerta se cerraba de golpe tras ellos.

Al reabrirse un par de minutos después, Simon el Gentil y su compañera de baile salían con cada cabeza restaurada sobre su correspondiente cuerpo. El conjurado cogía la mano de la mujer, visiblemente anonadada pero ilesa a excepción de un minúsculo pinchazo en la yema del dedo índice, y ambos hacían una profunda reverencia.

La actuación del Gentil entusiasmaba al público, llenaba teatros y dejaba a todo el mundo preguntándose qué sería lo siguiente que iba a hacer. ¿Cómo podría superar el número del Vestíbulo?

No podía.

Δ

Un marido celoso apuñaló al Gentil media docena de veces en el estómago y la ingle, y dejó al conjurador muriendo desangrado en el suelo de la Sociedad. La esposa del hombre se había ofrecido voluntaria para entrar en el Vestíbulo durante una actuación, y el marido acusó al Gentil de haberse tomado libertades con ella. Durante el resto de su vida, la mujer afirmaría que no era cierto, y su testimonio de la experiencia dentro del armario sería tan nebulosa como la de otras invitadas: había una ventana, y en su cristal una sucesión de rostros cambiantes. El conjurador la había ayudado a vestirse con su reflejo antes de ponerse el de ella, y le había sugerido que bailaran. Habían salido con el vals, regresado al interior y abandonado el armario de nuevo. En esa segunda reaparición los recuerdos de la mujer habían quedado fragmentados, pero, aparte del pinchazo en el dedo, no había sufrido herida alguna.

Su marido no la creyó, sin embargo, y después del ataque había blandido el cuchillo para ahuyentar a los miembros de la

Sociedad que intentaban acercarse para asistir al hombre malherido.

—Su cara… —gimió Simon el Gentil mientras se retorcía en la alfombra—. Su verdadera cara…

Δ

Había una mancha descolorida y con forma de mapa en la alfombra de color borgoña, que abarcaba un par de triángulos y disipaba su color dorado a un apagado marrón.

—Creemos que es la que dejó él, pero no estamos seguros del todo —dijo el nuevo amigo de D—. Hemos hecho varias reformas desde entonces.

Estaba a algo más de un metro de la tarima, junto a una planta en una maceta con soporte. Durante toda la narración de la historia, las manos del hombre afable habían permanecido cautivas en sus axilas, aunque D se fijó en que se le había subido la manga, revelando que tenía la piel de la muñeca blanca y pelada.

—Aquí se hizo historia de un modo inaudito inaudito.

El final del relato tenía confundida a D. ¿Qué había pasado en el armario para que el marido se enfureciese tanto que terminara asesinando a Simon el Gentil? ¿Cómo se había «tomado libertades» el conjurador con la esposa de ese hombre? Aunque quizá, desde el punto de vista de D, lo más importante era la cuestión de la mascota del Gentil: ¿qué había sido del gato blanco maravillosamente malcriado que vivía en el lujoso hotel? También le entraron ganas de pedirle al anciano que le enseñara las manos, pero sabía que sería de mala educación. Y quiso pedirle permiso para entrar en el Vestíbulo, sin cerrar la puerta, claro, y tocar las paredes como había hecho Simon el Gentil, pero tampoco se atrevió.

—Gracias por contarme una historia —dijo D en lugar de todo ello—. Seguro que la entenderé más cuando sea mayor.

El hombre soltó una risita y la felicitó por ser una chica agradable agradable.

Ambrose por fin llegó desde dondequiera que hubiese estado

tras la segunda cortina del Gran Salón y, al poco tiempo, ya deshacían los pasos a pie y en tranvía que habían llevado a D hasta el edificio de ladrillo.

En casa, la Nana había conseguido incorporarse.

—¡Pero qué fatal tengo los nervios!

El hermano de D sacó una botella nueva de tónico que asentó los temblores de la Nana justo a tiempo, un minuto o dos antes de que su madre llegara a casa.

Esa noche Ambrose fue a la habitación de su hermana y se acuclilló junto a su cama. D lo había hecho justo como él esperaba, y estaba orgulloso de ella. Su sonrisa dentuda flotaba en la semioscuridad.

—¿Qué te ha parecido el tipo del chaleco dorado?

—He pensado que era un hombre gracioso gracioso —dijo D.

—Bastante bastante —repuso Ambrose, y hundió la cara en las mantas de la cama para amortiguar la risa. D tuvo que taparse la boca también.

—¿Qué haces en ese lugar? —susurró ella.

—Ya te lo dije, intentamos salvar el mundo —respondió Ambrose—. Y puede que no solo este mundo, por cierto. ¿Quién sabe? Quizá podamos hacer el bien en otros mundos, también. Porque existen tantos mundos como pelos en tu cabeza, D. Solo hay que encontrar los sitios donde se cruzan los mechones. ¿Qué te parece eso?

Por acto reflejo, D se pasó los dedos por el pelo.

—Hace que me pique la cabeza —dijo, y a Ambrose se le escapó otra risita, y a ella también.

Pero su hermano murió antes de poder explicarle qué pasaba tras la cortina del fondo del Gran Salón, donde solo los miembros, como él mismo y el hombre del chaleco dorado, tenían permitido el acceso.

# Alguien capaz de apuntar unas palabras

En la reunión del Comité de Justicia a finales de esa tarde, los tres presidentes del Gobierno Provisional estaban sentados hombro con hombro a una mesa situada bajo el estrado del juez en la sala del Tribunal Superior. En la pared de detrás había recuadros descoloridos donde habían estado los retratos del rey, la reina y el ministro en jefe. La mayoría de las hileras de asientos a nivel del suelo estaban ocupados por los compañeros voluntarios de Robert, procedentes de la universidad, con los brazales verdes bien ceñidos, pero también había unos cuantos soldados auxiliares de Crossley. Casi todos los sindicalistas se agolpaban en la galería superior y, según observó el teniente, llevaban la tela verde no en el brazo, sino en torno al cuello, como si de algún código se tratara.

El primero de los tres presidentes era Jonas Mosi, representante de los estibadores y otros sindicatos obreros. Un compañero universitario de Robert, Lionel Woodstock, el organizador de las protestas estudiantiles, era el segundo. Y el tercero, elegido primer ministro en funciones, era Aloys Lumm, el disperso dramaturgo octogenario. Cada uno de esos tres hombres parecía fundamentalmente ajeno a los otros dos. A Robert aquello le parecía menos una conferencia política que el encuentro de tres supervivientes dispares de un naufragio en una costa extraña e inhóspita. Casi empezó a preguntarse cuál sería el primero en coger una piedra del suelo e intentar abrirles la cabeza a los otros dos. Robert había esperado un poco más del liderazgo transitorio, pero se dijo que por fuerza el proceso se volvería más fluido y que, en todo caso, era solo eso: transitorio.

Mosi acababa de declarar que los planes de Lionel para sacarse un nuevo sistema legal de la manga eran absurdos.

—Plantas a la persona a quien acusas delante de un jurado, dices lo que ha hecho, esa persona dice lo que ha hecho y el jurado decide lo que está bien y lo que no. —El sindicalista era un hombre gigantesco, malcarado e irritable. Echó casi todo el torso encima de la mesa, con los hombros encogidos y los antebrazos flexionados, y fulminó a Lionel con la mirada desde entre sus músculos—. ¿Qué tiene eso de malo?

—No tiene nada de malo. —Lionel hablaba despacio, parpadeando tras sus anteojos, y aquella meticulosidad revelaba su experiencia como miembro del club de debate universitario—. Pero debemos asegurarnos de saber exactamente lo que hacemos.

—Yo sé lo que hago —dijo Mosi.

—No digo que no lo sepas —respondió Lionel.

—Caballeros, caballeros —intervino Aloys Lumm, que solo decía tópicos, obviedades y tópicos obvios—. Lo que debemos ser es claros. El pueblo debe verlo y el pueblo debe oírlo. Las preguntas deben poder responderse a sí mismas, ¿me equivoco?

Y el dramaturgo, con una risita por su propia sabiduría, inclinó su cabeza de pelo níveo en un asentimiento. Las intervenciones del anciano siempre provocaban un silencio mientras Mosi y Lionel intentaban deducir de parte de quién estaba.

En la universidad, Robert había leído una obra de Lumm titulada *Una pequeña caja para lobos*. Bueno, la había leído Dora y luego le había contado el argumento. Trataba de dos hombres que capturaban al diablo, le había dicho, pero en realidad era el diablo quien los capturaba a ellos. Robert había pensado que sonaba irritante y estrambótico; no muy distinto, por cierto, a las diligencias que estaba presenciando esa tarde.

—Incluso un juicio por jurado debe tener normas —dijo Lionel.

—Un juicio por jurado ya es una norma —replicó Mosi.

—El respeto desea la autoridad —graznó Aloys Lumm—, pero ¿necesita la autoridad? No estoy nada convencido de que sí. Nada convencido. Convicción y verdad, esas dos cosas son la columna vertebral del asunto, como el espinazo de una formidable bestia que…

Y siguieron de esa guisa hasta que, en medio de una interminable regañina sobre la idoneidad de la decisión tomada por Crossley de disolver sumariamente las fuerzas policiales restantes y clausurar las comisarías a la espera de reclutar y entrenar a nuevos alguaciles, los intentos de Robert por mantenerse concentrado en los importantes asuntos que se trataban fracasaron y su mente vagó hacia Dora. Cómo adoraba a su pequeña doncella, cómo adoraba su forma de decir «teniente» con aquella voz suave que tenía, destacando cada sílaba como una chocolatina que partir en tres trozos: te-nien-te. Adoraba también el aspecto que había tenido esa misma tarde, tumbada en la reproducción de un mostrador de banco, su cuerpo extendido de algún modo al infinito por su desnudez. Dora se movía por el mundo con toda facilidad. A Robert se le hacía raro pensar que caminara sobre dos pies. En su mente, Dora se deslizaba de un lugar a otro, igual que la niebla. ¿Cómo podía ser, se preguntó, que él estuviera allí cuando podría estar dondequiera que estuviese ella, tocándola? ¿Cómo había permitido que sucediera? La revolución era esencial para mejorar las condiciones de vida de las clases inferiores y concederles dignidad y voz, pero luego estaba Dora, fluyendo sobre el mostrador bajo las narices de los cajeros de cera, y Dora era esencial también.

Un mazazo señaló el final de la reunión.

Los otros hombres de su fila, ansiosos por huir de aquella sala atestada y sofocante, obligaron a Robert a levantarse de sopetón. Arrastró los pies en una incómoda postura encorvada. No sabía qué principios legales se habrían acordado, en caso de haberlo hecho, ni si el asunto policial había quedado resuelto. No lo sabía y, por el momento, tampoco le importaba. Su principal inquietud consistía en no rozar a ningún camarada con su miembro erecto.

Alguien le agarró el codo y fue como si le metieran una mano en el estómago. Robert estuvo seguro de que alguien había reparado en su excitación.

—Diantre, cómo les gusta concretar las cosas, ¿eh? Hablar y hablar. Escuche, señor, ¿tiene un momentito libre, por casualidad? No querría molestarlo, pero necesito a alguien capaz de apuntar unas palabras. Para un asunto confidencial. Lo consideraría un grandísimo favor.

Robert se retorció y vio al sargento Van Goor, el asistente de Crossley que los había ayudado esa mañana. Estaba avanzando por el pasillo contiguo.

—Va usted un poco doblado —prosiguió el sargento—. No se habrá hecho daño en la espalda, ¿verdad?

—La tengo un poco rígida. —Además de avergonzado, Robert estaba molesto por lo observador que era aquel hombre—. ¿Quiere que alguien apunte unas palabras? ¿Unas palabras cualesquiera? ¿En algún orden particular?

El sargento profirió una carcajada. No había soltado el codo de Robert y se movían juntos, avanzando muy cerca por sus respectivos pasillos. En el aliento de Van Goor se olían varias comidas.

—¡No, no, no es nada raro, señor, lo juro! Es solo que necesito a alguien con buena mano. Me he fijado esta mañana en lo rápido y bonito que le ha hecho ese papel a su joven dama.

La mayoría de los soldados de la Guarnición Auxiliar de Crossley se mostraban taciturnos, si no directamente hostiles, con los estudiantes universitarios y los sindicalistas que habían formado la Defensa Civil Voluntaria y ostentaban cargos de autoridad en los comités del Gobierno Provisional. Robert no se lo reprochaba. Su principal lealtad debía ser hacia su general. Carecían de educación y de una paga decente; el objeto de más valor que poseían casi todos ellos era el uniforme que recibían como adelanto de su salario al alistarse. Van Goor, aun siendo un hombre tan poco instruido como sus compañeros, era una agradable excepción, y muy posiblemente por eso lo había elegido Crossley como asistente.

Cuando se habían repartido las tareas la noche en que tomaron los edificios gubernamentales, había sido Van Goor quien le llevó a Robert la sierra que debía emplear si tenía que cortar los cables telegráficos. «Si ve usted fogonazos de pólvora, ahí estamos, llegó el momento. Deles bien a los cables con esto y se partirán sin problemas. Luego se quita las botas, salta por la barandilla y echa a nadar en dirección contraria a los disparos. Este lado del puente es más bajo. Igual le duele al dar contra el agua, pero no le pasará nada. Haría falta mucha suerte para meterle un balazo a oscuras —le había dicho el sargento—. No se aleje de la orilla, ¿eh?». Robert había logrado susurrar: «Entendido», y Van Goor le dio un golpecito en el hombro y le aseguró que lo haría de rechupete.

Bajito, cetrino y patiestevado, el sargento tenía la nariz como una escalera por alguna paliza que había recibido. A Robert le recordaba a los empleados que trabajaban en la hacienda de su familia, con los que sentía un vínculo duradero. No había sido su padre, el patrono, sino aquellos hombres a sueldo quienes habían enseñado a Robert a tender trampas, a fumar en pipa y, con un semental y una yegua a modo de ejemplo, le habían explicado llanamente la mecánica del acto sexual.

De hecho, Robert no estaba nada convencido de que su padre comprendiera por completo esa última información, ni de que quisiera hacerlo. La procreación se hacía sin ropa, y no había nada que los hombres como su padre temieran más que cualquier clase de desnudez.

Dado que el siguiente eslabón en su cadena de pensamientos consistía en las actividades de sus padres tras la puerta del dormitorio, el teniente descubrió que ya no estaba erecto.

Le dijo a Van Goor que, por supuesto, estaría encantado de escribir cualquier cosa que necesitara, y que podía confiar en su discreción. Irguió la espalda mientras salían al pasillo lateral, donde había menos aglomeración. Robert supuso que el sargento debía de ser analfabeto.

—¡Ah, estupendísimo! Le estoy muy agradecido, teniente Barnes, señor.

El ayudante lo llevó hacia una puerta que había a un lado, al fondo de la sala. Las espuelas de Van Goor tintineaban al ritmo de sus vivas zancadas.

A Robert se le pasó por la cabeza que el asunto confidencial que acababan de reclutarlo para poner sobre papel debía de ser una carta de amor dictada por Van Goor para su pretendida. Dora iba a pasárselo pipa. «¿Decía alguna cosa sentimental acerca de su vientre, teniente? —podía oírla preguntar, y la imaginó haciendo una caída de ojos—. Insisto en recibir un informe completo. Ya sabes lo mucho que me gusta el romanticismo».

Dora no era lo que solía esperarse de una sirvienta. Estaba la confianza que mostraba con él, el jueguecito de autoridad al que jugaban, y estaba la forma en que se ocultaba delante de todos los demás. Y no era iletrada, como Van Goor y la mayoría de los hombres y mujeres de su clase social. En más de una ocasión, como aquella vez con la inescrutable obra de Lumm, Robert había despertado para encontrarla apoyada en las almohadas a su lado, leyendo algún libro suyo de clase a la luz de la lámpara. Cuando él le preguntaba su opinión sobre algún texto, Dora siempre respondía algo como: «Ah, solo miraba por si había alguna cochinada» y dejaba el libro a un lado, pero Robert sospechaba que estaba interesada de veras en formarse.

Y por fin podría hacerlo.

Lo habían logrado, entre todos ellos, letrados e iletrados. Habían echado el freno a la máquina y la habían detenido antes de que pudiera engullir más vidas. Habían recuperado la riqueza de la nación para quienes la creaban. Si Dora quería unirse a algún comité femenino de los que terminarían formándose en algún momento, o adoptar algún otro papel en apoyo del nuevo gobierno representativo, estaría en condiciones de hacerlo.

Y si el sargento quería su ayuda para redactar una carta pornográfica a su verdadero amor…, bueno, era lo menos que Robert podía hacer por un compañero de armas.

—Por aquí que entramos —dijo Van Goor.

La puerta daba a un pasillo oscuro con paneles de roble. Al final había otra puerta de aspecto pesado y a su lado, en un banco, un hombre vestido con librea: levita y un pañuelo escarlata anudado en torno a su sombrero de copa. Tenía los brazos cruzados con tensión sobre el pecho, el mentón ladeado y apretado. Robert decidió con solo una mirada que agradecía no ser el caballo de aquel hombre.

—¿Qué tal les ha ido, por cierto? —Van Goor se detuvo al llegar a la puerta, haciendo caso omiso al enfurruñado cochero sentado en el banco—. Con el sitio ese que su joven dama se ha presentado voluntaria para llevar, digo. ¿La no-sé-qué psíquica? ¿O era una asociación de doctores? Estaba en Acervo, si no recuerdo mal. ¿O era en Pequeño Acervo?

—Hemos asegurado el local —dijo Robert.

Prefería no hablarle a Van Goor de la Sociedad para la Investigación Psíquica, no fuese a encontrarla interesante. En aras de la camaradería, estaba dispuesto a emborronar papel con una descripción de la tumescencia de Van Goor, pero todo tenía un límite, y Robert no pensaba facilitar una conversación sobre las supersticiones que pudiera suscribir el asistente. Y, en cuanto al pequeño cambio que le había hecho a la declaración de autoridad de Dora, no merecía la pena mencionarlo.

—¡Estupendísimo! —Van Goor dio unos golpes con un nudillo en la pared—. Una chica encantadora, su joven dama.

—No es mi dama. —No pasaba nada si algunos amigos suyos sabían que estaba relacionándose con una empleada de la universidad, pero el teniente prefería no ser objeto de habladurías entre la soldadesca. Se dijo a sí mismo que lo hacía tanto por el bien de Dora como por el suyo propio—. Solo una aliada del movimiento.

—Por supuesto, señor.

El ayudante dijo eso último en un tono llano y despreocupado que parecía descartar el sarcasmo y, de todos modos, había abierto la puerta sin darle a Robert tiempo de responder.

Entraron en el despacho del primer magistrado. Un extremo de la sala estaba invadido por un escritorio del tamaño de un carguero. Lo flanqueaban sendas estanterías cargadas de libros encuadernados en cuero verde y rojo. El río se desplegaba como una amplia veta de plata al otro lado del ventanal que había al fondo de la estancia.

Había dos hombres sentados en sillas delante del escritorio, como debían de haber hecho los abogados durante sus sesiones privadas con el primer magistrado. Uno de ellos, ataviado con uniforme de oficial, varios galones de oro trenzado en los hombros y no pocos distintivos en el pecho, no era otro que el general Crossley, comandante de la Guarnición Auxiliar. Robert se quedó de piedra al verlo, y tuvo que replantearse por completo la situación en que se hallaba. Lanzó una mirada a Van Goor y el sargento sonrió, a todas luces disfrutando de su sorpresa.

La segunda figura era un hombre orondo con una brillante chaqueta blanca que le daba aspecto de haber pasado la tarde remando en el Estanque Real. Era sin duda un civil. Ambos fumaban cigarrillos y bebían un licor marrón en vasos de cristal tallado. Crossley mantenía una postura envarada y una expresión adusta, pero el hombre con el traje de fiesta parecía estar de un humor excelente, exhalando humo de cigarrillo en largas bocanadas.

—… y el requesón es lo único que puede retener, así que no come otra cosa —estaba diciendo el civil. Se volvió al oír la puerta y añadió—: Ah, veo que ha encontrado usted un secretario.

Indicó por señas a Robert que rodeara la mesa y se sentara al otro lado. Ya había plumas, tinta y papel preparados. Cuando Robert hubo tomado asiento, el hombre de la chaqueta blanca miró expectante al general. Crossley consultó una nota, se la guardó en un bolsillo y comenzó a entrevistar a su acompañante, pidiéndole en primer lugar que se identificara. El amplio rostro del hombre y el acantilado de pelo rubio claro que se alzaba sobre su frente le sonaban muchísimo, pero no fue hasta que lo oyó dar su nombre cristiano como Ronald John Westhover cuando Robert comprendió que era el recién depuesto ministro de la Moneda.

Después de eso, el general le pidió un resumen de la situación financiera de la nación.

Westhover gruñó y asintió reconociendo la sabiduría de aquella indagación. Le llevaría más de una noche explicar todos los detalles, dijo, pero «el balance de caja no ha estado a nuestro favor en los últimos tiempos, cosa que puede ser una auténtica molestia». Achacó la responsabilidad a las decisiones en beneficio propio del ministro en jefe y los consejeros de la Corona, pero sin llegar a llamarlos corruptos.

—Hemos sido más bien generosos con los préstamos a ciertos intereses empresariales procedentes de nuestras reservas financieras, y los ingresos no han terminado de fluir de vuelta como teníamos anticipado —afirmó, y culpó también de esas devoluciones decrecientes al contrato del ejército con los francos, a la luz de la reciente y desastrosa campaña—: si uno presta su ejército al interés adecuado, obtiene beneficio suceda lo que suceda. Ya puede caer absolutamente masacrado, que aun así dará dinero. No obstante, es innegable que irá mucho mejor si no lo masacran, porque el reclutamiento y la formación de nuevas tropas supone un gasto que reduce los márgenes, como es natural...

Llegado a ese punto, se permitió divagar para expresar su opinión sobre el estado mental de Mangilsworth:

—... pero es que, por mucho que respete a ese hombre por su valentía y su capacidad para retener la lealtad de una masa de hombres tan dispares, está enfermo y anciano, y tampoco es que haya sido nunca muy rápido de entenderas, la verdad sea dicha.

Al cabo de un tiempo, Westhover se empecinó en relatar su versión de la muerte de Juven:

—... y entonces el muy demente volvió a provocarme, dándose la desgraciada circunstancia de que mi palafrenero llevaba la pistola allí mismo, en el bolsillo, al alcance de mi mano con la sangre encendida. Ni siquiera cuando me hice con el arma pretendía dispararle, creo, pero ese hombre tenía los ojos fijos en mí. Me sorprendió que se atreviese siquiera a cruzar la mirada conmigo. Mi dedo saltó sobre el gatillo. ¡Y pum, muerto!

»Me quedé horrorizado. A día de hoy aún lo lamento. Sé que no debería culparme a mí mismo, pues ese hombre tosco estaba descontrolado y ¿cómo saber que no iba a saltar y morderme? Es muy posible que lo hubiera hecho, con lo rabioso que estaba;

el río envenena la sangre a la gente de allá abajo, donde crían los de su calaña, pero una parte de mí no deja de arrepentirse. —El exministro frunció el ceño y luego hizo un gesto de confusión, meneando los dedos hacia arriba—. Por unos instantes, se me contagió su locura.

Ya casi clareaba fuera de la ventana cuando el general comprobó una vez más el papelito que había estado sacando y guardándose toda la noche —escrito en una tinta de un tono rojo muy llamativo, había visto Robert— y anunció que sería mejor dejarlo por el momento. El teniente ordenó los folios de la transcripción que había redactado y los dejó en el escritorio. Mientras Van Goor se lo llevaba por la puerta, el general y el ministro estaban sirviéndose una última ronda de copas.

En el pasillo, el lacayo se había dormido acurrucado en el banco.

Δ

Después de abandonar el edificio, los dos hombres se detuvieron al llegar a la mesa de Van Goor en la plaza, al lado del tigre de piedra. Era una cálida noche de verano y muchas tiendas de campaña de los soldados, erigidas en las zonas de hierba entre secciones enlosadas, tenían la solapa abierta. Robert oyó a un soñador murmurar desde dentro de una tienda: «Margaret, ¿no querrías…?».

Sacó un cigarrillo de su pitillera. Estaba atónito por lo que había oído en aquel despacho.

—Con qué despreocupación hablaba Westhover de haber matado al ceramista, como si no hubiera hecho nada malo.

El ministro de la Moneda había sido absuelto del homicidio aduciendo defensa propia, pero la verdad había circulado mediante el boca a boca, los panfletos anónimos y las pintadas en las paredes. Era uno de los principales incidentes que habían inducido las reuniones antigubernamentales secretas entre los estudiantes y los estibadores y demás sindicatos. Si un hombre rico podía morir asesinado en plena calle ante una multitud de testigos, ¿qué esperanza de obtener justicia tenían los demás?

Van Goor se agachó, raspó una cerilla en una losa y le encendió con ella el cigarrillo a Robert.

—Es vergonzoso, señor.

—Gracias. No tenía ni idea de que ese tipo estuviera detenido. Daba por hecho que había escapado.

—Eso es porque, si se supiera, estos chicos de aquí lo colgarían. Por eso tenía que ser confidencial.

—Por supuesto. No diré ni una palabra.

—Pero ¿verdad que sería bonito? Subir a ese tipo bien alto, hacerlo ondear como una bandera. Pero no, aún no. Menudo individuo más enfermo. Yo ayudé a registrar su mansión. Había pruebas de unas costumbres muy peculiares, dejémoslo en eso.

El sargento meneó la cabeza con tristeza. A Robert se le despertó la curiosidad, pero no había manera de intentar satisfacerla sin parecer morboso.

—En todo caso —continuó Van Goor—, hay que averiguar dónde escondieron todos los trapos sucios. Habrá que apretarle las tuercas durante un tiempo.

Como siempre que salía el tema del alfarero asesinado, Robert recordó los platos de la mansión de sus padres. Estaban decorados con la imagen de un semental en un prado. Lo reconfortó pensar que eran a un solo color, hechos en simple negro, y no a tres como la vajilla del pretencioso ministro. Los padres de Robert no eran gente avariciosa; era solo que no veían más allá de sus narices. Su padre había llevado el mismo par de botas durante años, y le pagaba a la esposa de un empleado para que se las remendara. De hecho, aun con sus botas y su pesado abrigo, cuando lord Barnes bajaba al campo para saludar a sus hombres era su mutismo lo que lo distinguía de otros terratenientes. En vez de decirles hola, asentía con timidez a cada uno de ellos y se aclaraba la garganta en un rugido de reconocimiento, «jurrumm», al pasar frente a ellos mientras inclinaba aún más la cabeza. El padre de Robert era buena persona. Lo que ocurría era que había nacido siendo propietario y no había conocido nada más.

Robert se juró a sí mismo, una vez más, que les escribiría a sus padres la carta que llevaba unos meses posponiendo, en la que iba a explicarles cómo se sentía y cómo iban a cambiar las cosas a mejor.

—Ah, pero Westhover está preocupado. Lo que hemos visto es solo una fachada. —Van Goor se había encendido un cigarrillo también. Lo incrustó en una esquina de la boca y soltó humo por la otra—. Y Crossley es majo con él para que hable más. Se le nota que cree que a lo mejor aún se libra. Supongo que esa fachada suya caerá cuando lo ahorquen. Me juego lo que sea a que chilla como un cerdo.

—Tengo ganas de oír su confesión leída en público durante el juicio —dijo Robert.

—Ah, sí, eso nos gustará a todos.

Tuvo la sensación de haber juzgado mal al sargento. El objetivo de todo lo que habían hecho era elevar a hombres como Van Goor, que era rudo pero no estúpido, que era, al fin y al cabo, hermano suyo en cierto sentido. Robert quiso expresar aquello de algún modo. Lo único que se le ocurrió fue:

—Dígamelo si puedo hacer algo por usted. Siempre estoy dispuesto a ayudar. Le escribiré sus cosas personales, si alguna vez tiene necesidad de ello. Usted cuénteme lo que quiere transmitir, o deme una idea aproximada de qué decir y ya me ocupo yo de lo demás.

El sargento carraspeó.

—Muy amable por su parte, teniente —dijo.

Van Goor se balanceó sobre los talones de las botas y frotó con el pulgar la esmeralda engarzada en su gemelo, que no era como había que hacerlo. Se usaba una tela suave. Pero Robert no lo corrigió, porque no era la actitud adecuada. Se figuró que aquellos gemelos debían de haberle llegado a Van Goor de manos de su padre, y quizá del padre de su padre, que eran una estimada herencia y que todo su linaje, un hombre feo tras otro, los había frotado creando un legado de dedazos. Había una dignidad en ello, en toda esa presión aplicada a la pequeña gema por el pulgar de tantos hombres sencillos. Pese a no haber dicho nada, Robert sintió una repentina necesidad de disculparse.

La imagen de su padre en el campo, saludando a los empleados con la cabeza y haciendo aquel tímido ruido gutural, regresó a la mente de Robert.

Apurado por reprimir la asociación, dijo:

—Y si necesita que le remienden las botas, estoy seguro de que Dora, la chica que le presenté, esa a la que ayudó usted, nuestra hermana de armas, podrá ocuparse. Estoy convencido de que lo hará encantada.

—¿Remendarme las botas...? —Van Goor asintió, y sonrió, y apagó el cigarrillo contra la pata trasera del tigre—. Ah... Muy amable, señor.

Al momento, el teniente captó el atisbo de un malentendido. ¿Acaso Van Goor creía que Robert estaba invitándolo a... con Dora? La idea era repulsiva, pero no podía saber con certeza si era correcta y tampoco daba con una forma de comprobarla sin ofender al hombre.

Sonaron unos cascos desde la calle y un par de soldados entraron a caballo en la plaza.

Van Goor dio un silbido y fue con paso firme a recibirlos. Robert lo siguió, tropezando de camino con un hombre que dormía en el suelo desnudo. Para cuando se hubo enderezado y disculpado con el soldado medio borracho sobre el que había caído, el sargento Van Goor ya estaba ordenando a voces que algún ayudante despertase al general.

La noticia era que los restos de las tropas enemigas estaban haciéndose fuertes en las colinas al norte de la ciudad. Habían establecido un bloqueo en la Gran Carretera y abierto fuego contra un coche de correo. No eran una fuerza numerosa, pero podían volverse difíciles.

—Parece que aún no hemos acabado de pelear, ¿eh? —le dijo Robert al sargento.

—Eso espero, señor, ¿usted no? —replicó Van Goor.

Se marchó al trote antes de que Robert, que había decidido mentir por motivos fraternales, pudiera expresar su acuerdo.

Δ

Casi era mediodía ya cuando el sargento Van Goor se acordó del lacayo. Había estado toda la mañana ocupado llevando mensajes de un lado para otro. El alto mando había despachado una unidad de caballería y varias piezas de artillería hacia la posición rebelde, por si hacían falta. Mirando los números, estaba claro que Crossley podía arrollar la endeble retaguardia del gobierno derrocado si se daba el caso, pero sería una operación costosa, con la posición enemiga fortificada. El general ya había aceptado un mensaje del otro bando y estaban planificando las negociaciones para su rendición.

El sargento solo quería tomarse una copa y pasar unas horas tumbado en su esterilla, pero aún tenía que ocuparse de aquel lacayo. Lo habían encontrado cargando el carruaje de Westhover cuando detuvieron al ministro, y los soldados lo habían llevado al Tribunal de la Magistratura para interrogarlo, pero estaba clarísimo que era un don nadie. Van Goor confiaba en que el hombre hubiera tenido dos dedos de frente y se hubiera largado de allí.

Pero no lo había hecho.

Van Goor lo encontró, despierto de nuevo, en el mismo banco fuera del despacho del primer magistrado.

—Ya os he dicho todo lo que sé sobre Westhover, que es nada. Solo trabajaba para él. ¿Tendré que quedarme aquí para siempre? —preguntó el lacayo.

—Te quedarás donde yo te ponga —repuso el sargento.

El lacayo se sorbió la nariz. Levantó la mano y acarició el ridículo pañuelo que colgaba de su ridículo sombrero, pero mantuvo la boca cerrada.

Van Goor pasó al lujoso despacho y se sentó a la mesa para escribir un mensaje. Al terminar lo leyó, vocalizando las palabras. Anotó la dirección fuera, dobló el papel y lo selló con el lacre púrpura del magistrado. Sabía escribir a la perfección, pensara lo que pensara aquel puto «teniente».

El sargento Van Goor bufó para sí mismo. Antes de la noche anterior, había imaginado que jamás encontraría a nadie que le diese tanto asco como el ministro de la Moneda, cantando como un jilguero para salvar la vida, comportándose como si aún estuviera al mando de algo. Como si allí no supieran lo raro y degenerado que era en realidad el muy mamón, con aquellos cajones de su dormitorio llenos de huesos de animales.

(Cuando los enviaron a casa del ministro a buscar documentos, libros de cuentas o cualquier otra cosa que pudiera contener registros de los crímenes de la Corona, fue el propio Van Goor quien había abierto el primer cajón de la cómoda del dormitorio. Había estado tan repleto de huesos que unos pocos saltaron y cayeron traqueteando al suelo, y el sargento reculó de golpe. Todos los soldados presentes se echaron unas buenas risas con ello.

—Que os jodan —les había dicho Van Goor—. A ver qué hacéis vosotros si encontráis un cajón lleno de sobras de la comida de un vampiro.

Los cinco cajones de la cómoda estaban a rebosar de huesos. Y no era solo la cantidad de huesos, sino también lo limpios que estaban, blancos como el marfil. ¿De dónde había sacado tiempo el ministro para saquear el terreno? Debía de haber dedicado todas sus horas libres a hervir a los pobres animales para desollarlos. Allí había algún tipo de depravación sexual, a Van Goor no le cabía la menor duda).

El sargento regresó al pasillo y se dirigió al lacayo.

—Muy bien, quiero que me digas una cosa.

—Adelante —respondió el lacayo—. Tampoco es que tenga mucho que hacer, ¿verdad?

—¿Te parezco un hombre que no se sabe el abecé? —preguntó Van Goor.

—¿A qué te refieres?

—Pues a lo que he dicho. ¿Tengo pinta de no saber leer ni escribir?

Los ojos entornados salpimentaron más duda en el semblante ya cínico del lacayo.

—No, no más que cualquiera.

Pero allí estaba aquel «teniente» Barnes, aquel colegial cuya graduación correcta en el orden general de las cosas estaba por debajo de la mierda pegada al zapato, que no duraría ni un día

en el verdadero ejército, haciendo suposiciones sobre la inteligencia de Van Goor, dando por hecho que no sabía leer, requisi-
to obligatorio para llegar a sargento, según decían las normas.
Van Goor reconoció que no les tenía tanta ojeriza a Barnes y a
los aires que se daba como al ministro y a sus huesos, pero aun
así lo irritaba. Solo había llevado a Barnes para que escribiera
porque habían supuesto que Westhover estaría más cómodo hablando si quien transcribía sus palabras era una persona con un
aspecto más propio de su clase social, y porque, después de aquella estupidez del edificio, el sargento había creído que el colegial
y él se llevaban bien. ¡Y no iba luego el colegial y lo miraba por
encima del hombro, después de haberle hecho el favor de firmar
el papel para que su fulana se quedase con un edificio entero! La
grosería tenía pasmado a Van Goor, y más si cabe por lo automática que había sido. El sargento no era un hombre al que pudiera escupirse así. ¡Y luego el colegial había tenido los tremen-
dos huevos de ofrecerle a su fulana en compensación, como si a
Van Goor le hiciera falta su permiso!

—También te digo que no me sorprendería, ¿eh? —añadió el
lacayo con retraso, interrumpiendo los pensamientos de Van
Goor—. Sin ánimo de ofender, no es que me parezcas muy de
libros. —El lacayo soltó una carcajada divertida—. Pero ¿qué
sabré yo, si vivo en un pasillo?

Con un giro de muñeca, el sargento le tendió el mensaje sellado. En vez de coger el papel de inmediato, el lacayo lanzó una
mirada ladina a la muñeca extendida de Van Goor.

—Bonitos gemelos, sargento. ¿Cuánto te costaron?

Los gemelos no le habían costado nada. Cosa que el lacayo
sabía de sobra. Era, por el contrario, otro individuo quien había
pagado un precio por no entregarlos con la suficiente rapidez.
El sargento tenía un umbral muy bajo para la insolencia.

Pero estaba cansado, así que dejó caer el papel en el regazo
del lacayo.

—Llévalo a la dirección que pone. Es una presentación. El
hombre de allí te tomará las señas por si queremos volver a hablar
contigo, te pedirá que prometas lealtad y te mandará para casa.

El lacayo hizo una mueca burlona.

—¿Y ya está? ¿Me tenéis aquí esperando casi un día entero para eso?

Pero Van Goor no estaba tan agotado como para dejar pasar aquello. Lo habían llevado al límite. Si tenía que explicarle cuatro cosas a aquel hombre, no había nadie cerca para verlo.

—¿Pretendes ser grosero? —preguntó.

La mueca del lacayo desapareció.

—Claro que no.

—No te interesa ser grosero conmigo —dijo Van Goor, dando unos golpecitos a la culata de su pistola.

Los ojos del otro hombre se desviaron a los dedos del sargento y enseguida saltaron de allí hacia el pasillo vacío.

—No quería serlo.

El sargento se quedó de pie muy cerca de él.

—Porque no voy a tolerarlo. Y puedo ser más grosero que tú, eso tenlo por seguro.

—Bueno —probó a decir el lacayo—, supongo que debería ir…

—Supongo que deberías. Capullo maleducado.

Van Goor dio un capirotazo al sombrero de copa que llevaba el lacayo, que sonó con un golpe hueco, y no se movió del sitio. Para poder levantarse, el lacayo tuvo que deslizarse de lado por el banco. Después de hacerlo, se alejó andando de espaldas por el pasillo. Movió en el aire el mensaje sellado.

—Voy directo aquí —le aseguró al sargento—. Sé dónde es, de llevar al ministro. La esquina de Pequeño Acervo. Es una embajada, ¿verdad?

—Sí —dijo Van Goor—. O lo era, al menos.

«Ajá. Seguro que nunca ha visto sonar la campana».
La campana era como llamaban a una jugada ganadora:
un cadáver.

# Dos para la doncella del tocado

De un guardarropa en los aposentos que habían pertenecido al hijo de un asambleísta, D confiscó dos maletas. Mientras la inmensa mayoría de los demás estudiantes armaban gresca y se apuntaban a los Voluntarios, el hijo del asambleísta se había mantenido fiel a su clase social y había huido del campus.

D metió sus propias e insustanciales posesiones en las maletas, junto con la ropa de cama del hijo del asambleísta, parte de su ropa y varios otros objetos a los que pensó que hallaría utilidad. Buscó dinero en los lugares habituales, pero no encontró nada. En el cajón de la mesita de noche había una navaja de afeitar y, para su sorpresa y desagrado, un diente suelto. D se llevó la navaja, dejó el diente.

Cerró la puerta de la habitación al salir y regresó al dormitorio del servicio. Cogió de la cocina varias conservas secas y del cuarto de limpieza unos cepillos, jabón y abrillantador. Lo guardó todo también en sus nuevas maletas.

Otra doncella, Bethany, entró en la cocina. Dio un respingo al ver que D estaba saqueando el lugar.

—Esas maletas no son tuyas, Dora.

—Ahora sí —replicó D—. He encontrado un sitio nuevo. No voy a volver.

Bethany era una chica alta y abrupta, toda barbilla y codos y pies. Tenía el aspecto y los ademanes de alguien a quien hubieran sacudido y luego vuelto a montar. Como casi todas las otras chicas empleadas en el servicio de la universidad, como la propia D, era huérfana, llegada desde el Albergue Juvenil. D supuso que ahí era donde la habían sacudido.

—¿Cómo que has encontrado un sitio nuevo? ¿Qué sitio?

—Un sitio y ya está. Hay que cuidar de una misma. La universidad ha cerrado y no se sabe cuándo abrirá otra vez, así que no tiene sentido quedarse.

—Ahí fuera es peligroso. Esta mañana había caballería en la calle, antes del amanecer —dijo Bethany.

—Estarían patrullando, manteniendo la paz mientras se aclaran las cosas. Mi amigo de los Voluntarios dice que van a organizar un gobierno nuevo más justo. Seguro que has visto los panfletos.

—Tu amigo. Tu señor Barnes.

El matrimonio de Bethany era su único y triste orgullo. Su marido, Gid, era un hombre mayor que se ganaba un salario exiguo cuidando a los terriers del rector de la universidad. En una ocasión Bet había confesado de pasada que, para educar a sus pupilos, a veces Gid pasaba la noche en la perrera con ellos. Las sucias pullas de las otras sirvientas que había provocado esa confesión eran las que cabía esperar. Fue D quien informó a la cabecilla de que ese acoso tenía que cesar.

(«¿Por qué no tenemos que reírnos un poco de Bet?», le había preguntado la chica, a lo que D respondió: «Porque te atizaré con la pala de la ceniza como no pares», y eso zanjó la cuestión).

Se quedó un poco decepcionada, pero no sorprendida, por la ingratitud que transmitía el tono de Bethany. Cuando te sacudían, era normal que se partiera alguna pieza. Te quedabas con muchos cantos afilados.

—Exacto. —D clavó la mirada en los ojos de la otra doncella—. Mi amigo.

Bethany frunció el ceño y bajó la vista al suelo embaldosado que tantas veces habían fregado ambas de rodillas.

—Un par de esos del brazalete verde le preguntaron a Gid por el rector, pero este se largó como todos los demás. Gid dice que no me preocupe, pero a mí me dio miedo.

—Pues marchaos también. Los dos. Apropiaos de algún sitio. Cambiad de apellido.

—Gid no podría abandonar a sus cachorritos —dijo Bet.

La postura de la chica, con el lado inferior proyectado, dejaba claro que quería que D se lo discutiese, pero D no tenía nada más que decir. Ya iba siendo hora de marcharse. Se acercó a Bet, le dio un beso en la mejilla y le dijo adiós. La oyó sollozar mientras partía, pero no miró atrás.

Δ

Un grupo de mujeres y hombres pastoreaban un rebaño de corderos con la cara negra por la avenida Universidad. Los corderos tenían marcas rojas pintadas en el pelaje para indicar la hacienda a la que pertenecían. Ningún pastor improvisado llevaba brazalete verde, por lo que serían gente trabajadora normal, no estudiantes ni soldados. Al menos uno de ellos parecía barrendero, porque usaba su larga escoba para azuzar a los corderos, que se hacían ruidos de preocupación entre ellos y estaban dejando un rastro de mierda en la calle.

—¡Vente a cenar, guapita, que hay de sobra para todos! —le gritó un pastor.

D no le hizo caso.

Se quedó esperando en la parada del tranvía con una pequeña multitud. Un artista callejero de rostro correoso rasgueaba una guitarra y cantaba una canción humorística sobre Juven, el fabricante al que había asesinado en la calle un ministro del gobierno.

> *Era orgulloso y calvo y muerto*
> *Era borde y retaco y muerto*
> *Como no tiene amigos, dijo el Westo,*
> *voy a darle matarile bien presto*
> *Pero el barrero fue el último en reír*
> *Oh, sí, el barrero fue el último en reír*

El semblante de la gente que rodeaba a D mostraba una combinación de vergüenza y entretenimiento, con las mejillas enrojecidas y los dedos apretados contra las bocas. Aún estaban haciéndose a la idea de que se pudiera cantar una canción como aquella en público.

En las siguientes estrofas, los ciudadanos derrocaban el régimen y Juven subía al cielo, pero se negaba a comer de los platos cutres y chapuceros que le ofrecían los ángeles. Unas cuantas personas dejaron caer peniques en el sombrero volteado del artista, que aún cantó otras dos canciones antes de que por fin llegara el tranvía.

Pero traía todos los vagones llenos hasta los topes, con pasajeros asomando de todas las ventanillas abiertas. Pasó traqueteando sin frenar.

—¡Lo siento! ¡Vamos cortos de personal! ¡Solo trayecto exprés! —exclamó el maquinista.

El compañerismo que habían suscitado las canciones se evaporó al instante. Varias personas que habían estado esperando en la parada gritaron exabruptos al tranvía, mientras unos pocos pasajeros apelotonados a bordo les dedicaban sus propias perlas de despedida.

D levantó sus pesadas maletas del suelo y echó a andar con esfuerzo hacia el río. El museo estaba en el lado oriental, la universidad en el occidental.

Empezó a cruzar el Puente Norte del Bello, abreviado en general como el No-Bello, o más aún como el No, uno de los dos pasos voladizos que cruzaban el río. Por delante de ella, el puente desembocaba en la Gran Carretera, que trazaba una amplia curva hacia los distritos más lujosos en las colinas de la ciudad. Allí era donde tenían sus haciendas los ministros, empresarios y terratenientes más ricos.

A la izquierda de D, donde el curso del río giraba hacia las Provincias, el Tribunal de la Magistratura lindaba con la orilla, su techo erizado de chimeneas, astas de bandera y pararrayos.

A la derecha, el Bello fluía hacia el sur de camino a la bahía. A poco más de tres kilómetros de distancia, pasaba por debajo del Puente Sur del Bello (el Su-Bello, o el Su), mientras la tierra de ambas riberas iba descendiendo junto con él. Aquello era el distrito de los Posos. Desde la lejanía, el apiñamiento de edificios oscuros parecía una proliferación de moho.

Un vientecillo meneó los cordeles del tocado de D y le secó el sudor del cuello. El peso del equipaje estaba dándole dolor de hombros. Dejó las maletas en el suelo para descansar un poco.

El aire estaba inusitadamente claro. Al noreste, más allá de donde la Gran Carretera desaparecía entre el batiburrillo de las alturas, se alzaba el neblinoso contorno de las montañas. Al sur, en dirección a la bahía, el verde del Bello se quebraba en las escamas del mar azul oscuro. Por todo aquel cuadriculado panorama destellaban atisbos de plata, al reflejarse la luz en las finas líneas de los rieles del tranvía.

A D le costó un momento discernir el motivo de aquella visibilidad tan poco habitual. De las docenas de fábricas que flanqueaban el río en ambas direcciones, ni una sola mostraba signos de actividad. No había humo saliendo de sus chimeneas.

Apenas había unos pocos peatones más circulando en cualquier sentido. D distinguió en sus miradas furtivas la misma incertidumbre que habían encontrado la mañana anterior. Solo que ese día no estaba Robert para decirles que todo iba a salir bien. D recordó lo que había dicho Bet sobre la caballería antes del alba, y el rebaño de corderos que se había llevado aquella gente, y el tranvía escaso de personal. Sería importante mantener los ojos bien abiertos, por si acaso Robert se equivocaba sobre que las cosas se enderezarían.

—Sacudo barato el polvo —le ofreció un tambaleante hombre de aspecto asilvestrado. Su abrigo negro tenía las costuras desgastadas y blancas, y llevaba un bastón de madera que quizá antes hubiera pertenecido a una pala—. Cortinas, alfombras, lo que haga falta. Sacudo barato el polvo. Hago barato lo que sea.

D ya había visto en más ocasiones al hombre asilvestrado. A menudo se preguntaba si alguien había aceptado su oferta alguna vez. Parecía más frenético que de costumbre esa mañana, con la esclerótica enrojecida, el pecho resollante, atizándoles con el palo a las piedras del puente. D no le tenía miedo, pero sabía que debía ir con cuidado cerca de los desesperados: no tener cuidado con ellos era una buena manera de convertirse en una de ellos.

Recogió su equipaje y anduvo deprisa, pasando junto a él sin mirarlo a los ojos.

—¡Sé que tiene polvo! —gritó el hombre a su espalda—. ¡Sacudo barato el polvo, señorita!

Δ

En el centro del No-Bello había un pilluelo jugando una partida solitaria al cuentagotas. Medía casi metro ochenta, pero no tenía vello en las lisas mejillas. D lo situó entre los quince y los diecisiete años. En el antepecho, a su lado, había una pila de piedras. Llevaba un sombrero demasiado grande que al parecer utilizaba como reto, tan inclinado como podía ponérselo sin que se le cayera. El lacio pelo castaño le llegaba al lóbulo de las orejas, con unos pocos mechones que caían como enredaderas hasta la barbilla.

La ayuda de un delincuente quizá fuese útil. No había nadie con los ojos más abiertos que un pilluelo.

D llegó hasta el sitio donde estaba apoyado y dejó las maletas en el suelo. Cogió una piedra de las que tenía amontonadas.

—Pues nada, sírvase usted misma —dijo el joven—. Para eso me he molestado en recogerlas y traerlas hasta el centro de este puente, para que se las quede una desconocida.

El juego del cuentagotas era muy sencillo: se dejaban caer piedras sobre la basura del río que pasaba flotando bajo el puente para ganar puntos. La parte compleja era la puntuación en sí. Los aficionados al juego, en su mayoría niños callejeros y los apostadores con peor reputación que lo preferían a competiciones más refinadas como los dados o las peleas de perros, eran infames por sus discusiones sobre cuántos puntos valía cada acierto, pero, en general, cuanto más inusual fuese el blanco, más puntos valía. A cada jugador se le asignaba una cantidad de piedras que soltar, normalmente tres o cinco. Si una piedra daba, por ejemplo, en un madero, lo más posible era que valiese un único punto, pero, si le acertaba a una bota, solían ser tres o cuatro. Un animal muerto eran nueve puntos, un cadáver humano era una victoria automática.

—¿Qué puntuación tienes? —preguntó D.

—Mi puntuación es que igual la sorprende, pero este puente tiene otro lado entero ahí mismo, y estas caedoras las he traído yo hasta aquí.

—En ese lado solo hay sombras a esta hora del día. No vería a qué le apunto.

Eso último le ganó una mirada de reevaluación: D sabía algo acerca del juego.

—¿Necesita alguna cosa, por casualidad? —dijo el pilluelo—. Lo mismo puedo ayudarla. ¿Un vestido nuevo? ¿Un collar bonito? Esa clase de mercancías son asequibles ahora mismo. No acepto papel, ojo. Solo monedas. O un trueque justo, objeto por objeto.

—Muy amable. ¿Y por qué crees que de repente esas mercancías son tan asequibles?

D sabía la respuesta, pero quería oír cómo le endulzaba el asunto el pilluelo, si de verdad era pillo en absoluto. El chico dio un golpecito a una caedora en la baranda y negó con la cabeza como disculpándose.

—No estoy muy informado de los detalles y tal. Solo sé lo que me dicen. Lo que sí que le aseguro es que los chollos nunca duran.

D había intentado apartar la conversación de los negocios y él había vuelto a tema. Era listo. Se presentó como Dora y le preguntó su nombre. El chico le dijo que lo llamara Ike. Acordaron echar una partida a tres piedras.

Una rueda de carromato salió de debajo de la sombra del puente. Cubierta por una capa de cieno verde que relucía al sol, flotaba alta en el agua. Soltaron sus piedras y los dos fallaron, pero D por menos. Pasó un remo roto y, de nuevo, ninguno le dio. Un minuto después la corriente trajo un pedazo de algo que parecía arpillera y, plof, D le acertó.

El joven aplaudió.

—¡Dos para la doncella del tocado! ¡Eso es!

El placer de su cara suave e iluminada por el sol era sincero. Tenía la misma expresión que si hubiera probado el azúcar por primera vez.

—¿Dos puntos? ¿Estás seguro? Yo habría dicho uno.

—Qué va —dijo Ike—. Ha sido muy buen tiro. Eso también se premia.

—Pura suerte.

—Ajá, señorita Dora, eso es lo que dicen siempre los tahúres. —Señaló las maletas con el mentón—. ¿Eso es su botín?

—Son mis posesiones —lo corrigió ella—. ¿Querrías cargar con ellas por mí? Voy a Pequeño Acervo. Es una perpendicular a Legado.

—Sí. —El chico levantó las maletas—. Conque es usted una cuentagotera haciéndose pasar por doncella. Me gusta. ¿Juega mucho?

—No. Solo cada quince años o así.

—Ajá. Seguro que nunca ha visto sonar la campana.

La campana era como llamaban a una jugada ganadora: un cadáver.

—Pues sí —dijo D—. La toqué yo misma una vez.

Ike le puso los ojos en blanco.

—Ajá. Conque sí, ¿eh?

Bajaron por el otro lado del puente, hacia el Tribunal. D le preguntó a Ike qué cosas sabía.

—Muchas, seguro —añadió.

—Sé que no puedes confiarte. Así es como te pillan. Qué más dará que hayan despedido a todos los alguaciles. Es lo mismo que con los chollos: nunca dura. Los del brazal verde son unos pringados, pero ¿esos otros que van con Crossley? Me da igual que sean auxiliares; siguen siendo soldados de verdad y, como se interesen por ti, lo mismo son tan feroces como los alguaciles. A ver, a mí me trae bastante sin cuidado quién haya ahí fuera, porque soy rápido. Pero los aficionados ven que la fruta está madura y empiezan a arramblar. Usted hágale caso a este Ike: siempre hay que ir con cuidado, sobre todo en los tiempos cuando parece que no hace falta.

—Ni se me ocurriría aceptar consejos de ningún otro Ike.

—¿De verdad tocó la campana una vez, señorita Dora?

—Sí.

—No, en serio.

Para indicarle que no aceptaba que se cuestionara su palabra, D alzó la nariz y no respondió. El pilluelo se rio y declaró que ya le parecía a él.

En el extremo oriental del puente vieron un cartel pegado a un poste.

### SE HACE SABER:
### EL COMITÉ INTERINO DE JUSTICIA ha establecido su AUTORIDAD.
### EL HURTO, EL ASALTO y otros DELITOS se enjuiciarán con DUREZA.

Ike levantó una maleta para clavar el dedo en el sitio donde ponía «Comité Interino de Justicia».

—Esos son los del brazal verde. Unos pringados.

Enfilaron por el paseo que recorría la ribera oriental.

Δ

Ike le dijo a D que se fijara en los cimientos chamuscados de lo que había sido un almacén de municiones, al que el anterior gobierno había pegado fuego durante su retirada.

Y en aquel cruce de ahí, el pilluelo había visto un jamelgo caer muerto en los raíles del tranvía. Mientras un puñado de gente discutía sobre qué hacer con él, un gato gris había llegado paseando entre el gentío, se había plantado de un salto al lado del jamelgo muerto y se había quedado sentado allí como si tuviera algo que decir. Ike lo había visto con sus propios ojos. La gente había dejado estar al gato. No había nada oficial sobre el asunto, pero parecía como que debía de dar mala suerte apartar a un gato vivo de un caballo muerto. Había gente en los Posos, como quizá ella supiera, sobre todo gente mayor, que hacía ofrendas a los gatos y les pedía favores, y que hasta creía que los gatos hacían milagros. Ike no profesaba ninguna religión, pero las respetaba todas. Menos mal que el gato al final se marchó por iniciativa propia al cabo de quince o veinte minutos.

—¿Usted habría movido el gato, señorita Dora?

—No —dijo D.

—¡Exacto!

Ah, y atención, por ahí estaba la oficina de un abogado que fumaba amapola. Si pillabas al abogado en un día bueno, podía disuadirte de cualquier cosa. En uno malo, era imposible sacarle ni una palabra. Ike no lo sabía seguro, y la gente era muy exagerada, pero era lo que se decía.

—¿Conoce a algún adicto al opio, señorita Dora?

—No.

Ike respondió que ojalá pudiera decir él lo mismo.

Esos tipos que dormían en el embarcadero de ahí eran estibadores. Llegaban muy pocos barcos río arriba desde la revuelta, pero allí estaban esos tipos cada día, de todas formas, defendiendo su territorio. También había hombres en las fábricas, sentados en los patios, dormitando y tirando piedras, sin nada que hacer hasta que llegase alguien a abrir las puertas. A la gente le gustaba tener ratos libres, pero también le gustaba ganar dinero y poder comer. Estaba fatal la cosa.

Dora dijo:

—Seguro que el Gobierno Provisional los pondrá a trabajar otra vez bien pronto.

—Lo que usted diga, señorita Dora.

En cambio, no había motivo para tenerles lástima a los alguaciles despedidos.

—Por mí, los alguaciles pueden tirarse todos en las vías del tranvía como caballos muertos.

Eran unos ladrones de primera, según Ike, hasta el último de ellos, robándoles a las mujeres profesionales y a las casas de apuestas a cambio de protección.

—Pero escuche —dijo Ike, y se detuvo en la ribera al llegar

90

junto a una mujer que vendía paquetes de ostras encurtidas sobre un tablón.

—¿Sí? ¿Qué tengo que escuchar, Ike?

D había desarrollado un rápido aprecio por el joven. Le hacía gracia su evidente compulsión por contarle todo lo que sabía. Y también le daba un poquito de pena. Ike parecía lo bastante sagaz para vivir de su astucia, pero no tenía ni la menor crueldad, y la astucia sin crueldad era como un gato sin zarpas.

—No se pueden comprar buenas ostras encurtidas en ningún sitio por encima del Su. Cuanto más al norte vas, más asquerosa es la calidad. Si quiere ostras encurtidas, señorita Dora, usted hágale caso a este Ike: no hay razón ni para pensarse si se gasta el dinero hasta que haya pasado de largo el Puente Sur de camino a la bahía.

—Tú sí que eres asqueroso —le espetó la mujer del tablón.

—Es la verdad —dijo Ike a D, como si la vendedora acabase de darle la razón. Echaron a andar otra vez y Ike retomó sus consejos—. Y ni se le ocurra comerse una ostra que no esté encurtida. Es buena forma de pillar el cólera. Seguro que eso ya lo sabía.

—Sí —respondió D—. Lo sabía.

Δ

Ike sabía orientarse de acá para allá con lo mejorcito de la ciudad, y mantenía una amplia gama de contactos. Desde los traperos abajo en los Posos hasta las profesionales que patrullaban el Su, pasando por los mozos de las caballerizas cerca del Tribunal de la Magistratura y la Cúpula de la Tesorería, los zapateros, sastres y sombrereros del bulevar de la Seda y la calle Cibelina, los camellos de opio sentados en taburetes tras los buzones de los edificios en la plaza Bracy esperando a que les diesen la contraseña sacada de los clasificados de ese día, los envasadores de las fábricas en la calle Atún, los estibadores de los Muelles Nororientales y los Muelles Sudoccidentales, las chicas del Albergue que vendían canela en rama en los Campos para que los preten-

dientes se la regalasen a sus amadas durante el paseo, los jugadores y corredores de apuestas que merodeaban por la pista de
carreras del Viejos Ladrillos, los barrenderos que recorrían las
aceras delante de las tiendas en Turmalina y Peridoto, los mer-
cachifles que vendían botellitas fuera de los teatros antes de la
función y repartían cupones para tabernas después y los letrine-
ros que trabajaban con su pala para la gente importante que vivía
en las mansiones de las colinas y se llevaban su estiércol en ca-
rretas. Ike tenía a muchos conocidos, y se lo trataba con respeto.

—Porque mi negocio es saber cómo son las cosas —dijo—.
Créame, señorita Dora.

—Te creo, Ike —respondió ella.

El chico le lanzó una mirada rápida, D pensó que para comprobar que no estuviera sonriendo, y, al ver que no lo hacía, fue
él quien le sonrió sin saber que ella le distinguía el puro alivio en
la expresión.

D le devolvió la sonrisa.

Δ

Pero la revolución había dado al traste con la rutina de todo el
mundo, explicó Ike mientras dejaban la Gran Ribera y tomaban
la avenida Legado, internándose en el centro oriental de la ciudad. Las carreras de caballos, las corredurías de apuestas y las
casas de mujeres profesionales llevaban cerradas ya un tiempo
incluso antes de la revolución, y no estaba nada claro cuándo
reabrirían, si llegaban a hacerlo. La gente que salpimentaba el día
a día, por así decirlo, había caído junto con la gente mala de
verdad, los políticos y los banqueros y los alguaciles. Eso tenía
preocupado a Ike.

Cuando D conocía a alguien nuevo, a menudo se imaginaba
dónde vivía, cómo de limpia tenía su casa, cuánta porquería iba
a dejar para que alguien como ella la fregara si desaparecía de
repente. Decía mucho de una persona saber dónde permitía que
se acumulara la suciedad. Robert, por ejemplo, era muy pulcro
en sus propias habitaciones, pero le traía sin cuidado el sanea-

miento al otro lado de la puerta, y tiraba desperdicios y colillas de cigarrillo allá por donde iba. Se le notaba que venía de familia rica.

Mirando a Ike, visualizó un recoveco en el sótano o la buhardilla de alguna casa de huéspedes, con el suelo cubierto de paja y una cuerda extendida a la altura de su brazo estirado con la colada, consistente en una camisa de repuesto y ropa interior. Era un sitio que parecía sucio a primera vista, pero no lo estaba: la paja del suelo era reciente y ocultaba el tablón suelto donde guardaba sus ahorros y sus tesoros especiales. Era una habitación decente, esperanzada.

—Caray, si es que el ocio es lo bueno de la vida —dijo Ike, todavía hablando de sus amigos que se habían quedado sin trabajo.

—Eso dicen —repuso D—. ¿Tú tienes familia, Ike?

—En algún sitio. Supongo que los conoceré mejor cuando haya ganado una fortuna y corra la voz. Ya vendrán a buscarme.

—Sospecho que estuviste en el Albergue. ¿Cuánto tiempo?

—Hasta que dejé de soportarlo.

—¿Dónde vives ahora?

—En el Metropole, ¿no se me nota? Me alojo en la suite del ático. Antes vivía en el Rey Macon, pero no me caía bien su gato, con tanto cambio de humor y…

—¡Eh, tú! ¡No te muevas! —llegó una voz.

Pertenecía a un miembro de los Voluntarios, situado en una esquina de la otra acera, que les estaba haciendo gestos. Tenían la boca de un callejón a escasos metros por delante. D cerró la mano en torno a la muñeca de Ike antes de que el chico pudiera correr hacia allí.

—Podrás dejarlo atrás si te hace falta.

Ike siseó.

—¿No decías que los del brazalete eran unos pringados? —le recordó D mientras el voluntario llegaba hacia ellos.

De mediana edad, con el pelo entrecano por las orejas, el voluntario llevaba un traje de lana holgado y raído. Los parches de color beis que tenía en el codo, bajo el brazalete verde, y en ambas rodillas parecían cortados de una gruesa cortina. Desde luego no pertenecía al ala estudiantil de los Voluntarios. D supuso que sería algún tipo de radical, un profesor o periodista. Tenía unos ajetreados andares de pato que parecían diseñados para atravesar grupos de gente en la taberna derramando tantas copas como pudiera. Al figurarse los aposentos que tendría aquel desastrado voluntario, D imaginó libros prestados por todas partes, dejados abiertos bocabajo con el lomo rasgado, y una mesa cubierta de botellas de vino vacías. Llevaba una pistola de cañón largo metida en el cinto.

—Esas maletas no te pertenecen, carroñero —espetó el hombre, señalando a Ike con un dedo. Llevaba un silbato colgado al cuello de un cordel—. ¿No sabes que los robos son precisamente por lo que hemos derrocado el viejo gobierno y nos hemos liberado? No vamos a permitir que continúen. Suelta esas maletas ahora mismo.

Ike dejó las maletas en la acera. Al agacharse, las perneras del pantalón se le subieron y D atisbó el mango de hueso de un pequeño cuchillo que asomaba de un calcetín. Consideró la posibilidad de haber subestimado las capacidades de Ike. El chico se enderezó y el mango desapareció dentro de la pernera. D sacó la declaración, que llevaba en el bolsillo del delantal.

—Me pertenecen a mí, señor —dijo.

El voluntario le arrancó el papel de la mano. Se le nubló el semblante mientras lo leía. Volvió a doblar la declaración y se la devolvió.

—Sé quién es Van Goor, pero aquí no pone nada en absoluto que la autorice a llenar maletas.

—¿Cómo voy a mantener ese lugar sin los suministros adecuados?

El voluntario, en vez de responder, desvió de nuevo su atención hacia Ike.

—Tampoco hay nada escrito sobre ti.

—Es porque no estoy involucrado. Esta señorita me ha dicho que la ayude o me denunciará, y entonces nunca podré cumplir mi sueño de unirme al Comité Interino de Justicia y llevar un brazalete verde como el de usted, señor.

Ike se quitó el sombrero, lo cogió por el ala con las dos manos y miró al voluntario pestañeando. El hombre lo observó, intentando, según le pareció a D, dilucidar si era sincero o no. Jugueteó con el silbato que llevaba al cuello. Ike hundió la punta del zapato entre los distintos adoquines de la acera. Se le notaba un tenue bulto en el tobillo, donde llevaba escondido el mango de hueso.

—A ver qué le parece esto —propuso D—. ¿Cómo se llama, agente?

—Rondeau.

—Muy bien. Usted incáutese de estas maletas. Yo le enviaré un mensaje al sargento Van Goor explicándole lo sucedido, que el agente Rondeau me ha confiscado el equipaje, para que envíe a un soldado que las recupere y me las traiga al museo. O quizá vaya el sargento en persona, y así de paso le agradece su minuciosidad. Seguro que Van Goor no está muy ocupado.

El voluntario soltó aire por la nariz.

—No. —Hizo aletear una mano—. Sigan adelante. El sargento no estará muy ocupado para estas bobadas, pero yo desde luego sí.

Δ

Ike depositó las maletas dentro de las puertas del museo. Estaba exultante.

—¿Lo ve? Los del brazalete verde no tienen ni idea de lo que hacen. Son un hatajo de viejos gordos y niños ricos jugando a disfrazarse. ¿Le ha visto la cara? Habría que enmarcarla.

La intención inicial que había tenido el pilluelo de poner pies en polvorosa estaba borrada de los registros, al parecer. D descubrió que le caía incluso mejor. Destrabó los cierres de las maletas, las dejó abiertas e invitó a Ike a quedarse con algo de dentro.

El joven hurgó entre la ropa y los demás objetos procedentes del dormitorio del hijo del asambleísta, pellizcando y frotando el tejido de los pantalones y las camisas para comprobar el material. Pero no pareció que le llamara la atención nada, y volvió a doblar las prendas con cuidado antes de colocarlas en su sitio.

—Buena calidad —dijo—. Pero no pasa nada. Está bien que le deba usted un favor a Ike.

D metió la mano en el bolsillo del delantal y, junto a la declaración, encontró la navaja de afeitar con mango de marfil que había decomisado del cajón de la mesita del hijo del asambleísta. La sacó y abrió la hoja.

Ike enarcó una ceja.

—Preferiría que Ike me debiera un favor a mí. —Se la tendió con el mango por delante—. Esto te encajará mejor en el calcetín.

Ike aceptó la navaja y, admirado, acarició las incrustaciones de perla con el pulgar.

—Y ahora, tengo a una mariscadora que necesita un cubo —dijo D—. ¿Podrías buscarme uno, Ike?

# Acontecimientos que llevaron al derrocamiento del Gobierno de la Corona, segunda parte

Belo, el hijo del asambleísta, llamó a Lionel para que se acercara y le propuso que se tomasen la tarde libre para ir a visitar el Barco Morgue. Así podrían echarle un vistazo al cadáver de Juven, el infame alfarero que había intentado asesinar al ministro Westhover.

Después de que en la vista se determinara que el ministro estaba libre de culpa, el cuerpo se había quedado sin reclamar y había pasado a ser propiedad municipal. Las autoridades habían decidido exhibirlo en el Barco Morgue. Era el lugar donde se conservaban en hielo y productos químicos los cadáveres de criminales infames y otros individuos anómalos, para mostrárselos al público. Se creía que su ubicación en el río preservaba la higiene e impedía la propagación de enfermedades. Juven ya llevaba allí más de un mes.

Lionel receló de la propuesta. Tenía bastante mala opinión sobre Belo.

—¿Por qué quieres que vayamos?

—¡Pues mira, es de lo más curioso! —Belo soltó una triste risita y luego bostezó. Estaban en la sala común de la universidad y el joven holgazaneaba con una pierna subida al brazo del sillón—. Lo primero que he pensado esta mañana ha sido: «A lo mejor tendría que ir a ver el cadáver podrido de un delincuente». Menuda cabeza tengo, ¿eh?, para que se me ocurra una idea tan maravillosa. Así que he decidido: «Voy a pedirle al próximo que entre que me acompañe», pero ha entrado Dakin con la bragueta bajada, por lo que me he dicho: «Se lo pediré al próximo que no sea idiota», y entonces has entrado tú, Lionel, y me he alegrado porque no eres idiota. Se te nota que siempre estás pensando. Quiero ir con alguien que tenga cerebro.

»¿Qué me dices? Es interesante, tienes que reconocerlo. Y nunca es mala idea mandar a paseo los libros por una tarde y que te dé un poco el aire. Educación sobre el terreno.

Eso fue casi gracioso, y Lionel no poseía un sentido del humor extraordinario. Que él supiera, Belo nunca había abierto un libro y no le importaba lo más mínimo su educación, ni sobre el terreno ni en ningún otro sitio. Si había elegido especialidad, era la de usar el paraguas para levantarles la falda a las doncellas, quizá con asignaturas optativas de preguntar si a alguien le apetecía ir a comer ya.

Lionel estaba al tanto de su propia reputación como persona demasiado seria. La llevaba sin lamentos, e incluso con cierto orgullo. De hecho, habría esperado ser la última persona hacia la que Belo gravitaría.

Por supuesto, Belo tampoco era muy popular. Si la diligencia de Lionel le había labrado pocos amigos, la costumbre que tenía Belo de hacer ostentación de su dinero y su amor por las prostitutas no le había labrado ninguno en absoluto.

Lionel tenía curiosidad por Juven, sin embargo; en eso, Belo estaba en lo cierto.

La información que habían traído los periódicos, por muy obviamente sesgada que estuviera hacia el lado del ministro de la Moneda y su «defensa propia», lo inquietaba. Sustrayendo de ella las personalidades particulares y las circunstancias específicas, lo que quedaba allí eran tres hombres y una pistola enfrentados a un solo hombre armado con un plato de comedor.

Había otras observaciones que, en los últimos tiempos, habían estado remordiéndole la conciencia a Lionel: el camarero al que había visto detrás de la cantina universitaria, sentado en una caja y repelando los restos de un pollo cocinado entre sus manos llenas de manchas de la edad, apartando con cuidado los escasos pedacitos de carne que quedaban en un trapo para llevárselos a casa; compañeros como Belo, que no mostraban ningún interés por sus estudios y a los que, sin embargo, se les permitía ocupar un espacio en el alumnado de la universidad, sin más motivo que tener a algún pariente en el gobierno; y lo inexplicable que era que el Gran Ejército del país estuviera librando una guerra a miles de kilómetros de distancia, al otro lado del océano, luchando en nombre de otra nación, y que aun así la vida pareciera exactamente la misma que Lionel había conocido siempre, porque ni él ni ningún conocido suyo tenían un familiar, o un amigo siquiera, llamado a filas. Podían pasar días seguidos sin que Lionel recordara que estaba teniendo lugar toda una guerra bajo la bandera nacional.

Lionel respondió que iría con Belo al Barco Morgue.

—¡De categoría! Resulta que Westhover y mi padre son mosqueteros —prosiguió el hijo del asambleísta—. Desde que estudiaban aquí, en realidad. ¿Qué te parece esta idea? Quizá algún día uno de nosotros mate a un demente de un tiro, ¡y nuestros hijos podrán ir a ver ese cadáver! Eso sí que sería desternillante, ¿eh, Lionel?

Δ

Cogieron el tranvía desde la parada de la universidad en dirección al atracadero del Barco Morgue, en la zona baja oriental. Belo llevaba consigo una petaca y, de inmediato, empezó a acosar a una mujer pobre, empecinado en que compartiese un trago con él.

La mujer viajaba sentada en el banco de enfrente de ellos. Tenía el pelo castaño entrecano y los rasgos arrugados propios de finales de la mediana edad. Iba envuelta en remiendos y harapos, y las marchitas flores de papel sujetas a su flácido sombrero marrón temblaban con el traqueteo del tranvía.

—Huele esto y dime que no te apetece un poco —insistió Belo.

Movió la petaca destapada bajo la nariz de la mujer. En el

asiento contiguo al suyo, a Lionel no le hacía falta oler el licor de la petaca para hacerse una idea de qué era, porque Belo lo exudaba por todos los poros de su piel.

La mujer se abrazó a la cesta descubierta que llevaba en el regazo, llena de pomos de puerta arañados, bisagras oxidadas y otros pedazos inidentificables de latón, y respondió con un puñado de palabras en un idioma que Lionel no alcanzó a reconocer. Supuso que habría sacado los pomos y demás ferralla de edificios en ruinas y basureros, lo cual lo llevó a pensar de nuevo en el camarero de las manos con manchas de la edad, sentado en el patio para rasparle al pollo la última carne gomosa y guardársela en el trapo. Mientras su propia vida transcurría en la universidad, las personas se arrastraban de un lado a otro como hormigas para sobrevivir.

—No te entiende —le dijo Lionel a Belo, a ver si así la dejaba en paz.

El hijo del asambleísta no le hizo caso. Se dirigió de nuevo a la mujer.

—Si le das un sorbo a este delicioso néctar, te compro tu mejor pomo. Qué demonios, te compro el peor. Ojo, si estuviéramos haciendo un trato justo, tendrías que darme un pomo y entonces yo te ofrecería un trago, pero no pasa nada. —Belo sorbió de la petaca, eructó y la meneó en el aire—. ¿Lo ves? Se te tiene que hacer la boca agua.

La mujer sonrió ansiosa y dijo algo más.

—Por una oreja me entra y por la otra me sale, querida —respondió Belo—. ¿Vamos a beber o no?

El tranvía se detuvo rechinando en la siguiente parada y la mujer se apeó a toda prisa. Belo soltó una risita.

—Los pobres pueden ser unos arrogantes de mucho cuidado, ¿verdad?

Le tendió la petaca a Lionel y arqueó la ceja. Lionel ya sabía que Belo era un payaso, pero no había sopesado lo que sería pasar varias horas con él. Era vergonzoso.

—No —dijo.

Belo rio otra vez.

—¡Más para mí!

Y, mientras el tranvía continuaba avanzando hacia el sur, el compañero de excursión de Lionel se sintió obligado a narrar las escenas que pasaban.

—Ah, mira eso. —Belo señaló una casa descolorida, remendada con tablones de distintos colores. Había un guante gris sujeto bajo la aldaba de la puerta—. El guante significa que están todos infectados de cólera y muriendo ahí dentro. Cretinos asquerosos. Tendrían que saber que no se bebe del mismo sitio donde uno caga y mea, pero esa gente nunca aprende.

Otra parte del recorrido estaba bordeada de puestos de mercado, rebosantes de prendas de vestir amontonadas.

—Si alguna vez se te agota el suministro de trapos mugrientos, aquí es donde te recomiendo que repongas existencias —dijo Belo.

Unas mujeres con el chal cubriéndoles la cabeza estaban rebuscando en las pilas de ropa. Había unas letras torcidas en el velloso chal marrón que llevaba una: RINA, leyó Lionel. Cayó en la cuenta de que el chal estaba hecho con la arpillera de un saco de harina.

Las vías comenzaron a descender, siguiendo la pendiente del terreno desde lo alto a las tierras bajas de los Posos.

—¡Mira, mira!

Belo señaló con frenesí hacia un callejón. Un anciano nervudo, vestido con chaleco, guiaba a una mula hacia abajo por unos escalones de madera desde una puerta en el primer piso. Con cada paso del animal llovía polvo desde la escalera y la estructura se sacudía amenazadora. El tranvía dejó atrás la escena antes de que Lionel pudiera comprobar si llegaban al suelo sanos y salvos.

—¿Crees que es un matrimonio de conveniencia o por amor? —Belo dio un sorbo a su petaca—. Es que hay que maravillarse. Cómo se las ingenian para vivir esas criaturas, ¿eh?

Lionel quiso decirle que eran personas, pero sabía que solo serviría para que Belo se burlara.

En las paredes de ladrillo y listones había anuncios escritos con tiza:

Rezumaba humo de tuberías que asomaban de paredes y techos. Era negro como la noche por la basura que utilizaban como combustible en vez de madera, y el nocivo olor dejó un regusto a alquitrán en la boca de Lionel. Cuando el tranvía giró hacia el río, el humo se mezcló con el hedor fluvial a pescado y fango, y con otras variedades de gases. Las chimeneas de las fábricas por debajo del Puente Sur del Bello vomitaban unas columnas grises que el viento de la bahía disgregaba en serpentinas. Ese humo de color más claro tenía un penetrante olor a pintura reciente, que le hacía cosquillas en las fosas nasales y se le colaba tras los ojos, haciéndolo sentir desagradablemente ligero en el asiento.

—Y mira cuántos dulces gatitos —dijo Belo.

Sí que había muchos: acuclillados en los alféizares, en los tejados, en las escaleras. Lionel vio un gato sentado con el lomo erguido sobre un querubín de piedra en una cornisa. El animal componía la forma de un seis con su cola a rayas grises y contemplaba el sucio cielo con unos ojos amarillos y somnolientos. Belo siguió hablando en tono aprobador.

—Mantienen controladas a las alimañas y, si el invierno es demasiado duro, dan carne para la cazuela. Dicen que no lo harían nunca, que «los gatos son sagrados», pero mienten más que hablan: lo harían y ya lo han hecho, eso te lo aseguro. Cuando las cosas se ponen lo bastante feas, te comes a los sirvientes. Es una regla de la humanidad.

Bajaron al final de la línea, en el Puente Sur del Bello. El Barco Morgue estaba unos ochocientos metros más abajo por la ribera occidental. Había un grupo de adolescentes reunidos contra la barandilla del puente.

—El goteo, creo que lo llaman —dijo Belo—. Intentan darle con piedras a la basura del río. Es el deporte favorito de los muy cretinos, por increíble que parezca.

El terreno era llano, apenas elevado sobre la superficie del río. Había buscadores con los pantalones arremangados por las rodillas removiendo la arena de los bajíos y, aunque aún estaban a finales de verano, tenían los labios azulados por el agua gélida que les lamía los pies descalzos.

—¡Vamos!

Belo apretó la petaca contra el pecho de Lionel. En esa ocasión, bebió.

Δ

Mientras hacían cola en el muelle para entrar en el Barco Morgue, fueron pasándose la petaca y, cuando se vació, Belo sacó una segunda y también empezaron a bebérsela.

Solo se permitía subir a bordo a dos personas al mismo tiempo. La mayoría de los visitantes parecían divertidos cuando regresaban por el tablón que servía de pasarela.

—¡Pero si es un enclenque! No sé por qué se molestó Westhover en dispararle, si podría haberlo partido como un palito —le decía un hombre al pasar a la mujer que lo acompañaba.

A juzgar por la calidad de la ropa y los sombreros, y por los carruajes que aguardaban en la calle perpendicular, era evidente que la mayoría de ellos pertenecían a las clases más altas. La bebida le había aflojado la lengua a Lionel.

—Solo a una persona rica se le ocurriría gastar dinero en esto.

Belo ladró una carcajada de avenencia.

—¡Ja! Sí que sabemos divertirnos, ¿eh?

En su borrachera, Lionel había tomado la decisión consciente de rendirse a la beligerancia de Belo. El hijo del asambleísta no tenía importancia: había ancianos viviendo en la misma habitación que sus mulas, y niños poniéndose azules. Lionel supuso que él mismo tampoco importaba mucho. Fue avanzando a medida que la cola menguaba.

Al llegar al borde del muelle, cada uno le entregó una moneda de cuarto al barquero. Él les dio algodones para ponérselos en la nariz. Belo frunció el ceño.

—Pensaba que lo mantenían en frío. No estará podrido, ¿verdad?

—Está bastante bien. Esto es para los productos químicos del baño que lo mantienen así. —Las ojeras del barquero le caían hasta las fosas nasales. Su piel tenía un aspecto raspado, como si durmiera bocabajo en una red—. No se preocupen caballeros, que el dinero les compensará —añadió, y su forma de decir «caballeros» hizo que Lionel apartase la mirada.

Se pusieron los algodones en la nariz. Lionel fue el primero en cruzar la corta, suelta y encadenada pasarela que cruzaba el agua y pisar la resbaladiza cubierta del barco.

—Creo que ese hombre quería besarme —dijo Belo, siguiéndolo—. Te habrás puesto celoso, Lionel. Seguro que preferías que quisiera besarte a ti.

Lionel miró malcarado a Belo.

—¿Tú no callas nunca?

La dureza de su tono pareció sorprender a Belo.

—Estaba de cachondeo, amiguete —dijo.

El Barco Morgue, un pequeño carguero reconvertido, llevaba tanto tiempo amarrado que se le había formado una costra de percebes por todo el casco hasta la regala. La oxidación le había hecho agujeros en la chimenea, y la rueda de paletas estaba cubierta de un limo verde oscuro. La madera de la cubierta chirriaba y chapoteaba bajo sus botas.

Cruzaron la puerta de la cabina y bajaron por una corta escalera a la tiniebla de la bodega. Era un espacio alargado de techo bajo y en el centro del suelo, bajo una lámpara colgante, había una bañera de estaño corroída, con forma de ataúd pero más ancha y un poco más honda, reposando sobre una plataforma de madera. El aire era húmedo y frío. Lionel vio bloques de hielo en cubos contra las paredes. A pesar del algodón que llevaba en la nariz, inhaló un hedor dulce como de medicina.

Belo fue a la parte derecha del contenedor, Lionel a la izquierda.

Entre ellos, medio hundido en una sopa de líquido esmeralda y pedazos de hielo, yacía el cadáver de Juven. Pese a lo menudo que era el cuerpo, al principio Lionel se descubrió incapaz de asimilar al hombre entero. Su mirada vagó desde la abrupta coronilla, con sus cuatro o cinco pelos pegados a la piel, hasta los párpados cerrados y arrugados; de ahí a la agudizada cuchara que era su barbilla; a los charquitos de líquido verde acumulados sobre cada clavícula; al fino pecho con los dos agujeros de bala, negros y sin sangre, situados un poco a la izquierda del esternón, uno debajo del otro; y a las grandes manos, vueltas hacia arriba y desproporcionadas respecto al resto del hombre muerto, con unos gruesos nudillos que llevaban a unas yemas encallecidas.

Lionel se fijó en aquellas yemas de los dedos, y en los pequeños bucles de carne que se estaban pelando de los callos después de llevar tantos días mojados. Pensó en el camarero que excavaba en la carcasa del pollo, despojándola de sus últimos pedacitos de carne.

Se notó mareado y dio un paso atrás. Sus ojos absorbieron al muerto en su totalidad, tendido desnudo en el hielo y la disolución química. El contenedor estaba cubierto por media tapa que empezaba en la cintura de Juven. Parecía como si lo hubieran arropado para dormir. Parecía algún terrorífico sacrificio.

Estaba todo mal. Todo. Su mundo entero. Lionel ya lo había sospechado, pero en ese instante lo supo.

—La verdad —dijo Belo—, yo no espero tener mucho mejor aspecto. No parece que sean unas circunstancias muy favorecedoras para nadie.

Aquella muestra de compasión llenó a Lionel de alivio.

—Sí —dijo.

Belo sacó la segunda petaca del bolsillo interior de su chaqueta y se detuvo, apoyándola en el borde de la bañera. Los penachos de algodón que asomaban de sus fosas nasales se estremecían con cada aliento. Gruñó y señaló el líquido verde.

—No me bebería ese jugo por una apuesta. Ni por todos los dólares que tengas.

—No —dijo Lionel.

—No —dijo Belo, y bebió de la petaca.

La lámpara colgante hacía resplandecer el cadáver de Juven. El barco crujía. Lionel fue consciente del río que había tras sus paredes, fluyendo hacia el océano. Sintió que se le pasaba la borrachera.

—¿Nos vamos ya?

—Un momento. —Belo se guardó la petaca—. Tengo que hacerle una pregunta. —El hijo del asambleísta se agachó sobre el cuerpo y acercó su nariz a la de Juven—. Solo quiero saber una cosa: ¿lo sientes?

—¿Qué haces? —preguntó Lionel con un hilo de voz, como temeroso de despertar a Juven—. No hagas eso.

Belo no dio señales de haberlo oído. El algodón le tembló al respirar más fuerte y extendió la mano libre para pellizcar los labios del muerto. Se los apretó, abultándolos, y los frotó de un lado a otro, y la voz que le dio a Juven fue patética y quejumbrosa:

—Sí, sí, ya lo creo. Lo siento muchííísimo. Muchííísimo.

Belo alzó los ojos inyectados en sangre hacia Lionel.

—¿Qué opinas, Lionel? ¿Aceptamos sus disculpas o no?

—Por favor —dijo Lionel.

Tuvo una arcada y volvió a saborear el alcohol que había bebido antes. Belo chasqueó la lengua.

—No. Imposible. La escoria como este tipo se cree que tener dinero los convierte en algo, les da clase, pero no es así. Lo único que los hace es afortunados. Y uno debería agradecer su suerte. El meado de mi padre tiene más clase que este desecho. —Se sacó una navaja de afeitar del bolsillo y abrió la hoja—. Deja que me lleve un diente de recuerdo y nos vamos de esta fosa séptica flotante.

Δ

Aún era noche cerrada cuando el último mirón se hubo ido y el barquero de la morgue, Zanes, fue a retirar la pasarela. Había un gato en ella. Las joyas de su collar titilaban en la oscuridad. El gato era negro, con el pecho y la barbilla blancos. El animal estaba sentado muy quieto, expectante.

Zanes era creyente. Se quitó el gorro y dio un paso a un lado.

—Bendito seas, amigo.

El gato trotó a bordo sin dedicarle ni una mirada. Cruzó la cubierta hasta la cabina y desapareció por la puerta.

El barquero siguió al animal hasta la bodega. Encontró al gato con Juven, acuclillado en la isla que era el pecho del muerto, amasando la piel exangüe con las garras. Tenía la mirada fija en el rostro del cadáver… y ronroneaba.

Zanes, apretándose el gorro contra su propio pecho, se acercó un poco más. Por instinto, masculló la oración diaria: «Bendíceme, amigo, y mírame con ojos amables, y muéstrame el camino». Comprendía que se hallaba en presencia de una aparición sagrada.

El gato ronroneó y amasó, mientras el río murmuraba contra las costillas del barco y el hielo en la bañera del muerto chasqueaba contra el estaño.

Al cabo de un rato, el animal se dio por satisfecho. Dejó de amasar, bostezó, se desperezó y saltó del pecho de Juven al suelo.

De nuevo haciendo caso omiso a Zanes, el gato blanco y negro se fue escalera arriba, haciendo tintinear la plaquita de su collar, y saltó desde el Barco Morgue al muelle un segundo antes de que las amarras del navío se soltaran y cayeran de sus cornamusas.

Zanes devolvió la mirada al hombre muerto. Los labios de Juven se separaron.

Δ

Lionel despertó en su habitación con resaca y la camisa salpicada de vómito. Se lavó deprisa y se arrastró a sí mismo hasta un cubículo en las profundidades de la biblioteca universitaria. Pasó el resto de la mañana imponiéndose a su palpitante jaqueca para concentrarse en la redacción de un apasionado documento, que tituló *Una llamada moral para la mejora de los pobres y los silenciados*. Al terminar, se coló en las oficinas del periódico del campus y utilizó la imprenta para sacar copias.

# El saludo

El teniente estaba contento cuando fue a visitarla, ya avanzada la tarde. Se metieron en la cabina de uno de los trenes de exhibición. Robert se sentó en el taburete del maquinista y D lo montó.

—¡Saluda a la gente, chica sucia! ¡Saluda a toda la gente que nos mira al pasar!

Por encima del hombro de Robert se veía a un corpulento fogonero de cera, inclinado hacia delante y sosteniendo una pala vacía con la que llenar la férrea barriga de la caja de fuegos, que también estaba vacía pero pintada de rojo por dentro para representar el calor. El fogonero iba desnudo hasta la cintura, con unos tirantes de color azul marino colgando junto a sus caderas. Sus ojos de cristal estaban colocados de soslayo, para que pareciera estar comunicándose con el maquinista al frente de la cabina, solo que D y Robert estaban en medio, así que daba la impresión de que estuviera observando en silencio lo que hacían. A D le gustó la idea y la mantuvo mientras su teniente parloteaba.

Se imaginó al hombre de cera sin dejar de dar paladas, sin decir nada, solo observando con calma, hundiendo la hoja en el carbón, levantando, lanzando, sin dejar que nadie le metiera prisa, solo levantando, hundiendo, a su propio ritmo firme, levantando y hundiendo… El fogonero apestaría, pensó D, no a sudor, sino como a carbón y ceniza, apestaría como si se hubiera revolcado en aquello, como si estuviese hecho de aquello. No habría palabras entre ellos, solo sus ojos y los de ella, y el forcejeo de ambos intentando destrozarse uno al otro.

Estaba cerca cuando Robert se estremeció, gimió y tiró de la cuerda de la bocina. El aullido del aparato recorrió el segundo piso del museo y devolvió a D a sí misma de un repentino tirón.

—Uf, vaya. —Robert dio una carcajada resollante—. Creo que nos hemos estrellado.

D le metió la mano en los rizos de su pecho desnudo. Quiso arrancárselos todos.

—Lástima —dijo retirando la mano, y se levantó de encima de él.

—¿Dónde vas? Dora, ¿vas a dejarme desnudo en este tren que va a…? Dios mío, ni siquiera sé dónde va.

D se vistió de prisa. Para cuando Robert salió de la locomotora, ya se había sentado en un banco cercano y estaba tomando notas en un cuaderno.

—No me hace gracia la pinta de ese fogonero. Tiene una expresión taimada. ¿Qué escribes?

—«Carbón o madera para la caja de fuegos».

—¿Cómo? ¿Para la caldera del sótano? No creerás que en este caserón hace frío, ¿verdad?

D alzó la mirada y lo vio secándose el sudor con el pañuelo a cuadros que había asomado del bolsillo de atrás del fogonero. Aún le pitaban los oídos por el bocinazo del tren.

—La caja de fuegos del tren está vacía. Parece que ese hombre esté metiendo aire a paladas.

—Ah. No sabía que pensabas tomarte esto en serio. Me alegro por ti. —Robert miró alrededor, sosteniendo el pañuelo manchado con la mano extendida—. Tendrías que haber sido una dama con una hacienda, Dora. Tienes cabeza para esos pequeños detalles que los hombres no saben apreciar hasta que una mujer se los muestra.

Antes de que el teniente se moviera, D predijo para sus adentros que iba a tirar el pañuelo a la sombra bajo el vagón de tren, y entonces Robert lo hizo.

—Ya es demasiado tarde —respondió ella—. Con el nuevo sistema ya no habrá más damas. Ni más lores.

Eso hizo que Robert frunciera el ceño mientras recogía sus pantalones del suelo y los sacudía para extenderlos.

—Pues no, es verdad.

En el retrato fotográfico enmarcado de su familia que Robert tenía en su dormitorio, su madre era un pajarito de mujer, con las manos menudas entrelazadas delante de la cintura, claramente incómoda al dejarse mirar por la cámara. ¿Qué creía el teniente que sería de ella bajo el nuevo régimen? ¿Qué sería de ella en realidad? D estaba molesta por la bocina y el pañuelo, pero esas preguntas le suavizaron el ánimo. Era el Bobby que había en Robert quien había hecho esas cosas, y sospechó que también era el Bobby en él quien ocultaba las potenciales consecuencias de la revolución a sus padres dueños de tierras.

El teniente empezó a hablarle de la transcripción que lo habían llamado para hacer la noche anterior, en el despacho del primer magistrado. El anterior ministro de la Moneda había explicado que, además de alquilar el ejército, la Corona había prestado unas sumas enormes para enriquecerse.

—Y entretanto, hay gente en los Posos que se asfixia en invierno por dormir tan cerca unos de otros para darse calor.

D había oído hablar de cosas incluso peores que esa en los Posos, pero solo asintió.

El ocaso oscureció la galería. Dentro de su locomotora, el maquinista y el fogonero quedaron reducidos a un par de siluetas sin rasgos distintivos. D encabezó la marcha hacia arriba mientras Robert le contaba que el ministro afirmaba haber matado a Juven solo porque la locura del fabricante había sido brevemente contagiosa.

—Es lo más increíble que he oído en la vida. No estaba avergonzado, ni lo más mínimo. ¿Te lo puedes creer, Dora?

—No —dijo ella, aunque claro que podía.

No todos los jóvenes ricos de la universidad habían tenido la mente tan abierta como Robert. Había muchos que, en opinión de D, considerarían que los actos de Westhover habían estado más que justificados. Alumnos como el hijo del asambleísta, que había esperado que D le sostuviese la escupidera en alto para arrojar el jugo de tabaco. Pensó preocupada en la capacidad que tenía su teniente para la incredulidad. Era desmesurada, en una etapa tan temprana de la renovación del país.

Llegaron a la cuarta planta y D lo llevó a la cabaña del buscador de oro, donde había decidido instalarse porque contenía la única cama de todo el museo. Había cambiado las sábanas mugrientas por las que se había llevado del dormitorio del hijo del asambleísta. En la pequeña mesa de la figura de cera había colocado una lámpara, una jarra de agua y un par de vasos. Construida para la exposición, la estructura no tenía techo y le faltaba una pared, la del fondo, de modo que D había colgado una sábana vieja allí para cerrar el espacio. Las paredes sólidas estaban hechas de madera basta sellada con barro.

Encendió la lámpara.

Robert dejó de hablar de la depravación del exministro y se detuvo en el umbral.

—¿De verdad vas a vivir aquí, en la choza del vagabundo?

—Es una exhibición de la búsqueda de oro. Ese de ahí fuera está cribando en el río de cristal. Tengo la responsabilidad de cuidar el museo. Firmé un juramento. En algún sitio tengo que dormir.

Robert pasó al interior.

—¿Y si los fantasmas que perdieron su hogar ahí al lado, en el incendio de la Sociedad de Hechicería o como se llame, se mudan aquí, se meten en los muñecos de cera y empiezan a moverse? Si yo fuera un fantasma, Dora, lo primero que haría es ocupar un hombre de cera e intentar quitarte la ropa.

—Ni se me había pasado por la cabeza —dijo D—. ¿Crees que debería preocuparme?

—Supongo que es mejor intentar quitártelo de la mente. Sabes que no podré quedarme contigo todas las noches, ¿verdad? Tengo trabajo, compromisos.

Su tono jocoso, con el que tan cómoda estaba D en general, la irritó. Ella sabía más sobre el compromiso que lo que Robert aprendería jamás. Pero mantuvo el tono medido.

—Sí, ya lo sé. Cerraré con llave.

—Vamos apurados. Hemos tenido que despachar unidades para ocuparnos de un foco de resistencia que se ha atrincherado en la carretera.

Eso daba sentido a lo que Bet había dicho esa mañana sobre la caballería saliendo de la ciudad.

—¿Es grave?

—No. Lo que queda del verdadero ejército está hasta el culo de nieve a mil kilómetros de aquí. Esto son solo los restos. Pero tienen una buena posición en la carretera, así que el alto mando quiere evitar un ataque frontal. Los dos bandos ya están negociando. Bueno, negociando cómo negociar. —Robert cruzó la minúscula estancia con tres pasos y se agachó para estudiar la cama—. Nos retrasa, complica lo de organizar unas elecciones y convenir unos procesos judiciales, pero nada más.

—Pero ¿las cosas volverán a ser normales? ¿Las fábricas abrirán y el río será navegable?

—Las cosas serán mejor que normales —respondió su teniente. Levantó las sábanas de la cama entre el índice y el pulgar—. ¿No es raro que ese buscador tenga sábanas de seda? No parece muy verosímil.

—Igual encontró oro no hace mucho.

Robert aceptó la explicación con un encogimiento de hombros y se sentó en la cama. Se meció adelante y atrás, suspiró al comprobar la elasticidad y se tumbó de lado. Apoyó la cabeza en el puño cerrado. Los pies le colgaban por el borde.

—No hay mucho sitio.

—Nos las apañaremos. —Pero antes de tumbarse con él, D tenía que apagar las luces de todo el museo—. Vuelvo enseguida —dijo, y cogió la lámpara de la mesa.

—Dora.

—¿Sí, teniente?

Robert la miraba como escrutándola, pasándose distraído un nudillo por el bigote. A la luz de la lámpara, su pelo parecía lustrado.

—Siento hablar tanto a veces. Sé que tanta política es aburrida.

—Teniente...

—De vez en cuando, me gusta que me llames solo Robert.

—Muy bien, Robert.

—Sabes que sé lo lista que eres, ¿verdad? No me importa que antes trabajaras. Eres tan válida como cualquier mujer.

Había algo raro en su forma de prestarle atención, en su tono de remordimiento. ¿Tendría algo que ver con las sábanas? Si el teniente preguntaba de dónde las había sacado, D le diría la verdad, que las había requisado, y también —de nuevo la verdad— que había estado convencida de que él lo aprobaría. Pero ¿por qué iba a disculparse Robert por algo que había hecho ella? Porque esa era la sensación que daba, que se sentía culpable con ella por algún motivo, cosa que tampoco parecía encajar. ¿Qué podría hacer él jamás para herirla? No había ningún juramento que incumplir entre ellos, ni ella se lo había pedido nunca. La familia de D estaba muerta. Lo único que poseía, en realidad, era ella misma... y, por el momento, el museo.

—Gracias, Robert —dijo—. Eres muy amable conmigo.

Él sonrió y dejó caer la espalda a la cama.

—Intentaré esperarte despierto, pero no prometo nada.

Ella dijo que muy bien y fue hacia la puerta.

—Escucha. —Robert carraspeó—. Si ese sargento Van Goor, el que nos dio el papel, viene alguna vez por aquí y yo no estoy, ven a buscarme enseguida. No te entretengas enseñándole el museo ni nada, ¿eh? Te vienes derecha donde esté yo. No es nada serio, tampoco te alarmes; es un buen hombre, solo que poco sofisticado. Tiende a confundirse, así que es mejor que me ocupe yo de él. Si aparece, vienes directa a por mí, ¿lo prometes?

D se lo prometió antes de irse, pero la conversación la tenía en ascuas. Había algo que Robert quería decirle sin decírselo.

Para llegar a la escalera tenía que pasar por el río de cristal, oscuro y titilante con sus peces plateados. Unos pasos más y D cruzó el pequeño huerto de tres árboles frutales hechos de madera. El recolector tuerto del que había tomado prestado el morral, ya devuelto, parecía mirarla expectante desde debajo del árbol del centro.

—¿Tú sabes de qué iba eso? —le preguntó.

Pero, por supuesto, él no lo sabía y D siguió adelante. Descendió a la planta baja. Comprobó que la puerta de la calle tuviera el cerrojo echado, apagó las luces de la pared y pasó a la siguiente galería. Cuando hubo oscurecido el primer piso, D se fijó en que la luz de luna alteraba la cara de los dos albañiles que trabajaban en su murete cubiertos de pedacitos de cemento antiguo. La sonrisa alegre que lucían de día estaba transformada en sendas muecas de dolor, como si estuvieran hartos uno del otro, de los chistes y los olores y los ruidos que hacía. ¿Y cómo reprochárselo? Si los inmortales no terminaban anhelando su propia muerte, sin duda debían de anhelar la muerte de sus compañeros inmortales.

En el segundo piso, D fue hasta el oscuro vagón de tren y se agachó para recuperar el pañuelo sucio de debajo, que se guardó en el bolsillo del delantal para lavarlo. Un búho ululó fuera, y su quejido estrangulado y balbuciente sobresaltó tanto a D que casi se le cayó la lámpara. El siguiente chillido ya no la sorprendió mientras apagaba las luces del tercer piso, poniendo a dormir a los cajeros del banco, al operador del telégrafo y a la maestra en su pequeña aula, a quien algún gamberro le había cortado el flequillo con tijeras. Antes de ir a la escalera, se detuvo junto a una ventana en el lado que daba a la Sociedad y contempló las ruinas. El gato blanco estaba sentado en un montón de escombros, aseándose con una arrogante indolencia ante la amenaza del búho.

En la cuarta planta deshizo el camino hasta los árboles frutales, le dio las buenas noches al recolector y siguió hacia el río de cristal.

—¡Por favor, no! —gritó el recolector.

Pero había algo raro en su voz: sonaba como si estuviese resfriado. La ene parecía como embozada por flema antes de explotar en la última vocal. D se detuvo. Se escuchó un disparo y el hombre que suplicaba —el de verdad, no el hecho de cera— ya no habló más.

Δ

Un minuto o dos más tarde, la pesada puerta trasera de la embajada se abrió con un topetazo. D había ido a la ventana más cercana desde la que se veía el patio de piedra en la parte de atrás del edificio. Se encogió, pero se quedó mirando. El soldado que salió cargaba al hombro con un objeto largo cubierto por un envoltorio apretado. Podría haber sido una alfombra enrollada, pero D sabía que no lo era: a la luz de las lunas se distinguían manchas en el tejido.

El soldado iba sin camisa. Una poblada barba negra fluía sin interrupción desde sus mejillas y su mandíbula cuello abajo hasta fundirse con el denso pelaje que le cubría casi todo el amplio torso. Por la costura del pantalón descendía una franja militar, y de su cintura colgaba una pistola enfundada. En la cabeza llevaba, incongruente, el sombrero de copa con pañuelo de un lacayo. Transportaba el peso sin ningún esfuerzo.

Al fondo del patio había una cuadra. Cuando el hombre llegó a la puerta, abrió el pestillo de una patada y empujó la hoja. Mientras pasaba bajo los aleros de la cuadra, la cosa que no era una alfombra se movió y del envoltorio asomó una bota.

El soldado de pecho descubierto volvió a salir al patio sin el objeto. Anduvo hasta la puerta trasera de la embajada y entonces paró y ladeó la cabeza mirando hacia la ventana del museo. Una enorme y dentuda sonrisa se abrió en el centro de su barba negra. Le hizo el saludo marcial a D.

Ella envió un mensaje a su brazo y levantó la mano en respuesta.

Su vecino asintió, bajó su propia mano de la frente y regresó dentro de la embajada. Pasó un segundo y el sombrero de copa salió volando del oscuro interior. Resbaló por la piedra y se volcó. La puerta se cerró de golpe.

Δ

En la choza, D bajó la intensidad de la lámpara en la mesa y se metió en la cama con su teniente. Cuando cerró los ojos, el fornido soldado estaba saludándola, sonriente, equilibrado en su cabeza el sombrero con el pañuelo atado. D abrió los ojos y escuchó la respiración de Robert. Esperó a que regresara el sol.

Δ

Cuando por fin lo hizo, convirtiendo en chispas las motas de polvo en el aire sobre ella y blanqueando la sábana que colgaba de la cama, D se levantó y fue a la ventana para mirar el patio de la embajada.

El sombrero de copa todavía estaba en el suelo. La lengua de su enredado pañuelo rojo lamía lacia los adoquines. En la puerta de la cuadra, donde las sombras topaban con la nueva luz, una nube de mosquitos espabiló y se desperezó.

Su teniente llegó junto a ella con un bostezo y le deseó buenos días.

—Buenos días —respondió D—. ¿Qué sabes del vecino de al lado?

—¿El capitán Anthony? No sé nada de él, excepto que me dijo que trabajaba en asuntos de seguridad para Crossley. Haciendo interrogatorios, creo. ¿Por qué lo preguntas?

—Por curiosidad —dijo D—. Los capitanes están por encima de los tenientes, ¿verdad?

—Me temo que sí. —Robert se volvió hacia el recolector de fruta—. Espero que estés prestando atención, amigo mío. Nada más llegue un hombre de categoría superior, su devoción empezará a decaer.

Ya era suficiente sobre aquel tema. D necesitaba olvidarlo y, lo más importante, Robert también. Era una puerta que había que cerrar con llave, atrancar y pintar para que no se distinguiera de la pared.

D se metió entre sus brazos y le besó el cuello.

—Ah, eso está mejor. ¿Cómo has dormido? —preguntó él.

—Bastante bien —dijo ella.

# Escuchar

En el Albergue Juvenil, los maestros y las maestras les decían a los niños que escucharan, pero D tardó poco en dilucidar que lo que querían en realidad era que estuviesen calladitos.

Después de quitarle a Ambrose, el cólera se había llevado también a sus padres y, cuando se determinó que las inversiones del padre de D eran castillos de arena, el primo segundo canadiense que había expresado interés en ser su tutor legal cambió de opinión. La casa, los muebles y hasta el clavecín que le habían regalado a D por su cumpleaños se vendieron para saldar las deudas.

—Si no fuese por mi marido, D, sabes que te adoptaría. Mi marido dice que no. Sabes que yo lo haría, ¿verdad? ¿Verdad?

La Nana le había hecho esa pregunta una y otra vez de camino a dejarla en el Albergue Juvenil. Habían tenido que parar dos veces para que se metiera en un callejón a vomitar.

D le aseguró que lo entendía, e incluso le frotó la suave espalda a la mujer, y no dijo que sabía que la Nana era viuda.

La Nana llevó a D al Albergue n.º 8, sito en la carrera del Jamón, un nombre irónico, puesto que jamás se servía ninguna parte del cerdo a los jóvenes internos que residían allí.

—Vas a escuchar —le dijo la maestra titular a D al recibirla— y vas a aprender oficios útiles.

—Sí, señora —había respondido D, y la maestra le había dado un bofetón, ladrando que aún no había terminado de hablar.

Δ

—¿Oís eso? —preguntó el concejal del distrito.

Los veinte que eran, todos los niños y niñas del Albergue n.º 8, se habían puesto en fila ante él en el taller para pasar revista. El hombre levantó un reloj de oro sujetándolo por la cadena y lo columpió de un lado a otro.

—¡Es el tictac del segundero, señor! —soltó una niña ansiosa, y el concejal le dijo que era una puta mentirosa, que aquel reloj suizo perfectamente silencioso valía más que su vida, y el maestro titular de turno y él estallaron en carcajadas.

Más tarde, el maestro metió a esa niña ansiosa en una bañera de agua sucia.

—A ver si te aclaras las orejas.

Δ

—¿Ha quedado claro? —preguntó una vez en tono brusco una profesora de costura.

Alguien se tiró un pedo. A otro niño se le escapó una risita. La profesora de costura chilló enfurecida y fue corriendo hacia un chico sentado junto al banco de trabajo más cercano, que no había hecho ningún ruido, y le clavó en el brazo una aguja de máquina de coser.

Δ

Todas las lecciones eran en esencia la misma, repetida y repetida durante los siete años que D vivió en el albergue, hasta que cumplió los quince y se marchó a su primer empleo como sirvienta en la Universidad Nacional. Era una lección valiosa, eso sí. Consistía en lo siguiente: no existas.

La doncella ideal, imaginaba D, debía de estar hecha de aire, y utilizar las suaves corrientes para manipular las escobas y cepillos en la oscuridad mientras el resto del mundo dormía. La doncella ideal era mágica.

Ser silenciosa y menuda no equivalía del todo a ser invisible, pero podía acercársele bastante.

Δ

Había ventanas en ambos extremos de la alargada estancia donde las chicas del albergue dormían en camastros. A veces, de noche, después de que el maestro o maestra titular hubiera hecho la última ronda, se reunían todas con sigilo en una ventana para observar a algún gato en los adoquines de abajo.

Siempre había al menos un gato a la vista, y normalmente más. Las lunas adoraban sus cuerpos, brillaban en sus franjas y manchas, llenaban sus ojos de plata. Las otras chicas susurraban lo mucho que querrían tener ese gato, o ese otro, como había hecho D cuando sus padres y Ambrose aún vivían y ella era pequeña. Pero, cuanto más los observaba, cuanto más veía cómo se agazapaban y acechaban a su presa, cómo parecían subir flotando desde el suelo a un alféizar, cómo resplandecían sus ojos en la oscuridad, menos quería tener uno.

En vez de eso, lo que anhelaba D era ser un gato, e ir donde quisiera, y dar zarpazos.

Δ

La primera noche que pasó sola en el museo, D se sentó en la cama de la cabaña del buscador de oro, sumida en la oscuridad absoluta, y cerró los ojos, y escuchó.

Una tiza raspando el suelo de madera, repicando en las juntas: ssss-tuc, ssss-tuc, ssss-tuc.

La Nana estaba fuera en la calle, llorando por su D. Ella era su niñita, era su niñita, y había cometido un error terrible al entregarla.

El maestro más joven de todos, el de los labios agrietados y el tic en un lado del cuello, vagaba entre los camastros murmurando sobre piojillos: «¿Son los niños sucios quienes traen los piojillos o son los piojillos quienes traen a los niños sucios? Ja ja, ja ja».

El hijo del asambleísta le ordenó que sostuviera aquella escupidera —«Tráela aquí, encanto, que te haré un regalito»—, acumuló una estertórea bola de flema desde el pecho y la arrojó al cuenco de estaño.

En la biblioteca de la universidad, las bombillas crepitaron mientras ella miraba a Robert a los ojos y él la miraba a ella.

D inspiró y espiró. Su exhalación se dispersó por el amplio y efusivo silencio del museo, por sus paredes y galerías, por sus exposiciones y vitrinas, por sus bancos y apliques, por sus hombres y mujeres hechos de cera. Todo aquello le pertenecía, los objetos y, sobre todo, el inmenso espacio.

Recordó aquella vez que su hermano la había llevado doblando la esquina, cuando había hecho desaparecer a los chicos y lo había llamado magia. Pero la magia no era eso. La magia había estado en su forma de hacerla sentir importante, aunque fuese pequeña, aunque era una niña y sus padres se enfadaban siempre que reparaban en su presencia.

—¿Ambrose? —D escuchó mientras el nombre de su hermano recorría de cabo a rabo la galería del cuarto piso—. ¿Me oyes?

Escuchó el eco de sus propias palabras hasta que desaparecieron.

—Mira lo que he hecho.

D esperó. ¿La oiría? ¿La vería? («Sí, te veo. Tu… rostro»).

—¿Por qué? —chilló alguien desde lo que había sido la embajada—. ¿Por qué?

No dejaba de preguntarlo, y D escuchó todo el rato hasta que terminó, pero, si su vecino el capitán Anthony llegó a responder, fue algo que ella no oyó.

# Acontecimientos que llevaron al derrocamiento del Gobierno de la Corona, tercera parte

Durante la mayor parte del día, recorrieron los Posos, sus callejas desmoronadas, polvorientas y llenas de mierda, sus cuchitriles venenosos y sus tambaleantes trampas incendiarias. Un trabajador de la beneficencia guiaba al grupo, que, además de a Jonas Mosi, incluía al líder de las protestas universitarias y a otros pocos alumnos. El presidente del sindicato ilegal de estibadores se dedicó a observar al joven universitario, Lionel, convencido de que en cualquier momento saldría por patas de regreso a su campus.

En una habitación torcida y descascarillada vivían once niños macilentos. A Mosi no lo sorprendió en lo más mínimo. Una chica explicó al grupo en voz débil que eran doce hasta unos pocos días antes, cuando Betsy se hizo un ovillo y murió. La niña les enseñó el lugar del suelo donde había ocurrido. Otro chico añadió que lo llamaban el Sitio de la Mala Suerte, porque «la gente siempre está muriéndose ahí».

En otra habitación atestada hablaron con una mujer que vivía con su marido y su hijo, ambos cegados por una remesa de medicina en mal estado. Mosi también había oído demasiadas tragedias como aquella. El marido ciego estaba sentado contra la pared y fruncía el ceño en su dirección. «Qué interesante todo, ¿eh?», les espetó. El chico estaba apoyado en el hombro de su padre, rascando una grieta en los tablones del suelo, con los dilatados ojos perdidos en la lejanía.

Subieron una escalera siguiendo a la avejentada patrona de una pensión a medio penique la semana, que los llevó tambaleándose al tejado chirriante y lleno de plumas del domicilio para enseñarles su palomar, donde insistió en demostrarles su técnica de sacrificio. Un giro brusco del cuello y el ave que había escogido expulsó un chorro de mierda blanca y se quedó flácida. A Mosi apenas lo conmocionó un poco, aunque sin duda dejó tiesa a la paloma. La mujer desplumó y descuartizó el pájaro en un tablón ensangrentado que había entre las jaulas, mientras las otras palomas aleteaban y chillaban en sus jaulas hechas de restos de madera.

Ninguna de esas visiones, sin embargo, tuvo en Lionel el efecto que Mosi había anticipado.

Lionel llevaba un pañuelo de seda perfumado con sus iniciales bordadas, que valdría, a juicio del estibador, más que todas las posesiones que llevaban encima todos los individuos que habían conocido durante todo el día. Se llevaba el pañuelo a la nariz después de salir de cada vivienda, pero el joven larguirucho siguió con el resto del grupo hasta el final, sin protestar ni una vez. Si lo conmovía la pobreza que estaban presenciando, lo ocultaba bien. Eso había que concedérselo.

Luego los llevaron a ver un enorme pozo negro cuyo colapso se había tragado media casa, dos caballos y a un hombre llamado Valli. En ese lugar Lionel sí que retrocedió unos metros y tuvo una arcada, pero lo mismo hicieron varios otros de los presentes. Mosi apenas logró contener su propia bilis al oler los vapores que emanaban de la superficie de aquel extenso lago violeta grisáceo.

La última parada fue la Punta, la base de terreno rocoso que componía el extremo meridional de la ciudad. En la Punta, el aire del océano forcejeaba con la peste del humo y la mierda, y a grandes rasgos ganaba. Mosi conocía bien aquel sitio: era donde estaba el santuario más antiguo de la ciudad. Esparcidos entre las matas de hierba que crecían de la gravilla había ídolos de piedra y madera, de distintas antigüedades y verosimilitudes, algunos apenas identificables como figuras, no digamos ya como gatos. Alrededor de la base de los tótems, la gente dejaba flores y huesos y pedazos de pescado como ofrendas. Había unos cuantos creyentes marchitos rezando de rodillas. El propio Mosi había ido a rezar a la Punta en innumerables ocasiones para aplacar a su madre, pero no desde el día en que murió.

Y, como en casi cualquier parte de los Posos, había varios gatos callejeros a la vista. Esos animales vivos estaban subidos a piedras, o apoltronados cerca de los ídolos, o sentados en la pedregosa hierba, esperando a que los suplicantes terminaran y se marcharan para atacar los trozos de pescado. Eran unos seres majestuosos a la manera de los gatos salvajes, con muescas en las orejas y cicatrices en la cara y el pelo áspero y tupido. Unos pocos daban golpes al suelo con la cola, pero en su mayoría aguardaban quietos, con los ojos entornados.

Allí, de nuevo, Lionel desafió las expectativas de Mosi. Creía que el universitario pondría cara de superioridad al ver a aquellos penosos vejestorios rogando a los gatos que les sonrieran. Pero, en vez de eso, cuando un hombre tuvo que esforzarse para separar las rodillas del suelo, Lionel fue con él a toda prisa y le ofreció el brazo para levantarlo.

—¿Cómo está, señor? —preguntó Lionel al hombre, cuyo raído y blanqueado sombrero era la mejor de sus tristes prendas, y de cuya nariz granate y llena de poros colgaban dos goterones de moco amarillo.

—Estoy bien, gracias, señor. ¿Sabe usted que, si cuidamos de estos animales, ellos cuidarán de nosotros? Sí, sí, así es como son las cosas. ¿Conoce la historia de la chica que se perdió en el desierto?

—No —respondió Lionel—. ¿Cómo es?

El rostro húmedo y enfermo del hombre se iluminó de gozo.

—Una chica salió a la oscuridad para ver cómo era, pero después ya no encontraba el camino a casa. Vagó horas y días, cada vez más sedienta, cayó a la arena y pensó que iba a morir. Pero ¿qué se le apareció sino el gato negro más bonito que hubiera visto nunca? ¡Negro azabache! La chica lo miró a los ojos, y el gato la miró a ella, y entonces recibió un mensaje: si se levantaba, caminaba hasta el árbol sin hojas donde el gato negro se había afilado las garras y seguía en esa dirección, encontraría agua y un camino.

—¿Y lo hizo? —animó Lionel al anciano.

—¡Ya lo creo que sí, señor!

En la versión que le había contado a Mosi su madre, la chica estaba encerrada en una mazmorra, acusada de un crimen por un rey malvado, y el gato rascaba el suelo en el lugar bajo el que se ocultaba una llave, pero la idea era la misma. Su madre le había enseñado todas las historias, empezando por la fundacional, la de cuando el diablo se había agotado de hacer tanta fechoría y se quedaba dormido, y su sabiduría escapaba en forma de gato y concedía a los hombres y mujeres agradecidos el ingenio necesario para prosperar. Los padres de Mosi habían llegado a la ciudad desde su tierra natal antes de que él naciera, siendo su padre uno de los muchos reclutas extranjeros del Gran Ejército, atraído por la promesa de riquezas mercenarias. Cuando el padre de Mosi murió de neumonía durante la Primera Campaña Otomana de Mangilsworth, sin dejar ni riquezas ni una pensión, su madre, embarazada de él, había renunciado a su antigua fe y abrazado la devoción local. Los beneficios que le aportó hacerlo eran debatibles: su bebé nació con vida, pero ella murió cuando Mosi tenía diez años, con las entrañas podridas, sonriéndole y apretando los dientes a la vez. Así era la vida en los Posos, tanto para agradecidos como para desagradecidos: muerte por enfermedad cuando no conseguías nada mejor que una habitación compartida con otras once personas; muerte por inanición cuando te hacías daño en el trabajo y no podías seguir yendo; muerte por fuego cuando alguien estaba tan exhausto de mendigar que se dormía y derribaba una lámpara en un montón de harapos; muerte por bala de algún extranjero porque Mangilsworth te ordenaba cargar al campo de batalla; y, por lo visto, incluso muerte por el puto suelo cuando estabas tan tranquilo en un sitio y se abría bajo tus pies sin avisar. Si existía alguna gigantesca magia gatuna que cuidaba de los fieles, desde luego era estricta del carajo en esperar a hacerlo hasta que esos fieles ya habían tenido una muerte miserable.

—Y al morir, si hemos sido gente decente, y si hemos sido buenos con estos pequeñines... —El hombre hizo un gesto hacia los gatos que se movían lánguidos por el terreno pedregoso—.

Entonces está la Primera, la Gran Madre, que viene y nos recoge por el pescuezo, como si fuéramos sus propios cachorrillos.

—¿Ah, sí? —preguntó Lionel en tono sincero.

—Desde luego. —El anciano devoto le enseñó la boca de encías negras sin dientes y se dio una palmada en la nuca—. No duele, se lo prometo. Ella sabe cómo levantarte para que no haga daño. Y se nos lleva a un sitio suave y calentito, donde la leche no se termina nunca y Ella nos protege.

—Espero que me suceda, señor —dijo Lionel.

—¡Y yo! —respondió el hombre, y deseó que un gato le sonriera al universitario.

Y, sin poder evitarlo, Mosi repitió la plegaria, mascullándola irritado entre dientes. Lionel estrechó la mano del penitente y le ofreció su carísimo pañuelo.

—Tenga, tenga, buen hombre. Quédeselo.

Mosi tuvo remordimientos. Compró una cabeza de pescado a una vendedora y la puso en un altar. Se apartó y un par de gatos moteados trotaron hasta la cabeza y se agacharon sobre ella para arrancar mordiscos a la comida gratis, dándose cabezazos entre ellos. El estibador intentó pensar qué decir, pero el espasmo de culpabilidad ya había cedido ante el resentimiento y lo mejor que se le ocurrió fue un amargo: «Benditos seáis, amigos».

Una punzante ráfaga de viento de la bahía proyectó minúsculos granitos de sal a la cara de Mosi. Uno de los gatos se alejó con paso tranquilo de la cabeza de pescado, llevando un tembloroso globo ocular entre los dientes.

Cuando Mosi se volvió, vio que Lionel lo observaba. El chaval universitario asintió con la cabeza. Mosi no le hizo caso.

Con todas sus expectativas sobre Lionel Woodstock patas arriba, el estibador se descubrió aborreciendo al joven aristócrata incluso más de lo que había supuesto. Poco después se marcharon para acudir a una reunión con otros conspiradores.

Δ

Anocheció mientras subían por la ciudad hasta el Distrito Metropolitano, para el que en teoría iba a ser el mayor encuentro hasta la fecha entre las distintas facciones de agitadores: líderes estibadores, trabajadores del tranvía, capataces de fábrica y algunos otros chicos de la universidad que habían ayudado a Lionel a empapelar la ciudad con sus panfletos. Mosi se preguntó qué opinarían los turistas y la gente que iba al teatro de aquel extraño desfile de hombres con mugrientas chaquetas de faena y universitarios barbilampiños con sus gorras de fraternidades fumando cigarrillos. Le hizo gracia hasta que recordó que solo hacía falta un alguacil entrometido para que los trincaran a todos.

Doblaron la esquina por el callejón contiguo al hotel Lear. Mosi nunca había entrado en los tres hoteles más famosos y opulentos de la ciudad —nunca había entrado en ningún hotel, de hecho, porque en los Posos solo había pensiones—, pero lo satisfizo ver lo asqueroso que estaba el callejón. La peste que echaba la basura de los ricos parecía indistinguible de la peste que echaba la basura por debajo del Su-Bello.

Entraron todos en el Lear por la puerta de reparto, que daba directamente a la fresquera. La cruzaron esquivando los costillares de res colgados del techo y subieron pegados a las paredes desconchadas por la escalera de servicio sin alfombrar. Al llegar al segundo piso, su destino, encontraron a la mascota del hotel sentada delante de la puerta que daba al pasillo. Era solo un gatito, un pequeño bandido de máscara negra y pechera blanca.

Lionel iba en cabeza, seguido de cerca por Mosi, cuando el universitario se detuvo a rascar la cabeza del cachorrillo.

—Tú debes de ser la Celandine más reciente.

El animal dio un triste chillidito cuando pasaron a su lado por la puerta. Aunque su fe era inconstante, a Mosi le gustaban los gatos, y aquel era particularmente bonito.

—¿Lo has leído en los periódicos? —Lionel se retorció para mirar a Mosi—. El Lear está teniendo muy mala suerte con las Celandines. No paran de desaparecer. Esta ya es la cuarta en menos de un año.

Mosi respondió con un gruñido de desinterés. Era muy consciente de los artículos en los periódicos sobre el problema del Lear con su famosa gata, porque esas idioteces venían a ser las únicas noticias que traían. Llevaban ya unos días desperdiciando tinta sin parar con el Barco Morgue, que se había soltado de su amarre y había desaparecido flotando en la noche con el cadáver de Juven, como si una carraca oxidada cargada con un muerto supusiera la menor diferencia a los miles de personas que no tenían para comer. La historia de la gata no era más que una puta sandez para distraer la atención pública de las verdaderas noticias, como las cifras exactas de bajas en la campaña franca, o el relato de quienes se morían de hambre por no tener dinero para comida. Mosi se apostaría lo que fuese a que algún servil factótum del rey estaba atrapando a las Celandines, llevándolas a las colinas y soltándolas: era solo otra forma de tener entretenidos a los reporteros preocupando a todo el mundo con los gatos en vez de con los seres humanos.

Llegaron a la puerta bajo el letrero que rezaba 2B, seguidos por los quejumbrosos maullidos del gatito, y entraron en la residencia de un viejo dramaturgo radical llamado Aloys Lumm, que había ofrecido sus aposentos para la reunión de los distintos grupos.

La profesión de Lumm no le decía nada a Mosi. La única literatura que le importaba era la que venía escrita en su nómina y, tal y como estaba el comercio desde que el gobierno de la Corona destinaba cada penique de la nación a las aventuras mercenarias de Mangilsworth entre los francos, el estibador ya le ponía muy mala nota a esa expresión artística incluso antes de que lo metieran en la lista negra por organizar a sus compañeros. Las importaciones y las exportaciones se habían reducido a menos de la mitad y, como de costumbre, eran los trabajadores quienes terminaban cargando con el muerto. No necesitaban a un dramaturgo: necesitaban un ejército.

Ese era justo el motivo por el que aquel encuentro era singular, y por el que Mosi se había arriesgado a unirse a los otros grupos: por la promesa de un ejército. El general Crossley, comandante de la Guarnición Auxiliar, estaba entre los asistentes.

El concilio se celebró en la atestada sala de estar de Lumm. No había bastantes sillas, así que varios de los imberbes universitarios se sentaron en la alfombra ante el hogar. Ardían varios troncos, lo cual, combinado con la masificación de cuerpos, calentaba demasiado la sala. Sobre la chimenea había un cuadro de una cazadora con fastuosa melena rubia que sostenía la cabeza cercenada de un zorro sin darse cuenta de que, tras ella, un lobo estaba saliendo del cuello del animal muerto. A Mosi le eran tan indiferentes los méritos de los cuadros como los de las obras de teatro, pero aquel era ridículo a más no poder: los lobos eran mucho más grandes que los zorros.

La sala estaba rodeada de estanterías rebosantes, atestadas de libros y repletas de baratijas, como figurillas, o filas de piedrecitas, o desteñidos retratos fotográficos en pequeños marcos. Unas polvorientas plantas en macetas ocupaban las esquinas. Las bombillas estaban en unos apliques con forma de cáscara de bellota que sobresalían de las paredes. Las pocas sillas que había eran todas enormes y orejeras. Mosi terminó apretado contra una pared, sudando, con la cadera atascada en el canto de un buró con persiana y amenazando con clavarse un aplique de bellota. La habitación olía a pipa, linimento, madera y aliento encebollado. No le gustaba nada de todo aquello. Las plantas le recordaban al salón de una casa de putas.

Mosi siempre había sospechado de las formas del civismo. ¿Qué había sacado Juven de hacer negocios con ministros y construirse una mansión en las colinas? El civismo no era solo la forma que tenían de engañarte: era como te engañabas tú a ti mismo. Mosi no era como Lumm con su apartamento en un hotel, ni como Lionel con su pañuelo de seda, ni como Crossley con su pecho lleno de medallas. Aborrecía la necesidad de confiar en cualquiera de ellos, y encontraba difícil convencerse de que realmente podía hacerlo. Él era hijo del asqueroso río Bello, y orgulloso de serlo, orgulloso de que, incluso a punto de cumplir los cincuenta, no hubiera hombre en el puerto capaz de trabajar más que él. Disfrutaba de la repugnancia con que lo miraba por encima del hombro la escoria ricachona, y de los artículos que publicaban diciendo que deberían ahorcarlo por organizar a los trabajadores. Que lo mirasen por encima del hombro todo lo que quisieran y que escribieran cuanto se les antojara. Lo que no podían hacer era quitarle su capacidad de exigir un salario justo; no podían matar a gente en la calle siempre que les apeteciera y llamarlo progreso.

Mosi no había ido allí para vaguear en la alfombra como un fumador de opio. Había ido para averiguar si había otros hombres serios y dispuestos a pelear, porque esa era la única manera de que cambiaran las cosas. No se podía avergonzar a los ricos, ni arengarlos para obtener un trato justo. El Encantador había probado ya ambas tácticas.

Para tranquilizarse, Mosi visualizó cómo, si la reunión resultaba ser una trampa para una redada gubernamental, agarraría la pala del leñero y empezaría a partir cráneos. Si pretendían exhibir su cadáver como un trofeo en alguna nueva morgue fluvial, quería tener el doble de agujeros de bala que Juven.

La sala quedó en silencio mientras un par de hombres ayudaban al anciano de pelo blanco, Lumm, a subir a un cajón.

—Amigos míos, gracias por venir. Acabo de mudarme a estos aposentos y sé que son estrechos, más bien estrechos. Pero me alegro de tenerlos cerca a todos ustedes. Cuando se llega a mi edad, rodearse de juventud otorga una gran fuerza. —Lumm cruzó los brazos tan apretados sobre su flaco pecho que insertó las manos en las axilas—. Todavía recuerdo cuando el noreste de la ciudad era todo granjas. Eso fue hace dos Zaks y un Macon. No había tranvía, la construcción del Puente Norte acababa de comenzar y aún quedaban taxis fluviales en algunos sitios. Era tan joven que podía correr y trepar y hacer todas las cosas que hacen los jóvenes. Mirándome ahora, nadie se lo creería.

»Y también vivía como viven los jóvenes, y como deben vivir, insensible a todo salvo a las compulsiones de la lozanía. La luz del sol me colmaba, su gloria me hacía fuerte y poderoso y bello. Y, si les soy sincero, bajaría del cielo las lunas, ¡las derribaría!, por ser así de joven otra vez. Cometería cualquier delito, ¡cualquiera!, por ser así de joven otra vez. —Observó a su público con expresión melancólica, alzadas las alas blancas de sus cejas, y Mosi temió que aquel necio sentimental se echase a llorar—. ¿Quién no lo haría?

Varios de los presentes más entrados en años asintieron y murmuraron, comprensivos.

—Pero el mundo sigue adelante, siempre adelante —prosiguió Lumm en tono triste—. No se detiene por mucho que lo deseemos. La gente es cada vez más pobre y está más hambrienta. El gobierno se hace más rico y los reyes más gordos. La ley solo beneficia a quienes la redactan. La superstición permite que las alimañas propaguen enfermedades sin control. Nuestros ejércitos combaten en tierra extranjera y nuestros hijos regresan mutilados. Y eso está horriblemente horriblemente mal.

«Bastante pasable», pensó Mosi, aplaudiendo junto a los demás. El principio había sido flojo, pero Lumm había llegado a derramar un poco de sangre al final. Ahora tendrían que escuchar al general, ver qué tenía Crossley en mente para…

—Pero, incluso a día de hoy, tenemos a jóvenes que viven como viven los jóvenes. Y no debemos resentirnos con ellos, no debemos censurar su frescura, ni su receptividad a las maravillas que a nosotros ya nos hastían. Esa sensación a pulmón lleno de la carrera. Ese espectáculo de un cielo salvaje desde los Despeñaderos. Esa risa dulce e ingenua de una mujer amable. Ese bocinazo del maquinista del tranvía al llegar a una intersección. Retazos de terciopelo en todos los colores, expuestos en hilera fuera de una sastrería, rojos y azules y amarillos, aleteando con la brisa primaveral…

¿Dónde coño quería ir a parar con aquello? Parecía que Lumm hubiese olvidado que estaban allí para hablar de la revolución y estuviera haciendo un listado aleatorio de sus cosas favoritas. ¿Cuánto tardaría el viejo en describir con afecto las circunstancias de su cagada ideal? Una letrina con cerrojo, situada a sotavento de un puesto de bollos calientes, mientras un cantante rasguea la guitarra en una ventana abierta cerca y entona un arrullo. Mosi vio que, en el suelo, a los chavales universitarios se les estaba poniendo el semblante como la cera.

—… esa fuerza en los dientes al hendir la piel granulosa y alcanzar la tierna tierna dulzura de la pera. —Lumm exhaló una bocanada trémula—. Porque en eso consiste todo, ¿no es así? En la juventud del mañana. En la juventud intrépida. Queremos recuperar eso, hacerlo posible de nuevo. ¿Me equivoco, general Crossley?

Crossley, que había estado apartado en una esquina sombría, alto y quieto como un perchero, dio un paso adelante al recibir aquel pie. Fue un alivio para Mosi. Si Lumm hubiera seguido parloteando mucho rato más, los universitarios podrían haberse quedado dormidos, derrumbarse en el fuego y…

—Pero esto me recuerda a la leyenda del picapedrero solitario, de quien se dice que fundó nuestra ciudad…

—Venga ya, hombre —murmuró Mosi para sus adentros, y oyó a alguien más susurrar la misma frase exacta en el mismo instante exacto.

Se agachó para mirar por debajo del aplique y vio que Lionel, a escasa distancia en la misma pared, se había vuelto hacia él en busca de su eco. Las mejillas del hombre más joven se sonrojaron y se tapó la boca con un nuevo pañuelo limpio para reprimir la risa.

Δ

Aunque el dramaturgo por fin permitió hablar al general Crossley, el insulso discurso del militar hizo tanto para desalentar al estibador como la cháchara de Lumm había hecho para angustiarlo.

«Comprometo el apoyo total de los soldados a mi mando», dijo el general.

«Tenemos capacidad para tomar y defender todos los principales departamentos del gobierno», dijo.

«Me someteré a la autoridad de un liderazgo civil provisional», dijo.

Después de cada dos frases o tres, el general hacía una pausa para consultar un papelito repleto de notas en tinta roja y suspirar como si soportara una pesada carga antes de seguir hablando. ¡Aquel gilipollas no era capaz ni siquiera de hilar dos frases sin consultar sus apuntes! Mosi pensó que era, casi con toda seguridad, el orador menos apasionante al que había escuchado jamás.

¿De verdad podía garantizar un hombre como ese el apoyo de las tropas auxiliares? Después de oírlo, costaba imaginarse a Crossley mandando que le pusieran un café, no digamos ya a soldados en batalla. Añadido al confuso sermón que había dado el anciano, todo aquello parecía algún tipo de broma elaborada.

De vez en cuando, descargando un barco, al colocar un cajón para la grúa, se notaba al instante que era demasiado ligero. Lo más probable era que los estibadores del puerto de origen hubieran decidido agenciarse lo que fuese que se enviaba. Un cargamento de «huevos de grifo», lo llamaban algunos, y otros «promesas de amantes». A veces abrían el cajón y dentro encontraban un par de mierdas secas, porque no se podía subestimar el humor de los estibadores, pero en general estaba completamente vacío.

La oportunidad esperaba allí mismo: el gobierno se mostraba apático ante las protestas y los panfletos, apático ante la ira de los obreros con el bolsillo vacío, tanto que, si Crossley era lo que afirmaba, de veras serían capaces de barrerlo y tomar el mando. Sin embargo, después de sufrir los discursos anquilosados del viejo zoquete y el general de madera, Mosi no lograba desprenderse de su pesimismo nato. Aquello le daba la impresión de ser huevos de grifo, un cajón lleno de aire.

La reunión se dispersó para que los distintos grupos conversaran por separado antes de plantear propuestas y votaciones. Mosi evitó a los otros obreros y se acercó al fuego. Sacó el atizador del leñero y lo usó para sacar chispas a los troncos ardientes.

Lionel llegó y se puso a su lado.

—Supongo que piensa que soy un temerario, que todo esto es un juego para mí —dijo el universitario en voz baja.

—Así es —respondió Mosi, sorprendido por la franqueza del tímido joven.

—Señor, quiero que sepa que le profeso el mayor de los respetos. Creo en la humanidad común que compartimos todos. No creo que esté bien que haya gente obligada a vivir como esas personas a las que hemos conocido hoy, mientras otros viven como el rey, los ministros y los asambleístas, o como sus amigos los propietarios de grandes fábricas que se llevan todos los contratos.

—¿Puedo decirle una cosa que creo yo? —replicó Mosi, deslizando la mirada hacia el universitario.

—Cómo no —dijo Lionel.

—Creo que morir es doloroso —afirmó Mosi.

Lionel espiró por la nariz. La nuez se le destacó en el cuello flacucho como un tope de puerta.

—¿Le parece que es como terminará esto?

Mosi dijo:

—Sé que es como terminará esto, pero, oyendo a esos dos, me temo que llegará más pronto que tarde.

—Acepto el riesgo —se apresuró a contestar Lionel, y se mordió el labio, como para impedir que las palabras regresaran a su boca.

El estibador se le quedó mirando. Los ojos de Lionel se humedecieron, pero le sostuvo la mirada. Mosi notó que su enfado se derretía, dejando solo la tristeza pesimista que formaba parte de él en tanta medida como el Bello. El chaval universitario estaba diciendo la verdad. Era valiente.

—Para ellos era normal —añadió Lionel—. El suelo se traga un edificio casi entero, y también a un hombre, y la gente de ahí abajo lo considera una cosa normal. Eso ha sido lo peor de todo: que no estaban conmocionados, que no estaban furiosos.

—Porque es normal —dijo Mosi.

—No debería. ¿Me apoyará en las votaciones? ¿Querrá que unamos a nuestros seguidores?

En la repisa de la chimenea, bajo el cuadro de la cazadora, había varios cráneos pulidos de animal, de pequeñas criaturas con dientes afilados, anchas y vacías cuencas oculares y tristes y oscuros pozos donde antes estuvieran sus orejas. El estibador pensó que, si los animales eran listos, debían de estar asustados a todas horas.

Mosi asintió una vez en respuesta a la propuesta del chico.

—Lo haré.

—Gracias —dijo Lionel.

—No me lo agradezca. Como esto falle, nos daremos con un canto en los dientes si solo nos cuelgan.

—¿Qué opina de Lumm?

—Tiene huevos revueltos por sesos, y alguien con hambre se le coló por una oreja y se zampó la mitad.

—¿Y de Crossley?

—Un hombre de piedra. Me extrañaría que tuviera una gota de sangre en el cuerpo.

—¿Cree que miente sobre estar de nuestro lado?

—Si no lo estuviera, la reunión no habría durado más de un minuto. Pero no me gusta poner mi vida en manos de otra gente, y menos si es peculiar, cosa que él es.

Lionel frunció el ceño mientras levantaba un cráneo, le daba la vuelta entre las manos y lo devolvía a la repisa con un chasquido hueco.

—Mis conclusiones son las mismas. Tendremos que confiar uno en el otro, señor Mosi —dijo Lionel, y alzó los ojos hacia el estibador. Los tenía secos ya.

La sinceridad de aquella mirada hizo que Mosi apartara la suya.

—Llámame Jonas.

—Llámame Lionel.

Se estrecharon la mano.

Permanecieron los dos de pie, encarados hacia el otro. Mosi no era de los que solían sentirse descolocados, pero la repentina intimidad con aquel desconocido más joven e instruido le provocó una punzada de inquietud. Acusó la ausencia de una jarra de cerveza en la mano, de la que beber y con la que taparse la cara.

Lionel lo sorprendió componiendo una sonrisa burlona.

—No había visto nunca tanta basura en una sola habitación, ¿y tú?

Mosi negó con la cabeza. Lionel movió una mano hacia la chimenea.

—Y de verdad que este hogar no lo comprendo. Dime que tú tampoco, Jonas.

Mosi soltó una risita y respondió que no, que él tampoco lo entendía. Nunca antes había visto una chimenea triangular.

Δ

Los miembros votaron a favor de que Jonas Mosi, Lionel Woodstock y Aloys Lumm actuaran como líderes del Gobierno Provisional y de que Lumm hiciera de primer ministro en funciones. Su mandato se extendería hasta la elección de comités locales y la escritura y aprobación de un contrato nacional compuesto por leyes equitativas.

Los preparativos comenzaron en serio…

Δ

Y una noche, poco más de tres meses después, las fuerzas que actuaban en nombre del pueblo y bajo el mando del Gobierno Provisional tomaron las torres de artillería que protegían el acceso por mar, las oficinas telegráficas de la ciudad y los dos grandes puentes. Mediante breves escaramuzas, avanzaron calle a calle por el Distrito Gubernamental expulsando a la Corona y sus corruptos ministros, asambleístas y magistrados de todos los edificios públicos y obligándolos a batirse en retirada de la ciudad junto con su retaguardia de soldados fieles al antiguo régimen.

Al llegar el alba, los victoriosos rebeldes habían sufrido menos de veinte bajas en total, y solo habían ardido unos pocos edificios.

# A través de cristal verde

Los hombres que retiraban el cadáver de Ambrose plegaron las sábanas sobre él. Pasaron cuerdas por debajo del hermano de D y las ataron con fuerza para ceñirle las sábanas al cuerpo. El primer hombre se echó al hombro sin esfuerzo al hermano amortajado de D y lo sacó. El segundo fue tras él, arrastrando el colchón con una mano y llevando la almohada de Ambrose en la otra.

D observó la operación desde el umbral de su dormitorio. La Nana, exudando vapores de menta, le apoyó una mano en el hombro como para reconfortarla, pero D sabía que en realidad era para no caerse ella al suelo. Sus padres se habían retirado a la sala de estar y habían cerrado la puerta. El colchón arrastrado emborronó la tiza de la línea que la Nana había trazado en el suelo de la habitación de Ambrose, y los hombres dejaron un leve rastro de polvo por el pasillo.

Cuando oyó que la puerta de la casa se cerraba, D corrió escalera abajo para mirar por la estrecha hoja de cristal tintado verde y amarillo que había junto a la entrada.

Los hombres izaron el cuerpo envuelto en sábanas de Ambrose al lecho de un carromato y metieron dentro el colchón tras él. El que llevaba la almohada la tiró también al interior. El segundo hombre regresó a la casa, sosteniendo un guante. D lo miró a sus cansados ojos a través de un deformante romboide de cristal verde. El hombre la saludó con un asentimiento. D oyó el ruido cuando levantó el aldabón de hierro y metió debajo el guante que indicaría a los vecinos que alguien había muerto de cólera en esa casa, y que deberían tener cuidado con el agua. Al cabo de una semana, si nadie más enfermaba, los padres de D podrían quitar el guante y volver a la vida.

El hombre subió al pescante junto con su compañero, que dio un potente silbido. Los dos caballos salieron hacia delante y, mientras sus casos sonaban calle abajo, la almohada se cayó del lecho del carro a los adoquines y aterrizó en una depresión llena de agua.

D contempló el tejido mientras el agua lo iba oscureciendo y pensó: «Un momento. Un momento. ¿El rostro de quién?».

Si su hermano había visto a alguien, lo lógico era que estuviese en alguna parte. Quizá D podría volver a encontrarlo.

Pero ¿cómo?

Dejó que su frente se apoyara en el frío cristal verde. La almohada se hundió en el agua.

PARTE II

# CIUDAD DE GATOS

Cuando la Bestia despertó, él no se encontraba bien del todo. Al poco tiempo descubrió que tenía una oquedad en el pecho donde antes guardaba su Sabiduría. Una pequeña parte de él había escapado mientras roncaba, y en la tierra se distinguían las huellas de sus zarpas.

Tradición oral

*Al final de la carta, bajo las firmas del ministro de
la Moneda y de los testigos, había una sucesión de diminutos
símbolos en tinta roja*

# General M. W. Mangilsworth,
## a bordo del primer carguero

A bordo del primer carguero de las fuerzas armadas, cuatro semanas después de la revolución y a una semana de travesía de su tierra natal, el general M. W. Mangilsworth recibió el amanecer acurrucado en una silla plegable junto a la borda, con una manta a los hombros, comiendo requesón de una taza de hojalata. Tenía ochenta y dos años y su estómago era un piano lleno de avispas. Cuando no estaban picándole, se movían por las cuerdas y las hacían vibrar; llevaba meses con calambres en el lado izquierdo. El requesón le aliviaba el malestar, aunque solo en parte. Por muchas avispas que Mangilsworth ahogara en requesón, siempre había más. Lo extraño era que aún siguiera vivo, después de tanto tiempo, y de tantas muertes.

El primer hombre al que mató fue un ruso en Sebastopol, el año 35. Por aquel entonces Mangilsworth tenía veinte y era soldado raso. Desarmado, había perseguido al ruso hasta el interior de una pequeña granja y su enemigo, intentando escapar y cargar un fusil al mismo tiempo, esparcía pólvora por todas partes. Mangilsworth había resbalado en ella y derrumbado al otro hombre con él. El ruso terminó debajo de Mangilsworth con la cabeza apoyada en una bonita almohada de flores verdes y blancas, tejida por la esposa de algún granjero. Mangilsworth usó el escobillón para aplastar la garganta del soldado, para exprimirle su último aliento ruso, que apestaba a cerveza y jugos gástricos. Solo cuando todo acabó, solo cuando la cara del ruso estaba de color ciruela y sus exánimes labios petrificados en un mohín bobalicón, descubrió el futuro general que tenía el cuchillo de campaña del ruso hundido hasta la empuñadura en la axila derecha y que le chorreaba sangre por el interior del brazo. Lo siguiente que supo fue que habían transcurrido tres semanas y estaba en un buque hospital. Aún tenía dentro un trozo de la hoja, que los cirujanos habían sido incapaces de extraerle.

Tras la Campaña Otomana del 58, y tras la Segunda Campaña Otomana del 79, y tras sus victorias en los Balcanes del 89, Mangilsworth había cabalgado por la Gran Carretera y el bulevar Nacional al frente del Gran Ejército y la nación lo había vitoreado.

Miles de hombres procedentes de todo el mundo habían muerto bajo su mando. Algunos le habían susurrado sus últimas palabras en idiomas que no entendía. En los campos de batalla había visto cabezas sin cuerpo, madejas de intestinos en la tierra. Una vez vio a un lobo correr a través de una andanada, mientras las balas acribillaban el suelo a su alrededor, con un costillar entero en las fauces, una pieza perfecta de sangre roja y piel negra quemada y hueso blanco, y escapar ileso a las sombras de un bosque alemán.

Su campaña más reciente había sido un fracaso. Habían combatido bajo contrato franco durante dos años sin hacer nada más que perder terreno.

Pero así eran las cosas. Uno ponía a la mayor parte de sus hombres contra la mayor parte de los del adversario, y todos esos hombres luchaban, y la cosa salía como salía. Después, uno replegaba a sus supervivientes y combatía un poco más.

Tras el primer carguero navegaba una estela de otros transportes, que rompían el silencio con sus bocinazos y sus golpeteos mientras surcaban las pequeñas olas doradas. En total, las naves transportaban a cincuenta mil soldados. En las bodegas, los caballos daban pisotones y relinchos.

Todo aquello que pasaba, el levantamiento en la ciudad, la noticia de la traición del general Crossley, no lo preocupaba demasiado. Se encargaría de ello. Mangilsworth se llevó una cucharada de requesón a la boca mientras le venía a la cabeza la idea de pasar al otro lado de la regala del carguero y caminar sobre el agua, y oír cómo sus botas golpeteaban en las pequeñas olas doradas.

Pensó en el Barco Morgue, al que había ido una vez para inspeccionar el cadáver de un delincuente porque le habían dicho que tenía un cierto parecido. En su mente, se transformó en el cadáver, paralizado en una bañera de agua donde entrechocaban pedazos de hielo mientras dos desconocidos hablaban por encima de su cuerpo muerto. «Está demasiado ido y lo tienen ellos. No podremos utilizarlo en nuestra tripulación», decía uno, un hombre de aspecto cansado, y entonces el otro, menudo, con expresión tozuda y cinco o seis pelos pegados cruzándole la coronilla calva, respondió: «Reuniremos a todos los tripulantes que nos hagan falta, pero tenemos que encontrar un sitio donde atracar esta puta carraca». Mangilsworth pensó que alguien debía de haberlo embaucado para ponerlo en esa posición tan espantosa, algún estafador.

Unas formas borrosas y blanquecinas se acumularon en los bordes de su visión.

Pestañeó para despejarlas y su lugar lo ocupó, de pronto, el recuerdo de su madre, de cómo lo llamaba «el Mat de mami», solo que Mangilsworth había olvidado su cara. Llevaba setenta años fallecida, al fin y al cabo; había muerto más joven que el lampiño soldado ruso. En su recuerdo había solo una tierna mancha humanoide con tocado que, en voz chispeante, decía: «¿Este es el Mat de mami? ¡Sí que es, sí que es!».

Se preguntó si era ella de verdad o si alguna mujer desconocida había invadido su cabeza, una impostora.

—Ay, mamá —susurró para sus adentros, haciendo tintinear la cuchara por el fondo de la taza—. Hoy me encuentro un poco desmejorado.

—Cumple con tu deber —replicó la mancha. Era amable pero firme—. No puedes morir todavía. El Mat de mami cumple con su deber. Luego ya podrá morir.

—Sí, mamá —dijo Mangilsworth. El Mat de mami era buen chico.

El despacho que le había enviado el ministro de la Moneda en nombre de la Corona, ordenando la retirada inmediata del ejército de su préstamo al gobierno franco y su pronto regreso para defender la patria, estaba doblado en el bolsillo delantero de la camisa del general. Al final de la carta, bajo las firmas del ministro de la Moneda y de los testigos, había una sucesión de diminutos símbolos en tinta roja —¿un código, quizá?— a la que ni Mangilsworth ni nadie de su plana mayor le veía ni pies ni cabeza. Después de estudiar aquellos trazos un rato, acordaron entre todos no hacerles caso, y más teniendo en cuenta lo anómalo que era recibir una orden del ministro de la Moneda, cuando debería haber procedido del ministro en jefe, y se sintieron aliviados al instante. (De hecho, cuando el general no estaba mirando la carta a propósito, olvidaba por completo los símbolos en tinta roja, como le sucedía también al resto de sus oficiales).

Que los rebeldes hubieran tomado la ciudad significaba que tenían en su poder los cañones de la bahía, lo que a su vez implicaba que la única opción era aproximarse por tierra. Desembarcarían en las Provincias Norteñas y marcharían al sur, durante diez días si el tiempo acompañaba, por la Gran Carretera para reconquistar la capital. Los rebeldes apenas podrían ofrecerles resistencia.

Un enjambre de avispas adoptó forma de puño y le atizó en el interior del estómago, en el lado derecho, una docena de picotazos. Mangilsworth soltó la taza, que tañó al rebotar en la cubierta, y se arrojó hacia delante desde la silla plegable. Se asomó por la borda y vomitó requesón por el casco del barco y al océano.

Mientras la cabeza del general M. W. Mangilsworth pendía fuera de la regala, su propietario se planteó la posibilidad de haberse vuelto loco. El casco de acero tenía franjas de herrumbre, las olas lamían el barco y se retiraban, las formas blanquecinas borrosas reaparecieron y palpitaron al ritmo de su corazón. Notaba el cuerpo suelto como un pelele, como si todo le colgara flácido del espinazo, sujeto solo por vibrantes cuerdas de piano. Le parecía incluso probable haber enloquecido. De todos modos, si era solo una guerra menor más lo único que tenía que ganar por su madre, creía que era capaz de apañárselas.

Se dejó caer de nuevo a la silla.

Apareció el asistente del general.

—¿Se encuentra bien, señor? ¿Le ayudo a volver a su camarote?

Mangilsworth le dijo que no. Deseaba quedarse sentado y que lo dejaran a solas con sus pensamientos.

—Pero tráigame un poco más de requesón —añadió.

# La reapertura

Una mañana, tres semanas antes de las cavilaciones del general en alta mar, D reabrió las puertas del Museo Nacional del Obrero. Dos días después de hacerlo, Ike fue su primer visitante.

Se presentó pasada la media mañana, con una expresión cohibida en el rostro y, como ella le había pedido, un cubo de mariscador bajo el brazo. Estaba abollado y picado de sal.

—Siento que no sea más bonito, pero es como son.

D le dijo que era perfecto.

Lo llevó al segundo piso para enseñarle a la mariscadora en su banco de arena. D le quitó el balde para carbón, lo dejó a un lado y enganchó el mango del cubo abollado sobre la mano de la figura, que estaba entera pero muy agrietada.

—¿Lo ves? No quedaría bien si el cubo estuviese reluciente.

—Es verdad —dijo Ike.

El pilluelo se paseó alrededor del banco, que era una plataforma hexagonal de madera con una capa de arena pegada. Había zonas en las que la superficie arenosa estaba desgastada y se veía la estructura de debajo.

—Su playa necesita más playa, señorita —dijo.

Se sentó en un banco y usó el extremo de una manga para sacar brillo a la plaquita de latón que conmemoraba al individuo que había donado el dinero para montar la exposición cincuenta años antes. El chico se reclinó y alzó la mirada para contemplar la cubierta de un ballenero, donde varios marinos de cera se congregaban en la regala de estribor. Se rio al verlos.

D le preguntó qué era lo que le hacía gracia.

—Casi parece que vayan a escupirte, ¿no le parece? —explicó él, encantado—. Son tan feos como los marineros de verdad, hágale caso a este Ike de aquí. La única diferencia es que estos no huelen.

Ella le señaló el banco de arena y la mariscadora.

—¿Y qué hay de esa pieza? ¿Qué opinas de ella?

—Está bien —respondió Ike—. Como le decía, no le vendría mal un poco de arena nueva. Pero nuestra chica va a agenciarse unas almejas bien jugosas. Me alegro por ella, siempre que no le dé la tentación, se las coma crudas y acabe pillando el cólera.

—Pero tú has visto a mariscadoras, ¿verdad, Ike? Las habrás visto en la costa, seguro que sí. ¿Te parece que está completa?

La figura de cera se había mantenido muy bien. Su cabello blanco fluía hasta los hombros de su blusón pardo, y tenía la boca estirada en una sonrisa feroz. Estaba paralizada a medio paso, con la mano del cubo adelantada. Casi se la oía tararear mientras caminaba.

(La habitación que D visualizaba para la mariscadora tenía una hamaca hecha de conchas enhebradas y el suelo combado y lleno de arena. En su única estantería había toda una colección de adornos, compuesta de piedras bonitas y fragmentos de cosas que había encontrado en la orilla mientras trabajaba. La mariscadora le quitaba el polvo a esos tesoros cada día, pero nunca desperdiciaba el tiempo en barrer).

Ike la miró de arriba abajo.

—Le vendrían bien unos guantes. Las que se ven todos los días por ahí fuera llevan guantes. Para protegerse los dedos.

D, que también había visto a muchas mariscadoras, cayó de inmediato en la cuenta de que llevaba razón.

—Bien visto. Y de paso, le taparán las grietas de las manos. ¿Podrías traerme un par, Ike? ¿Y un poco de arena para cubrir las calvas, y cola para pegarla?

El pilluelo despachó las preguntas con un amplio gesto de la mano. Guantes, arena, cola: no serían nada difíciles de encontrar para Ike.

—También le falta un chal —dijo—. Siempre van abrigadas. Cerca del Bello puede hacer frío hasta en verano. Le buscaré un chal, pero que no sea muy distinguido ni nada. No es como son.

Δ

Cuando acompañó a Ike hasta los peldaños exteriores del edificio, D le enumeró otros objetos que deseaba para el museo y le preguntó cuánto quería que le pagase por el cubo. Ike negó con la cabeza.

—Está bien así.

—Ike...

D sabía que nada era por nada. El cuello del joven enrojeció bajo la mirada serena y firme de D, pero no cedió terreno.

—De verdad, me gusta hacer algún regalo. Como a esa gente de las placas. —Ike retrocedió por la calle y se tocó el sombrero en gesto de despedida—. Parece usted agotada, señorita Dora. No se exprima tanto cuidando a esa gente falsa. Hágame el favor de descansar, órdenes de Ike.

El pilluelo se marchó al trote.

D se quedó ante las puertas para comprobar hacia dónde se iba. Le había dicho que había más patrullas en la parte de arriba de Legado y quería asegurarse de que esa información hubiese calado en él. Solo cuando lo vio girar a la izquierda, desviándose hacia la zona más segura del río en dirección opuesta a la antigua embajada, regresó al interior.

Δ

Dos días después, su teniente llegó temprano esa noche diciendo que solo quería dormir. Se dejó caer en la cama del buscador de oro sin quitarse la ropa.

En su cometido como líder temporal voluntario del Comité de Salud y Bienestar, Robert había estado muy ocupado abriendo los invernaderos, los jardines y las despensas de las grandes haciendas de las colinas, y organizando más de una docena de puestos para alimentar a los hambrientos. Estaba irritado por el comportamiento de algunos hombres y mujeres con los que había tenido que lidiar.

—Nada más terminan de hacer la cola, se ponen en plan: «¿Dónde está la carne? ¿Y la carne? ¡Yo aquí no veo carne!». Es lo primero que sueltan. Como si sospecharan que llevo una vaca escondida dentro de la chaqueta.

—¿Y no la llevas? —dijo D, inclinándose sobre la cama para palparle la chaqueta.

Robert se tapó con la manta.

—No, ya no queda. Lo siento, Dora. Quería guardarte un poco, pero es que la vaca era muy pequeña. Solo era una vaca de bolsillo. Daba para un bocado.

D recordó a los hombres que se llevaban los corderos por la avenida Universidad, los que la habían invitado a irse con ellos. Quizá en la ciudad ya no tuvieran carne, pero la habían tenido.

—Están tan acostumbrados a que les roben que, cuando nos ven repartiendo manojos de verduras y pan recién hecho, no les entra en la cabeza que no sea una especie de estafa. ¿Te lo puedes creer, Dora?

—No —dijo ella, pero sí que podía, y en su opinión hacían bien.

Aunque D no dudaba de la sinceridad de su teniente, las verduras y el pan que estaban repartiendo no procedían de la hacienda familiar de Robert. Por muy simple que fuese aquella gente, sabía reconocer la diferencia entre lo que se incautaba y se repartía y lo que se entregaba libremente. Robert aún no había sacrificado nada que le perteneciera. Quizá lo haría. Quizá sería capaz de conservar aquella fotografía enmarcada de su familia —patriarca, matriarca y vástago, posando juntos en un diván bordado con enormes jarrones de orquídeas en el suelo a ambos lados— y desprenderse de todo lo demás que representaba, de la mansión y los caballos y los campos y los hombres y las cuentas bancarias. Pero aún no lo había hecho.

—Si la gente de cera cobra vida y empieza con exigencias —dijo el teniente, acurrucándose en la cama del buscador de oro—, diles que no estoy de servicio. Si es algo que de verdad no puede esperar, diles que vayan a incordiar al capitán de al lado.

Antes de que hubiera pasado otro minuto, Robert estaba dormido.

Los chillidos empezaron más o menos una hora después del anochecer, igual que las noches anteriores.

Δ

D redujo la lámpara de la mesa a una tenue chispa. Se sentó y miró a Robert mientras la tortura continuaba. Dormir lo devolvía aturdido a la infancia y su sueño era un sueño de cuento de hadas. No había otra explicación, porque solo la magia podía cerrarle las orejas a aquellos sonidos tan horribles. Y, si D lo despertaba, la magia se haría añicos: Robert oiría los chillidos, iría a detenerlos y moriría, porque o bien el vecino mataría a su teniente, o bien los hombres de mayor categoría en el Gobierno Provisional que habían colocado allí al capitán Anthony lo harían matar. D vio cómo ocurría todo, vio a su vecino deteniéndose para hacerle el saludo marcial de vuelta al edificio después de llevar el cadáver de su amante a la cuadra.

—¡No! ¡No! —aulló una voz—. ¡Yo no he...!

El resto de la súplica se convirtió en un silbido de tetera.

Otra voz distinta no articuló palabras, solo gritó, unos bramidos desgañitados que hicieron que D entrelazara las manos con fuerza.

Era una mujer. La voz que acababa de chillar pertenecía a una mujer.

Al cabo de un tiempo, tres disparos sacudieron la noche y se hizo el silencio.

En su sueño, Robert profirió una serie de quejumbrosos suspiros.

D fue a la ventana.

La puerta trasera de la embajada imperialista se abrió de golpe y un objeto atado con cuerda salió volando. El vecino apareció con un segundo objeto echado al hombro, también envuelto en lona, pasó sobre el del suelo y lo dejó allí manteniendo abierta la puerta. Llevó su objeto envuelto a la cuadra y volvió para recuperar el otro. D se preguntó si alcanzaba a oír el golpe de los objetos al soltarlos el capitán.

Aunque las lunas estaban más pequeñas que aquella primera noche y daban menos luz, D pudo entrever la hirsuta barba del hombre y el blanco de sus dientes cuando se detuvo en el camino de vuelta hacia dentro y le hizo el saludo militar.

Mientras D yacía despierta al lado de Robert, intentó imaginar cómo sería la habitación de su vecino, pero no se materializó nada en su mente. Solo había oscuridad.

El teniente despertó al amanecer y se vistió. Le dio un beso en la mejilla antes de marcharse.

—A trabajar otra vez, querida —dijo.

# Gid

Si así se quedaba contenta, le dijo Gid a su esposa Bet, iría a los soldados y les explicaría que el rector se había marchado. Aunque estuviera bastante seguro de que los soldados ya lo habían entendido cuando se lo dijo el día que se pasaron por allí buscándolo. Qué narices, hasta pediría que se lo pusieran por escrito, si con eso Bet lo dejaba tranquilo de una vez.

—¿Estás seguro de que es buena idea? —Bet sonaba sorprendida—. Es solo que me preocupa un poco, nada más.

Hasta el más tenue tufillo a desacuerdo desmoralizaba y atormentaba a Gid.

—Si me dan un papel en el que ponga que todo bien, ¿lo dejarás estar?

—Sí —dijo ella—, pero no hace falta que...

—¡Se acabó! ¡Voy a buscarlo! —Se levantó de la silla y fue a zancadas hasta la puerta—. ¿Te parece bien que dé de comer a los cachorros primero?

Antes de perder el tiempo consiguiendo un papel que no necesitaba, ese era su primer deber, con los cachorros del rector.

—Claro que me parece bien —dijo Bet.

—Los cachorros no tienen manos para comer ellos solos —señaló Gid.

—Es verdad, Gid —reconoció ella.

Gid llegó a la perrera y dejó salir a los cachorros al patio del rector. Eran buenos perros, jóvenes y castaños, largos y delgados y bajos, nacidos para la persecución. Cuando el juego los agotó, Gid los llamó dentro y les dio pollo y leche. Se sentó en un taburete de la perrera para vigilar que ninguno le robara la comida a los demás.

—Éranse una vez cuatro cachorros castaños, los mejores del mundo. Echaban a correr detrás de las presas del rector siempre que él quería, porque ese era su trabajo. Trabajaban mucho y les daban su comida. Los cachorros siempre hacían caso a su viejo amigo Gid, que era el cachorro mayor, y no tenían problemas. ¿Qué os ha parecido?

Gid les contaba ese cuento a los cachorros cada mañana y, aunque en realidad a los animales no había nada que les pareciese gran cosa, el relato le traía una gran satisfacción al propio cuidador de la perrera. Quería mucho a esos perros castaños, y se ponía sensiblero con su papel como el «cachorro mayor». A menudo, cuando estaba tumbado en la cama de noche, pensaba en ellos y le comentaba a Bet, con un nudo en la garganta: «Tienes que comprender, Bet, que para ellos soy el cachorro mayor».

Bet le decía que lo comprendía, pero él no terminaba de creérselo. Era buena chica, lo quería y le daba de comer, pero entre un hombre y un perro había un sentimiento, una conexión natural, que necesitaba liberarse en campo abierto.

Cuando hubieron acabado de comer, Gid se arrodilló con un gemido. Les acarició la cabeza y los ojos, cálidos y gachos, y dejó que le lamieran la cara.

—Sois buenos cachorros —les dijo—, y el cachorro mayor os quiere.

Los dejó y fue a la parada del tranvía, pero estaba atestada de gente, así que cruzó andando el No-Bello. Un hombre asilvestrado lo abordó y se ofreció a sacudirle el polvo.

—No, gracias —le dijo él.

Gid pensó en la cena. La cocinera de la cantina universitaria le había dado a Bet una pata de cordero, además de una pila de platos con dibujos artísticos de los terrenos de la universidad y un juego de cuchillos para carne con el mango de plata. Por lo visto, se habían propuesto cambiarlos y tirarlos. Era una verdadera idiotez, porque estaban como nuevos, pero mira, eso que se llevaban Bet y él. A Gid le apetecía mucho pegarse una cena de primera clase, comer cordero en esos platos y cortar la carne con aquellos cuchillos tan grandes. Luego tenía planeado cortar los huesos en partes iguales y dárselos a los cachorros del rector.

Al pensarlo, tropezó con una pregunta extraña y desconcertante: si el rector había huido, ¿los cachorros seguían siendo suyos?

Gid salió del puente y enfiló hacia el norte por la ribera, y la pregunta no dejó de darle vueltas igual que los propios cachorros daban vueltas alrededor de un zorro subido a un árbol. Recordó al rector cuando se presentaba para llevarse a los cachorros, con el fusil al hombro, fumando uno de aquellos puros a los que llamaba «cubanos», importados de alguna isla lejana.

«Qué buen día hace para cazar —decía siempre el rector, sonriente, y se quitaba de la boca la mojada y mascada colilla de puro para ofrecérsela a Gid—. ¿Quieres terminártelo?».

«No, gracias, señor», respondía Gid todas las veces.

Bueno, decidió de sopetón, ¿qué importaba? ¡Daba lo mismo! Los cachorros tendrían que pertenecer a alguien en algún momento y, cuando se resolviera el asunto de su dueño, Gid los cuidaría para quien fuese. Y entretanto, los cuidaría porque era lo que había que hacer. Dependían de él. ¡Era el cachorro mayor, al fin y al cabo!

El perrero se secó los ojos, repentinamente húmedos.

Gid llegó al Tribunal de la Magistratura. Vio a hombres uniformados afanándose en cumplir sus tareas, cargando carros, comprobando cajas de dinamita, empujando cañones sobre ruedas. Vagó entre el gentío, preguntando con humildad dónde podía testificar que el rector de la universidad había huido y que daba su palabra de que esa era toda la información que tenía.

—¿Y yo qué narices sé? —le respondió un soldado.

—Quita de en medio, puto vejestorio apestoso —dijo otro—. Como si no tuviera bastantes problemas.

Era una escena abrumadora, y Gid habría renunciado al proyecto por completo, pero sabía que Bet iba a seguir preocupándose y entonces se sentiría obligado a regresar e intentarlo de nuevo.

Lo que quería Gid era cenar a gusto cada día, y amar a su joven esposa si no estaba demasiado cansado, y dormir y levantarse por la mañana a cuidar de los cachorros y sacarlos a que corrieran. No podría tomarse la vida con calma si tenía a Bet incordiándolo.

«Pero ¿es que no puedes estarte quieta?», le había gritado Gid en una ocasión después de que Bet cortara una vieja manta del rector para hacer una cortina.

A Gid se le había ocurrido darles la manta a los cachorros, para que tuvieran un sitio blandito. Se la había llevado a Bet solo para que la lavara y le quitara el olor a humo, por lo sensible que era el olfato de los perros. Pero a ella le había dado por recortar aquella manta estupenda y colgarla en una ventana.

Bet, con lágrimas en los ojos, había respondido: «Es que pensé que hacía bien, Gid. Para que la casa esté más bonita. Me pareció que te gustaría».

Él había echado los brazos al cielo. ¿Qué más daba si las cosas estaban bonitas o no? ¿Y los cachorros, qué?

Gid vio a un soldado con insignia de oficial sentado a una mesita cerca de la estatua de un tigre. Estaba fumando y jugueteando con un par de elegantes gemelos enjoyados, girándolos de un lado a otro para que les diese la luz.

El soldado se fijó en el merodeo esperanzado de Gid y le preguntó qué quería.

—Bueno, señor —empezó a decir él, y le explicó al oficial que el rector se había marchado de repente y que no sabía nada más al respecto, que él solo cuidaba de los perros y seguiría haciéndolo.

—Muy bien, de maravilla —respondió el oficial.

Pero entonces Gid respiró hondo y dijo:

—Señor, discúlpeme, pero es que necesito un papel para tranquilizar a la parienta.

El oficial negó con la cabeza.

—Ya debería saber que la edad no es excusa para dejar que una mujer lo mangonee. Vergüenza debería darle permitírselo.

—Señor —dijo Gid—, no quiero causar problemas a nadie, es solo por estar tranquilo.

—Pues nada, ya que insiste en complicarse la vida... —El oficial apuntó una dirección en un papelito y se lo dio a Gid—. ¿A que pensaba que no sé leer ni escribir?

Gid no sabía de dónde habría sacado el oficial esa idea.

—No, señor, ni se me...

—Hable con el hombre que está en esa dirección. Y largo de aquí. Huele mal.

Gid se marchó. Pero qué mal humor tenía la gente. No había ninguna necesidad.

Al poco tiempo llegó a un edificio que se había quemado. En el patio, delante de los restos, clavada formando ángulo en el suelo, estaba lo que debía de haber sido la puerta principal del edificio. Menudo desastre.

Un gato blanco, grande y peludo llegó rodeando el lado de la puerta, como salido de la nada. Se sentó y miró a Gid con unos cristalinos ojos azules.

—Buenas tardes —dijo Gid al gato.

Tenía costumbre de hablar con casi cualquier ser vivo de cuatro patas. Antes, de camino, había informado a una ardilla particularmente nerviosa que parecía un pilluelo con un penique que gastar.

Muchos años antes, la yaya de Gid le había explicado que los gatos eran demonios huidos, siervos del diablo que se habían rebelado. «No son amigos nuestros, pero son Sus peores enemigos —le había dicho la yaya, señalando el suelo con disimulo para aclarar que se refería a la Bestia del Inframundo—. No es que tengas que adorarlos como hacen algunos, aunque tampoco está de más, porque podrían ayudarte, pero trátalos bien de todas formas, hijo». Gid siempre había seguido ese consejo.

El gato mantuvo los ojos clavados en él.

—Solo tengo que resolver un asunto y podré irme a casa —dijo, como disculpándose en respuesta a la inquietante mirada fija del gato—. Por casualidad no sabrás dónde está el número setenta y seis, ¿verdad?

Gid miró alrededor y cayó en la cuenta de que no estaba en la calle buena, la de los museos y tal. Sí que había algún tipo de museo justo al lado de los escombros, un sitio cuadrado y enorme. «Museo», ponía justo encima de la puerta, por eso lo supo. (Aunque habría terminado adivinándolo hasta sin el letrero, porque, con lo grande que era aquel caserón, saltaba a la vista).

—Bendito seas, amigo —dijo, pero el gato había desaparecido en silencio mientras Gid no le prestaba atención.

Fue a la esquina y la dobló a la derecha. Y mira qué cosas, ahí estaba la embajada, con el número 76.

Δ

El soldado barbudo que abrió la puerta llevó a Gid a una sala de estar. Le pidió que esperara allí mientras iba a traerle un café endulzado.

—Disculpe —dijo el soldado barbudo—, es que estaba preparándome para trabajar un rato. Tengo a otros dos que atender antes. Igual tarda un poco en llegarle el turno.

Gid no asimiló del todo las palabras. Estaba distraído con la sorprendente visión que era aquel hombre. Le había abierto la puerta a Gid descamisado, y no parecía tener ninguna prisa en ponerse más ropa que los pantalones con franja de soldado que llevaba. Su pecho estaba cubierto de pelo negro, que le bajaba también por los gruesos brazos. Era más o menos tan alto y ancho como la puerta clavada en el patio de al lado.

El enorme soldado semidesnudo le trajo una delicada taza con platito y luego se sentó, llenando del todo un sillón tapizado enfrente de Gid.

Las paredes de la salita estaban empapeladas con rayas marrones y había un pequeño escritorio con un rotófono contra la pared. Encima del escritorio colgaba el cuadro de un águila que surcaba el cielo con una cinta ondeando en el pico y un pergamino enrollado en las garras. En la esquina estaba apoyado un palo de estandarte, coronado por un águila que sostenía la flácida bandera de un país extranjero. En el suelo, a los pies del soldado, había una bolsa de herramientas de cuero.

—Ah —dijo Gid, comprendiéndolo por fin. El hombre había

estado en la cuadra, porque la bolsa tenía una marca de herradura a un lado. Herrar caballos era un trabajo sudoroso—. Ahora me fijo en sus herramientas.

Gid dio un sorbito de la delicada taza. El café estaba dulzón, pero bebió por ser educado.

—Sí. Aparte de los atizadores de las chimeneas, en el edificio no había nada que me sirviera. En la cuadra encontré esto, que va bien para trabajar de cerca. —El barbudo se agachó y abrió la bolsa de herramientas. Sacó un garfio, luego una lima, luego unas pesadas tenazas y lo sostuvo todo en alto—. ¿Lo ve?

—Sí… —Gid estaba pensando en lo que había dicho el soldado de otras dos personas, de que tardaría en llegarle el turno a él—. ¿Tiene a más gente aquí?

Él no veía a nadie más. Solo estaba el hombre descamisado.

—Los he llevado arriba —respondió el soldado—. Es donde conversamos. Hay más espacio.

—Le firmaré lo que haga falta en un momentito, si le parece bien. Solo soy el cachorro del rector. El perrero, quiero decir. Cuido de los cachorros. —Gid movió la mandíbula, que se le había puesto pegajosa—. Solo tengo que hacer…, que conseguir un papel para la parienta y que deje de preocuparse. Está nervioso…, nerviosa, digo…, y eso no puede ser. Estará preparando la cena ya. Bet, la parienta. —Tenía la garganta rasposa. Bebió de aquel café tan dulce. El águila de la pared flotaba dentro de su marco y la cinta del pico aleteaba. Gid parpadeó, pero el águila seguía volando. No había fuego en la chimenea, pero, qué curioso, en la sala de estar estaba haciendo bastante calor—. El rector se marchó y eso viene a ser… todo lo que sé.

El soldado devolvió las herramientas, clin-clin-clin, a la bolsa.

—Eso es lo que dices. —Se reclinó en el sillón, cruzó los brazos sobre el pecho peludo y contempló a Gid. Sus finos labios rojos compusieron una apenada mueca—. Pero tenemos que esclarecer los hechos, confirmar las cosas.

A Gid se le cayó la taza. Tuvo la distante sensación de que un líquido caliente le salpicaba los tobillos. Estaba perplejo por la incredulidad de aquel hombre. Gid era perrero. ¿Qué otra cosa iba a ser? Pero no le quedaría más remedio que esperar, porque estaban enterrándolo en ladrillos blandos. Bet le guardaría la cena si llegaba tarde. Había sido idea suya casarse; a Gid ni se le habría ocurrido.

El rector le había pedido a Bet que le llevara un poco de vino a Gid para los cachorros. Y, cuando Gid quiso darse cuenta, ya se había acostumbrado a que Bet le llevara comida para él, fruta y queso, y mendrugos de pan para los perros. «Si quieres, podría cuidar de ti», le dijo una vez, y lo besó, y Gid se oyó a sí mismo responder: «Muy bien», así que se casaron.

Pero, en vez de haber vuelto a casa con su señora, allí estaba, apenas capaz de mantener los ojos abiertos bajo aquella blanda avalancha, enfrente de un gigantón de pecho desnudo que le fruncía el ceño con los labios llenos de sangre.

Gid soñó con los cachorros, que perseguían a un conejo hasta un susurrante campo verde. ¡Qué preciosidad era verlos correr!

Desaparecieron y se quedó solo. Una ráfaga de viento helado hizo que se abrazara a sí mismo, se abrazó tan fuerte que sus brazos eran como cuerdas. Bet llegó entre la hierba doblada caminando con sus piernas largas y jóvenes y le tendió la cortina que había recortado a partir de la vieja manta del rector. Había que reconocer que la tela era bonita, limpia como estaba. Y sí que sería agradable poder encerrar el mundo fuera cuando le apeteciese. Gid estaba a punto de decirle a su señora que tenía razón y que la cortina estaba bien, que se había puesto arisco, que no era digno de ella y que le tenía más cariño del que era capaz de expresarle, pero, justo cuando se disponía a abrir la boca, tuvo la desgracia de despertar.

# Aseando

Detrás del museo había un terrenito cubierto de hierba, de unos quince pasos de largo y quince de ancho, separado del patio de la antigua embajada por un muro bajo de piedra y, al otro lado, de la finca de la Sociedad por un alto seto. Al fondo de la parcela había una bomba de agua y un pequeño huerto. Estaba parcialmente invadido por las malezas —el anterior conservador parecía haberlo cuidado con la misma inconstancia que el resto del museo—, pero se veían tomateras y repollos, e indicios de algunas otras verduras. Desbrozándolo un poco, pensó D, daría buena producción. Se le ocurrió que, si la lucha en la Gran Carretera se prolongaba y los suministros seguían menguando, le vendría muy bien tenerlo. Se sentó en el peldaño de la puerta trasera y, mientras se preguntaba cómo habría sido el hombre que llevaba la anticuada chaqueta de tweed colgada del gancho del despacho, su despacho ahora, se comió un pepino entero. Allá donde hubiera ido, deseó que su predecesor estuviese bien.

El fuerte olor a humo del incendio se había reducido tan solo a un matiz chamuscado en el aire. Era un día bonito y soleado, los pájaros cantaban. Las cosas que había oído la noche anterior le parecían lejanas e improbables.

Δ

D empezó a limpiar las galerías.

Llenó cubos de agua, les echó los copos de jabón que se había llevado del cuarto de la limpieza en la universidad y comenzó por la planta baja. A gatas, fregó los tablones oscuros con paños hasta que emergió la calidez de la madera. Para que se secaran antes, abrió las puertas y las ventanas.

Cuando sacó la cabeza por una ventana del lado del museo que daba al cascarón del edificio de la Sociedad, D reparó por primera vez en la costra de ceniza del incendio que cubría la fachada, manchando los bloques de hormigón con capas de negro hollín.

Salió para tirar cubos de agua enjabonada contra los bloques sucios y los frotó, pero solo consiguió remover y emborronar la ceniza negra. Una parte significativa del edificio de al lado había quedado reducida a humo —libros, alfombras, cortinas, la butaca de cuero donde se había sentado el hombre afable, los planetas en su dispositivo de alambres o cualquier otra cosa que contuviera la Sociedad para la Investigación Psíkica—, y seguramente la obstinada mugre pegada en aquella fachada se componía de pedacitos minúsculos de todo ello. La única forma de sacarla, pensó D, sería con rasqueta. Así de espesa y negra era.

Δ

En el patio de atrás, D olisqueó algo nuevo, casi enmascarado aún por el menguante hedor a incendio. Venía desde la dirección de la antigua embajada: un tufillo agrio, como a huevos pasados.

Después de llenar su cubo y regresar de nuevo al interior del museo, esa vez D cerró la puerta trasera.

Δ

Había cajas de madera para donativos atornilladas en los rellanos de la escalera. Contenían sobre todo basura: entradas, envoltorios de puro y de caramelos, una corteza mohosa de pan de molde, un pañuelo ensangrentado y rígido, folletos de otros museos, folletos de ventas, folletos de curas milagrosas y bolitas de goma de mascar pegadas a trocitos de periódico. También encontró unos doce peniques y, en la caja del tercer piso, la mitad de un billete de diez liras partido.

D se guardó la corteza y el pañuelo, los peniques y el medio billete, y tiró todo lo demás. Limpió las cajas de donativos por dentro y dejó las tapas abiertas para que se secaran. El dinero lo puso en las gavetas de los cajeros de banco, colocando el billete partido con astucia para que no se viera el borde rasgado. Lavó la sangre del pañuelo y lo colgó a secar. En la exposición sobre la imprenta de la planta baja, el impresor de las bandas elásticas rojas en la camisa sostenía en sus rígidas manos de cera un papel en cuya parte superior ponía *La leyenda de las dos lunas*. El resto estaba en blanco, solo que algún gamberro había escrito en lápiz: «¿Y yastá?». D mojó la corteza en un vaso de agua hasta ablandarla, partió un trozo y la usó para borrar con delicadeza las letras a lápiz del papel del impresor. Luego, cuando el pañuelo se hubo secado, lo ató al cuello del perro del granjero.

Δ

Abundaban los triángulos: se veían por todo el suelo, en la disposición de los tres clavos que sujetaban cada tablón; estaban moldeados en los apoyabrazos de hierro de los bancos; aparecían en los carteles, como el de la Δ PANADERA Δ o el que rezaba Δ MAQUINISTA Y FOGONERO Δ; la plataforma de hierro que sostenía los tres engranajes trabados era triangular; había incluso un oxidado triángulo de metal en el extremo de la cadena que liberaba el agua al retrete del sótano. D recordó el triángulo plateado que había en la puerta del edificio de la Sociedad, la puerta que se había quedado clavada en el suelo, y se preguntó por aquella curiosa marca. Solo pudo conjeturar que fue el mismo individuo quien decoró las dos estructuras. Lo cual era interesante.

Δ

D usó paños suaves y secos para sacarle brillo al cristal de las vitrinas y quitarle las capas y capas de antiguas huellas dactilares.

Se entretuvo en algunas de aquellas vitrinas, abriéndolas y examinando su contenido. Una estaba llena de manos de yeso, etiquetadas según la profesión del modelo que se había utilizado para moldearlas: Δ ARRIERO TÍPICO Δ, Δ CERVECERO TÍPICO Δ, Δ LEÑADOR TÍPICO Δ, etcétera. D probó a estrechar algunas manos. Notó irregularidades en el agarre de la enorme mano del Δ HERRADOR TÍPICO Δ y le dio la vuelta para observar la palma, que estaba surcada de impresiones de cicatrices. En otra vitrina se exhibían barrenas de taladro. D pasó los dedos por sus hélices. La broca más grande de todas era larga como una espada y gruesa como una farola, y su etiqueta rezaba: Δ PARA TALADRAR GALERÍAS DE MINA Δ. La más menuda era fina como un mondadientes y servía Δ PARA TOMAR MUESTRAS DE METEORITOS PEQUEÑOS Δ. Ese taladro en miniatura estaba ligeramente oxidado, así que D se lo guardó en el bolsillo del delantal, pensando que buscaría un poco de arena para pulirlo, antes de cerrar la vitrina.

Δ

Barrió los pedazos de piel que había en el suelo del campamento de los desolladores de animales. El pelo era tan rígido como los dientes de un peine. Los desolladores, unas figuras de cera fornidas y envueltas en mantas, comían carne de cera directamente del hueso de cera, calentándose en torno a un círculo de piedras a las que se les estaba descascarillando la pintura que debía hacerlas parecer chamuscadas. D se detuvo un momento para apuntar «pintura negra» en su cuaderno.

Δ

Las máquinas de exhibición, las mesas, los bancos, la propia gente de cera: a todo había que quitarle el polvo.

—Lo siento por las cosquillas —dijo D mientras limpiaba el rostro arrugado de la cordelera, que seguía luciendo la misma expresión de felicidad luminosa y espontánea que tan reconocible le resultaba—. Pero explíqueme una cosa, señora, ¿de qué nos conocemos?

D se sentó delante de ella mientras el museo se oscurecía al anochecer, y desanudó y organizó la maraña de cuerdas de cáñamo. Cuando la tuvo desenredada, la enrolló alrededor de las manos de la alegre y anciana cordelera, para que diese la impresión de que acababa de terminar su trabajo y estaba presentándoselo al público.

Comenzó el negocio nocturno. En el edificio de al lado, un hombre puso voz a su pena gritando: «¡Ay, mi pobre señora! ¡Ay, mi pobre y dulce señora!».

D ya había decidido ni siquiera molestarse en intentar dormir. Se quedó sentada con la cordelera, cuya presencia la reconfortaba.

—Mi hermano me dijo una vez que existen otros mundos. ¿Fue ahí donde nos conocimos, en otro mundo? —preguntó D a la figura.

Las sombras volvieron reservada la adorable expresión de la cordelera.

El hombre moribundo chilló y sollozó, insistiendo en que su esposa lo esperaba. Solo quería irse a casa con ella, por favor, a casa con su pobre y dulce señora.

—¿Crees que alcanzarán a oírlo? —preguntó D, y los ojos de la cordelera centellearon hermosos en la oscuridad.

Δ

D se refería a sus otros vecinos.

Algunas veces, caminando por la calle Pequeño Acervo en las horas diurnas, había vislumbrado atisbos de actividad en las ventanas de algunos otros edificios. Eran estructuras más o menos similares al Museo Nacional del Obrero, aunque ninguna tan grande ni anodina. Al igual que el museo, albergaban organizaciones dedicadas a campos de estudio específicos; al igual que el museo, mostraban signos de haber caído en distintos grados de abandono. Enfrente del museo estaba el Instituto de la Cronometría, un edificio amarillo descolorido con esferas de reloj talladas en las losas de su entrador cubierto de malezas. A su lado, delante de las ruinas de la Sociedad, estaba la casa de color azul marino que ocupaban los Archivos para el Estudio de la Exploración Náutica y las Profundidades Oceánicas, que tenía un nudo de raído cordaje dorado sujeto a su puerta negra lacada. También estaban: la Academia Madame Curtiz de Danza y Forma Humana, cuya herrumbrosa verja de hierro tenía forma de brazos en delicada postura y zapatos de ballet *en pointe*; el Museo de Casas de Muñecas y Miniaturas Exquisitas, con su tejado almenado de siluetas en madera de niños y niñas, sin rasgos tras años de inclemencias meteorológicas; y la Asociación del Fraternal Gremio Histórico de Trabajadores del Tranvía, una parte de cuyo edificio estaba semiderrumbada bajo el peso de un roble caído.

En una ocasión, alzando la mirada hacia los Archivos para el Estudio de la Exploración Náutica y las Profundidades Oceánicas, D había vislumbrado a un hombre con aspecto de buitre mirándola ceñudo desde una ventana del primer piso. Otra vez había visto cortinas moverse en el Museo de Casas de Muñecas y Miniaturas Exquisitas, y una sombra encorvada tras el damasco de la tela.

D tenía la sensación de que la calle Pequeño Acervo era la vía pública más totalmente olvidada de toda la ciudad, una calle de propósito majestuosamente velado, tan perfecta, de hecho, que casi parecía diseñada para que la pasaran por alto. Suponía que ya estaba olvidada mucho tiempo antes de los acontecimientos de la revuelta. Es más, le parecía que sus vecinos debían de haberlo preferido siempre así.

Sentía una afinidad con ellos y estaba casi convencida de que, en efecto, sabían lo que estaba pasando en el edificio de la embajada. No era creíble que todos durmieran, como Robert, bajo el efecto de algún afortunado e inexplicable sortilegio. D no molestaba a ninguno de ellos y confiaba en que le brindaran la misma cortesía. Mientras nadie dijese nada al respecto, siempre cabía la posibilidad de que no estuviera sucediendo en absoluto, que todo fueran imaginaciones suyas.

Δ

D cayó en la cuenta de a quién le recordaba la cordelera.

—¿Estás ahí, Nana? —preguntó.

Apretó la cara contra el cuello de la mujer de cera. Lo notó pegajoso como la resina contra la nariz, no cálido como la piel, y el olor de la cera era dulce caramelo, no dulce como el licor. Pero la figura era sólida y D se consoló con la sensación de su forma.

—Te perdono —dijo, con los labios casi rozando la carne de cera.

Al cabo de un rato hubo chillidos, y disparos, y portazos. La conservadora del Museo Nacional del Obrero se levantó y fue a la ventana para mostrarse al vecino y recibir su saludo militar, como intuía que aquel hombre esperaba de ella.

Δ

Desvistió con cuidado a gran parte de las figuras, desatando y desabotonando la tela que cubría sus cuerpos huecos y frágiles. Puso a lavar las prendas que se encontraban en condiciones de sobrevivir al frotado y apartó para hacer trapos las que peor estaban.

D no había esperado que los trabajadores de cera tuviesen órganos sexuales y, en efecto, no los tenían. Entre sus piernas había pegotes informes, los pechos carecían de pezones y, retirados los zapatos y botas, sus pies resultaron tener solo un aspecto general de pie, sin delinear los dedos ni el hueso del tobillo. Al verlos así, asexuados y con la forma inconclusa, D tuvo la extraña idea de que, a medida que se afanaban en sus diversos oficios, martilleando clavos en las vías del tren y partiendo terrones y trenzando cuerda, estaban experimentando una prolongada maduración y, si pasaban los años suficientes —¿mil? ¿dos mil?—, por fin nacerían. En ese aspecto, en su paciencia, eran como los verdaderos trabajadores. Algún día quizá recibieran lo que merecían. D se veía reflejada en ellos, dado que también había esperado. De hecho, todavía esperaba.

Si la viera su hermano ahora, ¿la reconocería? ¿Se echaría la gorra hacia atrás, la miraría entornando los ojos y preguntaría que a ver, de quién es esa cara?

Mientras D le quitaba la ropa al cirujano en su exposición del tercer piso, COMUNICADORES Y CUSTODIOS DEL CONO-CIMIENTO, tuvo lugar un pequeño accidente. El hombre estaba ante una mesa de quirófano ocupada por alguien bajo una sábana. (El paciente, una figura masculina, contemplaba con placidez el techo de la galería y, según había descubierto D, estaba desnudo bajo la sábana. Algún vándalo servicial había garabateado las palabras «¡AKÍ BAN LAS PELOTAS!» en el bulto de su entrepierna, que D borró con su corteza mohosa). El bisturí y los demás enseres del cirujano habían desaparecido mucho tiempo atrás de la bandeja que reposaba a la altura de su cadera, pero él aún llevaba su bata médica blanca de cuello alto. Mientras D lo desvestía, la tela de la bata se le amontonó bajo la barbilla y, con un chirrido y un crujido, la cabeza se separó del cuerpo, cayó al suelo y rodó bajo la mesa. Dos enganches oxidados salieron a resorte del cuello decapitado de la figura. D se apresuró a recoger la cabeza de debajo de la mesa, como si fuese a meterse en líos si alguien la veía.

Cuando la tuvo en las manos, sin embargo, D se detuvo. No había ninguna crisis. Si alguien hubiera visto lo ocurrido, no iba a irse corriendo a avisar al dueño. La única persona a la que chivarse era ella misma. D podía hacer lo que le diera la gana. Era la conservadora.

Dio la vuelta a la cabeza del cirujano entre las manos. Parecía petrificado a medio tragar, con los labios hacia abajo, las fosas nasales muy abiertas, las cejas enarcadas sobre los ojos de color gris claro. Pero el rasgo más distintivo del médico era una frente brillante y señorial, que sugería un buen cerebro igual que una barrica pulida sugería una buena añada.

—Podría dejarte así —le dijo D al cirujano—. ¿Qué te parecería?

Pensó en el armario que aún permanecía en las ruinas de la Sociedad, en el que habían entrado el conjurador y su pareja de baile para salir después llevando la cabeza del otro.

El cirujano guardó silencio, de modo que D volvió a colocar la cabeza con cuidado sobre los enganches hasta que encajó dando un chasquido.

—¿Y dónde está la mujer que limpia después de que lo pongas todo perdido de sangre de tus pacientes?

Tampoco hubo respuesta a eso.

Lavó la bata médica blanca y las demás prendas y las dejó extendidas por todas las superficies planas que encontró. Cuando se hubieron secado, D volvió a vestir a su gente.

Δ

En el transcurso de su labor, D encontró una exposición que, de algún modo, había pasado por alto hasta el momento. Estaba situada en la tercera planta, como el quirófano del cirujano, entre los COMUNICADORES Y CUSTODIOS DEL CONOCIMIENTO. Era solo una pieza modesta detrás de los empleados de banca, pero D no tenía ni idea de cómo podía no haberla visto. Era como si hubiera brotado allí de un día para otro.

La pieza central de la exposición era un pequeño armario de cedro, apenas un poco más alto que la cintura de D. Era perfectamente cuadrado, de un metro aproximado de arista, con una mirilla que sobresalía de la superficie plana. A su lado había un hombre de cera delgado vestido con uniforme rojo y fez también rojo con la borla dorada. Tenía los carrillos caídos y una mirada taciturna que era somnolienta y adusta a la vez. A su chaqueta de botones dorados le faltaba el del centro y la tela se abombaba un poco, dándole un aire disoluto que no habría tenido de otro modo. Para él, D visualizó una pulcra habitación en un primer piso, con un colchón en la esquina y una silla junto a la cortina de la ventana; y en la cortina, una marca descolorida en el lugar donde su pulgar y su índice pinzaban la tela para observar a los peatones que pasaban por la calle de abajo y hacer sus cálculos privados. La figura gesticulaba con una larga mano de cera hacia el armario, como diciendo: «Adelante». D lo tomó por alguna clase de mayordomo, pero no sabía para qué podía servir aquella caja de madera.

Sopló para quitar un largo pelo blanco que había sobre la lente y bajó el ojo hasta ella. No había nada que ver, solo oscuridad.

Se enderezó y reparó en un pequeño botón negro que sobresalía detrás de la mirilla. (Había marcas en la madera allí, como si alguien hubiera estado raspándola o arañándola por algún motivo). El botón tenía pintado un familiar triángulo blanco. D lo apretó. Hubo un chasquido y un temblor, y el sonido de maquinaria pequeña cobrando vida, de huecos desbloqueándose y pequeños engranajes rodando. Una luz suave y efervescente emanó de la mirilla.

Vacilante, D bajó el ojo por segunda vez.

Al fondo de la lente se veía a un gato de suntuoso pelaje. La imagen no tenía color, pero se notaba que el gato era blanco. Llevaba un collar enjoyado. Estaba subido al brazo de una butaca y miraba con una leve inescrutabilidad. La imagen cambió, reemplazada por otra idéntica, cambió de nuevo y en la siguiente la cola del gato se había movido un ápice a la izquierda, otro cambio y la cola se desplazó más, otro y siguió deslizándose, ya casi en un movimiento continuo a medida que las imágenes ganaban velocidad. El encuadre de la escena se amplió con fluidez para revelar a un hombre bigotudo sentado en la butaca, ataviado con una levita que llevaba un siglo pasada de moda. Llevaba el pelo moreno fijado con gel sobre la frente en un brillante bulto, y unos pequeños anteojos ajustados a las cavidades oculares. Se pasó un as de diamantes de una mano a otra, hizo rodar las muñecas y el naipe se esfumó. Giró el cuello para ver qué opinaba el gato de la artimaña, pero el animal seguía con la mirada fija fuera de la imagen, hacia D. El hombre dio un suspiro visible y rascó distraído al gato entre las orejas.

Apareció una tarjeta con el texto: «EL CONJURADOR ERA ARROGANTE. CREÍA QUE SU DOMINIO DE LA ILUSIÓN LO PROTEGÍA. ESTABA CIEGO».

Una nueva imagen viviente reemplazó a la anterior, la de una puerta abierta hacia la oscuridad. El hombre que había hecho el truco del as de diamantes cruzó al otro lado, llevando tras de sí a una mujer que reía, elegante en su vestido floreado con flecos.

Salieron a una habitación iluminada, pero ambos llevaban los ojos vendados, y en las vendas había unos ojos triangulares pintados. En la mesa que había delante de ellos dormía una mujer, cubierta de telarañas. El hombre y la mujer adelantaron el brazo y sus manos zarandearon a la mujer amortajada, que despertó. La mujer se levantó y salió del encuadre, arrastrando una estela de telarañas. Los recién llegados esperaron, con sonrisas ensoñadas en el rostro. Los ojos triangulares de sus vendas parpadearon.

Cuando la mujer de las telarañas regresó, traía una sierra larga e imponente en una mano y una gigantesca aguja enhebrada en la otra. Se puso la aguja entre los dientes y alzó la sierra hacia la cegada pareja.

Llegó otro texto tembloroso: «PUES TODO TRUCO ES EL TRUCO DE ALGUIEN MÁS...».

En la tercera imagen viviente, un par de manos nudosas entregaban un enorme cuchillo a un hombre vestido con frac y banda a la cintura, como para ir a la ópera. Tenía la cara sudorosa; miró el cuchillo con los ojos como platos y se mesó el pelo, atormentado. Extendió al brazo para tomar la hoja de las manos retorcidas, cuyo propietario se mantuvo fuera de la imagen en movimiento.

La siguiente tarjeta rezaba: «¡SUS MANOS LE OFRECIERON UN CUCHILLO AL CORNUDO!».

En la cuarta imagen viviente, un hombre se inclinaba y susurraba algo a una figura que también era él mismo. Los rasgos del oyente se distendieron. Alzó la mano y se clavó las uñas en su propia cuenca ocular antes de girar la muñeca con decisión de un lado a otro, como si intentara destapar un frasco congelado, haciendo fluir la sangre. El susurrador se agachó por debajo de la imagen y, al cabo de un segundo, se enderezó con una cabeza nueva, de mujer, sujeta al cuello por una horripilante sucesión de costuras. La persona que había susurrado se volvió en la otra dirección, donde estaba la misma mujer sentada en la silla contigua, y se entregó a sí misma una nota. La gemela observó el papel y, mientras lo hacía, su expresión se tornó distante. Se levantó de sopetón, subió al asiento de la silla y alzó el brazo fuera del encuadre. Bajó un nudo corredizo y se lo puso alrededor del cuello.

Un nuevo texto llenó la lente: «¡CAUTIVADOS POR EL ENGAÑO DEL MONSTRUO, SE SACRIFICAN!».

Con un golpe seco, la luz del interior del armario se apagó y D se quedó mirando la oscuridad de nuevo.

Se irguió, parpadeando. Apretó otra vez el botón. La maquinaria no volvió a traquetear y la mirilla no se iluminó. D pulsó el botón varias veces más, sin efecto. Dio unos golpes al armario, también en vano. Apretó la oreja contra la madera y escuchó. Probó a levantar el armario, a inclinarlo un poco para ver si había algún agujero debajo, una ventanilla o algo, pero el armario pesaba demasiado. D se sintió estúpida y preocupada y burlada.

Δ

Cayó la noche.

—¡Yo no he…! —gritó un hombre—. ¡Por Dios! —suplicó—. ¡Por Dios!

D recorrió el museo apagando las luces y cerrando las ventanas que había dejado abiertas para que corriera el aire. Procuró pensar en espejos formando ángulo y trampantojos, en paredes secretas y trampillas y paneles ocultos.

Cuando el resto del museo estuvo a oscuras, D apagó la lámpara que tenía en la mesa de la cabaña del buscador de oro y se metió en la cama. Se oían más gritos, un coro de víctimas, cuatro, tal vez cinco, pues costaba distinguir las octavas del dolor. Estaba el hombre que invocaba a Dios, y una mujer que decía que no había sido ella, que no había hecho nada, pero sobre todo era socorro, socorro, socorro, me oye alguien, socorro.

# ¿Sabías que nunca he dejado de pensar en ti?

El pantalón y la chaqueta procedían del armario del dormitorio de un joven, en una gran mansión de las colinas. Ike supuso que el traje debía de usarse los fines de semana, para excursiones al campo, o ir en carruaje, o a remar en los botes del Estanque Real. El pantalón tenía una textura fruncida muy agradable, elegante, y las solapas de la chaqueta eran amplias y hermosas. El tejido era del mismo color marrón tostado intenso que la pista de un hipódromo antes de la primera carrera de la jornada.

Ike tenía también una bonita camisa de seda azul que había sacado de un cajón en la consulta de un médico forrado de dinero. Ya habían saqueado su casa antes de que él forzara el cerrojo de la puerta trasera, y habían destrozado y vaciado los armarios de medicinas para llevarse hasta el último comprimido y frasquito de polvo, además de los utensilios del doctor, que eran lo que Ike había pretendido procurarse. A juzgar por los clavos de las paredes desnudas, también les habían gustado los cuadros, pero no habían visto las tres camisas de repuesto guardadas en el estrecho cajón inferior del escritorio del médico. Estaban todas bien plegadas y envueltas en papel, atadas con cordel blanco que sujetaba una tarjeta con los saludos del sastre. Ike había descubierto encantado que eran de su talla, que al parecer el médico había sido delgado como él, y había pasado mucho tiempo comparando el color de cada camisa con su traje marrón hasta decidir que la azul era la que mejor contrastaba.

Después, formando parte de un intercambio más cuantioso con otro emprendedor como él cuya joya principal era un juego de piezas de ajedrez talladas en marfil, liberadas por Ike del aterciopelado comedor de una casa de profesionales a pocas manzanas del No-Bello, había obtenido un cinturón de color marrón rojizo y unos zapatos de cuero calado a juego.

El sombrero se lo había encontrado por la calle la noche posterior a la caída del gobierno. Se le debía de haber volado a alguien de la cabeza. El sombrero de copa estaba ahí tirado en los adoquines, como una enorme seta de color chocolate, esperando a que lo recogieran. Ike le había quitado el polvo y se lo había calado de inmediato.

Traje, camisa, cinturón, zapatos, sombrero. Aquello habría que enmarcarlo: era el atuendo de un hombre al que todo el mundo querría conocer.

Solo faltaba la pajarita. Ike seguiría buscando.

En su baja y estrecha buhardilla encima del Paso Franco, Ike tenía sus trapos buenos, como él los llamaba, colgados del clavo que sobresalía de la viga central. Los zapatos estaban sobre la viga y el cinturón rodeándola con la hebilla cerrada. Por las noches, después de cenar, lavarse y guardar lo que hubiera ganado o encontrado ese día en el agujero del techo que era su caja fuerte bancaria personal, se quitaba la ropa de diario y, con mucho esmero, se ponía aquel espléndido conjunto.

Había justo la suficiente altura en el centro de la buhardilla para que Ike se enderezase del todo. Después de ponerse sus trapos buenos, erguía la espalda y practicaba ciertas frases que había oído a hombres adultos decirles a damas adultas. «Es por aquí, querida» era una de ellas, y «Después de ti, encanto» era otra, como «Cuidado al pisar». (Ike había observado que los hombres parecían dar muchísimas indicaciones a las mujeres). Probó también un «¿Serías tan amable?» y un «¿Me concedes este honor?», además de un «¿Sabías que nunca he dejado de pensar en ti?».

Esa última pregunta le parecía particularmente elocuente a Ike. Había oído cómo la formulaba un viejo vagabundo en el tranvía, una noche de invierno, dirigiéndose a una anciana menuda. La mujer iba vestida de impecable negro, abrigo y tocado y vestido, como si acabara de salir de la iglesia, y saltaba a la vista que estaba furiosa con el viejo oso, porque tenía la boca más apretada que el nudo de un monedero. El vagabundo llevaba un traje que parecía estar hecho solo de remiendos, y su barba negra apelmazada y revuelta parecía ser el hogar de mil pulgas. Pero de pronto el hombre había carraspeado, había mirado a la anciana y le había preguntado, en un suave graznido: «¿Sabías que nunca he dejado de pensar en ti?».

Y entonces Ike había visto cómo, al instante de escuchar la pregunta, la mujer se sorbía la nariz, y la boca le temblaba y se le aflojaba, y dejaba caer la cabeza en el hombro de él y le empapaba con lágrimas de amor la sucia chaqueta.

—¿Sabías que nunca he dejado de pensar en ti, Dora? —susurró Ike en la buhardilla, dirigiéndose a un vestido azul que también colgaba de la viga central.

Ike reconocía en Dora a otra superviviente del Albergue Juvenil, y también a una luchadora, una joven que era agradable de mirar pero reservada como una cara tras una máscara. Y era astuta, además, o mira si no cómo se había agenciado aquel sitio tan estupendo; o mira si no cómo le había dicho que había tocado una campana, tan como si nada que Ike casi se lo había creído.

Ike quería que ella también lo reconociera. Quería que supiera que la amaba, y se dejaría ganar al cuentagotas el resto de sus vidas si con eso la hacía feliz.

Hizo rodar los hombros en el traje. Se pasó el canto de la mano por la camisa de seda y escuchó el exuberante siseo. Dio golpecitos con el pulido zapato de cuero en el suelo del ático como un caballero esperando la llegada de su carruaje. Alzó el mentón en distintos ángulos.

Iba contra natura, se dijo, que alguien tan apuesto como él estuviera nervioso por algo.

El vestido azul marino que pendía del clavo de la viga con la otra ropa era para Dora, claro. Tenía cintas blancas en la cintura, y flores de terciopelo en los hombros, y un pequeño y discreto miriñaque, y también procedía de la gran mansión donde había encontrado su propio traje. Los modelos que contenía el inmenso vestidor contiguo a la alcoba principal de la casa habían sido más impresionantes que ese, cada uno exhibido en su propio torso de madera, inflados con capas de volantes, ceñidos con tiras escarlata y rosa y plata, acabados en largas colas que un paseo por cualquier manzana de la ciudad pondría perdidas. El reto de escoger uno para Dora lo había sobrepasado, así que Ike había regresado al pasillo a toda prisa. Consideró que era un golpe de suerte, sin embargo, no haberse llevado ninguno de los vestidos más ostentosos. Dora no era esa clase de chica. No querría algo espectacular y no necesitaba ninguna ayuda para estar encantadora. El vestido azul, más modesto, encajaba muchísimo mejor con ella.

Lo había sacado del armario de una cámara a la que se llegaba cruzando el dormitorio de una niña pequeña. En la estancia había una cama estrecha, una pizarra en la pared con números escritos, un piano junto a la ventana, estanterías con libros y, lo más perturbador, una caja de cristal con una rana seca bocarriba dentro, muerta de inanición. Ike había supuesto que sería la habitación de la institutriz de la niña, aunque no alcanzaba a imaginar qué podría aprenderse de una rana muerta. Pero el vestido parecía de la talla adecuada y, en el instante en que lo halló, visualizó a Dora con él puesto, visualizó su pelo flotando hasta posarse en las flores de terciopelo, la visualizó sonriéndole al reconocerlo por fin, al verlo como el hombre que era.

También tenía una sortija de oro para ella. Estaba escondida con los objetos de valor, en el agujero del techo. Era otro tesoro de aquel caserón, que Ike había encontrado en el mismo dormitorio principal, sobre la mesita de noche, olvidado por la señora de la casa en su apremio por huir de la ciudad. El cuerpo del anillo era de oro liso, pero su cabeza estaba formada por un círculo de diamantes rosados, tallados con el filo suficiente para pinchar un dedo. Ike se lamió los labios.

—¿Tú piensas alguna vez en mí, Dora? —le preguntó al vestido vacío, y la envergadura de la pregunta le llevó lágrimas a los ojos.

Ike se sorprendió consigo mismo. No era ningún bebé. Se había llevado sus buenas palizas. Pasaba solo que, al hacer la pregunta, fue consciente de que posiblemente nadie lo hubiera hecho nunca. Al menos seguro que nadie había pensado en él como una mujer pensaba en un hombre... ¿y no sería maravilloso que Dora lo hiciese?

Podrían tumbarse en la oscuridad y con eso le bastaría. Solo quería tenerla, y que ella lo tuviera a él, y que nunca volvieran a estar solos.

Solo que... ¡faltaba la pajarita adecuada!

La necesitaba para completar su atuendo. Solo cuando estuviera arreglado del todo podría Ike hacerle la pregunta y regalarle la hermosa sortija.

Mientras repasaba sus frases, probó varios gestos: una floritura con la mano derecha, una media reverencia con ambos brazos extendidos, un llamativo saludo sombrero en mano. La luz de la lámpara de aceite, situada sobre la viga central como casi todas las posesiones del joven, proyectó su sombra por la buhardilla y las paredes, transformando el bombín extendido en un caldero.

Δ

Al amanecer, Ike se dejó caer por la trampilla a la taberna de abajo y encontró a Rei todavía en su sitio tras la barra, frente a un par de parroquianos que ya eran líquido en nueve décimas partes. A aquella hora tan temprana, la cavernosa estancia estaba desierta por lo demás, a excepción del marido de Rei, Groat, sentado a una mesa junto a la única y sucia ventana del Paso Franco, comiendo ostras encurtidas y contemplando la calle ribereña.

Las paredes del Paso eran de mugriento ladrillo y al espejo que había tras la barra le quedaban solo unas pocas nubes de plata, que daban solo los más neblinosos reflejos. Un par de lámparas de aceite iluminaban desganadas el espacio, pero por suerte no tanto como para que nadie tuviera que afrontar del todo el horror que era el suelo, donde se habían formado capas y más capas de ceniza, gargajos, caparazones de insecto y, sobre todo, valvas de ostra sobre la tierra apisonada, que crujían, chirriaban o chapoteaban al pisarlas.

—El murciélago sale de su nido —dijo Rei.

Ike se acercó a la mesa y cogió una ostra del plato de Groat.

—Como se te ocurra pillar otra, te lleno la boca de Mortífera, pequeño capullo. Te obligaré a masticarla y tragarla y, si no me la agradeces como es debido, te haré repetir —dijo Groat, y apartó el plato.

En el húmedo patio trasero con peste a vinagre del Paso había un espantoso tocón de árbol contra el que orinaba Groat. Llevaba décadas meándolo. Como aparente resultado de sus esfuerzos, el tocón estaba cubierto de un moho gris verdoso que parecía una pelusa mullida, como lana de corderito. Groat lo llamaba la Ensalada Mortífera, y siempre estaba amenazando con hacérsela comer a la gente que no pagaba la cuenta, o que lo ofendía de algún otro modo, o que incumplía sus normas de educación. Nadie sabía cómo planeaba Groat ejecutar su castigo, teniendo más espolones que un gallo y necesitando dos muletas para andar, pero tampoco nadie lo decía jamás. La gente lo respetaba demasiado: ningún otro hombre de los Posos podía afirmar con fundamento que sus meos habían creado un nuevo tipo de planta.

Ike abrió la ostra, se la comió, se bebió el jugo y la devolvió al plato.

—Mis disculpas, Groat.

—El chico lo siente, Groat, querido —repitió Rei con cariño.

—Y con razón —dijo Groat.

El anciano volvió la colección de hirsutas cejas, piel arrugada, venas rotas y orzuelos que componían su cara hacia la amortiguada luz solar que entraba por la ventana. Decían que en sus tiempos había sido boxeador, y Ike se lo creía.

En la barra, Rei sirvió una jarra de cerveza para Ike, que se acercó, haciendo crujir conchas de ostra y otros elementos de la capa superior del suelo a su paso hasta tomar asiento en el último de los tres taburetes del bar. Olisqueó la cerveza, de la que sabía que debía recelar; era marrón, con manchas flotantes de color mostaza, y olía a sudor.

Se rumoreaba que, en las escasas ocasiones en que el bar estaba vacío, Rei salía al patio a hurtadillas con un cubo y apretaba la Ensalada Mortífera, escurriéndola como un trapo mojado para recoger el pis de Groat hasta llenar el cubo, que añadía a sus toneles para estirar la cerveza. Residiendo como lo hacía en la buhardilla, Ike estaba mejor situado que nadie para verificar la exactitud de esa acusación, y él nunca había visto ni oído a la tabernera hacer tal cosa. Por otra parte, Ike siempre estaba fuera y no podía tenerla controlada a todas horas, y ¿qué eran esas cosas de color mostaza que se movían por la superficie del líquido? Incluso el riesgo más ínfimo de beber cerveza aguada con meados de Groat era demasiado grande. Apartó la jarra.

Sacó de su chaqueta un juego de salero y pimentero de plata y se los acercó a la tabernera. Los había encontrado al fondo de un armario en una casa abandonada de la calle Turmalina, y ni siquiera eran los que habían utilizado los propietarios. Aquello quizá ofendiera a según qué gente, a los revolucionarios por ejemplo, pero Ike lo aprobaba: si no era un verdadero lujo y una satisfacción tener una cosa perfecta de reserva para tu misma cosa perfecta, ¿qué lo era? ¿Y quién no querría darse verdaderos lujos y satisfacciones? Ike se había propuesto poseer algún día dos pares idénticos, para Dora y él, uno en la mesa y otro con el que gozar de saber que lo tenía guardado.

Rei, que era su perista además de su casera, se emocionó con el juego de salero y pimentero.

—Están muy bien, Ike —dijo mientras los hacía desaparecer en su delantal—. Les sacaremos buen partido.

Ike carraspeó y señaló la pútrida cerveza con un gesto de barbilla. Rei refunfuñó como si Ike no acabase de entregarle una cantidad de plata que valía más que todos los tablones podridos y las ostras rotas del Paso, pero cogió la jarra y volvió a verter su contenido en el barril. Sacó su botella personal de whisky de debajo de la barra, le dio un buen trago ella misma, sirvió un dedo en la jarra vacía y la empujó hacia Ike.

—Aquí tenéis, majestad.

Rei tenía una presencia sobrecogedora. Aunque apenas llegaba al metro y medio de altura, la distinguía una magistral y tupida melena de cabello negro surcado de plata que le caía por debajo de los hombros, y su postura habitual, inclinada hacia delante con las manos planas en la barra, no dejaba lugar a dudas sobre quién estaba al mando. Ike respetaba a Rei, y admiraba su devoción hacia el lunático saco de huesos al que llamaba su marido, y lo fascinaba el hecho de que aquella mujer nunca parecía dejar de beber ni irse a dormir. Ciertamente era mejor tenerla de su parte que la alternativa. Si alguien obligaba a otro alguien a comerse la Mortífera algún día, Ike veía más probable que fuese Rei, no Groat con sus muletas. Bajo la barra tenía un palo de madera con un par de clavos de cinco centímetros atravesados en la punta.

—¿Qué se mueve por ahí, Rei? —preguntó, y le dio un sorbito al whisky.

—No se mueve nada, Ikey —dijo ella—. Está todo tranquilo.

—Bien.

Cuanto más tiempo estuvieran atascadas las cosas en la Gran Carretera, y ya llevaban así dos semanas, mejor para los emprendedores como él. Mientras los soldados estuvieran distraídos, Ike solo tenía que preocuparse por los voluntarios, como el zángano aquel al que Dora había espantado la otra mañana.

Era evidente que los buenos tiempos no durarían para siempre. El Gobierno Provisional publicaba sus boletines a diario prometiendo que pronto regresaría el movimiento. Incluso mientras las noticias sobre la revolución llegaban transportadas por diplomáticos a la fuga a sus desaprobadores gobiernos del Continente y, en consecuencia, mientras pasaban menos barcos extranjeros bajo las torres de artillería para amarrar en el puerto, e incluso mientras el ajetreo y el comercio en los distintos mercados de la ciudad flojeaba a resultas de la ausencia de mercancías, aquellos boletines proclamaban que las desharrapadas fuerzas leales a la Corona estaban agotadas y el conflicto ya tocaba a su fin. Los panfletos aseguraban al público que los materiales y los suministros pronto fluirían de nuevo hacia la ciudad, y esas garantías parecían tener su efecto: los estibadores aún ocupaban su puesto cada día en los muelles, y los trabajadores de las fábricas aún esperaban en los patios. Cuando las cosas se asentaran, todo volvería a su curso casi al instante. Ike se alegraba de que aún no hubiera sucedido.

—No me gusta —dijo Rei.

—¿En serio? ¿Qué es lo que no te gusta?

—Si tienen todo un ejército ahí fuera, en la Carretera, y los otros, a los que echaron, lo único que tienen es su diminuta polla, ¿por qué aún no se ha acabado?

—¿Qué más dará? Que se lo tomen con calma y nos dejen hacer lo que queramos. Además, en los panfletos pone que ya casi está.

—Y en mi culo pone con letra bonita de esa tan curvada que soy la reina del cielo y el mar.

—Eso es asunto tuyo —dijo Ike.

—La gente puede escribir lo que le dé la gana, Ikey, y no por eso es verdad. Me da mala espina que todo sea tan fácil. Te lo digo para que tengas los cinco sentidos puestos.

Eso era un poco insultante.

—Siempre tengo los sentidos puestos, Rei. No soy ningún vagabundo. Tengo los sentidos tan aguzados que me hacen cortecitos por todas partes.

—Eso y los secuettros esos que ettá habiendo —dijo el borrachín de al lado de Ike.

Se llamaba Marl y era una gigantesca presencia inflada con lunares en ambas mejillas, toda una institución en el Paso, tan integrado en el local como la mismísima barra astillada. Su vecino de la izquierda, Elgin, estaba encorvado sobre un vaso casi vacío, con los ojos medio cerrados. Elgin era un saco gris de persona en grises mangas de camisa raída y raídos pantalones grises. No era tan corpulento como su compañero de copas, pero sí estaba más o menos igual de hinchado. Cuando Elgin se movió en su taburete, a Ike le pareció oír un tenue sonido acuático.

—Cof-cof-cof —dijo Elgin—. Po sí.

—Un cochero que conocía —continuó Marl—, un jardinero que conocía, un..., etto..., un tipo que repartía leche. Y te apuetto a que muchos otros.

Elgin asintió, de acuerdo con él.

—Cof-cof-cof.

—Vale ya con el cof-cof-cof —espetó Rei al parroquiano mientras le atizaba un capón en la coronilla—. Guárdate esas toses en la boca.

—La enfermedad le rebota. —Marl le dio una palmada en la espalda que hizo tambalearse a Elgin en el taburete como un metrónomo—. Ette tipo sobrevivió al cólera, ¿a que sí, Elgin?

—Po sí —respondió Elgin, pero un poco triste, como si hubiera preferido otro resultado.

No era muy prudente entablar demasiada conversación con unos hombres cuyo sustento consistía mayormente en la cerveza de Rei, pero Ike se había contagiado de su inquietud.

—¿Se puede saber de qué habláis, borrachos? Anda que no apesta a gilipollez. ¿Qué es eso de que secuestran a gente? ¿Por qué iban a...?

—¡El que venga a por mí se llevará un bocado bien sabroso de Ensalada Mortífera! —rugió Groat. Sus huesudas rodillas hicieron saltar la mesa desde abajo y sacaron del plato las conchas de ostra, que huyeron para unirse a sus predecesoras en el suelo del bar—. ¡Les dejaré la nariz sangrando de un derechazo y les llenaré la boca!

—No te alteres, Groaty —dijo Rei a su marido, saliendo de detrás de la barra para ponerse a su lado—. No hace ninguna falta, cariño. A ti no se atreverían a secuestrarte.

Mientras Rei le frotaba el prominente codo, Groat parpadeó taciturno en dirección a la borrosa ventana. Se había agotado. Dio unos cuantos resuellos.

—Igual no les gusta, pero comerán —farfulló.

—Pues claro que sí —dijo Rei, sin dejar de frotarle el codo.

—Venga ya, ¿me estáis tomando el pelo todos o qué? —probó de nuevo Ike, en voz baja para no despertar las iras de Groat—.

¿Alguien ha secuestrado un lechero? ¿Para qué quiere nadie a un lechero?

No tenía sentido. Sin lechero, no había leche, ¿y a quién iba a interesarle eso? Groat parecía haberse recuperado a su estado normal de estupor. Rei volvió a su puesto tras la barra.

—Yo también lo he oído. Dicen que muchos trabajaban en las grandes casas o en el gobierno, haciendo esto y lo otro. Igual se fueron con… —En vez de terminar de expresar la idea, Rei volvió a beber de su botella. Dio un brusco suspiro y la dejó en su sitio—. Bueno, eso, que sí que se rumorea, sí.

—Pero no es que se hayan ido —dijo Marl—. Es que los han secuettrado. Y tú lo sabes. Y sabes quién lo ha hecho.

—¿Vais a hacerme suplicar? ¿Qué pasa aquí? —exclamó Ike.

Rei y los borrachines estaban mirando hacia otro lado, como hacía la gente en la calle cuando pasaba una procesión funeraria. Ike vio contraerse un músculo en la junta de la mandíbula de Rei, pero la mujer no dijo nada más. Eso exacerbó su inquietud, porque no era nada propio de los taberneros callarse los chismorreos.

—Tengo la boca así como pattosa. —Marl se frotó los labios con la mano como para enfatizar su congoja. El movimiento hizo que el tirante gris se le soltara de la parte de atrás del pantalón y cayera junto a su pierna—. Lo mismo si me invitas a una copa, chaval, y a otra para mi amigo Elgin, ya no ettaría tan reseca y podríamos hablar bien. Una pizca del licor ese que os ettabais pimplando Rei y tú.

Ike tendría que haberse imaginado que le costaría dinero hacer que alguien le hablase a las claras. Pidió un whisky para cada parroquiano, y otros dos después de los primeros, por nada menos que seis peniques en total, y los hombres le contaron la historia de cómo, en tiempos recientes, el Barco Morgue había zarpado al agua, al aire y a lo de en medio.

# El Barco Morgue

El último otoño, ya casi un año antes, el Barco Morgue había desaparecido de su amarre llevando a bordo al barquero, Zanes, y el cadáver del delincuente Juven. Lo más probable era que, después de liberarse, hubiera flotado solo unos pocos metros antes de que su endeble casco, sin el soporte del muelle y las jarcias por primera vez en vete a saber cuántos años, se desmoronara, momento que el Bello habría aprovechado para entrar en oleada, tragarse aquel armatoste entero y llevárselo al fondo del río. Pero el caso era que nadie había visto el barco soltarse.

Lo único seguro era que antes estaba allí y después ya no.

Δ

El Bello era, no obstante, un río extraordinariamente turbio, extraordinariamente oscuro, profundo y asqueroso, sobre todo en su último tramo entre el Su-Bello y el océano.

La noticia de que había desaparecido aquel monumento urbano se recibió con particular entusiasmo. Ike recordaba todo aquello. Había salido en los periódicos. La gente iba al muelle y se formaban multitudes en las rocas de la ribera occidental. Pero, por mucho que la gente se inclinara en un ángulo y en otro, por mucho que estirasen el cuello con la esperanza de atisbar la forma del barco bajo la verde superficie lacada del agua, no había ni rastro de él. Unos pescadores zarparon y hundieron sus largos remos en el río, pero no toparon con nada.

Poco a poco, el público perdió el interés. Había otras noticias: las gatas Celandine no paraban de desaparecer en el hotel Lear; dado que las unidades de los últimos reclutas extranjeros estaban sufriendo tantas bajas, la Corona estaba llamando a filas a los soldados retirados para reforzar las tropas de Mangilsworth; la Universidad Nacional había cerrado por las protestas estudiantiles. De todo eso ya hacía casi un año.

Δ

Y entonces, en los últimos diez días más o menos, empezaron a circular historias.

Δ

A altas horas de la madrugada, dos mujeres profesionales que compartían una botella en el terraplén oriental del Su-Bello vieron pasar un carguero. Las sorprendió, porque no habían visto ningún otro barco nocturno desde antes de los enfrentamientos. Bajo el intenso brillo de las luces eléctricas del puente, las mujeres percibieron dos siluetas oscuras moviéndose por la cubierta. Y no era, según insistieron ambas, una embarcación cualquiera. Era el Barco Morgue, y vieron con toda claridad las caras de los hombres que lo tripulaban: Zanes, el barquero, y Juven, calvo como una bola de billar, de pie junto a la borda.

Δ

Esa misma noche, u otra similar: una pilluela que hurgaba en unas ruinas costeras buscando metal que vender afirmó haber visto un barco parecido y oír chapoteos. El barco estaba anclado unos metros río adentro. Dos personas nadaban hacia él, y un hombre que esperaba en la regala dejó caer una cuerda y los izó a bordo. Uno de los nadadores, según recordaba con nitidez la chica, llevaba un elegante sombrero con pañuelo, como los lacayos que conducían los carruajes de los ricos.

La pilluela afirmaba haberlos visto a todos abrazándose en cubierta.

—Como viejos amigos que vuelven a encontrarse —añadió.

Δ

Dos contrabandistas a bordo de una barcaza, que navegaban a cubierto bajo los Despeñaderos, se vieron envueltos por una repentina niebla. Notaron que su embarcación raspaba contra un barco más grande.

El cerrojo de su bodega se abrió de sopetón y oyó un estruendo de golpes y cosas rompiéndose.

—¡Pero qué porquería! —bramó una voz desde algún lugar de la niebla—. ¡Esto es basura de segunda! —Y luego la voz añadió, mencionando a un compañero de los contrabandistas—: Vámonos, Bartol. Tú eres a quien necesitamos.

Pero Bartol, el tercer miembro de la banda, no se había presentado esa noche.

—¡No está aquí! —gritó un contrabandista.

Solo que entonces habló Bartol, con una voz que sonaba por todas partes a su alrededor.

—Quizá algún día volvamos a vernos en el mar, camaradas. Ahora tengo que irme. Este hombre me necesita en su tripulación.

Cuando se despejó la niebla, los dos contrabandistas tuvieron que entornar los ojos para protegerlos del refulgente amanecer. Su barcaza estaba embarrancada en la misma arena de la orilla del Bello desde donde habían zarpado a finales de la tarde anterior. En la bodega, la mercancía que habían planeado vender en el Continente, una vajilla moteada de oro que habían sacado de casa de un ministro, estaba toda destruida.

No había ni rastro de Bartol. Seguía desaparecido.

Δ

En las sombras bajo el Puente Sur del Bello había acampado una familia desahuciada, marido y esposa con dos niños pequeños. La mujer, como su marido estaba enfermo, se marchaba por las mañanas a buscar ayuda de alguien en el Gobierno Provisional: medicina, comida, trabajo para un día, algo, lo que fuese. Empezaba a anochecer y aún no había vuelto.

Su marido despertó de un sueño febril por el ruido de una pesada cadena que traqueteaba resbaladiza y el chof de un ancla cayendo al agua. Sus ojos escocidos encontraron un barco meciéndose en la oscuridad debajo del arco más cercano del puente.

—¡Ginny! —llamaba una voz—. ¡Nos vendrías bien aquí!

—¿Señor? Muy bien, señor.

Su esposa, Ginny, había entrado en el río y vadeaba por los bajíos.

El atribulado marido se levantó tambaleante del montón de harapos y papel que era el lecho familiar y le graznó que parara, que volviera, que la corriente era más fuerte de lo que parecía.

—Ya se me ha llevado otra clase de corriente, amor mío —respondió ella a su marido—. Dales un beso a los pequeños de mi parte. Adiós.

Una cuerda cayó desde la borda del barco. Ginny subió por ella y, mientras su marido le suplicaba que se detuviese, la niebla envolvió al barco y lo último que vio el pobre hombre fue a un tipo más o menos calvo tendiéndole la mano a Ginny para ayudarla a subir a bordo.

Δ

Un apostador y su abogado, que se habían quedado sin trabajo igual que todo el mundo excepto los soldados y la Defensa Civil Voluntaria, compartían un melancólico cuenco de opio en el despacho del abogado.

El apostador dio unos golpecitos en el hombro al abogado, sacándolo de su estupor. ¡Había un barco cabeceando en uno de los muchos espejos del despacho! Vieron cómo pasaba flotando al marco dorado… y reaparecía en el siguiente espejo de la pared.

Los desconcertados hombres siguieron el barco en su travesía de un espejo a otro. Apretaron la nariz contra el cristal para ver a más de una docena de hombres y mujeres de pie tras la regala de la nave. Uno de aquellos pasajeros era clavadito a un delincuente de poca monta llamado Bartol, a quien el abogado había defendido de graves acusaciones de robo en más de una ocasión, y a quien hasta había ayudado a conseguir trabajo en la lavandería de una gran casa.

Apretaron la oreja contra las paredes entre los espejos y oyeron el crujido del barco y el chirrido de los aparejos y a la gente hablando entre sí en la cubierta. «Tenemos que encontrar un atraque», dijo alguien a bordo del barco que navegaba dentro de la pared.

El apostador sacó una navaja y rasgó la seda que cubría la pared para revelar la madera de debajo.

—¡Charlie, tenemos que sacarlos de la pared!

—¡Serás idiota! —replicó el abogado, apartándolo de un tirón—. ¿Es que quieres ahogarte? ¡En las paredes también hay un océano!

El agua salada que manaba del cortecito en la pared se secó formando una larga lágrima blanca.

Δ

No podía ser otro que el mismísimo Encantador, concluyeron los susurros en el bar. Era Juven quien capitaneaba el Barco Morgue ahora que estaba liberado. Había salido de su bañera helada, había cortado las cuerdas del barco y se había puesto al timón, con Zanes, el custodio del barco, como segundo de a bordo.

El barco navegaba únicamente de noche, pero navegaba por todas partes: en el Bello, por las colinas, en el Distrito Gubernamental, en los Posos, por todo el oeste y el este del río, en acuosos espejos baratos, en cuadros del mar, cruzando los bosques de los Campos Reales y recorriendo estrechas callejas mugrientas.

En los Despeñaderos Occidentales, un observador de aves escondido entre las ramas de un pino también había visto el Barco Morgue aparecer en el aire. La embarcación flotaba un poco más allá del borde del acantilado y extendió una rampa hasta el mirador para que una mujer con insignia de funcionaria de la magistratura subiera a bordo. El observador de aves vio que había una perdiz blanca posada en la timonera, y allí se quedó mientras el barco y su nueva pasajera se deslizaban a la oscuridad de la densa capa de nubes grises.

El bibliotecario nocturno de la universidad presenció la ascensión del perrero del rector al barco, que levitaba en el aire sobre el patio interior poco antes del alba. El barco estaba unos seis metros por encima de la hierba, afirmaba, y dejó caer una escalerilla de cuerda y el perrero subió por ella a toda prisa. «Después de que el barco navegara a las ramas del gran tilo y desapareciera entre las hojas —declaró el bibliotecario—, fui corriendo hasta el sitio. ¿Y saben lo que olí? Esa inconfundible peste a perro mojado. Era el hombre del rector, olía igual. Era él, ya lo creo que sí».

Se decía que habían visto a un conocido lunático apodado Te-Sacudo-El-Polvo arrojarse de cabeza a la fuente de la plaza Bracy y luego no salir a tomar aire. Una observadora se había acercado a mirar por el borde de la fuente. A mucha profundidad bajo el agua, había captado un atisbo de Te-Sacudo-El-Polvo, encogido al tamaño de una pieza de ajedrez, nadando hacia un barco también diminuto y muy hundido. Al instante, las ondas creadas por su chapuzón hicieron añicos la escena.

Δ

A quienes abordaban el Barco Morgue, a las personas como Ginny o Bartol o Te-Sacudo-El-Polvo, ya no se las volvía a ver a la luz del día. Esa pobre gente estaba muerta, con toda seguridad, y Juven había reclutado sus fantasmas para tripular el barco. Era una maldición que había caído sobre la ciudad y su población. El Encantador navegaba con las almas condenadas y la capacidad de su navío no conocía límite.

# Los Campos, primera parte

A cambio de lo que había pagado por oír la historia, Ike insistió en quedarse también con los tirantes de los parroquianos del bar. Se le había ocurrido que les irían muy bien a los albañiles de Dora, que no podían ir por la vida con un cordel por cinturón.

Después de llevarle a la exdoncella el cubo para su mariscadora, Ike había aportado varios objetos más al Museo Nacional del Obrero: un par de gruesos guantes y un chal para la mariscadora de cera, que había adquirido de una auténtica mariscadora; varias latitas de pintura, blanca, negra, roja y azul, con las que embellecer diversas exposiciones; aceite para las bisagras, para los enormes engranajes, para las bocinas de tren, para los radios del telar industrial de exhibición que tejía los hilos de exhibición y para los mecanismos de otra docena de aparatos atascados; un pedazo de cobre y un martillo para el hojalatero del primer piso, que tenía un aspecto particularmente penoso sin una herramienta que sostener en la mano levantada y cerrada ni un objeto al que dar forma; una cesta con dos asas para que la vendedora llevase los caramelos de madera que alguien había dejado esparcidos a sus pies; y una gran cantidad de prendas para sustituir las que estaban demasiado desgastadas. Añadiendo todo eso a que Dora había limpiado y aseado todo el edificio, el museo parecía renovado. Ike se enorgullecía un poco de eso: era bueno que la gente pareciera gente, aunque esa gente fuese de cera y algo espeluznante por su propia naturaleza. Y, lo más importante, estaba contento de que Dora pareciera tan contenta de tener su ayuda.

Aún quedaba una larga lista de cosas que Dora quería, como los utensilios de cirujano que Ike había esperado encontrar en la consulta del médico y que todavía buscaba. No era solo un imperativo romántico lo que lo impulsaba a procurarle esos objetos, sino también una cuestión de orgullo profesional. Un buen ladrón no dejaba de intentar robar algo solo porque no estuviera en la primera vivienda que allanaba.

Con el problema de las herramientas del cirujano en mente, a Ike se le ocurrió hacerle una visita a un médico de caballos que, como no pocos en su negocio, se sacaba un sobresueldo tratando la clase de dolencias humanas que requerían de un brazo fuerte, como colocar huesos en el sitio, sacar muelas o hacer amputaciones menores. Ese médico en concreto trabajaba en la parte rica de la ciudad, en la cuadra de las cocheras de los Campos Reales, tenía reputación de ser particularmente habilidoso y, lo más relevante para los propósitos de Ike, era conocido por lo limpias que tenía sus herramientas.

«Si alguna vez necesitas que te corten la polla rápido y limpio, ese tipo que se ocupa de los caballos en los Campos es quien mejor lo hace. Tiene todo un estante lleno de cuchillos plateados. Es el que le amputó el rabo a Groat», le gustaba comentar a Rei.

(Al oírlo, por supuesto, Groat siempre decía tener un buen plato de la Mortífera preparado para cualquiera que se atreviera a acercarse a su hombría con un cuchillo. La conversación del Paso Franco tendía a proceder de manera circular, y era inevitable que regresara a los hongos venenosos del anciano decrépito).

En los Posos no había nadie con unos utensilios tan limpios. En los Posos, las herramientas quirúrgicas eran herramientas sin más. La gente rica no acudía a ese médico de caballos para que les tratara las piernas rotas y las bocas doloridas, pero quienes trabajaban para la gente rica sí. De modo que, si el médico estaba por allí, a lo mejor Ike podría intercambiarle por alguna cosa un fórceps de repuesto o lo que fuera. Si no estaba, si se había ido a alguna parte o se lo habían llevado a alguna parte —Ike no se detuvo mucho tiempo a considerar esa posibilidad, que se le había enganchado por la historia del borrachín como un hilo a un clavo—, se llevaría las cosas y punto.

Δ

Como los Campos Reales estaban a una hora a pie, Ike optó por el tranvía. El primero que pasó por la parada del Su-Bello estaba lleno hasta la bandera. Ike echó a correr junto a sus ruedas en movimiento y saltó al estribo de la cabina del conductor. El tranviero le dijo que fuese a colgarse de una farola. Tenía los ojos somnolientos y el gesto torcido, como si toda su energía se hubiera agotado en la producción de su bigote, florido y negro. Llevaba un bombín de brillante color azul.

Ike le dijo:

—Un momento, solo me he subido porque mi hermana quiere saber cómo casarse con un tranviero. Cree que es una vida glamurosa y que todos los conductores parecéis caballerosos.

—De glamur no sé nada —respondió el hombre. Su gesto se torció más antes de añadir, defensivo y esperanzado a la vez—: Pero sí que es un buen empleo.

Puso la segunda marcha y el tranvía aceleró traqueteando mientras Ike se aferraba a la manecilla de la puerta para no caerse del estribo. El bombín que llevaba aquel fulano era bien bonito, pensó Ike, demasiado para un bigote que conducía un tranvía.

—No pueden librarse de ti como en otros trabajos —añadió el tranviero—. Estas máquinas no tiran solas. La gente no se da cuenta de eso. Hay que saber cuidarlas, y no se puede hacer si no tienes mucha experiencia. ¿Cómo es tu hermana?

—¿Sabes la mujer esa que está tumbada en la ola que sale del centro de la fuente, en la plaza Bracy? Pues es igualita, solo que mi hermana no se tumbaría nunca encima de una ola. Está siempre cocinando y cosiendo, porque…

Durante los siguientes dos kilómetros y medio, Ike agasajó al tranviero hablándole de su hermana Mary Ann, de su experiencia como modelo para un pintor, de la enorme herencia que iba a recibir de una mujer cuya casa limpiaba antes y de su obsesión romántica con los conductores de tranvía.

—Está fascinada con la fuerza que hace falta para mover la palanca esa de las marchas.

Quedaban tres kilómetros más en dirección norte para llegar a los Campos Reales, pero, mientras se acercaban al No-Bello, Ike vio a un par de críos que cargaban con piedras en la pechera de las camisas y se sintió obligado a modificar sus planes.

—Hay una cosa sobre mi hermana, eso sí, que a lo mejor no te gusta —advirtió Ike al maquinista.

—Me extrañaría mucho —dijo él, que en el transcurso de la charla parecía haberle cogido cariño a Mary Ann.

—Nunca le comería la polla a un imbécil. ¡Aféitate ese bigote tan feo!

Ike estiró el brazo, le birló el bombín azul al tranviero y se apeó del estribo. Corrió hacia los dos chavales y los alcanzó cuando ya llegaban al No.

—Venga, que es para hoy —anunció Ike, y los tres corretearon hasta el centro del puente.

Ike ganó la primera partida desempatando al acertarle a un trozo de red. Para la segunda, propuso un doble o nada a los pequeños vagabundos y dejó que jugaran en equipo; ganó de nuevo, en esa ocasión hundiendo una hoja de periódico.

—¡Esto habría que enmarcarlo! —exclamó Ike—. ¡Ponerlo en la repisa de la chimenea y enseñárselo a las visitas!

—No ha valido —objetó el pequeño vagabundo.

—Ya estaba casi toda bajo el agua —añadió la pequeña vagabunda.

—Escuchadme, niños, eso ha sido un tiro magistral de un tirador magistral —dijo Ike—. Sé que estáis frustrados, pero os avergonzáis a vosotros mismos protestando. Se me da de maravilla este juego, soy de los mejores que hay en la ciudad, y es un orgullo perder contra mí. Y ahora, dadme el premio.

Los desconsolados vagabundos reunieron sus tres peniques, un alfiletero de satén negro con agujas de plata y una tortuga diminuta, de aspecto amargado, que escrutaba hosca desde debajo del caparazón y tenía un sorprendente parecido con Groat.

—¿Cómo os llamáis? —preguntó Ike.

—Tenemos muchos nombres —dijo el chico.

—Pues dime cómo llamaros, pequeño cabrón misterioso.

—Len —respondió el chico, que tenía el pelo negro y ojillos muy juntos de gaviota.

—Zil —dijo la chica.

—Len y Zil. Yo soy Ike. ¿Qué sabéis? —preguntó Ike.

—¿Qué nos pagas? —replicó Zil, que tenía la cara pecosa hasta las cejas.

Ike señaló la barandilla del puente.

—¿Averiguamos si sabéis nadar?

Aunque el verano ya otoñaba, aún hacía calorcillo. La brisa fluvial olía a los caballos que tiraban de los carruajes por el puente y a la mierda que soltaban los caballos a su paso. Por mucho que pudiera decirse sobre el gobierno de la Corona, al menos se acordaban de quitar la mierda.

—¿Por qué llevas un sombrero encima del sombrero? —preguntó Len.

Ike se había puesto su nuevo bombín azul encima de su vieja gorra marrón.

—Porque soy el mejor cuentagotero vivo. Yo soy quien marca la moda y quien hace las preguntas. —Le dio un capirotazo a Len—. Venga, contadme algo.

El chico bufó por la nariz y se cruzó de brazos, haciendo como si pensara, como si estuviera en posesión de tanta información valiosa que le costase qué revelar.

—Están repartiendo pan día y noche en los puestos de comida.

—El pan es casi todo ceniza —aportó Zil.

—Eso lo sabe todo el mundo —dijo Ike—. ¿Qué más?

—No pasan barcos cargueros desde ayer por la mañana. Ni uno.

—Interesante. ¿Qué más? ¿Habéis oído hablar de la gente que desaparece?

Los vagabundos se miraron entre ellos y Ike tuvo su respuesta. No le interesaba.

—Bobadas —dijo—. Me da igual lo que cuenten por ahí. Los peces no caminan por tierra y los barcos no navegan por tierra ni por el cielo. El Encanto está muerto, lo asesinó ese ministro, y es una lástima, pero estar muerto es un trabajo a jornada completa. No se puede capitanear un barco y estar muerto al mismo tiempo. Hacedle caso a este Ike: no saldréis adelante aquí fuera si os creéis cosas que no podáis meteros en la boca o guardaros en el bolsillo.

—El barco del Encanto no es un barco normal. —Zil proyectó la mandíbula hacia Ike—. Es mágico.

Muy a su pesar, Ike se suavizó. La ternura no beneficiaba en nada a un niño de los Posos, él lo sabía mejor que nadie, pero no pudo evitarlo.

—Vale, bien. ¿Y qué clase de magia es esa, que roba a la gente de su casa? Menuda magia, ¿no?

—Lo mismo no la roba —repuso Len, y su sonrisa reveló un puñado de amarillos dientes de leche—. Lo mismo está rescatándola.

—Puede —dijo Ike, capitulando otra vez ante sus instintos más amables—. Y hablando de robar —añadió dando unos golpecitos al alfiletero—, una de estas cosas no es como las demás.

Zil le plantó cara.

—¿Y qué? La puerta estaba abierta y se notaba que ya había pasado gente por allí. Me metí corriendo y birlé lo primero que vi. Es solo un alfiletero.

—Me parece muy bien —dijo Ike—, pero si un brazalete verde de esos te registra y lo encuentra, te trincará y te meterá en el calabozo. Las cosas se venden o se esconden. No hay que quedárselas mucho tiempo. Esa gente es tonta, pero eso no justifica que vosotros seáis más tontos aún. ¿Conocéis el Paso Franco? La tabernera, Rei, os pagará un precio razonable. —Les devolvió los peniques, el alfiletero y sus agujas y la diminuta tortuga.

»Por hoy, me vale con que aprendáis una lección. Y ahora,

tendréis que disculparme. Un hombre no puede pasarse el día enseñando el oficio a unos niños. Tiene que ganarse la vida.

»Ah, y hervid la tortuga en agua limpia un rato bien largo antes de comérosla.

Se quitó el precioso bombín azul —le quedaba grande, de todos modos, y además ya tenía el bombín marrón a juego con su traje marrón—, se lo encasquetó a Zil en la cabeza hasta taparle los ojos y se marchó a zancadas mientras la chica lo llamaba a gritos.

Tras recorrer un par de manzanas desde el puente, vio a gente esperando a que le dieran de comer. Podría haber parado, porque un pan ceniciento era mejor que ningún pan, pero había horas de cola.

Se desvió de las avenidas para recorrer las calles residenciales de la gente más o menos adinerada, avanzando hacia el norte por patios y debajo de árboles siempre que era posible, teniendo un ojo abierto por si veía signos de abandono, casas a las que tal vez quisiera regresar de visita una noche de aquellas. No encontró nada destacable. Oyó voces que salían de varias ventanas abiertas y, desde una casa amarilla muy apañada, sonaba un piano detrás de una cortina de color alabastro, interpretando una melodía ligera y juguetona que le inspiró una breve visión de sí mismo en su traje bueno bailando con la señorita Dora. En su mente, Dora se había puesto el vestido que Ike había elegido para ella, y se dejaba llevar entre las exhibiciones y las figuras de cera en una galería del museo. La visión se interrumpió cuando, al bordear la casa amarilla, vio astillado el pomo de la puerta de la cocina, una pequeña salpicadura de sangre seca en el peldaño de granito y una carretilla cargada con una cubertería de plata y unas sábanas dobladas.

El piano dejó de sonar, reemplazado por la voz áspera de un hombre.

—Más vale que no nos quedemos mucho por aquí tocándonos los cojones.

Ike fue al trote hasta la arboleda que separaba aquel patio del siguiente y continuó hacia los Campos Reales.

Δ

Cuando llegó al parque, Ike se dejó deslizar hacia abajo y anduvo por el desagüe que discurría en paralelo al camino principal. En esos momentos la precaución era especialmente importante: no convenía dejarte ver en la vecindad del sitio que ibas a robar. Y si había por allí más mala gente como la de la casa amarilla, desde el desagüe podía huirse a la espesura en tres zancadas. Aunque aquello se llamara los Campos Reales, a excepción de los senderos y los caminos para carruaje, de alguna pista de tenis o estructura de madera para que se subieran los niños y del Estanque Real, en su mayoría era terreno boscoso. El rumor de los vecindarios dejó paso al crujido de la corteza y al zumbido de los insectos vespertinos. Los árboles, viejos y altos, formaban un espeso dosel verde por encima del camino principal, interrumpido solo aquí y allá por algún rayo de luz. Ike no se cruzó con nadie.

Al poco tiempo, el camino desembocó en el Estanque Real, que también podría haberse llamado lago. Se abombaba hasta ocupar casi un kilómetro en su punto más ancho y era más del doble de largo que eso. Allí tampoco había gente, ni sentada en las mesas con filigranas de hierro forjado del pabellón de piedra, ni de pie en la barandilla del puente de madera que se arqueaba sobre la cintura del estanque, ni remando entre los lirios que cubrían la superficie. Unos patos nadaban por el agua y, parcialmente oculto por la alta hierba de la orilla opuesta, un gato negro, muy agachado, los observaba con sus ojos amarillos. Solo había un bote de remos, que debía de haberse soltado de su amarre en el cobertizo, flotando en el lago.

Los famosos botes, tallados con la efigie de distintos reyes, estaban disponibles para alquilarlos con o sin barquero. No hacía tanto, en un día claro como aquel, incluso entre semana, Ike podría haber esperado ver media docena de ellos en el agua, llevando a parejas de hombres con sombrero de paja y mujeres con parasoles en alto. El único bote estaba cerca del centro del estanque, rodando en sentido antihorario. Ike no sabía el nombre del rey tallado en su proa —sería Zak, o Macon, como el actual que había huido de la ciudad en su carruaje chapado en oro, porque la mayoría se llamaban así—, pero por el estilo y el desgaste se notaba que era de los antiguos. Una cuchillada de madera negra podrida mancillaba la amplia nariz del rey y, bajo su protuberante mirada furiosa, las puntas de su bigote pasado de moda se retorcían como muelles. Quitándole ese elaborado bigote y la diadema bañada en oro que coronaba su pelo en pico de viuda, Ike no creía que el monarca hubiese desentonado en el museo de Dora. Podría haber sido la cara de un pastor o de un carretero con la misma facilidad que la de un rey.

Ike avanzó con pasos cortos y sigilosos por entre la hojarasca del desagüe.

Sí que había algo que andaba mal. A Ike no le gustaba reconocerlo, pero lo había. Por eso se había resistido tanto a creer la historia del Barco Morgue que le habían contado los parroquianos del bar. Todo daba la misma sensación que el sendero junto al que caminaba: grandes zonas de tiniebla con solo unos pocos puntos de luz.

Había tenido lugar una revolución, pero, de algún modo, no lo parecía. Habían ardido unos cuantos edificios. Se habían pegado unos cuantos tiros. Unas cuantas personas se habían marchado. Y ya está. La ciudad parecía patas arriba sin que en realidad hubiera cambiado gran cosa. Ahora tenían aquel Gobierno Provisional, que estaba colgando carteles como si no hubiera mañana, y repartiendo pan hecho con ceniza, y paseándose por ahí con brazaletes verdes, pero no daba la impresión de ser real del todo. Ike pensó de nuevo en las personas de cera de Dora y en cómo no eran reales del todo, en cómo parecían atascadas justo al borde de la realidad. ¿Y si al final resultaba que la lucha no estaba casi ganada, allá en la Gran Carretera? ¿Y si la auténtica batalla aún estaba por llegar?

¿Y si había alguien ahí fuera —no el Encanto, claro, eso era imposible— secuestrando a gente por algún misterioso motivo?

Al llegar a una curva del camino oyó ramas partiéndose. En el mismo instante, la cochera que había sido el destino de Ike apareció a la vista detrás del pabellón, y distinguió varios caballos atados a los postes y un par de carruajes pintados de negro y oro.

En el desagüe, Ike se agachó para esconderse tras la tentacular cobertura que ofrecía el nacimiento de las raíces de un árbol muy alto.

Un anciano, todo elegante con zapatos blancos, traje a rayas y un precioso pañuelo de seda blanca, salió del bosque y subió del desagüe al camino con la ayuda de un hombre fornido con traje a cuadros. Un tercer hombre, vestido con un uniforme militar salpicado de medallas, pasó trastabillando detrás de ellos, mirando un papel mientras andaba.

—... y sé que la otra puerta era muchísimo más conveniente, pero haremos lo que sea necesario —estaba diciendo el anciano, falto de aliento. La lustrosa tela blanca de su espléndida bufanda resplandecía bajo las ramas de los árboles.

—No oiréis ni una sola queja mía, señor —respondió su asistente.

—Sé que no, ministro, y se lo agradezco. Ha sido usted leal, muy leal.

Otras cinco personas, tres hombres trajeados más y dos mujeres con vestidos iguales de color verde mar, llegaron siguiéndolos. Del mismo modo que el hombre del pañuelo, todos aquellos ancianos eran inconfundiblemente ancianos, con pelo blanco asomando de sus diversos sombreros, y salieron del bosque y lidiaron con el valle que era el desagüe dando pasos cautelosos. A Ike le pareció muy peculiar que una gente tan mayor y distinguida hubiera estado retozando en el bosque. Forzó la vista y se dio cuenta de que las mujeres eran gemelas.

—Estaba repasando estas órdenes, señor. —El militar sonaba agotado—. Dicen que consulte otra vez con usted acerca de las negociaciones para la rendición.

—Escúchelo. Es un solete —dijo una gemela.

Su hermana se rio.

—Escúchate. Eres un solete.

—Sí —dijo el viejo del pañuelo, que por lo visto era quien estaba al mando, pese a las medallas del general—. Creo que podemos conceder a los exiliados otra semana para sopesar las propuestas que hemos enviado a nuestro equipo diplomático. ¿No es lo que escribió en su recomendación, general?

—¿Eh? —El general miró de nuevo su papel—. Sí, es verdad, señor.

Ike se movió y dio con el hombro contra las raíces del árbol. Se soltó un terrón que cayó crepitante al lecho de hojas secas del desagüe. Llevó la mano al mango de la navaja que escondía en el calcetín, pero, al instante de sacarla, se le resbaló de entre los dedos sudados. Cayó con otro crujido en las mismas hojas del fondo.

Las gemelas, que cerraban el desfile, se detuvieron.

—Hermana... —dijo una.

Las dos se volvieron de golpe y los dobladillos de sus vestidos verde mar bisbisearon al rozar la tierra apisonada del sendero. A esa distancia, Ike no veía ninguna diferencia entre ellas. Ambas tenían el rostro escuálido y acartonado y, mientras se acercaban, no daban tanto la impresión de andar como de deslizarse sobre ruedas bien engrasadas ocultas bajo la falda.

El resto del grupo había seguido hacia delante, exceptuando al general, que miró hacia las gemelas.

—¿Algo anda mal, mis señoras?

—Solo un poquito mal —dijo la hermana de la izquierda.

—Si acaso —dijo la hermana de la derecha.

El general gruñó y se marchó hacia el resto del grupo, en dirección a la cuadra.

Ike había decidido echar a correr y, cuando la gemela izquierda sacó una pistola con culata perlada del bolso a la vez que la gemela derecha sacaba otra pistola idéntica con culata perlada del suyo, supo que era buena decisión. Las mujeres estaban a unos diez metros camino abajo; si Ike se lanzaba a la carrera hacia el bosque, necesitarían tener mucha suerte.

Las hermanas pasaron por una franja de luz que descendía por un hueco del dosel y Ike por fin las vio con claridad. Se le llenaron las piernas de agua y, en vez de correr hacia la espesura, se hundió más bajo las raíces.

Las señoras Pinter, las llamaban, y Ike aún recordaba el día que el director del albergue los había puesto a todos en fila para que esas dos mujeres les pasaran revista. Eran unas grandes benefactoras del Albergue Juvenil, y cualquiera que avergonzase al director quejándose a las señoras Pinter de las dos excelentes comidas que les daban al día o suplicándoles unas mantas iba a experimentar un arrepentimiento que conservaría en el cuerpo el resto de su vida, ya lo creo que sí.

Las dos hermanas habían pasado de niño en niño, acariciándoles la mejilla con guantes de piel de ternero y preguntándole algo a cada uno con voz suave. «¿Alguna vez te has sentido terriblemente feliz?», les preguntaban a algunos niños. «¿Tienes sueños bonitos? ¿Nos cuentas uno?», les preguntaban a algunos niños. «¿Qué es lo que amas?», les preguntaban a algunos niños.

Una de las señoras Pinter —Ike no había encontrado ninguna manera de distinguirlas— le había hecho a él la pregunta de si se había sentido terriblemente feliz alguna vez. Las dos habían acercado mucho sus rostros sonrientes al de él, y el aliento les olía a cerdo y cebolla, y sus ojos de color avellana, muy separados en sus estrechas caras, parecían cosquillearle en la piel como patitas de insectos.

Ike ya había pensado en la visita que les hizo una organización benéfica y los regalos que les habían traído, de modo que respondió:

—Me tocó una de las mantas nuevas.

—Llevémonos a la chica que sueña con reunirse con sus padres en el cielo —murmuró la otra hermana, todavía sonriendo y asintiendo en dirección a Ike.

—Pero tú también eres divertido —le dijo la primera hermana a Ike.

Le pellizcó la mejilla antes de enderezarse y anunciar al director que habían elegido a Toni, una chica de pelo moreno un poco más pequeña que Ike. Iban a llevársela esa misma mañana. Aprendería el oficio de doncella en su lujosa casa, la muy afortunada. Pero antes iban a darse «un buen banquete» con ella, declaró una de las señoras, y el director del albergue había aplaudido por Toni, y todos lo habían imitado. Ella se sonrojó, se despidió con la mano, prometió escribir a sus amigos y se marchó con las hermanas.

Nadie volvió a saber nada de Toni, sin embargo, nunca les escribió. Quizá fuese comprensible que quisiera dejar atrás el albergue, pero Ike recordaba que una hermana le había dicho a Toni: «¡Vamos a darnos un buen banquete contigo!». Sabía que era solo una forma curiosa de expresarlo, que no se habían referido a que la niña fuera a ser el banquete, sino a que iban a comer con ella.

Lo sabía, ¿verdad?

Las gemelas pasaron de nuevo de la luz a la sombra. Tenían las pistolas preparadas. Ike pensó: «No, no necesitarán mucha suerte para darme. Necesitarán saber disparar, y, por cómo sostienen las pistolas, creo que saben». Oyó los tacones de sus zapatos, ocultos bajo la campana de sus largos vestidos, raspando el camino.

Ike cerró los ojos e imaginó a Dora con su tocado en la galería de la planta baja junto a los engranajes, con aquel aspecto tranquilo y espabilado que tenía. Esperó que no pensara que Ike la había dejado plantada sin más, no ese Ike, no con lo que sentía por ella.

Sonaron cuatro disparos, y Ike se descubrió con las rodillas en tierra.

Δ

Después de que los carruajes partieran, Ike optó por dejar la cochera para otro día. El cirujano de cera de Dora tendría que esperar. Fue en dirección opuesta, hacia el interior del bosque, para tranquilizarse.

Los disparos lo habían conmocionado, y ver lo que le habían hecho al gato negro que había estado observando los patos no había servido precisamente para calmarlo. En los Posos se veían un montón de animales muertos —y, ya puestos, también personas muertas de vez en cuando—, pero aun así lo habían afectado el pelo hecho jirones y los restos de la sagrada criatura.

Se internó unos metros entre los árboles y topó con las ruinas de una casita de leñador. Había dos paredes que llegaban hasta la cadera, una chimenea derrumbada cubierta de liquen y un gran refrigerador con la puerta entreabierta, que dejaba ver las paredes interiores. Ike se sentó en un montón de cascotes de la chimenea y se puso a escuchar el bosque y palparse el corazón.

Las señoras Pinter habían hecho picadillo a aquel gato. No solo era horrible, sino que también era pedir a gritos una maldición. La conversación entre el anciano y el reticente general había sido rara por algún motivo, y eso se añadía a la peculiaridad de que una gente como aquella hubiera salido de la espesura en un principio. Más que antes, Ike reconoció la forma de algo que iba mal, de algo enfermizo. Pero también sabía que los asuntos de aquellas personas no le concernían, y que haría bien en evitar que le concernieran jamás, ni a él ni a ningún amigo suyo, y a Dora, su amor, a quien menos. Allí sí que había verdadero peligro, y no en un barco fantasma que navegaba por el cielo.

La sombra refrescó los ánimos encendidos de Ike. El corazón ya se le ralentizaba. Las moscas revoloteaban en círculos alrededor de una mancha ocre y pegajosa que había en el suelo, junto a la nevera abierta, pero su sonido era relajante. Por toda la parte de abajo de los lados de la cámara frigorífica había innumerables raspaduras llenas de óxido. Parecía el trabajo de años y años por parte de animales intentando entrar en ella. Qué decepción debían de haberse llevado cuando alguien dejó la puerta abierta y descubrieron que aquello estaba vacío.

Ahora que se fijaba, la puerta del refrigerador no encajaba con la cámara en sí: era una pesada puerta de madera, pintada de blanco a juego con lo demás, pero la cámara era metálica. Y enorme, también, lo bastante alta para colgar una vaca entera dentro. Era la nevera de una gran mansión, no la de una cabaña. La de trabajo que debía de haber costado arrastrarla hasta allí fuera.

Los pensamientos de Ike vagaron a la deriva. El agitado zumbido de las moscas siguió tranquilizándolo y se fue sintiendo mejor. No iba a pasarle nada por lo que había visto.

Cuando se levantó para marcharse, su interés por el gigantesco refrigerador ya había expirado, y se fue sin llegar a ver la parte delantera de la puerta, donde alguien había trazado una cierta cantidad de triángulos con pintura de plata.

# Acto primero, escena tercera de
## *Una pequeña caja para lobos,*
## por Aloysius Lumm

*El Anciano Gray conduce la mula y la carreta al patio de una decrépita cabaña.*
*Tomas, con malicia, golpea un palo contra los barrotes. El Diablo, apretujado en la pequeña jaula, gime.*

TOMAS: ¡Ja! Te dedicas a robar almas y hacer que enferme el ganado. No me das ninguna lástima.
DIABLO: ¿Qué más da? ¡Ya siento lástima yo de sobra por los dos!

*La tía Carina aparece en una ventana abierta.*

TÍA CARINA: ¿Qué es esto?
ANCIANO GRAY: Hemos capturado un diablo. ¿No te dije que lo haríamos?
TÍA CARINA: A mí no me parece un diablo.
DIABLO: ¡Dice la verdad! ¡No lo soy! ¡Tenéis que ayudarme!

*El anciano Gray señala hacia la monstruosidad de piel roja que contiene la jaula.*

ANCIANO GRAY: ¡Pero si parece que lo hayan hervido! ¡Y tiene cuernos! (*Agarra la cola del Diablo, que pende entre los barrotes de la jaula*). ¡Y una cola bifurcada!

*El Diablo sisea y recoge su cola.*

TÍA CARINA: Yo creo que solo tiene alguna enfermedad.

DIABLO: ¡Pensaba que estabas de mi lado!

ANCIANO GRAY: Escúchame. He puesto el gato bajo el árbol donde se encontraban siempre los bandidos, el que tiene el triángulo tallado en la madera, y nos hemos escondido en los arbustos. Y el muy cerdo ha salido reptando de la tierra… ¡y ha ido a por él! Lo habrá atraído el olor, supongo. ¿A ti te parece que eso lo hace algún tipo de hombre?

TOMAS: ¡Y yo le he soltado la caja justo encima, tía!

*Tomas ríe mientras gesticula simulando cómo cayó la trampa sobre el Diablo.*

TÍA CARINA: Yo creo que solo tiene alguna enfermedad.

DIABLO (*aparte al público*): Dejadme contaros lo mío con los gatos. Hace mucho mucho tiempo, formaban parte de mí, pero me salieron por un lado de la boca mientras le contaba una mentira hermosísima por el otro lado a una mujer a la que admiraba. Ahora solo quiero devolverlos a su sitio, mientras que ellos quieren matarme a zarpazos, los muy animales.

TÍA CARINA: Espera… ¿Gato? ¿Qué gato? No será…

ANCIANO GRAY: Sombra, sí. Ya estaba muerto.

DIABLO (*aparte al público*): En efecto, el gato no estaba tan fresco como me habría gustado.

*La tía Carina chilla y desaparece de la ventana.*

TOMAS: Padre.

ANCIANO GRAY: Dime, hijo.

TOMAS: Bueno…

ANCIANO GRAY: Pregunta de una vez.

TOMAS: ¿Qué deberíamos hacer con él, ahora que lo hemos atrapado?

*Los violines de la orquesta empiezan a tocar* El tema del Diablo *y las luces se atenúan sobre el Anciano Gray y Tomas, congelándolos en silueta.*

DIABLO: Un momento, ¿de verdad os creéis que me habéis atrapado?

*La cola del Diablo se despliega entre los barrotes en busca de la cerradura. La puerta de la jaula se abre. El Diablo sale por ella. Coge un hueso de gato del pequeño montón que hay al fondo de la jaula, se lo lleva a los labios y empieza a tocarlo como una flauta. Toca de maravilla. La orquesta se une a él para una segunda estrofa de* El tema del Diablo.
*En las sombras, el Anciano Gray y Tomas se contonean al ritmo de la música.*
*El Diablo deja de tocar, pero la orquesta continúa a volumen más bajo.*

DIABLO: No fue ningún bandido quien marcó ese árbol. Esa marca es la entrada a mi casa. Me encanta que la gente me traiga comida a la puerta. Ahora me noto renovado. ¿Queréis pasaros los dos siguientes actos viendo cómo convenzo a estos dos palurdos de que se maten entre ellos? ¡Espero que sí, porque no se admiten devoluciones!

*Vuelve a meterse en la jaula y usa su diestra cola para cerrarla otra vez.*
*La orquesta concluye* El tema del Diablo.
*Las luces del escenario vuelven a encenderse y el Anciano Gray y Tomas vuelven en sí.*

ANCIANO GRAY *(como si no hubiera pasado ningún tiempo)*: ¿Que qué deberíamos hacer con él? Bueno…, supongo que podríamos desollarlo.
TOMAS: ¡Tiene sentido!

DIABLO (*fingiéndose escarmentado y temeroso*): Escuchen, caballeros, han cometido un error. ¡Yo no soy el Diablo! Si fuese el Diablo, tendría la piel roja.

*Mueve una mano roja para enseñársela.*

DIABLO: ¿Lo ven? No es roja, ¿verdad?

*Los dos hombres están perplejos.*

ANCIANO GRAY: Habría jurado… ¿A ti te parece roja?
TOMAS: No, la verdad es que no.
DIABLO (*aparte al público*): La boquita, cerrada.

# Antes de entrar al museo

L os primeros visitantes oficiales del museo fueron una pareja extranjera que se había quedado atrapada en la ciudad por la revuelta. Estaban recién casados, ambos llevaban gafas, ya no eran jóvenes pero tampoco viejos aún y vestían con pantalón bombacho, botas y chaleco, el uniforme de los excursionistas. Su actitud era alegre, rayando en lo histérico. Hablaban bien el idioma, aunque con mucho acento.

—¡Un museo para trabajadores! —exclamó el marido mientras cruzaba la galería de la planta baja—. ¡Espero que haya algo sobre académicos!

D les dio la bienvenida y les mostró el funcionamiento de los enormes engranajes conectados. Había engrasado los dientes y desde entonces las piezas rodaban con suavidad, impulsándose unas a otras.

—Es extraordinario cómo encajan las cosas —dijo la mujer, mirando a su marido con aire divertido y pronunciando «encajan» en tono reverente. Ambos rieron a carcajadas.

Después de eso, la pareja se avino a explicarle su situación. Le enseñaron a D dos lascas de piedra azul grisácea. Eran fragmentos que habían desgajado de los famosos monolitos que dominaban la Gran Carretera, y era por participar en esa tradición que la pareja había viajado al pequeño país en un principio. D nunca había visitado los monolitos en persona, pero había visto una ilustración en un libro: eran tres rocas rectangulares que formaban una línea diagonal sobre un promontorio, erigidas por algún pueblo antiguo con un propósito desconocido. D también era consciente de la tradición según la cual los pedacitos desgajados de esas piedras simbolizaban la devoción eterna.

Las lascas eran finas e irregulares, más o menos del tamaño de uñas, y tenían un leve tono plateado. Incluso al tacto, D percibió la densidad de la piedra madre.

—Durante el resto de nuestras vidas, podremos mirarlas y saber dónde reside nuestro corazón —afirmó el marido.

—Y cuando lo hagamos —dijo la esposa—, también podremos retroceder en el tiempo a cuando cruzamos el océano y nos vimos inmersos en una guerra civil por cincelar una piedra.

D podría haber adivinado que sus invitados eran profesores sin que se lo dijeran. Había tratado con los suficientes mientras trabajaba en la universidad para identificar unos rasgos comunes en su forma de hablar, y un matiz profesoral en la postura que adoptaban al mirar las cosas, frunciendo el ceño y haciendo exageradas inclinaciones de cintura para verlas desde un ángulo y otro. También había limpiado la habitación de muchos profesores, por lo que no había gran cosa que imaginar. D conocía las frágiles figuritas que colocaban al borde de sus atestadas librerías, ansiosas por suicidarse arrojándose al suelo, y sus diplomas enmarcados que nunca quedaban rectos del todo en la pared, y el suelo combado de su recibidor donde, distraídos, dejaban las botas mojadas y el paraguas para que gotearan en la madera, y sus cintas amarillentas en tiestos.

En la galería del tercer piso, los turistas se vieron atraídos por el pequeño armario de cedro con la mirilla que había producido aquellas imágenes en movimiento.

—¿Qué es esto? —le preguntó la mujer a D.

—Esperaba que pudieran decírmelo ustedes, señora —contestó ella, y todos rieron una vez más.

Más tarde, D encontró una nota plegada en la caja de donativos, sobresaliendo por la ranura. La había dejado la pareja. El papel decía que se alegraban de tener algún sitio donde ir y que era encomiable, dadas las circunstancias, que el museo permaneciese abierto. No obstante, era una pena que solo una doncella sin formación pareciera estar de servicio, y un poco irritante que los hubiera seguido de un lado a otro. Comprendían que el conservador no pudiera atender a todos los visitantes, pero debería haber algún trabajador cualificado. Y debía señalarse que el estado de muchas exposiciones era lamentable. En concreto, ¡a varias figuras les faltaban ojos y tenían un aspecto de lo más siniestro!

Las botas del hombre habían dejado huellas fangosas en el reluciente suelo de las galerías. Cuando D las hubo limpiado, fue al despacho del conservador y escribió su propia nota para dejarla fuera:

POR FAVOR, SACÚDASE LOS PUTOS ZAPATOS ANTES DE ENTRAR AL MUSEO

Recorrió a toda prisa la planta baja, salió a la hierba del patio trasero y bebió un poco de agua directamente de la bomba. La negra noche empezaba a infiltrarse en el azul del cielo. La peste a huevo podrido procedente de la antigua embajada era cada vez más intensa.

Volvió dentro y se sentó de nuevo al escritorio. Hizo trizas la primera nota y escribió una segunda:

POR FAVOR, SACÚDASE LOS ZAPATOS ANTES DE ENTRAR AL MUSEO

Δ

Pero no había manera de colgar el papel en la abultada y proletaria puerta de acero, ni tampoco en la pared de cemento junto a ella. D meditó sobre el problema.

Echó a andar desde el museo por la acera que llevaba a las ruinas de la Sociedad para la Investigación Psíkica.

Llena de ira, hizo caso omiso a los tres gatos —a franjas anaranjadas, marrón chocolate y con manchas— tumbados por el patio en ociosa postura y a la ya familiar visión de la puerta roja de la Sociedad clavada en la tierra. Sin nadie que la cuidara, la hierba había crecido mucho y sus largas hojas acariciaban la base de la puerta y su panel inferior. A través del umbral vacío, D alcanzaba a ver dentro de las ruinas hasta el chamuscado armario del mago, el «Vestíbulo», resguardado bajo los pocos tablones restantes del suelo del primer piso. Las sombras cubrían aquella quemada caja rectangular. Había otro gato allí, peludo y blanco. Estaba al lado del armario, afilándose las garras en la madera ennegrecida. La visión era tentadora, pero D se resistió. «Ahora no». Tenía que colgar aquella nota, dejar bien clara aquella única regla.

Vio un pedazo quemado de mampostería con forma de bola entre la alta hierba. Fue hasta él, lo recogió y regresó al museo.

Bet estaba esperando al pie de los peldaños.

La mujer larguirucha llevaba una cesta cubierta al costado y su expresión al ver a D fue de pura repugnancia. Se llevó la mano libre al cuello, como para contener una arcada.

—Lo siento, señora —dijo D—. Ya hemos cerrado por hoy.

Pasó junto a ella para colocar el papel en el escalón de arriba, a la izquierda de la puerta, y puso el escombro redondo encima para impedir que se lo llevara el viento.

—¿Cómo que «señora»? Sabes de sobra quién soy. Y yo sé quién eres tú, Dora, y desde luego sé lo que eres. No voy a decirlo, pero lo sé. Lo sabe todo el mundo. Se te huele a la legua.

D le sostuvo la mirada a la otra mujer. Bet parecía incluso más frágil de lo normal; daba la impresión de que sus estrechos hombros caídos apenas se sostuvieran unidos al torso encorvado, sujetos solo por herrumbrosos enganches como la cabeza de las figuras de cera del museo.

Pero miraba a D como a algo que hubiera que cubrir con una palada de tierra para que nadie se ensuciase el zapato al pisarlo. Miraba a D como si hubiese olvidado por completo que fue ella quien impidió que Pauline y las demás siguieran incordiándola por lo de que su Gid dormía con los perros.

—Soy —dijo D— la conservadora en funciones del Museo Nacional del Obrero. ¿Quién es usted?

Bet profirió un chillido gimoteante. El sonido recorrió la calle de un extremo a otro, y a D le pareció sentir cómo las ventanas de los edificios se crispaban en sus marcos, y cómo todos los reservados habitantes de esos edificios se crispaban también.

—¿Mi marido está ahí dentro? —Bet dio un paso hacia ella. Temblaba a ojos vistas y el contenido de su cesta emitió un tintineo metálico—. ¿Tienes a mi Gid ahí dentro? ¿Lo has tenido ahí todo este tiempo?

D miró a Bet a los ojos.

—¿Qué? No. No lo he visto.

—¡Eres una embustera!

—¿Se puede saber de qué hablas? ¿Por qué has venido, Bet?

—¡Porque me lo ha dicho ese soldado! —Bet se echó a llorar y medio escupió las siguientes palabras—. He hablado con un soldado y le he dicho que mi marido cuida perros, ¡y él me ha dicho que se acuerda de Gid! «Ah, el perrero», me ha dicho. ¡«Cómo iba a olvidarlo», me ha dicho!

»¡Y dice que envió a Gid a una dirección a la vuelta de la esquina, ahí mismo, y que es lo último que supo de él! —Bet movió su tintineante cesta en dirección a la embajada que había pertenecido al aliado imperialista del anterior gobierno, pero cuyo propósito había cambiado desde entonces—. Iba de camino hacia ahí para preguntar, ¿y a quién veo viniendo por la calle? ¡A ti, Dora, a ti! ¿Qué has hecho con mi Gid? ¿Es que no me echa de menos? ¿Es que no echa de menos a sus cachorros?

—No grites.

—¡El imbécil del bibliotecario le ha dicho a todo el mundo que vio a Gid en el patio, subiendo a un barco en el cielo! ¡Yo no me lo creo! ¡Yo creo que esto tiene algo que ver contigo, Dora!

D agarró la fina muñeca de Bet.

—Bet, tienes que parar de gritar.

—¡Sé que sabes dónde está!

Bet metió la otra mano bajo la tela que cubría la cesta, asió un cuchillo por el mango y empezó a sacarlo, pero D le agarró también esa muñeca. La empujó hacia abajo, obligando a Bet a devolver el cuchillo a la cesta.

D se moría de ganas de darle un empujón a Bet, pero fue la piedad lo que la llevó a atraerla hacia sí y susurrarle la verdad al oído:

—Si Gid entró en ese edificio a la vuelta de la esquina, ha muerto. Nadie que se mete ahí sale por su propio pie. Nunca. A quienes entran en ese edificio los envía el nuevo gobierno para que los torturen y los asesinen, y el hombre que se ocupa de ello no hace excepciones. Si no quieres que ese hombre te haga daño, Bet, tienes que irte de este sitio y de esta calle. Tienes que irte y no volver jamás.

# El Metropole: el teniente

En su capacidad de líder provisional voluntario del Comité de Salud y Bienestar, al teniente Barnes le pidieron que tomara la palabra para informar a los líderes del Gobierno Provisional, en una conferencia que se celebraba en el salón de la tercera planta del lujoso hotel Metropole. El general Crossley estaba presente, pero no ocupaba una silla tras la mesa de billar al fondo del salón con las autoridades civiles, Mosi, Lionel y Lumm. Callado a menos que se dirigieran a él, envarado en una silla contra la pared derecha, tenía la mirada fija al frente y, en opinión de Robert, apenas daba más señales de vida que las figuras de cera en el museo abandonado de Dora.

En el lado opuesto del salón se habían dispuesto varias hileras de sillas, que ocupaban el resto de asistentes al encuentro: varios militares de alta graduación y líderes de la Defensa Civil Voluntaria. Haciendo honor a la reputación del Metropole como el más «artístico» de los tres grandes hoteles, los cuadros de la pared representaban escenas del teatro y la ópera, había folletos de producciones famosas apoyados en los estantes a intervalos regulares y, sobre plintos dóricos en las esquinas, bustos de musas con largo cuello de color crema y guirnaldas en el pelo. Las cortinas abiertas de color chardonnay dejaban a la vista el hotel Lear, uno de los competidores del establecimiento donde se hallaban, en la acera de enfrente.

Robert se adelantó hasta la mesa de billar para hacer su declaración. El teniente explicó los primeros pasos que habían dado los voluntarios bajo su mando para procurarse e inventariar el contenido de varios almacenes de conservas secas, y los posteriores para tomar posesión de las alacenas, invernaderos y despensas de las fincas que había poseído la antigua élite en las colinas de la ciudad y elaborar listados similares. En cuanto a la escasez de ganado, expresó la opinión de que fueron demasiado lentos: los ladrones comunes y los contrabandistas habían robado los animales durante los primeros días tras el derrocamiento. Hasta el momento la población había respondido relativamente bien a la distribución racionada de harina y verduras, pero resultaba evidente que no era una solución a largo plazo.

—Evidente —respondió Mosi, sentado junto a la esquina izquierda de la mesa, dando distraídas vueltas a una bola de billar roja sobre la superficie de fieltro.

—Déjalo terminar, Jonas —dijo Lionel desde la silla central.

En la tercera silla, al otro lado de la mesa, Lumm se había quedado traspuesto durante la narración de Robert sobre el decomiso de los almacenes. Resoplaba en sueños.

—¡Mis disculpas! —ladró Mosi—. Continúe, continúe, joder, teniente Barnes.

El estibador empujó con suavidad la bola roja por la mesa.

Robert titubeó.

Lumm siguió durmiendo.

Lionel apoyó el codo en la mesa y la mejilla en la mano.

—Ya has oído a mi camarada.

Los dos mandamases que estaban conscientes llevaban así toda la tarde. A Robert se le ocurrió que algún día quizá abrieran un museo dedicado a la revolución, y a las estatuas de cera de esos dos hombres no les quedaría más remedio que compartir exposición por toda la eternidad. Tomó nota mental de contarle aquella observación a Dora. Robert le debía una visita. En los últimos tiempos había estado demasiado ocupado para ir a verla, atareado con las obligaciones de su cargo y también con algo que le daba ciertos remordimientos, aunque en realidad no tenía por qué: las atenciones de una joven patriótica que trabajaba en la cocina del mismo hotel donde estaban reunidos. Willa era encantadora, pero Robert echaba de menos a su espabilada doncella. También tenía la inquietante, y ridícula, idea de que tal vez Dora no lo añorase a él.

Robert siguió hablando.

—Mi interpretación es que existe un descontento general. La gente no sabe muy bien cómo va a ser la vida. Los papeles que imprimimos les dijeron, y nosotros se lo repetíamos en persona una y otra vez, que íbamos a ayudarlos a crear comités para elegir a sus representantes. Y les gusta el concepto de tener voz y voto en sus vidas por una vez. Pero, al mismo tiempo, desde su perspectiva, no se han producido grandes cambios, porque estamos en este periodo intermedio. Han pasado cuatro semanas. Los comités están formados y los representantes están votados, pero no tienen nada que hacer.

Era, en esencia, el mismo problema al que ya habían aludido otros líderes voluntarios antes que él al presentar su informe. La ciudad estaba cerrada: los estibadores no tenían nada que cargar o descargar, no quedaba trigo para las cervecerías, toda la construcción estaba detenida porque no había nadie que la pagara, y así en todos los sectores. Había gente con dinero, pero cada vez encontraba menos oportunidades de gastarlo. Las aseveraciones de que las fuerzas del antiguo régimen estaban al borde de la rendición en la Gran Carretera se recibían con escaso entusiasmo, más escaso a cada día que pasaba sin que un relevo claro en el poder reabriera el comercio y permitiera retomar la actividad económica. Existía una sospecha generalizada de que la revolución no estaba en absoluto afianzada.

Δ

Aunque Robert no lo mencionó, lo había impresionado una interacción que tuvo el día anterior con una mujer de la cola del pan, en un distrito occidental de los Posos.

Un grupito de siete u ocho personas había estado escuchando mientras Robert les describía el entramado de comités de zona que supervisarían los barrios y, con el tiempo, formarían un gobierno común que eligiese directamente a sus representantes nacionales. Estaban en la esquina de una calle donde casi todas las casas se habían convertido en pensiones. Era una tarde cálida y el polvo flotaba casi chisporroteante sobre la hambrienta cola que se extendía a lo largo de dos o tres manzanas, y sobre el público de ojos cansados que tenía Robert.

Les dio su discurso habitual, del que aún estaba orgulloso y en el que aún creía. Era una variación sobre lo que le había oído decir a Lionel Woodstock en la primera reunión clandestina a la que asistió en la universidad unos meses antes. Lionel había hablado de que la riqueza estaba anquilosada, de que unos pocos la tenían acaparada por la casualidad de su nacimiento y el éxito de algún antepasado. La riqueza engendraba más riqueza, hasta el punto de que sus poseedores ya no sabían qué hacer con ella, mientras la inmensa mayoría tenía que deslomarse para ganar cuatro peniques. Esas circunstancias parecían talladas en piedra, como si algún poder superior las hubiera establecido de manera inmutable, pero no era así. Si el pueblo quería que las cosas fuesen de otra forma, si quería que todo el mundo recibiera una parte de los bienes y las propiedades que reflejase el valor que cada cual aportaba a la economía, con prestaciones humanitarias para los incapacitados y los enfermos, si quería que existiese un sistema económico capaz de mejorar las condiciones de vida generales, podía hacer que sucediera.

Aunque Lionel había capturado su imaginación con aquel discurso, la experiencia que tenía Robert con los hombres que trabajaban para su padre lo había llevado a enfocar su propia exposición en términos más específicos.

Concluyó pidiéndoles a sus oyentes que se imaginaran al personal completo de una hacienda, doncellas y carpinteros, lavanderas y leñadores.

—Esos hombres y mujeres se ocupan de una casa preciosa y de sus ricos campos. Saben a la perfección cómo se hace todo: cambian las cortinas, limpian las ventanas, podan el huerto, reemplazan las tejas podridas, cualquier cosa que salga. Se van a la cama cuando ya está oscuro y se levantan cuando aún está oscuro para volver al trabajo.

»Al terminar el día, van a sus habitaciones. Seis, siete, ocho personas por dormitorio. Más. Están todos tan agotados que se duermen aunque tantos cuerpos den un calor sofocante y tanta respiración haga un ruido atronador. Y aun así, seguro que algunos de vosotros daríais cualquier cosa por tener un empleo fijo como ese, ¿verdad que sí?

»Pero ¿qué está pasando en esa casa tan preciosa mientras duermen las doncellas, los carpinteros y todos los demás? Nada. Los pasillos están desiertos. Las habitaciones están vacías. Las camas están bien hechas. Allí no hay ni un alma, excepto el gato de la casa. ¿Por qué?

»Porque el señor de la hacienda está en alguna de sus otras casas preciosas. ¿Veis lo lamentable que es eso, amigos míos?

Salvo unas pocas toses, el grupo guardó silencio, y la pequeña oleada de adrenalina que Robert acostumbraba a sentir cuando llegaba a la parte de la mansión desocupada se disipó casi al instante. Por encima de las cabezas de su público, Robert vio a un hombre que solo llevaba una amarillenta franela de cuerpo entero salir de un edificio en la acera de enfrente. Se detuvo en la cima de los peldaños de la casa, se encendió una pipa y, mientras humeaba, metió la mano por la solapa de la ropa interior para recolocarse los huevos.

Robert concluyó su discurso un poco falto de convicción, asegurando a sus oyentes que la vida pronto sería mucho menos difícil para todo el mundo, y que lo que era importante recordar era que todos tendrían que hacer su parte, igual que los engranajes de una máquina.

—Pero ya no se os tratará como a engranajes. Podréis enorgulleceros de lo que hacéis, del papel que desempeñáis.

Reparó en una mujer que estaba a su izquierda. Tenía la cara cubierta de barro y suciedad, el cuerpo envuelto en harapos. No parecía muy mayor; parecía haber trascendido la edad. Sus ojos estaban inquietantemente fijos dentro de su máscara de inmundicia, perforando a Robert.

El teniente esperó unos segundos, sosteniéndole la mirada con calma, suponiendo que la mujer de los ojos penetrantes le discutiría alguna cosa. De hecho, deseaba que lo hiciera. Si expresaban sus preocupaciones, Robert podía explicarles lo que no alcanzaban a ver. La gente pobre no era mala en absoluto: tan solo carecía de educación.

La cola avanzó y su público se desplazó con ella, arrastrando los pies con educación, encarados todavía hacia Robert mientras se movían.

La desesperanza lo llevó a preguntarle a la mujer que lo miraba:

—¿No se alegra de oírlo, señora?

—Ah, sí, me alegro un montón —dijo ella—. Me encantan los cuentos. Soñaré con mi habitación en esa casa preciosa lo que me queda de vida. La adornaré toda entera en mi mente y estaré contentísima.

A Robert le pareció oír un matiz burlón en su tono que lo irritó. Estaba intentando ayudarla. Intentaban ayudarlos a todos, levantarlos, mejorar sus vidas, mejorar la sociedad ayudando a gente que, a su vez, ayudaría a otra gente.

(Era la misma idea que había tratado de transmitir en la carta a sus padres, esa que no paraba de empezar a escribir para arrugarla, y que de todos modos no lograría enviar hasta que se despejase la Gran Carretera. Y después de eso…, bueno, aún estaba la cuestión de en cuál de sus propiedades estarían residiendo. Era posible que se hubieran mudado más al norte al saber de la revuelta…).

Le dieron ganas de afirmar: «No es un sueño, es la realidad», pero no quería sonar como un niño al suplicarle a aquella mugrienta mujer sin edad que lo creyera.

—Pero todos los días son alegres en los Posos —dijo ella, y entonces Robert supo a ciencia cierta que se burlaba de él—. La alegría no tiene límite. Gracias, señor. Suerte, señor. Ojalá un gato le sonría, señor.

Ella y los demás se alejaron con la cola. Robert recordó hacerles un distraído saludo levantándose el sombrero, incluso con la mirada perdida al frente, mientras intentaba descubrir qué había dicho mal, cuándo había perdido a su público.

—¿Tienes algún problema? —le gritó el recolocador de huevos, pues parecía que el teniente lo estaba mirando.

Robert negó con la cabeza y apartó los ojos.

Había dos golfillos, un chico y una chica —la segunda con un absurdo y llamativo sombrero azul que le tapaba las orejas como un casco—, sentados contra una pared cercana. Cada uno tenía su propia pila de piedras. Mientras Robert los miraba, los niños compararon sus tesoros con solemne gravedad, sopesándolos, probándolos mediante cortas caídas, y llevaron a cabo una sucesión de intercambios, piedra por piedra.

Δ

—Nadie tiene más prisa por desatascar esta situación que yo. Pero se nos presenta una oportunidad de evitar el derramamiento de sangre, excelencias —dijo el general Crossley—. Esa es la orden que me dio este Gobierno Provisional, la de evitar el derramamiento de sangre, ¿no es así?

Sacó un papelito arrugado de la manga de la chaqueta de su uniforme y la leyó, como si las mencionadas órdenes estuvieran escritas en él. Pero Robert, que estaba de pie cerca del general, veía que el pedazo de papel no tenía palabras, sino unos minúsculos símbolos en tinta roja: lunas, estrellas, triángulos. Código militar, supuso. Recordó que el general también había estado mirando unas anotaciones hechas con tinta roja en la entrevista con Westhover. Desde luego, no cabía duda de que ese hombre era meticuloso, ni tampoco de su color de tinta favorito.

—Sí, esa fue nuestra condenada orden —repuso Mosi—, pero se la dimos basándonos en su afirmación de que la resistencia en la Carretera iba a disolverse en un par de días. Ahí sigue, cuatro semanas después, y preferiríamos no perder el apoyo del pueblo, lo que también podría suponer un derramamiento de sangre.

—Los tratados son complejos. —El general dobló su papelito—. Ustedes quieren paz y quieren justicia. Yo les conseguiré ambas cosas. Tengo una confianza total en el comité negociador que he nombrado siguiendo los consejos del señor Lumm, y me han prometido... —Movió el papel—. Lo tengo aquí mismo; me han prometido que es cuestión de días que se acuerden unos términos.

Mosi hizo una mueca y la mirada que posó en Crossley fue fulminante. El general siguió mirando al frente, impasible.

Lionel le hizo una seña a Robert para que continuara.

El teniente pasó a hablarles del rumor de que varios individuos vagamente relacionados con el anterior gobierno estaban siendo secuestrados. Algunos otros líderes lo habían mencionado también.

—Hasta me he apuntado algunos nombres que me da la gente, y los he cotejado con las acusaciones del Tribunal Interino y con las listas de detenidos en los calabozos del Tribunal de la Magistratura, pero no figura ninguno de ellos. Concuerdo con lo dicho aquí: es lógico suponer que los desaparecidos, partidarios del antiguo régimen o no, abandonaron la ciudad de un modo u otro. Lo que me preocupa es no haber sido capaz de convencer a ningún chismoso de que le transmito mi información de buena fe.

Lumm despertó de golpe. Se enderezó con una sacudida, chasqueó los labios, abrió los ojos, pestañeó y dijo:

—Los rumores, por demenciales o necios que sean, a menudo contienen una verdad emocional, y la verdad, como todos sabemos, es dura como una gema. Si se entierra la verdad durante mil años y luego se excava, aparecerá inalterada. Inalterada. Si se utiliza la verdad para rayar la piedra, no se romperá. Es la misma verdad que...

El dramaturgo parpadeó unas cuantas veces. Robert tuvo la horrible sensación de que Lumm intentaba recordar dónde estaba, o con quién hablaba, o ambas cosas. A lo largo de las pocas semanas en las que el Gobierno Provisional había estado al mando, el delgado rostro del anciano se había hundido. Sus mejillas se habían vuelto tan cóncavas que, si lo tumbaran de lado, podrían llenarse de peniques.

—Pero si se le concede demasiada importancia a un rumor —prosiguió Lumm—, o a una superstición, ya no se comportará como una piedra, sino como un diente de león. El viento se lo lleva, lo cual ya resulta aciago por sí mismo. No queremos ayudar a un diente de león. Necesitamos a un jardinero que actúe con el mayor mayor discernimiento.

»Las emociones intervienen en ambas partes. Un alma tierna puede dejarse engatusar por el sentimiento. A eso apunta el artista al escribir, al pintar, al actuar bajo las luces del proscenio. Queremos engañar al público, y el público quiere engañarse.

»De modo que…

»De modo que tenemos que dominar nuestra compasión sin perder nuestra compasión. Y entonces, caballeros, descubrirán que deben apoyarse de nuevo en la verdad, en esa dura dura verdad. Que es una gema.

El dramaturgo entrelazó las manos enguantadas y asintió sonriendo a Robert, y al pequeño público de voluntarios y oficiales en sus asientos. Un goterón de saliva brillaba entre los pelos blancos del mentón sin afeitar de Lumm.

Robert vio que Mosi y Lionel se miraban. El líder estudiantil enarcó una ceja al sindicalista. Mosi, que en aquellas reuniones siempre daba la impresión de ser un preso que hubiera renunciado a toda esperanza de huir, se tapó la boca y apartó la mirada. En su silla contra la pared, Crossley mantuvo su rectitud.

—¿Comprende a qué me refiero? —preguntó Lumm mientras la saliva resbalaba a su cuello, con un tono suplicante en la voz.

—Sí, señor —respondió Robert.

Pero, para sus adentros, descubrió que ya no podía negar que un cierto escepticismo por parte del pueblo llano estuviera justificado.

# El Metropole: el sargento

Los hombres se paseaban por el pasillo fuera del salón, y Robert torció el gesto al ver el barro que dejaban sus botas en las alfombras color arena del Metropole. A las doncellas iba a costarles horrores limpiar aquello.

Vio al sargento Van Goor cerca del ascensor. El sargento contemplaba el dial que había encima de la puerta dorada, al parecer embelesado por su lento progreso desde el numeral 2 hacia el numeral 1. Por debajo del murmullo de las conversaciones se entreoía el tintineo de las cadenas del aparato.

—Debería probarlo —dijo Robert.

Van Goor crispó el rostro un momento antes de reír.

—No sé yo, señor. Un viejo soldado como yo en una máquina tan apañada como esa…, seguro que la echaría a perder. —Se señaló las botas rebozadas de barro—. Por lo que más quiera, mire qué botas traigo. Tendría que ir a ver a esa amiga suya que las remienda, ¿verdad? ¿Cree que podrá abrillantarlas también?

Robert sintió que se ruborizaba. No se le había olvidado el aparente malentendido entre ambos aquella noche en el Tribunal de la Magistratura, la idea falsa que le había dado a Van Goor sobre la disponibilidad de Dora. Al parecer, el sargento tampoco lo había olvidado. Robert no se lo podía reprochar al pobre, que seguramente había crecido en un ambiente duro y bastante tenía con lo suyo. Pero era necesario rectificar la confusión. Aquella era su oportunidad.

—No se haga usted de menos, Van Goor. Venga, esperemos a que suba otra vez y bajemos juntos.

—¿Es una orden, teniente? —preguntó el sargento, con una expresión de intensa alegría.

—Si no hay más remedio, sí —dijo Robert, a quien la mención de su rango había despertado una desagradable asociación con la costumbre de Dora de mencionarlo en un contexto muy diferente.

—Muy bien —dijo Van Goor—. Obedeceré como buen soldado que soy.

—Pero escuche —añadió Robert—, ya que lo ha comentado, debe saber que me equivocaba.

—¡Imposible! —Van Goor sonrió de oreja a oreja—. ¡No me lo creo, teniente! ¿Cómo va a equivocarse?

Robert rio, relajándose. Le gustaban las pullas que se lanzaban entre sí los soldados.

—Sí, sí que me equivocaba. Me temo que Dora no sabe remendar botas.

El sargento chasqueó los dedos en cómica exageración.

—¡Vaya! Pues qué lástima, ¿no?

En el tiempo que le costó al dial del ascensor regresar desde el 1 al 3, el pasillo del salón se despejó casi por completo. El ascensor se detuvo con un ruido metálico y las bisagras de las puertas de acordeón traquetearon al abrirse y revelar el compartimento. Dentro esperaba la operadora, una joven vestida de púrpura que llevaba un gorro de conserje con borla sobre el abultado pelo, y cuya desdentada sonrisa daba a entender que no la inquietaban los recientes cambios en la clientela del hotel. En la esquina del ascensor estaba acurrucada la gata del establecimiento. Parpadeó, mirándolos con ojos somnolientos, y apoyó la barbilla en la curva de su mullida cola blanca.

Los hombres entraron. Robert le dijo a la operadora que iban a la planta baja, y ella agarró el borde de la puerta y exclamó:

—¡Excelente, señores!

—Esto le gustará —dijo Robert a Van Goor, que estaba contemplando las arremolinadas molduras en pan de oro del techo.

—Seguro que sí. Jamás dudaría de usted, teniente.

—¿Hay sitio para dos más? —preguntó una voz trémula.

Aloys Lumm y el general Crossley aparecieron en la puerta del ascensor. El encorvado dramaturgo iba agarrado al brazo del general para mantener el equilibrio. Crossley estaba recto, muy erguido, inexpresivo.

—Anda —dijo Lumm con un pie alzado sobre el umbral—, mira a quién tenemos aquí.

Robert tardó un momento en comprender que se refería a la gata. Lumm hizo una mueca y meneó un dedo en dirección al animal.

—Muy hábil, muy hábil —dijo antes de desviar la mirada hacia los humanos que ocupaban el compartimento. Su semblante se suavizó mientras les guiñaba un ojo—. Sabe montar en ascensor, ¿no es maravilloso? Así ahorra energía para cazar, sin duda. General, parece que está un poco lleno y nos vendría bien hacer ejercicio, ¿no cree? Bajemos por la escalera.

Tanto Robert como Van Goor salieron al pasillo, protestando, ofreciéndose a sacar a la gata o cederles el sitio, pero Lumm, apoyado en Crossley, ya se había vuelto en dirección a la escalera. Mientras se marchaban, graznó:

—No, no, está bien, está bien…

Los dos hombres regresaron al compartimento. En la esquina, la desvergonzada gata había cerrado los ojos. Van Goor se encogió de hombros.

—Allá abajo, en los Posos, les encantan los gatos. Hasta les ponen unos pequeños altares y todo, ¿sabe? Yo nunca les he visto mucho propósito.

La forma de expresarlo hizo reír a Robert.

—Bueno, tampoco creo que los animales tengan un propósito. Todos vivimos y ya está, ¿no? Recuerdo que, de joven, teníamos a un criado en el servicio, un hombre grande, calvo y poco hablador. Una vez le pregunté por qué no tenía pelo y él me miró como si estuviera loco y dijo: «Porque no me ha crecido». Todos los otros criados se desternillaron. Me sentí un poco tonto, pero el hombre, que se llamaba Reuter, no se rio. Ni sonrió siquiera.

Solo dijo: «Bueno, es un hecho», y volvió al trabajo. Me acuerdo siempre de eso cuando me pregunto qué propósito tiene algo. ¿Sabe lo que quiero decir?

—Sí —respondió Van Goor—. Muy buena historia, teniente, muy buena.

La operadora, que ya había cerrado la puerta y echado el cerrojo, les dijo que se preparasen. Movió la palanca de control.

—Esta es la parte emocionante, señores.

Con un fluido y tintineante traqueteo, el ascensor comenzó a bajar por sus cadenas.

Δ

Van Goor se había referido al propósito de tanta adulación a los gatos, a cómo se los adoraba y se los tenía de mascotas en los hoteles caros, a cómo se les dejaban las sobras incluso cuando la gente no tenía suficiente para comer. No era solo que ese colegial grosero le hablara como a un idiota, era lo convencido que estaba el puto colegial grosero de su propia genialidad. Primero había hecho la ofensiva suposición de que Van Goor era analfabeto. Luego había decidido que Van Goor jamás había cogido un ascensor, ¡cuando había subido en uno esa misma tarde para llegar al tercer piso!

¿Cuál sería el próximo insulto? ¿Se ofrecería a enseñarle a distinguir la izquierda de la derecha? ¿Le daría una lección sobre cómo usar el cuchillo y el tenedor? ¿Se dejaría de bobadas el muy cabrón y le propondría enseñarle a limpiarse el culo?

El sargento ya estaba bastante irritado. Por muy de color de rosa que Crossley les hubiera pintado la situación a los supuestos líderes del Gobierno Provisional —y menudo trío eran, un acarreador con la cabeza más dura que una piedra, otro colegial y un cadáver parloteante—, en la Gran Carretera las cosas distaban mucho de resolverse. Crossley no había hecho otra cosa que cubrirse las putas espaldas.

Habían llegado enviados desde el campamento de la Corona, pero, por lo que le habían dicho a Van Goor, las conversaciones apenas habían rebasado la fase introductoria de compararse las pollas: discutir quién debía hablar en nombre de quién, el horario, el lugar, la disposición de las putas mesas y las sillas, todas esas gilipolleces. Al contrario de lo que describía Crossley, Van Goor no veía señales de que la Corona estuviera dispuesta a alzar la bandera blanca. Parecían satisfechos de quedarse donde estaban, cantando el himno real tras sus fortificaciones, cazando en el bosque y dejando que el verano diese paso al otoño. Para Van Goor, aquello significaba que le tocaba quedarse en su puesto junto a la estatua del tigre casi a todas horas, transmitiendo las órdenes que llegaban desde el puesto de mando en la Carretera y respondiendo a las idioteces que le preguntaban los idiotas. Cuando no era un cabo papanatas con la bragueta abierta, demasiado ciego para encontrar la tienda comedor plantada en medio de la plaza, era un oficinista del Ministerio de la Moneda, o un bibliotecario del Ministerio de Asuntos Exteriores, o cualquier otro subordinado hecho un manojo de nervios: desde un guardabosques hasta un lechero, pasando por el ayuda de cámara de una dama ricachona, la niñera de un magistrado o aquel puto perrero apestoso. Todos los imbéciles de la ciudad que ya no tenían amo para decirles qué hacer, porque los antiguos amos habían huido al norte a toda prisa, le pedían indicaciones a él. Van Goor se limitaba a enviar a aquellos desconcertados subalternos a la avenida Legado, para que hicieran sus confesiones y recibieran su pequeña amonestación, pero aun así era agotador. El sargento no había pensado en Barnes desde la noche que entrevistaron a Westhover y, de no ser por aquella última ronda de arbitrarios insultos, pensaba que habría tenido la bendición de no volver a pensar en él jamás.

Sin embargo, ya estaba harto. Había tenido la generosidad de dejar pasar la primera ofensa, pero Van Goor tenía una dignidad que conservar. Sin dignidad, uno era solo algo que utilizar por otra gente, un cigarrillo que fumarse y tirar al suelo, una escalera en la que apoyar la bota para subir.

Δ

De joven, en su pueblo de provincias, Van Goor había sido aprendiz de un carretero, un individuo notablemente grosero llamado Karnel que creía haber descubierto la clave del ingenio universal en el apellido de su ayudante. Van Mugre, Van Capullo, Van Pis, Van Barrendero, Van Quitamierdas, Van Torpe, Van Vago, Van Lento, Van Zopenco, Van Pobre, Van Putón, Van Por-Favor, Van Lo-Siento, Van Llorón y Van esto y Van lo otro. Durante dos años, Van Goor había soportado las penosas y humillantes chanzas del carretero y su entrecortada y chillona risa de cuervo, ji-ji-ji, ji-ji-ji.

Un día un soldado trajo un carruaje militar a la cochera del carretero para que le ajustaran una rueda suelta. Era un trabajo sencillo, pero Karnel hizo su habitual teatrillo de pasearse alrededor del vehículo, suspirando y pellizcándose la fofa garganta, comentando el lamentable estado de los cubos y los aros, dando a entender con sus ademanes que la reparación bien podría resultar imposible. Todo era un preparativo para luego exigir una tarifa bien inflada y, tras completar la tarea, darse aires declarando que «¡Esto no se lo habría hecho cualquiera, pero yo sí!».

Pero el soldado lo descolocó al preguntar con brusquedad:

—¿Y bien? ¿Es mejor que me lo lleve a otro sitio?

—¡No, claro que no! —restalló Karnel, y ordenó a gritos a Van Goor que le trajera el segundo mazo más pequeño.

Cuando Van Goor lo acercó, Karnel se lo arrojó de vuelta, le acertó en la rodilla y le hizo un moratón.

—¡Te he dicho que traigas el mazo más pequeño, Van Mierda!

Y mientras se afanaba en ajustar la rueda, el carretero, hecho una furia por el comentario del soldado, descargó una andanada continua de insultos sobre Van Goor. «¡Van Vómito, date prisa!», «Van Zoquete, ¿es que eres Van Sordo?», y perlas similares.

El soldado, a quien Van Goor ya no volvió a ver nunca, había tomado asiento en el peldaño inferior de la escalera que subía al pajar. Se recostó, estirando las piernas rematadas por unas pulidas botas negras con franjas rojas.

Van Goor ya estaba acostumbrado a los insultos de Karnel, pero la presencia de aquel soldado escuchándolos mientras se relajaba con sus brillantes botas hizo que le entrara una vergüenza espantosa por su propia y servil bajeza.

Cuando el trabajo estuvo hecho, el soldado sacudió la rueda con una mano y le dio un puntapié con la bota y dijo que estaba bien reparada. Le entregó el dinero a Karnel e hizo un vago gesto con la barbilla en dirección a Van Goor.

—No sé cómo aguanta el chico que le hables así. Siempre me ha parecido que la grosería da pie a más grosería. Daña la moral.

—Lo soporta y me lo agradece —respondió el carretero—. Van Agradecido, lo llamo yo, ji-ji-ji. —Los pliegues de su flacucho cuello de pavo aletearon y se bambolearon con sus carcajadas—. ¡Ji-ji-ji!

—Tal vez —dijo el soldado, con ese tono que usaba la gente cuando en realidad significaba «No», y subió al carruaje.

Chasqueó la lengua y sus caballos se pusieron en marcha. El carruaje se perdió en el largo y polvoriento sendero que llevaba al camino principal.

Pero aquella conversación despertó algo en el joven Van Goor.

Llevaba un tiempo suponiendo, desconsolado, que probablemente iba a tener que asesinar a Karnel si no quería volverse loco. No sería difícil. Van Goor era joven y fuerte y el carretero rondaba ya los sesenta. El problema era que, después de matar a su maestro, no tardaría en llegar su propio ahorcamiento.

Lo que había dicho el soldado cambió la perspectiva de Van Goor. Su idea de las nuevas posibilidades giraba en torno a la palabra clave que había pronunciado el soldado: grosería. Karnel había sido grosero con Van Goor, intolerable e incesantemente grosero. Y, como el soldado había dicho, la grosería daba pie a la grosería. Más que eso, pensó Van Goor: la grosería merecía grosería.

Pero claro, el asesinato…, el asesinato era algo más que solo grosería. Y también permitía que se libraran. Si asesinabas a alguien, esa persona ya no tenía que vivir con la sensación que te dejaba la grosería, con ese sucio e invisible sentimiento que te volvía menos que humano. Sí, la grosería merecía grosería.

Cualquier cosa que no fuera asesinato, sin embargo, cualquier cosa que permitiera vivir al sujeto, era digna de consideración. Eso dejaba al joven Van Goor todo un menú de descortesías que estudiar y plantearse.

El aprendiz del carretero se tumbó en su catre del pajar y meditó sobre su venganza, además de reflexionar sobre lo tranquilo que había estado el militar, allí recostado en los escalones estirando las piernas con aquellas botas largas y brillantes. Si uno llevaba uniforme y unas buenas botas con franjas rojas, seguro que la gente se cuidaría muy mucho de insultarlo.

Decidió que al día siguiente renunciaría a su contrato y se alistaría. Van Goor estaba entusiasmado con la idea del ejército, donde había unas normas de conducta, se tenía en cuenta la moral de las tropas y repartían unas botas excelentes.

Antes de marcharse, Van Goor, armado con un radio metálico, esperó en la penumbra anterior al amanecer, plantado en el pasaje cubierto entre la casa y el cobertizo. Cuando Karnel salió a echar su meada matutina trasteando con el botón de la roña interior, Van Goor le atizó con el radio en toda la coronilla. Arrastró al hombre inconsciente hasta la cochera, lo ató de brazos y piernas sobre un caballete y aguardó a que volviera en sí.

Cuando Karnel lo hizo, parpadeando y gimiendo, le suplicó a su aprendiz que lo soltara.

—¡Solo estaba de broma, Van Goor! —sollozó.

—Mejor llámame Van Dios —replicó Van Goor, y procedió a hacerle algo terriblemente grosero al hombre atado.

Fue una cosa tan grosera, de hecho, que sabía que el cochero jamás lo denunciaría a las autoridades, ni eso ni que Van Goor había incumplido su contrato. Un tiempo más tarde, se enteró por un conocido de que a Karnel se le había quedado una buena cojera al caminar. La noticia hizo reír a Van Goor: «¡Ji-ji-ji!».

Incluso en el ejército, el problema de la grosería se le presentó con decepcionante frecuencia. Extranjeros groseros entregándole documentos escritos en idiomas desconocidos; soldados rasos groseros cuestionando su trato a los prisioneros; taberneros groseros incordiándolo con la cuenta; prostitutas groseras susurrándole cochinadas al oído mientras intentaba concentrarse; y en una ocasión, un borracho extraordinariamente grosero en un bar de los Posos que le había comentado: «¿Cuántos años tienes ya, campeón, casi cuarenta? Sí que los aparentas, sí. ¿Y todavía no eres capitán? ¿Cómo es eso? ¿Es que tienes algo que no le gusta a la gente de calidad?».

Llegaba un momento en que a uno la cosa se le escapaba de las manos. Y entonces hacía lo que era natural. La grosería daba pie a grosería y la grosería merecía grosería y, cuando era necesario, Van Goor estaba convencido de poder ser más grosero que ningún otro hombre vivo.

Δ

El ascensor, tintineando en su cadena, descendió del 3 al 2 y al 1.

El «teniente» volvió al asunto del remiendo de botas. Aunque Dora, la fulana a la que Barnes le había conseguido aquel edificio, por desgracia no sabía remendar botas — «No serviría de nada que fuese a verla, no sabe cómo lo lamento»—, resultaba que el «teniente» había encontrado a un hombre que tenía una zapatería de viejo muy limpia en la calle Cibelina. El tipo hacía un trabajo estupendo con las botas y, en realidad, con lo que le llevaran. Van Goor debería ir a visitarlo. Era un artesano de primera, ya lo vería el sargento.

—Sí que iré —dijo Van Goor, frotando uno de sus gemelos de esmeralda con el pulgar.

El anterior propietario de los gemelos había sido un médico partidario del antiguo régimen, con pecho de pajarito, que había tenido la consulta arriba en las colinas. El médico se había negado a entregarle sus utensilios y suministros, por lo que Van Goor había utilizado su cabeza para abrir unos cuantos armarios y, por si no le había servido de lección, también le había confiscado sus bonitos gemelos a modo de multa.

«Has sido grosero —le había dicho al médico, apretando su cuello con la punta de la bota mientras el doctor yacía en el suelo, sangrando y gritando—, con lo que me has hecho ser grosero a mí. Espero que comprendas que no soy hombre a quien desafiar a una competición de grosería».

Y en esos momentos a Van Goor le parecía que el «teniente» había arrojado el puto pañuelo, o la puta rosa, o el puto sombrero, o el que fuese el puto objeto que los colegiales arrojaban cuando querían decirse entre ellos que estaban irritados. Pero Van Goor no iba a liarse a bofetadas como hacían los colegiales cuando se la tenían jurada. Lo que iba a hacer era darle a aquel colegial la paliza de su vida, y después iba a obligarlo a mirar mientras se cepillaba a su fulana.

Δ

El ascensor los dejó en el vestíbulo del hotel y el sargento dijo:

—¿Sabe usted, teniente? Para mí, que soy solo un viejo soldado, es todo un placer estar en compañía de un caballero tan listo y refinado y aprender de usted.

La amplia sonrisa en el rostro abrupto y lleno de cicatrices del sargento animó a Robert y le dio esperanza. Ahí tenía a alguien que no temía adoptar una actitud positiva.

—Seguro que yo también tengo mucho que aprender de usted —le dijo a Van Goor antes de marcharse.

El sargento pareció dudarlo y negó con la cabeza, pero respondió:

—Esperemos que sí, teniente.

# El Metropole: XVII

Talmadge XVII salió detrás de los dos hombres y cruzó el campo azul pavo real que era la moqueta del vestíbulo hasta el mostrador de recepción. Subió de un salto y se sentó en la bandeja de correo saliente, posición desde la que pareció vigilar las idas y venidas con ojos entornados. En tiempos anteriores, los viajeros y los turistas ricos se habían detenido para admirar a la gata, acariciarle las orejas y rascarle la barbilla; ahora lo hacían los soldados.

—Bendita seas, amiga —le dijo uno de ellos, pasando las gruesas yemas de los dedos por el pelo largo y frondoso de Talmadge a lo largo de la columna vertebral—. Pero qué espectacular que eres.

Era innegable: la gata era espectacular. XVII era solo la segunda Talmadge hembra, después de Talmadge III, en la historia del Metropole. La mayoría de los veteranos del hotel coincidían en que era la Talmadge más lista, más hermosa y más sanguinaria que se recordaba.

Según dictaba la tradición, XVII había sido entregada al Metropole durante los últimos días de Talmadge XVI. Acababan de destetar a XVII, mientras XVI permanecía casi siempre inmóvil, aovillado sobre su almohadón de satén púrpura en el despacho del director, consumido por el cáncer. XVI había siseado a la nueva gata sin levantarse, pero la diminuta heredera se había limitado a quedarse allí sentada, digna como una estatua, y esperar. Incluso apenados como estaban por el gato moribundo, los miembros del personal del hotel se quedaron impresionados por su consideración.

Y la siguiente noche, XVII ya había dormido en su propio almohadón de satén púrpura, recién estrenado.

Desde entonces ya habían transcurrido cuatro años. XVII se había convertido en una presencia suntuosa, nebulosa, el símbolo más perfecto hasta la fecha del dúctil descanso que los huéspedes podían esperar en el Metropole. Se movía con total libertad por los pasillos de clientes y servicio, por el vestíbulo, las oficinas, la lavandería, los baños y el sótano, y subía y bajaba por el ascensor cuanto se le antojaba. Siempre que sucedía cualquier cosa en el Metropole, XVII parecía estar presente, sentada en las esquinas, acurrucada en algún recoveco, mirando a través de las rejillas de radiadores tras las que se escondía. Algunas doncellas la llamaban la Bella Espía. Comentaban en broma que, si la gata comprendiera las palabras, no habría ni un solo secreto en el hotel que no conociese.

Otras doncellas la llamaban la Asesina. Todo el personal del hotel, pero sobre todo el de limpieza, adoraba a XVII por haber acabado con el problema de alimañas que tenía el Metropole. Hacia el final del gobierno de XVI, una oleada de ratones y ratas, al parecer conscientes de su debilidad, había invadido el gran hotel. XVII había puesto punto final a aquello. En sus días tempranos, no era infrecuente encontrar seis o siete maltrechos cadáveres de roedor alineados con meticulosidad delante de la tolva de la basura. Los empleados bromeaban diciendo lo contentos que estaban de no caerle mal a XVII, porque ¡imagínate lo que les haría a sus enemigos!

Enfrente de la bandeja sobre el mostrador de recepción donde se había sentado XVII estaba la zona de asientos del vestíbulo, con butacas, mesas para jugar a las cartas, plantas de hoja ancha en macetas, escupideras de plata y un mueble bar atendido por una camarera con el uniforme violeta del Metropole. La pared más cercana a esa zona tenía cubículos tallados donde se exponían los disecados cuerpos de los Talmadges «jubilados». Reposaban en aquella inmensa cuadrícula con sus majestuosos pelajes blancos petrificados en todo su brillante esplendor y con ojos de cristal muy abiertos. XVI estaba en un cubículo, con XV en el de su izquierda. A su derecha había un puesto vacante. Al contrario que algunos otros Talmadges, habían observado los veteranos del Metropole, XVII se mostraba absolutamente impasible ante los cuerpos embalsamados de sus predecesores: nunca subía de un salto para lamerlos en sus cubículos, nunca arqueaba el lomo ni erizaba la cola mirándolos. A veces, no obstante, cuando holgazaneaba en alguna butaca, sus ojos entornados parecían posarse en la casilla vacía a la derecha de XVI. Pero a veces cuesta saber lo que pasa cuando los gatos miran así; casi parece que sueñan más que ver.

—Gatita buena —le dijo una doncella que estaba quitando el polvo alrededor de la bandeja del correo, y le rascó la barbilla—, gatita buena. Qué espía más bella. Bendita seas, amiga.

XVII ronroneó y se desperezó, pero, incluso mientras torcía la cabeza hacia la doncella, sus ojos no se apartaron del vestíbulo.

Los dos hombres del ascensor salieron y tomaron direcciones distintas al cruzar las puertas de cristal.

Un par de minutos después, aparecieron los dos hombres que habían preferido no usar el ascensor. Se detuvieron ante la zona de asientos. El anciano se volvió para observar el casillero de Talmadges. Su asistente no le soltó el brazo. XVII empezó a mover la cola de un lado a otro.

El anciano levantó los hombros como si estuviera bajo un chaparrón y echó a caminar de nuevo hacia la puerta, ayudado por su sirviente. Lanzó una mirada en dirección a XVII. Los ojos azules del hombre se cruzaron con los ojos azules de la gata, y el anciano torció el gesto. Le susurró algo a su criado, que asintió, y ambos se marcharon.

La gata se levantó con calma y bostezó.

El sirviente, con la mano sobre el arma enfundada que llevaba al cinto, regresó desde la calle al vestíbulo y fue hacia ella. XVII saltó desde el mostrador de recepción, dispersando algunas cartas de la bandeja. Cruzó, deprisa pero sin correr, las oficinas de detrás del mostrador. Llegó al pasillo de mantenimiento trasero y trotó hasta la puerta del final. Maulló a un empleado del guardarropa que estaba apoyado en la pared liándose un cigarrillo, y este se la abrió.

—Bendita seas, amiga.

XVII salió a la ciudad.

Δ

Dejó atrás el distrito hotelero y fue hacia el sur. Recorrió las partes traseras de la ciudad, los rediles y los patios, los basureros y los albañales. Subía a balas de paja para saltar algunas vallas y apretaba el cuerpo contra la tierra para escurrirse por debajo de otras. En los patios procuraba no abandonar las sombras de los aleros, o pasaba a hurtadillas tras los montones de basura, o serpenteaba entre la densa hierba que crecía alrededor de los pozos negros. Si algún pilluelo o pilluela hubiera observado el avance de XVII hacia el centro de la ciudad, no habría tenido más remedio que concederle su admiración: la sofisticada gata del Metropole parecería un pompón, pero anda que no se manejaba bien.

Solo que, por supuesto, dado que el manejo debía ser invisible, nadie reparó en su presencia.

¿Los dos pilluelos del callejón a dos manzanas del Metropole que se regodeaban por el pañuelo de seda blanco que habían afanado de un lujoso carruaje? No la vieron.

El cochero se había dejado la puerta del carruaje abierta mientras ayudaba a su anciano pasajero a entrar en el Metropole. El ladroncete varón exclamó:

—¡Estaba tan chupado, Zil, que casi no cuenta como robar!

¿El mozo de cuadra que se quejaba a un compañero de que un vecino le había robado las sábanas? No la vio.

—El muy cabrón las trincó de la cuerda de tender, y luego las he visto en su cama por la ventana. ¡Menudo sinvergüenza! Fui a protestar a un brazal verde y me dijo que ya estaba sudando la gota gorda de tanta faena, así que le dije: «¡Mi problema es que ese hijoputa está sudando la gota gorda bajo mis sábanas!». Alguna ley tendrá que haber para estas cosas, ¿no?

¿Los buscadores que hurgaban en los cubos de basura de otro patio? Tampoco la vieron. Estaban hablando del ejército, preguntándose qué había sido de Mangilsworth y todos esos, del verdadero ejército, no de la escoria de Crossley y esos chavales universitarios.

—Dicen que todos somos iguales, pero luego van y se ponen a darte órdenes.

Y mira qué cosas, resultaba que quienes tenían que quitar la mierda de caballo a paladas eran los mismos que siempre habían quitado mierda de caballo. Lo único que había cambiado era que ya no había carne ni alguaciles que impidieran los robos.

¿Groat? Desde luego él no la vio.

—... el barco en la noche, navegando por doquier..., por doquier, por doquier... —murmuraba pensativo para sus adentros, apoyado en sus muletas mientras meaba en el tocón del patio trasero del Paso Franco.

Pero la gata —Bella Espía, Asesina, Talmadge XVII— sí que los veía a ellos para evitarlos, y también debía de oírlos. (Siempre teniendo en cuenta que es imposible saber lo que colige un gato, si es que lo hace, de las cosas que dicen los humanos).

Δ

Una actriz retirada llamada Lorena Skye era la única residente a tiempo completo del teatro Buencorazón, un local difunto y en ruinas a menos de dos manzanas de distancia del Paso Franco. Vivía en el único palco superviviente, dormía en una cama de cojines de silla y usaba un pesado telón de fondo que representaba un paisaje de la Riviera —villas, calles de piedra color caqui que descendían curvándose a un puerto turquesa— como manta. Había sido una intérprete fabulosa de comedia en sus tiempos, pero la edad y una inmerecida reputación de quisquillosa habían dado al traste con su carrera, precipitando a Lorena desde los grandes escenarios a los segundones y, por último, más abajo del Su-Bello hasta el Buencorazón, que en realidad había sido más sala de fiestas que teatro y, de todos modos, llevaba cerrado desde que buena parte del techo se derrumbara unos años antes. En algún momento de todo aquello, una parte importante de Lore-

241

na se había derrumbado también sobre sí misma, aunque ella se mantenía jovial. La llegada de los gatos no la molestó.

Fueron entrando por la abertura con forma de cráter que había en el techo, descendiendo a saltos desde la lengua colgante de tejas a las vigas y desde las vigas al escenario. Había un gato a rayas, un gato naranja, un gato manchado, un gato blanco de arrebatadora belleza que le recordó al que vivía en uno de los hoteles de lujo —se le había ido el nombre de la cabeza, pero era el que servía aquella soda con sabor a canela— y varios otros esplendorosos felinos. Uno tras otro, aterrizaron en el escenario y procedieron, según su ritual, a mear en un libreto hecho trizas que estaba tirado en una esquina.

Ya hacía tiempo que los gatos iban por allí, y siempre hacían aquello: todos los gatos, del primero al último, se meaban en el libreto. Era como una representación. Lorena se preguntó si sería una representación de verdad.

La trama parecía ser la siguiente: un grupo de gatos se cuelan en un teatro por el techo, mean sobre unos papeles en una esquina del escenario, dan coletazos contra el suelo, se miran entre ellos, ¡y fin! Lorena no comprendía la obra, pero era fascinante. Ella se sentía sola, y los animales eran tan preciosos y vivos… ¡y qué organizados también!

Había que reírse. Ella no había podido ni oler un papel desde hacía años. Los gatos estaban quedándose con todos los personajes buenos.

Pero en esa ocasión, cuando los gatos concluyeron la escena de los meados y formaron su círculo en el centro del escenario, la obra cambió. El de la cara a manchas fue al centro y dejó caer algo en el suelo. Parecía… ¿fieltro? ¿Fieltro negro? Ahora que se fijaba, ¿antes no había siempre un gato negro? ¿Dónde estaba?

Lorena rascó el baño de oro de la barandilla del palco mientras, a continuación, el gato a rayas entraba en el círculo y dejaba un papel en el escenario.

¡Madre mía, un gato llevando un papel en la boca! ¡Pero qué listos eran! ¡Primero habían suplantado a los actores y ahora iban a por los perros!

Luego todo volvió a la normalidad y los gatos dieron coletazos a los tablones, se miraron, dieron coletazos, se miraron, transcurrieron los minutos, coletazos, miradas. Fin. Mutis de los actores gatos por el tejado roto hacia la noche estrellada.

Lorena se levantó y aplaudió, pero los gatos no se volvieron para inclinarse. Descubrió que se sentía mejor que en mucho tiempo. Últimamente siempre tenía los pulmones cargados, y a veces la visión se le oscurecía de una forma muy rara. Pero esa noche notaba una extraña ligereza en el cuerpo.

Se envolvió en el telón de la Riviera, bajó los polvorientos peldaños del palco y recorrió el laberinto de cortinas mohosas en el acceso posterior del escenario.

Fue a mirar el libreto. *Una pequeña caja para lobos*, de Aloysius Lumm, ponía en la amarillenta y arrugada cubierta. No había oído hablar de esa obra, pero una cosa estaba clara: ¡las críticas eran devastadoras!

La curiosidad la llevó a liberar una mano y recoger el empapado fajo de folios entre el pulgar y el índice. El libreto se deshizo al levantarlo, dejándola con una sola página:

*Tomas apuñala al Anciano Gray repetidas veces. El Anciano Gray muere. Tomas se pone a decapitar el cadáver con una sierra.*

*El Diablo se vuelve hacia el público con gesto de disculpa y habla por encima del sonido de la hoja destrozando cartílago y hueso.*

DIABLO: Hace esto mismo todas las noches y de verdad que no te acostumbras. *(A Tomas).* Por favor, para. Ya lo has matado. Es una visión muy desagradable. Estás angustiando al público.

*Tomas se detiene y solloza.*

TOMAS: Yo lo quería. Y él la quería a ella. ¿Qué nos ha pasado?
DIABLO: Que he sido cruel con vosotros. Pero hay una buena noticia: ahora eres como yo.

TOMAS: ¿A qué te refieres?

DIABLO: Cuando has tomado la sangre de los tuyos, puedes vivir para siempre, y hacer lo que desees a quien desees.

TOMAS: ¿Y por qué iba a querer yo eso?

*El Diablo se frota la cara, presa de una cómica frustración.*

Lorena soltó la página del libreto. Menudo capullo presumido había resultado ser el Diablo. Era de esperar, sí, pero vaya decepción. La obra estaba bien para lo que era, supuso, aunque no tenía el interés suficiente para leérsela en papel meado, eso desde luego.

Fue a mirar el atrezo que habían dejado atrás los gatos.

El fieltro era un pedazo de carne con un poco de pelo negro. Lorena retrocedió y se le soltó el telón, que cayó estrepitoso al escenario. Lorena tuvo un escalofrío y meneó la cabeza a los lados, admirada. Las cosas que hacían los artesanos de utilería en los últimos tiempos eran increíbles.

Se agachó y recogió el papel arrugado. Tenía una esquina arrancada y manchas de polvo de piedra. Lorena leyó:

POR FAVOR, SACÚDASE LOS ZAPATOS ANTES DE ENTRAR AL MUSEO

Conque era eso. La obra de los gatos iba sobre un museo. De ahí que hubiera tantas miradas, ¿verdad? Porque era lo que se hacía en un museo. Se contemplaba el arte, y a los otros gatos que habían ido a contemplar el arte. Había que ir al museo y alejarse del sitio de la carne muerta. Así de sencillo.

Lorena se imaginó a sí misma en un cuerpo de gata, esbelto, largo, joven, imperioso, y se imaginó moviendo con brío una cola invisible. Podía hacerlo, no le cabía duda…, y la ausencia del gato negro significaba que les hacía falta un suplente. Decidió proponérselo la próxima vez.

Se volvió para recoger su chal de telón.

Había un barco en el agua color turquesa de la Rivera en el

que no se había fijado nunca. Estaba aproximándose. ¡Aquellos artesanos de utilería eran asombrosos, asombrosos de verdad! Se agachó para mirarlo más de cerca.

—Ah del barco —dijo.

—¡Lorena! —respondió un hombre desde la cubierta, y le dijo que llevaba demasiado tiempo oculta entre bambalinas. Que había un papel para que lo interpretara.

—Caramba —dijo ella—. No se hable más.

Entró en el telón y subió al Barco Morgue, aunque su cuerpo permaneció en el palco, donde había dejado de respirar un rato antes.

# Noticias

Para los albañiles de D, Ike le llevó dos pares de tirantes de color marrón liso. Apestaban a alcohol, pero, por lo demás, eran perfectos. Ike se empeñó en ponérselos él mismo a las figuras de cera.

—Aquí tenéis, amigos.

A D la conmovió la diligencia con que Ike abotonó los tirantes en su sitio, los alisó y los colocó sobre los hombros de una manera concreta.

Dio un paso atrás y ambos contemplaron las figuras de cera.

Los nuevos-viejos tirantes reemplazaban a los cinturones improvisados con cordel y les devolvían un poco de dignidad a los albañiles, una pareja sonriente y mellada que exudaba afable capacidad. D imaginó que los dos hombres vivían en un sótano con el suelo de tierra en los Posos, un espacio que nunca podía estar limpio del todo. En su húmedo y tenebroso cuchitril, compartían cama para ahorrar dinero y se hacían reír a lo bestia uno al otro dibujando guarrerías en las paredes de piedra con trozos de ladrillo. Cuando caían en un sueño agotado, inhalaban la arcilla de la cuenca del río hasta el fondo de los pulmones.

—Siguen siendo feos de narices —juzgó Ike—, pero no está prohibido ser feo de narices. Aun así, no podemos esperar que se apliquen en el trabajo si se les caen los pantalones todo el rato, ¿verdad? Y la mayoría de gente es fea, en todo caso. ¿Ha visto los botes esos de reyes que tienen en los Campos? Las cabezas de rey en la parte de delante, digo. Si haces como si las coronas no estuvieran, se parecen a estos dos de aquí. ¿No es curioso, señorita Dora, lo que se contagia la fealdad?

—A ti no se te contagia, Ike. A ti habría que enmarcarte.

El chico se sonrojó y D lamentó al instante haberlo provocado. Fingió vislumbrar una manchita en el cristal de la vitrina de las manos de yeso, que estaba cerca. Fue hasta allí, se chupó el pulgar y frotó la inexistente suciedad.

—¿Cómo está la cosa ahí fuera? —preguntó por encima del hombro.

La voz le salió reseca y áspera. No había dormido bien. Había aparecido Bet y, después de eso, la noche había sido larga. «¡Déjame que lo haga yo! —había chillado un hombre—. ¡Déjame, déjame, déjame!». Pero el vecino de D no le había dejado hacerlo. Su vecino había ido a su propio ritmo.

Carraspeó y se volvió con una sonrisa para repetir la pregunta.

—Peliaguda —dijo Ike.

Ya había recobrado la compostura. Solo tenía una pizca de color en los pómulos, pero entonces D reparó en las ojeras. Por lo visto, su pilluelo tampoco había dormido demasiado bien.

—Está usted mejor aquí dentro, hágale caso a este Ike. Cierra con llave las puertas, ¿verdad?

—Siempre. Hay ladrones, al parecer. ¿A qué te refieres con que la cosa está peliaguda?

La situación era mala; ese era el resumen de lo que Ike le contó. Al no haber barcos entrando en la bahía, el puerto, las fábricas y las cervecerías estaban cerradas. Como no se fabricaba nada, tampoco se gastaba nada ni se compraba nada. Todo era un montón de nada. La gente estaba acostumbrada a tener poco. Se podía sobrevivir con poco. Pero al no haber nada…, bueno, era normal que la gente empezara a pensar en qué vendría después. No se podía alimentar a la ciudad entera con ostras y pan ceniciento para siempre. Si la lucha había concluido y el antiguo gobierno estaba derrotado y exiliado, ¿qué pasaba allí? La gente se ponía a darle vueltas al asunto. Ese Ike desde luego que lo hacía.

—Y además, todo el mundo está en plan siniestro —añadió Ike, frunciendo el ceño.

—¿Siniestro cómo?

Ike intentó restarle importancia con un gesto.

—Dímelo —insistió D.

—¿Sabe el Barco Morgue?

D sabía lo suficiente: que habían tenido cadáveres exhibidos al público en un miserable barquito anclado más abajo del Su-Bello. Había oído a la gente hablar de él, pero nunca le había prestado mucha atención. ¿Qué era un cadáver sino algo que antes era interesante? Lo que le interesaba a ella era lo que le ocurría a lo que había estado dentro del cuerpo. (O quizá quién le ocurría. ¿El rostro de quién?).

Ike le relató la historia en un tono que parodiaba el horror. D ya conocía la primera parte por haber leído sobre ello en un periódico: el Barco Morgue, construido más o menos en la época en que las lunas se separaron, y con toda probabilidad sostenido por un solo clavo y una pincelada de cola, había salido a la deriva y muy posiblemente se había hundido en algún lugar del Bello.

—Pero ¿qué sentido tendría eso? —preguntó Ike, evidenciando su desagrado.

Nada más lejos de la verdad, continuó, pues se rumoreaba que lo había robado el cadáver de Juven, compinchado con el barquero. Y los dos se dedicaban a navegar río arriba y río abajo, y por callejones y dentro de espejos, reclutando a unas personas y secuestrando a otras.

—¡Y hala, todo está más claro que el agua! ¿Que desaparece un marido o una esposa? No es porque uno de ellos se haya hartado del otro, ni porque se haya tragado un pozal de cerveza, sino porque se lo han llevado los fantasmas. Y mucha de esa gente que ya no encuentran trabajaba para el gobierno o para familias ricas. Es totalmente imposible que quisieran escaquearse de la ciudad, ¿eh? Qué va, lo que pasa es que se han subido a un barco mágico. Todo tiene sentido, señorita Dora, por mucho que el Encanto lleve más de un año muerto y remuerto. —Ike se echó a reír y dio un pisotón al suelo—. ¿A que es una tontería?

Se le seguía notando el cansancio en los ojos, y a D le dio la impresión de que, al menos en parte, lo preguntaba para tranquilizarse.

—Sí.

La historia de fantasmas no la inquietaba. A D le parecía tan tonta e improbable como el parloteo de Robert sobre espíritus marchándose por la rendija para el correo. Pero el resto sí. D sabía mejor que cualquiera que las cosas estaban revueltas, ¿verdad? El hombre que vivía en la antigua embajada se llevaba a gente a navegar todas las noches.

Antes de darle a Ike una nueva lista de objetos que conseguir para el museo y despedirse, D lo llevó al pequeño armario con mirilla de la galería del tercer piso. Quería saber qué opinaba él. Le dijo que lo único que había logrado determinar ella era que se trataba de algún tipo de cámara. Había mirado por la lente y había visto una imagen de un hombre y un gato, y el gato había movido la cola y el hombre había girado la cabeza, y después aparecían unas palabras explicativas, o sea que no era exactamente una imagen, sino una imagen en movimiento. Luego había visto otros fragmentos con otras tarjetas que explicaban lo que sucedía, añadió D, pero sin entrar en detalles. Lo del gato y el hombre moviéndose ya parecía bastante locura, así que le pareció mejor callarse los episodios de la sierra, el cuchillo y los *doppelgängers*.

El procedimiento que llevó a cabo Ike fue en esencia igual que el que había emprendido ella misma cuando la máquina se detuvo. Ike miró por la lente oscura, examinó el botón del triángulo blanco y los arañazos en la madera a su alrededor, apretó el botón, pegó la oreja a los laterales, golpeó la madera con los nudillos, consiguió mecer un poco el pesado armario adelante y atrás sin moverlo del sitio. Luego frunció el ceño, señalando la lente.

—Estoy con usted en que tiene alguna relación con mirar, pero hasta ahí llego.

Δ

El pilluelo estudió la lista de D y dictaminó que los objetos no le darían ningún problema. Ah, por cierto, y ya tenía una pista de calidad sobre cómo obtener los utensilios de cirujano, solo que el plan aún no estaba maduro del todo. D le pidió asegurarse de que el plan estuviese maduro del todo, porque no quería que Ike se arriesgara.

—Va en serio, Ike. No es tan importante. En realidad, no tiene ninguna importancia.

Él hizo caso omiso a la advertencia y señaló la primera petición del papel.

—Esto de aquí, señorita Dora, lo de conseguir unos ojos nuevos, sí que me parece importantísimo. Lo tenía en mente desde la primera vez que estuve en este sitio. Aquí hay muchos más trabajadores tuertos de los que se ven en la vida real. Y si nos rendimos y les ponemos canicas y ya está, quedará el doble de mal. Una canica blanca, una negra, una de colorines... ¿se lo imagina? —Desorbitó los ojos y puso cara de estar ahogándose—. Cualquiera haría que los trabajadores parecieran diabólicos y tal. Pero lo de los ojos es una cosa especializada, ¿eh? Tendré que hacer averiguaciones. Aunque si alguien puede encontrarlos, es este Ike.

—¿Ah, sí?

—Ya lo creo.

El pilluelo se sopló el pelo, a todas luces irritado de que se pusiera en duda su capacidad de hallar ojos de cristal en una ciudad de un cuarto de millón de habitantes.

—Lo sé. —Dora le tocó el antebrazo para que le prestara atención—. Pero escúchame bien, Ike: no quiero que te hagas daño. ¿Entendido? Y, sobre todo, no quiero que te hagas daño por mí.

—No me haré daño.

Ike le sonrió, se sonrojó de nuevo y apartó el brazo de sus dedos.

—No digas bobadas. —D rio, molesta—. Todo el mundo se hace daño. Todo el mundo.

—Claro, pero no puedes ir por la vida pensando que igual te haces daño —replicó él.

D rio de nuevo.

—Sí que puedes. Es como evitas hacerte daño, idiota.

Ike frunció el ceño.

—No está bien burlarse de la gente, señorita Dora.

—Lo siento. ¿Te he hecho daño, Ike? Pensaba que no ibas a hacerte daño.

—No yendo con el cuidado que tengo yo —repuso él, tozudo.

Y Dora cayó en la cuenta, mientras Ike retrocedía desde el despacho del conservador, con la cara roja y el gesto torcido, cayó en la cuenta de algo que la sorprendió como una ráfaga de lluvia fría: no había nada más desgarrador que la confianza de un hombre joven.

Se quedó allí de pie, sintiéndose pinchada y vaciada, empapada y exhausta. Se dijo a sí misma que el chico estaría bien, que, si alguien iba a estar bien, sería Ike, ese Ike.

Vio que remoloneaba con gesto herido al otro lado de la puerta.

—Lo siento —dijo D—. Es que estoy cansada. No duermo bien, y no quiero que te pase nada, eso es todo.

Las palabras parecieron aliviarlo. D lo siguió a la brillante luz diurna del exterior. Reparó en que alguien había robado el cartel que puso bajo una piedra delante de la puerta. Ike dio unos pasos en la calle.

—¿Puedo decirle una cosa, señorita Dora? —le preguntó.

—Puedes decirme lo que quieras, Ike —dijo ella.

El pilluelo inhaló, se sopló de nuevo el pelo de la frente y, de pronto, dio media vuelta y echó a correr.

—¡Tengo que asegurarme de que lo digo bien! —gritó.

Ike llegó a la esquina y la dobló a la izquierda, luciéndose, rebotando sobre un pie, resbalando y levantando pequeñas nubes de polvo y suciedad, haciendo aspavientos como para evitar caerse al suelo. Siguió a la carrera y desapareció por la esquina antes de que D pudiera decirle que se verían pronto.

Δ

El hedor a huevo podrido que llegaba desde la parte trasera del edificio, perceptiblemente más fuerte que el día anterior, llenó las fosas nasales de D. Ese olor le recordó que, si no estaba esperando al capitán Anthony esa noche junto a la ventana para recibir su saludo, para recibir su brillante y barbuda sonrisa, aquel hombre la buscaría, y la encontraría, y la castigaría como castigaba a otra gente cada noche. Y D se merecería ese castigo. Si dudaba de los delitos cometidos, dudaba del castigo y no hacía nada para detener al capitán, entonces al menos debía quedarse y proteger a Robert. No hacerlo sería un acto de cobardía y, por muchas otras cosas que D hubiera sido en su vida, nunca había sido una cobarde.

Se tapó la boca con el dorso de la mano para contener las arcadas y se retiró a la fresca oscuridad del museo.

# Brewster

Brewster Uldine, tranviero, con la cabeza descubierta desde el robo de su bombín, estaba comiendo en el patio de maniobras cuando un voluntario llegó caminando y le proporcionó un objetivo viable hacia el que enfocar su mal humor. Brewster informó al voluntario de que no toleraría que lo molestaran.

—No puedo ayudarte en nada ahora mismo —le dijo—. No tienes autoridad sobre mí. Estoy en mi derecho de comer. No eres alguacil.

—Vaya saludo más amistoso. ¿A ti qué te pasa?

El voluntario se sentó con un gemido en un montón de cadenas oxidadas, a escasa distancia de donde Brewster tenía sus ostras encurtidas sobre un pañuelo en el regazo. El voluntario, un tipo desaliñado cuya ropa llena de remiendos le estaba grande por todas partes, desplegó con sumo cuidado sus propias vituallas, una cebolla y un panecillo, además de un libro. Situó cada elemento en su propio montículo de la cadena apilada, como pequeños monumentos en sus pequeñas colinas. La visión molestó a Brewster, a quien no le gustaba mucho leer pero sí las cebollas y los panecillos, y estaba harto de comer ostras encurtidas todos los días.

—¿Qué me pasa, preguntas? Voy a contártelo. Si fueses alguacil, tendrías que hacer algo sobre la gente que viene de noche y corta las líneas —dijo Brewster—. Eso para empezar. Nos retrasa en las rutas y pone furiosos a los clientes, que la pagan con nosotros, los tranvieros. No te creerías las cosas que nos toca oír cuando la gente no llega a tiempo donde tiene que estar.

—De eso yo no sé nada —repuso el voluntario antes de coger el panecillo y morderlo con sus dientes torcidos. El crujido sonó a rancio.

—No, qué vas a saber —dijo Brewster—. Últimamente por aquí te roban hasta la tapadera del cráneo.

Pero el voluntario debería saberlo. Afirmaban estar al mando, pero no se responsabilizaban de nada ni tampoco hacían nada acerca de la delincuencia.

Justo la otra mañana Brewster se había encontrado con dos abuelas venerables y vulnerables con sendos sombreros de fieltro del tamaño de ruedas de carruaje, vagando por el patio de maniobras, cargadas con tijeras de podar y cestas de flores silvestres. Acababa de amanecer y la primera neblina del otoño titilaba a la temprana luz. Brewster estaba allí para limpiar los asientos de su tranvía antes de empezar las rutas del día. Las mujeres habían aparecido en la neblina, juveniles sus contornos. Pero las siluetas fueron aclarándose a medida que se acercaban, arrugadas y con el cabello ralo bajo los sombreros, que llevaban lastrados por enormes flores de papel y cintas que pendían por todos lados. Lo más sorprendente de todo fue que eran idénticas, un par de gemelas ancianas.

—¿Qué hacen aquí, señoras? —les había preguntado.

Las abuelitas eran risueñas como niñas. Le explicaron que estaban recogiendo flores silvestres para llevarles ramos a los huérfanos de los albergues. Los pobres huérfanos ya llevaban una vida bastante dura incluso en los mejores momentos y, ahora que las cosas estaban tan raras, debían de estar pasándolo fatal.

—¿Ha visto usted alguna flor silvestre? —preguntó una.

—¿O algún gato con la cola bonita y larga? —preguntó la otra, y las dos croaron a carcajadas por la hilarante ocurrencia.

Brewster les dijo que lo sentía, pero que no podían estar allí. Había alguien que se dedicaba a cortar las líneas del tranvía y a sabotear las cajas de cambios. Y esa persona bien podía ser peligrosa. (Por un momento se le pasó por la cabeza que las propias señoras podrían estar usando esas tijeras de podar para cortar las líneas, pero rechazó la idea enseguida: que un par de ancianas ricas, ¡y para colmo gemelas!, se dedicaran al sabotaje era demasiado inverosímil).

Las hermanas le habían dicho que ay, madre, que el vandalismo era una cosa horrible, y le habían dado los buenos días antes de marcharse cogidas del brazo.

A la gente podía pasarle de todo, y últimamente no había nadie que hiciera nada al respecto. Brewster no daba credibilidad a los rumores que oía de sus pasajeros sobre Juven y su barco fantasma lleno de espíritus. Aquello era pura anarquía. Se empezaba con delincuentes que se sentían libres de colgarse en el estribo de la máquina para burlarse de uno y afanarle la tapadera del cráneo y, cuando querías darte cuenta, ya no era seguro ni que unas abuelitas madrugadoras buscasen flores por ahí.

—Podría haber alguien acosando a mujeres mayores y aquí estarías tú, sentado zampándote ese pan.

Brewster estaba particularmente molesto con lo del pan. Esa semana apenas había comido nada aparte de ostras encurtidas, compradas a su casera al triple del precio normal.

—Escúchame, yo voy a leer mi libro —dijo el voluntario, y añadió un enorme y jugoso mordisco de cebolla a la porción de pan medio masticado que ya tenía en la boca. Siguió masticando mientras hablaba, moviendo la mandíbula a los lados como un burro y salpicando blanco y marrón desde los labios—. Déjame comer tranquilo y leer y descansar los pies. He venido aquí porque buscaba un sitio tranquilo, no porque quisiera darte problemas. Has dicho que no tolerarías que te molestaran y eres tú quien me está molestando a mí. Si puedo ayudarte en algo después de haber comido, te ayudaré. Pero ahora mismo estoy de descanso.

El voluntario abrió su libro. Hubo un cierto desdén en su forma de hacerlo, como si estuviera sacudiéndoles moco a las páginas. La cubierta no tenía ilustración, solo un título, *La insatisfacción: cincuenta y cinco poemas*, y el apellido RONDEAU impreso en gruesas letras debajo.

—Yo puedo contarte todo lo que quieras sobre la insatisfacción —dijo Brewster—. He tenido mucha.

—Me cago en la puta.

El voluntario dio un mordaz suspiro, agarró la cebolla y el resto de sus cosas y se marchó.

Δ

Solo de nuevo, Brewster Uldine arrojó valvas de ostra a la pila de cadenas y añoró a Mary Ann, la hermana del joven cabrón que lo había atormentado y le había robado el bombín unas tardes antes, aquella Mary Ann decidida a adorarlo de todas las maneras concebibles y a dejarse adorar por él de todas las maneras concebibles, y que no existía. Brewster se sentía estúpido y solo.

El tranviero había comprado el bombín hacía poco, justo antes de que cayera el gobierno. Antes ni se le habría ocurrido permitirse un lujo como ese. Había visto el mismo modelo en la cabeza de un tendero que se mecía sobre los talones fuera de una mercería de la calle Cibelina, un bombín azul como un arrendajo que llevaba un poco ladeado. El tendero había atraído a Brewster con un guiño y le había dicho: «¿Qué, amigo, quiere que le pongamos guapo?».

El conductor de tranvía albergaba desde mucho antes la fantasía de pedirle matrimonio a una mujer, momento en el cual, después de que ella gritara que «¡Sí!», él la levantaba en brazos y declaraba que, a partir de entonces, ya no tendría que pagar la tarifa del tranvía durante el resto de su vida. En ese momento añadió el nuevo bombín a la escena, quitándoselo antes de hacer la gran pregunta. Mientras el delincuente le hablaba de Mary Ann, Brewster se había dicho que de verdad iba a suceder. Incluso había pensado, mientras el pequeño cabrón seguía dándole a la lengua, que aquel bombín comprado por puro impulso era la clave, el elemento que había completado la imagen de su definitiva felicidad, el que la había posibilitado.

La gente a veces hacía cosas espantosas en el tranvía. Se dejaban basura, frotaban cosas podridas por todas partes, sangraban. Salían corriendo antes de que el tranviero se diese cuenta. Había algo despiadado suelto por el mundo. Brewster Uldine había atisbado su pelo castaño, y aún le resonaban en los oídos su risa y sus veloces pisadas, y eso le daba ganas de ser despiadado también.

Δ

—Perdona que te haya hablado así —dijo Brewster. En un arrebato de culpabilidad, había ido a buscar al voluntario y lo había encontrado subido a la cabina de un tranvía desguazado, en una zona distinta del patio—. Estaba de mal humor.

Brewster le tendió la mano. El voluntario hizo un mohín y mantuvo los brazos cruzados.

—No puedes comportarte como un gilipollas irritable sin motivo. Así es como empiezan las guerras. Así es como empezó esta guerra, de hecho. No es necesario entender las complejidades económicas ni los detalles políticos para saberlo. La Corona se comportaba como una gilipollas irritable con todos nosotros, actuando con desidia, con codicia, siendo un brillante agujero ardiente del que goteó mierda durante décadas y décadas, y lo sucedido desde entonces resulta en dolor a corto plazo para la gente como tú, pero a la larga en una vida mejor.

—Lo siento —dijo Brewster, perplejo por la distraída agresividad verbal en el discurso del voluntario.

—Naturalmente, acepto tus disculpas —respondió el hombre—. Sé de sentimientos fuertes. Es el tema que trato, en realidad, si te paras a pensarlo.

Se estrecharon la mano y Brewster se preguntó, aunque no lo hizo en voz alta, a qué se referiría con lo del tema que trataba.

Brewster le dio su nombre, y el voluntario se presentó como Hob Rondeau, poeta, y fue tan generoso de ofrecerle al tranviero la oportunidad de invitarlo a una copa.

Δ

La perversión era la respuesta. Ese era el tema que trataba Rondeau. ¿Quién iba a tener sentimientos más fuertes que un pervertido?

—Pirómanos, asesinos, maníacos..., los maníacos sexuales en particular, la gente que se excita con los muertos, o a quien le gusta esconderse en callejones que salen de avenidas concurridas y mirar a la gente que pasa mientras se toca: toda esa clase de personas me intriga. Yo escribo desde el punto de vista del pervertido. Lo canalizo para que pueda hacer su confesión. Habito en él. Es lo mismo que hace el médium de una sesión de espiritismo, solo que esos son unos charlatanes.

—Ah —dijo Brewster—. Muy bien.

—Este es obra mía. —El poeta levantó el fino volumen que había estado leyendo mientras comía, *La insatisfacción*—. Son poemas sobre un escritor brillante pero demasiado susceptible al que fastidia un editor gordo y vanidoso. En respuesta a ello, el escritor hace voto de cortar el tendón de Aquiles a todos los conocidos del editor, del primero al último.

Si el tranviero se había sentido molesto cuando se conocieron, en esos momentos se notaba confundido y un poco asustado de Rondeau. El poeta hablaba rápido y casi sin entonación, deteniéndose solo muy de vez en cuando para dar un enfadado bufido o un sorbo a su bebida.

—Del primero al último —repitió Rondeau—. Hasta al viejo sastre que le hace los pantalones gigantescos al gordo editor. Usa una navaja de afeitar para hacerlo.

El poeta bufó. La única respuesta que se le ocurrió a Brewster fue:

—¿Ah, sí?

—Pues sí.

Rondeau bebió de su jarra de cerveza marrón. Se le quedó espuma en los mechones de barbita rala.

Se habían retirado a un estrecho tugurio llamado el Paso Franco y estaban apretados contra la barra. Pese a que apenas había empezado la tarde, el local estaba lleno a rebosar, cargado con el vocerío de una docena aproximada de alcohólicos que protestaban todos a la vez. El tranviero pensó, anhelante, en Mary Ann. Era una mujer demasiado reservada y respetuosa para decirle a su marido dónde no podía ir, pero, si estuvieran casados —si ella fuese real—, Brewster nunca mancillaría su confianza y su buena reputación metiéndose en un antro como el Paso Franco.

—Se arrastra por el suelo para llegar hasta sus víctimas cuando están distraídas, saca la navaja y les corta los tendones. Ese es su método. —Rondeau se limpió la espuma del labio con su larga lengua grisácea—. El escritor calumniado los mutila a todos, los deja maldiciendo el nombre del editor, tal y como se proponía, pero al final no se siente mejor. Lo cual es la moraleja, ¿entiendes?

—Tengo que volver al trabajo —dijo Brewster—. Ya va a empezar mi turno.

—La ley es el bálsamo, y no hay otro que valga, amigo mío. Una ley para todos los seres humanos, no solo para los ricos y la monarquía. La venganza nunca sirve para sanar. Eso es lo que mi arte pretende manifestar en ese caso. Pero no se trata de leche calentita que asiente el enfermo estómago de los complacidos. —Compuso una sonrisa tímida para Brewster, sin duda intentando, a su inquietante manera, mostrarse amistoso—. Venga, tomémonos otra y brindemos para que todos seamos amigos y tengamos lo suficiente. Ahora la gente monta gratis, ¿verdad? No tienes que decirles a los lisiados y los pobres que no pueden subir si no llevan dinero. —Rondeau le hizo una seña a la camarera—. Te alegrará quitarte esa carga de la conciencia.

—Sí —dijo Brewster.

Pero en realidad nunca había dedicado ni un pensamiento a la gran variedad de pasajeros que subían al tranvía desde que la Defensa Civil Voluntaria arrancara las cajas del dinero. Se sintió inesperadamente reprendido. Rondeau siguió hablando.

—Dime qué sabes sobre los comités que están organizándose. Seguro que querrás unirte a alguno y…

—Me temo que debo irme ya, Rondeau —lo interrumpió Brewster mientras dejaba una moneda en la barra.

Se abrió paso entre el gentío y salió por la puerta abierta a la calle.

Δ

Un viento cálido y arenoso le revolvió el pelo a Brewster. Tenía la ribera delante, el río después de ella y, en la otra orilla, las fortificaciones marítimas de la ciudad, las torres de artillería manchadas de sal con sus hileras de cañones de cincuenta libras apuntando a la boca de la bahía. Las gaviotas planeaban en el cielo, asesinando la paz con su voz chillona. Un zarapito solitario picoteaba la tierra fangosa al borde del agua. Su canto lastimero parecía quejarse por el escándalo que armaban las gaviotas. Un gato marrón que haraganeaba sobre un horno de piedra a medio derruir estaba observando al zarapito. El río lamía la orilla y murmuraba de camino hacia la bahía.

Brewster respiró hondo. Como decía todo el mundo, desde que habían cerrado las fábricas, el aire era más limpio.

Las palabras del voluntario hicieron que Brewster meditase sobre los apuros de los pobres. Él no era rico, pero tenía trabajo, ¿verdad? Tenía comida, aunque no fuese la que le apetecía llevarse a la boca. Hasta había tenido dinero para comprarse aquel bombín azul tan precioso. Y había gente, sobre todo la que vivía allí abajo, en el extremo sur de la línea de tranvía, que no tenía nada, que se moría de hambre. Brewster los veía reflejados en su espejo, al frente del tranvía: iban descalzos, vestidos con demasiada ropa o con demasiado poca, y sucios. ¿Por qué no había pensado más en ellos antes de ese momento?

Por otra parte, se suponía que él debía hacer su trabajo, conducir el tranvía, y eso se había vuelto incluso más difícil que antes. Las partes normales de la ciudad tenían que funcionar como es debido, ¿o dónde acabarían todos?

Brewster no era mala persona. A él, personalmente, no le importaba que la gente ruda montara en el tranvía. Solo se oponía a los gamberros y a los delincuentes. No tenía nada contra nadie, siempre que se esforzaran de verdad en mejorar y no fuesen unos haraganes.

Un pensamiento inexplicable y perturbador invadió la mente del tranviero, agudo como el penetrante olor a acero que le cosquilleaba en la nariz cuando bajaba la palanca y los frenos mordían los raíles: ¿qué esfuerzo hacía en mejorar un rey, o el hijo de cualquier ricachón?

Brewster se masticó la uña del pulgar, que sabía a vinagre de la comida. Si Mary Ann fuese real, le habría gustado hablar con ella de eso.

El agua del Bello se veía sólida y negra a la luz solar.

Dos vagabundos, una niña pecosa con un bombín azul que casi le tapaba los ojos y un niño descalzo, pasaron corriendo. La niña llevaba algo agarrado bajo la camisa, un jarrón tal vez, a juzgar por su forma alargada, que intentaba ocultar. Pero eso se grabó menos en la retina de Brewster, sin embargo, que el bombín.

Las orejas del tranviero llamearon. No era su ladrón, no era el risueño y castaño creador y aniquilador de Mary Ann, ¡pero desde luego sí que era su sombrero!

Los niños entraron en el Paso Franco y se perdieron entre la multitud.

A los pocos segundos salió Hob Rondeau, apartando gente a caderazos y culazos, diciendo «Ep, ep, ep» donde la mayoría habría dicho «Disculpe». Llevaba una jarra de cerveza en cada mano y le tendió una a Brewster.

—¿No ibas con tanta prisa? Te dejabas la cerveza, hermano. —Rondeau calló un momento al ver su expresión—. ¿Qué te pasa?

—¡Me lo robó de la puta cabeza! —espetó Brewster, y dio un paso hacia la taberna.

El voluntario se puso delante de él y le dijo que, si alguien lo había ofendido, había una manera correcta de ocuparse del asunto. Alejó a Brewster unos metros de la puerta y, mientras bebían de las jarras, Brewster le contó la historia del sombrero y el ladrón que se lo había afanado, y de la vagabunda que llevaba ese mismo sombrero y acababa de entrar en el Paso Franco.

—Es curioso —dijo Robert—, pero creo que es posible que haya conocido en persona a tu afanador. Iba con una joven cuando lo vi. Ella era muy correcta, hasta tenía un documento oficial que la acreditaba como conservadora de un museo, pero las pintas de él no me gustaron nada. Y era un bocazas.

Brewster se había tranquilizado un poco, pero seguía furioso. ¡Se lo había robado de la puta cabeza! Había que hacer algo.

—No nos interesa precipitarnos —dijo Rondeau, y asintió a su propio consejo—. Aquí hay más de un delincuente implicado, quizá todo un sindicato del crimen. Esa chica, la que vi con tu ladrón, si es que es el mismo, igual hasta podría estar en peligro, bajo coacción.

Le sugirió que fuesen a ver al hombre que se ocupaba de las consultas públicas, un sargento en la cadena de mando del general Crossley. Ese sargento, un tal Van Goor, solía estar atendiendo una mesa cerca de la estatua del tigre, en el Tribunal de la Magistratura.

# Los Campos, segunda parte

Te he buscado por todas partes —dijo Robert cuando ella levantó la cabeza del escritorio y lo vio sentado en la silla de enfrente—. Ya pensaba que habías huido con algún pretendiente de cera. Creo que no les gusto, Dora. A quien menos, a la marisquera en su playita. Me recuerda a la muy formidable madre de alguien. Es desalentador. Encuentro desalentador todo este sitio, pero a ella sobre todo. Qué complacida y segura de sí misma parece, meciendo ese cubo al andar. Dora, tiene un aspecto victorioso. Me da la sensación de que vaya a decirme que su hija, la mujer a la que amo, ya ha aceptado la propuesta del hijo de un hombre más rico. O quizá la propuesta de algún minero de cera.

D parpadeó, notando los ojos pegajosos. Se había quedado dormida en la oficina del conservador. Su teniente la observaba con el codo apoyado en la mesa y el mentón recién afeitado sobre el puño. Una polvorienta somnolencia impregnaba la pequeña estancia.

—¿Vas a dejarme por uno de los mineros?

—No. Por el telegrafista. ¿Qué hora es?

—Poco después del mediodía. ¿El telegrafista no es...? Ah, ya me acuerdo, el de la habitacioncita al lado del laboratorio del químico, donde pone SERVICIO DE TELÉGRAFOS encima de la puerta. ¿Viste con traje blanco? ¿Lleva cuaderno y lápiz? ¿Es corpulento?

—Sí.

—Tiene los carrillos caídos. —Robert levantó una mano para trazar un carrillo en el aire a un lado de su propia cara. Frunció el ceño—. No tienen partes íntimas, ¿verdad?

Ella negó con la cabeza.

—No, no. Están planos. Pero el telegrafista me satisface de otras maneras, teniente.

—Será hijo de puta. Voy a tener que matarlo. —Hablaba sin la menor convicción, reclinado en su silla, y cruzó las piernas. Señaló con la cabeza el ferrotipo del viejo rey colgado en la pared—. Tendrías que quitar eso.

Llevaba razón. D se levantó y cogió los lados del retrato enmarcado del antiguo monarca, cuyos ojos oscuros estaban enterrados bajo unas cejas lanudas. Lo que había dicho Ike después de ver a los reyes tallados en los botes de remos era cierto: si le quitabas las medallas que llevaba en la pechera, era un hombre feúcho. El viejo rey, de hecho, podría haber sido hermano del letrinero de la primera planta, que se encorvaba artrítico bajo las barras de su carretón.

D quitó el ferrotipo de la pared, dejando a la vista una brillante ventana amarilla de pintura.

—Tienes un aspecto horrible —dijo Robert.

D puso el retrato en el suelo, contra la pared.

—El telegrafista casi no me deja dormir.

—Ya basta.

—Qué curioso, eso mismo le dije yo anoche a él.

Robert afirmó que iba a llevarla a algún sitio unas horas, daba igual dónde, porque D necesitaba que le diese un poco el sol, necesitaba salir de aquel lugar.

—Además, aquí huele a rayos —dijo—. ¿Has mirado por si algo se hubiera colado en el sótano y fallecido?

Δ

El parque era la elección evidente para dar un paseo, y D pensó que Ike se alegraría de que hubiera ido a ver los botes que le había mencionado. Se lo propuso a su teniente, que opinó que era perfecto.

Dejaron Pequeño Acervo y fueron hacia el norte. Robert entrelazó el brazo con el suyo. Cuando sus pasos los llevaron por delante de la antigua embajada, D apartó la vista.

—Todos los sitios buenos están en Gran Acervo: el Museo Nacional de las Artes, el Museo Nacional de Ciencia, el Instituto Histórico Nacional... Tendríamos que haberte colocado allí. Debería haber insistido. Todos los sitios que hay en Pequeño Acervo son raros. Tendría que llamarse Muy Pequeño Acervo.

Su teniente le dio un trozo de chocolate. Sabía un poco a la lana de su bolsillo, pero sobre todo a gloria. D gimió al degustarlo, y Robert le dio otro trozo, que estaba incluso mejor. Doblaron desde Legado por una calle que olía a rosas de finales de verano. D sintió el sol en la cara y en el pelo, y respiró, y sintió que se soltaba dentro de su piel.

—No tendría que haberte dicho que tienes un aspecto horrible —dijo Robert—. No estarías horrible por mucho que te lo propusieras. Me refería a que pareces cansada.

—No deberías ser tan amable conmigo —repuso ella.

—¿Por qué no?

—Porque empezaré a sospechar —dijo D.

Robert carraspeó y lo reveló todo en los tres o cuatro segundos de más que tardó en responder.

—Te has quedado sin más chocolate.

D le dio una palmadita en el brazo. No estaba enfadada.

—Eres buen soldado, teniente.

Se apoyó en él y sintió cómo Robert se relajaba mientras absorbía su peso.

Δ

Fue más o menos un año antes, la tarde que D vio al mismo chico guapo que había huido de la multitud de otros chicos, con la pelota bajo el brazo mientras gritaba «¡Nunca, nunca, nunca!», entrando en la biblioteca universitaria, cuando decidió satisfacer su curiosidad.

D fue al mostrador de préstamos e informó al notoriamente excéntrico bibliotecario nocturno de que un profesor le había pedido que sacara un libro y se lo llevara junto con las sábanas limpias que tenía en los brazos.

El bibliotecario alzó la mirada del panfleto que había estado leyendo con la lengua asomándole de la comisura de la boca. Aunque estaba del revés, D alcanzó a leer las grandes palabras que encabezaban el papel: UNA LLAMADA MORAL PARA LA MEJORA DE LOS POBRES Y LOS SILENCIADOS. No era la primera vez que veía aquel panfleto. Estaba por todo el campus.

—Tú misma, chica —dijo el bibliotecario nocturno, aceptando su historia sin mostrar ningún interés—. Pero ándate con ojo: ¡algún graciosillo se ha dedicado a embadurnar porquería en los libros!

Concentrados en su trabajo, los alumnos sentados a las largas mesas de la sala de estudio no alzaron la mirada mientras D pasaba entre ellos, con paso sigiloso, hacia la escalera.

D buscó al chico guapo hasta encontrarlo en las profundidades del sótano de la biblioteca, agachado entre dos altas estanterías, escrutando los lomos de los libros. Las recién instaladas hileras de luces eléctricas en las recónditas alturas del techo eran tenues y servían para poco más que calentar el estante superior. Al oír el susurro de los zapatos de D, el chico alzó la mirada sin levantarse.

—Hola, esto...

—Soy Dora, señor —dijo ella.

—Te había reconocido. Yo soy Robert Barnes. Me temo que estás en la sección equivocada, Dora. Esta es la sección de Dramas-Que-No-Ha-Leído-Nadie-En-Cincuenta-Años. —Señaló pasillo abajo—. La sección de sábanas está por ahí, después de los Libros-De-Historia-Que-No-Ha-Leído-Nadie-En-Cien-Años.

—Yo también le he reconocido, señor. Le vi hacer deporte en el patio. Tiene mucho talento.

—Gracias. Eres muy amable. Por desgracia, Dora, en lo que no tengo tanto talento es en los deportes de aula. He faltado a demasiadas clases del seminario de dramaturgia. El profesor me ha enviado aquí a buscar un libro que leer para mejorar la nota, pero creo que lo que pretende en realidad es provocar que me destroce la vista como castigo.

Robert Barnes le dedicó una sonrisa tan abierta y generosa que solo podía pertenecer a una persona a quien nadie había hecho daño en la vida. Viendo aquella expresión, D no podía imaginarse que a alguien no le cayera bien de inmediato, ni tampoco se lo imaginaba imaginándose no caerle bien a alguien. Visualizó su habitación como superficies abrillantadas por doncellas, hileras de zapatos pulidos por limpiabotas y, en las perchas del armario, chaquetas con los bolsillos hundidos por el peso de monedas sueltas y olvidadas. Las sombras parecían recular de su cara limpia y apuesta.

—¿Quiere que le ayude a buscar, señor? —propuso D—. A veces viene bien un par de ojos frescos.

—Cómo no. Te lo agradecería —dijo él.

D le tendió el montón de sábanas para que se lo sujetara. Robert se levantó y lo aceptó.

—Gracias, señor.

Le preguntó el nombre del autor y Robert se lo dijo. D pasó el dedo por los lomos de los estantes, recorriéndolos hasta la parte de abajo, donde ya había estado mirando el chico, en los apellidos que empezaban por LU. D se remetió la falda por debajo y se sentó.

Mientras examinaba los volúmenes del estante inferior, esperó a que Robert dijese algo más. No lo hizo. Se quedó callado, como si fuese solo un par de perneras de pantalón a su lado, oliendo al alcanfor del jabón que usaban en la lavandería universitaria.

Se escuchaba una sinfonía en miniatura a un volumen apenas perceptible: el grave, rico y crepitante bajo de diez mil cubiertas de cuero, el chisporroteante zumbido de las bombillas eléctricas, el murmullo del polvo, el tierno correteo de los ratones. Era agradable estar en aquella penumbra con aquel joven, tener para ella su paciencia y las paredes que los rodeaban y mantenían a todo el resto de gente muy lejos. Hacía que D se sintiera menos ella misma, cosa que le gustaba. Si no era ella misma, entonces nunca había perdido nada, ni tampoco anhelaba nada. Si no era ella misma, era otra persona. Y siendo otra persona, no había nada, nada en el mundo, que no pudiera hacer.

Entre dos libros más gruesos había uno fino con el lomo hacia dentro y el borde de las páginas hacia fuera. D lo liberó y leyó el título: *Una pequeña caja para lobos*, de Aloysius Lumm, el libro que Robert estaba buscando. La ilustración de cubierta eran un par de manos incorpóreas aplaudiendo. Unas rezumantes notas musicales salían de las palmas.

D se puso en pie.

—Estaba metido hacia dentro y no se veía el lomo.

Intercambiaron las sábanas por el libro. Cuando hubieron terminado, D no se movió del sitio, y permanecieron cerca, cara a cara en el pasillo. D olió sus cigarrillos y su tónico para el pelo.

—Gracias, Dora —dijo él—. Has sido muy amable. Sé que tenías que ir a algún sitio y te has parado a ayudarme. —La expresión del joven se volvió seria y la piel se le arrugó en torno a los ojos suaves y la larga boca—. Quiero que sepas que en el sitio donde me crie, conocía a los hombres que trabajan con los caballos, y a los que plantan y cuidan y cosechan, y los considero mis amigos. Creo que tienen una valía superior a la que nuestra sociedad les otorga. No creo que esté bien que algunas personas tengan que hacerlo todo mientras otras pocas pueden tenerlo todo. Un compañero al que conozco, Lionel, ha fundado un grupo que quiere que las cosas sean mucho más justas, y me he unido a él.

D se preguntó si los hombres que plantaban y cuidaban y cosechaban considerarían a Robert su amigo. Pensó que lo más posible era que no, pero asintió de todos modos.

—Muy bien, señor.

El rostro del chico se relajó.

—Lo creas o no, hasta tengo graduación en ese grupo, como en el ejército. Soy teniente.

Ella asintió de nuevo. Pues nada, si era lo que quería...

—Muy bien, teniente.

—No lo decía para que... —Robert se echó a reír—. Ah, bueno, supongo que me lo tengo bien merecido, ¿verdad? Me parece increíble que ese viejo chocho del bibliotecario duerma aquí. ¿Dónde tendrá la madriguera?

—No duerme aquí.

Su teniente ladeó la cabeza hacia ella. D supuso que seguramente se le habría ocurrido que D había venido buscándolo, pero era demasiado inteligente para creérselo.

—¿Y qué haces aquí abajo con esas sábanas, entonces?

—Seguirte a ti, teniente —dijo ella—. Solo llevo las sábanas para que nadie se fije en mí. No son para nadie. Pero a lo mejor te gustaría quedártelas. A lo mejor se te ocurre algo que hacer con ellas. A lo mejor se nos ocurre juntos.

Δ

En los últimos tiempos, pensó D, se estaban soltando de repente muchos barcos.

El pequeño del estanque no parecía tripulado por fantasmas, al menos. Rotaba despacio en sentido antihorario, sin moverse del centro del agua. También sirvió para darle un objetivo a su idílico paseo: recuperarlo y devolverlo al cobertizo y al abrazo de sus regios congéneres.

Robert insistió en que el honor de seleccionar el navío para su misión de rescate debía corresponderle a ella.

D recorrió los tablones del embarcadero cubierto contiguo al pabellón vacío, inspeccionando los adustos semblantes de los botes sujetos a amarres de latón con el nombre de cada monarca, que golpeteaban con suavidad contra sus atraques individuales. Se decidió por Macon XI, que tenía la boca abierta como si estuviera agonizando por un ataque coronario y algas de un color blanco verdoso cubriéndole las fosas nasales.

—¿Porque es el más feroz y el más putrefacto? —preguntó Robert.

—Sí —dijo ella.

—Excelente.

Robert subió al bote y la ayudó a sentarse en el banco de enfrente. La embarcación tenía cuatro plazas y los asientos estaban acolchados con cojines blancos.

El teniente introdujo los dos remos en sus escálamos, D soltó los cabos y se deslizaron desde la sombra del embarcadero a la luz del agua abierta. La extensión azul verdosa del estanque estaba vidriada y agrietada de plata y oro. En el pabellón de la orilla, las losas grises claras y las mesas de hierro forjado daban la impresión de que estarían calientes al tacto, y el arqueado puente de observación de madera estaba medio cubierto por la neblina que se alzaba desde la superficie.

D cerró los ojos hacia la luz. Robert remó haciendo ruidos guturales, llevándolos con brío hacia el bote abandonado.

—No tenemos prisa, ¿verdad? —preguntó D, que no quería regresar al museo, ni a la ventana que daba al patio de la embajada, antes de lo estrictamente necesario.

—No —dijo Robert—. No hay prisa.

Los remos chasquearon en los escálamos mientras Robert tiraba de ellos para meterlos en el bote. D notó que se quedaban a la deriva. Su pequeña embarcación crujía. Los pájaros piaban. El aire olía incluso mejor, más puro, allí en el lago; el olor a agua se mezclaba con la verde calidez de los árboles y las hierbas del parque a finales de verano. D se desató las tiras del tocado bajo la barbilla.

Robert carraspeó y espiró. D no abrió los ojos.

—¿Y qué hay de ti, teniente? ¿Cómo estás?

—Un poco cansado también, supongo.

D oyó cómo se desperezaba, el ruido de sus botas contra el suelo del bote. Robert encendió una cerilla y D olió el azufre y el humo de su cigarrillo.

—La gente está ansiosa.

—¿Y debería?

—No —dijo Robert, pero la palabra sonó como si la verdadera respuesta se pareciese más a un «quizá».

Flotaron. D escuchó cómo fumaba, dando chupadas al cigarrillo.

Abrió un ojo. Robert tenía los codos apoyados en las regalas y el cigarrillo sujeto entre los dedos de la mano derecha. Enarcó una ceja mirándola.

—Querría saber cómo es tu madre —dijo D—. Háblame de ella.

—Mi madre es reservada. Amable. Es muy bajita, más que tú. Hace unas manualidades preciosas. ¿Qué más? Lee novelas. Le escribe cartas a su hermana. A veces creo que está melancólica. La oigo suspirar al otro lado de la puerta, pero, si le preguntas si está bien, responde: «¿Que si estoy bien? Tú por mí no te preocupes. Mientras tú estés bien, yo estoy bien». Es tedioso.

—¿Sabes algo de ella desde...?

Robert negó con la cabeza.

—Desde que hay resistencia en la Carretera, el correo está retenido.

No le perdonarían que estuviera actuando contra sus intereses, contra su hacienda y sus propiedades. Robert aún no lo había afrontado, pero el problema estaba ahí si alguna vez se hacía a la idea de planteárselo. D no sentía lástima por ellos, pero sí por su teniente, por Bobby, apoyado en los codos, con el pañuelo arrugado, haciendo caer ceniza del cigarrillo a la destellante agua. D estiró el brazo y le alisó el calcetín que asomaba de su pernera gris.

—Cuando era pequeño —continuó él—, mi madre me decía que me encontró bajo una seta y me llevó a casa en una taza de té. Le encanta contarle esa historia a la gente. Saca la taza que dice que usó y se la pasa a todo el mundo.

—¿Y es verdad?

—Mi madre no es una mentirosa, Dora.

—¿Crees que yo le caería bien? —preguntó ella.

Robert proyectó un anillo de humo. Unos diminutos arroyos de oro recorrían sus rizos aceitados.

—¿Tenemos que decirle que trabajabas como doncella?

—Preferiría que no.

—Pues no lo haremos. En ese caso, sí, le caerías bien.

—Bien. Tengo ganas de conocerla.

—Lo que me parece inexplicable —empezó a decir Robert, con la mirada perdida— es que contábamos con el factor sorpresa, el pueblo no se oponía a nosotros y el enemigo no tenía ejército. Siguen sin tener un ejército, solo un grupito de guardias partidarios del régimen. He visto las cifras en los informes de campo. Podríamos acabar con ellos en cualquier momento. Sé que ocupan una posición buena, y no quiero que muera nadie, pero estamos dejando que ganen tiempo. Crossley se lo está permitiendo. No actúa con ningún apremio. Eso es lo que no me entra en la cabeza. Se lo estamos diciendo, se lo decimos a Lionel, a Mosi y a Lumm, aunque no sé si el pobre viejo de Lumm se entera de mucho a estas alturas, pero saben de sobra que la gente ya no se cree lo que le decimos, y se nota que Lionel y Mosi están preocupados. Pero, al mismo tiempo, Crossley les dice que está a punto de obtener la rendición del enemigo, así que están en una especie de atolladero y no…

Robert siguió hablando, describiéndole la incómoda sensación que tenía de que estaban como caminando con una especie de viento en contra, pero ni lo veían mover nada ni lo oían, así que en realidad era más bien como un objeto invisible que les bloqueara el camino.

D cerró los ojos de nuevo. El sol pintó de rojo el interior de sus párpados. Apoyó la cabeza en la borda del bote. El vaivén del agua se le extendía cuello abajo y por los huesos. El bote crujía y los remos chasqueaban y los pájaros trinaban y Robert le daba a la lengua. Daba la sensación de que eran las únicas personas del parque, de la ciudad, del mundo. Le apretó el tobillo al teniente.

—Robert.

Él se interrumpió.

—¿Qué?

—Imagínate que solo estuviéramos nosotros.

—¿Eh?

—Imagínate que solo nos tuviésemos el uno al otro. Que no existiera nadie más. ¿Qué haríamos?

—¿No hay más gente en ningún sitio?

—No hay más gente en ningún sitio.

—Vaya. No lo sé. ¿Qué haríamos?

D dejó caer una mano al agua. Estaba caliente como la de una bañera gracias al sol.

—Lo que estamos haciendo ahora.

—¿Y después?

—Apropiarnos del dormitorio de Su Majestad en la hacienda real. Nos quedamos allí mientras haya habitaciones con la cama hecha. No dormimos nunca dos veces en la misma cama. Cuando hayamos terminado con la mansión del rey, pasamos a la del ministro de Asuntos Exteriores y repetimos. No volvería a hacer ni una sola cama en lo que me queda de vida. Te toca, teniente.

Pasaron unos segundos mientras Robert se liaba otro cigarrillo. Las pequeñas ondulaciones del estanque lamieron el casco del bote. Robert encendió una cerilla, inhaló y exhaló.

—Te enseñaré a beber.

—Estupendo —dijo D, aliviada de que no hubiera optado por la aburrida obviedad de mencionar el sexo.

—Cócteles en el vestíbulo del Metropole, para empezar. Una copa la primera noche, dos la segunda y así sucesivamente. Cuando nos hayamos terminado todo el licor del Metropole, empezaremos con el bar del Lear. Cuando se acabe, iremos al Rey Macon y ahí sí que nos echaremos a perder en serio. Ah, y también tengo que enseñarte deportes.

—Lo haré lo mejor que pueda.

—No con esa actitud —dijo él—. Subiremos a los Despeñaderos y patearemos pelotas hacia el océano.

D sugirió que podría ser divertido meterse en las casas de la gente y leer sus diarios.

Si aún quedaban animales, dijo él, si solo habían desaparecido las personas, tendrían que liberarlos. Los caballos de las cuadras, los dodos del zoo, las palomas de las pajareras.

Aún quedarían animales, le confirmó D. Tendrían que estar: una cosa era que la gente desapareciera, pero la ciudad se vendría abajo sin sus gatos.

Ella iba a conducir un tranvía y él tendría que esperar en una parada a que lo recogiera, propuso Robert. «Tendrás que ponerte el uniforme». Ella dijo que por supuesto que llevaría el uniforme. Lo llevaría mejor que nadie antes que ella. Robert respondió que no le cabía la menor duda. Opinaba que también se lo quitaría mejor que nadie antes que ella.

—Podría ser divertido incendiar algo —dijo el teniente—. ¿Qué tal ese maldito museo? Sé que son amigos tuyos, Dora, pero quiero derretir a todos esos hombres de cera. ¿Qué te parece?

Dora argumentó que, si iban a destruir cosas, tendrían que coger martillos para demoler aquella estatua anatómicamente absurda de la mujer en la fuente de la plaza Bracy. Robert dijo que le gustaba esa estatua, que era arte del bueno y que lo que pasaba era que ella no lo entendía, pero quizá lo mejor fuese que no destrozasen nada. Si acaso, deberían esforzarse por preservar aquellos tesoros. Pero se alegraba de que D hubiera mencionado la estatua, porque tendría que limpiarla a fondo de vez en cuando.

—Podríamos quemar los albergues juveniles —dijo D—. Eso sí que no me importaría.

—Muy bien —convino Robert.

—Bien —dijo ella, y le preguntó si la llevaría a ver su hogar familiar.

Sí que debería hacerlo, ¿verdad? Y de camino, podrían subir a las colinas, visitar los monolitos y arrancarles lascas. Robert siempre había querido verlos de cerca.

El bote se deslizó bajo el sol y a los dos les entró sueño. Robert llevó a D a ver la plataforma que unos mozos de cuadra de su padre le habían construido en un árbol de los bosques de la hacienda. Le enseñó su nombre tallado en la madera con un tenedor: BOB. «Entonces solo era Bob», le dijo. D fue al dormitorio de la señora Barnes, pero solo para comprobar que las puertas estuvieran cerradas con llave. La privacidad eterna era el único regalo que podía hacerle a la mujer ausente.

Robert se preguntó cuánto tiempo podrían seguir pasándolo bien sin más gente, y si la echarían demasiado de menos.

D metió su pañuelo en el agua, la escurrió y se lo pasó por las mejillas, que ya sentía encogerse quemadas por el sol.

—A lo mejor, si vagamos lo suficiente por ahí, encontramos a alguien más. Podríamos cruzar el océano en barco hasta… París, o Constantinopla…, Londres…

Pero Robert dijo:

—No. Han desaparecido, Dora. Solo estamos nosotros. Tendrás que procurar contentarte conmigo, y yo tendré que procurar contentarme contigo, y los dos tendremos que procurar contentarnos con todo lo que aún queda en el mundo. Son tus reglas.

Ella le preguntó por otros mundos. A lo mejor podían ir a otros mundos; quizá hubiera lugares mágicos por donde cruzar. Antes creía que quizá existiese la magia en el edificio de la Sociedad para la Investigación Psíkica, le había dado la idea su herm...

—No —la interrumpió Robert, molesto—. No, tienes que aceptarlo. Tienes que aceptar que esto es lo que hay.

—Muy bien —dijo ella.

Pero al final sí que se marcharon de casa. Ya no tenían nada nuevo que ver en su país.

Navegaron hasta Francia. Visitaron las pirámides. Tomaron el té en Bombay. Envejecieron. En el paseo marítimo de Yalta, se tumbaron sobre mantas mientras el sol se descorchaba del mar Negro y se embutía en el hueco entre las dos lunas en fase cóncava, como una yema regresando a su cáscara. Se instalaron en un sofocante palacio extranjero recubierto de polvo y lleno de libros escritos en un idioma que no sabían leer, rodeado de alborotados jardines.

D y Robert discutieron sin mucho ahínco sobre quién moriría primero y dejaría solo al otro.

—Pero eso no dependerá de nosotros —dijo ella.

—No —reconoció él.

Robert se cambió de sitio al banco de D en la popa. Se sentó despatarrado junto a ella. El bote se meció y la mano del teniente encontró la de ella.

—Me importas —dijo Robert—. Lo sabes, ¿verdad?

—Sí —respondió ella, y pensó: «Yo también te quiero un poquito, Robert Barnes»—. No hay ningún otro hombre bajo mi mando al que preferiría tener conmigo —murmuró.

Se giró de lado y apretó la cara ardiente contra el pelo de las sienes del teniente, e inhaló el anís de su tónico, y su sudor, y el aroma de la tarde. Dormitaron.

*«La sangre es el peaje y la sangre es la llave».*

# El Vestíbulo

Robert la dejó en el museo a media tarde. No podía quedarse a pasar la noche porque tenía compromisos con su Comité de Salud y Bienestar.

—¿Y qué pasa con mi salud y mi bienestar, teniente? —preguntó D.

Él la besó.

—Me parece que sabes cuidarte sola, Dora. Pero veré si puedo enviar a unos hombres para que abran la alcantarilla de la esquina. El olor tiene que salir de ahí. Habrá algo roto.

D levantó una mano, pero Robert ya había dado media vuelta y estaba marchándose. El hedor a podrido llevaba todo el día cociéndose con el calor que hacía y la atmósfera en la calle había empeorado. La peste parecía tener sustancia; D sintió como si le tirase del cuello del vestido con unos agrietados dedos amarillos.

Subió la escalera hasta la galería de la planta baja con pasos lentos, arrastrados, resonantes, notando las piernas pesadas por tanto sol. Tenía mechones de pelo rígidos y pegados a la nuca por el sudor, como costras. Deseó que Robert se hubiera quedado con ella, pero al mismo tiempo fue un alivio que se hubiese ido: era más seguro para él alejarse del museo y del vecino de D.

Ya en la galería, D se dirigió a la puerta trasera. Haber pasado desde la luminosa tarde en la calle a la sombra de la inmensa galería estaba mareándola un poco. Robert y ella habían bebido agua de un grifo en los Campos, pero estaba tibia y sabía a polvo, y D seguía deshidratada. Se moría de ganas de llegar a la bomba del huerto y dar un buen sorbo fresco.

—Buenas tardes —saludó D a una mujer vestida con mono gris de cuerpo entero, sentada en una silla detrás de la exhibición de la imprenta, sosteniendo un dial en la mano—. Diles a los demás que vuelvo enseguida. Tengo que beber un poco de agua.

Media docena más de zancadas llevaron a D hasta la puerta que daba al jardín, donde se detuvo. No recordaba haberse fijado nunca en la mujer de gris.

Δ

Con el pelo castaño recogido en un moño prieto y alto, la mujer de cera estaba sentada en una postura muy recta y tenía la mandíbula tensa, completando una expresión concentrada y seria. Su mono gris de cuerpo entero estaba hecho de un tejido grueso que tenía un tacto increíblemente liso entre el pulgar y el índice de D. Llevaba un cinturón ceñido con pistolera, y de la funda sobresalía una culata de pistola gruesa y rectangular. Al pecho del traje iba cosido un parche con un nombre bordado: «Teniente Hart». La mujer parecía tener más o menos la misma edad que D.

Una cama estrecha con sencillas mantas marrones bien estiradas y sujetas al colchón, pensó D, sería casi todo lo que contendría la habitación de aquella pulcra y adusta joven que vestía de forma tan estrambótica. Las paredes estarían sin decorar, y su pequeño baúl para la ropa bien guardado en la sombra de debajo de la cama. El único otro elemento de la estancia sería una mesita de noche, con la pistola negra encima dentro de su funda. Porque, de algún modo, aquella mujer era soldado, una soldado de verdad, una auténtica teniente, no como su Bobby.

D cogió el dial que sostenía la mujer de cera.

Pero no era un dial. Eran dos diales, incrustados en una placa hexagonal. La placa era de color azul oscuro y tenía el grosor de un libro pequeño. El dial de la izquierda estaba marcado con la palabra HORIZ y el de la derecha con la palabra VERT. Había números dentro de los diales, como en una brújula, y las flechas señalaban el cero. En el centro del objeto había una especie de cristal que tenía grabado lo que D identificó como el objetivo de una mira de fusil. Bajo el objetivo destacaba un pequeño botón rojo y, en el centro del botón, dibujada en blanco, estaba aquella figura geométrica tan familiar en el museo: Δ.

El triángulo confirmaba que, en efecto, la mujer militar estaba donde debía. Su sitio era el museo.

Debajo del botón estaba escrita una palabra que D no comprendió: OJIVA.

La placa daba una sensación dura y fina a la vez. D nunca había tocado un material como aquel. Chasqueó cuando le dio un golpecito con la uña.

En el suelo, a los pies de la mujer, había una gran caja metálica de color verde con cuatro pequeñas turbinas que sobresalían de sus lados. En su parte superior estaban pintadas en blanco las palabras VEHÍCULO DE COMBATE NO TRIPULADO.

D no sabía qué pensar de la soldado ni de sus dos complementos, aparte de tener la sensación de que el pequeño, pese a carecer de un cable de conexión, de algún modo controlaba el grande. Aparte de eso, no concebía cómo era posible que no hubiera visto hasta entonces aquella pequeña exposición, estando tan cerca de la puerta trasera que tantas veces había cruzado para llenar cubos de agua y recolectar verduras.

Estaba convencida de que la mujer y sus incomprensibles herramientas no habían estado ahí, pero era imposible porque ahí estaban en ese momento. Y, en realidad, aquellas herramientas tampoco eran incomprensibles del todo, ¿verdad? La planta baja estaba dedicada a las MÁQUINAS Y SUS OPERARIOS, y las máquinas que operaban los soldados eran armas.

Contempló el dispositivo de control que tenía en las manos. El botón del triángulo, el de la OJIVA, parecía irradiar nefastas consecuencias.

D soltó de golpe la placa al regazo de la mujer de cera, como si le quemara.

Pensó en el otro botón con un triángulo, el que había en el

pequeño mueble de las imágenes. El gato peludo que estaba en la butaca de la imagen en movimiento era idéntico al gato que veía a menudo entre las ruinas de la Sociedad rondando cerca del Vestíbulo, el armario del conjurador. Cuando ese conjurador llevaba a una mujer al interior del Vestíbulo, luego salían con la cabeza intercambiada…, con otro rostro…

D tomó aire entre sus labios resecos, sobre su lengua reseca. Ya le daría más vueltas a aquello después de haber bebido.

Se oyó el fuerte golpetazo de las pesadas puertas delanteras abriéndose de golpe.

D sintió que la tensión abandonaba su cuerpo. Aquello era el fin. Había tenido mucho miedo, y al cabo de un segundo o dos volvería a tenerlo, pero durante ese breve intervalo sintió una gozosa y horrible resignación. Era inevitable que en algún momento su vecino pasara a visitarla.

—¡Hola! ¿Hay alguien? —La altura del techo de la galería duplicó y triplicó la voz—. ¡Soy el sargento Van Goor, de la Autoridad Provisional!

Unas botas rasparon los peldaños. D soltó el aire que había retenido. Al parecer, aún no había llegado su hora.

—¡Busco a una doncella llamada Dora! ¡Es una pequeña patriota encantadora, amiga del teniente Barnes! —La voz, burlona, estiró la palabra «teniente» hasta darle cinco sílabas: te-nie-e-en-te—. ¡Madre mía, doncella Dora, pero qué mal huele ahí fuera! ¡Vamos a tener que desatascar esas cañerías!

Sus carcajadas resonaron por el inmenso espacio. D recordó que Robert le había dicho que no hablase con el sargento Van Goor. En su momento no le había encontrado ningún sentido a la advertencia, pero ahora lo veía bastante claro. Esa forma de llamarla pequeña patriota encantadora, y de pronunciar te-nie-e-en-te, no le hacía ninguna gracia. La voz llegó de nuevo.

—¡Solo tengo que hablar un momentito contigo sobre un caso de robo! ¡Es un asunto serio, pero no creo que deba preocuparte, ni a ti ni al te-nie-e-en-te Barnes! ¡Siempre que seas sincera conmigo! Porque tú no has hecho nada malo, ¿verdad? ¡Claro que no! —El sargento rio un poco más—. A menos que ser fulana sea malo. Huy, al final lo mismo resulta que sí que estás metida en líos. ¡Ja, ja! Pero seguro que encontramos alguna forma de arreglarlo, doncella Dora. ¡Sal aquí y charlemos un poco!

Cualquier duda que D pudiera albergar sobre si el sargento pretendía hacerle daño se desvaneció al instante.

Aturdida, se le ocurrió un plan estúpido: coger la escoba que estaba apoyada en la pared, ponerse detrás de la imprenta de espaldas al pasillo central de la galería, quedarse muy quieta y posar como la doncella de cera que los anteriores conservadores del museo habían olvidado incluir.

D se sacudió de encima esa disparatada idea antes de que su creciente pánico la llevara a ponerla en práctica. Fue a hurtadillas hasta la puerta trasera. Rozó con la falda la silla de la soldado. El controlador que había soltado cayó del regazo de la mujer y golpeó la madera del suelo con un ruido hueco y retumbante.

—¿Doncella Dora? —llegó la voz—. ¡Me parece que te oigo trastear por ahí! ¡No hace falta que recojas solo porque haya venido yo!

Al principio de la galería, a través del agujero del engranaje central, D vio la figura del sargento. El hombre levantó la mano y saludó meneando los dedos.

D abrió la puerta y salió a toda prisa.

Δ

El olor embistió contra ella, impactando en sus ojos, entrándole por la boca abierta al inhalar y atenazándole el estómago. D tuvo una arcada y fue a trompicones al lado derecho del jardín, hacia el seto que separaba su parcela del césped lateral de la Sociedad. Tropezó con el cubo que había dejado en el suelo y atravesó el emparrado de tomateras, partiendo la madera para caer cuan larga era. Sintió cómo reventaban los tomates bajo su blusa.

Se levantó a toda prisa, se quitó el tocado y lo arrojó hacia la pared de piedra que lindaba con la embajada. Llegó corriendo al seto y se internó en él, retorciéndose para pasar entre las enmarañadas ramas. Las puntas pinchudas le atraparon el pelo, el delantal y la falda, pero D se impulsó hacia delante, desgarrando tela, arrancando pelo. El sonido de las hojas crepitando y las ramas al combarse transmitía una espantosa hilaridad, como si el seto estuviera carcajeándose de ella mientras intentaba atravesarlo a manotazos.

D cruzó a gatas un último enredo de ramas. Salió a la hierba hasta los tobillos del jardín lateral de la Sociedad, se puso en pie y echó a andar mareada hacia la pared medio derruida del chamuscado edificio. La sangre palpitaba atronadora en su cabeza, pero aun así oyó que, al otro lado del seto, el pomo traqueteaba y la puerta se abría con un golpe seco.

D se pegó a la pared quemada y se apresuró a recorrerla en dirección a la calle.

—Doncella Dora, ¿qué está pasando? —dijo el sargento desde el otro lado del seto—. Vaya, qué lástima de tomates, todos machacados. Pero ¿hacia dónde has ido? Veo tu precioso tocado por esa parte, pero…

Con tres cuartas partes de la pared recorridas, D oyó que el sargento atravesaba el seto. Al llegar a la esquina del maltrecho edificio, giró a la izquierda y siguió junto a la pared, alejándose del museo, dirigiéndose al marco vacío que había sostenido la puerta delantera de la Sociedad. El pitido de su respiración, que sonaba como el tubo más agudo de algún enfermizo órgano, enfureció a D. Corrió más deprisa.

Después de cruzar el umbral, trepó a uno de los montones de escombros que había en el centro. Se alzaba en irregulares picos y olas de ladrillo roto y madera partida. Por delante de ella, sobre la pequeña y escabrosa plataforma que era todo lo que quedaba del primer piso del edificio, estaba el gato blanco que había visto en otras ocasiones. Se afilaba las garras con toda la calma del mundo en el marco de la puerta del Vestíbulo, dejando pálidos arañazos de madera cruda en la superficie carbonizada, ajeno a los sufrimientos de D.

—Sé que solo estás gastándome una broma, doncella Dora, y las bromas me encantan, ¡pero el robo y la prostitución no tienen nada de gracioso! —La voz sonaba más cerca, llegando por la pared que daba al museo—. Es una grosería hacer que un hombre tenga que andar tanto cuando intenta proteger las propiedades públicas.

Los fragmentos se movieron bajo sus pies mientras D subía ayudándose con las manos. Estiró un brazo, se agarró y un puñado de papeles ennegrecidos se deshicieron en polvo entre sus dedos. Resbaló montículo abajo y, de inmediato, D se levantó y retomó el ascenso. No iba a dejar que ese cerdo risueño la matara.

El rectángulo chamuscado que era el Vestíbulo se alzaba en su pequeña isla de suelo unos pocos metros a la derecha. En lugar de seguir trepando, D avanzó de lado sobre una repisa de escombros apilados, tratando de llegar a un valle hundido entre secciones del montículo. Lo cruzó agachada y subió por una rampa de sedimentos sueltos que llegaba hasta el umbral del Vestíbulo. El rostro inescrutable del gato bajó la mirada hacia ella desde el borde. D agarró una parte de suelo que sobresalía y se aupó. Trastabillando, pasó junto al gato y entró en la cavernosa oscuridad del Vestíbulo.

Δ

Sin apartarse de la pared izquierda del Vestíbulo de Simon el Gentil, D se movió muy despacio hasta la esquina trasera, donde sería más difícil verla desde el ángulo de las ocho en punto que tenía su perseguidor en la amplia entrada de la Sociedad. Sin embargo, se había metido en el escondrijo más evidente, en la única estructura más o menos intacta que quedaba en el edificio derrumbado. O tenía mucha suerte o el sargento llegaría hasta allí, y la encontraría, y entonces D estaría atrapada allí dentro con él.

—Muy hábil lo de tirar el tocado al suelo, ¿eh?, pero creo que te he oído cruzar el seto. —El sargento había entrado ya en el cascarón del edificio y su voz llegaba sin obstáculos—. ¡No seas grosera, doncella Dora! ¡Baja aquí! No estoy enfadado. —Se oyeron tintineos, roces y gruñidos mientras Van Goor iniciaba su ascenso por los escombros—. ¡Pero igual me cabreo si este jueguecito se alarga demasiado!

Los armarios de conjurador tenían paredes falsas. ¿Cómo si no se explicaban los trucos de desaparición? Esa era su única esperanza.

Las palabras del alegre desconocido en su destellante chaleco dorado que le había enseñado la Sociedad quince años antes regresaron nítidas a la mente de D: «El conjurador te narra un relato inverosímil y luego te demuestra que es verídico. Parecido al hurto, pero lo que roba un conjurador es la fe, y el hombre que hacía trucos en este escenario era el delincuente más maravilloso que puedas imaginarte». Luego ella lo había llamado «un hombre gracioso gracioso», y Ambrose había dicho: «Bastante bastante», y los dos habían tenido que contener la risa para no despertar a sus padres. Apenas unas semanas después, unos hombres habían envuelto a su precioso hermano en sus propias sábanas y se lo habían llevado a un carromato para incinerarlo. D pasó la palma de las manos por la madera mientras recorría la pared. El polvo crujía con suavidad bajo sus zapatos en el suelo del armario.

Lo profunda que era la oscuridad del Vestíbulo tenía confundida a D. La luz vespertina parecía crepitar en los bordes del marco de la puerta, incapaz de cruzarlo, y dentro del umbral era como si fuese noche cerrada, tan densa que D no se veía la mano, ni mucho menos la pared que estaba tocando.

—¿Crees que vendrá tu teniente Barnes? Porque no es así. He visto cómo se iba. A decir verdad, es muy posible que yo estuviera esperando fuera a que se marchara.

Los dedos de D encontraron un saliente que tenía tres lados, un triángulo. Lo apretó, pero no cedió en absoluto. No era un botón, solo una talla. Muy cerca había otro triángulo en relieve, y otro, y otro. D los apretó todos uno tras otro y comprobó que eran sólidos. De algún modo, el pitido de su respiración había hallado un registro más agudo.

—Pero seguro que vendrá más tarde, ¡y menuda sorpresa más divertida va a llevarse! Ya te digo que me gustan las bromas, pero soy un poco selectivo sobre quién puede hacerlas.

Luz, D necesitaba luz para ver qué triángulo era el botón, el que abría la puerta secreta que tenía que haber. Metió la mano en el bolsillo del delantal buscando cerillas, y la fina punta de la minúscula broca de taladro —Δ PARA TOMAR MUESTRAS DE METEORITOS PEQUEÑOS Δ— que se había guardado para quitarle el óxido se le clavó en la carne entre el índice y el pulgar. D se mordió el labio mientras apartaba la mano de golpe, sintiendo manar la cálida sangre por su palma, mientras un vientecillo que sopló desde el fondo del Vestíbulo le movía la falda hecha jirones.

Δ

D llegó al final del largo Vestíbulo y abrió una puerta que daba a un día estival.

Unas flores silvestres de color violeta recubrían una sucesión de tres colinas, cada una más alta que la anterior. Unas nubes de lana recién esquilada parecían adheridas al cielo azul. Se olía el mar en el aire y corría una brisa azucarada, parlanchina. Oyó un tenue maullido y unas zarpas de gato rascando una puerta.

D miró hacia atrás. La puerta por la que había llegado estaba de pie en la hierba. Ras, ras, ras, miau.

¿Cómo era la historia que contaban los creyentes? Había un árbol en el desierto, y un gato negro… que rascaba el árbol igual que el gato blanco rascaba el marco chamuscado, y eso…, eso era lo que le mostraba el camino a la chica perdida…

D dio un paso hacia la puerta, para abrirla y dejar entrar —¿o salir?— al gato, pero la brisa le susurró a través de los pelillos de la nuca e hizo que volviera la cabeza.

Había una ventana flotando en el aire. D vio su reflejo en el cristal. Estaba emborronado, como hecho de pintura, y D comprendió que en aquel lugar podía verse a sí misma como ella quisiera.

El borrón se concretó en la imagen de la mujer más bella que D hubiera visto jamás, la actriz de mejillas rosadas que aparecía en un cartel de teatro que la Nana le había señalado cuando era niña. «Es Lorena Skye —le había dicho la Nana—. Con un nombre como ese, ¿qué otro aspecto iba a tener?». D se vio a sí misma sonriendo serena como la hermosa gemela de Lorena, pero notaba que aún estaba resollando, y no quería tener la cara de ninguna otra persona.

La pareja que había visto en la imagen en movimiento llevaba sobre los ojos unas vendas con ojos pintados. D se pasó la mano por la cara. Sintió que se quitaba algo, mucho más ligero y fino que una venda, y el mundo cambió.

Donde habían estado las tres colinas de suave pendiente, las lunas vertían una vibrante y decadente luz amarilla sobre tres altísimas columnas, grande, enorme y colosal, y la sombra de las piedras se deformaba a lo largo de una meseta rocosa. Un sendero, iluminado a intervalos por resplandecientes orbes, llevaba hacia abajo.

La ventana resultó ser una guillotina. Bajo su hoja había una cesta de mimbre. A su lado, D vio a una anciana sentada en un taburete. El pelo blanco le caía hasta el suelo, y contemplaba a D con ojos somnolientos. En la mano llevaba una gigantesca y brillante aguja enhebrada con cordel negro. Tatuado en su frente había un triángulo de color rojo oscuro.

# El buen trabajador

Pobre cabestro harapiento», había pensado Van Goor mientras miraba de arriba abajo al corpulento barbudo de la camisa y el pantalón andrajosos que estaba delante de su mesa, junto al tigre de piedra en la plaza a la luz del mediodía, sosteniendo un sombrero que era casi todo agujeros contra su pecho.

—¿Te envía el teniente Barnes?

—Es como me dijo que se llamaba, señor —dijo el hombre—. Y que, si busco trabajo, tenía que hablar con usted. Soy buen trabajador, señor. Puedo hacer cualquier faena, por muy sucia que sea. Solo quiero ganarme el pan.

—¿Sabes que no es un teniente de verdad? —Van Goor reconocía que el joven voluntario tenía huevos, eso sí, presentándose allí esa misma mañana y solicitando un edificio entero como regalo para su polvo favorito, pero no era un soldado, dijeran lo que dijeran—. Los brazaletes verdes esos que llevan los chavales de la universidad son solo pedazos de tela. —Se dio un golpecito en la insignia de sargento cosida al bolsillo del pecho—. Lo auténtico es esto.

—Sí, señor. —El cochambroso gigante asintió—. Soy buen trabajador, señor. Me esforzaré más que nadie.

—Eso dices, pero, por lo que he visto, lo único que sabes hacer es dar un montón de sombra. A ver, ¿qué tendría que darte?

—Soy buen trabajador, señor —dijo el hombre, y compuso

una roja sonrisita, una resplandeciente veta en la maraña negra de su barba.

—Ya van tres veces que lo dices.

El hombre parpadeó. Era un zopenco de mucho cuidado. Pero no pasaba nada. Todo ejército necesitaba su buena dotación de zopencos.

Van Goor gruñó y cogió un fajo de documentos, solicitudes de personal para distintos puestos. Los hojeó, echando algún vistazo de vez en cuando a la inmensa figura, considerando su impresionante magnitud. Le preguntó si sabía leer y escribir, esperando que dijera que no. Pero el hombre respondió que sí.

Se sacó un papel del bolsillo, lo desdobló y se lo ofreció a Van Goor.

—Esto es un poema que he escrito.

El sargento lo cogió. Leyó el título en la parte de arriba: *Alma de las almas*. Sus primeros versos rezaban: «Tú eres el alma de las almas ahora, querida mía, el corazón de todos los corazones, querida mía». Van Goor se quedó impresionado.

—Precioso —dijo.

Aquel tipo parecería un enorme montón de mierda, pero las palabras eran buenas. Un universitario como Barnes no podría haberlas escrito mejores. El poema estaba firmado por Anthony.

—Muy bien, Anthony, esto es lo que vamos a hacer contigo.

El sargento le devolvió el papel y le dijo que fuese a que le dieran un uniforme y después se desplazara a una dirección de la avenida Legado, una embajada abandonada, donde debía prepararse para tomar notas.

Van Goor le iría enviando a sirvientes y empleados de baja categoría que habían trabajado para el antiguo régimen, y Anthony debería entrevistarse con ellos. Ya tenían a profesionales para interrogar a los prisioneros capturados, pero necesitaban a alguien que hablara con esos asociados menores de la Corona, y en la plaza ya había bastante gente dando vueltas de un lado para otro. Esa embajada particular que le estaba asignando pertenecía a un país con el que el Gobierno Provisional no tenía mucha prisa por entablar relaciones diplomáticas, así que podía ponerse cómodo.

—Primero, te apuntas el nombre —dijo Van Goor—. Luego charláis un poco. Pones cara seria y les sueltas: «Cuéntame todo lo que sepas sobre los avariciosos esos para los que trabajabas, y cualquier otra cosa que pueda interesarme, quiero saberlo todo». Y escribes lo que te digan. Cuando termines, te libras de ellos y me envías un informe con tus conclusiones. ¿Crees que podrás?

El tal Anthony dijo que podría. Era capaz de charlar un poco con ellos. Era buen trabajador.

Eso había ocurrido tres semanas antes.

Δ

Ya era de noche cuando el sargento Van Goor se rindió. Llevaba más de una hora buscando entre las ruinas. La doncella no estaba allí, ni detrás de ningún montón de escombros, ni en el armario quemado, ni escondida bajo una capa de ceniza. Van Goor recogió un pedazo de ladrillo fundido, se lo arrojó a un gato blanco que estaba subido a la repisa que quedaba de una primera planta, y gritó frustrado. El ladrillo pasó por encima del gato y dio en la oscuridad con un golpe sordo. Por su parte, el gato ni siquiera se movió: se quedó allí tranquilamente, observándolo con sus brillantes ojos azules. Por cómo lo miraba, a Van Goor medio se le pasó por la cabeza que la fulana se las había ingeniado para transformarse en él, pero eso eran idioteces de paletos. Le dijo al animal que no iba a desperdiciar una bala y salió hecho una furia por el marco vacío de la puerta.

Antes de salir al pequeño huerto trasero del museo, el sargento había estado convencido de oírla atravesar el seto, pero en esos momentos le vino a la mente el tocado que había en el suelo. Estaba cerca de la pared que separaba el patio del siguiente edificio, una antigua embajada de la avenida Legado.

En vez de volver reptando otra vez entre el follaje como una puta culebra, Van Goor cruzó la hierba descuidada que crecía delante de las ruinas hasta la calle y se dirigió a la esquina de Pequeño Acervo con Legado. Si la doncella no estaba en la antigua embajada a la que pertenecía el patio, siempre podía usar el rotófono del edificio para llamar a la centralita del Tribunal de la Magistratura y que le enviaran refuerzos. Con media docena de hombres y un par de perros, registrarían el bloque entero y darían con ella antes del amanecer.

Van Goor sopesó sus siguientes pasos. Se llevaría a la doncella para interrogarla y, al doblar la esquina, ella intentaría quitarle el arma y el sargento tendría que dispararle en defensa propia. Aunque no iba a ser tan satisfactorio como su plan original, el resultado sería el mismo, una valiosa lección para el «teniente»: si eres un capullo grosero, alguien puede perder los estribos y cargarse a tu puta. Y quién sabe, si Barnes aprendía la lección, quizá podrían dejar ahí el asunto.

El fuego de su ira había consumido muy deprisa las pocas energías que le quedaban, dejándolo meramente resentido. Si antes ya estaba cansado, se notaba exhausto. Visto en retrospectiva, no tenía nada claro que hubiera sido capaz de darle a esa zorra la clase de trato que había pretendido. Mientras los tenientes Barnes del mundo siguieran revoloteando por ahí, los hombres con verdaderas responsabilidades no conocerían el descanso. Nada más terminara de ocuparse de la doncella, lo aguardaba ya su siguiente tarea. Por la mañana tenía que bajar al centro y ocuparse del ladrón que se había llevado el puto sombrero ridículo del tranviero imbécil aquel y, ya que estaba, despejar de ratas la madriguera del mercado negro en los Posos donde al parecer se escondía dicho ladrón.

En opinión del sargento, aquello era actuar con más firmeza de la necesaria, o incluso de la que era prudente, teniendo en cuenta lo inquieto que estaba todo el mundo con el bloqueo que los tenía sin trabajo y provocaba tanta escasez, pero Crossley había dejado muy claro que quería que se diese ejemplo.

«¿No dicen que quieren alguaciles que mantengan el orden? Pues vamos a enseñarles lo bien que sabemos hacerlo. Vamos a enseñarles lo que les pasa a quienes se aprovechan», había explicado el general a Van Goor al respecto de aquella orden, para luego añadir que también iba a enviar a un par de reporteros para informar de la redada en prensa y que la noticia corriera a lo largo y ancho de la ciudad.

Crossley era un tipo frío, frío como un pez. Costaba imaginárselo respirando fuerte siquiera. Siempre estaba mirando su papelito especial. Lo llevaba en el bolsillo y lo consultaba como otros hombres consultaban el reloj. Van Goor había estado detrás de él una vez que lo sacó y había podido echarle un vistazo. No tenía escritas letras que Van Goor reconociese, solo dibujitos de serpientes y relojes y triángulos, todos hechos en tinta roja. ¿Qué sería aquello? ¿Una especie de talismán? ¿Alguna clase de código? No hacía que Van Goor dudase del general, solo era extraño.

El sargento dobló la esquina de Legado hacia la derecha. Desenfundó la pistola, dispuesto a volar de un tiro la cerradura de la embajada desierta.

El aire pútrido que rodeaba aquel lugar no se parecía a nada que Van Goor hubiera respirado jamás, un olor a carne y a mierda y a descomposición y a acidez. Hizo que le saltaran lágrimas de los ojos por el picor. Si podía compararse con algo, era con el hedor de un campo de batalla, pero en ningún campo de batalla en el que hubiera estado Van Goor —y había estado en unos cuantos— había una peste tan intensa.

Al llegar a los peldaños de la embajada, Van Goor se detuvo de golpe al ver los números blancos clavados en el dintel: 76.

Un momento, un momento…, ¡él conocía esa dirección! La había escrito dos docenas de veces como mínimo, para los distintos hombres y mujeres que acudían a su mesa de la plaza. Avenida Legado, 76. Era donde había puesto a aquel patán gigantesco, Anthony se llamaba, para que tomase declaración a los empleados monárquicos de baja categoría que iban apareciendo.

Eso sin duda facilitaría las cosas. Anthony podría ayudarlo a buscar a la mujer. Van Goor enfundó la pistola.

Subió los escalones y llamó a la puerta barnizada.

Mientras esperaba, Van Goor respiró a través de los dientes y repasó sus recuerdos de Anthony. Cayó en la cuenta de que, aunque él había estado enviándole con regularidad a funcionarios menores y empleados del anterior gobierno para que los entrevistara, no había tenido respuesta alguna de aquel hombre ni recibido ningún informe suyo.

La puerta se abrió y salió una ráfaga de aire tan hediondo que Van Goor dio un respingo y reculó.

Anthony estaba descalzo, vestido solo con sus pantalones de uniforme, y el pelaje de su pecho centelleaba de humedad. Van Goor supuso que lo habría despertado al llamar. Que se jodiera.

—¿Sargento?

Van Goor pasó, casi empujando al zoquete, a una pequeña sala de estar iluminada por una única bombilla en un aplique, que hacía poco más que señalar la forma de unas pocas butacas, una mesa baja, una chimenea, un escritorio y la puerta a la siguiente estancia.

—Busco a una mujer —dijo el sargento sin preámbulos—. Se instaló hace un tiempo en el edificio de atrás. Es una saboteadora, muy peligrosa. He venido para detenerla e interrogarla, pero ha escapado. Es posible que haya venido aquí por la parte de atrás. ¿La has visto?

—No —respondió Anthony—. Estaba aquí mismo, recogiendo. No ha venido por detrás, señor.

—¿Seguro?

—Sí, señor —dijo Anthony—. ¿Le apetece un café bien dulce, señor?

—¿Dónde tienes el rotófono? ¿Y qué está pasando aquí? Hay una peste a mierda que tira para atrás.

La mirada de Van Goor se posó en el escritorio de la esquina, situado bajo un cuadro de lo que, en aquella penumbra, solo alcanzó a distinguir como un ave. En el escritorio había un rotófono.

Van Goor fue hasta él, levantó la taza y escuchó. El denso hedor hizo que tosiera. Se tapó la boca con la manga y siguió hablándole a Anthony a través de la tela.

—Vamos a traer unos hombres y perros para encontrarla. Con un poco de suerte, delatará a sus compinches a cambio de clemencia. Creo que, si hablo a solas con ella, podré convencerla. En serio, ¿qué es ese olor? Resulta asqueroso.

—¿Qué tal un poco de café dulce, señor? —preguntó Anthony de nuevo.

Van Goor bajó el brazo y miró a Anthony, que había cerrado la puerta de la calle y se había puesto en el centro de la sala. Sus largos brazos colgaban a ambos lados y su sudoroso pecho de simio brillaba.

—¡Que no quiero café dulce, cojones! Lo que igual me hace falta es un puto cubo, eso sí. ¡Abre la puerta otra vez para que circule el aire, hombre! ¿Es que estás tonto? ¿Se ha desbordado la alcantarilla en algún sitio? ¿Por qué no has traído a nadie que lo arregle? Aunque no la desatasquen en el momento, pueden echarle cal para que no apeste tanto. No sé cómo lo soportas. ¿No tienes olfato?

—Al final ya ni te das cuenta —dijo el hombre y, en tono pensativo, preguntó—: ¿Cal?

—¡Cal, sí! ¡Porque aquí huele como un matadero en agosto! —Que Van Goor recordara, ese hombre le había parecido bastante capaz, y hasta había escrito aquel poema tan impresionante sobre las almas, pero resultaba evidente que se había equivocado con él. Era más tonto que hecho a encargo. Lo ponía a uno furioso—. ¿Se puede saber qué has estado haciendo? ¿Entrevistaste a la gente que te envié o solo te los quedas mirando hasta que se marchan? ¿Dónde están los informes que tenías que mandarme?

—Voy a ponerle un café bien dulce, señor —dijo el hombre.

Van Goor movió un brazo en gesto de desdén. No había manera. No podía hablar con aquel subnormal, prestar atención al rotófono y concentrarse en no ahogarse con aquellos vapores al mismo tiempo.

Seguía sin llegar sonido desde la taza. Se agachó para seguir el cable que salía de detrás del rotófono y se perdía en la oscuridad detrás del escritorio. Van Goor levantó el cable y descubrió que terminaba en un corte limpio.

Δ

Por motivos de seguridad, Anthony —aunque no se llamaba así— había empleado unas tijeras de podar para cercenarlo. Una joven niñera que había trabajado para la familia de un magistrado lo había sorprendido al tirar el café con somnífero y abalanzarse hacia el rotófono. El hombre que en realidad no se llamaba Anthony la detuvo sin problemas, pero el acto fue una advertencia que tuvo en cuenta, y cortó el cable.

Después le hizo a la niñera una entrevista particularmente concienzuda, durante la que la mujer se lo contó todo, hasta el último secreto que había guardado jamás, hasta la última esperanza que había albergado jamás.

—¿Y cree que ella la amaba también? —le preguntó casi al final. Ya habían dejado muy atrás su conocimiento sobre los asuntos del magistrado. De hecho, la niñera solo había hablado con él una vez, porque el juez no se involucraba con los niños más pequeños y, de hecho, ni siquiera sabía distinguir a los gemelos. Llevaban un tiempo hablando del yo más profundo de la niñera y acababan de pasar al asunto de un idilio que había mantenido con otra empleada de la casa, una cocinera—. Quiero la verdad, señorita.

El párpado que aún conservaba la niñera tembló, y la mujer soltó aire con un tenue silbido.

—No... Creo que no...

Parecía sincera, pero la gente podía ser muy inconstante. Si uno quería llegar al fondo del asunto, no debía aceptar su palabra sin más.

—¿Comprende, señorita, que es muy posible que en algún momento ella termine donde está usted ahora y pueda confirmarlo o negarlo?

Los labios de la niñera se curvaron en una minúscula sonrisa.

—Sí —dijo—. Oh, sí... Eso espero...

El-hombre-que-no-era-Anthony también lo esperaba.

El-hombre-que-no-era-Anthony siempre se había sentido apartado del resto. Conocer a gente era interesante. Ya empezaban a tener sentido para él. Se le parecían más de lo que había esperado.

El sargento Van Goor había erguido la espalda junto al escritorio y sostenía el cable flácido en una mano. Era un hombre menudo pero fuerte, con la nariz torcida y un inflado gesto arisco. Al Hombre-que-no-era-Anthony le recordaba a un perro de pelea.

—¿Por qué no me has dicho que está cortado, puto inútil? ¿Esa zorra salvaje anda suelta y tú aquí, haciéndome perder el tiempo? ¿Ya estaba así?

—Señor... —empezó a decir él.

—¿O lo cortaste tú, gilipollas peludo? ¿Por qué? —El sargento tiró el cable a un lado—. ¿A qué te dedicas aquí? ¿Esta peste es por algo que has hecho? ¿Dónde están mis informes?

Avanzó un paso adelante y le dio un manotazo al Hombre-que-no-era-Anthony en la húmeda maraña de pelos del pecho. El hombre grande bajó la mirada hacia el pequeño, mientras el pequeño contemplaba su propia mano, hundida en los rizos que la luz del aplique acababa de revelarle que estaban empapados de sangre.

Van Goor dio un paso atrás, pero El-hombre-que-no-era-Anthony se sacó su larga tenaza de la parte trasera del cinturón y le asestó un golpe al sargento en la sien izquierda. El impacto envió al hombre más pequeño trastabillando de espaldas hasta una silla, que derribó al caer. El sargento se puso a cuatro patas al instante, gateó a ciegas y dio de cabeza contra la pared, plom. Se desplomó de lado y El-hombre-que-no-era-Anthony vio que la tenaza le había abierto el cuero cabelludo hasta el hueso: la herida parecía un pedazo de baldosa blanca con filigrana. Van Goor se retorció y quedó bocarriba. Tenía una expresión ebria, los ojos desenfocados, la lengua saliéndole por la comisura de la boca. Pero su mano derecha había encontrado la culata de la pistola que llevaba al cinto y la sacó de su funda. El-hombre-que-no-era-Anthony descargó la tenaza de nuevo, le rompió tres dedos a Van Goor y, de paso, hizo añicos también la culata del arma. El sargento chilló, levantó la mano izquierda, agarró la entrepierna del Hombre-que-no-era-Anthony y estrujó. El-hombre-que-no-era-Anthony dio un respingo, descargó la tenaza de nuevo y le partió el antebrazo izquierdo a Van Goor, dejándolo con forma de V y liberando la presión.

El-hombre-que-no-era-Anthony trastabilló y tuvo que apoyarse en la pared. Inhaló una bocanada de aire y vomitó en la alfombra de la embajada. Había pasado mucho tiempo desde la última vez que alguien le hizo daño. No le importaba. Todo parecía más brillante.

En el suelo, Van Goor estaba hiperventilando. Tenía los brazos maltrechos extendidos a ambos lados. Una astilla de la culata de madera había terminado pegada a la sangre y el sudor que cubrían la frente del sargento.

—¿Por… qué? —preguntó.

—Porque necesito saber lo que usted sabe —respondió el otro hombre, respirando despacio, sintiendo que la esquirla de hielo que conectaba sus testículos con su estómago se hinchaba y remitía—. No habré acabado con usted hasta que me lo cuente todo.

Y cumplió su palabra, aunque pasó muchísimo tiempo antes de que terminaran. Para cuando Van Goor le hubo contado todo lo que sabía —sobre el inestable Gobierno Provisional, sobre la situación bloqueada en la Gran Carretera, sobre la ansiedad de la población, sobre la leyenda del Barco Morgue que navegaba por el mar y el cielo y lo de en medio, sobre la joven doncella del museo y su amante el teniente, sobre dónde obtener grandes cantidades de cal—, y para cuando le hubo dado cuenta de sus muchos delitos —las transgresiones y las crueldades, las indecencias y los estragos—, ya era un nuevo día. Solo entonces, con suma educación, su interlocutor le rajó el cuello al sargento.

# PARTE III

# LA CONSERVADORA

*El Encantador navegaba con las almas condenadas
y la capacidad de su navío no conocía límite.*

# Gato callejero

El hermano de D se había inventado un juego al que llamaban «gato callejero». Consistía en esperar en algún sitio oscuro, por ejemplo detrás de una puerta, y luego, cuando pasaba su madre, su padre o la Nana, salir de un salto y darle manotazos en las piernas. Si chillaba, eras un buen gato callejero.

Δ

La doncella de alguien, perteneciente a la clase baja, había visto a Ambrose en los Posos una tarde. Él lo negaba, pero su madre no lo creyó. A su padre le daba igual. D oyó al matrimonio discutir por el asunto.

—¿Qué más da que haya ido una vez? Los chicos tienen que explorar —dijo él.

El padre de D trabajaba en un banco. Prefería que no lo incordiaran. La única vez que había jugado a algo con D fue a un juego inventado por él mismo, llamado «la pilluela».

Para jugar a la pilluela, D cogía el periódico de la mesa del recibidor, se lo llevaba y decía: «Aquí tiene, señor». Entonces su padre le apretaba el pulgar en la palma abierta, fuerte, como si quisiera dejar marca, y respondía: «Buena chica, toma un penique». El juego había sido más o menos entretenido la primera vez que probaron, pero no tenía más que eso. Una vez su padre estaba en posesión del periódico, ella tenía que marcharse y estar calladita como una buena chica.

—Ahora déjame que le lleve el periódico a alguien más, padre —le propuso una vez.

—Solo si me devuelves el penique —repuso él, con una risita detrás de su periódico levantado.

Su madre tenía, en muchos aspectos, incluso más desapego que él. Solía estar ocupada con compromisos, como ir de compras o salir a comer o a conciertos. Algunos días D solo la veía a la hora de irse a dormir, cuando iba a darle un ligero beso después de que la Nana la metiera en la cama. «Esa es mi niña, y ahora, a soñar», declaraba antes de volver deprisa al pasillo y cerrar la puerta de D, dejando un olorcillo a perfume de lavanda en el oscuro dormitorio.

Pero el rumor sobre Ambrose sí que alteró a su madre. Fue como aquella vez en que había distinguido una arruguita en el papel de pared del comedor. No había sido capaz de comer, de tanto que la mirada se le iba hacia allí. Al final, su padre ordenó a la doncella que se pusiera delante para que su esposa lograra dar unos bocados, y a primera hora de la mañana siguiente llegó un hombre para reponer el papel.

—¿Qué estaba haciendo Ambrose allí abajo? —le preguntó su madre a D mientras le daba un tirón con el cepillo en un enredo del pelo.

Por primera vez que ella recordase, su madre le había dicho a la Nana que se fuera después del baño y había entrado para ocuparse de su hija en persona.

—No fue allí abajo —respondió D.

En realidad, tenía la corazonada de que era muy posible que su hermano hubiese ido a los Posos: desde luego, iba a la Sociedad por las tardes, así que ¿por qué no a otros sitios? Pero no se lo dijo a su madre. Confiaba en que, si era leal y lo negaba, Ambrose se lo contaría más adelante.

—A veces los chicos tienen pensamientos malos —dijo su madre.

Las chicas también tenían pensamientos malos. D se había imaginado a su hermano dándoles una paliza a los chicos que la habían molestado con la pala de ceniza y no le dio ni un poquito de tristeza. En realidad, la puso contenta. Pero eso no iba a entenderlo su madre. Quería que D fuese recta como el papel de pared.

—Y si actúas siguiendo un mal pensamiento —prosiguió su madre— y haces algo malo, es como una mancha. Algunas manchas se limpian, pero la mayoría no. Los Posos están llenos de gente que tuvo malos pensamientos y se manchó. Por eso tienen que vivir ahí abajo, entre tanta porquería. —Pasó el cepillo y a D le pareció notar cómo se le separaba el cuero cabelludo del cráneo, pero se mordió el labio y se quedó quieta—. Nadie quiere a una chica manchada, eso te lo garantizo, Dora.

—¿Y tú la ves? ¿La mancha?

—A veces —dijo su madre, bajando la voz a un susurro—. Pero no parece una mancha. Son como bultos. Te pones enferma y entonces lo ve todo el mundo.

Δ

Ambrose estaba molesto. D se lo había contado todo sobre las sospechas de su madre. Era de noche y el resto de la casa dormía.

—Cree que voy a pillar la sífilis —dijo, sentado al borde de la cama de su hermana.

—Sí que vas a los Posos, ¿verdad?

—Mis viajes me llevan por toda la ciudad.

—¿Y vas a pillar la sífilis?

—No.

—¿Qué es la sífilis, Ambrose?

—Nada, solo otra cosa que puede matarte. Más te vale preocuparte de que un ladrón te apuñale o de pillar el cólera.

D sí que sabía lo que era el cólera. Si en la puerta ves un guante, mejor sigue adelante; si el agua que bebes no es pura, será tu Día de Botadura.

—La mayoría de la gente es muy crédula —dijo Ambrose—. Es un instinto de supervivencia. Porque no son fuertes como nosotros. Lo que nuestra madre no entiende es que, para querer saber cosas, es de las personas más estúpidas que existen, porque no está capacitada para conocer toda la verdad.

—¿Y yo? —preguntó D—. ¿Yo estoy capacitada para conocer toda la verdad?

Estaba demasiado oscuro para ver la sonrisa de conejo, pero D la oyó en su voz.

—De momento, puede que media verdad. Hay fuerzas increíbles ahí fuera, D. Fuerzas que, si aprendiéramos a controlarlas, nos concederían poder sobre todas las cosas. El poder de parar las guerras, el poder de hacer que haya suficiente para todo el mundo. El poder de ver el futuro y evitar todas las trampas que puedan estar esperándonos. Hasta poder sobre la muerte. Poder para salvar el mundo. El poder de abandonar este mundo por completo. Ahora no puedo decirte más. Cuando seas mayor.

Después de que su hermano le deseara felices sueños y saliera, D se quedó preocupada por si Ambrose se escabullía en la noche y se iba a vivir con sus amigos de la Sociedad para la Investigación Psíkica, a leer libros bajo aquel móvil gigante del universo, a comer junto a la enorme chimenea, a hacer lo que fuese que se hacía cuando intentabas aprender a controlar las increíbles fuerzas que podían salvar el mundo… y entonces se olvidaba de ella. D iba a tener que seguirlo. Lo que la asustaba, sin embargo, era que quizá llegase por el sendero a aquel edificio tan bonito de alegre ladrillo rojo, llamase a la puerta roja del triángulo plateado y, en esa ocasión, no saliera nadie a abrir. Que la dejaran fuera. Pero tenían que permitirle el paso. Allá donde fuese él, ella tenía que poder ir también. Sin su hermano, no tenía ni siquiera nombre.

Δ

Unos días después Ambrose le preguntó si quería acompañarlo a hacer un recado. D quería, pues claro que quería.

No había nadie que pudiera saberlo. Su madre había salido de compras y su padre estaba en el trabajo. La Nana había tomado demasiada medicina y se había puesto mala y, tal como sugirió el hombre gracioso gracioso que había hablado con D en la Sociedad para la Investigación Psíkica, Ambrose le había dado más medicina.

La Nana mejoró, pero se había tumbado a descansar un poco y se había quedado profundamente dormida.

Recorrieron toda la línea del tranvía, hasta una parada cerca del Puente Sur del Bello. A medida que el vehículo avanzaba, los pasajeros mejor vestidos, como ellos, iban bajando y los reemplazaban otros pasajeros con ropa más vieja y menos elegante. El aire que entraba por las ventanillas abiertas empezó a oler a humo y a pescado. D se balanceaba con cada frenada y giro del tranvía, sentada en el banco al lado de Ambrose. Las mujeres del tranvía llevaban bolsas de mimbre, y la punta de sus zapatos sobresalía del embarrado dobladillo de sus faldas. Un hombre sin afeitar, que tenía el labio agrietado y costroso y llevaba un sombrero con una pluma rota de águila colgando de la banda, le guiñó el ojo a D. Tenía una hilera de ampollas de color rojo claro que empezaba en el rabillo del ojo y se le curvaba en torno a la ceja. A D le costó dejar de mirarlo, pero desvió los ojos a las vistas de fuera: un gato de pelaje a rayas sentado en un alféizar, un hombre echando tierra con una pala, un gato negro contoneándose por la cornisa de un tejado, una mujer apaleando una alfombra, un gato de pecho blanco acurrucado delante de una puerta con un guante negro metido bajo la aldaba. Caray, nadie le había dicho que hubiera tantos gatos bonitos en esa parte de la ciudad.

Entretanto, la sensación del guiño que le había hecho aquel desconocido era como si una mosca se hubiera posado en el brazo desnudo de D y no hubiera manera de quitársela. Sentía que ese hombre aún estaba observándola.

Cuando bajaron del tranvía, el desconocido de la pluma rota se apeó también y les graznó:

—Eh, tú, colegial, ¿la llevas para vendérsela a alguien?

Ambrose agarró el brazo de D y la alejó.

—¡Que es broma, hombre! —gritó el hombre—. Combatí con Mangilsworth, ¿sabes? ¿Un penique para un viejo soldado?

El hermano de D se inclinó hacia ella y susurró:

—No le hagas caso a ese tipo raro. Habrá muerto de sífilis dentro de un mes o dos. —Enderezándose, añadió—: Escucha, seguro que te has estado preguntando si les hice algo a esos chicos que se portaron mal aquel día, cuando volví a salir con la pala de ceniza. Supongo que habrás decidido que sí.

—Sí.

—Bien. Por tanto, sabes que estás a salvo conmigo y no tienes que asustarte.

D estaba asustada de todos modos, pero asintió. Si reconocía que tenía miedo, Ambrose no se la llevaría con él la próxima vez, y podría acabar yéndose a vivir a la Sociedad y dejarla atrás para siempre.

Recorrieron varias manzanas cuesta abajo y entraron en un barrio de edificios apiñados donde la calle era solo un camino de tablones puestos de cuatro en cuatro. D sabía que estaban más o menos al nivel del río, porque bajo los tablones había un agua marrón y espumosa que lamía los cimientos de las casas. Un moho negro parecía chamuscar las puertas hasta la altura del pomo. Los edificios en sí estaban hechos de listones y todos se inclinaban perceptiblemente hacia la izquierda, como si quisieran alejarse de algo.

Y lo más importante, había docenas y docenas de gatos. Escrutaban desde detrás de las ventanas, desde los aleros de los tejados, desde las escasas ramas de los pocos árboles hambrientos de sol, desde encima de las torcidas vallas, desde los portales de las casas, desde los irregulares huecos entre edificios, desde encima de barriles rotos y cajones rotos. A D le dio la sensación de que habría más —cientos y cientos, muchísimos más de los que había visto desde el tranvía— recorriendo los tortuosos pasillos y las habitaciones de los edificios ladeados, calentitos y silenciosos y despiertos.

—En estos sitios, la gente más ignorante les reza —dijo Ambrose en voz baja, al fijarse en que D miraba a los animales. Había un matiz desdeñoso en su tono y D tuvo la sensación de que estaba recitando algo que había aprendido, supuso que de sus amigos de la Sociedad. Recordó que el hombre alegre no había aprobado el aprecio del conjurador por la lanosa gata blanca que vivía en el hotel—. Por eso hay tantos.

D quiso preguntarle qué tenía eso de malo —a ella los gatos la intrigaban; sería interesante pasar un rato siguiéndolos para ver qué hacían, adónde iban; se les notaba que guardaban secretos dignos de conocerse—, pero tuvo que correr para no quedarse atrás cuando su hermano apretó el paso al internarse en el pantanoso vecindario. Ambrose hizo caso omiso a las miradas torvas de los otros peatones, hombres de boca fofa con chaquetas arrugadas y mujeres de rostro cansado con vestidos remendados.

Al llegar a un callejón como cualquier otro, Ambrose giró de golpe a la izquierda y llevó a D por una pasarela perpendicular de tablones. Unos pasos más los dejaron en la puerta lateral de un edificio.

Entraron y subieron por una sombría escalera. El serrín crujía bajo sus pisadas y la única luz llegaba de agujeros en las paredes exteriores. En algún lugar, una mujer le cantaba a un niño sollozante y un hombre tosía. Olía a enfermedad. D se tapó la nariz.

—Vamos —dijo Ambrose.

Una mujer con pañoleta que bajaba se cruzó con ellos. Llevaba un paquete de arpillera mojada atado con cordel. D captó un olorcillo a carne cruda. Los pasos de la mujer eran apresurados y sus talones levantaron serrín que refulgió dorado en las pequeñas franjas de luz que entraban por los agujeros de las paredes.

En el rellano del primer piso había una mesita con varias velas derretidas. Entre la penumbra, D distinguió pedazos de cerámica rota. Recogió un fragmento. Tenía pintada parte de la cara de un gato, una pupila alargada en un ojo amarillo.

—No toques nada de aquí, D. —Ambrose la guio hacia arriba—. No podemos entretenernos.

El olor era más intenso en cada rellano al que llegaban. Había un tufo animal, rancio, como a orina, bajo el enfermizo olor.

Se detuvieron en la segunda planta. Al fondo del pasillo se distinguía la silueta de un hombre sentado ante una pequeña ventana. Ambrose fue hacia él y D lo siguió. La silla estaba fuera de la última puerta del pasillo, y el hombre fumaba un cigarrillo mientras usaba un cuchillo serrado para quitarse un enorme callo del talón de un pie descalzo.

—Elgin —dijo Ambrose.

—Mmm —respondió el hombre, sin levantar la mirada de su tarea.

Observaron en silencio mientras la hoja del cuchillo se introducía bajo la piel, con el metal todavía visible bajo la traslúcida capa superior de carne. El callo era amarillo como la corteza de limón. Caía ceniza del cigarrillo al mandil ensangrentado que cubría el regazo del hombre, que respiraba por su ancha nariz plana.

—Duele hagas lo que hagas, pero, si vas con cuidado, no sangras —dijo mientras, poco a poco, el callo se abría como una solapa del tamaño de una moneda de dólar.

Y D vio muy claro que Ambrose iba a venderla a aquel hombre horrible. Apretó los labios para contener el chillido que pugnaba por salir. Se quedaría callada. Si eso era lo que Ambrose deseaba, D le demostraría a su hermano que podía confiar en ella.

Cuando ya solo quedaba un mínimo gozne conectando la piel al talón, el hombre lo serró y tiró el pedazo al suelo.

Se sorbió la nariz y los miró ladeando la cabeza, disgustado. Tenía la piel picada, como un terreno blando taladrado por un chaparrón de un minuto y luego dejado secar. Había unos círculos rojizos bajo sus ojos y unas telarañas rojizas en ellos y un moco amarillo que le colgaba de una fosa nasal. Olía a la medicina de la Nana y a vómito.

—Tú otra vez —le dijo a Ambrose—, chico de los recados.

Hablaba, contra toda evidencia, como si el asqueroso fuera Ambrose. D se apretó contra la cadera de su hermano.

—Vengo a recoger el pedido. —Ambrose sacó un rollo de billetes de su chaqueta escolar y lo sostuvo en alto. No quería vender a nadie ni nada. Quería comprar—. ¿Los tienes? ¿Y están todos bien limpios?

El carnicero, Elgin, clavó su cuchillo en el suelo y le arrebató el dinero a Ambrose de la mano.

—Claro que están limpios. Me he tirado dos días hirviendo esa porquería. Casi me quemo los dedos por ti y por tus amigos. Yo diría que sí que están bien limpios. —Arrancó el cuchillo del tablón del suelo y se levantó para entrar en su habitación—. Espero que sepas con quién te juntas, chaval.

Y dicho eso, abrió la puerta, entró y la cerró con suavidad a su espalda.

Bajaron del tranvía después de tres paradas para cambiar de línea. Ambrose llevaba el saco que el carnicero les había sacado, y su contenido repiqueteó mientras bajaba del tranvía a la pequeña estación. Sonaba como una cesta de agujas de punto a oídos de D, traqueteando y resbalando unas sobre otras, pero él le dijo que no, que no eran agujas de punto. D probó con leña fina, luego con pelotas de cróquet, luego con manzanas secas, luego con lápices. Al principio Ambrose parecía divertirse diciéndole que estaba «fabulosamente equivocada» e «impresionantemente equivocada» y «hermosamente errada», pero entonces sus facciones adoptaron una expresión melancólica y afirmó haberse cansado del juego. D reparó en que sostenía el saco apartado del cuerpo mientras esperaban en la parada al siguiente tranvía.

—¿Estás bien, Ambrose? —le preguntó.

—Ah —dijo él—, es solo que a veces las tareas importantes pueden ser desagradables. Sabes que son para un propósito más elevado, pero lamentas lo que has tenido que hacer.

—¿Les llevas ese saco a tus amigos, entonces?

—Exacto.

—No tendrías que lamentar nada que tengas que hacer, Ambrose. Tú eres bueno.

Su hermano le dedicó aquella sonrisa suya a la sombra de la visera, pero a D le pareció poco entusiasta.

—Y tú eres maja.

De pronto, D sintió la desesperada necesidad de animarlo.

—No, qué va. Voy a chivarme de ti. Le diré a mamá que has ido a los Posos a ver a tu amigo el de los pies preciosos.

—Tú otra vez —dijo Ambrose poniendo voz grave, como la del carnicero, y le hizo una mueca.

—¡Nosotros, será! —replicó ella—. ¡Estaba ayudándote!

—Mi amigo el de los pies preciosos —dijo Ambrose, y bufó negando con la cabeza.

D se rio y él también. Ambrose dejó el saco en el suelo, le pasó el brazo por los hombros y se mecieron adelante y atrás.

—Me gustas más tú —dijo—. Tú sí que eres buena.

La risa de D se diluyó en lágrimas. Apretó la cara en el estómago de su hermano, entre las solapas de su chaqueta, contra el algodón almidonado de la camisa. Tenía ocho años y el resto de su vida se extendía ante ella como todos los raíles de tranvía del mundo entero atornillados juntos. Sin él, estaría sola.

—Me da igual lo que haya en el dichoso saco, Ambrose. Me da igual y no me chivaré de ti, pero prométeme que no me dejarás nunca.

—Lo prometo —dijo él, devolviéndole el abrazo con suavidad—, siempre que tú también.

Δ

Entregaron el saco al sirviente que abrió la puerta de la Sociedad y luego Ambrose llevó a D al Puente Norte del Bello y le enseñó un juego llamado el cuentagotas. Era muy sencillo: se dejaban caer piedras al río intentando darle a la basura. Cuando D le acertó a una lata de estaño, Ambrose se levantó la gorra.

—Tres para la damisela.

D hizo una reverencia. Estaba más a gusto sobre el agua, lejos de aquel barrio medio hundido de los Posos. La luz solar destelló en la lata mientras cabeceaba Bello abajo.

Un chico que los había estado mirando dijo que Ambrose se equivocaba.

—Son cinco, compadre. Está clarísimo. Mira el tamaño. Ha sido un tiro de primera, con un flote tan pequeño como ese. Anda, no seas rácano.

El chico tenía una oreja espantosamente destrozada, llena de cicatrices y apretada como un puño diminuto.

—Ya has oído al caballero, D. Son cinco.

El chico les echó una partida y ganó al bombardear con una piedra la cubierta de una barcaza que pasaba.

—¡Era tan fácil que tendrían que quitarte un punto! —exclamó alegre un marinero que iba en la barcaza, enseñándole el dedo corazón al chico, a lo que este respondió enseñándole los dos.

Ambrose le concedió la victoria, pero el chico negó con la cabeza y rechazó aceptar el penique que le ofrecía.

—Qué va, qué va. Era sin apostar, pero sí que te vendo unas ostras. Frescas y limpias.

Sacó una bolsita de cáñamo y un paquete de sal.

—Mira que tengo hambre —dijo Ambrose—, pero preferiría no morir.

—Normal. Pero estas ostras no son del Bello, vienen de muy lejos. Mira qué gordas son.

El hermano de D miró dentro de la bolsa y sacudió las ostras.

—Sí que son gordas —dijo, y le pagó el penique por la comida.

Mientras Ambrose abría una ostra y salaba la carne, el chico se rascó la piel enrojecida de encima de la oreja muerta.

—Pero dime, compadre, ¿no estaba yo pensando que te he visto ir a casa de Elgin?

D había estado a punto de pedir una ostra, pero le flaquearon las rodillas y se le quitaron todas las ganas de comer.

Como para subrayar que la pregunta no tenía una importancia acuciante, el hermano de D levantó la ostra, la inclinó sobre los labios y dejó que se le deslizara en la boca y garganta abajo.

—Sería buen truco, si supiera lo que piensas —respondió al cabo.

—No es por meterme donde no me llaman —dijo el chico—, y a lo mejor no eras tú, pero una cosa sí que te digo, compadre: yo no me comería la carne que vende ese hombre si tuviera otro remedio. Lo que él llama cerdo, tú y yo diríamos que es otra cosa, no sé si me entiendes. —Se tiró dos veces de la oreja muerta y añadió, en voz baja, por la esquina de la boca—: Escucha, compadre, no es casualidad que sea el único edificio de los Posos donde no verás ni un solo gato.

Δ

De vuelta hacia casa desde el No-Bello, Ambrose parecía taciturno y caviloso, preocupado incluso. No dejaba de retorcer y retorcer la boca de la bolsa de cáñamo con el resto de las ostras. Le preguntó dos veces a D si quería una, olvidando que ya las había rechazado.

A la mañana siguiente, el hermano de D tenía demasiada fiebre para levantarse de la cama. Después de comer llegó el médico, dictaminó que era cólera y les ordenó que hirvieran el agua antes de bebérsela hasta que un químico le hiciera pruebas. Seguro que había pillado la enfermedad en otra parte, tomándose un vaso de agua que parecía limpia, porque no solía verse en barrios tan apartados del río como aquel, pero mejor ir sobre seguro.

Ambrose hablaba en desvaríos sobre las lunas. «El sol no pasa de la puerta, ¡pero las lunas brillan el doble cuando llegas al lado opuesto!». Estuvo un rato insistiendo en que alguna persona invisible le devolviera la gorra, aunque la tenía colgada del poste de la cama. «¡Es de mi uniforme escolar, cretino! ¿Me harás ir a por la pala de ceniza?».

Gemía llamando a su madre, a su padre, a su hermana, ¿dónde estaba su amable hermanita? Ambrose no parecía alcanzar a verlos, y ellos no podían acercarse.

Aunque el médico les había dicho que no pasaba nada por estar con él y cogerle la mano, que había un consenso razonable sobre que el cólera no se contagiaba así, los padres de D ordenaron a la Nana que trazara una línea al borde de la habitación, bastante más allá del alcance de Ambrose, que nadie tendría permitido atravesar. «Estoy aquí —le decía D—, estoy aquí», incluso mientras los ojos de su hermano pasaban ciegos sobre su familia al otro lado de la línea de tiza. Su madre asió el hombro de D con tanta fuerza que la chica supo que le dejaría un morado.

—No hay nada que podamos hacer —dijo su madre—. Depende todo de él. Solo nos queda rezar para que tenga fuerzas.

La Nana trajo sillas de la sala de estar para los padres de D y las puso fuera de la tiza. En su delirio, Ambrose arañaba el aire y reía hablando sobre zarpas de gato.

—¡Mueve tu garra con la mía! —sollozó—. No está bien, no está bien. A ellos también les duele, les duele, les duele. ¿Cómo puede estar bien hacerles eso? ¿Para qué son todos los huesos?

Dormía a intervalos de una hora o dos, antes de despertar entre convulsiones.

Durante el segundo día, Ambrose anunció que estaba esperando a alguien.

—Hemos quedado en estas rocas. —Le caía baba por las comisuras de la boca—. Comprueba mi marca, el triángulo. Está tatuado detrás de la rodilla. —Los ojos se le habían puesto rosas y la cara se le había puesto gris—. Sí, el presidente —dijo, como si debiera resultar obvio—. ¿Quién si no?

Pese a la ventilación que daba la ventana abierta, el olor de las evacuaciones de Ambrose se hizo opresivo.

El padre de D encendió un cigarrillo y aventó el humo para propagarlo.

—Venga, chico —dijo entre dientes, inclinándose hacia delante en su silla—. Déjate ir o sal adelante.

D miró a su padre. Él volvió los ojos hacia ella con una ceja arqueada.

—¿Mmm?

Al ver que D no respondía, su padre interpretó las cosas a su manera. Hizo aletear la mano entre el humo, ahuyentándolo hacia ella.

—Respíralo, a ver si ayuda.

—Cariño —dijo la Nana—, ¿qué tal si nos vamos a que descanses un poquito?

La mujer le tiró de la manga, pero D se desplomó más en el suelo, con las rodillas contra la tiza.

—Espalda cansada, día largo, listo para la leche fría —susurró Ambrose—. Leche fría para todo el mundo. Todo para todo el mundo. No más sufrimiento.

Usando una vara, empujaron un cubo lleno de agua con una taza flotando hasta el lado de la cama, pero Ambrose no hizo ademán de cogerla.

—Sí, te veo —dijo el hermano de D, sonando repentinamente asombrado—. Tu… rostro.

Y su último aliento silbó por el hueco de sus incisivos.

Δ

Después de mirar a través del cristal verde y ver cómo los hombres se marchaban con el cuerpo de Ambrose, D subió la escalera y escuchó a hurtadillas desde fuera del salón con la mano apoyada en el pomo de azófar.

—Creía que era más fuerte —oyó decir a su padre.

—Yo creía que era más listo —respondió su madre—. No puedo creerme que lo haya traído a nuestra casa.

Él le preguntó si quería un cigarrillo y ella dijo que sí. Una cerilla chasqueó. D olió la dulce fragancia del tabaco de su padre.

—¿Quieres que tengamos otro? —preguntó su padre.

Su madre soltó una fea carcajada.

—Vaya preguntita.

Hablaron sobre urnas: nada ostentoso. Hablaron sobre amigos con hijos muertos. Hablaron de la cena. No tenían hambre, pero había que comer. Ayunar no iba a servirles de nada.

—Quizá sí que podríamos intentarlo, Eddie —dijo la madre de D—. Sé que quieres que haya un chico. —Su tono sonaba cada vez más cansado—. ¿Qué tal si volvemos a probar en primavera?

Su padre dio un gruñido solemne.

—Pero es un día triste, ¿verdad? —dijo.

Su madre afirmó que necesitaba una copa. Él respondió:

—Que sean dos.

Su madre abrió la puerta y D saltó delante de ella, siseando, con las manos encogidas como garras.

Ella dio un respingo y le soltó un bofetón a D, que retrocedió a trompicones contra la pared.

—No era tonto, estaba salvando el mundo —dijo D—. Me lo contó. Estaba ayudando a sus amigos a salvar el mundo. A lo mejor ni siquiera está muerto. Igual solo se ha ido a otro mundo. Podría volver a por mí.

Su madre la miró un momento con una expresión entre repugnada y atónita antes de dar un portazo.

—¿No ibas a traer copas para los dos? —llegó la voz de su padre, amortiguada por la madera.

En el dormitorio de D, la Nana estaba dormida en la mecedora. Tenía la cofia torcida y contracciones en las blandas mejillas. Sus ojos rodaban bajo los párpados.

D se agachó sobre el alféizar y miró fuera. Los adoquines de debajo eran los mismos donde había aparcado el carromato antes de llevarse a Ambrose. Unos metros más allá había un socavón lleno de agua sucia. La almohada yacía medio dentro, medio fuera del charco.

# Lorena Skye, a bordo del Barco Morgue

Dónde vamos? —preguntó.
Junto a la regala, al lado de Lorena, estaba el hombre del que le habían dicho que era el segundo de a bordo. Tenía la cara fofa y una piel de aspecto antiguo, como acolchado.

—La idea es ir a casa —dijo él.

Unas estrellas desconocidas para Lorena proyectaban su reflejo en la superficie del mar negro. Un aire templado le acariciaba las mejillas.

—¿Y qué hay de nuestro paradero actual? ¿Estamos perdidos?

No le daba miedo que lo estuvieran. Ya había muerto, y la muerte no solo había sido indolora, sino también de lo más interesante. Lorena había atravesado el telón sin más. ¿Quién iba a pensarlo? A decir verdad, si alguien se lo hubiera dicho, lo habría hecho antes.

—No, queda justo ahí. —El segundo de a bordo hizo un gesto vago hacia la oscuridad—. Pero no podemos atracar sin un muelle.

—Yo no veo nada, pero confío en su palabra, señor...

—Zanes.

—Señor Zanes. Yo soy Lorena Skye. Llámeme Lorena o señorita Skye, como prefiera. Fue muy amable por parte de ustedes invitarme a bordo. Sin ánimo de ofender, ¿por qué lo hicieron?

Lorena ya había entablado conversación con muchos otros

pasajeros. En el barco había miembros del servicio de distintas casas, funcionarios de baja categoría y hasta un hombre que se había ganado la vida cuidando a perros, pero, que ella supiera, ningún otro veterano del teatro.

—Recogemos a cualquiera a quien le hayan estafado. Desde que zarpamos, es lo que hemos hecho.

—¿A quien le hayan estafado qué?

—Su legítima porción en vida.

—¿No puede usted ser más concreto, querido?

El segundo de a bordo mantuvo la mirada fija en la estrellada oscuridad.

—A la mayoría de nuestros tripulantes los asesinaron, pero también recibimos con los brazos abiertos a los desafortunados y los maltratados.

«Ah —pensó Lorena—, sí que tiene sentido». Ella sin duda encajaba en la tercera categoría.

—La siguiente fase no puede comenzar a menos que atraquemos —dijo Zanes.

—¿Y en qué consistirá esa siguiente fase, cuando atraquemos?

—Si atracamos —la corrigió él—. El capitán no garantiza nada. Dice que necesitaremos suerte. Hace falta sangre. Sangre y una puerta. La sangre es el peaje y la sangre es la llave.

El señor Zanes le recordaba a algunos tramoyistas malcarados que había conocido, hombres pesimistas que nunca prometían nada y subsistían a base de tabaco y enfado, pero que, en fin, suponían que tal vez pudieran apañar una lata de humo o ingeniárselas para añadir unas bisagras al telón de fondo, y luego lo hacían sin excepción.

—Bueno, seguro que saldrá bien —dijo Lorena—. Si atracamos, ¿qué ocurrirá?

—Que nos cobraremos nuestra venganza.

—¿Sobre quién?

—Los opresores, los malvados, los codiciosos. Cualquiera capaz de hacerle daño a un gato.

Lorena no le encontraba ninguna pega a aquella elección de enemigos. Ni siquiera a la gente opresora, malvada y codiciosa le caía bien otra gente opresora, malvada y codiciosa. ¡Abajo con todos ellos! Y para hacerle daño a un gato había que ser un monstruo.

—Espléndido —dijo.

Zanes se hurgó el párpado. Lorena le preguntó si le dolía. Él se encogió de hombros. Lorena le preguntó si le gustaba el espectáculo.

—La verdad es que no.

—Eso es porque aún no ha visto el adecuado —le aseguró ella.

Luego le preguntó qué opinaba del capitán.

—Es un hombre duro —dijo Zanes.

—No nos interesaría que fuese blando —repuso Lorena.

Lanzó una mirada hacia la timonera. El capitán era visible a través de la deformante ventana, con el ceño fruncido y sus cuatro o cinco pelos pegados al cráneo, por lo demás pelado. La gente decía que antes se había dedicado a la alfarería. Pasar de ceramista a marinero no era una transición habitual, pero ese hombre quedaba perfecto al timón del barco, dispuesto a afrontar cualquier tormenta u oleaje. Lorena pensó que nunca había visto a nadie con un aspecto más decidido.

Δ

Antes de la noche en que el gato subió al Barco Morgue y despertó a Juven, clavándole las garras en su pecho desnudo y exangüe, su alma había estado atrapada en un pasillo fangoso. El barro le llegaba a la altura de los tobillos. El corredor era largo y estaba sin decorar y mal iluminado, pero eso a él le había dado igual. Juven no había intentado buscar una salida. Se había quedado allí quieto, presa de una febril compulsión por crear aunque fuese un solo objeto sólido.

Pero daba igual cómo estrujase los puñados de fango entre las palmas de las manos: el material se le escurría entre los dedos. Durante lo que le parecieron años, Juven siguió intentando moldear aquel barro tan diluido. Sabía que estaba muerto, que el ladrón del ministro lo había asesinado; de algún modo, también sabía que si dejaba de agacharse para recoger barro e intentar darle forma, empezaría a hundirse en la ciénaga, que lo envolvería por completo, y se sentiría fresquito y bien.

Solo que Juven no quería sentirse fresquito y bien. Quería que aquel barro de mierda cooperase, que le permitiese encontrar su forma, transformarlo en un vaso o en un lavafrutas o incluso en una sola puta canica de arcilla. Si el barro pensaba que podía frustrarlo hasta que se rindiera, iba apañado. La idea ofendía a Juven, lo ofendía hasta su iracunda médula. Hizo que apretara más fuerte el fango.

Le habían puesto el apodo de Encantador a modo de chiste sobre su ausencia de sentimientos. Lo que nunca habían entendido era que pasaba justo lo contrario, que Juven lo sentía todo. Su vida había estado acribillada por las dudas de otras personas: dudas sobre su capacidad de cumplir encargos, dudas sobre su capacidad de pagar préstamos, dudas sobre la calidad de su mercancía, dudas sobre su pasado, dudas sobre su palabra como hombre. La gente dubitativa le hacía daño. Sus engreídas sonrisas de escepticismo eran como agujas clavadas. El motivo de que Juven nunca se hubiera casado, de que viviera soltero en su cavernosa mansión de las colinas, era que no había querido que nadie oyera cómo sollozaba desesperado en sueños, rabiando contra las oníricas figuras que lo expulsaban de sus umbrales con arrogantes ondulaciones de la mano.

El trabajo de su vida no lo satisfacía en lo más mínimo. Los miles de gruesos y esmaltados platos, fuentes y cuencos, decorados con elegantes escenas del mundo natural o intrincados símbolos de estimados linajes, que llenaban los aparadores de roble en algunas de las haciendas más ricas no solo de su propio país, sino también del Continente y más allá, no le procuraban placer alguno, ni durante su creación ni por su existencia. Su gozo —lúgubre y siempre fugaz— procedía solo de desafiar a quienes lo menospreciaban, a cualquiera que hubiera podido considerar que no estaba a la altura.

La lógica dictaba que había demostrado su temple: le había

hecho saber al ministro y al mundo que la única manera de librarse de él era matándolo, y el ministro, al matarlo, le había dado la razón.

Pero Juven no tenía la sensación de haber ganado.

El barrero metió las manos en el fango y removió y removió en busca de algo que su mano pudiera conservar.

Juven descubrió que su lugar en el largo pasillo, de algún modo, se había trasladado hasta una puerta. El barro había desaparecido. Había un gato blanco y negro enroscándose en el suelo, golpeando la puerta con su gran cabeza cada vez que daba una vuelta, haciéndola repicar en el marco. A Juven le parecía evidente que el gato lo había llevado hasta la puerta. No le hizo ninguna gracia la interrupción.

—Estaba haciendo una cosa —le dijo al animal, enseñándole las manos enlodadas—. Estaba creando. Vuelve a poner el barro.

El gato dejó de enroscarse y empezó a arañar el marco de la puerta. Sus zarpas arrancaron astillas de la blanda madera.

—No tendrías que hacer eso, es destructivo —dijo Juven al gato.

Echó mano al pomo de todos modos, pensando que, cuanto antes lo apaciguara, antes podría volver a buscar su barro, pero el pomo no giró. Considerándolo todo, a Juven le pareció justo. Si el gato iba a tomar por costumbre empeñarse en cruzar puertas cerradas, debería conseguirse unas manos o aprender a aceptar la decepción.

—Mala suerte —dijo—. Tendrás que buscarte otra puerta, y otro portero. Venga, devuélveme al pasillo del barro.

El gato blanco y negro se alzó sobre las patas traseras y se estiró hasta tener los ojos casi a la altura de la cerradura que había bajo el pomo. Juven tuvo la impresión de que quería que mirase por allí. Pensó en los adoradores que había en los Posos, los que dejaban comida en perfecto estado para los gatos salvajes con la esperanza de que los animales los recompensaran con una visión. Juven no había pedido ninguna visión, sin embargo, ni la quería, y se molestó por la insistencia del animal. Tenía barro que domar.

—No estoy acostumbrado a recibir órdenes de alguien que se lame su propio ojete —dijo.

El gato dio un maullido largo y ofendido. Volvió la cabeza hacia Juven y parpadeó con aquellos hermosos ojos verdes que resplandecían como el esmalte al mirarlo. Qué tono tan glorioso tenía, brillante, somero y vasto. Solo se veía ese color a primerísima hora de la mañana, cuando la luz caía en la cenagosa margen del Bello con el ángulo perfecto. Deseó estar vivo y tener sus pinturas.

Para sorpresa de Juven, sintió lágrimas en los ojos.

El gato maulló otra vez.

Juven se agachó hasta la cerradura.

Por el agujero vio una gran mesa de comedor, cargada de platos, fuentes de cordero y bandejas con pescados enteros, soperas humeantes y pan con reluciente miel. Sentados a la mesa estaban una docena o más de lobos. Eran seres decrépitos, con las patas ahuecadas temblando en sus sillas acolchadas de terciopelo, con un pelo gris y negro que raleaba y dejaba a la vista zonas de descascarillada piel rosa. Juven pestañeó sorprendido y, entre ese parpadeo y el siguiente, los viejos lobos enfermos fueron hombres en traje y chaqueta, ¡y uno de ellos era ese mierda tramposo y asesino de Westhover! Tras el segundo parpadeo recobraron el aspecto de lobos, pero Juven aún los reconocía como los ricachones avarientos que habían sido en vida.

Los animales la emprendieron a dentelladas contra el banquete, babearon mientras devoraban y destruían los alimentos, manchándose los hocicos y las mandíbulas de salsa y pedazos de comida. Los platos lisos y hondos entrechocaron y varios de ellos cayeron de la mesa y se estrellaron contra el suelo.

Juven dio un respingo. ¡Eran sus platos! ¡Los que había diseñado para su propia casa! Reconocía la escena ribereña que había entintado en persona, el trocito de playa del Bello que era su recuerdo más temprano.

¡Esos cabrones rabiosos estaban comiendo de su puta vajilla personal!

Dio un paso atrás y le asestó una feroz patada a la puerta.

—¡Abridme! ¡Abrid!

Desde el otro lado llegó una fanfarria de carcajeantes aullidos. Juven pateó la puerta una y otra vez, pero no consiguió ni que se estremeciera en el marco. Dio patadas hasta que tuvo que doblarse, sin aliento.

El gato blanco y negro se había sentado allí cerca y lo miraba con aquellos ojos verdes. Juven supo, de algún modo, que había estado esperando a que se agotara.

—¿Qué? —le preguntó al animal—. Venga, adelante. Se te nota que quieres decirme algo.

Y vaya si el gato no le sonrió.

Y en sus verdes ojos había una verde visión de justa venganza, de una pila de lobos masacrados cuya carne formaba una buena colina llena de gusanos.

—Sí —dijo Juven.

El gato expresó su acuerdo con un ronroneo, se lamió el hocico y Juven abrió los ojos en la bañera de hielo.

Δ

El difunto dueño de una fábrica había subido a cubierta junto con el asombrado barquero, Zanes. El barco surcaba unas aguas negras, mucho más allá de la ciudad y del Bello.

—¿Qué está pasando? —preguntó el barquero.

—Que navegamos —dijo Juven.

—¿Hacia dónde?

—Quizá hacia esas luces —respondió Juven, y señaló un tenue brillo rojo en la lejanía, sobre el agua, y le exigió al barquero que le buscase unos pantalones.

Sin embargo, la luz roja no era un embarcadero. Era una persona desconocida, y aun así el nombre de esa persona acudió por sí mismo a la lengua de Juven. Le dieron cobijo a bordo, y luego a otra persona, y a otra, y a otra, ampliando su tripulación.

Juven no sabía cómo los conocía a todos, pero así era. Tenía que ser obra del gato, sin duda, y le parecía bien. El gato había querido lo mismo que Juven, y que los refugiados que iban trayendo a bordo: que hubiera justicia, desollar a los lobos humanos que les habían robado sus vidas. Juven confiaba en que, cuando llegase el momento, el gato iba a hacer lo que decían los creyentes y mostrarles el camino, llevarlos a tierra para tomarse su venganza. Le había sonreído, a fin de cuentas.

Hasta que eso ocurriera, navegaban, y encontraban a los perdidos.

Δ

Lorena apartó la mirada del capitán y la devolvió al mar. A estribor apareció un grupo de luces rojizas sobre la superficie del agua. Tenían como una viveza que las distinguía bastante de todo lo demás que formaba aquel mundo nocturno: palpitaban efervescentes. El resplandor que emanaban proyectaba largas franjas rojas en el oleaje.

—¿Qué es eso? —preguntó Lorena al barquero.

—Más como nosotros —dijo Zanes—. Nuevos tripulantes.

# Paso Franco

El pilluelo se dejó caer desde su buhardilla, dejó un morral en la barra y le preguntó a Rei:

—¿Qué dirías si un compadre te pregunta dónde conseguir un ojo de cristal?

—¿Si ese compadre ya tiene dos buenos ojos? Diría que lo que busca son problemas —contestó Rei en tono despreocupado—. ¿Sabes, Ikey? Groaty era un boxeador de primera. Menudos mamporros arreaba, créeme.

La tabernera se apoyó en su estante de botellas y, con una tenue sonrisa en la cara, miró a Groat sentado a su mesa, parpadeando hacia la luz turbia que entraba por la sucia ventana desde la calle. Su pelo a mechones resplandecía.

—No lo dudo —dijo Ike, que quería volver al tema de los ojos de cristal.

No tenía tiempo que perder en cuestiones históricas. Estaba inquieto por lo cansada que había visto a Dora el día anterior, por lo infeliz y preocupada, por lo pequeña y sola que parecía en el oscuro portal del enorme edificio. Ike había decidido pedirle matrimonio ese mismo día. Ella le había dicho que habría que enmarcarlo —lo mismo que decía él mismo, porque era lo que decía toda la gente lista, como los jugadores de cartas y los corredores de apuestas en el hipódromo—, y Ike había sentido que se ponía más colorado que nunca en la vida.

Se había pasado toda la noche despierto en su catre de la

buhardilla encima del bar, practicando a soltarle su discurso al techo inclinado. «¿Sabías que, desde el día que te conocí en el puente, cuando estabas tan hermosa y me ganaste con todas las de la ley..., sabías que nunca he dejado de pensar en ti, Dora? Y nunca podré dejar de pensar en ti. Ni tampoco quiero hacerlo nunca, Dora, y por eso me gustaría que fueses mi esposa. ¿Lo serás?».

Bien doblados en el morral estaban el bonito traje marrón y el sombrero, la elegante camisa azul, los pulidos zapatos de cuero calado, el vestido azul de cintas blancas y la carísima sortija con el círculo de diamantes rosados. De camino desde el Paso se buscaría una pajarita, y a lo mejor no era perfecta, pero el resto de su atuendo la compensaría. Si además le llevaba, a modo de tributo, unos cuantos ojos de cristal para reparar a sus amigos de cera, Ike no veía posibilidades de fracaso.

—Pero ¿y lo de los ojos de cristal, Rei? —insistió Ike.

Rei no hizo caso a la pregunta. Aún estaba con la carrera pugilística de su marido.

—Groaty les entraba agachado, dejaba que le dieran en la parte de atrás del cráneo, donde es más duro, y mientras le pegaban ahí atacaba las costillas, ¡pum-pum-pum! Se las rompía y los dejaba sin aliento.

La tabernera se pasó las manos por la tupida melena, revelando las manchas de edad en las sienes y las arrugas que coronaban su frente. Tenía menos años que Groat, porque todo el mundo tenía menos años que Groat, pero Rei tampoco era ninguna gatita. A Ike lo asaltó un pensamiento melancólico: algún día aquel tocón podrido cubierto de musgo de pis seguiría allí y Groat y Rei ya no estarían. Se juró a sí mismo que guardaría su recuerdo. Les hablaría a sus hijos de ellos. «Niños —les diría—, escuchad la historia del bar donde di el estirón, y de la buena tabernera que me compraba mis cosillas y solo era un pelín avariciosa, y de su marido, que se alimentaba de cerveza y ostras encurtidas y amenazaba con obligar a la gente a zamparse las malas hierbas donde hacía aguas menores, pero en realidad nunca se las metió en la boca a nadie, ni le hizo ningún daño a nadie, durante todo el tiempo que lo conocí».

—¿Crees que aún podrías arrear buenos mamporros, Groaty? —preguntó Rei levantando la voz.

—Al perro que... —dijo Groat forzando la voz—. Ejem.

Carraspeó, escupió en el suelo y empezó de nuevo sin apartar la mirada del amortiguado resplandor de la ventana.

—Al perro que venga a por mí echando dentelladas, le meto un buen puñado de Ensalada Mortífera entre las fauces y se lo embuto hasta el fondo de la panza. Y, si hace falta, lo aguanto ahí hasta que lo digiera.

—¡Así se habla, Groat! —exclamó Ike, confiando en que jalear a su marido lo pusiera a buenas con Rei.

La tabernera miró a Ike con suspicacia. Durante todo el tiempo que llevaban hablando, Elgin y Marl habían estado dormidos en sus taburetes con la frente sobre la pegajosa madera de la barra. Rei se hurgó los dientes con un dedo, sacó algo, lo examinó y se lo tiró a Marl. El desmayado parroquiano ni se inmutó.

—Conque ojos de cristal, ¿eh? —dijo—. ¿Y crees que yo sabré algo sobre unas cosas tan peculiares?

—Si alguien sabe algo, eres tú.

—Cierto. Me gustan esos dos pilluelos que me enviaste, Ike. Parecen espabilados. Animosos.

—Deja estar a esos dos vagabundos. Tienen mucho que aprender. Si vas a ponerte empalagosa, ponte empalagosa con tu leal Ike, que te trae regalos y te alegra el día y es como un hijo para ti. Venga, ¿de dónde saco ojos de cristal, Rei? ¿Qué se dice por ahí?

—Se dice que...

Rei cogió una vela encendida del estante de las botellas y dejó caer cera en el pelo de Marl, y luego en el de Elgin. Los borrachos no se movieron.

—... el Encantador —terminó la tabernera.

Δ

—¿El Encantador? ¿A qué te refieres?

«¿Así que tienes una amiga ciega, Ike? ¿Es bonita?», pensó

en preguntar Rei, pero ya era bastante evidente por lo nervioso que parecía. Qué cosas, su Ike cortejando a alguien. Su Ike, que había entrado en el Paso buscando refugio cuando no tendría ni diez años y les había suplicado que lo aceptaran. «Soy pequeño, pero puedo ayudar, señora», había dicho, y Rei había visto los surcos de las lágrimas en su pequeña y sucia cara de ardilla y le había dicho que podía quedarse en la buhardilla. «Pero si las ratas se te comen, no lloraré mucho».

«¡Hurra!», había gritado Ike. Al no salir corriendo, había superado la prueba de Rei, demostrado que quizá sería capaz de sobrevivir en los Posos, y que Rei podía permitirse cogerle cariño. ¡Rei nunca había visto a un niño más contento!

Ike había crecido de lo lindo, desde luego que sí. Se había convertido en un joven apuesto y un diestro granuja. Normal que hubiera encontrado a alguien, ahora que Rei lo pensaba, pero aun así hizo que sintiera nostalgia por su propio romance de juventud.

—Me refiero a Juven. Al Encanto.

Le dijo que Ike debería pasarse por la tiendecita que había en la antigua fábrica de Juven. El Encantador dejaba que sus empleados vendieran las cosas que hacían por su cuenta en las horas libres. Recordaba que tenían canicas expuestas, pero no solo canicas normales: algunas estaban pintadas como si fuesen ojos.

Ike saltó al suelo desde el taburete.

—Te debo una, Rei.

—Qué va —dijo ella—. Esta es gratis, chico.

Ike soltó una carcajada incrédula —«Claro, claro, Rei»— y salió del bar.

Aunque aquel sumario rechazo de su generosidad le escoció un poco, Rei supuso que bien estaba. Por mucha ternura que le inspirase Ike, ¿de qué iba a servirle el chico a ninguna mujer si se ablandaba?

Rei miró de nuevo a su marido. Groat parecía una cena que alguien se hubiera comido dos veces, cierto. Pero incluso allí contra su ventana, en la proyección de su labio inferior Rei aún distinguía al joven boxeador que le dijo que ella había sido la única que lo había tumbado inconsciente a la lona en toda su vida.

—¿Qué se cuece, Rei? —preguntó Groat de pronto, como si hubiera oído sus pensamientos. Volvió la cabeza hacia ella y le dedicó su sonrisa de dientes rotos.

—Suerte —dijo ella—. Eso es lo que se cuece. ¿Tú me conseguirías ojos de cristal si los quisiera, cariño?

—Claro —respondió él.

—Ya sabía que sí, Groaty —dijo Rei, sintiendo el corazón grande como solo Groat podía ponérselo.

Alegre, la tabernera se puso a colocar jarras en su sitio, sacándoles brillo a unas cuantas con el dedo mojado en saliva.

Elgin despertó aterrorizado.

—¡Ah! ¡Ah! —Se hurgó los pegotes de cera que tenía en el pelo. El borracho no dejaba de mirar a un lado y a otro, en evidente estado de gran nerviosismo. Se echó a llorar—. ¡Odio las cosas que me vienen a los sesos cuando duermo!

—Pero si a ti ya no te quedan sesos, Elgin —dijo Rei, no sin aprecio.

Le sirvió una cerveza y se puso un dedito de whisky para ella. Cuando levantó su vaso, hizo un brindis privado por la pretendida de Ike, esa chica impetuosa que exigía a modo de tributo unos ojos hechos de cristal. A Rei le gustaba que tuviera tanto carácter; se moría de ganas de que su chico la trajera a casa.

Δ

Los sollozos de Elgin despertaron a Marl, que en los últimos tiempos empezaba a temer que su viejo compañero de borrachera estuviese perdiendo el juicio, cosa de la que Elgin nunca había tenido de sobra para empezar. Vio las lágrimas que goteaban por las mejillas de su amigo mientras bebía. Además, el pobre mamón tenía el pelo salpicado de cera, que parecía mierda de pájaro. Daba pena verlo. Pero claro, si uno nadaba demasiado tiempo, terminaba calado hasta los huesos.

—Ponme una a mí también, Rei —dijo Marl.

—Eso quisieras, ¿eh? —replicó la tabernera, pero le llevó una jarra de cerveza.

Marl bebió. Groat se levantó de su silla y renqueó hacia la puerta de atrás, partiendo valvas de ostra con la punta de las muletas. Rei le preguntó si quería ayuda.

—Qué va —gruñó Groat.

—Mis pobres sesos... —Elgin profirió un trémulo suspiro—. Cof-cof-cof.

Marl le dio una palmada en la espalda.

—Lo que pasa es que ettás reseco, camarada. —Se volvió hacia Rei—. ¿Te acuerdas de doña Alfabeto?

Doña Alfabeto había estado como estaba Elgin ahora, un caso verdaderamente lamentable.

—No si puedo evitarlo —dijo Rei.

Unos quince años, debía de hacer ya, desde cuando la pobre loca se puso a mendigar en la orilla. Doña Alfabeto sollozaba llamando a su «De-De-De», a su «sombrita buena, De-De-De», y abordaba a los viandantes para preguntarles si la habían visto, si sabían algo de su «pequeña De». A muchos les parecía gracioso. La mujer se había desgastado la mente bebiendo unos tónicos para el dolor de cabeza que también servían para pulir la plata, y en el proceso se le había extraviado la cuarta letra. Por eso la llamaban doña Alfabeto, porque le faltaba una parte de él. Cuando se reían de ella, doña Alfabeto les devolvía la risa y, con ello, la comedia volvía a empezar.

A Marl no le parecía gracioso. La pobre le había dado lástima. Llevaba cofia, como las criadas y las niñeras, y a lo mejor en algún momento lo fue, pero luego había ido cayendo hasta terminar en la calle. Doña Alfabeto sonreía incluso cuando estaba llorando por su letra. Eso era lo que había impresionado a Marl, la cara alegre que ponía siempre detrás de las lágrimas.

Se rumoreaba que antes había merodeado por el Albergue Juvenil, suplicando que le dieran su letra, pero un maestro había salido y la había azotado hasta dejarla inconsciente. Aquello llevó a Marl a sacar sus propias conclusiones: doña A había tenido un B con algún don C, le había puesto D de nombre y, por un motivo u otro, había terminado dejando a la niña en el albergue. Pobrecilla.

En esos tiempos, Marl trabajaba en la oficina de aduanas. De cuando en cuando, si llovía y hacía frío, había recogido a doña Alfabeto de algún lugar al raso para dejarle que durmiera en el pasaje cubierto de la oficina. Su única condición había sido que la mujer no se lo contara a nadie. «Como empieces a dar voces y a llamar a esa letra tuya, vendrá más gente y acabaré en la calle contigo», le recordaba Marl a la mujer cada vez que la ayudaba.

«De es la gatita más mala, pero la chica más buena. Recoge, hace caso y ayuda a su Nana enferma cuando su Nana se pone enferma. Solo me da algún susto de vez en cuando, y de todas formas me hace reír». La mujer había agitado su botella de medicina entre carcajadas. Tenía la cofia gris de sudor, y olía más rancia que el Bello con marea baja. «Bendito sea, señor, y gracias, señor. Me quedaré callada y seguiré buscando a la pequeña De mañana».

Fue inevitable, sin embargo, que llegara una noche húmeda de enero en la que ni Marl ni nadie más le ofreciese refugio. Encontraron a doña Alfabeto sentada, tiesa y muerta en un embarcadero, con los ojos abiertos, la boca flácida y los labios azules. Cuando la levantaron, había un charco de sangre bajo su asiento.

Pobre mujer. La gente podía ser muy cruel. Marl deseó tener un penique para comprar un higadillo de pollo, acercarse al templo, ese que en la Punta decían que aún tenía un poco de magia, y dejárselo a los gatos pidiéndoles que sonrieran a doña Alfabeto.

Marl bebió de su jarra recién servida. Mosi y aquellos chavales universitarios les habían prometido que con la revolución todo sería mejor y más justo, pero allí estaba él, igual de arruinado que siempre. No es que le importasen una mierda las sabandijas a las que habían derribado del caballo, el rey, la asamblea y los ministros. Había sido una sorpresa agradable verlos recibir media dosis de la medicina que ellos le habían dado al Encantador.

Pero, por muy bien que sonara aquello de «mejor y más justo», cuando uno vivía lo suficiente se daba cuenta de que jamás ocurriría. Aunque las caras cambiasen, siempre había algún listillo en el poder, con todas las cartas en la mano.

—Tú no te compliques y llora hatta hartarte —dijo Marl a Elgin—. Ettás en tu derecho.

Le hizo un gesto a Rei, y la tabernera debía de tener el día benévolo, porque le puso otra, y Marl se sintió un poco mal por cómo había planeado gastar el penique que no tenía, cuando en justicia se lo debía a Rei por la cuenta en el bar.

—Gracias, Rei. Un día de estos te pago. —Levantó la jarra—. Por la pequeña letra de doña Alfabeto.

Δ

En sus pesadillas sucedía al revés que en la vida real. En las pesadillas de Elgin, eran los gatos quienes sacrificaban a personas y las hervían para sacarles los huesos; y entonces aparecían otros gatos más ricos con collares de oro, sosteniendo fajos de dinero entre los dientes, y compraban esos huesos blancos para su grupito especial. En cambio, los gatos carniceros no parecían tener los mismos remordimientos que habían acosado a Elgin en sus tiempos. Todos los gatos eran gigantescos en las pesadillas de Elgin, del tamaño de elefantes. Se afanaban en llevar los brazos y las piernas y las cabezas humanas a cacerolas hirviendo y los soltaban allí, ¡plop! Cuando las piezas estaban tiernas, los gatos las sacaban de la cacerola, las sostenían en alto y los restos de carne resbalaban de los huesos, otra vez plop, formando pilas rojas en el suelo. En la pesadilla, Elgin corría dando vueltas y chillando, con los sesos a punto de salírsele por las orejas, vociferando que lo sentía, que el hombre del chaleco dorado lo había obligado a hacerlo.

Cuando el hombre del chaleco dorado fue a verlo con el primer pedido, Elgin se había negado. No era cuestión de dinero. Los gatos eran especiales. Los gatos tenían magia. Rico o pobre, feo o guapo, si eras amigo de un gato, el gato sería amigo tuyo. Hasta podría señalarte el camino, como hicieron con la chica que se perdió en el desierto.

Lo que quería el hombre del chaleco dorado era espantoso: sacrificarlos y hervirlos para sacarles los huesos.

El hombre del chaleco dorado le había preguntado a Elgin:

—Amigo mío, amigo mío, ¿sabes cómo me llamo?

Y antes de que Elgin pudiera responder, el hombre le había dicho su nombre, y era el verdadero. Estaba claro que tenía que ser el verdadero.

Elgin tuvo miedo, así que aceptó el pago e hizo aquello para lo que era el pago, atrapando y matando y cociendo, y entregando bolsas de huesecitos a los agentes del hombre del chaleco dorado. No paraba de desear que algún arañazo de los que le daban las pequeñas criaturas se infectara y lo matara, pero al final lo que pilló fue el cólera..., aunque, al contrario que la mayoría, Elgin había sobrevivido. No obstante, mientras Elgin ardía de fiebre en su habitación, tras el guante de la puerta, el hombre del chaleco dorado se olvidó de él. O, lo más probable, se buscó a otro que llevara a cabo su horrible sacrilegio.

Elgin hacía todo lo posible por mantenerse borracho, pero era una solución imperfecta. Los crímenes de uno tenían las piernas largas, y te mantenían el ritmo por mucho que corrieras y esquivaras. Siempre que Elgin recobraba la sobriedad, allí los tenía, justo al lado.

—¡Me dijo su nombre antes de que pudiera pararlo! —le soltó Elgin a Marl—. Y ahora no tengo bien los sesos.

—No los tienes bien, no —se compadeció Marl—. Elgin, tienes los sesos hechos picatottes, pero ettás entre amigos.

—En mi cabeza, a mí nunca me meten en las cacerolas. Solo veo cómo meten los pedazos de otros. —Se encorvó sobre la barra y se frotó la cara—. ¡Sería un alivio que me metiesen! ¡Metedme a mí!

—Ya llegará tu oportunidad —dijo Marl—. A todo el mundo lo eligen para todo, a la larga. Bebe, anda. Ettarás mejor.

Δ

En el patio trasero del Paso Franco, Groat se apoyó en las muletas delante del tocón y esperó a que le saliera. La Mortífera parecía particularmente lozana al resplandor del alba que se colaba por el mosaico de aleros de tejado que rodeaban el bar. La mullida alfombra estaba radiante con todos los tonos de una magulladura, violeta y amarilla y verde. Le vendría bien un poco de plata, eso sí, un poco de esa dulce plata que había ido engalanando el pelo negro de su dulce Rei con los años. Groat había creído que su pelo azabache era precioso de joven, pero la plata de la edad era más preciosa aún.

Se oyó un golpetazo. Groat ladeó la cabeza y vio que una parte de la cerca se había abierto. Un hombre bajito y calvo entró con paso chulesco. Groat reconoció al alfarero a simple vista. El recién llegado no era otro que el mismísimo Juven, el Encantador, el insolente barrero.

—Guárdate el rabo, Groat —dijo Juven.

—¿Qué quieres, Encantador? —preguntó Groat con brusquedad.

Conocía a aquel hombre desde hacía cuarenta años, cuando Juven era un crío que iba de puerta en puerta con sus platos de barro del Bello y se negaba a regatear. Groat había amenazado con darle de comer la Mortífera más veces de las que recordaba.

—Es hora de navegar.

Juven señaló hacia la pasarela del barco, que había descendido hasta el suelo detrás de él. Por encima de la valla, flotando en el aire, Groat entreveía la proa del Barco Morgue.

—¿Estás seguro? —graznó Groat.

—Sí —dijo Juven—. ¿Sabes lo que significa?

—Claro que lo sé —respondió Groat—. Eres un cabronazo. No tienes ningún derecho a meter barcos en los patios de la gente, capullo calvo engreído. Menuda bocaza te gastas, ahí dándotelas de importante, para estar muerto. Demasiada bocaza y demasiado importante. Seguro que podría meterte la puta ensalada entera ahí dentro.

—Je. Es muy posible que sí —admitió Juven. El barrero cruzó los brazos por encima de su pequeña panza—. Pero te necesitamos a bordo, Davey. Si conseguimos atracar, nos hará falta alguien que sepa usar los puños.

David Groat no había oído su nombre de pila desde hacía

mucho tiempo. Se preguntó cómo era posible que aquel ministro imbécil hubiera pensado ni por un momento que podía escatimarle aunque fuese un penique a alguien como Juven.

—Muy bien —dijo Groat—. Voy un momento a despedirme.

Juven negó con la cabeza.

Δ

Fuera del bar, el sargento Redmond, al que habían ascendido tras la aparente deserción de Van Goor, les dijo a los tres hombres que había escogido para la redada a los estraperlistas que aguardasen un momento. Fue a hablar con las dos periodistas mujeres que le había encasquetado el general Crossley. Por si eso no fuese ya bastante raro, para colmo eran ancianas, y gemelas, vestidas a juego con vestidos púrpuras llenos de volantes y anchos sombreros de fieltro. Había estado tentado de preguntarle al general si no quería enviar también unos osos bailarines para que participaran en aquel sainete. Para sus adentros, Redmond las había apodado Vejestorio Uno y Vejestorio Dos, pero en realidad se llamaban las señoras Pinter.

Las gemelas estaban en medio de la sucia calle ribereña, con expresión jovial e ingenua.

—Qué emoción —dijo Vejestorio Uno al verlo acercarse.

—Muy estimulante —añadió Vejestorio Dos.

—Mis señoras —dijo Redmond—, voy a pedirles, por su seguridad, que esperen aquí con Murad hasta que saquemos a los criminales. Si quieren preguntarles alguna cosa antes de que nos los llevemos, podrán hacerlo entonces.

—El experto es usted, sargento —respondió Vejestorio Uno.

—Nuestros lectores se lo agradecerán —dijo Vejestorio Dos.

—Es crucial que nuestros lectores vean el cuadro completo —señaló Vejestorio Uno—. Por cierto, si atrapa a algún niño de esos a los que han estado explotando los delincuentes, tendríamos un interés particular en hablar con él.

—A nuestros lectores les llama mucho la atención el sufrimiento de los niños. —Vejestorio Dos se secó la comisura del ojo—. ¿Sería posible llevarnos a la criatura un rato y hablar con ella más a fondo?

Redmond no tenía ni la menor intención de prestarles a ningún delincuente juvenil, así que hizo caso omiso a la propuesta, pero les prometió que intentaría conseguirles las entrevistas que querían.

Era una mañana fría y gris y el Bello estaba surcado de cabrillas. Las gaviotas chillaban en el aire sobre el río. Redmond era un soldado de pies a cabeza, que había combatido en las fuerzas de Mangilsworth antes de su traslado a la Guarnición Auxiliar, y cumpliría las órdenes aunque eso significara hacer el trabajo de los alguaciles y arrestar a sabandijas y gamberros por robar sombreros, pero no le gustaba. No le hacía gracia nada de aquello, ni la redada, ni las ancianas periodistas, ni siquiera que lo hubieran ascendido esa misma mañana de cabo a sargento. Si alguien tan despreciable como Van Goor —conocido en todas partes como un saqueador y un cabrón despiadado— escurría el bulto, era que algo andaba muy mal. Tampoco era que hiciera falta esa señal para saberlo: la Guarnición Auxiliar de Crossley contaba con cinco mil hombres, pero llevaba más de un mes detrás de un asentamiento defendido por trescientos. Y allí estaban ellos, a punto de ponerles los grilletes a unos ladrones de poca monta. No tenía ningún sentido.

Un niño vagabundo que tendría unos cinco años, vestido con pantalones remendados, era el único espectador a aquella hora tan temprana. Estaba apoyado en un amarradero de caballos con aire inocente, rascándose distraído el ombligo con un dedo mugriento mientras observaba la congregación de soldados delante del Paso Franco.

—¿Sois hadas madrinas? —les preguntó a las señoras Pinter.

—¡Sí! —respondieron ellas al unísono, y su risa sonó como dos campanas oxidadas tañendo.

El chico se fue corriendo, dobló por un callejón y se perdió de vista.

Redmond le indicó al cabo Murad que se quedara allí y se dirigió a la puerta de la taberna seguido por sus otros dos hombres.

Δ

Edna Pinter, primogénita de las gemelas y distinguible de su hermana Bertha por una manchita negra en el iris avellana de su ojo izquierdo, sacó del bolso su minúsculo reloj de bronce.

—Debería bastar con ciento veinte.

Redmond y sus dos soldados acababan de entrar en el local.

—Sí —dijo Bertha.

Murad, el guardia que les habían asignado, observó el reloj. En la tapa tenía un grabado con forma de triángulos entrelazados.

—Qué preciosidad de aparato —comentó.

—Le tengo bastante aprecio. —Edna se acercó el reloj al ojo de la mancha para vigilar el paso de los segundos—. La caja se hizo a partir de una greba de nuestro padre.

—Lo mataron durante el saqueo de Roma, pobrecillo —añadió Bertha.

—Las acompaño en el sentimiento, señoras —dijo el cabo Murad, que no sabía que nadie hubiera saqueado Roma en tiempos recientes.

—Fue hace más de cuatro siglos —respondió Edna—, pero gracias.

—Sí, gracias —dijo Bertha.

Murad sabía por la escuela que un siglo eran cien años. Pero eso no podía ser.

—¿Cuatro siglos? —preguntó, por si lo había oído mal.

—Ya está —dijo Edna, y devolvió su preciosidad de reloj al bolso.

Bertha sacó un revolver de su propio bolso y lo apretó contra la tripa de Murad. El cabo se rio de aquella estrambótica broma y Bertha le devolvió la carcajada mientras apretaba el gatillo. El abdomen de Murad amortiguó el ruido de la detonación.

El joven soldado se derrumbó a los adoquines rotos tosiéndose sangre en la barbilla.

Δ

—No hay despedida que valga —dijo Juven—, para la gente como nosotros.

—Hay lo que yo diga que hay —replicó Groat.

En la cabeza calva de Juven se había marcado una vena.

—¡Venga, súbete a ese barco, que es para hoy!

—Me extraña que nadie te matara antes. Fuiste un niño desagradable y un hombre desagradable, y ahora eres un cadáver desagradable. Los platos que hacías no estaban mal, eso es verdad, pero tienes unos modales vergonzosos.

—¿Que no estaban mal, dices? ¡A ver si los encuentras mejores!

—¡A ti no te daría la Mortífera, Encantador! ¡La disfrutarías demasiado! ¡Y ahora, voy a despedirme!

—¡Lo que vas a hacer es subirte a ese barco, viejo meón apestoso! —gritó Juven, señalando hacia atrás.

—Joder, ya voy… —empezó a decir Groat.

Juven exhaló.

—… nada más me haya despedido.

Δ

Redmond le tendió una mano a la tabernera del pelo negro y plateado. Cuando había anunciado que estaban todos detenidos bajo sospecha de tráfico de bienes robados, los dos borrachos de la barra habían seguido con sus cervezas sin inmutarse, pero la tabernera había salido hacia él con un palo de aspecto temible que tenía dos clavos atravesados. El recién ascendido sargento la había golpeado en la barriga con la cantonera del fusil y la mujer había caído al suelo, lleno de valvas de ostra machacadas y rotas.

Era un tugurio miserable. El aire estaba viciado, apenas había luz, casi no se podía andar de tanta concha en el suelo y el techo era tan bajo que el sargento casi se rozaba la cabeza. A los dos parroquianos, gordos como sapos y el doble de feos, parecía que habría que ponerlos en carretillas para poder sacarlos del local. Se habían girado en sus taburetes para observar la escena con ojos adormilados, apoyando la jarra de cerveza en la panza. Redmond no quería ni especular cómo habían terminado ambos con pegotes de cera en el pelo.

—¿Se encuentra bien, señora? —preguntó Redmond.

—Pues claro que estoy bien —dijo la tabernera, y apartó de golpe la mano extendida de Redmond—. Me has pillado por sorpresa, nada más. No me esperaba que un hombre de uniforme fuera tan cobarde.

Era una mujer menuda con la cara delgada y orgullosa.

—No se resista, señora —dijo Redmond—. Podría ser mi madre, y yo su hijo.

—Tendrías que ir saliendo para coger ventaja. —La tabernera le sonrió altiva, como si fuese él quien estuviera en el suelo y ella en posesión del fusil—. ¡Cuando vuelva Groat, vas a ver las estrellitas! Te meterá en la boca una cosa que no va a gustarte, chico, y se ocupará de que la mastiques.

Uno de los borrachos se levantó del taburete e hizo un ostentoso gesto beodo con un brazo.

—Groat no es un individuo al que convenga subettimar, caballeros. Tiene un carácter tempettuoso.

Un segundo después, el pantalón del borracho, en ausencia tanto de cinturón como de tirantes, le resbaló por las caderas y cayó a sus pies, dejando a la vista unos calzoncillos grises y unas piernas desnudas.

El otro borracho gimió, como si la mera mención de Groat le provocase un dolor atroz.

Los dos soldados de Redmond miraron a su sargento, turbados por la aciaga reputación del tal Groat a quien no convenía subettimar.

—¿Quién cojones es Groat? —preguntó Redmond, algo nervioso también ya—. Como me dé algún problema, le meteré el fusil en la oreja y decoraré este sitio con el contenido de su cabeza.

La puerta de la calle se abrió a su espalda y Redmond se volvió mientras entraban las ancianas. Las ostras crujieron y se partieron bajo la punta de sus botas.

—Señoras —dijo el sargento, exasperado por tener que lidiar

de pronto con una dosis adicional de sinsentido, deseándole la condenación eterna a Van Goor por endosarle aquella tarea ridícula—, si son tan amables de esperar con Murad unos minutos más…

Δ

Edna apuntó con la pistola. Su primera bala alcanzó a Redmond bajo el ojo derecho y la segunda se hundió en su esternón, haciéndolo caer desmadejado al suelo.

Entretanto, Bertha mató a su segundo hombre de la jornada al dispararle a un soldado que estaba a menos de un brazo de distancia de los parroquianos del bar. Le dio en la columna vertebral a la altura del cuello, y el hombre rebotó con suavidad en la barra, rodó y se desplomó con la cabeza sobre la hamaca que formaban los pantalones de Marl.

El último soldado intentó saltar al otro lado de la barra, pero las dos mujeres le dispararon antes de que lograra ponerse a cubierto, acribillándolo a balazos que atravesaron su torso e hicieron añicos varias botellas. El soldado se estrelló contra el estante, que cedió y lo siguió hasta el suelo, destruyendo el resto de los licores.

Bertha dejó el bolso en la mesa de Groat junto a la ventana y empezó a recargar.

Edna apuntó con su pistola a Marl.

—Así no —dijo él.

Señaló con las dos manos sus andrajosos calzoncillos, y al muerto que yacía sobre el pantalón caído entre sus piernas, pero Edna disparó de todos modos y le enterró su última bala en el corazón.

Δ

Juven le dijo a Groat que era un espantajo, que lo único que mantenía unidos sus huesos mohosos era la tozudez, que tenía unas costumbres tan rancias y asquerosas que ni sus pedos soportaban estar cerca de él, que, de lo irritante que era, había dejado pasar su verdadera vocación como almorrana en el ojete de un tabernero, y, al decirle todo eso, aun así estaba quedándose cortísimo. Groat era todavía peor, y no por poco.

—Tengo mis defectos, nunca he dicho lo contrario —reconoció Groat.

Δ

Del labio del sargento colgaba una pequeña solapa rosa. Un trozo de su lengua que se había mordido, comprendió Rei. Estaba tendido de espaldas a medio metro de distancia con la cabeza torcida, y sus ojos vacíos parecían fijos en ella.

—No te muevas, pazpuerca —dijo la arpía que lo había matado, apuntando a Rei con la pistola.

Su gemela estaba en la mesa de Groat, recargando. Elgin seguía sentado en su taburete, contemplando el cadáver de Marl a sus pies con ojos desorbitados.

La mujer que apuntaba a Rei tenía la cara como un pastel que se hubiera endurecido en el escaparate de una confitería, suave y cincelado a la vez. De no ser por las salpicaduras de sangre en el vestido púrpura y los guantes púrpuras, podría haber sido cualquier «ciudadana preocupada» de las que participaban en las «expediciones humanitarias» que se dedicaban a explorar los Posos más o menos cada estación del año, para mirar embobados lo sucia y borracha y lamentable que era la gente de allí. El cañón del arma de la arpía estaba a escasos centímetros de la cara de Rei, tan grande a sus ojos que daba la impresión de que podía meterse en él.

Pero la arpía era idiota. Rei sería una mujer sucia y borracha y lamentable, pero sabía contar.

—No te quedan balas —dijo, recogiendo su garrota de entre las conchas de ostra.

La tabernera asestó un porrazo en la mano con que la vieja sostenía la pistola. Los dos clavos le atravesaron la carne de la palma. La arpía aulló y soltó la pistola. Rei liberó la garrota de un tirón, arrancándola de entre el pulgar y el índice.

Se irguió y descargó la garrota en la coronilla de la trastabillante mujer. Los dos clavos atravesaron el floreado sombrero y hendieron el cráneo de la arpía haciendo un sonido algo más denso que el de una ostra al abrirla. La mujer bizqueó y se derrumbó, con las puntas sepultadas en el cerebro y el sombrero clavado a la cabeza. Sus piernas se levantaron al dar contra el suelo y la falda se le subió revelando unas enaguas de satén.

—Lo tienes bien merecido —dijo Rei, y desvió su atención a la gemela de la arpía.

La segunda vieja había terminado de recargar y apuntó a Rei con su pistola.

—Has matado a Edna.

—Eso he hecho. —Rei levantó la mano—. Ahora podemos dejarlo estar y que te marches o puedo soltarte encima a Groaty. Tú eliges.

La vieja amartilló la pistola.

Δ

Hubo una explosión ensordecedora, un instante de dolor increíble y Rei volvió al suelo. Una vez más, la cara como un pastel endurecido de una arpía flotó sobre ella. Era una arpía diferente, y en esa ocasión Rei no sentía las piernas, pero la situación era fastidiosamente similar.

—Mi única hermana —dijo la arpía, y sacó un estilete de entre las flores de tela de su sombrero gigantesco y horrible.

Era así como pretendía terminar de cargársela, comprendió Rei, con aquella pequeña daga. Rei no tenía demasiado miedo. Iba a dolerle, pero ¿qué no lo hacía? Groat no era el único de la familia capaz de encajar una paliza. El bueno de Groaty. Iba a cabrearse de lo lindo por aquel desastre.

Pero, de todas formas:

—Que le follen a tu hermana… y que te follen a ti…

La arpía rugió y levantó el estilete.

Con un golpetazo, la puerta del patio trasero se abrió y dio contra la pared. El brazo de la vieja se detuvo, y alzó la mirada para ver cómo Groat se balanceaba hacia ella sobre sus muletas, con el movimiento rígido e implacable de un juguete a cuerda, partiendo y pulverizando valvas de ostra en su avance.

—¡Te comerás la Mortífera por hacerle daño a mi amor! —rugió, y se abalanzó sobre ella, la derribó al suelo y le mordió la nariz al mismo tiempo.

La mujer le clavó el estilete con ángulo en el cuello. La sangre manó a chorro de la arteria perforada de Groat, que apretó la mandíbula, sacudió la cabeza y le arrancó un trozo de nariz a la mujer. Dio otra dentellada, por encima del ojo en el borde de la cuenca, y no fue hasta haber aplastado el hueso entre sus dientes cuando murió.

Δ

Mientras los ecos de los disparos se apagaban, Elgin logró, con ayuda de la barra, que sus acuosas piernas lo sostuvieran. Se aproximó al enredo que formaban Marl y el soldado. Al otro lado de la barra, el militar muerto que había buscado cobertura estaba bocabajo, con el cuerpo cubierto de cristal.

Elgin hizo acopio de valor para mirar en dirección a sus otros amigos. Rei estaba despatarrada junto al soldado que llevaba los galones de oficial. Su pelo negro y plateado estaba lleno de trozos de ostra. Tenía los ojos abiertos, y la boca petrificada en una sanguinolenta sonrisa burlona, y más sangre empapándole el vestido por el abdomen. Groat yacía sobre una anciana vestida de violeta, con los dientes atenazándole la cara. De su cuello sobresalía un estilete. Aún salía sangre de la herida a finos chorros, pero Elgin sabía que era otro cadáver. Debajo de Groat, la anciana se convulsionaba, y lo poco que quedaba de su aliento salía en ásperos siseos. La gemela de la mujer estaba más cerca de la puerta. Tenía la garrota de Rei clavada en el cráneo y apuntando derecha hacia arriba, como una marca en el jardín para señalar dónde estaban plantados los guisantes. Eso hacían siete personas muertas y una octava con la mecha casi quemada del todo.

El local tenía un olor familiar, el de la carnicería de Elgin en los viejos tiempos, solo que peor, porque estaba especiado de cordita y de un empalagoso perfume de rosas, de ostras y vinagre y del río Bello al otro lado de la calle.

Encontraría un barco fuera, Elgin lo sabía, y a Juven en la proa exigiéndole que subiera a bordo. Era imposible que él siguiera vivo y que Marl, Groat, Rei, los tres soldados y las dos ricachonas del vestido púrpura no. Él sería el noveno cadáver. Y sin duda se había ganado su condena: era un castigo justo por lo que les había hecho a esos animales, y más teniendo en cuenta por quién lo había hecho.

Se apartó de la barra y rodeó a la anciana con el palo clavado al cráneo para llegar a la puerta, que estaba un poco entreabierta. Elgin salió a la calle.

Había un niño pequeño agachado junto al cadáver de otro hombre de uniforme, observando el charco de sangre que ya se secaba alrededor del cuerpo. El crío miró inexpresivo a Elgin.

—¿Por qué lloras?

Elgin se tocó las mejillas mojadas.

Miró a derecha e izquierda. Escrutó el río. No había ni un solo barco a la vista. Se dejó llevar por el instinto y quince minutos después ya estaba en el Saciasedes, donde logró mendigar una jarra a cuenta.

# Ike

Ike estaba en un tramo de playa de grava, en un ensanchamiento del río. La fábrica de cerámica de Juven se alzaba cien metros por delante, una estructura de ladrillos con numerosas chimeneas como cuernos cuya valla trasera topaba contra un saliente de roca en la ribera. De la fachada que daba al río sobresalía todo un enredo de albañales y tuberías que descendían en ángulo sobre el agua. Las aves marinas habían anidado en las chimeneas paradas.

Una alta valla de madera rodeaba la fábrica. La puerta delantera estaba asegurada con una gigantesca cadena y un candado. Ike ya había recorrido los laterales y comprobado unos cuantos tablones, pero estaban bien clavados en el suelo y sujetos entre ellos: el Encantador no había escatimado en seguridad. Podría buscar un hacha y abrir un agujero en la valla, pero prefería no hacer un estropicio que pudiera llamar la atención si pasaba alguien por allí casualmente. Hasta los brazaletes verdes se fijarían en un montón de madera cortada.

En la parte trasera de la fábrica, la valla discurría en paralelo a una cornisa de roca en la orilla, que descendía en bastos anaqueles hasta el verde fluir del Bello. Los albañales y tuberías, blancos de tanto darles el sol, salían por agujeros de los tablones. En tiempos normales, esos conductos sacaban las aguas residuales al río, pero, igual que las chimeneas, estaban parados.

Ike pensó que por ahí entraría.

Había un pequeño altar en el terreno elevado de la playa. Ike escondió el morral fuera de vista detrás del santuario, que solo tenía unos pocos huesos de pescado como ofrendas a sus pies, y cuyo ídolo estaba tan erosionado por el viento que solo la curva de su cola lo distinguía de un madero de deriva.

Mientras se sentaba en la grava a quitarse las botas, Ike evaluó distraído las posibilidades de que llegase alguien para rezar y le robara su elegante traje. Parecía improbable: los devotos escaseaban mucho fuera de los Posos. Por aquella zona, la gente iba a la iglesia. Pero, en cuanto lo hubo pensado, ya no pudo quitárselo de la cabeza. Ike sacó el anillo de diamantes de su morral y se lo ajustó en el dedo meñique.

Δ

Con las botas colgándole del cuello por los cordones, Ike salió reptando por la boca interior de un albañal y cayó encima de un horno de tamaño industrial. Se despegó del cuerpo la ropa que llevaba, enguarrada por la mugre que se había acumulado en la artesa, la escurrió y la extendió para que se secara sobre la conveniente superficie del horno, pero se puso las botas.

Una inspección somera de la planta principal reveló otras cañerías y artesas que salían de techos y paredes, más hornos, cubas, conductos y ruedas. Desde lo alto llovían cortinas de motas de polvo trazando círculos. Ike siempre se asombraba de lo perezosa que era la gente: ¿cómo era posible que un sitio como aquel llevara allí tanto tiempo sin que nadie lo robara? Era un triste misterio.

Caminó con paso tranquilo en bolas, seguro de que pronto tendría todos los ojos de cristal que cualquier chica deseara poseer en su vida.

Más allá de la planta de fabricación encontró un almacén. Sus docenas de altas estanterías, que sin duda habían contenido las existencias de Juven, estaban vacías de la primera a la última. Unos círculos en el polvo señalaban los lugares donde se habían apilado los platos. A Ike se le cayó el alma a los pies, incluso mientras la opinión que le merecían sus congéneres recuperaba algunos puntos. Alguien emprendedor, seguramente en posesión de una llave, había dejado aquello limpio de todo menos de polvo. Había que quitarse el sombrero.

Del almacén salía una puerta que llevó a Ike a la parte pública de la factoría, donde Rei le había dicho que los trabajadores tenían una tiendecita para vender sus baratijas.

En esa zona delantera había un mostrador, varios de cuyos cajones vacíos estaban arrancados y tirados a un lado, más estantes sin nada encima, el cristal roto de frascos estrellados disperso por todo el suelo y poco más que fuese digno de mención. Ike ya no estaba tan dispuesto a levantarse el sombrero. Existía un principio tácito en el oficio: si podías echar mano a algo, adelante, por supuesto, pero no hacía ninguna falta ser un cabrón y dejarlo todo hecho un estropicio. ¡Como si fuese muy difícil abrir un frasco! Ike apartó cristales a puntapiés.

En la esquina había otra puerta, un poco entreabierta. No tenía sentido molestarse, Ike lo sabía. El árbol estaba bien recolectado y a él le estaba entrando frío de vagar por aquel edificio tenebroso con el dedo sin uña al aire.

Dio media vuelta y regresó por el almacén hasta la planta de la fábrica... y entonces se detuvo. Porque había otro principio que tener en cuenta:

Si iba a decirle a su esposa que había buscado en todas partes, tenía que ser verdad.

—Nunca te he mentido, Dora, y nunca lo haré —proclamó en voz alta.

Regresó a la tienda desvalijada, cruzó la puerta entreabierta y subió el corto tramo de escalera que había al otro lado.

Δ

La escalera llevaba a un despacho desde cuya ventana se dominaba la planta de producción entera. La mesa de dibujo que ocupaba el centro de la estancia estaba cubierta de papeles, y muchos otros se habían desperdigado por la madera del suelo.

Ike levantó un papel. Era una carta dirigida a un proveedor de metal en crudo, firmada por Henry Juven. Había unas tenues huellas dactilares negruzcas en el borde del papel, seguro que del propio Juven. ¡Vaya, vaya! Conque allí estaba Ike, vestido solo con sus botas, en el despacho del mismísimo Encantador, sosteniendo una carta del mismísimo Encantador. ¡Eso sí que habría ʼue enmarcarlo!

Lo fascinaba que Juven hubiera nacido en las mismas calles que ʼ. A Ike le parecía asombroso que uno pudiera volverse así de ʼco y poseer una fábrica tan inmensa como aquella solo para terʼinar así muerto, primero metido en una bañera de hielo para que la gente lo mirase y luego convertido en infame espectro para asustar a los crédulos, supuestamente reclutando almas para su barco maldito.

Ike había querido ver el cadáver de Juven, pero la moneda de cuarto que había que pagar ofendió sus sensibilidades. Allí, en el despacho del muerto, lamentó la oportunidad perdida. La gente había comentado sobre todo el tamaño del cadáver; parecía muy pequeño, decían.

Cuando Ike puso sus propios dedos sobre las huellas del borde de la carta, todo le pareció posible. Vio una gran casa en las colinas como la que había tenido Juven, y dentro una larga mesa cubierta por todo un ejército de saleros y pimenteros de plata, y en el lado opuesto su esposa, Dora, sonriéndole. Ike se imaginó a sí mismo llevándola a pasear en carruaje y, al llegar al centro del Su-Bello, diciéndole al cochero: «Párate aquí, amigo». Vestidos con sus mejores galas, saldrían a echar una partida de cuentagotas y todos los golfos y los pilluelos y los holgazanes y los vagabundos se detendrían en medio del puente y se quitarían el sombrero en señal de respeto por la belleza de Dora y la clase de Ike.

Se sacudió la fantasía de la cabeza; tenía que terminar lo que estaba haciendo para poder ir a ver a la auténtica Dora antes de pillar una neumonía.

Había unos archivadores empotrados en las paredes del despacho, pero solo contenían libros de cuentas y más papeles. Ike dio golpecitos aquí y allá en busca de puntos huecos, pero sin suerte.

Al principio el armario parecía estar vacío también: nada colgando de las perchas, nada en el suelo. Ike palpó el estante elevado y su mano tocó algo blando. Bajó un pequeño saquito de algodón. Su contenido chasqueaba. Desató el cordel y miró dentro: estaba lleno de ojos de cristal.

Una pequeña nota que había en el saquito rezaba:

PEDIDO ESPECIAL
CONSERVADOR
MUSEO NACIONAL DEL OBRERO
CALLE PEQUEÑO ACERVO

Ike dio un grito triunfal y se echó a reír. Oyó un portazo abajo. Se tapó la boca con una mano.

Δ

—¿Has oído eso, Zil?

—Puede que haya oído a un hombre muerto, como no se deje ver ahora mismo.

Ike salió por la puerta de la escalera a la pequeña tienda de la fábrica.

—¿Venís a pedir trabajo? ¡Lo siento, no tenemos puestos disponibles para un par de gamberretes inútiles!

Pateó esquirlas de cristal roto en dirección a los dos pequeños vagabundos, Len y Zil, que se apartaron de un salto.

—¡Calma, Ike! —gritó Len—. ¡Eso no lo hemos hecho nosotros! Es la primera vez que venimos. Nos ha gustado la pinta que tenía este sitio. Y mira lo que hemos encontrado detrás de un altar, ahí en la arena. Dentro hay un vestido y el traje de algún idiota para ir a la ópera, supongo. —Dio una palmada al morral de Ike, que llevaba bajo el brazo—. Si quieres, nos lo repartimos.

—O casi mejor me lo quedo yo todo —dijo Ike—, teniendo en cuenta que son mis cosas.

Se adelantó, le arrancó el morral a Len de las manos y se retiró detrás del mostrador. Zil se había tapado los ojos con una mano.

—¿Siempre te paseas por las fábricas vacías desnudo, menos por las botas y un anillo de diamantes?

—Pues sí —dijo Ike desde detrás del mostrador. Se quitó las botas y sacó la ropa buena del morral—. ¿Cómo habéis entrado? Porque esto ya está vaciado, pero, como hayáis abierto un buen agujero en la valla, mañana por la noche no quedarán ni los cimientos.

—Hemos traído una escalera —dijo Len.

—Claro, porque eso no llama la atención.

No había esperanza para la juventud. Pensarlo hizo que Ike se sintiera agotado. Se puso los pantalones del traje.

—La hemos metido con una cuerda después de subir, claro —dijo Zil.

—Muy listos —concedió. Igual sí que había un poco de esperanza.

—Gracias. ¿Qué tienes ahí? —La chica cogió el saquito que Ike había dejado en el mostrador y miró dentro—. ¡Hala, ojos de cristal! Qué curioso, ¿no, Len? Ese de ahí va por la vida en pelota picada, solo con las botas, un anillo de diamantes y un puñado de ojos de cristal.

—Habría que enmarcarlo —comentó Len.

—Mejor esconderlo en el armario para que no lo vean los vecinos —dijo Zil.

Ike le quitó el saquito a la chica y lo dejó más alejado en el mostrador.

—Nunca me han gustado los críos, y esta es la razón.

—¿Me das el vestido? —pidió ella.

—No —dijo Ike.

—¿Vas a vendérselo a Rei? —preguntó Len—. ¿Crees que te comprará los ojos? ¿Quién va a quererlos? Nosotros le hemos vendido algunas cosas. Tenías razón, paga mejor que casi nadie.

—Le hemos preguntado por ti para saludarte —añadió Zil—, y nos ha dicho que estabas por ahí en algún sitio haciéndote el importante.

Aquello no merecía respuesta. Ike se abotonó con cuidado la camisa de seda que se había llevado de la consulta del médico y se la metió por la cintura del pantalón. Pasó el cinturón de cuero por las trabillas y se sentó en un taburete para ponerse los zapatos a juego. Lo siguiente era el bombín marrón, que estudió con atención y al que quitó dos o tres pelusas antes de calárselo en la cabeza. Por último, se puso la chaqueta.

Como era de esperar, los pilluelos perdieron el interés por los asuntos de Ike y se pusieron a parlotear sobre los robos que habían cometido (todo menudencias, como abrecartas y azucareros) y lo duro que habían regateado con Rei para colocar cada mercancía, aunque Ike reparó sin decirlo en que la tabernera los había estafado en todas las ocasiones. De ahí pasaron a contarle la versión más reciente de las antiguas historias sobre las colas para el pan (más largas por menos), el barco mágico del Encantador (visto sobre los tejados del Tribunal de la Magistratura) y el creciente descontento («Como a los provisionales se les ocurra aunque sea mirar mal a quien no deben, la gente anda buscando cualquier excusa para pelear en vez de dar ni un bocado más de pan ceniciento», aseguraba Len).

Ike escuchaba medio distraído. Usó un espejo de mano para mirarse y, con un trapo, se limpió la cara manchada al arrastrarse por la artesa. Vocalizó las palabras para sí mismo: «¿Sabías que, desde el día que te conocí en el puente...?».

Metió el espejo en el morral y se enderezó. Los otros dos habían dejado de hablar.

La escena, con los dos pequeños vagabundos en su lado del mostrador, rodeados de cristal roto y polvo, y Ike en el suyo, todo elegante, como si fuese el dueño del lugar, se le grabó en el cerebro. Le dio una poderosa sensación de madurez y, para su sorpresa, una pizca de nostalgia. Ike había sido como aquellos dos no hacía tanto tiempo, pero ya jamás volvería a serlo.

A Zil le había subido un poco de color a la cara sucia y pecosa.

—Estás muy guapo así vestido, Ike.

—Sí que te quedan bien esos trapos, sí —dijo Len, y añadió un gruñido para subrayar la masculinidad del cumplido.

—Gracias. —La nueva madurez de Ike lo instó a darles algún consejo a los pequeños—. Sé que parece que os trato con mano dura, pero...

—¡Le falta algo para el cuello, Len! —interrumpió Zil—. ¿Qué te parece la seda esa que le mangaste a aquel viejales del carruaje fuera del Metropole?

Len chasqueó los dedos.

—¡Es verdad! —Se metió la mano por la camisa, palpó aquí y allá y sacó un pañuelo blanco de seda que le ofreció a Ike—. Mejor que una pajarita.

Δ

Ike se sentía como si llevara una serpiente al cuello, una serpiente alabastrina, lisa como el hielo. Era una sensación maravillosa, y la pura casualidad de que ese pañuelo hubiera llegado a su poder parecía obra del destino. Ike había admirado el estilo del anciano aquel día en los Campos y, si no era el mismo pañuelo que había llevado puesto el hombre, era su gemelo, una tira de metro y medio de seda blanca con un diseño de triángulos dorados cosidos en los extremos. Ike se había dado con ella tres vueltas superpuestas al cuello, dejando que un lado le colgara por detrás del hombro izquierdo y el otro por delante.

—Con esa pinta, no me atrevería a jugar contra ti —dijo Len—, pero sí que subiría las apuestas por una propina.

Los chicos lo llevaron cruzando el patio de la fábrica hasta donde tenían la escalera apoyada contra el interior de la valla. Ike subió hasta arriba y se detuvo. Tenía el morral con el vestido de Dora y el saquito de ojos echado al hombro. Los niños lo miraban, sonriendo por lo elegante que estaba.

—Estoy en deuda por la seda, y este Ike siempre paga.

—No te preocupes —respondió Len con el tono de un chico que robaba tantas bufandas de seda que, la verdad, se alegraba de librarse de alguna.

—Si me buscáis, lo más seguro es que ya no vaya mucho por el Paso de ahora en adelante —dijo Ike. Les dio la dirección del

Museo Nacional del Obrero, les describió el enorme edificio de postigos verdes descascarillados y les explicó que era más probable que lo encontraran allí—. Dejadme unos días y tendré dinero para vosotros, o algo que sea un intercambio justo, y también os daré unos consejillos gratis para el cuentagotas.

Se tocó el ala del sombrero y pasó al otro lado de la valla. Los chicos oyeron a Ike caer al otro lado y el trote de sus zapatos por la grava hasta la calle.

Zil, que había llegado a la conclusión correcta a partir de la ropa elegante, el vestido y la sortija que llevaba el pilluelo en el meñique, exclamó:

—¡Ojalá ella diga que sí!

Δ

Para decepción de Ike, ni uno solo del puñado de viandantes con los que se cruzó de camino desde la fábrica de Juven hasta el Museo Nacional del Obrero pareció reparar en su atuendo. La mayoría iban hacia el sur, en dirección al Su-Bello y los Posos, y unos cuantos llevaban mucha prisa. Un carruaje de hospital con franjas rojas y blancas pasó al lado de Ike, con los caballos al galope y el segundo cochero en el pescante dándole martillazos a su campana y chillando: «¡Gente herida! ¡Abran paso! ¡Gente herida! ¡Abran paso!».

En un punto de su corto trayecto, una mujer lloraba en brazos de un amigo en medio de una acera estrecha. Ike tuvo que apretarse contra la pared para poder pasar, y hasta le rozó el dobladillo de la falda, pero la afligida mujer no reaccionó.

—Todos muertos —estaba diciendo entre sollozos a su amigo—, no ha sobrevivido ni un alma. Ha sido una masacre. Había sangre por todas partes.

Su amigo le echó la culpa de inmediato a «ese hijoputa estibador de Mosi». Había apoyado a esos niños ricos universitarios y a los soldados de Crossley, y todo había terminado en matanza.

Todo aquello era preocupante, sin duda. Desde aquel día en los Campos, cuando había visto al abuelo con su pañuelo y a las espantosas señoras Pinter y al oficial con todas sus medallas y sus galones, Ike había tenido la sensación de que fallaba algo en el estado de las cosas. Luego le había dado unas cuantas vueltas y había decidido que el problema era la espera. La espera hasta que tuvieran una paz oficial, unas normas nuevas, unos alguaciles distintos a los de antes. Por eso la revolución no parecía real del todo.

Cuando Ike era un pequeñín recién salido del Albergue Juvenil, una mañana se había sacado un penique cargando el cubo de una mariscadora con dolor de espalda. Después de que la mujer le pagara, Ike se había agachado en un callejón para hacer rodar su penique sobre los adoquines, disfrutando de su brillo. Se le había acercado una señora.

La señora le dijo que podía traerle una bolsa de caramelos de casa de su hermana por medio penique, y Ike le dio la moneda encantado. La mujer le prometió que volvería enseguida con los dulces y el cambio. Ike se quedó allí hasta que anocheció, esperando a que regresara la mujer con los caramelos y su medio penique, antes de volver al Paso y, llorando, contárselo todo a Rei.

Un estibador que había en la barra lo oyó, se echó a reír y bramó:

—¡Promesas de amantes!

Rei le revolvió el pelo a Ike, le pellizcó la mejilla y dijo en tono alegre:

—Pero ya no volverán a robarte así nunca más, ¿verdad, Ikey?

La sensación que daba la ciudad era justo esa, la del momento antes de comprender que te han estafado a base de bien.

Si el Gobierno Provisional se derrumbaba, Dora y él tendrían que ir con mucho cuidado. No pasaba nada. Ike sabía ir con cuidado, y le daba la impresión de que ella también.

No se detuvo a preguntar sobre la naturaleza de aquella crisis particular. Si era tan gorda como parecía, pronto correría la voz por todas partes y se aclararían los detalles.

Su misión actual era otra, ¡y Ike iba elegantísimo para ella!

Aunque todo el mundo estuviera demasiado alterado para darse cuenta.

Δ

Ike abrió la puerta del museo, que no tenía la llave echada, entró y llamó a Dora. No hubo respuesta y se le relajó el nudo triple en la garganta que no se había fijado en que tenía. Dora debía de estar fuera buscando suministros. En el futuro, decidió Ike, podría quedarse en casa porque ya llevaría él cualquier cosa que necesitaran.

Sacó el vestido del morral, preocupado por si se arrugaba mucho, y lo alisó encima de la mesa del pequeño despacho. Dejó a su lado el saquito de ojos de cristal.

No tenía nada más que hacer aparte de entretenerse echando un vistazo.

Movió los gigantescos engranajes. La manera en que se hacían girar unos a otros era muy satisfactoria, y Ike atravesó una y otra vez el del centro.

En la primera planta, mientras observaba a la panadera, se le ocurrió una idea. Se puso a cuatro patas y miró bajo su falda para ver qué tenía entre las piernas, pero entonces le dio un ataque de vergüenza y se levantó de un salto. Ike se disculpó con la estatua y le dijo que solo buscaba una cosa que creía que se le había caído.

—Tampoco es que te importe mucho, porque eres de cera —añadió mientras se marchaba, sin mirar atrás hacia la figura.

Vio por una ventana las ruinas del edificio que se había incendiado. Había tres o cuatro gatos escalando las montañas de ladrillo, y otros tres o cuatro holgazaneando en la hierba alta de enfrente. Dora no le había dado nunca la sensación de ser muy devota, pero Ike haría sus votos ante un altar si ella quería. Le gustaban aquellos animalitos —¿cómo iban a no gustarle a alguien?—, era solo que no creía que protegieran a la gente del mal.

Al llegar al tercer piso, trasteó un poco con la caja de madera que tenía la lente aquella, sin más éxito que en la ocasión anterior.

—Está rota del todo, compadre —informó al hombre de cera con mirada de serpiente que parecía ocuparse de ella.

Cuando su exploración lo llevó por fin a la cuarta planta, se detuvo un par de minutos a contemplar una peculiar exposición minera que, por algún motivo, había pasado por alto en sus anteriores visitas. Un minero vestido de blanco con un pico en la mano estaba de pie junto a un tonel lleno de una brillante arena amarilla, al otro lado del cual había una mujer de cera con una falda escandalosamente ceñida. ¿Qué clase de extraña arena había excavado el minero? ¿Cuál era el papel de la mujer allí? La dama del vestido apretado parecía de lo más alegre. ¿Estaría comprando el tonel? ¿Qué opinaría su marido de la ropa que llevaba? Ike pensó que debía de gustarle, al marido de la mujer de cera, pero que al mismo tiempo igual no le hacía mucha gracia, por lo menos si había otros hombres cerca.

Ike no lograba comprender la escena en absoluto, y deseó que Dora estuviese allí para explicársela.

Había pasado más de una hora. Esperó que Dora no tardase mucho más. Volvía a estar inquieto. El espacio era tan enorme que casi daba la sensación de que el edificio era más grande por dentro que por fuera, por absurdo que sonara; y aquella gente de cera, siempre allí de pie en el rabillo del ojo… Ike tenía que combatir el impulso de volverse de golpe y pillarlos moviéndose, lo cual también era una completa idiotez. Se aseguró a sí mismo que no estaba asustado, que solo era un hormigueo. Al pensar esa palabra, empezó a picarle la piel del dorso de las manos y tuvo que frotársela.

—No sé cómo duermes aquí tú sola, Dora —dijo Ike en voz alta, y el sonido de su voz lo tranquilizó.

Al tonel se le había salido un poco de tierra amarilla, que estaba esparcida por un arroyo de cristal. Había un rastro de pisadas en la arena. Ike las siguió hasta el lugar donde un buscador de oro con un sombrero harapiento estaba metido en el agua de cristal, manoseando una pantalla metálica llena de piedras resplandecientes. La esposa del buscador estaba tendiendo trapos en una cuerda. Esa pieza sí que la recordaba.

Ike saludó a la pareja levantándose el sombrero.

—Buenos días, gente de campo. Soy Ike, el futuro marido de Dora.

La cuerda de tender estaba sujeta a una cabaña, fuera de la cual había un par de sillas de mimbre. Tenía la puerta cerrada.

Pensó que Dora podría estar durmiendo en la cabaña, donde quizá hubiera una cama, así que llamó con los nudillos a la puerta cerrada.

—¿Dora?

No se oía nada dentro. Ike puso la mano en el picaporte, pero titubeó. Dora podría estar adormilada todavía. No quería ser indiscreto y sorprenderla medio despierta y desvestida.

¿Y si abría la puerta y ella le decía que saliese, le chillaba que saliese?

¿Y si rechazaba su proposición?

¿Y si se reía?

«No puedes llorar —se dijo Ike—. No puedes llorar, no puedes llorar, no puedes llorar».

Separó los dedos del picaporte. Acarició la fresca seda del pañuelo blanco. Estaba agobiándose por nada. ¿Cómo iba a decirle que no? Ike le había llevado todo lo que le había pedido.

Ike se armó de valor pensando que, si Dora le decía que no, aun así seguiría a su servicio. La serviría el tiempo que hiciera falta para ganársela. La serviría hasta caer muerto, si no había más remedio.

—Dora —llamó—. Soy yo, Ike. ¿Puedo pasar?

Δ

Al hombre que vivía en la embajada y no se llamaba Anthony lo despertó la voz de Ike saludando a los buscadores de oro. Se incorporó en silencio del sueñecito que se había echado en la cama de la cabaña y se escabulló descalzo hasta la cortina que servía como cuarta pared de la choza. Con cada pequeño y suave paso, un dolor procedente de la ingle recorría su torso hasta terminar en la lengua, pero se tragó el suplicio que le había dejado el sargento Van Goor con la misma facilidad que un huevo crudo.

—Dora. Soy yo, Ike. ¿Puedo pasar? —preguntó el joven mientras el hombre de la embajada avanzaba por el exterior de la pared de la cabaña. Sonaba bien educado. Eso era un punto a favor del mocoso.

Se situó detrás del joven, que también iba bien vestido. ¿Qué podía deducir de ello El-hombre-que-no-era-Anthony? ¡El futuro marido de Dora, había dicho que era!

El-hombre-que-no-era-Anthony había pasado horas y horas despierto con Van Goor, y luego solo había descansado un ratito, pero su curiosidad despertó de nuevo. Iba a ser necesaria una entrevista a fondo.

Observó las figuras cercanas —el buscador de oro, su esposa, el recolector de fruta, el minero, la feliz amiga del minero, el granjero, el perro del granjero— para ver cómo reaccionaban. Pero ninguna miraba hacia allí, como si apartando los ojos pudieran mantenerse inocentes.

El joven granuja, el tal Ike, se tensó. Había sentido un aliento en la nuca.

—Lo siento —dijo El-hombre-que-no-era-Anthony al oído de Ike—. Ha salido a algún sitio. Pero me tienes a mí. Tal vez pueda ayudarte.

# Un sueño de tres días

D salió del Vestíbulo a una tarde cálida y nublada. Avanzó poco a poco entre las laderas de escombros mientras parpadeaba por el brillo del encapotado cielo y salió por el umbral sin puerta a la extensión de césped descuidado que era el jardín de la Sociedad. Al otro lado de la calle se acuclillaba taciturna la mansión azul oscura de los Archivos para el Estudio de la Exploración Náutica y las Profundidades Oceánicas, con el raído cordaje dorado de su puerta como una enorme pajarita suelta.

D siguió adelante. La hierba sin cortar susurraba contra su falda y una hoja amarilla de álamo, enredada en la hierba, se le enganchó en un pliegue de la tela. D la sacudió. Se sentía reanimada, pero aturdida.

En el Vestíbulo se había quedado dormida y había tenido una noche de sueños salvajes y vívidos:

Había visto suaves colinas, un gran cielo azul y una ventana que le permitía cambiar de cara, transformarse en la mujer más hermosa imaginable. Pero D se había dado cuenta de que llevaba los ojos vendados y se había quitado la venda. Con sus verdaderos ojos vio que era de noche, que las lunas brillaban con un resplandor infectado y que las colinas eran en realidad los famosos monolitos de la meseta que había sobre la Gran Carretera. Había caminado hasta un paso de montaña. Unos pedestales que jalonaban el camino sostenían orbes, y dentro de algunos de esos orbes había luz. D se acercó a mirar dentro de uno y vio a un hombre minúsculo ardiendo, con la piel arrugada y burbujeante, incluso mientras se miraba a un diminuto espejo en el que ese mismo hombre tenía una expresión beatífica y estaba ileso. Dentro de los otros globos iluminados estaban presos otros hombres y mujeres hipnotizados y en llamas, pero la mayoría de los orbes contenían solo cenizas, como si sus pequeños habitantes se hubieran consumido por el fuego. Durante todo ese tiempo, la comprensión de D estaba embotada; se había sentido veladamente forzada a explorar y, llegando a un orbe oscuro donde yacían los restos cenicientos del alma de alguien, la asaltó una poderosa conciencia de Ambrose, la convicción de que se hallaba en las proximidades. Parte del velo que envolvía su mente se rasgó. ¡Por fin! ¡Qué cerca estaba su hermano! Sintió una desesperada necesidad de ayuda. Al pie del camino descendente, en una depresión natural entre montañas, había visto un inmenso templo al aire libre que tendría unas cien sillas de piedra. Más o menos una docena de ellas estaban ocupadas por ancianas y ancianos repantigados, durmiendo, vestidos con túnicas doradas, derramando sus largas melenas grises en el suelo rocoso. En los anaqueles que rodeaban el templo ardían más orbes, proyectando su luz sobre los durmientes. D retrocedió sobre sus pasos hasta una mujer muy vieja, tatuada, que descansaba en una banqueta cerca de la puerta por la que D había llegado, que sus verdaderos ojos le revelaron como un portal triangular.

Frenética, D le explicó a la anciana que, cerca de un globo lleno de cenizas, había percibido la proximidad de su hermano, un joven con la gorra bien calada y una sonrisa dentuda; ¿por casualidad había visto la señora a alguien que encajara con esa descripción?

—¿Quieres que te cambie la cara? —preguntó la arpía mientras, con su descomunal aguja de punto, grande como un cuchillo de trinchar, señalaba hacia una guillotina.

D respondió que no, que estaba buscando a su hermano, Ambrose. ¿Lo había visto la señora?

—Tus ojos están despejados, mujer. Si vino a este lugar, y si no es uno de ellos, y si no está ardiendo, puedes ver por ti misma lo que fue de él. Se empaparon de su luz. Se lo bebieron. Deberías haberte dejado los ojos cubiertos si no querías saberlo. ¿Quieres una cara o no?

Cuando D no respondió, la anciana había gruñido y lanzado una estocada con la aguja en la dirección de D, que huyó trastabillando a través del portal.

Δ

—¡Ah! ¡Ahí está!

D vio a un carretero en ropa de faena manchada de polvo blanco de pie en la calle, junto a un carromato detenido delante del museo. Estaba haciéndole gestos con su sombrero de ala ancha en la mano. Los dos caballos enyugados al carro mordisqueaban la hierba que crecía en los huecos entre adoquines.

—¡Traigo su cal! —exclamó el hombre—. ¡Disculpe el retraso! —El hombre batió el sombrero delante de la cara de D—. ¡Y menos mal que no he tardado más, por lo visto! ¡Menuda potencia! Es la letrina, ¿verdad?

El carretero tenía unos suaves rasgos de mediana edad que parecían hechos para sonreír, carrillos inflados, boca ancha y nariz protuberante. No daba ninguna sensación de peligro. Dormiría en una choza con el techo de paja, visualizó D. Le bastaría con un colchón hundido, una tetera y una mecedora en la que relajarse, con el alegre chirrido de sus balancines sobre la alfombra donde se acumulaba el polvo que lo acompañaba a casa desde su cantera. Pero había llevado su carro al lugar equivocado.

—Yo no he pedido cal, señor. Lo siento.

El hombre ladeó el mentón en señal de perplejidad.

—Pero el tipo que me hizo el encargo dijo que la trajera a la esquina de Pequeño Acervo con Legado, y tenía entendido que Legado ahora está toda vacía. Tomé el pedido yo mismo. Un tipo alto, militar.

Al otro lado de Pequeño Acervo, delante de la oficina del Fraternal Gremio Histórico de Trabajadores del Tranvía, unas pinceladas de bermellón en un roble atrajeron la mirada de D.

Volvió los ojos de nuevo hacia las ruinas de la Sociedad, donde unas finas vetas de hojas amarillas se retorcían entre las cápsulas verdes de los álamos.

El otoño aún no había mostrado sus colores cuando Robert la acompañó a casa desde el estanque. D había tomado demasiado el sol y quería beber, y había entrado en el museo y… había visto una exposición nueva…, no, nueva no, obviamente, pero una en la que no se había fijado nunca. Era de un soldado…, no, una soldado, con un arma que D no había alcanzado a comprender…

… y luego había ido a dormir en las ruinas de la Sociedad y había soñado.

Se miró la falda, desgarrada por gatear a través del seto y trepar por las pilas de mampostería destrozada, y manchada de negro por los carbonizados cascotes del edificio… al que había escapado para ocultarse del sargento, que había ido a hacerle daño. Tenía un corte sucio y costroso entre el pulgar y el índice que se había hecho con la broca.

—A lo mejor es que no se lo han dicho. ¿Su jefe está dentro? —preguntó el carretero.

—Esta mujer no tiene jefe.

El vecino de D había aparecido por detrás del carretero, vestido con uniforme completo. El capitán Anthony tenía las palmas de las manos apretadas ante él y caminaba un poco inclinado hacia delante, con los hombros encogidos. A plena luz del día, había algo tímido y arrepentido en su porte, la reflexiva vergüenza de un gigante en un mundo de humanos. Señaló el edificio de D.

—Es ella quien se ocupa de este sitio, el museo. Yo estoy en Legado, al doblar la esquina.

—Ah —dijo el carretero y, confundido, miró de nuevo la ropa manchada de D—. Qué cosas, resulta que Legado no está vacía. Mis disculpas, señorita.

—Si deja los sacos aquí en la acera, más hacia la esquina, los entraré yo por detrás —dijo el capitán Anthony al carretero.

—¿Seguro? Son muchos sacos que levantar para un hombre

solo. A ver si va a hacerse una torcedura. —Había por lo menos una docena de sacos polvorientos amontonados en el carro—. ¿Qué le ha pasado ahí, por cierto? ¿Desbordamiento de letrina? Hay algo muy podrido, eso se lo digo yo.

—Un desastre —respondió el vecino de D.

El amistoso carretero parecía esperar más, pero al poco rato se vio derrotado por el sonriente silencio del barbudo y asintió.

—Muy bien, muy bien, yo se los descargo, que ya sabe usted cómo los quiere —dijo, y se puso a sacar los sacos de cal del carro y amontonarlos en la acera.

D permaneció en la puerta del museo. Ni se le había ocurrido entrar. Se había quedado absorta. Ver a aquel militar era como ver una gárgola de piedra despegar de su cornisa en lo alto de un edificio y aletear con fluidez hasta el suelo. Verlo era como ver todos los barcos naufragados en el fondo del Bello emerger del agua componiendo de nuevo una flota, una mugrienta, fulgurante y fantasmagórica armada en dirección a mar abierto. Verlo era como ver un lobo ensangrentado de pie sobre las patas traseras y vestido con uniforme de soldado para recibir un enorme pedido de cal que encubriera la peste de los cadáveres descompuestos de la gente que había torturado hasta la muerte y almacenado en la cuadra de detrás de su madriguera.

El capitán Anthony se aproximó a ella. Tenía la cabeza en ángulo, tanto que parecía dirigirse al codo izquierdo de D cuando habló, y se movía con una cojera nueva, perceptible, arrastrando la pierna izquierda tras la derecha.

—Capitán Anthony, señorita. —Su vecino le hizo una inclinación—. Siento no haberme pasado antes para presentarme. Como bien sabe, mi trabajo me tiene muy ocupado.

Los ojos del hombre ascendieron por un instante a su cara, y las comisuras de su contrita sonrisa se desdibujaron, en reconocimiento de lo triste y perturbadora que era su labor nocturna de asesinar a seres humanos. D supuso que ya había sabido que estaría loco, pero, de todos modos, estaba viéndolo muy a las claras en la expresión del soldado. Sus labios eran como un par de gusanos rojos en el negro matorral de su barba.

D le hizo una reverencia.

—Dora, señor.

Él se dirigió de nuevo al codo de D.

—Estaba preocupado por usted. —Hablaba con una voz suave, melosa—. Ha estado fuera tres noches. Creía que quizá le hubiera pasado alguna cosa.

—Me quedé dormida en las ruinas del edificio de la Sociedad —dijo D, que no concebía mentirle.

—¿En esas ruinas de ahí? —El capitán Anthony señaló hacia los escombros con expresión divertida—. Qué actividad más curiosa por su parte.

—Sí, señor —respondió D, y entonces asimiló por completo las palabras del capitán—. ¿Ha dicho tres días, caballero?

—En efecto. Debía de estar usted cansadísima, para haber dormido tanto tiempo.

D pensaba que había sido algo más que el cansancio, pero asintió.

—Sí, señor.

Anthony parecía dispuesto a dejar correr el asunto.

—He cuidado yo del museo por usted. He venido todos los días. Es impresionante, Dora, un gran tributo al proletariado. Le recuerda a uno lo justo y honrado que es que todos tengamos nuestra pequeña función. El minero extrae nuestro carbón, el recolector de manzanas nos proporciona la dulce fruta, el marinero nos trae el pescado, la maestra ayuda a nuestros niños a aprender los números y las letras. Me ha gustado verlos a todos, hasta a los que tenían oficios de los que no sé nada, pero se esforzaban mucho, y me alegro por ellos.

»Yo mismo he tenido todo tipo de empleos. No siempre fui soldado. ¡Me ha impresionado ver todos mis antiguos oficios! Peón de campo, barrero, enterrador, estaban todos. ¡Me ha entusiasmado verlos! He pensado: «¡Mira todo lo que has hecho, yo!». —El vecino de D dio un gruñido de satisfacción.

»Pero alguna gente de ahí dentro... —Lanzó una mirada a D con los ojos entornados—. Muy pocos, en realidad, pero los había con bastante mal aspecto. Ropa andrajosa, descalzos. Palabras sucias escritas en la pizarra de la maestra. A algunos les faltaban ojos.

—Lo sé, señor. He estado haciendo reparaciones.

—Es una lástima. Imagínese que visita el museo y ve a su clase de persona ahí trabajando, vestida con harapos. Sé que a veces la gente tiene ese aspecto, por lo dura que es la vida y demás. A lo mejor la mayoría son así. Yo mismo lo he sido. Y es una lástima. Porque diría que, en ese lugar grandioso, se nos debería mostrar con nuestro mejor aspecto.

—Sí, señor.

—Me alegro de que estemos de acuerdo. Sepa que la apoyo en sus esfuerzos.

—Gracias, señor.

—Estaba preocupado por usted, Dora. No quería pensar que había abandonado su puesto.

—Jamás lo haría, señor.

El capitán bajó la voz.

—Ese sargento Van Goor que iba buscándola…, ya hablé largo y tendido con él. Lo tanteé un poco y ya se ha tranquilizado. Así que por eso puede estar tranquila y concentrarse en sus deberes.

—Gracias —dijo D con un nudo en la garganta—. Señor.

Su vecino le restó importancia con un gesto de su enorme mano.

—Usted y yo quizá deberíamos hablar en algún momento también. Solo para dilucidar ciertos asuntos relacionados con lo que me explicó el sargento. Asegurarnos de que las cosas quedan claras y de que sabemos todo lo que debemos saber. Así podrá dejarse de bromas y contarme más sobre dónde ha estado en realidad estos tres días.

La piel de las comisuras de sus ojos se arrugó de diversión. Tan de cerca como lo tenía, D alcanzaba a distinguir la cualidad correosa de aquella franja de carne expuesta, y también las finas telarañas impresas bajo sus ojos. Pensó que aquel hombre rara vez había tenido un dormitorio, al menos hasta hacía poco. Había pasado la mayor parte de su vida al raso. La primera vez que

D había intentado imaginar sus aposentos, solo había visto oscuridad, y había estado en lo cierto: era la oscuridad de la noche. En esa ocasión la visualizó, y oyó sus sonidos, el grito de los pájaros, los arañazos de roedores en la corteza, el zumbido de los insectos, el rechinar de una cadena de pozo, una cabra masticando paja y las voces de una familia saliendo por las ventanas abiertas de su granja, ignorantes de que hay un hombre en el patio de abajo, un viajero desconocido que se ha tumbado con la cabeza en un fardo y escucha sonriente sus plegarias nocturnas.

Mientras el capitán se llevaba un pulgar mugriento a la boca y lo mordisqueaba, la expresión de su barba se ensombreció.

—En realidad, Dora, no debería haber dicho «quizá». Sí que tenemos que hablar, en justicia. No hay más remedio. Tendré que hablar también con el teniente Barnes. Resulta que salió en mi conversación con el sargento. Voy a tener que sentarme con ustedes dos, me temo.

La bilis inundó el fondo de la garganta de D, que se la tragó de nuevo. Aquel hombre debía de saber que estaba asustada, pero D no iba a permitir que lo viera, no iba a concedérselo sin que antes hiciera el trabajo del que era evidente que tanto se enorgullecía.

—¿Cuándo? —preguntó.

—Ahí está el problema. No lo sé seguro —dijo él—. Soy consciente de que eso no le sirve de mucho, y lo siento. Y soy consciente de que usted tiene sus propios quehaceres, pero es que mi agenda parece llenarse tan deprisa como soy capaz de pasar las páginas.

»Aunque será tan pronto como pueda, le doy mi palabra. Me pasaré por aquí, llamaré a la puerta y mantendremos nuestra conversación, ¿de acuerdo?

—Cómo no, señor —dijo D.

Anthony se inclinó, alzando de nuevo aquella mirada servil hacia los ojos de D. Le recordó a los vendedores callejeros, los que tenían la mercancía más barata, la verdura rancia y los trozos de cordel, como si la muerte que dispensaba no fuese más que un producto raquítico.

—Buenos días, Dora —dijo el capitán—. Atienda a quienes tiene a su cargo. Espero verla en su ventana esta noche.

Δ

Incluso mientras el recuerdo de su encuentro con el sargento se materializaba por completo, adoptó una cualidad abstracta. Van Goor había intentado asesinarla, al parecer por algún desaire cometido por Robert, y ella lo había eludido. El sargento, en cambio, no había eludido al vecino de D. Van Goor había sido un hombre peligroso y D se alegraba de que hubiera muerto, y no lamentaba que hubiera sufrido. Además, no tenía tiempo para entretenerse con eso. Su vecino le había prometido que pronto acudiría para que tuvieran su charla.

Así que D se concentró en su sueño dentro del Vestíbulo, su sueño de tres días. Los minutos transcurridos allí dentro habían sido horas fuera. Recordó las lunas que parecían forúnculos, los orbes con las alegres figuras ardientes, hipnotizadas por su propio reflejo, que no parecían saber que estaban consumiéndose; pensó en los orbes que solo contenían cenizas, cuyas figuras debían de haber ardido por completo, como el que tenía cerca cuando sintió la presencia de su hermano; rememoró a los ancianos soñadores de túnica dorada, bañándose en la luz de las llamas; y meditó sobre la venda de los ojos y la anciana de la larga aguja, junto a la guillotina, preguntándole a D si quería que le cambiase la cara.

En la tercera planta, D fue hacia la caja con la lente, atraída por ella, pensando en lo mucho que la anciana de la guillotina se parecía a la mujer cubierta de telarañas que tenía una sierra y una aguja en las imágenes en movimiento. Deseó que el aparato no estuviera roto y poder ver de nuevo aquellas imágenes. El guardián de la caja de visionado, el hombre de cera con el fez y la mirada de lagarto, tenía una mano extendida hacia ella.

La dirección de la mano llevó los ojos de D hacia unas raspaduras que había en la parte inferior del pequeño armario. Se agachó y pasó los dedos por media docena de arañazos recientes. D recordó al gato que había fuera del Vestíbulo, afilándose las garras en la madera chamuscada... porque había querido que D fuese allí.

Y, en algún momento mientras ella no estaba, se había colado en el museo y había dejado aquellas marcas, porque quería que D fuese a ellas.

D puso el ojo en la lente y apretó el botón del triángulo blanco. Pensó que quizá, por algún motivo, funcionaría otra vez.

Con un chasquido y un temblor, la luz se encendió al fondo de la mirilla y el imponente gato que llevaba un collar enjoyado apareció en el brazo de la silla, mirando a D, moviendo la cola de un lado a otro.

Δ

La historia fue la misma que el hombre afable del chaleco dorado, el amigo de su hermano, le había contado a D en su infancia, pero distinta. O quizá no del todo distinta, sino incorporando los detalles que el hombre afable había omitido revelarle, además de su nombre.

En las imágenes en movimiento, el hombre sofisticado de la ropa anacrónica con el hermoso gato que tanto se parecía al que ella no dejaba de ver y un as de diamantes en la mano, que sin duda era Simon el Gentil, tenía los ojos vendados cuando salía al otro lado de su armario junto a su compañera de baile —«EL CONJURADOR ERA ARROGANTE. CREÍA QUE SU DOMINIO DE LA ILUSIÓN LO PROTEGÍA. ESTABA CIEGO»—, y no comprendía la verdadera naturaleza de la magia, que consistía en la sierra y la aguja que empuñaba la mujer de las telarañas —«PUES TODO TRUCO ES EL TRUCO DE ALGUIEN MÁS...»—; D no veía al propietario de las manos nudosas que le entregaba el cuchillo al hombre frenético —«¡SUS MANOS LE OFRECIERON UN CUCHILLO AL CORNUDO!»; y, en la última escena, la figura protagonista era mutable y adoptaba el rostro de sus víctimas para convencerlas de que se quitaran la vida —«¡CAUTIVADOS POR EL ENGAÑO DEL MONSTRUO, SE SACRIFICAN!»—.

En una ocasión, el bibliotecario nocturno de la universidad le había enseñado a D un libro muy antiguo. «¡Ven aquí, chica!», la había llamado desde el mostrador de préstamos, obligándola a abandonar la mesa de estudio donde había estado frotando marcas de dedos en las pantallas de bronce de las lámparas. D estaba agotada después de todo el día limpiando lo que ensuciaban los jóvenes ricos, pero se guardó el trapo en el bolsillo del delantal y fue de todos modos. No había nadie más por allí.

—Mira esto.

Abierto bajo la lámpara del bibliotecario había un tomo de páginas de vitela, cubiertas de una caligrafía apretada.

—Ahora fíjate en los huecos.

El bibliotecario nocturno pasó el dedo índice bajo una página y la levantó un poco, para dejar pasar la luz a través del material. Aparecieron otras tenues líneas de texto entre las más oscuras, como formas difusas emergiendo de entre la niebla.

—¿Los ves? —le había preguntado el bibliotecario—. ¿Ves los sucios secretos que el escritor apuntó tan flojito, ahí en el primer renglón, para que los leyeran sus sucios amigos secretos?

La versión de la historia de Simon el Gentil que D había visto a través de la lente era como las palabras escritas con suavidad en el primer renglón del libro del bibliotecario, un sucio secreto destinado a que lo conocieran solo los sucios amigos secretos de alguien.

Pero aquello abarcaba más que las imágenes en movimiento de aquella caja de madera; había una sensación de algo furtivo y taimado y marginal que lo impregnaba todo, tanto dentro como fuera de las paredes del museo.

Δ

D recorrió el edificio entero. No le sorprendió descubrir tres exposiciones más como la de la planta baja y el tercer piso, en las que no había reparado durante sus exploraciones previas del museo.

En la primera planta, dedicada al TRABAJO MANUAL, había aparecido una mesa larga y extraña cerca del telar. La mesa estaba envuelta en una cinta, y sobre la cinta había varias piezas de maquinaria, horquetas y clavos y tornillos, y pedazos de arcilla gris y cuentas metálicas. Tres operarios de cera, dos mujeres y un hombre, se agachaban sobre esas partes de máquina en puntos separados de la mesa. Tenían la cabeza cubierta por yelmos con visera transparente de pesado cristal. Al final de la mesa había un ejemplo del producto de su trabajo: una gruesa placa verde rectangular sostenida sobre cortas patas metálicas. Un cable conectaba el reverso de la placa a un mango de acero con un botón. En el anverso de la placa se leía: Δ FRENTE HACIA EL ENEMIGO Δ.

Al final de la hilera de locomotoras de la segunda planta había un nuevo y estrafalario carromato metálico. Era rectangular, pintado con ondas de color oliva y marrón, y se sostenía sobre unas ruedas negras y gruesas que eran pegajosas al tacto, como la laca. Subidos a él iban dos soldados de cera con uniformes parecidos al de la mujer soldado, la «teniente Hart», de la planta baja. Llevaban la cara pintada con los mismos tonos oliváceos y marrones que el carromato. Un hombre estaba sentado en un asiento de cuero y tenía ambas manos en la rueda motriz; el otro, de pie, sobresalía por un agujero en el techo del vehículo y manejaba un fusil de aspecto peligroso. Unas placas rectangulares de metal atornilladas a los guardacantones del carromato estaban adornadas con triángulos blancos.

En la cuarta planta había una pieza compuesta por un minero y una mujer rica.

D sabía que esa figura era de un minero porque llevaba pico, aunque difería notablemente de los picos curvos con mango de madera que utilizaban los otros mineros de la cuarta planta. Aquel estaba hecho por completo de un acero plateado tan pulido que D veía su reflejo en él. El traje blanco mullido de cuerpo entero y los grandes anteojos que se le ajustaban a la cara alrededor de las cuencas estaban cubiertos de polvo, como el hombre que había llevado los sacos de cal, pero aquel polvo era amarillo.

Aunque el estilo ceñido que tenían la falda y la chaqueta azules de la mujer era desconocido para D, sabía que era rica por el bolso de cuero blando que llevaba al hombro. Al igual que el minero, tenía puestos unos grandes anteojos y unos guantes blancos esponjosos. Entre las dos figuras había un tonel abierto. El hombre señalaba su contenido y ella se inclinaba hacia delante con una sonrisa espontánea, como para saludar a un niño pequeño encantador. El tonel estaba lleno a rebosar de una arena amarilla cuyo fulgor ya parecía antinatural incluso antes de que D se fijase en el símbolo claramente siniestro que se veía en la barriga del tonel: un círculo con tres formas superpuestas parecidas a cabezas de tenaza, todo ello atrapado dentro de un triángulo.

D trató de evocar las habitaciones donde dormían el minero del traje mullido y la mujer de la ropa lujosa y ajustada, pero no consiguió llegar muy lejos. Lo que sí le vino a la mente fue la fresquera con baldosas blancas que había en la universidad, donde los cocineros colgaban costillares de res en ganchos y amontonaban bloques de hielo para mantener fría la carne. En la imaginación de D, veía la fresquera de baldosas blancas, pero, en vez de carne colgada de ganchos, había más trajes blancos mullidos.

La última pieza estaba situada en el suelo, entre el terreno del buscador de oro y los árboles del recolector de fruta, una zona por la que D pasaba incontables veces cada día. No había ni la menor posibilidad de que no la hubiera visto antes. Al parecer llevada por el viento, parte de la arena amarilla había escapado del tonel y manchaba las grandes hojas de tela de los frutales cercanos y ensuciaba el arroyo de cristal donde el buscador de oro estaba hundido hasta los tobillos.

D comprendía aquellas exposiciones sin saber cómo llamarlas. Guardaban relación con ver, con comunicarse, con viajar, con proporcionar energía y, sobre todo, con matar. Guardaban relación con algún retorcido asunto del futuro.

Δ

Era más de media tarde. El repartidor se había marchado y el vecino de D ya había quitado los sacos de la acera. Pero tenían algún agujero y habían dejado un rastro de granos de cal que doblaba la esquina.

D se apartó de ese rastro en dirección a las ruinas.

Había como una docena de gatos de diversos colores y tipos de pelaje rondando por la hierba alta del césped, arrastrando sus largas sombras vespertinas. Otros, subidos a las paredes derruidas, daban coletazos en el ladrillo. El gato blanco peludo también estaba allí, tumbado delante de la puerta clavada en el suelo, con la barbilla sobre las patas, observándola con sus pupilas alargadas y ariscas. No parecía poseer poderes sobrenaturales. Parecía tener la tripa llena.

D fue hasta la fachada del museo que daba a las ruinas, tiznada de negro por las cenizas de su construcción vecina. La negrura se incrementaba de sopetón por encima de las ventanas del cuarto piso y se extendía hasta el tejado.

Haciendo girar la punta de su broca —Δ PARA TOMAR MUESTRAS DE METEORITOS PEQUEÑOS Δ— contra uno de los bloques de cemento del museo, D logró practicarle un pequeño agujero. Utilizó la broca a modo de punzón para ensanchar ese agujero y siguió perforando cada vez más hondo. Anocheció mientras D trabajaba con la broca, tallando la mancillada pared del museo.

Cuando sus esfuerzos hubieron producido un cráter de centímetro y medio de profundidad y anchura, se detuvo y dio un paso atrás para observar el resultado. En vez de encontrar cemento inmaculado debajo, el tajo irregular estaba tan negro como la superficie circundante. El humo y la ceniza de la Sociedad para la Investigación Psíquica se habían infiltrado en las mismísimas paredes del museo.

# El antiguo conservador

Los sonidos fueron diferentes esa noche: en vez de chillidos, llegó una densa oleada de golpes y gritos.

D no dormía, de todos modos. Había estado pensando en el Vestíbulo. Le parecía que había tenido razón desde el principio, que existía algún otro lugar. Si una se quitaba la venda de los ojos, veía que era el mismo mundo, solo que un poquito distinto. El conjurador, Simon el Gentil, se había dejado engañar por una ilusión de ese segundo mundo, y D creía que Ambrose había hecho lo mismo. Las imágenes en acción de la caja de madera le habían revelado cómo funcionaba, y su propia experiencia lo había confirmado. Cuando D había cruzado la puerta, la ventana le había mostrado un rostro procedente de sus fantasías; la gente de los orbes ardientes había contemplado, extasiada, el reflejo de su propia cara. O quizá la cara que creían ver no era la suya. «Sí, te veo —había dicho Ambrose—. Tu... rostro». Tal vez era una cara que tomaban por la de Dios. En todo caso, los hacía tan felices que no se daban cuenta de estar quemándose vivos.

Pero ¿qué pasaba con la propia caja de las imágenes, y con las máquinas de guerra, y con el tonel lleno de arena amarilla y pintado con aquel aciago símbolo? Todas esas cosas procedían de un mundo donde la ingeniería estaba muchísimo más avanzada que en el suyo. Y, además, parecían ajenos al lugar donde estaban el sendero, los orbes y la arpía con la guillotina y la aguja de costura. Quizá al incendiarse el edificio de la Sociedad y el Vestíbulo se había abierto el camino a más de un lugar distinto. O bien, si no se había abierto el camino, al menos se había creado una fisura en alguna barrera que permitía que una parte de otro mundo diferente se filtrara al de ella.

Lo que le vino a la mente a D fue la puerta principal de su hogar de la infancia. A ambos lados de la puerta había ventanas decorativas rectangulares compuestas por fragmentos de cristal tintado verde y amarillo, trapezoides y romboides y triángulos. Según la parte a través de la que una mirara, el mundo cambiaba, se observaba deformado de una manera concreta. Tal vez existieran tantos mundos como fragmentos de cristal formaban aquellas ventanas largas y rectangulares. El Vestíbulo había arrancado por completo una figura geométrica de cristal; el incendio había agrietado otra.

¿Qué ocurriría si ese vidrio agrietado se saliera de la ventana y los habitantes del mundo de las máquinas de guerra pudieran cruzar sin impedimentos? El pequeño armario de las imágenes en movimiento no parecía inherentemente malvado, pero era la excepción, que D solo podía atribuir al gato. Era la tarjeta en una caja de regalo negra. ¿Qué pasaría si caían todas las hojas, si se desbloqueaban todos los mundos? Era una perspectiva que D no alcanzaba a asimilar en su totalidad, por lo inmensa que era, pero que la asustaba. Por muy malas que fuesen las máquinas de guerra, ¿quién le aseguraba que no existían mundos incluso más terribles, con armas incluso más terribles?

Fuera, la barahúnda parecía estar creciendo.

Δ

Salió de la choza del buscador de oro, bajó la escalera y salió a la calle. Se dio cuenta al instante de que el hedor espantoso y enfermizo había desaparecido. Ocupaba su lugar una cosquilleante acritud.

La cal, conjeturó D. Su vecino habría cubierto los cadáveres con ella.

Desde la esquina de Pequeño Acervo y Legado, miró hacia la intersección con el bulevar Nacional y vio una multitud. Lámparas y antorchas que oscilaban, luz que se reflejaba en cañones de fusil, puntas de cuchillo, hojas de pala, martillos y sartenes. «¡Abrid! ¡Abrid la Carretera! ¡Abrid el puerto! ¡Abrid!», coreaba el gentío.

—No me extraña. —Un par de metros más allá, el vecino de D era una silueta corpulenta y de hombros cuadrados en la oscuridad, sentada en sus peldaños. Alrededor de su cabeza flotaban brillantes insectos blancos—. Puedes decirte a ti mismo un tiempo que la ceniza y la tiza son harina, pero al final te cansas de escupir.

—Buenas tardes, señor.

—Buenas tardes, Dora.

—Desfilan para que se reabra la ciudad —dijo D.

—Exacto —asintió él.

—¿Y qué dice el Gobierno Provisional, señor?

—«Un día de estos», es lo que dice.

—¿Y usted cree que será así?

—Yo no sé nada, la verdad. Solo me ocupo de los hombres y las mujeres que me envían. Investigo sus historias. Pero sí que parece que al pueblo se le ha agotado la paciencia. —Dio un chasquido con la lengua—. Usted no lo sabe porque no estaba. No son solo el desabastecimiento, el pan malo y la espera. Hace tres días hubo un incidente en los Posos. Un incidente de los feos. Un tugurio lleno de borrachos muertos y soldados muertos, y nadie a quien ahorcar por ello. Los asesinos debieron de escapar, y no hay alguaciles que los busquen porque los pusieron a todos de patitas en la calle.

»Esos brazaletes verdes a los que Crossley respaldó y aupó, el estibador y los otros dos, parecen haber perdido el mango de la sartén. Hacen promesas, pero es que llevan prometiendo cosas desde el principio. Es como si la gente pensara que quizá estaban más seguros antes.

Entre la muchedumbre, una mujer a caballo blandía una escoba ardiente. Saltaban chispas de la paja en llamas y caían como nieve sobre las filas de atrás.

D se preguntó si Robert estaría a salvo. Por lo menos sabía que el sargento Van Goor no lo había encontrado. También estaba preocupada por Ike, pero se tranquilizó pensando que era demasiado escurridizo para que lo atraparan.

—Señor, el teniente que me asignó este puesto..., ¿sabe si vino alguna vez mientras yo no estaba?

—No —dijo el vecino—. No he visto al teniente Barnes.

D soltó el aire que había estado conteniendo.

—Si lo veo y me pregunta —añadió Anthony—, tendré que decirle que se ausentó de sus obligaciones durante tres días. Supongo que lo entenderá usted, Dora.

—Sí, señor —dijo ella.

—¿Sabe? Hubo un par de veces que pensé que esas figuras suyas estaban a punto de saltarme encima. Veía de reojo que una parecía inclinarse. —El capitán alzó la mano en la oscuridad y la ladeó—. Solo un poquito, como si estuviera esperando a que me volviese para actuar.

D no respondió de inmediato a esa afirmación. Había algo casi hilarante en estar allí de pie en la penumbra, hablando con ese hombre como si fuese un auténtico vecino, pero solo casi. Era un demente, y D estaba convencida de que planeaba asesinarla cuando su horario se lo permitiese.

—Sí, señor —dijo de todas formas, porque Anthony no era una persona a la que llevar la contraria—. A veces sí que parecen reales.

La luz de las antorchas fluyó hacia arriba con la pendiente de la avenida, como las luces del paso de montaña que había visto al otro lado de la puerta.

—¿Puedo contarle una cosa? —preguntó sin pensar, porque había una horripilante intimidad entre ellos, como una llaga hasta la que su dedo vagaba sin permiso.

—Ah, cielos, sí. Lo que sea —dijo él—. Para eso estoy.

—Llevo años buscando a mi hermano, señor —le explicó D—, aunque falleció de cólera cuando era pequeña. Soñé que era demasiado hermoso y bueno y especial para haber muerto de verdad, que me quería demasiado para haber muerto de verdad, así que lo que debía de ocurrir era solo que había viajado a algún otro lugar y, si lo buscaba, podría encontrarlo allí. No sé si lo creía de veras, pero el caso es que me parece que lo encontré, y sí que estaba en otro sitio, aunque diría que no duró mucho después de llegar. Creo que ha muerto del todo. Es posible que un gato hubiera estado intentando decírmelo, pero después lo vi con mis propios ojos. A mi hermano lo engañó un monstruo: le enseñó una ilusión de lo que más deseaba y, mientras él miraba esa ilusión, el monstruo quemó el alma de mi hermano como combustible. Me parece que vi sus cenizas. Estaban en una lámpara. Una mujer me dijo que, si no quería saberlo, debería haberme dejado los ojos cubiertos. Se refería a eso, a que mi hermano ardió.

Su vecino frunció el ceño, pensativo. Los insectos blancos danzaron en torno a su cabeza. El desfile, que ya pasaba menos numeroso, entonaba: «¡Abrid! ¡Abrid la Carretera! ¡Abrid el puerto! ¡Abrid!».

—Su historia da mucho que pensar, Dora —dijo él—. Lo del gato, sobre todo. La gente dice que vienen del diablo, de una parte de él. Voy a contarle una cosa sobre la que he estado meditando: la misma gente que dice que vienen del diablo los adora porque son sagrados, pero, si proceden del diablo, ¿no serían impíos? —Le guiñó un ojo y se dio un golpecito cómplice en la nariz—. Posiblemente las dos cosas sean lo mismo. En todo caso, tiene sentido que estén involucrados en una historia como esa.

D había necesitado pronunciar las palabras para asimilarlas de verdad, pero en ese momento deseó poder retirarlas.

—Son imaginaciones mías, nada más, señor.

—Pero quizá me dejaría convencer —repuso él—. Tendría que oír la historia otra vez, comprobarla desde aquí y desde allá, para que tengamos claros todos los hechos. Pero quizá me dejaría convencer.

Su vecino le deseó buenas noches y, tirando con cuidado de su pierna mala tras él, regresó al interior de la antigua embajada, dejándole la calle a D.

Δ

D volvió al museo.

Cerró la puerta de acero después de entrar y le echó el pestillo. La lámpara tenía poco aceite, así que pasó al pequeño despacho para rellenarla de una lata que había dejado allí.

Había un vestido extendido sobre la mesa, y al lado un saquito de tela. Ninguna de las dos cosas estaba allí la última vez que había entrado en el despacho, el día que Robert la llevó a los Campos Reales. D supuso que Ike habría ido a verla durante los tres días que transcurrieron mientras ella estaba en el Vestíbulo y que había tenido la suerte de no coincidir con el vecino.

Puso la lámpara en el asiento de la silla. No vio ninguna nota.

Levantó el vestido cogiéndolo por las hombreras y lo acercó a la luz para ver los detalles. Era azul marino, con flores de terciopelo en los hombros y cintas blancas en la cintura.

—Mi Ike —dijo, complacida a pesar de todo.

Le quedaría estupendo a la maestra de cera en la exposición del aula. D dejó el vestido en el escritorio y desvió su atención hacia el saquito. Desató el cordel que lo cerraba. Su contenido destellaba con suavidad. Cuando metió la mano, las yemas de sus dedos palparon cristal frío y redondo: ¡eran canicas! D sacó una y la examinó. La canica estaba pintada como un ojo de color verde claro, con una perfecta pupila negra.

Rio en voz alta por el ingenio de aquel chico. Planeó chincharlo diciéndole: «¿A cuántos ciegos has tenido que robar para traerme esto?». Metió la mano otra vez y dejó que los ojos de cristal rodaran entre sus dedos hasta la palma.

Un grito retumbante hizo que D se encogiera, y un puñado de canicas le saltaron de la mano y se esparcieron rebotando por los tablones del suelo. «¡Eh! ¡Eh! —bramaba la voz. Sonaba como si estuviera intentando parar un carruaje. Pero el carruaje no se detenía y la voz seguía gritando—: ¡Eh! ¡Eh!».

Se puso de rodillas y buscó los ojos de cristal. Las voces que daba el hombre al que estaban torturando en el edificio de al lado continuaron. D se preguntó qué sonido haría ella cuando le lle-

gase el turno. Intentó tranquilizarse, pero cada chillido la sobre-
saltaba y se le volvieron a caer los ojos que había recogido. Ro-
daron de nuevo, centelleando a la trémula luz de la lámpara.

Cuando los encontró todos, D estaba sudando la gota gorda,
y los aullidos de dolor de aquel hombre llegaban más separados
en el tiempo y con menor intensidad. Se levantó tambaleante,
parpadeando para quitarse las manchas de la visión, apoyada en
la pared. Su hombro rozó la raída chaqueta de tweed que colgaba del gancho del perchero, la que cabía dar por hecho que pertenecía a su predecesor, el antiguo conservador del museo. La
chaqueta se soltó y cayó con un tenue murmullo de tela, revelando que debajo, todavía colgado del gancho, había un reluciente chaleco de satén dorado.

Al verlo, D recordó al hombre risueño que tan atento y amable había sido con ella aquel día en la Sociedad, mientras esperaba a su hermano. Le había contado la historia del legendario
conjurador —«un oficio sagaz sagaz»— y le había enseñado los
utensilios que empleaba y la mancha de la alfombra en el lugar
donde se había desangrado, pero D no había llegado a saber su
nombre ni nada más de él. Había llevado puesto un chaleco dorado.

Los ojos de cristal se le volvieron a caer de la mano, pero D
no hizo ademán de recogerlos.

# Una colección de tarjetas

En el bolsillo del chaleco dorado había una colección de tarjetas:

A. Lumm, conservador, Museo Nacional del Obrero, calle Pequeño Acervo, n.º 1

A. Lumm, bibliotecario en jefe, Instituto de la Cronometría, calle Pequeño Acervo, n.º 2

A. Lumm, presidente de la Sociedad para la Investigación Psíkica, calle Pequeño Acervo, n.º 3

A. Lumm, investigador principal, Archivos para el Estudio de la Exploración Náutica y las Profundidades Oceánicas, calle Pequeño Acervo, n.º 4

A. Lumm, coreógrafo emérito, Academia Madame Curtiz de Danza y Forma Humana, calle Pequeño Acervo, n.º 5

A. Lumm, presidente de junta, Museo de Casas de Muñecas y Miniaturas Exquisitas, calle Pequeño Acervo, n.º 6

A. Lumm, alto maquinista de la Asociación de la Hermandad de Trabajadores del Tranvía, calle Pequeño Acervo, n.º 7

Don Aloys Lumm, bulevar Nacional, n.º 131, apartamento 2B, hotel Lear

Δ

Antes de que amaneciera, D se lavó en el jardín, se puso el elegante vestido azul marino que había dejado Ike y se trenzó el pelo en el nítido espejo lateral que tenía el carromato cuadrado que conducían los soldados de cara pintada.

Ya clareaba cuando salió. En la acera de enfrente, en la misma ventana del primer piso donde ya lo había visto antes, atisbó al hombre con aspecto de buitre que anidaba en los Archivos para el Estudio de la Exploración Náutica y las Profundidades Oceánicas, observándola. Cruzaron la mirada un segundo y entonces la cortina se cerró de golpe.

Las tarjetas le habían confirmado que ese desconocido, igual que los demás desconocidos que había visto en algunos edificios de la calle Pequeño Acervo, eran unos intrusos como ella. El anterior conservador —o el anterior investigador principal de los Archivos para el Estudio de la Exploración Náutica y las Profundidades Oceánicas— estaba ocupado en otra parte, actuando como primer ministro en funciones del Gobierno Provisional.

El antiguo conservador era el mismo hombre afable al que D había conocido hacía tanto tiempo en el Gran Salón de la Sociedad para la Investigación Psíkica, el amigo de su hermano que le había contado la historia de Simon el Gentil y llevaba un brillante chaleco dorado. Y por fin tenía nombre: Aloys Lumm.

Aloys Lumm debía de ser ya muy mayor. En sus historias sobre las reuniones del Gobierno Provisional, Robert pintaba al dramaturgo como un abuelete medio senil. D recordaba que a Robert le habían encargado leer una obra de Lumm para clase, pero al final solo se la había leído ella.

La primera noche que pasaron juntos en las habitaciones de Robert, incapaz de dormir pero no queriendo irse aún, D había cogido de la mesita el ejemplar sacado en préstamo de la biblioteca. En el trabajo había muy pocas oportunidades para la lectura, y los mandamases de la universidad veían con malos ojos que el servicio emprendiera esa actividad, aduciendo que solo serviría para confundirlos y distraerlos.

Mientras Robert dormía a su lado, D se leyó la obra entera,

la historia de un diablo que engañaba a un padre para que asesinara a su hermana y al hijo de ese padre para asesinarlo a él. Los hombres creían haber atrapado a la bestia, pero el diablo se había dejado capturar. Después de que el hijo se suicidase, el diablo hacía mutis por la izquierda y regresaba por la derecha como un joven disfrazado de promotor teatral. De esa guisa, invitaba a una «Joven Hermosa» al escenario. Le preguntaba si se bebería la sangre de gente necia si con ello vivía para siempre. «¿De veras?», respondía la Joven Hermosa, y el diablo exclamaba: «¡De veras!». Entonces ella lo meditaba un momento —«sonríe con falsa modestia», indicaba el libreto— antes de empezar a decir, mientras caía el telón y la orquesta retomaba el tema principal de la obra: «Ya que estamos siendo sinceros...».

Cuando Robert despertó, D le contó que la obra trataba de dos cazadores que creían haber atrapado a un demonio pero en realidad era al revés. D pensaba que su argumento podría describirse mejor como la elaborada narración de unas cuantas ejecuciones. El diablo jamás corría ningún peligro real, y tenía un éxito absoluto en su planificación de todos los acontecimientos. No le había gustado; le había parecido mezquina. ¿Dónde estaba la gracia, si los personajes no tenían ni la menor oportunidad?

Tampoco es que estuviera pensando discutir con Aloys Lumm sobre cómo interpretar su producción literaria.

Solo quería preguntarle: «¿Qué le pasó a mi hermano Ambrose? ¿Por qué hay un futuro horrible sangrando de tu caja mágica e impregnando las paredes de mi museo?».

Y, finalmente: «¿Por qué debería dejarte vivir?».

Había humo en el aire por los incendios de la noche anterior, pero también frío y humedad. Las calles estaban llenas de una niebla otoñal que llegaba a las rodillas. D había cogido prestado el bolso de la mujer de cera que estaba en la exposición de minería con la arena amarilla. Era un bolso extraño, hecho de un material un poco titilante, un poco pegajoso, con el interior de seda turquesa. En una etiqueta interior estaba impresa la palabra GUCCI, cabía suponer que el nombre de la mujer. A primera vista —sobre todo a primera vista de un hombre—, no parecería nada fuera de lo normal. D había metido dentro el saquito de ojos de cristal, además de la particular y aparatosa pistola de atrezo que había llevado al cinto la mujer soldado. La pistola de pega era metálica, como las de verdad, pero no pesaba tanto como sugería su forma. Solo le serviría para ganar un momento de distracción. Si alguien estaba en condiciones de observarla con atención, se daría cuenta enseguida de que era falsa: la lisa culata fluía sin interrupciones hasta el cañón sin un cilindro en medio. No había dónde ponerle balas. Además, el gatillo no se movía.

Ya en la avenida Legado, D se apresuró a dejar atrás la embajada. También pensó en aquella mañana en la que la Nana había enfermado, cuando ella hizo justo lo que le había prometido a Ambrose y salió a la calle sola para buscarlo.

Pensó en la mañana en que Robert la había acompañado a tomar posesión de la Sociedad para la Investigación Psíquica, y en cómo habían bromeado sobre almas incineradas.

Todas esas mañanas previas parecían increíblemente próximas a aquella mañana, tan próximas como el otro mundo había estado al chamuscado Vestíbulo desde siempre: a solo un paso. D casi esperó encontrarse a su yo anterior viniendo en dirección opuesta.

Sus talones chasquearon ligeros sobre la acera. Notaba el desacostumbrado miriñaque del vestido tras ella.

D notaba también que la estaban siguiendo. En los bordes de su visión, percibía a los gatos que correteaban sin hacer ruido, pequeñas sombras avanzando a hurtadillas en la niebla que se aferraba a la base de los edificios. Cuando uno la dejaba marchar, otro retomaba su rastro.

Su compañía no asustaba a D. No porque creyese que le profesaran ningún afecto en particular. Lo que sentía, por encima de todo, era su insistencia. Le daba la impresión de que tenían sus propios objetivos, y de que esos objetivos de algún modo se alineaban con los suyos… hasta aquel momento, al menos.

# Acontecimientos que llevaron al derrocamiento del Gobierno Provisional, primera parte

Los ronquidos de Jonas informaron a Lionel de que su amante había pasado casi toda la noche en vela y preocupado antes de dejarse vencer al fin por la fatiga. Después de que acordaran darle a Crossley el ultimátum de que debía despejar la Gran Carretera —bien aceptando la rendición inmediata de los reductos gubernamentales, bien lanzando un ataque masivo— o renunciar al mando, Lionel se había dormido con toda la facilidad del mundo. A medida que las cosas empeoraban, a medida que el descontento popular aumentaba y las negociaciones de paz se estancaban y el enfrentamiento se prolongaba, a medida que Crossley se volvía más inescrutable y Lumm más confuso, Lionel, por el contrario, había sentido crecer en su interior una extraña y veleidosa confianza. Los problemas siempre eran difíciles hasta que se resolvían. Y estaban a punto de hacerlo.

«En algún momento tiene que ir bien», le había explicado a Jonas, y el estibador había replicado que eso no era verdad para nada, maldita sea. Jonas lo había llamado un dulce necio.

«Ya lo verás», había insistido Lionel, y lo había besado, y Jonas le había devuelto el beso y había exclamado entre dientes: «¡Huevos de grifo!», que era algo en jerga de estibadores.

Lionel tuvo cuidado de no despertarlo mientras se vestía. Se detuvo en la puerta para mirar con cariño a su estibador. Las líneas de tensión en su rostro se le suavizaban al dormir, quitándole veinte años de encima y confiriéndole una expresión de ingenuidad que Lionel opinaba que reflejaba su verdadero carácter. No era el duro estibador quien había dado un valeroso paso en nombre de los pobres y los desposeídos, en favor de la ley y la justicia; ese hombre había visto demasiado para creer en un nuevo orden. Fue una parte de él más profunda, más joven, la que había respondido a la llamada.

Su grueso brazo, por fuera de las sábanas, llevaba tatuada una cuerda que lo envolvía desde la muñeca hasta el codo. A Lionel le encantaba seguir la cuerda con el dedo. Se cerraba en bucle sobre sí misma, por lo que no tenía extremos visibles.

«Exacto, compadre —le dijo Jonas la primera vez. Le había dado por llamarlo así, para deleite de Lionel—. Es porque la anudé en un sitio que no se ve». Le había guiñado el ojo mientras lanzaba una de las escasas y fugaces sonrisas que mostraban sus dientes separados.

Lionel era el compadre de Jonas Mosi. ¿Cómo podía todo no salir perfecto, si eso lo había hecho?

Una vez, cuando Jonas creía que estaba dormido, Lionel había oído rezar a su amante. «Acabad a zarpazos con las cosas que quieren hacernos daño y perseguid al mal de vuelta a su madriguera», murmuró. Su fe conmovía a Lionel. Con lo orgulloso que era Jonas, aun así pedía ayuda, se sometía a lo invisible.

Lionel tuvo el impulso de ir a sentarse al lado de Jonas y pasar el dedo por la cuerda tatuada otra vez, y susurrarle que no tenía que preocuparse por nada, que no podían ir por mal camino si estaban juntos. Pero el amanecer ya teñía de fuego las tablillas más bajas de la persiana.

—Nos vemos en el desayuno, Jonas —dijo Lionel al hombre durmiente.

Salió al pasillo y cerró la puerta con delicadeza.

Δ

Mosi soñaba con Lionel.

Lionel estaba junto a la borda en la popa de un barco. Se quitó la gorra, se la puso sobre el pecho y miró solemnemente a

Mosi, que estaba en la costa. Había decenas de otros hombres y mujeres a ambos lados de Lionel en el barco. Reconoció a una pasajera como la menuda tabernera del Paso Franco, que tenía un segundo negocio como perista. Otro era Juven, bajito, calvo y malcarado.

El estado del barco horrorizó a Mosi: estaba recubierto por percebes de color verde chillón hasta la regala, y la timonera parecía una chabola de tablillas. Le gritó a Lionel:

—¡Compadre, prepárate para nadar!

Δ

Desde los primeros días tras la revuelta, a Lionel y a Mosi los habían instalado en habitaciones del Metropole. Eso facilitaba al destacamento de seguridad de Crossley la tarea de protegerlos. (Lumm se había negado en redondo a abandonar su apartamento del Lear, en la acera de enfrente).

Lionel se avergonzaba por el lujo de aquel gran hotel, pero no podía negar lo conveniente que era la situación. Aunque nadie que conociese a ninguno de los dos hombres dudaría jamás de su integridad, ambos eran muy conscientes de que no resultaba estrictamente apropiado que dos de los tres líderes de un proyecto democrático mantuvieran una relación romántica entre ellos. Sin embargo, aquel arreglo les permitía moverse desapercibidos de una habitación a otra. La habitación de Jonas estaba en la segunda planta y la de Lionel en la cuarta. Los soldados montaban guardia en el vestíbulo y el personal del hotel tenía los pasos muy controlados y solo podía hacer las habitaciones por las tardes, cuando los huéspedes estaban en reuniones u ocupados en otros asuntos, y siempre en compañía de miembros del destacamento. La simple solución, por tanto, consistía en evitar los ascensores, cuyo operador podía reparar en que Lionel abandonaba el piso de Jonas a la intempestiva hora de las seis de la mañana, y usar siempre la escalera.

Como era habitual siendo tan temprano, Lionel encontró la puerta del ascensor cerrada y el pasillo de la segunda planta vacío, a excepción de la última encarnación de la mascota del Rey Macon, Arista, en la puerta que llevaba a la escalera. Como todas sus predecesoras, era una siamesa de color chocolate.

Arista se levantó y trotó por el centro del pasillo, alfombrado en rojo y oro, hasta Lionel para enroscar su flexible cuerpo entre las piernas de Lionel.

—Buenos días, señora —dijo al animal, y la acarició entre las orejas. Lionel no recordaba si Arista era XXII o XXIII. Además, estaba en el hotel equivocado. El Metropole era propiedad de Talmadge—. Me alegro de verte, pero deberías quedarte en el Macon. Como te pille Talmadge, me temo que habrá jaleo.

Arista ronroneó con suavidad.

—¿Estás sonriéndome, cosita? Te lo compensaré si es así. Ven a verme mientras desayuno y te daré un trozo de beicon, y seguro que mi compadre te da dos trozos.

Lionel siguió pasillo abajo. La gata corrió tras él y se le metió entre las piernas, haciéndolo tropezar, pero Lionel recobró el equilibrio apoyándose en la pared. Sus palmas dieron un leve golpetazo y Lionel miró atrás para asegurarse de que nadie abría la puerta de su habitación. Nadie lo hizo.

Devolvió su atención a Arista. La gata se había vuelto a colocar delante de la puerta de la escalera. Sus ojos ambarinos se clavaron en él mientras maullaba.

Lionel se llevó un dedo a los labios.

—Te entiendo —susurró, aunque no era así, y rodeó a la gata, que maulló de nuevo—. Te daré beicon —le dijo en voz baja volviendo la cabeza.

Δ

El líder más joven del Gobierno Provisional abrió la puerta y la cruzó.

—Señor —dijo un soldado con uniforme de la Guarnición Auxiliar que estaba sentado en los primeros escalones que subían a la tercera planta. Tenía una calva en el pelo canoso y las mejillas peladas. Y un fusil reposando sobre las rodillas.

—¿Qué ocurre? —preguntó Lionel.

No tuvo tiempo de asustarse antes de que el segundo soldado, el que había estado esperando a la derecha del umbral, le clavara la bayoneta en la espalda. Se derrumbó de lado y un tercer soldado, que entró por la puerta mientras empezaba a cerrarse, lo atrapó y lo levantó. Una enorme ola de agua rompió dentro de la cabeza de Lionel, que sintió que la mayoría de su cuerpo se desintegraba. Solo sentía los dedos de los pies embutidos en la punta de los zapatos y la mano húmeda que le mantenía cerrada la boca.

Su asesino le clavó la hoja en la tripa, la liberó y volvió a apuñalarlo. El viejo soldado de los escalones no se levantó. Se rascó la mejilla escaldada y miró a Lionel a los ojos con una expresión que quizá transmitiera un leve pesar.

Lionel pensó: «Yo solo quería ayudar a la gente».

Pensó: «Tendría que haberle hecho caso a esa gata».

Pensó: «Espero que Jonas sepa que lo am...».

# En el tranvía

Brewster no miró dos veces al gato grande y peludo. Los gatos montaban en tranvía a todas horas. Ese subió en la parada norte de Legado, llamada Bulevar Nacional, siguiendo a una mujer que llevaba un pulcro vestido azul. Brewster la tomó por una maestra, o alguien de aquellas sociedades caritativas. El animal saltó a un asiento y se puso a limpiarse la pata. La mujer se sentó enfrente.

El conductor puso el tranvía en marcha y el vehículo empezó a rodar despacio.

Estaba todo tranquilo después de tanto alboroto en la manifestación de la noche anterior. Solo había media docena de pasajeros en los vagones conectados, una combinación de borrachos y trabajadores del turno de mañana, la mayoría medio dormitando en sus asientos. Brewster también estaba cansado. No había pegado ojo desde que se enteró de la matanza en aquella taberna de los Posos. Los pensamientos sobre los cuerpos muertos y las vidas perdidas y la ira que habían encendido, sobre lo que él mismo había desatado junto con aquel dichoso Hob Rondeau al ir a hablar de su bombín robado con el sargento de la plaza, no dejaban de rondarle la cabeza.

Brewster se juró a sí mismo que no volvería a ponerse sombrero mientras le quedase aliento. Quería darle un puñetazo al sastre que lo había llevado a su tienda para venderle aquel bombín tan llamativo. Quería darle un puñetazo a Hob Rondeau.

Pero, sobre todo, quería alguien a quien darle explicaciones, alguien que lo quisiera y lo tuviera en alta estima, alguien que pudiera decirle que no era culpa suya. Pero no existía nadie así. Durante unos minutos la otra mañana, con el pilluelo subido al estribo de su cabina, el tranviero había creído que podía existir, pero Mary Ann había sido solo una broma de mal gusto. La gente de aquella taberna estaba muerta. Y él lo había provocado, él, Brewster Uldine.

Buscó una distracción en el espejo superior del parabrisas del tranvía y encontró el reflejo de la mujer del pulcro vestido azul.

—¿Hacia dónde va hoy, señorita? —le preguntó.

—Hacia el hotel Lear —dijo ella.

Δ

Robert se frotó la mejilla donde Willa le había soltado una bofetada después de que él le dijera que no quería seguir viéndose con ella. Supuso que se lo merecía, pero le había dado una sensación de indiferencia: Willa tampoco le había tenido mucho cariño. Esperó que Dora sí se lo tuviera. Antes nunca le había parecido importante, pero de pronto lo era. La revolución flaqueaba, había tenido lugar una masacre en los Posos y la gente se echaba a la calle exigiendo un desahogo. Ella era lo único que parecía sólido.

El teniente necesitaba que lo apreciase Dora, la doncella sin familia, la chica del Albergue Juvenil que no sabía tocar el piano, ni dibujar, ni bailar, ni hacer nada hermoso. Robert tenía la sensación de que Dora sí que lo quería, y no era porque su familia tuviese dinero, ni por su inteligencia, ni porque hacía cosas por ella. Para esa chica el dinero no tenía importancia: era lo bastante lista por sí misma, y no habría escasez de otros hombres que hicieran cosas por ella si decidía buscarlos.

—No te quedes ahí como un papanatas —dijo Willa—. Vete a tomar por culo. Es lo que significa cuando una mujer te da un guantazo. Que te vayas a tomar por culo.

Salió por la cocina del Metropole. Cuando llegó a la boca del callejón que separaba el Rey Macon del Metropole, Robert se encendió un cigarrillo.

Pasaban carros y carruajes traqueteando en los dos sentidos. Al otro lado de la calle, delante del Lear, un hombre estaba recogiendo mierda a paladas en un barril.

Había un soldado de la Guarnición Auxiliar, muy mayor, apoyado contra la pared del Rey Macon en la otra esquina del callejón. Robert le hizo el saludo militar. El pelo canoso del soldado le sobresalía por debajo del casco y se amontonaba en rizos sobre sus flacos hombros. Agarraba con fuerza un bastón en una mano, encorvado. Robert lo miró desalentado. ¿Contra qué iba a combatir ese hombre, contra un cuenco de gachas?

El soldado le devolvió el saludo y se tosió unas cuantas veces en el codo.

—Estoy esperando a unos amigos, señor.

Llevaba un triángulo tatuado en el dorso de la mano arrugada.

—Estupendo —dijo Robert.

Δ

El tranviero parecía agotado. D imaginó para él una habitación con muebles baratos, los restos de una comida preparada por su casera en la mesa, un periódico lleno de manchas de dedos después de habérselo leído ya dos veces y, sobre un estante, algún soso capricho, un pequeño tótem de orgullo masculino al que dedicar su amor: una goleta dentro de una botella a la que quitar el polvo, o un sombrero de color chillón que cepillar.

—¿Qué le parece la noticia de esos asesinatos en los Posos? —preguntó el conductor, y D tuvo la impresión de que le traía sin cuidado adónde fuese ella, que solo había buscado un oído indefenso al que dirigir su verdadero tema de interés—. Yo creo que es una tragedia terrible, pero se ve que por ahí abajo no es tan raro que pasen esas cosas. No parece que tenga mucho sentido buscar culpables.

Hablaba en tono defensivo, como esperando que lo cuestionaran.

—Lo siento, pero no sé nada de ese tema —dijo ella.

Δ

El nuevo sargento que ocupaba la mesa del Tribunal de la Magistratura le dijo a Rondeau que no podía ayudarlo: no sabía dónde se había metido el sargento Van Goor.

Rondeau informó al hombre de que se equivocaba.

—Puede ayudarme y me ayudará. Tengo que hablar con el sargento Van Goor. Necesito que ese hombre me explique el puto desastre de mierda que ha permitido que suceda en los Posos y que pone en peligro el proyecto entero de sociedad que intentamos construir, en la que no todo lo que es lúgubre y podrido y enfermizo se amontona en los hombros de los pobres mientras los gordos ricachones comen nata cuajada y beben champán y se deleitan frotándose la polla con paños de seda por diversión. Puede ayudarme y me ayudará.

El sargento, al recibir semejante diatriba, se sintió como si lo hubiera asaltado por sorpresa una tempestad salida de un cielo despejado.

—Escuche, yo acabo de ponerme al cargo de esto —dijo—. O sea...

Revolvió unos papeles que Van Goor había garabateado con su gruesa letra. Uno de ellos contenía una lista de aproximadamente veinte nombres y una dirección, avenida Legado n.º 76.

—¡Avenida Legado, setenta y seis! —gritó, abalanzándose sobre lo que parecía la manera más rápida de quitarse de encima a aquel voluntario alcoholizado—. Ahí tiene que ir. Es donde está él, seguro.

Δ

—Imagino que, si la gente de allí se hubiera comportado, nadie habría salido herido. Lo que pasó demuestra lo peligrosos que eran, en mi opinión. No sé si ha oído hablar de esa taberna, pero es una madriguera de ladrones y estafadores. Lo sabe todo el mundo.

A D no le interesaba en absoluto lo que opinara el conductor sobre una taberna donde al parecer había muerto gente asesinada. Estaba pensando en lo que tenía que hacer. Estaba pensando en cómo era posible que Ambrose hubiera confiado en Aloys Lumm.

El tranvía pasó repiqueteando por las calles de los teatros, todos ellos con el cierre echado, los carteles enmarcados de sus fachadas anunciando obras que se habían representado por última vez la noche anterior a la huida del gobierno. El gato blanco terminó de lavarse y se enroscó sobre la lona de su asiento.

D se inclinó hacia delante y estiró el brazo para ver el collar del animal. El gato la contempló con un ojo entreabierto, pero no se movió aparte de eso. Talmadge XVII, residente del hotel Metropole, rezaba la pequeña placa de plata sujeta al collar. D le rascó una vez la cabeza con suavidad, sin incordiar demasiado a la criatura, que no parecía la clase de gato que apreciaba los mimos, y se reclinó en su propio asiento.

El ojo del gato se cerró y, aunque todo su cuerpo temblaba con el movimiento del tranvía, pareció caer en un profundo sueño.

Δ

Es imposible saber en qué podía estar pensando XVII, o si tuvo sueños al quedarse dormida en el asiento del tranvía; si añoraba su hogar en el hotel Metropole, donde el personal estaba cada vez más preocupado por su ausencia los últimos días, sobre todo teniendo en cuenta el problema que estaba teniendo el Lear en tiempos recientes con la desaparición de sus gatos; cómo habría reaccionado a que una Arista se paseara por uno de sus pasillos; si estaba cómoda en el angosto y rocoso refugio que había elegido como su nuevo hogar entre las ruinas de la Sociedad; qué la había llevado a colarse dos veces en el museo para afilar sus garras en la caja de madera con mirilla; si XVII comprendía alguna cosa en absoluto o si actuaba completamente por instinto.

Pero sí que ronroneaba dormida. Su estómago estaba digiriendo el ratón con el que se había dado un festín en las ruinas al alba. Lo había aplastado al saltarle encima, lo había atrapado bajo sus garras y lo había enviado de aquí para allá un rato a zarpazos antes de rajarle la tripa y comer.

Δ

Elgin se tambaleaba cruzando el Su-Bello. Estaba tan borracho que no sabía si iba al este o al oeste. Estaba tan borracho que olvidó una promesa que se había hecho a sí mismo y dejó que su mirada vagase por encima del parapeto hacia el río, donde temía que iba a ver a Juven y el Barco Morgue y a sus amigos muertos del Paso Franco.

Pero no había más que agua. El Bello era una sábana arrugada gris verdosa en la niebla. Elgin exhaló. El sol, tenue tras los bancos de nubes, reposaba sobre el horizonte en algún lugar más allá de la bahía. Todo iba bien.

Una mano le tocó el hombro.

—No te asuttes, hermano —dijo Marl, dando un paso para ponerse a su lado.

El cadáver del borracho tardó bastante tiempo en llamar la atención. Despatarrado en el suelo junto al parapeto del puente, parecía estar solo dormido.

Δ

El cuchillo que Bet usó para abrirse las muñecas, uno de esos tan buenos para carne que le habían dado en la cocina de la universidad, se le cayó de la mano y se clavó de punta en un tablón del suelo. Estaba sentada en la butaca de Gid, junto al hogar, con los brazos a los lados. Notaba la sangre caliente en la piel. La oía gotear con suavidad. Alguien había asesinado a su Gid, así que ella se había asesinado a sí misma.

Con lo cruel que había sido la vida, Bet no albergaba esperanzas de un más allá. No preveía que la Madre Gata fuese a llevársela a un sitio cálido, ni que conocería a la madre y el padre que la habían abandonado para que se criara, denigrada y maltratada, en el Albergue Juvenil, ni reunirse con Gid. Esperaba más crueldad. Lo mejor que podía pasarle era la nada.

Bet inclinó la cabeza hacia un lado. Miró el cuchillo clavado en el suelo. Había un charco de sangre a su alrededor, y caía más sangre, caía de ella. Bet escuchó cómo goteaba, y tras el goteo fueron creciendo otros ruidos, cadenas que tintineaban, olas que chocaban, un hombre vociferando que aviaran el esquife y recogieran a esa pobre mujer.

Δ

Aunque nunca llegarían a saberlo, a Len y a Zil se les había escapado D por solo una hora. Habían ido a hacer una «visita de cortesía», actividad que Zil había querido probar desde que se la oyó mencionar una vez a una mujer rica en la calle, fuera de los teatros. Pero no respondió nadie cuando llamaron a la puerta del museo.

—¿Crees que le habrá dicho que sí a casarse? —preguntó Zil—. Ike estaba muy guapo.

—Puede. Sí que iba elegante.

Len no solo era escéptico respecto al concepto de la «visita de cortesía», ritual para el que Zil se había empeñado en que antes hiciera cola para usar una bomba y lavarse la cara con agua helada, sino que además su opinión de Ike había alcanzado su punto álgido en la fábrica y llevaba decayendo desde entonces. El chico más mayor se daba demasiados aires, en opinión de Len.

—Ese Ike no es tan buen cuentagotero como se cree. Cansa un poco. —Len señaló con la barbilla hacia las ruinas del edificio de la Sociedad—. ¿Tú has visto cómo está eso?

Zil sabía que era su forma de decir que quería ir a jugar en los mugrientos escombros.

—¿Quieres ir a jugar ahí? —preguntó, aunque sabía que él nunca lo reconocería.

—¿Jugar? —Len dio un bufido—. ¡Qué va! Era solo un comentario.

—Vamos, pues.

Len gruñó y le dio una patada al aire. En realidad, sí que le apetecía jugar en las sucias ruinas.

—Las visitas de cortesía son una mierda como una casa —dijo, vengativo.

Zil no hizo caso a su mal humor. Estaba decepcionada por no saber qué había pasado con la proposición de Ike, y tenía mucha curiosidad por conocer a su cortejada, pero al mismo tiempo había estado temiendo cómo iba a tomarse la noticia de los espantosos asesinatos en el Paso Franco. La pilluela se había llevado la impresión de que Ike les tenía bastante cariño a Rei y a los que habían muerto.

Iba un paso por detrás de Len en la esquina de Legado cuando el chico exclamó:

—¡A correr! —Le agarró el brazo—. Viene un brazalete verde.

Dejaron atrás el museo y entraron a la carrera por el umbral sin puerta del edificio destrozado para esconderse.

En el primer piso de la antigua embajada, el hombre que vivía allí vio por casualidad a los niños andrajosos antes de que desaparecieran doblando la esquina. Le gustaban los críos, sobre todo los que eran traviesos, como él mismo de pequeño. Esperó que se quedaran por el barrio. Le gustaría conocerlos.

Los golpes de la aldaba de la embajada resonaron desde abajo. Bajó renqueando e invitó a Hob Rondeau a pasar.

Δ

Con un vibrante chirrido, el tranvía se detuvo en la parada que había en el centro del bulevar Nacional, situada entre el Lear en la parte occidental de la avenida y el Metropole y el Rey Macon en la oriental.

—Que un gato le sonría —dijo el tranviero de aspecto cansado a D cuando se levantó para bajar.

# Acontecimientos que llevaron al derrocamiento del Gobierno Provisional, segunda parte

Las rozaduras y los gemidos despertaron a Mosi.

Un gato estaba arañando la puerta desde fuera. Mosi se puso de lado en la cama y parpadeó mirando la luz que se filtraba entre las tablillas de la persiana que daba a la calle. Notó sin mirar que Lionel ya no estaba en la cama.

Se incorporó, sintiéndose como si su cuerpo entero se le hubiera derribado en el estómago, y como si estuviera hecho de piedra. Si Crossley se negaba a obedecer, si se negaba a dar la orden de llevar sus fuerzas sobre la posición monárquica en la Gran Carretera y acabar con aquello de una vez, iban a tener que destituirlo y dar la orden ellos mismos. Y si a la Guarnición Auxiliar de Crossley no le gustaba esa orden, estaban muertos.

Lionel decía que no podían fracasar. Mosi había llegado a amar a Lionel, había encontrado en el hombre más joven a alguien con quien podía reír como nunca había reído con nadie, y había comprendido con el tiempo que Lionel era completamente sincero, que no había nada que desease más que hacer la vida mejor y más justa y menos lúgubre. Para lo listo que era, sin embargo, tenía un optimismo exasperante. ¡Ay, dulce compadre, pues claro que podían fracasar!

Una llave entró en la cerradura y chasqueó. Era raro, porque Lionel no tenía llave. El arreglo que habían convenido era que Mosi dejaría la puerta con el pestillo apenas descorrido. Las doncellas sí que tenían llave, pero era demasiado temprano.

Mosi, sin nada más que los calzoncillos puestos, se levantó mientras el cerrojo se abría y levantó la manta de la cama.

Un soldado auxiliar con la coronilla calva y las mejillas raspadas entró al abrirse la puerta con el fusil y la bayoneta en ristre. Otros dos auxiliares de mejillas rojas pasaron pegados a él. Mosi arrojó la manta encima del primer hombre y el soldado disparó, abriendo un boquete en el algodón.

Una docena de minúsculos dientes mordieron el pecho desnudo de Mosi mientras embestía con un rugido. Agarró al soldado de la manta por el cuello y lo lanzó hacia los hombres que lo seguían. La colisión de cuerpos envió al más atrasado contra la pared del pasillo y el fusil se le disparó. La única bala del arma se incrustó en el techo y el yeso salpicó la alfombra. El segundo hombre cayó al suelo con un ronco grito ahogado y soltó su fusil. El soldado cubierto por la manta se retorció, intentando liberarse de ella con la bayoneta.

Mosi salió corriendo al pasillo. El soldado que estaba en el suelo tenía cierto aspecto de saltamontes: tenía las extremidades larguiruchas, los ojos saltones y la nuez protuberante. A juzgar por las canas que asomaban bajo su casco, también tenía edad para ser abuelo. Mosi dio un pisotón con el pie descalzo en la entrepierna del vejestorio y sintió que algo importante para el hombre estallaba bajo su talón. El soldado dio un chillido que se convirtió en un resuello rasposo.

El que había disparado al techo estaba acuclillado contra la pared, boquiabierto, aferrando su fusil. El estibador se lo arrancó de las manos. Ese hombre también era mayor. Su única ceja, hirsuta y blanca, estaba plagada de caspa sobre sus ojos muy juntos. Cuando Mosi le dio un tajo con la bayoneta en la cara, abrió un río de hueso entre las cejas y los ojos. La sangre salpicó el cuello y la cara de Mosi. El hombre se derrumbó.

Mosi devolvió su atención al primero, el de la calva que había encabezado el ataque.

El soldado auxiliar que quedaba estaba a unos palmos de distancia. Se había quitado la manta y observaba a Mosi con calma. No era tan viejo como los otros dos, quizá solo cuatro o cinco años mayor que el propio Mosi, y tenía una constitución musculosa. Mientras miraba a Mosi, se palpó la bandolera, buscando una bala a tientas.

El atacante al que Mosi había pisado estaba haciendo un ruido como si tuviera un hueso de pollo atascado en la garganta, y daba desangelados manotazos a la cantonera del fusil que reposaba en el suelo a su lado. El otro soldado se convulsionaba, empapando de sangre la alfombra. Pasillo abajo, sentado junto a la puerta de la escalera, un gato siamés marrón lo observaba todo.

No se abrió ninguna puerta ni se oyó ningún otro sonido. Mosi supuso que habrían despejado el lugar antes de entrar para asesinarlo. Bien pensado. Le dolía horrores la piel donde se le habían clavado los fragmentos de bala.

—Lo habéis matado, ¿verdad? Habéis matado a mi compadre.

El soldado de la calva había encontrado una bala y la había sacado, pero no hizo ademán de cargar el fusil. Debía de habérsele ocurrido que no tendría tiempo. Si intentaba preparar otro disparo, Mosi caería sobre él antes de poder hacerlo. Iban a terminar la faena con las bayonetas. El soldado volvió a meter la bala en su bandolera.

—Así es —dijo.

—¿Ha sido rápido?

El soldado asintió. Mosi se frotó los ojos mojados con el puño.

—Gracias. ¿Os envía Crossley?

—No digas idioteces —rio el soldado—. Estamos con Lumm.

—¿En serio? —dijo Mosi, preguntándose si habían sido muy estúpidos o si Lumm había sido muy listo.

El soldado torció el cuello y se frotó una mejilla de aspecto raspado contra el hombro. Al hacerlo se le vio la otra mejilla, y Mosi observó que no la tenía raspada, sino tatuada: unas líneas rojas onduladas interrumpidas por un triángulo rojo. Llevaban el mismo tatuaje los tres.

—Eres viejo para ser soldado.

Por algún motivo, eso le provocó una risita al hombre.

—No para el ejército en el que sirvo.

—Seguro que pensaste que tatuarte la cara no podía hacerte más feo —dijo Mosi—. Te equivocabas.

—¿Ah, sí?

—Sí.

El estibador no tenía la misma forma física que de joven, estaba herido y semidesnudo, y el soldado parecía estar hecho de una madera más firme que sus compañeros, pero nada de eso lo salvaría.

—Voy a matarte —le dijo Mosi.

—No —replicó el soldado, y relajó la postura.

Bajó el fusil a su lado. Eso irritó a Mosi.

—No acepto tu rendición, así que… —empezó a decir, sin reparar en que el hombre del suelo por fin había logrado hacerse con el fusil caído.

El soldado tendido apretó el gatillo con un borboteo de ira. La bala atravesó el torso del estibador y pintó el papel de pared con pedazos de su estómago y sus costillas, y así fue como murió el segundo líder más joven del Gobierno Provisional.

# El Lear

La gata blanca salió por delante de D, pero, en vez de quedarse con ella o adelantarse para rascar algo, se metió bajo el banco de la parada del tranvía. Una vez allí, Talmadge XVII se tumbó con las patas bajo el cuerpo y observó desde la sombra, no a D sino la fachada del hotel Lear al otro lado de la avenida.

Parecía que la escolta había concluido. D solo puso asumir que eso significaba que, por lo que respectaba a XVII, iba por buen camino.

D cruzó la calle.

Δ

—¿Lo ha oído, señor? —preguntó el portero del Lear, en su uniforme gris con ribetes negros y cordoncillos negros en los hombros, a un huésped vestido con traje color crema al que había estado a punto de abrir la puerta, refiriéndose a dos estallidos que habían sonado en la lejanía.

(El primer estallido era el disparo que atravesó la manta y acribilló el pecho y el cuello desnudos de Mosi, y el segundo era el que dio en el techo del pasillo del Metropole).

D estaba subiendo a la acera a escasos metros de distancia. Se detuvo, fingió que se ajustaba la manga y observó de soslayo a los dos hombres que había ante las puertas del Lear.

Hubo un tercer estallido. (Fue el disparo que mató a Jonas Mosi).

—Sí que creo haber oído algo —respondió el caballero del traje. Y entonces otro sonido, más lejano pero más fuerte, una explosión atenuada, puntuó su asentimiento.

Δ

(Ese ruido más intenso y distante lo hizo la artillería de Mangilsworth, que acababa de abrir fuego contra el campamento de la Guarnición Auxiliar de Crossley en la Gran Carretera.

El general había atracado en la punta noreste del país cuatro días antes y, al amparo de la oscuridad y en grupos reducidos, había desplazado su ejército a pie para congregarlo en el bosque un kilómetro y medio detrás del campamento de la Corona. Sus ingenieros habían desmontado tres de sus grandes cañones y, empleando carretillas con las ruedas engrasadas, habían llevado las piezas sin hacer ruido por los escarpados senderos hasta la meseta. Al llegar, iluminados por lámparas, los cañoneros habían vuelto a montar las armas, ocultas detrás de los famosos monolitos. Habían llevado también cargas de plomo y pólvora.

Entretanto, Mangilsworth ordenó a sus comandantes de infantería transmitir a sus pelotones que cualquier persona que encontraran en su camino o a la vista debía considerarse un combatiente enemigo.

—¿Y cuando lleguemos a la ciudad, señor? —había preguntado un capitán.

El dolor de estómago había rebajado a Mangilsworth a hacer sus preparativos y dar sus directrices tendido en una hamaca, dentro de su tienda. El general ya no podía retener ni siquiera el requesón aguado. Echó un vistazo a su carta de los símbolos rojos, la dobló y se la guardó.

—Capitán, tenemos información de que han disfrazado a un gran número de traidores de la Guarnición Auxiliar con ropa de civil, incluso haciéndolos pasar por mujeres. Disparen a todo el que se muestre.

—Sí, señor —dijo el capitán.

Cuando el rey Macon XXIV fue a visitarlo, el general Mangilsworth le pidió disculpas por su incapacidad para levantarse.

—Tengo una enfermedad horrenda en el estómago, milord.

El rey lo excusó con gentileza y le preguntó si estaban preparados. Mangilsworth respondió:

—Si así os complace, milord.

Al rey lo complacía, y Su Alteza dio la orden de lanzar el ataque. Mangilsworth, quien a pesar de su incapacidad física llevaba puesto el uniforme —uno de los nuevos, con los parches de triángulo en el hombro que su carta lo había instado a añadir a la vestimenta formal del ejército—, capituló ante su último sueño mientras se iniciaba el bombardeo por sorpresa sobre la posición de Crossley.

Más tarde esa mañana, cuando su ejército aniquilara los restos del único destacamento de los auxiliares de Crossley destinado a la Gran Carretera y comenzara a reorganizarse y traer el resto de sus cañones para el asalto a la ciudad propiamente dicha, la carne del general ya estaría fría del todo, y su alma más bien caliente).

Δ

—Ahí va otro —dijo el portero al oír una nueva detonación lejana.

Se asomó para mirar calle arriba hacia los límites del casco urbano y, con la mano en el largo picaporte de latón, abrió la puerta.

D lo vio y fue hacia allí.

—Tiene que estar pasando algo —señaló el hombre del traje color crema.

D pasó a su lado y, recogiéndose la falda y agachando la cabeza, entró rauda en el hotel Lear sin que nadie se fijara en ella ni la cuestionara.

Δ

El principal distintivo del vestíbulo del Lear eran sus dos hileras paralelas de arces japoneses de hoja roja en macetas negras. Formaban un pasillo hasta la gran escalinata y dividían el vestíbulo en dos secciones. A la derecha, el bar del hotel y el mostrador de conserjería; a la izquierda, la zona de recepción. El ascensor, una adición posterior a la estructura original, estaba al fondo, a la izquierda de la gran escalinata. Tenía la puerta dorada retraída a un lado, dejando ver a la operadora repantigada dentro en su taburete. Había un soldado de la Guarnición Auxiliar apostado en posición de firmes al pie de la escalinata y otro fuera de la puerta del ascensor.

Mientras D entraba, casi todos los presentes en la inmensa estancia —soldados auxiliares, empleados del hotel en la librea gris y negra del Lear, unos cuantos jóvenes con brazaletes verdes de la Defensa Civil Voluntaria— estaban reaccionando a los ruidos, alzando la mirada desde los mostradores de caoba en la zona de recepción y sus asientos en las butacas con taracea de hiedra junto al hogar de la cantina hacia los amplios ventanales, para ver si pasaba algo en la calle. Al lado de la chimenea, un violinista vestido con levita siguió interpretando una melodía alegre.

—Eso es un cañón —afirmó una voz arisca desde la barra.

Llegada a ese punto, D ya no tenía forma de hacerse lo bastante pequeña para evitar que reparasen en ella. D liberó la falda y aflojó el paso, obligándose a moderar sus zancadas. Alzó la barbilla. Una mujer pudiente, una mujer cuyo lugar fuese el vestíbulo del hotel Lear, no iba con prisas. La mullida alfombra se hundió bajo sus zapatos. Llevaba el bolso perteneciente a Gucci sujeto en la axila, donde parecía contener sus latidos.

Hubo murmullos de preocupación mientras la voz arisca añadía:

—Los oí bastantes veces en la Campaña Otomana, con el Mangas.

Un voluntario de brazalete verde, un chico de la universidad al que D reconoció de cuando trabajaba allí, bajó corriendo por la gran escalinata. Se llamaba Dakin, recordó, había sido muy específico sobre cómo quería que le almidonaran el cuello de las camisas y acostumbraba a dejar notas para las lavanderas que decían cosas como: «No considero que sea mucho pedir que hagan bien su trabajo».

D apartó la mirada sin interrumpirse. Dakin pasó con prisa a su lado, dedicándole solo una mirada breve y perpleja.

—¡Avisad a Lionel! —oyó que le gritaba a alguien.

D ya había recorrido medio vestíbulo. Por delante de ella, un empleado del hotel salió de entre dos macetas a su derecha, dispuesto a cruzar el pasillo de árboles hacia el lado izquierdo, pero se detuvo al ver que D se aproximaba. El hombre, de rostro relleno y con una barba rubia peinada a la perfección, llevaba una insignia al pecho que lo identificaba como uno de los gerentes del hotel. Sus aposentos, adivinó D, estarían limpios como una patena. Tres tazas en tres ganchos, la cama bien hecha, nada de polvo en los alféizares y una carta sellada en el cajón superior de su mesita de noche detallando cómo debían gestionarse sus asuntos si sufría una muerte inesperada.

Miró a D de arriba abajo y ella pensó: «Aún estoy demasiado lejos para correr».

Pero no pasaba nada. ¿Por qué iba a correr? Era una huésped muy valorada.

Sin darle tiempo al gerente para decidir si seguía adelante o se dirigía a ella, D anduvo más deprisa y giró la muñeca hacia él, imitando el gesto de irritable tolerancia que había visto hacer a la esposa del rector las mañanas que el servicio limpiaba su residencia y tenía que pasar por la sala de estar, perturbando su desayuno.

—Señor —dijo.

Él hizo una inclinación, dejándose llevar por su entrenamiento antes que por las circunstancias extraordinarias.

—Buenos días, madame. ¿Encuentra el Lear a su entera satisfacción?

D contó hasta cuatro antes de responder.

—No está mal —dijo, aunque su silencio anterior indicaba a las claras que opinaba lo contrario.

—Excelente, señora…, eh…

El gerente frunció el ceño intentando situar su apellido, que debería conocer. Pero, en realidad, lo único que debía recordar era que el marido de D era la clase de hombre que aún podía permitirse la tarifa del hotel en esos tiempos turbulentos, y que había otros establecimientos que estarían encantados de aceptar su dinero.

—Hay una chica ahí delante mendigando —dijo D con brusquedad—. Jamás había visto cosa semejante. En el Metropole no permiten que pasen esas cosas, se lo aseguro.

El hombre juntó los talones y se inclinó de nuevo.

—Señora, me disculpo en nombre del Lear. Enviaré al portero a ocuparse de ello ahora mismo.

—Gracias —dijo D—. La criatura se ha ido corriendo cuando la he espantado, pero supongo que estará acechando por los alrededores.

—Confíe en mí, señora, no volverá a molestarla —afirmó el gerente, y se desvió de su rumbo original hacia la entrada del hotel.

Otra suave explosión hizo que las hojas rojas de los arbolitos se estremecieran levemente. La música del violinista cesó con un repentino chirrido.

D siguió adelante y, al rebasar el camino arbolado, saludó con la cabeza al soldado que montaba guardia al pie de la gran escalinata —«Señora»— y rodeó el pilar izquierdo de la barandilla. Caminó hasta el segundo soldado auxiliar apostado ante el ascensor.

—Oficial —le dijo.

—Señora.

Llevaba un bigote negro encerado en joviales puntas, tenía unos cuantos capilares rotos bajo los ojos, una cicatriz rosa brillante en la parte derecha de la mandíbula y una sonrisa amplia y benevolente que parecía invitar a compartir una risa y también unos cuantos tragos, si había tiempo. D pensó que su domicilio estaría revuelto y lleno de parientes: hijos, hijas y una esposa a quien también le gustaba reír y beber.

—Tiene que enseñarme la llave —dijo el soldado amistoso.

D metió la mano en el bolso de Gucci, rozando la extraña pistola, y encontró el saquito que contenía los ojos de cristal.

Δ

El truco que había usado con el gerente no le valdría para el soldado. Sacó la bolsa y se la entregó.

—No me alojo aquí. Tengo que entregarle esto al señor Lumm en la segunda planta.

El soldado desató el cordel y miró dentro del saquito.

—¿Esto son...? —Ladró una carcajada—. ¡Muy propio del señor Lumm! Si no son libros lo que le traen, siempre es algo raro: grandes cajas de té ruso, la madera negra especial para su chimenea... ¿Pues no encargó la estatua de un hombre que tenía un pulpo por cabeza? Daba pesadillas, y pesaba tanto que tuvieron que subirla con poleas por la fachada y meterla por la ventana. ¡Menudo es! Pues claro que necesita tener unos ojos de cristal. ¡El bueno del señor Lumm!

El soldado meneó el dedo dentro del saquito de ojos de cristal, que tintinearon entre ellos. Negó con la cabeza, rio otra vez, volvió a atar el cordel y le devolvió el saquito a D.

—Gracias —dijo ella, devolviéndole una leve sonrisa.

Guardó de nuevo el saquito en el bolso y dio un paso, pero el brazo del soldado se interpuso entre ella y el ascensor.

—Mis disculpas, señora. Sé que una cosita encantadora como usted no le haría daño a nadie, pero antes tenemos que consultar con el señor Lumm.

Hubo otro tenue estallido, y otra oleada de rostros preocupados en el vestíbulo.

—Por supuesto —dijo D, retrocediendo.

—Vanessa, ¿le das un rotofonazo al señor Lumm y le dices que traen unos ojos de cristal para él?

La operadora del ascensor, una mujer de mediana edad con el pelo castaño suelto y unos anteojos delgados a través de los que había observado taciturna la conversación, bajó de su taburete.

—Voy. —Desenganchó la taza del rotófono que había en una pared del ascensor, se la llevó al oído y habló por la bocina—. 2B.

—Enseguida lo resolvemos, señora —le aseguró el soldado, y D olió la cera de su bigote.

Sonó otra explosión algodonosa. Al soldado le flaqueó la sonrisa, pero al momento respiró hondo y la recompuso.

—No hay nada que temer —afirmó, y se frotó la cicatriz con el pulgar.

A D le pareció que hablaba más para sí mismo que para ella.

—Buenos días, señor —dijo la operadora, con la oreja apretada contra la taza—. Llamo desde el vestíbulo. El sargento Gaspar tiene a una joven dama con una entrega para usted. Viene de… —La mujer lanzó una mirada a D—. ¿Señora?

—Soy empleada del fabricante. Es para el Museo Nacional del Obrero. El señor Lumm es el conservador.

—Es para el Museo Nacional del Obrero —repitió la mujer—. La mercancía son unos ojos de cristal.

La operadora escuchó, asintiendo. Volvió a mirar a D.

—¿Y su nombre, señora?

El sargento Gaspar sonrió a D desde las brillantes puntas de su bigote.

Los interrumpió una nueva detonación, que dio a D el tiempo suficiente para concluir que, por muy bien que se las hubiera ingeniado para llegar tan lejos sin levantar sospechas, no podría rebasar al sargento Gaspar y a Vanessa; que, aunque los amenazara con la pistola de Gucci, darían la alarma y alguien la detendría en el tercer piso antes de llegar a la suite de Lumm; que al final sí que iba a tener que correr; que no sería lo bastante rápida y terminaría en el calabozo; y que, aquella mañana de hacía años, Lumm ya le había dicho todo cuanto le diría jamás —sobre el conjurador, Simon el Gentil, «el delincuente más maravilloso maravilloso que puedas imaginarte»— y jamás sabría con certeza lo que le habría pasado a su hermano.

El eco del cañonazo remitió.

—¿Señora? —Había aparecido una arruga entre las cejas del sargento, que ladeó la cabeza hacia ella—. ¿Su nombre, señora?

A D se le ocurrió que, en realidad, sí que le quedaba un truco todavía.

—Simona Gentil —dijo—. Me llamo Simona Gentil.

# Acontecimientos que llevaron al derrocamiento del Gobierno Provisional, tercera parte

El general Crossley titubeó en la puerta abierta de la suite de Lumm.

—¿Me dice otra vez cómo será, señor Lumm?

Lumm estaba sentado tras la mesa, mojando sus pobres manos en un cuenco de agua caliente.

—Compruebe su papel, querido —respondió a Crossley, y miró mientras el general se sacaba del bolsillo la pequeña nota que había sido su compañera más íntima en los últimos meses.

Cuando decidieron que estaban preparados para hacerse con un militar, Westhover había escrito la Carta Roja a la manera tradicional, usando un peroné de gato como pluma y su propia sangre como tinta, y se la había remitido al comandante de la Guarnición Auxiliar. Ese método de control requería unos preparativos agotadores y solo funcionaba con las personas de mente débil o muy enfermas, pero habían elegido bien al seleccionar a Crossley. El papel estaba arrugado y casi transparente de tanto manipularlo, los dibujos y los símbolos rojos emborronados.

—¿Qué pone? —preguntó Lumm.

—Mi alma se transforma en una luz —leyó el general. Sus rasgos se relajaron—. De acuerdo. Eso estará bien.

—Y tendrá una bonita casa de cristal. Con unas vistas maravillosas maravillosas.

Aquello era una simplificación. La casa de cristal era más bien un orbe de lámpara, y el alma tan rala que tenía Crossley, más que transformarse en luz, ardería para crear luz, cuyo auténtico beneficio redundaría en Lumm y sus amigos, que se bañaban en la luz de las almas como lagartos para que los rejuveneciera. Pero no había motivo para confundir al general con los detalles.

Un tenue estallido resonó desde el norte: los cañones de Mangilsworth.

—¿Qué les pasará a mis hombres?

Crossley regresaba siempre a aquella tediosa pregunta. A umm le gustaba lo desesperadamente triste que estaba el gene-al —la tristeza era un factor relevante en lo bien que ardían las mas, sospechaba—, pero el último miembro vivo del Gobierno Provisional estaba a punto de estirar la pata y tenían que proceder con el plan. Lumm debía renacer.

—Estarán bien. Esos nuevos parches para el hombro que les pusimos en el uniforme, con el triángulo, los protegerán. Sus almas también se convertirán en luces, en preciosas lucecitas. Y ahora, vuelva enseguida a su habitación, querido.

Westhover, que había estado contemplando silencioso la punta encendida de su cigarrillo, se levantó de su silla al lado de Lumm y fue a echar al general de allí.

—Hasta nunca, zopenco de mierda.

Le dio una alegre palmada en el hombro, lo empujó al pasillo y cerró la puerta.

Δ

El general Crossley fue arrastrando los pies hasta la puerta de su habitación, la 2F, y entró sin molestarse después en cerrarla. Comprobó su papel. Ahora rezaba: «Córtate un triángulo en la mano».

Guardó el papel y sacó su navaja. Desplegó la hoja mientras caminaba. Estiró la mano izquierda y abrió tres líneas en el dorso, formando un triángulo. No hubo dolor. La sangre manó de las incisiones y goteó desde los bordes de la mano y la muñeca.

Crossley limpió la hoja contra la cadera, cerró la navaja y se la metió en el bolsillo.

Volvió a sacar el papel. Ahora decía: «Súbete a la silla».

Ya había una silla preparada en el centro de la pequeña sala de estar. Un nudo corredizo pendía de una tubería encima de ella. El papel le había ordenado antes que hiciera esos preparativos.

Llegó a la silla y se subió.

Aunque la siguiente tarea del general parecía bastante evidente, consultó el papel por si acaso. «Ponte el nudo, sal de la silla», ponía.

La siguiente de una larga sucesión de explosiones atronó desde el norte, y Crossley volvió a pensar en sus hombres. Miró el papel de nuevo. Allí estaban sus soldados, dibujados en tinta roja y protegidos por líneas de luz roja que repelían el bombardeo. Estaban sacando sus propios cañones sobre ruedas, que también eran rojos, y enormes. El general no recordaba haber pasado revista a esos poderosos cañones rojos, pero se alegró de tenerlos.

Dobló el papel y se lo guardó. Pasó el cuello por el lazo.

# El conservador

Cuando usted quiera —dijo el ministro de la Moneda West-hover después de hacer salir al general.

El disfraz del ministro no lograba encubrir del todo la vulgaridad esencial de aquel hombre: anteojos tintados de negro, una barba amarilla pegada con cola de postizos y un oscuro traje barato. Westhover debería haber tenido el aspecto de un aprendiz de bancario o un taquígrafo, alguien inofensivo, pero en vez de eso parecía que se dedicara a vender ilustraciones pornográficas. Una indicación más certera de su verdadero carácter, en opinión de Lumm. Era algo provisional, de todos modos, y Westhover había interpretado bien su papel, quedándose en la ciudad para dejarse capturar y dándoles a Lionel y Mosi y los demás sobrado testimonio para tener enfurecidos a los muy mojigatos durante unas cuantas semanas, distrayéndolos con asuntos legales y economía forense mientras el verdadero conflicto permanecía sin zanjar.

Cuando la Corona y el gobierno se reinstauraran, Westhover volvería a tomar posesión de su cargo y seguiría trabajando como el principal representante político de la Sociedad para la Investigación Psíkica. Crossley había puesto excusas sobre «riesgos de seguridad» para no encerrar al ministro de la Moneda en el Tribunal de la Magistratura y tenerlo bajo arresto domiciliario en el Lear, pero, hasta que los revolucionarios estuvieran derrotados por completo, era importante no llamar la atención.

Lumm se miró las manos. Como un reloj, cada vez que cumplía los sesenta años, empezaban a padecer ictericia y descascarillarse. Después de los setenta, se le ponían grises y se pelaban. En esos momentos volvía a tener ochenta y las manos estaban muertas otra vez, de un azul exangüe entrecruzado por venas negras vacías. La única manera de recuperar algo de sensibilidad era bañarlas en agua casi hirviendo.

El problema de las manos era que no sabía por qué pasaba. Había, de hecho, una gran cantidad de cosas que no sabía. Lumm disfrutaba dándole a la gente la impresión de que era el diablo, pero en realidad era solo un hombre de letras de trescientos años y pico, y el legítimo presidente electo de la Sociedad para la Investigación Psíkica.

Su predecesora en ese cargo, Frieda, había afirmado que la historia de que el picapedrero que fundó la ciudad murió de un susto en su castillo era esencialmente verídica, solo que los mendigos que se colaron dentro no eran personas, sino gatos. Frieda sostenía que el furioso espíritu del cantero había creado el primer portal hacia el Lugar del Ocaso, y que la Sociedad la había originado una chica aventurera que vio el portal entre unas zarzas y se jugó la piel para comprobar qué hacía.

«Bueno, y entonces, ¿quién es la mujer de la cesta de costura y la guillotina que nos cambia la cara?», le había preguntado Lumm.

Frieda había confesado su ignorancia al respecto. «Ya estaba ahí cuando empecé yo. No consigo ni siquiera que la vieja zorra escupa su nombre. Pero está muy dedicada a su tarea».

El conjurador Simon el Gentil (auténtico nombre: Próculo Gennity) había creído que el Lugar del Ocaso era un error. «Es como un rasgón en una camisa, Aloys, querido mío. Un agujerito minúsculo en el sobaco o el cuello, por el que alguien mete el dedo a lo burro, lo ensancha y al final termina saliéndole el tiro por la culata».

Simon había descubierto el Lugar del Ocaso por su cuenta, y usaba los poderes de mutabilidad que otorgaba para su espectáculo. Se negaba con petulancia a revelar cómo había sabido de su existencia, y a explicar qué materiales había empleado para construir su portal, el Vestíbulo, y a confirmar siquiera que en efecto lo había construido él. Se empecinaba en su afirmación infantil de que un gato le había enseñado toda su magia. «Ya te lo dije, Aloys, querido mío, fue un gato blanco enorme el que me dio mis trucos. Como en las historias, los arañó en una corteza de árbol».

Había sido un individuo soberanamente irritante, vulgar desde la misma cuna, un prestidigitador pegajoso y un adorador de gatos, un Por-culo Gennity de la cabeza a los pies. El conjurador nunca había llegado a comprender de verdad el Lugar del Ocaso. A lo largo de todas sus actuaciones, jamás llegó a ser consciente de la ilusión que velaba el otro lado de la puerta, ni él ni sus voluntarias. Solo la cruzaban para utilizar el espejo que les cambiaba la cara. ¡El imbécil de Próculo daba por hecho que el espejo era todo lo que había!

Lumm había escrito una Carta Roja y se la había entregado al sugestionable marido de una mujer que entró en el Vestíbulo durante una actuación, y ese fue el final de Simon el Gentil, antes conocido como Próculo Gennity. Muérete despacio en el suelo, querido mío.

El Lugar del Ocaso, la arpía del hilo y la guillotina, lo que hacían los miembros de la Sociedad para mantenerse jóvenes, las técnicas que habían aprendido de pergaminos y tablillas recuperados en expediciones arqueológicas y luego refinado: a Lumm le gustaba creer que todo ello sucedía por el sencillo motivo de que el universo había decidido que eran merecedores. Le gustaba creer que el universo había comprendido que la gente encantadora e interesante no debería morir con tanta facilidad como la gente sin encanto ni interés. No habría sido nada encantador decirlo en voz alta, por supuesto —el encanto radicaba tanto en lo que no se decía como en lo que se decía, si no más—, pero era una de las lecciones que confiaba en que sus libretos teatrales consiguieran transmitir. Pocas cosas complacían más a Lumm que la idea de que algún alelado fuese al teatro a ver una obra suya y, al hacerlo, comprendiera que le convenía comportarse con cautela y respeto, sin armar jaleo ni llamar la atención sobre su alelada persona, y que debería dar gracias a la suerte por permitirle siquiera existir a la sombra que proyectaban sus superiores.

Lo indudable era que, cada pocas generaciones, era necesario darle una mano de barniz al escenario y volver a situar en puestos de autoridad a la gente adecuada, a testaferros como Westhover, para que la Sociedad pudiera operar con libertad, llevar a cabo sus experimentos y seguir progresando en sus estudios.

Más o menos un año antes, las quejas de la plebe urbana —sobre la contaminación que mantenía el cólera y otras enfermedades circulando sin cesar, sobre sus exiguos salarios y sobre las derrotas del ejército— se habían tornado incesantes y molestas. Westhover había perdido los estribos y había ejecutado a aquel capullo del barrero a plena vista del público. Los radicales de la universidad empezaron a publicar sus panfletos y el volumen del berrinche se incrementó.

Lumm había reaccionado a la situación casi desde el principio. Estaba naciendo un fervor revolucionario del tipo que, si se le permitía bullir el tiempo suficiente sin atenderlo, podría resultar en el advenimiento de un nuevo gobierno reacio, impertinente y caro. Su solución, que todo el mundo convino en que era ingeniosa —«¡Tan taimado como siempre!», había cacareado Edna (D. E. P.), a lo que Bertha (D. E. P.) había replicado: «¡Más taimado que siempre!»—, consistía en acelerarlo, en provocar el parto de ese ser espantoso antes de que llegara su momento natural y luego asfixiarlo en la cuna.

Maniobró hasta darse a conocer a los cretinos agitadores como el estibador Jonas Mosi y a los románticos como el estudiante Lionel Woodstock. En cuanto los amotinados lo hubieron aceptado como a uno de los suyos, Lumm les presentó a Crossley, y los revolucionarios creyeron disponer de todo lo que necesitaban.

Crossley y su Guarnición Auxiliar tomaron la ciudad, y la Corona se batió en retirada y… punto final. No se resolvió nada. Los ciudadanos tuvieron que arreglárselas con las promesas de un impotente Gobierno Provisional a merced de su tozudo comandante en jefe, y entretanto Mangilsworth recibió una Carta Roja y navegó de vuelta con el ejército regular. Además de eso, se orquestó una exhibición que demostrase la ausencia total de autoridad por parte del Gobierno Provisional: la masacre en aquel bar de mala muerte de los Posos. El apoyo popular a los revolucionarios, que ya escaseaba, quedó profundamente socavado.

Aunque la pérdida de sus dos mejores asesinas no formaba parte del plan, en realidad tampoco era un mal resultado. Las Pinter siempre estaban riéndose, pero Lumm no recordaba ni una sola frase ingeniosa que hubiera dicho ninguna de las dos jamás. Edna y Bertha habían sido entusiastas, sí, pero también furibundas, y Lumm habría tenido que desecharlas al cabo de una vida o dos, de todos modos.

Era la irregularidad de sus muertes, si acaso, lo que lo disgustaba. Lumm prefería que las actuaciones se ciñeran estrictamente al guion.

Pero Mangilsworth había regresado. Sus tropas masacrarían la Guarnición Auxiliar de Crossley, a los agitadores y a los radicales. Tendrían rienda suelta para derramar la sangre de cualquier otra persona que se dejase ver, lo cual serviría como advertencia al pueblo de que nunca más debía desacatar la orden de defender a la Corona. Los soldados que murieran serían reciclados. Todas las protestas cesarían durante una buena temporada.

Bajo la superficie del agua, sus pobres manos parecían islas de roca volcánica desnuda.

Ahora bien, los rumores sobre el Barco Morgue y Juven y la gente desaparecida, que habían llegado incluso a la segunda planta del hotel Lear, sí que eran un asunto desconcertante. Lumm no sabía qué pensar de ellos. La idea de que un barco navegase por el aire, o a través de paredes, o por callejones, le resultaba menos estrafalaria a Aloys Lumm que a la mayoría de la gente. Aun así, lo más probable era que fuesen paparruchas.

La única preocupación real que le quedaba eran los gatos; le era imposible saber lo que pudieran estar planeando esos animales.

Δ

En el tema de los gatos, Aloys Lumm era intransigente.

Algunos miembros de la Sociedad veían sus creencias como meras supersticiones, y consideraban que darles caza era la tradición más caduca y fútil de la organización, el reverso de las idioteces que predicaban aquellos creyentes trasnochados que rezaban a los pequeños monstruos para que les concedieran buena fortuna y los guiaran. Esos miembros de la Sociedad argumentaban, por ejemplo, que utilizar huesos de gato para componer las Cartas Rojas no era más que un amaneramiento, puesto que estaba demostrado que la magia funcionaba igual de bien si los símbolos se trazaban con plumilla.

Había que reconocerles a Edna y Bertha, eso sí, que se habían tomado el asunto en serio. En lo que respectaba a los gatos, nunca se habían andado con gilipolleces.

Uno de los motivos por los que Lumm se había instalado en el Lear era su situación en el centro: vivir allí lo acercaba a los sucesos y hacía que pareciera más accesible. Dicho eso, podría haberse buscado otro alojamiento en el corazón de la ciudad que no albergara a uno de aquellos malcriados lameculos. Lumm había obrado así con la intención de informar a las bestias de que podía ir allá donde quisiera. Estaba hablando su idioma, meando en su territorio, dándoles una advertencia.

Los demás podían pensar lo que quisieran, pero los gatos sabían que los miembros de la Sociedad cambiaban de cara. Lo sabían de verdad de la buena. A Aloys lo miraban distinto que a la gente normal. Ensanchaban los ojos, tensaban el cuerpo y uno sentía que ya estaban enterrando pedazos de él para más tarde.

«¡Pero si los gatos miran así a todo el mundo!», protestaban los incrédulos.

Bien, de acuerdo. Incluso aceptando que los gatos tuvieran aquella mirada desagradable, famélica e inquisitiva por naturaleza, ¿cómo se explicaba su fascinación por la puerta original de los Campos Reales? ¿Por qué rondaban siempre por allí, sin importar a cuántos de ellos se matara, esperando su oportunidad de arañar la fresquera? ¿Acaso no era evidente? Querían entrar. Querían que alguien la abriera y los dejara pasar al Lugar del Ocaso.

Los incrédulos reían y exclamaban: «¡Los gatos odian todas las puertas cerradas!».

Perfecto, de acuerdo también. Pongamos que las historias de la Sociedad sobre el peligro que representaban los gatos eran mitos, y su forma de mirar era su forma de mirar, y su obsesión por las puertas cerradas era una mera cuestión de instinto animal. Lumm habría estado dispuesto a concederles todo eso a los escépticos.

Pero había otra cosa que él sabía, algo que había visto.

Δ

Frieda se había permitido envejecer demasiado.

Aquello ocurrió hacía ya dos Macones, dos Zaks, un Bertrand y un Xan, en los tiempos de las catapultas, las sanguijuelas y la creencia generalizada de que el mundo era plano. En muchos aspectos, una época mejor.

La Sociedad y sus miembros habían llegado al acostumbrado punto en que un reinicio empezaba a ser aconsejable, pero Frieda había querido esperar a la Bocallave, el alineamiento tridecenal de las lunas. En la biblioteca de la Sociedad había aparecido un pergamino extraordinariamente frágil que tenía su intrigante origen en una cripta piramidal hallada en las afueras de Alejandría. El pergamino estaba escrito en un idioma irreconocible que Frieda, tras años de estudio, había conseguido traducir. Eran instrucciones para el tallado de una lente que, si se enfocaba hacia la Bocallave, revelaría la posición de una nueva puerta hacia otro nuevo mundo distinto, uno más rico y clemente que ese al que llamaban el Lugar del Ocaso. En la Sociedad ya se había teorizado largo y tendido sobre tal contingencia. Si existían dos mundos, parecía lógico pensar que quizá hubiese una cantidad incontable de ellos: mundos de riquezas sin fin, mundos de poderes desconocidos que aprovechar.

Una buena Siesta reparadora duraba un año o dos, y a Frieda no le había gustado la perspectiva de tener que esperar otros trece para aplicar su ojo a la lente. Así que, mientras el resto de la Sociedad cruzaba la puerta renqueando por sus caderas artríticas, Frieda se quedó atrás y su ayudante, Aloys Lumm, permaneció con ella.

—¿Sabes? —dijo Frieda en tono conspirativo—. Aloysius, como mi factótum más leal, serás el segundo en visitar ese nuevo lugar si lo hallamos.

Frieda siempre era así: trataba a Lumm como si lo hubiera rescatado de unos caníbales o algo por el estilo. (En realidad, cuando se conocieron, Lumm pertenecía a una espléndida compañía itinerante que se ganaba bien la vida interpretando historias de fantasmas para los campesinos).

El pergamino, sin embargo, era una falsificación creada por el propio Lumm y, desde el momento en que no hubo nadie más que ellos dos, ya era solo cuestión de esperar. Una fresca y despejada mañana de primavera, cuando Frieda propuso hacer una excursión a los Despeñaderos en su calesín para «saborear la sal», llegó la oportunidad.

A esas horas no había nadie por allí. Habían avanzado centímetro a centímetro por uno de los miradores —en esa época, hechos de bastos troncos— sobre sus viejas piernas, apoyados en sus bastones, hasta llegar a la baranda. Delante de ellos, el mar, de un ondulado azul grisáceo, se extendía hasta el horizonte y rozaba un cielo azul blanquecino. Las gaviotas flotaban sobre el agua, sostenidas por corrientes invisibles.

Frieda, pinzando su chal dorado bajo la barbilla, cerró los ojos y sonrió beatíficamente bajo la luz del día.

—¿No te encanta el sol, Aloysius?

Lumm dijo:

—Frieda, no sabes cuánto lamento esto.

—¿El qué? —preguntó ella, sin abrir los ojos ni volver el rostro hacia él.

Lumm soltó el bastón, la agarró por la cintura y la arrojó por encima de la baranda.

La mujer se precipitó, con la falda ondeando, profiriendo un chillido. Cuando su frágil cuerpo se estrelló contra la roca mojada, pareció partirse como un manojo de palos.

El esfuerzo de empujarla al vacío había sido demasiado para la espalda de Lumm, pero de todos modos se sentía exultante. Se asomó por la baranda, con el espinazo dolorido y la sangre palpitándole en la cabeza, y se rio del cuerpo destrozado de la mujer allí abajo, tan lejos, que la marea ya empezaba a reclamar con sus primeros zarpazos. Nadie creería que había sido un accidente, pero a nadie le importaría tampoco. El suceso, por sí mismo, demostraba la incapacidad de Frieda. Se había vuelto descuidada, y Aloys era el candidato obvio para reemplazarla. Lo triste era que nunca podría contarle a nadie lo mejor de todo: que el pergamino estaba hecho de piel de burro.

Se irguió con un gruñido de dolor y retrocedió a trompicones. Mientras recobraba el aliento, la presión sanguínea se le normalizó poco a poco, la visión se le aclaró. Seguía sin haber nadie en las inmediaciones.

Después de agacharse con mucho cuidado para recoger su bastón, Lumm regresó a la baranda para echar un último vistazo. Quería recordar a Frieda de ese modo, como trozos de carne y gelatina extendidos por las rocas.

Un destello a la derecha atrajo sus ojos. Lumm miró boquiabierto mientras la brisa oceánica le lanzaba sal entre los labios.

Las cornisas irregulares que recorrían el acantilado eran demasiado estrechas para los pies humanos…, pero no para las patas de gato.

Veinte gatos, treinta gatos, cuarenta gatos, quién sabía cuántos, era difícil contarlos mientras se deslizaban por las cornisas, zigzagueando hacia abajo en una variopinta caravana de blanco y negro y naranja y marrón y gris. Los gatos descendieron por la pared del acantilado hacia el batiburrillo de piedras bañadas por el mar. Cuando llegaron a la extensión de roca húmeda y escarpada, el gato que iba en cabeza, negro como un vacío cielo nocturno, pareció intuir un camino, y saltó y correteó de un saliente seco de piedra a otro.

La dirección que llevaba el gato atrajo la mirada de Lumm, que se inclinó sobre la baranda…, y entonces fue cuando la vio moverse. No fue gran cosa, solo un leve giro de cabeza, o, mejor dicho, del manchurrón con vaga forma de cabeza que era lo que quedaba de ella.

El gato negro se agachó sobre el manchurrón, tapándolo de la vista de Lumm, y un segundo gato se agachó sobre la pechera ensangrentada del vestido, y entonces la manada entera la cubrió por completo como una peluda e inquieta manta de retales. Antes de que Lumm se retirase, dos sonidos se impusieron al oleaje: un chillido quebrado y el húmedo y chasqueante rumor de la ansiosa deglución.

La Sociedad había descubierto un gran número de maravillas, pero Lumm no se atrevió a compartir aquella increíble historia. Frieda había tenido un accidente y la marea se la había llevado al océano; eso era todo lo que había sucedido. Lo eligieron presidente de la Sociedad para la Investigación Psíkica y, tras su Siesta, la arpía le cosió una cara nueva y así comenzó su largo y fructífero reinado.

Pero nunca olvidó lo que había presenciado. Lumm sabía lo que los gatos querían comer de verdad, y no eran cabezas de pescado.

Δ

El caso era que no se los podía matar sin más. Bueno, se podía matar gatos de uno en uno, y Lumm lo había hecho. (En los últimos tiempos, había sido todo un placer ejecutar a media docena de Celandines). Pero no había manera de combatirlos en masa. No solo eran demasiados, porque criaban como roedores, sino que además la plebe los adoraba y los alimentaba. Había miles en los Posos, quizá cientos de miles. Ya era bastante peligroso bajar a los suburbios con tanta enfermedad que acechaba, podando incansable la población humana mientras esos mierdas peludos proliferaban. Si encima la gente de los Posos te pillaba exterminando gatos, tendrías suerte si solo te mataban a puñaladas. La Sociedad era una organización muy exclusiva y no tenía los suficientes miembros para arriesgarse a ello.

Así que Lumm defendía su territorio en el Lear, y esperaba

que recibieran el mensaje que estaba enviándoles con cada nueva Celandine.

Últimamente, Lumm había deseado no pocas veces poder retirarse a su despacho en la Sociedad e intentar de nuevo traducir los libros más antiguos, que no eran falsificaciones sino textos escritos en la áspera piel de animales que ninguna persona viva había visto jamás, y averiguar lo que pudieran contarle sobre tales asuntos. Lamentaba la decisión de incendiar el edificio con sus secretos, de abandonar su tranquila calle. Había temido que algún otro —Edna o Bertha, con toda probabilidad, o Edna-y-Bertha— intentase ocupar su lugar al frente de la Sociedad, como había hecho él con Frieda durante otro periodo anterior de cambio. Con la destrucción del edificio, gran parte de su contenido había pasado a existir solo en la sabia cabeza del presidente de la Sociedad, Aloys Lumm, lo que lo volvía indispensable. En su momento le había parecido una precaución de lo más aconsejable, pero, visto en retrospectiva, lo único que había conseguido era incomodidad: el incendio había destruido el Vestíbulo de Próculo Gennity, tan convenientemente ubicado. Desde entonces, siempre que necesitaba cruzar al otro lado, Lumm tenía que desplazarse hasta el centro de los Campos Reales e internarse en el bosque hasta el portal original.

Se le estaba agriando el ánimo. Necesitaba su Siesta.

Después de hacer la Siesta, se le ocurrió a Lumm, quizá le pediría a la arpía que en esa ocasión lo transformara en mujer. Pensó que podría ser divertido regresar como la mujer más sosa imaginable, a quien la gente o bien pasaría por alto o bien subestimaría.

Δ

—Suficiente —anunció Lumm, y sacó las manos del agua.

Westhover trajo una toalla y, con gran suavidad, secó las manos de Lumm.

—¿Mejor?

—Un poco.

La sensibilidad que el agua caliente había devuelto a sus dedos y sus nudillos era como si los estuviera pinchando un millón de agujas. Cada vez que envejecía, el dolor empeoraba. Westhover acababa de ayudarlo a ponerse sus guantes de piel de ternero cuando sonó el rotófono.

—Cógelo —dijo Lumm—. Será Lovering informando de que ha acabado con el estudiante y el cretino.

El ministro de la Moneda fue al rotófono de la pared, descolgó la taza y escuchó.

—Muy bien, espere. —Cubrió la bocina con la palma de la mano y lanzó una mirada a Lumm por encima de sus lentes tintadas—. Es una entrega para el Museo Nacional del Obrero, al parecer. Unos ojos de cristal.

Lumm se quedó perplejo. No había pensado mucho en ninguna de sus propiedades de la calle Pequeño Acervo durante los últimos meses. Ese era su propósito, en realidad: ser la clase de lugares que repelían la atención. Pero el Museo Nacional del Obrero era su favorito de todos ellos y, aunque en ocasiones le daba por adquirir tantas cosas que se olvidaba de encargarlas todas, el pedido de los ojos de cristal sí que recordaba haberlo hecho.

—¿Quién hace la entrega?

El ministro de la Moneda pidió un nombre por el rotófono, asintió al recibirlo y tapó la bocina de nuevo.

—Simona Gentil —dijo.

Lumm meditó un momento.

—Será mejor que suba.

# No era lo que creía ser

A un lado de la larga mesa de roble pulido del comedor había un abarrotado aparador cargado de platos, cuencos y licoreras, además de un jarrón del que brotaban plumas de pavo real, una máscara de yeso boquiabierta, un recipiente lleno de líquido turbio donde flotaba un feto de cerdo conservado y una pila de libros encuadernados en cuero. Detrás estaba la repisa con espejo del hogar, sobre la que destacaba un reloj de cúpula rodeado de un surtido de pequeños y blanquísimos huesos de animal. Al otro lado, unas ventanas con cortinas de lino daban a la calle.

El ayudante del dramaturgo llevó a D a una silla en el extremo de la mesa más cercano a la puerta del pasillo, enfrente de Lumm. A la izquierda del dramaturgo, en la esquina, estaba la estatua que había mencionado el sargento, un hombre musculoso desnudo con un pulpo en vez de cabeza, cuyos tentáculos habían quedado petrificados a medio retorcerse. Por la entrada a una sala de estar se veían estanterías llenas también de libros y rarezas —figuritas en miniatura, animales disecados, más huesos—, además de una multitud de plantas muertas y enfermas, con las ramas llenas de hojas amarillas. Al fondo había una chimenea triangular bajo el cuadro de una escena de caza.

El hombre tomó asiento en la esquina opuesta a la estatua, se encendió un cigarrillo y fumó. Tenía un cenicero en el regazo y sonreía a D entre caladas, con los ojos ocultos por sus anteojos oscuros. Habían enviado fuera al soldado de la Guarnición Auxiliar que la había acompañado hasta el segundo piso.

Lumm también le sonreía. Era una versión muy disminuida del hombre afable que D había conocido aquel día en el Gran Salón de la Sociedad para la Investigación Psíkica. Sus hombros estaban encogidos por la edad y se encorvaba como un perro sobre su extremo de la mesa. Se veía una calva grasienta entre su pelo blanco.

Llegó otra explosión distante, y ruidos de la calle: gente chillándose entre ella, soldados vociferando órdenes, carros traqueteando.

Los dos hombres siguieron sonriéndole.

El sudor se acumuló bajo el cuello del vestido de D. Se esforzó en no hacer caso al picor del roce contra el tejido. Los dedos de sus pies querían retorcerse dentro de los zapatos, los de las manos querían estrujar la abertura del bolso que había dejado en la mesa ante ella, pero D se negó a permitírselo.

Lumm no sabía qué sabía D y qué no sabía. Esa era la ventaja con la que contaba. D ya había esperado las respuestas quince años. Podía esperar un poco más.

El anciano rompió el silencio.

—Buenos días, señorita Gentil. Creo que tiene unos ojos para mí.

Δ

D extrajo el saquito del bolso de Gucci y el ayudante fue a cogerlo. Se lo entregó a Lumm para que lo inspeccionara y regresó a su silla del rincón.

—Qué preciosidad. —Lumm sacó un ojo y lo sostuvo entre el índice y el pulgar enguantados. El movimiento de la mano fue lento y cauteloso—. Se los encargué a ese tal Juven. Un artesano maravilloso. No le gustaba nada regatear, pero sí, un artesano maravilloso maravilloso.

Desde la esquina, el asistente de Lumm gruñó expresando su acuerdo.

—Otros asuntos me han tenido apartado de mis responsabilidades en el Museo Nacional del Obrero, y de mis responsabilidades en varias otras organizaciones que tengo el honor de dirigir, pero no podría profesarle más afecto a ese grandioso edificio que evoca a los extraordinarios trabajadores de la nación. ¿Lo ha visitado?

—Sí, señor —dijo D.

—Un día reparé en que varios maniquíes estaban quedándose ciegos. Pensé que estaría bien retocarlos. ¿Qué opina de eso?

—Estoy de acuerdo, señor —respondió ella.

—Parece usted una chica modesta —dijo Lumm.

Hubo una detonación, aún lejana, pero más cerca que las anteriores. La cúpula de cristal que cubría el reloj de la repisa se estremeció.

—Si usted lo dice, señor...

—¿Sabe? Su nombre es una curiosa coincidencia. Hace muchos años conocía a un Simon el Gentil. Pertenecía a otra de mis organizaciones, la Sociedad para la Investigación Psíkica.

Le lanzó una mirada aviesa desde debajo de las hirsutas marañas de sus cejas antes de devolver la atención al ojo que sostenía en alto. Era un ojo amarillo.

—Pero Simon era una mala persona. No quiero escandalizarla, pero al parecer se veía con una mujer casada. Un marido celoso le disparó en el vientre y Simon murió desangrado.

—Alguien hipnotizó al marido para que lo hiciera.

Lumm soltó de golpe el ojo en la boca abierta del saquito.

—¿Dónde ha oído eso? Es una teoría llamativa.

Por tanto, las imágenes en acción decían la verdad.

—Hay una pieza al respecto en el museo.

Lumm negó con la cabeza.

—Qué va a haberla. Está tomándose el asunto a risa, y desde luego es un momento extraño extraño para hacerlo. Imagino que no da usted para más, pero es un poco grosero por su parte. ¿De qué trata esto en realidad, querida? ¿Nos conocemos?

—Sí —dijo ella—. Seguro que no lo recuerda. Teníamos un amigo en común. Un joven llamado Ambrose que visitaba la Sociedad para la Investigación Psíkica.

—Ah. —Lumm la miró entornando los ojos—. Sí. Ambrose. Claro que me acuerdo. Una mente inquisitiva. Llamó un día a la puerta y nos preguntó a qué nos dedicábamos. Me gustó su actitud tan directa. Qué tragedia. Tenía potencial, un potencial tremendo. El cólera es una plaga terrible. ¿Y de qué lo conocía?

—Me dijo que estaba ayudándolos a salvar el mundo.

—Ja —soltó el hombre de la esquina.

—Silencio —le espetó Lumm, y el hombre se disculpó, sonrió un poco más a D e hizo caer ceniza del cigarrillo al cenicero del regazo—. Ese chico nos atribuía demasiado mérito. Qué amable era. Los objetivos intelectuales de la Sociedad tienen un potencial incalculable, pero lamento decir que aún hay mucho que no comprendemos.

—Usted lo traicionó —dijo D, sorprendida por la facilidad con que salieron las palabras, que se extendieron fluidas como un mantel.

—¿Disculpe, joven? —replicó Lumm con un mohín.

—Lo envió a hacerle un recado, a recoger huesos de gato de un carnicero para algún ritual grotesco. Y entonces enfermó y, después de morir, fue a algún sitio, a un lugar secreto que usted y algunos amigos suyos se reservan para ustedes. Antes me gustaba fantasear con que podía encontrarlo de nuevo. Era lo único que quería. Pero Ambrose murió otra vez en ese lugar. Pensaba que podría ser como usted y sus amigos, que cambiaría de cara, pero lo metieron en una especie de lámpara, y de alguna manera le hicieron ver lo que quería ver y, entretanto, lo quemaron. ¿No es así?

—Es una acusación seria, una acusación de lo más seria. —Lumm se limpió la saliva de la comisura de la boca con la muñeca. Robert lo había descrito como un viejo chocho que se iba por las ramas, pero estaba hablando rápido, irritado—. Has cruzado al otro lado. ¿Cómo te llamas de verdad? ¿De dónde has sacado estos ojos? ¿Estás viviendo en el museo? Como haya algún daño en el edificio o su contenido, estaríamos ante una cuestión seria seria, una cuestión delictiva...

Otra explosión hizo tintinear las cuentas de la lámpara de

araña que pendía sobre la mesa. Lumm se reclinó en su silla. La mirada que fijó en D era de pura aversión.

—¿Cómo averiguaste la forma de cruzar la puerta, zorra insolente?

D comprendió de pronto que aquel hombre no era lo que creía ser. Lo vio en la irritable y temblorosa crispación de la barbilla de Lumm mientras se hundía apoltronado sobre sí mismo, dando un espectáculo que era meramente perturbador y desagradable cuando pretendía ser imperioso. También lo vio en sus habitaciones: aquella mezcolanza de objetos no revelaba un gran conocimiento, sino una avarienta necesidad de adquirir y acumular. Lumm no era el hechicero de la oscuridad que D había medio esperado. Era solo un hombre arrogante y amargado que acostumbraba a salirse con la suya. D pensó que Lumm ni siquiera conocía el aspecto de la verdadera oscuridad; pensó que lo sorprendería. La verdadera oscuridad tenía el aspecto de un gigante de barba negra con los labios muy rojos, que no necesitaba engañar ni intimidar. Solo necesitaba hacer daño.

—¿Consumisteis a Ambrose? —preguntó de nuevo—. Quiero saberlo. Merezco saberlo.

—Eres bastante fea. No te miraría dos veces por la calle. No te contrataría ni como acomodadora.

El insulto no significaba nada para ella. D iba a obtener su respuesta.

—¿Llevasteis a Ambrose a vuestro lugar secreto y lo quemasteis?

—¡Era un sirviente! ¡Tuvo mala suerte y murió, y se le concedió el honor de servirnos un poco más! ¡Seguro que creyó que estaba en el cielo! ¡La mayoría de la gente agradecería atisbarlo siquiera! ¡El único dolor que sintió fue en el mismo final! —El anciano movió una mano enguantada—. Me he cansado de ella.

Los enterradores se habían llevado a Ambrose, envuelto en sus sábanas, y la habían dejado a ella viviendo sola con sus padres. Sin Ambrose, que les había dado una paliza a aquellos chicos para defenderla. Su hermano se había preocupado por ella en esa casa fría donde su padre le apretaba el pulgar en la palma de la mano para impedirle que lo molestara, y donde su madre le advertía que no se manchara porque nadie quería a una chica manchada. Ambrose tenía una sonrisa especial para ella, solo para ella. Había sido más que su hermano. Había sido su primer y más fiel amigo. D lo había necesitado en el Albergue Juvenil n.º 8 cuando la maestra le daba bofetones, y lo había necesitado cuando la persiguió el sargento. Había necesitado a Ambrose muchísimas veces, y su hermano no estaba allí porque Lumm se lo había llevado. Lo último que vería D jamás de su hermano sería su cuerpo envuelto como una alfombra.

No lo quería menos en absoluto por haber sido un sirviente. La propia D lo había sido también, y había limpiado escupitajos de tabaco, y quitado sábanas sucias de sexo, y frotado mierda de retretes.

Y ahora iba a hacer una cosa en servicio de sí misma. Iba a encontrar algo en aquella habitación con lo que matar al viejo monstruo horroroso que había asesinado a Ambrose.

El ayudante dejó el cenicero en el suelo. Se levantó y dio un paso hacia D. Hubo un estallido y la estancia entera tembló. El ruido de la calle se había vuelto un fragor.

—Leí una obra tuya —dijo D— y me pareció una estupidez que pretendía ser inteligente. —Sacó del bolso la extraña pistola de atrezo con los bordes cuadrados y apuntó con ella a Lumm—. Dile que se siente.

—Siéntate —le dijo Lumm, apaciguado de sopetón, a su ayudante.

El asistente regresó a su silla y cruzó una pierna sobre la otra rodilla. Aún fumaba, pero no se molestó en recoger el cenicero. Su barba rubia parecía falsa.

—No comprenderías la obra. ¿Cuál era? —preguntó Lumm—. No importa, me da igual. Eres una imbécil. ¿De dónde has sacado esa pistola?

D miró alrededor en busca de algo auténtico y pesado con lo que abrirle el cráneo al muy cabrón. A unos palmos del reloj de cúpula, al final de la repisa, había un alto candelabro de latón.

Quería mantener a Lumm hablando y sentado, así que dijo lo primero que le vino a la mente: la verdad.

—La encontré en el museo.

Separó la silla de la mesa y se levantó, concentrada en mantener la pistola firme, pero se estremecía en su mano de todos modos.

—No había visto nunca una pistola como esa. ¿Y tú, Westhover?

—La verdad es que no —dijo el hombre del rincón—. Qué cuadrada es.

—Me conozco ese museo de cabo a rabo. Hay una fragua de hierro, pero ningún armero.

D se movió de lado hacia la repisa.

—El museo está creciendo. Algo de lo que ardió en el edificio de la Sociedad caló en las paredes con la ceniza y el humo, y ahora está creciendo, y una de las cosas que le crecieron fue esta.

—¿Ah, sí? —La curiosidad moduló el tono de Lumm—. ¿Qué otras cosas le han crecido?

—Cosas con las que matar a personas. Cosas que existen en algún otro lugar. Cosas que es mejor que no existan.

—Suena fascinante —dijo Lumm—. De lo más fascinante.

—Cuando termine aquí, voy a destruir la puerta. Ese sitio al que vais, el sitio del que salieron esas cosas del museo, es peligroso. Son cosas enfermizas de un lugar enfermizo. —D agarró el candelabro. Era tan largo como su antebrazo. Apuntó con la pistola al ayudante—. Vete a la sala de estar.

—De eso nada —replicó el hombre, y se levantó de nuevo. Sacó otra pistola del bolsillo de la chaqueta y dirigió el cañón hacia D—. Deja el candelabro y suelta esa ridícula pistola de juguete.

# El ahorcado

El hombre de la barba rubia y los anteojos tintados desarmó a D sin dejar de apuntarla con su propia pistola mientras el anciano se echaba encima una capa de viaje.

—Aquí dentro no. Más tarde enviaré a alguien para que recoja mis posesiones y las envíe a mi nueva casa, y no quiero que se quede todo hecho un asco. Llévala a la habitación de Crossley. Seguro que se ha dejado la puerta abierta.

—Encantado —dijo el asistente.

Sin dejar de apuntar a D, observó de reojo la pistola cuadrada de utilería mientras le daba la vuelta con la otra mano. Encontró una protuberancia en una ranura y la empujó con el pulgar a lo largo del surco.

—Hum —murmuró—. Qué juguete más extravagante.

—Recuerda ponerle la marca —dijo Lumm.

—Por supuesto. —El ayudante probó a apretarse el lado plano de la pistola falsa contra la piel de la sien—. Hum, parece metal.

—Me llevo el carruaje a los Campos y luego lo envío a recogerte.

Lumm rodeó la mesa con paso inestable, aferrando los respaldos de las sillas y equilibrándose contra la pared.

—Ahora eres tú quien está casi consumido —dijo D—. Igual te mueres antes de llegar.

—Has sido lista entrando aquí, eso te lo concedo —repuso

Lumm, jadeando—. Buscona asquerosa. —Las explosiones se habían vuelto continuas, como los pasos cada vez más próximos de unos pies lentos y descomunales—. Pero lista no es lo mismo que sabia.

Y con eso, se marchó. El ayudante se guardó la pistola de pega en el bolsillo, fue a un cajón y sacó un lápiz graso.

—Dibújate un triángulo en el dorso de la mano.

Un recuerdo muy enterrado afloró en la mente de D, el de Ambrose diciendo, en sus delirantes horas finales, que se había tatuado un triángulo detrás de la rodilla.

—Ya —insistió el ayudante.

D obedeció. Si iba a tener su oportunidad, aún no había llegado.

—¿Por qué?

—Para que podamos vernos otra vez en el Lugar del Ocaso —dijo él.

—Para que podáis consumirme, querrás decir, igual que consumieron a Ambrose —replicó ella.

—Exacto. Por el pasillo y a la izquierda. Vamos a la 2F.

D empezó a caminar hacia la puerta, pensando que podría coger el jarrón con las plumas de pavo real del aparador y estrellárselo en la cabeza, pero el hombre le estaba clavando el cañón de la pistola en la columna vertebral.

—Si intentas escapar, solo me lo pondrás más fácil.

La punta metálica alejó a D del aparador, con su acumulación de armas potenciales, en dirección a la puerta y hasta el pasillo, que tomaron hacia la izquierda.

—No te preocupes, que no tengo tiempo para nada más que no sea dispararte.

Todo en el pasillo parecía imbuido de una extraordinaria intensidad: la alfombra gris que era del color de la bahía cuando había tormenta, el papel blanco de pared con el relieve plateado de gaviotas en pleno vuelo, la ventana al fondo que mostraba el cielo y la fachada del hotel Metropole al otro lado de la calle. D pensó: «Me escabullí del sargento, pero no podré escabullirme de la bala de este hombre».

El asistente siguió parloteando.

—No vas a creerme, pero Lumm es más divertido de lo que aparenta. La presión lo pone cascarrabias. Hace falta muchísima planificación para sacar adelante una cosa como esta. Has de pastorear a todos los idiotas en la dirección correcta. Te deja deslomado.

Llegaron a la puerta entreabierta y D probó a ganar tiempo.

—¿Sacar adelante qué? ¿Qué es lo que va a pasar?

—Mangilsworth y el ejército matarán a todos los traidores, y a toda la gente que ayudó a los traidores, y a todo el mundo de quien no estén muy seguros.

—No lo entiendo —dijo ella mientras su captor pasaba el brazo por su lado para empujar la puerta.

—Ni falta que hace.

Una bota se estampó en su miriñaque e hizo crujir los alambres. D trastabilló y topó con un par de tobillos flácidos, dio contra una silla y cayó cuan larga era en la alfombra.

—Ay, madre mía, Crossy. —El asistente profirió una sonora carcajada—. Mírate. ¿Sabes que, cuando por fin te rindas y te asfixies, vas a cagarte encima?

Desde el suelo, D alzó la mirada hacia el hombre con uniforme militar que colgaba del nudo corredizo. Tenía la cara de un violento púrpura y la lengua se le salía de la boca como un pedazo de hígado de un bocadillo demasiado relleno. Goteaba sangre de sus dedos procedente de un triángulo de piel cortada en el dorso de la mano. Pero el hombre aún respiraba, aunque sonase como una rueda oxidada, y tenía los ojos entreabiertos, mostrando sendas medialunas de roja esclerótica. La punta de sus zapatos apenas tocaba el asiento de la silla.

El tropezón de D con las piernas del ahorcado lo había sacudido, moviendo la punta de los zapatos sobre la tabla de madera. La tubería a la que estaba atada la cuerda gimió.

D se levantó apoyándose en el respaldo de la silla. El asistente aún tenía la pistola apuntada hacia ella, pero estaba contemplando al hombre que colgaba de la cuerda. Parecía encantado.

—Crossy, Crossy, Crossy, vas a morirte y a soltar un zurullo enorme en los pantalones. ¿Sabes? Cuando has pedido el fiambre de buey con nata para desayunar, me he dicho: «Anda que no va a apestar».

El gemido de la cuerda se prolongó a un quejido.

Era su oportunidad. D agarró las piernas colgantes por las pantorrillas. «Jjjjj», inhaló aire por fin el ahorcado, y sus manos saltaron como por resorte desde los costados hacia la cuerda del cuello. D empujó con todas sus fuerzas y el ahorcado se balanceó, retorciéndose, en dirección al asistente.

El asistente gritó mientras el cuerpo del ahorcado volaba hacia él. Disparó a lo loco y una ventana se hizo añicos. Los zapatos y los tobillos del ahorcado se le entrelazaron alrededor del cuello y un talón le agrietó los anteojos oscuros y le arrancó un buen pedazo de la barba rubia. Con el ahorcado todavía enganchado al hombro, el ayudante disparó otra vez, en esa ocasión al techo.

D echó a correr hacia la puerta abierta. La tubería se partió con un estallido y brotó un gran chorro centelleante de agua clara. Los dos hombres se fueron al suelo en una empapada maraña. Había una pistola en la alfombra y D la recogió por el cañón mientras salía al pasillo.

La puerta de la escalera se abrió y por ella salió Robert. Tenía una expresión divertida.

—¡Dora! Acabo de encontrarme con Dakin, ¿te acuerdas de él? Me ha dicho que te ha visto y…

—¡Robert, ya viene! ¡Tenemos que irnos! —gritó ella.

—Dora, ¿por qué llevas pistola?

Llegaron dos detonaciones ensordecedoras desde la habitación. D bajó la mirada a la pistola que tenía agarrada por el cañón. Sin darse cuenta, tenía el brazo extendido hacia Robert, como si quisiera entregársela.

Era la pistola falsa.

Robert reaccionó al gesto, estiró también el brazo y la cogió.

—Dora, ¿qué pasa aquí? ¿Por qué tienes una…?

Se oyó un chapoteo. D miró atrás y vio al asistente saliendo de la habitación. Ya no llevaba los anteojos, tenía sangre en la frente y su barba rubia estaba arrancada y enganchada al cuello de la camisa como un sucio pañuelo. Llevaba en la mano la pistola real.

Robert pasó delante de D con la pistola de atrezo alzada y, antes de que ella pudiera advertirle que no tenía balas, que debía desenfundar su propia arma, el teniente apretó el gatillo —desbloqueado por Westhover al quitarle el seguro— y disparó. El ministro de la Moneda salió despedido hacia atrás con un agujero humeante en el pecho del tamaño de un plato de postre, resbaló por la alfombra gris y murió antes de detenerse.

# Robert

Robert encabezó la marcha por la escalera de servicio que llevaba a la fresquera del hotel, que conocía de su primera visita al Lear, la noche que se habían reunido con los estibadores en la suite de Lumm. La compuerta de la fresquera los llevó al callejón lateral del hotel. Mientras apretaban el paso en dirección a la calle principal, Robert se arrancó el brazal verde y lo dejó caer al suelo.

El bulevar estaba atestado. Había grupos de voluntarios y soldados auxiliares de la guarnición de Crossley, desconocedores de que su general estaba muerto en un charco de agua en la segunda planta del hotel Lear, levantando improvisadas barreras con carros y sacos de arena. Las mujeres tiraban de sus niños llorosos, los jinetes cabalgaban entre la multitud y había gente y más gente corriendo en todas direcciones, intentando llegar a alguna parte antes de que la lucha llegase a las calles de la ciudad. Alguien chilló que Mosi había muerto: «¡Han asesinado a Mosi, han asesinado a Mosi!».

En una intersección se había partido el cable del tranvía y los vagones estaban detenidos en los raíles. El conductor pedía una y otra vez que unos cuantos hombres fuertes lo ayudaran a empujar el tranvía hasta el cruce para subirse encima y reconectarlo, pero no paraba nadie.

Entre el vaivén de cuerpos, Robert hasta vio a unos cuantos gatos, todos corriendo sabiamente en la misma dirección sudoeste, para alejarse del creciente tumulto. El olor a cordita flotaba en el aire, traído desde los disparos de cañón en la Gran Carretera.

Δ

Cuando Dakin había salido del hotel Lear y había visto a Robert delante del Metropole, había corrido hacia él para agarrarlo de ambos hombros y, agitado, decirle dos cosas. La primera fue: «Bobby, los soldados dicen que eso que se oye son los cañones de Mangilsworth allá en la Carretera», y la segunda: «Acabo de ver a tu chica en el vestíbulo del Lear, yendo hacia el ascensor». Dakin lo había soltado, sonriendo de oreja a oreja y a la vez pareciendo a punto de echarse a llorar, y había añadido: «¡Procura llevar munición de sobra!» antes de entrar a toda prisa en el Metropole.

El encuentro había puesto a Robert a pensar en ciertas cosas, sobre todo en la muerte, y en el dolor de la muerte, y en no volver a ver nunca más a sus padres. Cruzó la calle conmocionado, casi sin darse cuenta de la gente que topaba contra él.

Dentro del Lear, el sargento que vigilaba el ascensor le dijo que una joven había subido para entregarle un saquito de ojos de cristal al señor Lumm, pero, aunque el anciano caballero acababa de marcharse, no había visto bajar a la joven. En vez de esperar al ascensor, Robert había subido por la escalera, sus meditaciones existenciales apartadas brevemente a un lado para preguntarse qué hacía Dora llevándole ojos de cristal a Aloys Lumm. Sin embargo, en el preciso instante en que disparó y mató al exministro con la extravagante pistola de Dora, aquel nuevo desasosiego que tenía resurgió y ganó fuerza. Robert quería vivir, y parecía que la mejor forma de lograrlo era desvincularse de la revuelta, buscar refugio y evaluar la situación.

Por la calle, siempre que se acercaban a las fortificaciones en plena construcción, se inclinaba la gorra para evitar que lo identificaran camaradas o conocidos. Dora pareció comprenderlo por instinto, ya que se puso delante de él, le cogió la mano y empezó a apartar al gentío con la otra. «Abran paso, abran paso», repetía.

Mirándola con aquel vestido azul que no había visto nunca, y con aquella brusquedad en el proceder, Robert tuvo el disperso pero feliz pensamiento de que quizá al final sí que sería posible llevarla a casa con su familia. No había nada que la delatase, que revelara que alguna vez se había puesto a gatas para fregar suelos. Si urdían una historia lo bastante convincente, podría pasar por la hija de un oficial muerto, alguien con un linaje firmemente ofuscado. Los modales de la hija de un oficial podían ser un poco toscos sin que nadie recelara.

Robert se maravilló al recordar que había comenzado la jornada recibiendo un bofetón de Willa. Había matado a un hombre, renunciado a su puesto y estaba pensando en el matrimonio. Y no era ni mediodía aún.

Dora le lanzó una mirada interrogativa mientras Robert le echaba una mano para rebasar el obstáculo de un carruaje que había intentado atajar por la acera y se había quedado atascado. A los retumbantes estallidos de los cañones se habían añadido los carraspeos de las andanadas de fusil.

—¿Qué pasa? —preguntó Robert, levantando la voz para hacerse oír.

—Hace un momento ponías cara de estar muy satisfecho —dijo ella.

Δ

A primera hora de la tarde llegaron al museo. Robert echó el cerrojo de inmediato. Arrastró un banco de la galería de la planta baja y lo bajó con estrépito por la escalinata para bloquear aún más la puerta.

Dora se sentó en otro banco de la galería. Se había desabotonado el miriñaque, que yacía en el suelo a sus pies, incongruente, como un regalo hecho trizas. Su cara resplandecía limpia después de pasarse un pañuelo, que le dio a Robert sin mediar palabra.

—¿Qué estabas haciendo en el Lear, Dora?

Se le trabó la voz. Hasta que hubo hablado no fue consciente de que temía la respuesta, temía que Dora tuviese otro amante. Ella respondió con voz débil:

—Lumm era el conservador de este museo. He supuesto que seguía siéndolo, y ha llegado una entrega para él, con su nombre en la tarjeta. Así que he ido a ver qué quería que hiciese con ella.

—¿Ah, sí? —Entonces a Robert se le ocurrió otra pregunta—. ¿De dónde has sacado la pistola?

La tenía él, guardada en el bolsillo de la chaqueta.

—La pistola era de ese hombre. Llevaba dos. Me había parecido que esa era falsa.

—Pues no, ¿eh?

Robert, aliviado, miró alrededor como buscando confirmación. Cerca, un hombre de cera calvo con una lente sujeta en una cuenca ocular trabajaba en una mesa con muelles y engranajes. Estaba arremangado y sostenía un alfiler en cada mano. Su rostro era una máscara de malhumorada concentración.

—Hace relojes —dijo Dora—. O igual solo los repara, no lo sé.

—Huy. —Robert fue hacia la figura de cera, secándose el cuello con el pañuelo. Sacó su reloj de bolsillo y lo dejó delante del hombre—. Ahí está. Mucho mejor.

—Gracias, Robert —dijo ella.

Sin embargo, todavía quedaban preguntas.

—Pero ¿por qué iba ese otro hombre tras de ti? ¿Sabes que era Westhover? Lo he reconocido. ¿Qué ha pasado en esa habitación?

—Lumm me ha dejado con él. Lo llamaba su asistente. Yo no lo había visto en la vida. Me ha dicho que fuese con él a la otra habitación, y dentro había un hombre, un soldado. Se han peleado los dos y yo he cogido la pistola, he escapado y entonces tú has llegado al pasillo.

Lo decía todo con la misma voz firme, pero Robert no le veía sentido.

—¿Qué estaba haciendo Westhover con Lumm?

—No lo sé —respondió Dora—. Ya te lo he dicho, ni siquiera sabía que era Westhover.

Robert se volvió hacia ella. Dora tenía un brillante bolso negro en el regazo que, al igual que el vestido, él no había visto nunca antes. Un mechón de pelo se había escapado de su horquilla y le caía por un lado de la cara formando un encantador tirabuzón. Robert no quería que Dora estuviese mintiéndole.

—A lo mejor Westhover tenía engañado a Lumm de algún modo —sugirió, reacio a ponerle voz a la otra posibilidad, la que parecía más verosímil a la luz de lo que estaba diciendo Dora: que Lumm era un traidor y había estado compinchado con el exministro de la Moneda.

—A lo mejor.

Dora alzó su mirada clara para cruzarla con la suya mientras seguía con el dedo el relieve de un triángulo en el brazo del banco.

—Se acabó, me parece —dijo él—. Todo esto.

—Lo siento.

Robert anduvo distraído hacia una ventana. Daba a las ruinas del edificio de al lado, el que Dora había querido en un principio. Habría como dos docenas de gatos escarbando entre los escombros. Uno se parecía al animal grande y peludo que había visto en el ascensor del Metropole, pero estaba demasiado lejos del hotel para ser el mismo. Era una buena congregación. Se preguntó qué habrían descubierto. Alguna vieja despensa, supuso. El sonido de los cañones llegaba amortiguado por las gruesas paredes del museo, pero aun así devolvió a Robert al presente. Regresó al banco de Dora.

—Si no llamamos la atención y esperamos, quizá tengamos ocasión de salir de la ciudad en los próximos días. Podríamos ir a la hacienda de mis padres. Seguro que no seremos los únicos que se marchen. Habrá mucho tráfico. Nadie se fijará en nosotros.

—Muy bien —dijo Dora.

—Si alguien me identifica, tienes que decir que no me conoces.

Estuvo a punto de añadir: «Y no digas nada sobre lo ocurrido en el hotel», pero no pudo pronunciar las palabras.

—No deberías culparte. —Dora parecía intuir lo que estaba

pensando. Alargó una mano hacia él—. No tenías más remedio que dispararle.

—Es verdad —dijo él, y le apretó la mano.

De pronto sintió como si el cuerpo le pesara mucho y se sentó al lado de Dora, sin soltarla.

Robert nunca había estado seguro de poder matar a alguien. El exministro era un hombre malvado, un asesino. Westhover ya nunca le haría daño a nadie más, pero tampoco sería amable con nadie más, ni volvería a reír, ni pediría un filete, ni le abriría la puerta a alguien. Si Westhover había estado leyendo un libro en sus ratos libres, jamás sabría cómo terminaba.

—Te asquea pensarlo porque no eres alguien que disfrute haciéndole daño a la gente. Esa bondad que hay en ti es la que hace que te repugne. Te prometo que se pasará después de un tiempo. El horror se irá apagando y te sentirás mejor.

Robert no veía ninguna forma de que Dora pudiese saberlo. Pero quería que estuviera en lo cierto. Ella le frotó el pulgar con suavidad.

—Me encantaría que pudiéramos pasar otra tarde en el estanque. ¿A ti no, Robert?

—Sí.

¿Y si huían de la ciudad entre la multitud, llegaban hasta casa y sus padres los rechazaban? Robert sintió un calor tras los ojos y cerró los párpados contra él.

—¿Qué es lo que te gusta de mí, Dora?

La rapidez de su respuesta lo sorprendió.

—He pensado mucho en eso —dijo ella—. Me gusta tu nariz. Me gusta cómo te mueves. Me gusta que hayas disparado a ese hombre que iba a quitarme la vida.

—Ahí no lo he hecho mal.

Con la mano libre, Robert se quitó la lágrima que se le había escapado por el rabillo del ojo. Dora continuó diciendo:

—Me divierte hablar contigo. Me gusta imaginar que te haces mayor, y engordas un poco, y logras un montón de cosas interesantes. Me gusta mangonearte. Me gusta tenerte como mi segundo al mando. Tienes unos ojos castaños bonitos. Me gusta

446

que tus amigos te llamen Bobby. A veces pienso: «Mi Bobby», y me pongo contenta.

Robert sintió más humedad en los ojos, y se alegró de que ella no estuviera mirándolo.

—Podríamos decirles a mis padres que eres hija de un oficial. Que era amigo mío y lo mataron. No tienen por qué saber nada de tu pasado. Lo comprenderán y nos ayudarán. Nos conseguirán pasaje al extranjero, si hace falta. Podríamos ir a Suiza.

—Me encantaría, cariño —dijo ella.

Robert respiró hondo, se apoyó en Dora y olió su pelo, que tenía un matiz a cordita.

Δ

Pasó la tarde y D llevó a Robert escalera arriba hacia la cabaña del buscador de oro.

Cuando pasaron por la exposición del minero, la mujer y el tonel de arena amarilla, Robert no se fijó en ella, ni siquiera cuando sus zapatos crujieron sobre el leve rastro de arena en el arroyo de cristal. Lo sentó en la cama y hasta se agachó para quitarle los zapatos, cosa que no había hecho nunca antes, pensando que tampoco habría segunda vez. Cuando Robert se durmiera, D tenía intención de ir al edificio de al lado y entrar en el Vestíbulo. Iba a encontrar a Lumm, en esa ocasión lo mataría y, si era posible, iba a cerrar esa puerta para siempre.

Robert se tumbó sin abrir la boca y no tardó nada en caer dormido.

D se sentó a la pequeña mesa del buscador de oro y le escribió una carta.

Querido Robert:

El hombre de la embajada, el capitán Anthony, es peligroso. Estar aquí no será seguro después de esta noche. Debes marcharte. Te matará si no lo haces. Tienes que creerme.

Esto es lo que quiero que hagas. Baja a la galería de la primera planta. Quítale la ropa al albañil pelirrojo, que será más o menos de tu talla. Póntela y vete. Ve hacia el sur sin parar. Cuando estés por debajo del Puente Sur del Bello, pide señas hacia el Paso Franco. Es una taberna, y allí encontrarás a un chico llamado Ike. Dile que te envío yo y que quiero que te esconda y luego te ayude a salir de la ciudad. Dile que te he dicho que no hay otro Ike en quien confiaría.

Robert, te estoy agradecida por muchísimas cosas. Cuando estés casado, y tus hijos jueguen, y tu esposa toque el piano, y tus pensamientos vaguen hacia mí, si recuerdas mi nombre lo consideraré un gran cumplido.

No te entretengas. No vayas a ver al capitán Anthony. Márchate.

Es una orden, teniente.

Siempre tuya,

DORA

Dobló el papel y lo metió en la pitillera de la chaqueta, que estaba colgada en el respaldo de una silla. Por la mañana, cuando fuese a fumar, Robert encontraría su carta.

Aún no era noche cerrada, pero sí estaba lo bastante oscuro para que D se propusiera encender la lámpara de la mesa y llevársela al salir. Aún sentada en la silla, giró el cuello para mirar a su amante antes de marcharse. La forma en que las sombras restaban definición al rostro de Robert transmitía una cierta sensación de santidad, como si estuviera hecho de mármol.

D tuvo el impulso de estirar el brazo y tocarle la cara, para confirmar que tenía la carne caliente.

Robert abrió los ojos. Al parecer, no había estado dormido, o no muy profundamente.

—¿No te tumbas conmigo? —le preguntó desde la cama.

—Claro que sí —dijo ella, agradeciendo poder postergar el mundo unos minutos más.

Además, D estaba cansada. La cabaña del buscador de oro y el Vestíbulo estaban solo a cinco minutos andando, pero daba la impresión de ser mucha más distancia. Un descanso breve no le haría daño. Hasta le vendría bien. D se quitó el vestido azul y se metió junto a él bajo las sábanas de la estrecha cama.

—Ponías cara de estar triste —dijo Robert.

—¿Ah, sí?

Dora notaba el cuerpo de Robert, cálido y sólido contra su cadera.

—¿Echarás de menos tu museo? ¿Y a todos tus amigos de cera?

—Así es, y por eso, allá donde vayamos, vas a tener que buscarme un museo nuevo.

—Es justo lo que iba a sugerir. ¿Seguro que todo va bien, Dora? No tengas miedo. Te prometo que voy a cuidar de ti.

—Lo sé, Robert. Lo sé. A lo mejor es porque estaba pensando en mi hermano. Me viene mucho a la cabeza últimamente.

—No me habías contado que tuvieras un hermano.

Pero Dora no respondió. Robert escuchó su respiración durmiente, y sintió su pulso donde sus cuerpos se apretaban. Cerró también los ojos.

Δ

Robert estaba en la cubierta de un barco, con la mirada baja hacia la oscurecida galería de la planta baja. Unas constelaciones triangulares de estrellas titilaban entre las agazapadas sombras de las exposiciones. No alcanzaba a distinguir arriba de abajo y de lo de en medio: el cielo parecía estar en el suelo, y el barco flotando sobre él.

En algún lugar del firmamento nocturno, un caballo se había roto una pata. Un caballo se rompió una pata cuando Robert era niño. Lo había oído incluso desde arriba, en su dormitorio, y había ido corriendo a su padre, que le había explicado lo sucedido. «¿Sabes, Bob? —lo había consolado su padre—. No es el dolor lo que hace chillar así al animal. Es solo el miedo».

Los quejidos dieron arcadas a Robert, que perdió el equilibro en la cubierta. El vértigo se apoderó de él y lo precipitó hacia los triángulos estrellados, cada vez más grandes.

Se incorporó de sopetón en la cama del buscador de oro.

El museo estaba a oscuras y Dora durmiendo profundamente a su lado. El pulso de Robert empezó a recobrar la normalidad, pero el siguiente grito del caballo —un aullido rasposo y gorgoteante— se lo aceleró de nuevo.

—Dora —dijo—, ¿lo has oído?

Ella se movió un poco, pero al momento su respiración recobró el ritmo suave.

El edificio vibró con la detonación de un cañonazo. Empezaban a bombardear de nuevo y estaban cerca, en las afueras de la ciudad, supuso. No llegaron más chillidos. Pero Robert estaba despierto del todo, acalorado por compartir una cama tan pequeña y tembloroso por el sueño y el penetrante grito y el bombardeo. Le iría bien un cigarrillo.

Salió con mucho cuidado por alrededor de Dora y fue a la silla donde estaba colgada su chaqueta. En vez de ponérsela, sacó la pitillera y las cerillas. Cogió la lámpara de la mesa, la encendió bajita y salió de la choza por la cortina trasera, para no molestar a Dora.

Mientras cruzaba la galería del cuarto piso hacia las escaleras, intentando convencerse de que habría sido un búho lo que había aullado así, o alguna otra ave cazando, miró por una ventana y vio luz en la antigua embajada. El soldado auxiliar destinado allí —el capitán Anthony, recordó Robert que se llamaba, con una gran barba negra— debía de estar despierto también.

Podía ir a llamar a la puerta de la embajada, saludar otra vez a ese hombre, que se había mostrado bastante amistoso con él, y ver qué sabía de la situación. Podría preguntarle a Anthony si había oído aquel espantoso chillido.

Cerca de la ventana estaba el tipo de cera con pantalones de mahón y un morral de fruta, bajo un árbol, el que tenía una cuenca vacía. Era una pena que Dora no se hubiera quedado con un ojo de los que le había llevado a Lumm para arreglarle la vista.

¿Por qué no le había dicho nunca que tenía un hermano? Si iba a ser su Bobby, tenía que saberlo todo sobre ella. Solo que, mientras visualizaba la mirada oscura de Dora, Robert comprendió que sería imposible. Había demasiado de ella, y demasiado profundo. Darse cuenta de ello divirtió a Robert, y lo entristeció, y lo alivió también. Buena parte de lo que amaba en Dora —y pensó que de verdad la amaba— era que nunca sería una carga para él. Si acaso, ocurriría al revés. Tras aquellos ojos oscuros había una sucesión de habitaciones frescas y acogedoras, habitaciones y más habitaciones, y Robert supuso que podría pasarse la vida explorándolas sin encontrar jamás la estancia secreta donde tramaba todos sus planes.

Tres cañonazos más hendieron el aire, gigantescos puñetazos contra un gigantesco saco de arena. No lo preocuparon. Robert se imaginó la inmensa mole que era el museo recibiendo un impacto directo y, al despejarse el polvo, seguir indemne y reaccionar con un pequeño eructo, como un hombre desperezándose después de una comida copiosa.

Saludó al recolector de fruta con un gesto de la cabeza y una palmadita en el hombro, continuó hacia la escalera, cruzó la puerta y bajó.

# Mucha gente muerta que enterrar

Semanas antes, el día de la revolución, le pagaron un dólar por excavar una tumba en un pequeño cementerio familiar. Había estado vagando por las calles a mediodía, escuchando a la gente hablar del malestar y las huelgas, de los panfletos que afirmaban que el rey y el gobierno estaban robándoles a todos y del ejército que estaba perdido al otro lado del océano. Los detalles no le interesaban, pero el desasosiego era estimulante. Daba la sensación de que quizá sucediera algo extraordinario y terrible. Esperaba estar cerca cuando lo hiciera.

—Eh, tú —lo llamó un hombre—. ¿Cómo te llamas?

—Hubert —respondió él, eligiendo un nombre que había visto en una caja de avena vacía tirada en un desagüe y se le había quedado en la cabeza. Nunca le cogía demasiado cariño a ningún nombre.

El hombre que se había dirigido a él llevaba un chaleco con una prominente cadena de reloj y tenía ademanes de persona importante. Le explicó que estaban preparando a su madre para enterrarla en el cementerio familiar, pero el sepulturero no había llegado.

—Pareces lo bastante fuerte para cavar un agujero, Hubert. Te pagaré un dólar. ¿Qué me dices?

El-hombre-que-se-hacía-llamar-Hubert dijo:

—Sí, señor. Soy buen trabajador.

—Me alegro.

El-hombre-que-se-hacía-llamar-Hubert siguió al hombre de la cadena de reloj desde la calle hasta una casa grande y lujosa. Tras la casa había un bonito cementerio rodeado por una verja de hierro forjado. En todas las lápidas se leía el apellido Belo.

Δ

El sepulturero abrió el agujero requerido al pie de la lápida más reciente y se retiró a la sombra de los árboles detrás del pequeño cementerio familiar. No le habían pagado. Le daba igual, de todos modos. El dinero era incluso menos importante que tener un nombre. Se apoyó en la pala que le habían dado y miró. Ya casi anochecía cuando llegó el ataúd.

Un hombre del clero dijo unas palabras y meneó una cruz de un lado a otro. Los parientes, con trajes negros y vestidos negros, agacharon la cabeza y rezaron. Un espantapájaros que se sorbía la nariz tiró un papel a la tumba y el hombre de la cadena de reloj se llevó al espantapájaros —cabía suponer que su padre, el marido de la difunta madre— de vuelta a la casa. Los otros deudos los siguieron, dejando solo a un joven de rostro redondo.

El hombre del rostro redondo apoyó el costado en una lápida. Sacó una petaca de un bolsillo de su traje negro.

El sepulturero salió de entre los árboles y lo saludó levantándose el sombrero.

—Le acompaño en el sentimiento, señor. —Señaló la tumba abierta con el mentón—. ¿Puedo?

—Adelante, adelante —respondió el joven, y dio un sorbo de su petaca.

Aunque no era una tarde calurosa, el joven tenía un aspecto húmedo, sudoroso, como de arcilla trabajada. El sepulturero supuso que la petaca que estaba bebiéndose no era la primera de esa tarde.

El-hombre-que-se-hacía-llamar-Hubert fue hasta la tierra amontonada al lado de la nueva lápida —CAMILA MARÍA BELO, ESPOSA DE ANTHONY— e hincó la pala.

—Suerte que tiene la abuela, de perderse esta idiotez —dijo

el joven—. ¿Qué hace esa escoria quejándose, si ya se lo damos todo para que puedan sentarse en sus montañas de basura y emborracharse todo el día? Es grotesco. ¿Qué culpa tendremos nosotros de que no sean capaces de limpiar un poco y pillen el cólera? Casi no se puede ni respirar de lo mucho que apestan. —Inclinó la petaca hacia el enterrador y le guiñó un ojo—. Tú tampoco es que huelas a rosas, amigo mío.

—Lo siento, señor —respondió el sepulturero.

—Menuda barba te gastas, ¿no? Seguro que hasta tienes unos bocaditos guardados ahí dentro para más tarde, ¿a que sí? ¡Ñam, qué rico!

—No, señor.

—¡Es broma! —El joven guiñó el ojo otra vez—. Estaba en la universidad antes de que la cerraran. No pienso volver. Está toda llena de radicales y de imbéciles.

El-hombre-que-se-hacía-llamar-Hubert echó una palada de tierra en la tumba. Cayó con un ruido arenoso en la tapa del ataúd. El joven bebió, dio un respingo mientras bajaba la petaca y se sacudió.

—Pobre abuelita… Por cierto, vi al tal Juven antes de que el Barco Morgue desapareciera. Ahí sí que olía a rayos. Llevaba la nariz tapada con algodones y aun así me dieron arcadas. Westhover fue generoso con él cargándoselo tan rápido como lo hizo. Colgarlo bien despacio habría sido más adecuado. ¿Qué opinas de eso?

—No sé nada al respecto, señor.

—No, claro que no. No sabes nada en absoluto. Te honra darte cuenta. Acaricia a un gato, dale las gracias al pequeño cagón peludo, dale las gracias al rey, haz tu trabajo, no andes jodiendo con tus superiores, sé feliz. Esa es la actitud correcta. ¿Qué te parecen las protestas?

—Tampoco sé nada al respecto de eso, señor. Solo hago mi trabajo.

—El rey tiene que ponerse firme. Debería ordenarle a ese tal Crossley que está al mando de la Guarnición Auxiliar que les pegue un tiro a todos. ¿Qué me dices de eso?

Las sombras de los árboles se habían inflado y alargado, sumiendo el pequeño cementerio en la penumbra y dejando solo unos pocos jirones iluminados de ocaso en el césped. En la casa golpeteaban las cacerolas y las sartenes mientras los cocineros preparaban la cena de los parientes y amigos de la difunta. El sepulturero ya no lograba contener la sonrisa que estaba creciendo en su interior.

—Sería mucha gente muerta que enterrar —dijo.

—¡Ya lo creo que sí!

El nieto de Camila Belo soltó una risita y levantó la cara redonda para beber un poco más. El sepulturero echó un vistazo hacia la casa. No había cabezas en ninguna ventana. Dio un paso adelante y hundió la hoja de la pala en las tripas del hombre risueño.

El joven Belo hizo un ruido —«¡Jllk!»— y se dobló sobre la pala, empalado en la punta de la hoja. La petaca se le cayó al suelo y se vació en la hierba. Le subió la sangre a los labios. Arañó el mango, mirando al enterrador y parpadeando con ojos dolidos.

—¡Jllk! ¡Jllk!

—¡Jllk! —le repitió el sepulturero—. ¡Jllk! ¡Jllk!

Arrastró al joven Belo, clavado en la hoja de la pala, a su alrededor hasta la tumba abierta, y lo tiró dentro de una patada, sobre la tapa del ataúd. El-hombre-que-se-hacía-llamar-Hubert arrojó la pala a un lado y saltó al sepulcro tras él. Sus botas cayeron con un golpetazo en la madera.

—¡Jllk! —gimió Belo de nuevo, más alto esa vez, antes de que el sepulturero le pusiera las manos en el cuello y apretara hasta que los ojos del hombre se pusieron en blanco.

El-hombre-que-se-hacía-llamar-Hubert asomó la cabeza por encima de la tumba. Las lápidas lo rodeaban a la altura de los ojos, y el césped se extendía oscuro por todas partes. Seguía sin haber nadie. En la casa, las cacerolas y las sartenes montaron un poco más de escándalo.

Bajó la mirada hacia el joven Belo. La sangre le empapaba la camisa y caía en regueros por los lados del ataúd de roble barnizado. Aún respiraba, y movía débilmente una mano en el costado, haciendo tabalear contra la madera el enorme rubí del anillo que llevaba en el pulgar. Al sepulturero no le interesaban nada las joyas, pero sí el papel que reposaba en la madera junto a los zapatos del hombre tendido, el papel que había dejado caer allí el espantapájaros. A lo largo de toda su vida, El-hombre-que-se-hacía-llamar-Hubert había reparado en que la gente a menudo escribía las cosas que no se atrevía a decir en voz alta.

Recogió el papel, lo abrió y aguzó la vista para leer en la penumbra. *Alma de las almas*, parecía ser el título, encabezando la página. El poema empezaba así: «Tú eres el alma de las almas ahora, querida mía, el corazón de todos los corazones, querida mía», pero leer le estaba cansando los ojos. El-hombre-que-se-hacía-llamar-Hubert se guardó el papel para estudiarlo más adelante.

El enterrador salió del agujero. Recogió su pala y echó el resto de la tierra en la tumba, enterrando tanto al hombre inconsciente como al ataúd que contenía a la abuela del hombre inconsciente.

Sonaron disparos, que provocaron en la calle una conmoción de relinchos y gritos. Estaba teniendo lugar algún tipo de ataque. Se desató el caos en la casa, con todos sus habitantes apresurándose a cargar unos carromatos de equipaje como preparativo para su huida. «¿Dónde está Tom?», exclamó una mujer, pero no lo encontrarían.

El enterrador se quitó el sombrero ante la tierra removida e inclinó la cabeza en señal de respeto por los muertos.

El barullo en la calle se hizo más ruidoso. Por la mañana se pondría a buscar otro empleo. Llegara el cambio que llegara, siempre había sitio para un buen trabajador.

Δ

—Conocí a otra persona que llevaba un anillo como ese, teniente.

El-hombre-que-no-era-Anthony señaló con el mentón la

mano de Robert que rodeaba la taza que le había traído. Cuando el teniente había llamado a la puerta, lo había invitado a pasar para tomarse un café bien dulce en la sala de estar de la antigua embajada.

—Es un anillo universitario —dijo el teniente, y chasqueó los labios. Estaba sentado en una butaca, enfrente del Hombre-que-no-era-Anthony—. Pero en realidad ya no lo soy. Teniente. Es un decirle que debería. —Chasqueó los labios de nuevo y flexionó la mandíbula—. Una cosa que debería decirle, quiero decir. Ahora soy solo Robert. Llámeme Robert.

—¿Ah, sí?

—He dimitido —dijo Robert.

—¿Y qué hay de la joven dama? ¿Ella aún ocupa su puesto en el museo?

—¿Dora…?

—Sí, Dora —dijo El-hombre-que-no-era-Anthony—. La joven dama se ausentó durante unos días hace poco. Cuidé yo del museo mientras ella no estaba. Encontré esto por casualidad. —Le acercó a Robert un papel para que lo viera, la proclamación que concedía a Dora autoridad sobre el museo—. Aquí pone «Sociedad para la Investigación Psíkica», pero está tachado y reemplazado por «Museo Nacional del Obrero». El caso es que, antes de hallar este documento, tuve una charla con el sargento Van Goor. Tratamos diversos temas, pero mencionó en el transcurso de nuestra conversación que, según recordaba, la joven dama solo obtuvo autoridad sobre el edificio de la Sociedad. Temo que haya podido modificar este documento sin permiso.

Una expresión apenada recorrió el rostro laxo de Robert, que inhaló alzando los hombros para exhalar un enorme suspiro.

—El café…

El-hombre-que-no-era-Anthony dijo:

—No te acuerdas de mí, ¿verdad?

—¿Mmm…?

—No pasa nada. Seguro que conoces a mucha gente. Lo pregunto porque fuiste tú quien me dirigió a este puesto. Te grité por la calle que buscaba trabajo y me dijiste que fuese a ver al sargento Van Goor, que me contrató. ¿Ahora te acuerdas? Quiero que sepas lo agradecido que estoy, y espero que, a pesar de las circunstancias, te enorgullezcas de haberle hecho un favor a un desconocido.

La cabeza de Robert cayó hacia atrás contra el respaldo de la silla. Se le abrió la boca y sus ojos parecieron posarse en la bandera que pendía del palo de estandarte coronado por un águila que había en la esquina. Cuando El-hombre-que-no-era-Anthony se había instalado en la embajada, todas las habitaciones del edificio tenían una igual, a franjas rojas y blancas con un rectángulo azul oscuro en la esquina salpicado de estrellas, y menos mal que estaban. Se le habían terminado las alfombras y los lienzos con los que envolver los cadáveres, y no le había quedado más remedio que seguir con las banderas.

—No sé por qué la hicieron así —le dijo a Robert—, ni qué significan los símbolos, pero al final le he terminado cogiendo cariño.

# Fuera

Un trueno hizo caer una avalancha de nieve en el interior de la choza y despertó a D. Hacía semanas que no dormía tanto, tan profundo y tan seguido. Se incorporó, tomó una bocanada de aire brusca y sorprendida, se llenó los pulmones de polvo y cayó de la cama al suelo, tosiendo. Hubo un nuevo estruendo y otra cortina de polvo y mugre descendió siseando desde las vigas.

La chaqueta de Robert seguía colgada en la silla, pero él no estaba en la cabaña.

D salió a la galería de la cuarta planta en ropa interior, tosiendo y llamándolo. Otro impacto cercano reverberó por todo el edificio e hizo que el rastro de arena amarilla en el arroyo de cristal saltara y se esparciera. Le daba la sensación de que era primera hora de la mañana, pero la luz que entraba por las ventanas era de color mostaza y laqueaba las figuras y las exposiciones con un lustre ácido. Entre explosión y explosión tañían las campanas, las de los campanarios y las de las ambulancias y las de los bomberos. También sonaban chasquidos, una lluvia irregular de disparos de bala, demasiados para contarlos.

Estaba ocurriendo: se combatía en la ciudad.

Robert. Tenía que encontrar a Robert.

D regresó a la choza y se puso a toda prisa el vestido de faena y el delantal. Cogió la pistola cuadrada de la chaqueta del teniente.

Δ

La puerta principal tenía el cerrojo puesto, pero el banco que había colocado Robert para atrancarla estaba separado. Habría salido para ver qué pasaba, el muy idiota. Lo que pasaba era evidente: una guerra.

D salió a un humo denso, más pungente y espeso que antes, una borrosa y ondulante cortina marrón que flotaba sobre la niebla sólida hasta la cintura. Por encima, el sol era un copo de apagado cuarzo.

Se sostuvo la falda con la mano que no llevaba la pistola y fue hacia la esquina. No veía el suelo bajo sus pies ni los edificios al otro lado de la calle.

—¡Robert! —llamó.

Sonaron disparos de fusil. Hubo más campanadas, tañendo y repicando, y temerosas voces que el filtro del aire estrujaba y retorcía hasta hacer que parecieran remotas y próximas a la vez. Olía como si una chimenea mojada hubiera vomitado sus cenizas por toda la ciudad.

Llegó a la esquina. Supo que era la esquina porque el edificio de la embajada acababa de emerger apenas visible de la neblina marrón a su derecha. Retumbaron unos cascos y el correoso flanco de un caballo sin jinete embistió contra la niebla a un palmo escaso de donde estaba D. Se había salido un poco de la acera sin darse cuenta; dos pasos más y la habría arrollado.

D retrocedió a la acera.

—¡Robert! —llamó.

—¡Disparan a todo el mundo! ¡Disparan a todo el mundo! —gritó alguien como en respuesta.

Pasaba gente corriendo, pero D no estaba segura de si llegaban desde el río o desde el centro de la ciudad.

—¡No salgáis! ¡Están disparándonos!

Avanzó poco a poco más allá de la embajada por Legado, tropezó con algo y casi se le cayó la pistola, pero la conservó y recuperó el equilibrio. El cristal roto tintineaba. Un arbusto rojo resplandecía en el humo donde debería estar la calle. D vio que era un carruaje incendiado.

—Mi cabeza —dijo alguien en voz baja.

Los disparos de fusil sonaban como ostras al romperse. D había visto a los pilluelos hacerlo: apostaban a ver quién hacía que estallaran más fuerte al pisarlas. Seguro que Ike lo había hecho. D llamó a Robert. Avanzó con tanta cautela como pudo. Notó que alguien topaba contra su hombro y le llegó un aroma a perfume de menta.

Un cañonazo lo sacudió todo. Oyó el descomunal quejido de un edificio al derrumbarse, el fragor de toneladas de mampostería cayendo. D gritó:

—¡Robert! ¡Robert!

Δ

¿Cuánto podía haberse alejado? ¿Cuatro manzanas? ¿Cinco? ¿Más? D solo sabía que aún estaba en algún lugar de Legado. Llevaba como mínimo una hora buscando y llamando a Robert. La sal le escocía en los labios por las lágrimas que le arrancaba el humo.

Apareció una niña. O tal vez fuese una anciana, D no estaba segura. Era una figura menuda con un chal negro rodeándole la parte inferior de la cara. La desconocida sollozaba, pero había una perturbadora ausencia de pánico en sus ojos inyectados en sangre.

—El barco estaba amarrado fuera de la casa de la lechera.

—¿Qué? —preguntó D.

—El barco estaba fuera de la casa de la lechera. Donde ardía el primer piso. Vin y su familia han salido por la escalerilla. Ahora están a salvo, creo. El Encantador los ha salvado.

—Estoy buscando a un hombre alto de pelo oscuro. Vendría desde la misma dirección que yo. ¿Lo has visto?

D inhaló demasiado aire cargado y empezó a toser. Cuando recobró el aliento, la mujer ya no estaba.

—¡Robert! —llamó.

Echó a andar de nuevo y tropezó con una barrera baja. Unas

puntas metálicas le desgarraron la falda y cayó a unas ramas finas de árbol que le azotaron la cara y le tiraron del pelo, para acabar con la columna vertebral contra un fino tronco. Era un arce en su pequeño cercado. Había vuelto a salvarse por los pelos: una rama podría haberle perforado el ojo y dejarla a juego con el recolector de fruta. Las ostras se partían, los zapatos aporreaban con fuerza los adoquines y una mujer chillaba: «¡No, no!».

D arrancó el pelo de las ramas. Le dolió el cuero cabelludo. Se agarró al tronco del árbol y dio bocanadas someras de aire, intentando tranquilizarse, concentrándose en la corteza que tocaban sus dedos.

Si Robert estaba allí fuera, D no podía encontrarlo. Tendría que volver él por su cuenta al museo. Lo que tenía que hacer ella era regresar y esperarlo. Si pasaba el tiempo suficiente sin que apareciera, D iría al Vestíbulo y haría lo que tenía que hacer. Pero no podía aceptar que hubiese muerto. Robert era demasiado brillante, demasiado Bobby, huyendo de entre los otros chicos al otro lado del patio, para yacer inadvertido en alguna parte empapando de sangre las piedras.

D salió con cuidado de la baja verja de hierro y regresó a la acera. Otra detonación despejó por un instante la niebla y el humo, y D distinguió las líneas plateadas de la vía perpendicular que recorría el bulevar Nacional. Estaba en el cruce, exactamente a seis manzanas Legado arriba.

Se agarró la falda de nuevo y se volvió en dirección al museo. Caminó despacio, fijando su atención en no desviarse y escuchando por si oía las repentinas pisadas de alguien que pudiera derribarla.

Reapareció el carruaje en llamas. Un entrecortado crepitar emanaba de la madera ardiente junto con las vaharadas de humo blanco que se fundían con el humo marrón. Unas sombras de gato se movían en círculo alrededor del carruaje, proyectadas enormes por las llamas, tan grandes como la estatua del tigre que había fuera del Tribunal de la Magistratura. D pensó en Ike, tan gato como podía serlo un chico, y esperó que estuviera vigilando por si venían tigres.

—¡Robert! —llamó.

No había renunciado a la esperanza de encontrarlo. No podía. La gente aún gritaba en alguna parte, en todas partes. Las balas de cañón silbaban y el suelo temblaba. Las distintas campanas tañían y repicaban. Era como si estuvieran en el río, todos ellos, hasta el último hombre y mujer y niño de la ciudad, y salieran flotando de debajo del refugio que les había proporcionado el No o el Su, y las unidades de artillería fuesen los cuentagoteros y las campanas señalaran los puntos que iban anotándose.

El aire era tóxico: madera quemada, ladrillo quemado, aceite quemado, todo quemado. Sus pasos empezaban a arrastrarse, pero D sabía que estaba cerca de la esquina de Pequeño Acervo. Cada vez que las detonaciones rompían ventanas entre el humo, D atisbaba un edificio conocido, cada uno más próximo que el anterior a la embajada de su vecino y la bocacalle de Pequeño Acervo.

Ambrose le había dicho que podía hacer desaparecer el mundo con la magia especial que compartían, pero se había equivocado. El mundo se quedaba esperándote, a un lado u otro de la puerta, y tenía una paciencia inagotable. Y ni siquiera era el único mundo. D le perdonó la mentira. Él mismo se la había creído, y había pagado por ello.

Llevaba mucho tiempo andando, más de quince años. Si dejaba de hacerlo allí mismo, se dijo D, su cuerpo se endurecería transformado en cera. La meterían en el museo, le pondrían un trapo en la mano y la colocarían donde hubiera hueco. Aquel lugar por fin tendría una doncella.

D pensó: «Prefiero fundirme».

El humo escupió la forma de un hombre y ella dijo: «¿Robert?», para caer en la cuenta al segundo siguiente de que era el amarradero de caballos que había cerca de la esquina de Pequeño Acervo con Legado.

—Tú —gimió el poste.

Entre el humo, el vecino de D —su otro vecino, el que vivía en los Archivos para el Estudio de la Exploración Náutica y las Profundidades Oceánicas— salió de detrás del amarradero. El pelo entrecano le caía alrededor de la cara como si fuesen raíces. Empuñaba un atizador de chimenea.

—¿Por qué me miras siempre en mi ventana?

D visualizó las paredes de su habitación llenas de garabatos incomprensibles, mantas amontonadas en la esquina, un cuenco de estaño lleno de los trozos rotos de una taza que, al agitarlos, le tartamudeaban unas acuciantes verdades que solo sus orejas malditas podían captar.

—No te acerques —dijo D.

Apuntó hacia él la pistola de la soldado de cera, medio sorprendida al descubrir que aún la tenía.

—Vienes y vas por la puerta grumosa de la acera de enfrente. —El humo y la niebla bullían en torno a él formando zarcillos y remolinos. Casi parecía que el hombre fuese una creación del aire, que lo deshacía y lo recomponía sin cesar—. No es como ninguna otra puerta que haya visto nunca. Rezuma.

—Aléjate de mí —insistió ella.

—He venido a descansar —dijo el hombre—. Llevaba mucho tiempo sin tener casa propia, pero no me ha hecho bien. Las voces se han escapado de mi cabeza. ¿Las oyes de noche?

—Solo estoy buscando a mi amigo. Déjame en paz.

El intruso de los Archivos habló entre dientes apretados, confiriendo a sus palabras una cualidad pastosa, estrangulada.

—El ruido, los chillidos y el llanto y las súplicas. Antes lo tenía aquí dentro, en los sesos. —Se raspó un lado del cuero cabelludo con el atizador, indicándole el lugar que habían ocupado los ruidos—. No era mi intención dejarlo escapar.

D aflojó el dedo sobre el gatillo. Ese hombre estaba loco, no le cabía duda al respecto, pero no parecía querer hacerle daño.

—Claro que no. Deberías refugiarte otra vez en tu edificio.

Él negó con la cabeza.

—Voy a matar los ruidos. —El hombre descargó su atizador contra el suelo—. Hay mucho humo. Puedo llegar sin que me vean.

—Estoy segura de que te conviene volver dentro —dijo D.

—En mi casa nueva hay libros viejos sobre cosas del fondo del mar. Los leo cuando no puedo dormir. Leviatanes, galeones

466

romanos, peces que no tienen nombre. Nadie sabe cuántas brazas de profundidad tiene el océano.

Reverberó otro disparo de cañón. La niebla serpenteó.

—¡Un momento, un momento! —El hombre alzó las cejas y su rostro se retorció angustiado mientras daba un paso corto hacia ella y su pelo lacio oscilaba—. ¿Eres tú?

D empujó un poco el gatillo de la pistola, pensando que no iba a funcionar, que fallaría. El intruso del Archivo estaba aferrando con más fuerza el atizador. El mango era una cola de pez oxidada.

—¿Eres tú quien era ellas, las voces del dolor?

—Sí —respondió D—. Soy las voces del dolor en tu cabeza.

El hombre chilló temeroso, dejó caer el atizador al empedrado y de pronto lo envolvió una nube de niebla y humo. D corrió hacia la izquierda y se internó en una masa gris. Oyó el roce de los zapatos del intruso contra el suelo, su aliento acelerado, sus manos desnudas palmeando en los adoquines.

—¡Ajá! —gritó, y hubo un chirrido metálico que debía de ser él recogiendo el atizador.

A D se le enredaron los pies que no alcanzaba a ver y cayó. La basta piedra atravesó su falda hasta la piel de la rodilla y le abrió el callo que tenía ahí. La pistola se alejó rebotando en el suelo. D se mordió el labio para no gritar de dolor y, al inhalar, la niebla le abrasó el interior de las fosas nasales.

El atizador se estrelló contra el suelo cerca de ella.

Gateó entre la niebla, con la rodilla enviándole punzantes palpitaciones muslo arriba y las piedrecitas clavándosele en las palmas. D sabía que la embajada estaba cerca. Si lograba dar con su muro, podría usarlo como guía para regresar al museo.

Percibió que el intruso del Archivo tanteaba con el atizador como un ciego con un bastón. La punta de hierro hacía ásperos ruidos rasposos contra la piedra.

—¡Tendrías que haberte quedado dentro de mí! —graznó el hombre—. ¡Tendrías que…!

Lo interrumpió una colisión de cuerpos, alguien que había arrollado al intruso. El atizador cayó al suelo otra vez.

—Por Dios, ¿qué hace usted? —exclamó una voz desconocida—. ¡Suélteme!

—¡Estoy de caza! —replicó el intruso.

D se levantó a toda prisa, extendió los brazos con las palmas por delante y, tras media docena de pasos, llegó al muro. Lo siguió a tientas hasta una esquina y pasó al lado perpendicular. Los sonidos de forcejeo remitieron.

Δ

D siguió el pasaje de losas entre la embajada y el muro de piedra que lindaba con el museo, y el humo y la niebla se dispersaron un poco. Podía ver lo que tenía delante, desdibujado, a unos palmos de distancia.

El lado de la embajada estaba cubierto de tallos de glicinia, que contribuían a afianzar la sensación de que D había escapado del caos y emprendido una ruta segura que llevaba a algún pacífico claro. Se le estaba agarrotando la rodilla que se había cortado, así que dejó que la otra pierna llevara la iniciativa de los pasos y arrastrara la que tenía herida.

Aunque allí el aire era notablemente más claro, olía peor. Por debajo del humo, la humedad y la madera quemada había un olor dulzón a podrido. D pensó en la fruta que parecía buena y fresca hasta que la levantabas y el pulgar se te hundía en un hueco magullado de la parte de abajo. El muro apagaba en parte los ruidos de lucha, pero había un eco resonante que parecía incrementarse a marchas forzadas. D se miró el pie, que iba arrastrando sobre una losa. Se miró los dedos mientras pellizcaba una hoja de glicinia y la arrancaba de su rama. El zumbido le impidió oír el sonido de la suela del zapato contra la piedra y el chasquido de la rama al concederle la hoja.

D se detuvo.

El enlosado se perdía en la penumbra rodeando el edificio de la embajada hacia atrás, pero D conocía aquel lugar. Lo había contemplado muchas veces desde la cuarta planta del museo. El camino se ensanchaba hasta formar un patio, que a un lado tenía la puerta trasera de la embajada y al otro la cuadra rectangular, bajo los aleros de su escarpado tejado.

La cuadra albergaba a las personas asesinadas por su vecino.

Estaban tendidos en la oscuridad, envueltos en alfombras y mantas, regados de una cal que no podía con todo. Eso era lo que olía, y eso explicaba también el zumbido. Eran las moscas, una tempestad de insectos, tantos que D tendría que vadear a través de ellos como si fuesen un río en plena crecida.

La tiniebla de la cuadra quedaba justo más allá de donde le alcanzaba la vista entre el humo, alta como una montaña y más.

Cómo debía de odiarla ese hombre, pensó D, cómo debía de odiarla el capitán Anthony, para habérsela reservado durante tanto tiempo, para dejar que viviera más que nadie con el conocimiento de lo que había hecho él, y con la impotencia de ser incapaz de impedirlo.

Por delante, no muy lejos, estaba el lugar donde el muro que separaba el patio del museo era más bajo. Solo tendría que escalarlo y atravesar el seto para llegar al huerto, pero no podía moverse. No podía.

Δ

Un repentino desgarro de dolor le incendió la pantorrilla, y D se volvió para ver a la gata blanca del collar enjoyado siseándole. Tenía el pelo salpicado de hollín y el lomo erizado. Sus pupilas eran finas aspilleras en unos ojos azul turquesa. Talmadge XVII dio un zarpazo que hendió el aire entre las dos.

Parecía que estuviera retándola a luchar.

Δ

Seducidos por la belleza de los gatos, por sus movimientos fluidos y su vanidoso desprecio por la ley de la gravedad, los creyentes tendían a idealizarlos. Cuando un gato abandonaba de repente su postura distante, se acercaba al trote y les permitía rascarlo entre las orejas, los creyentes se sentían apreciados, queridos. En los grandes y centelleantes ojos de los gatos veían la insondable profundidad de la mirada de un dios sabio y apacible. Les contaban a sus hijos fantasiosas historias sobre la Madre Gata, que cuidaría de ellos en la ultratumba.

Y al hacerlo, todos salvo los menos sentimentales —como la abuela de Gid— perdían de vista la historia más antigua de todas, la que explicaba que el primer gato procedía del diablo, separado por voluntad propia de su mismísimo cuerpo mientras dormía. Los creyentes que idealizaban a los gatos olvidaban quién era el antepasado de los animales a los que adoraban.

Los gatos eran unos asesinos, y les gustaba matar. Los gatos eran unos supervivientes. En los inviernos más crueles, devoraban a sus crías. El sol quizá los venerase en todos sus pelajes y colores, pero eran las sombras lo que les proporcionaba su fuerza, y era en las sombras donde prosperaban. Los gatos eran cálidos porque estaban llenos de sangre.

Δ

El horror de los cadáveres zumbó en los oídos de D y en su cráneo, y envió mensajeros por sus fosas nasales y entre sus labios que le recorrieron la boca y descendieron por la garganta. Ella llevaba mucho tiempo sin ser inocente, quizá desde que vio a Ambrose salir de casa con la pala de ceniza, y con toda seguridad desde que miró por el cristal verde junto a la puerta y vio la almohada empapándose en el charco.

Pero había otros: Robert y Ike, el tranviero y la mujer del chal tapándole media cara, madres que nunca considerarían manchadas a sus hijas y padres que llorarían la muerte de sus hijos, hermanos misteriosos y hermanas leales, malolientes albañiles y despeinadas mariscadoras y ebrias niñeras, y todas las doncellas, todas las chicas como Bet y ella misma, que se desgastaban la vida frotando para dejar limpia la mierda y la porquería de los demás. Había toda una ciudad llena de inocentes. Lumm le hacía trampas a la muerte quemándolos como aceite de lámpara, y se consideraba un gran diablo y un gran artista.

D no sabía si matando a Lumm podría cumplir los deseos de Ambrose y salvar el mundo. Aquel mundo ya parecía perdido. Pero había que pensar en el futuro.

La gata blanca siseó, y sus ojos no contenían ningún amor, solo desafío.

D cuadró los hombros y tomó aire. Siguió por el camino.

# ¿Usted también es mala?

Se aupó sobre el muro, se retorció y avanzó centímetro a centímetro entre las ramas del seto y salió al pequeño jardín del museo. D se agachó sobre la bomba de agua y accionó la manivela. Atrapó el agua fría que fluyó del pitorro, la escupió y tomó más, la escupió y tomó más, ansiosa por limpiarse el humo de la lengua.

Luego se echó agua por la cara y el cuello. El hollín resbaló de ella y cayó al suelo. D se sentó con la espalda contra la bomba. Tenía la falda ennegrecida allí donde no estaba desgarrada.

La gata negra la había seguido al jardín. Mientras proseguían los sonidos de la masacre, XVII paseó por el pequeño huerto, husmeó las hojas de zanahoria y probó a empujar con la pata los pliegues de una lechuga.

—Ven aquí —graznó D a Talmadge XVII.

XVII se aproximó a lo largo de un surco del huerto y se detuvo justo fuera del alcance de D para observarla sin parpadear durante unos segundos. Luego la gata se sentó y se mordisqueó una garra.

—Me habrías encantado de niña —dijo D—. Sé que te trae sin cuidado, pero, después de entenderlo, creo que también me habría encantado eso de ti. Que te traiga sin cuidado. Mis padres desaprobaban los gatos.

La gata cambió de zarpa e hizo unos ruidos de succión mientras se la hurgaba con los dientes.

—Eres preciosa, ¿lo sabes? Supongo que no me molesta que

te colaras en mi museo y rascaras cosas. Sé que fuiste tú. Hasta cubierta de hollín eres preciosa. Ojalá pudieras decirme en qué consiste esto para ti. Te llamaré Diecisiete, ¿de acuerdo? Sé que no es muy buen nombre, pero Talmadge tampoco.

D se levantó la falda para inspeccionar la herida sanguinolenta de la rodilla. El callo, desarrollado a lo largo de años fregando suelos, se había partido en dos solapas irregulares de piel.

—Pase lo que pase, está claro que no voy a poder arrodillarme en el futuro cercano, ¿a que no, Diecisiete?

El suelo mojado que rodeaba la bomba estaba empapándole la parte de atrás de la falda hasta el trasero, y D sabía que no tenía excusa para posponer su misión, pero no quería moverse. La niebla se enredaba en el seto y en el enrejado de las tomateras. Apretó las palmas llenas de rasguños contra la hierba fresca. El mundo entero sonaba como un estante lleno de cosas frágiles cayendo tras otro, pero saber que iba a terminar pronto hizo que D sintiera una extraña relajación.

—¿Es más estúpido hablar con una gata o conmigo misma?

Talmadge XVII había terminado de repasarse las zarpas. Se encorvó y clavó la mirada en D.

—Contigo, me parece a mí —dijo a XVII.

D se apoyó en la bomba para ponerse en pie. XVII se estiró, cruzó el jardín y desapareció por el seto que bordeaba la parcela de la Sociedad.

Δ

D cojeó por el pasillo central de la galería de la planta baja.

—¿Robert? ¿Estás aquí? Tienes suerte de haber dimitido, o tendría que hacerte un consejo de guerra por esto.

Un quejumbroso crujido atrajo su mirada hacia la placa que colgaba del techo: MÁQUINAS Y SUS OPERARIOS. Se balanceaba, presa todavía del impulso de las detonaciones, que habían remitido por el momento. Caían hilillos de polvo de las vigas que salpicaban el limpio suelo de D. La atmósfera de la galería era granulosa y gris.

D pensó que sería buena idea buscar algo que pudiera utilizar como arma. En el cuarto piso, el granjero tenía un azadón y el leñador un hacha oxidada. Aunque tal vez sería mejor el reluciente pico que empuñaba el minero del futuro.

Iba a encontrar a Robert en la cama del buscador de oro. La secuencia de acontecimientos se le reveló con hilarante lucidez: Robert se había levantado para hacer aguas menores, había ido abajo y, sin pensar, había abierto la puerta para utilizar el arbusto más cercano, pero había cambiado de opinión al ver que el mundo ardía, dado media vuelta y bajado al pequeño retrete del sótano. Medio dormido y con la vejiga a reventar, no se había molestado en atrancar bien la puerta principal. D había bajado solo un minuto por detrás de él. En el momento en que salió por la puerta, él había reaparecido desde el sótano. Había regresado arriba y se había derrumbado en la cama, sin darle más vueltas ni preguntarse dónde se habría metido ella. Mientras D lo buscaba, aterrorizada por tropezar con su cadáver en la niebla, él había estado soñando tan contento.

D fue hasta el principio de la galería y, en efecto, al otro lado de la corta escalinata, la puerta tenía el cerrojo echado y el banco había regresado a su lugar bajo la manecilla. Al subir desde el sótano, Robert había reparado en su descuido y había dejado el banco y la puerta como antes.

Podía considerarse afortunado de que D no tuviera un cubo de agua fría, o estaría tentada de echárselo encima. Pero no, era mejor dejarlo que soñara. D solo iba a asomar la cabeza a la choza para verlo respirar y luego se marcharía sin molestarlo. Le quitaría el pico de las manos al minero de cera e iría al Vestíbulo. Deshizo sus pasos hacia el fondo de la galería de la planta baja y la escalera.

Las bisagras de la placa arrullaron y el polvo bisbiseó al caer en los gigantescos engranajes. El rostro de la impresora lucía un semblante de apasionada atención; parecía embelesada por su rollo de papel casi en blanco. D caminaba despacio, haciendo muecas por el dolor de la rodilla herida. Cuando llegase arriba, descolgaría un trapo de la cuerda de tender de la esposa del buscador y se vendaría con...

El pelo de la impresora era largo y castaño. Era la ciclista. O, mejor dicho, la cabeza de la ciclista reposaba sobre los hombros del impresor, por encima de su camisa con las bandas rojas en las mangas. A escasa distancia, el hombre que llevaba la serrería también estaba cambiado: tenía puesta la cabeza que había pertenecido al impresor.

Quizá porque estaba distraída, o por la relativa penumbra, ) había pasado de camino hacia al principio de la galería sin arse cuenta. Robert había cambiado las cabezas. Para gastarle na broma, había desenganchado la cabeza del impresor y la del rpintero y las había cambiado.

La mirada de D se posó en la exposición del relojero, situada detrás de la imprenta. En el cuello del relojero estaba la cabeza de la soldado, girada, de modo que la soldado parecía observar a D incluso mientras las manos del relojero se afanaban con los alfileres.

Siguió caminando.

En la siguiente pieza, uno de los dos ingenieros que operaban la máquina de vapor tenía puesta la cabeza del hombre de la serrería. Su mirada también estaba vuelta en dirección a D. El pequeño martillo de bola que tenía en el puño cerrado, con el que un ingeniero podría reparar una válvula rota, parecía en vez de eso una advertencia de no acercarse demasiado. Su compañero tampoco llevaba su propia cabeza, sino la del relojero, también dispuesta de forma que parecía mirarla a ella, con su lente todavía encajada en la cuenca ocular.

Aquellas cabezas desparejadas deberían tener su gracia, y en términos abstractos la tenían, por lo fácil y lo posible y lo tonto que era cambiarlas. Pero su efecto real era espeluznante. Las figuras siempre le habían dado cierta sensación de ser los ecos de personas. Verlas así era como si el eco se hubiera invertido, sonando de repente más fuerte en vez de disminuir. D tuvo la horripilante sensación de que estaba inmiscuyéndose sin ser bienvenida en las vidas reales de aquella gente imaginaria.

Caminó más deprisa, pero al cabo de media docena de pasos vio a Robert y se detuvo de nuevo.

Δ

Él no estaba mirándola, sino agachado, reparando la rueda de la bicicleta. Tenía el pelo negro de la nuca un poco revuelto. Como si acabara de llevarse allí la mano, molesto o divertido, preguntándose cómo podía haber pasado D a su lado sin verlo. La sangre de su cuello cercenado empapaba los hombros de la chaqueta del mecánico. Una punta metálica sobresalía de su coronilla, el final del enorme clavo que le atravesaba el cráneo y estaba metido en el cuerpo de la figura de cera para mantener la cabeza en su sitio.

No era Robert quien había cerrado la puerta, ni quien le había gastado la broma con las figuras.

—¿Dónde estás? —logró decir D.

El capitán Anthony carraspeó. Descamisado, solo con los pantalones de uniforme y unas botas, estaba de pie en el umbral que llevaba a la escalera, con una enorme tenaza herrumbrosa acunada en los antebrazos.

—Señorita Dora.

D sabía lo que iba a suceder y, por mucho que odiase a aquel hombre, supuso que quizá el castigo que la aguardaba fuera merecido. Pero Robert no se merecía lo que le había hecho aquel monstruo. La injusticia no era en modo alguno algo impropio de ese mundo, ni de su vida, pero aun así tuvo el poder de exprimirle todo el aire del pecho, de hacerla chillar dentro de sí misma.

Los dientes blancos del hombre resplandecieron en las grises sombras.

—Tropecé con uno de estos amigos suyos cuando estaba cuidando del museo en su ausencia. ¡Se le cayó la cabeza y, cotocroc, cotocroc, cotocroc, se puso a dar vueltas por el suelo! ¡Tendría que haberme visto usted corriendo detrás, señorita Dora! Seguro que estaba de lo más ridículo. Pero me dio una idea estupenda. «Cuando llegue el momento, voy a gastarle una broma, darle un susto. Se pensará que están a punto de saltarle encima». —Anthony renqueó desde el umbral, avanzando hacia D entre unas vitrinas—. ¿La he asustado?

—Sí —dijo ella.

—¡Qué bien! Nunca he sido muy bromista, pero sé que a la gente le gusta reírse. Intento aprender.

Paró a poco más de un metro. Le dedicó a D lo que debía de ser su mejor aproximación a una mirada comprensiva. La cara estaba bien, pero a sus ojos les faltaba algo. Cuando D miró esos ojos, fue como ver un moscardón dándose golpes contra el otro lado de la ventana. Su vecino era la mosca, y el mundo estaba tras la ventana, provocándole una fascinación inconsciente y codiciosa.

—Me habría gustado conversar más tiempo con el señor Barnes, pero, aun así, creo que hemos tratado los temas esenciales. Entiendo que apreciara a ese hombre, señorita Dora. Me ha dicho que usted no tiene culpa de nada, que fue él quien insistió en que se quedara con este sitio y falsificó el documento. Opino que ha sido el más convincente de todas las personas con las que he tenido el placer de tratar. —Anthony meneó la cabeza en otro repugnante alarde de compasión—. El placer y la pena. Me ha parecido admirable su forma de confesar, eso desde luego.

—¿Documento?

D no tenía ni idea de a qué se refería. No tenía ni idea de cómo estaba aún de pie con lo mucho que le temblaban las piernas.

—El documento que le confería a usted autoridad sobre la Sociedad para la Investigación Psíkica. Fue alterado para concedérsela sobre el Museo Nacional del Obrero. Lo encontré mientras usted no estaba y cuidaba yo de las cosas.

El recuerdo de aquel día en la plaza del Tribunal de la Magistratura regresó a la mente de D. El papel lo había escrito el propio Robert, y luego el sargento había dicho que era espléndido y lo había firmado. Habían modificado la proclamación después de descubrir que la Sociedad había ardido y el museo estaba desocupado.

—¿Y sabe, señorita Dora? Ya sospechaba que ese era el caso —prosiguió Anthony—. No lograba imaginarla a usted incumpliendo la ley. A la pequeña usted, trabajando día y noche para adecentar este cobertizo y dejarlo presentable, y que la gente de a pie pueda mirarse a sí misma. Siempre procuro ser ecuánime y no dejarme llevar por el afecto. Pero después de vivir ahí al lado estas semanas…, bueno, confío en que no le importe que reconozca que le he cogido cariño. He sentido, en ocasiones, que éramos casi colegas. Por eso ha sido todo un alivio hablar con su señor Barnes, porque ha confirmado el veredicto y se ha atribuido la culpabilidad del delito con la mayor valentía. —Se dio unos golpecitos con la tenaza en el brazo.

»Sabía que era usted inocente, señorita Dora. Quizá la única persona inocente del mundo entero, sin provocarle nunca daño a nadie.

D lo miró inexpresiva.

—Inocente. —Desvió la mirada hacia la nuca de Robert, hacia su pelo revuelto; podría haberse pasado la mano por él, o podría haberlo hecho ella mientras se abrazaban—. Inocente.

—Exacto, y permítame añadir que, en este trabajo que hago, uno empieza a preguntarse si quedará alguna persona que nunca se haya desviado del camino recto. Ha restaurado mi fe, señorita Dora.

El hombre parecía tan satisfecho como para ponerse a bailar una jiga.

—Y antes de terminar, le he leído su carta —añadió Anthony.

—La carta…

D respiró hondo y el olor de su vecino le revolvió el estómago. Olía a sangre, a la sangre de Robert.

—No creo que al señor Barnes le importase que le revele que ha sollozado al oírla. Casi me echo a llorar yo mismo. Era muy dulce y sentida, señorita Dora. Y no puedo reprocharle que escribiera que soy peligroso. —Sonrió y se rascó el pecho con la tenaza—. Porque es la pura verdad, ¿a que sí?

»Debo marcharme. Acepte mis disculpas por hacer el bobo con su gente y luego no quedarme y ayudar a ponerlos como estaban, pero, siendo las circunstancias como son, no puedo entretenerme. Tengo que llevar a cabo una entrevista más, y el sujeto no vendrá a visitarme. Me corresponde a mí ir a buscar a ese tal Ike. Menos mal que sé dónde encontrarlo, gracias a lo que ha escrito en la carta. Se lo agradezco.

—Ike...

—Sí, así se llama —respondió él—. Mientras usted no estaba, pasó por aquí un joven que se anunció con ese nombre. Allanó este museo, y no pretendo escandalizarla, señorita Dora, pero me da la impresión de que la pretendía a usted.

«Ike —pensó ella—. Mi Ike».

—Pensaba que lo tenía bien agarrado, ¡pero entonces me dio un pisotón y salió por piernas! ¡Eso sí que no me lo esperaba! ¡Me quedé con el pañuelo que llevaba al cuello en la mano! ¿Qué le parece? Echó a correr hasta la escalera y me dejó plantado con su pañuelo.

»Parecía buen chico, y quizá fue solo el miedo lo que lo hizo correr, pero necesito hablar con él de todos modos. La gente que huye a menudo tiene algo que ocultar. Sea como sea, deduzco de su carta que ha tenido trato con ese joven. Y veo por su expresión que estoy en lo cierto. ¿Quiere decir algo en defensa del chico?

—No lo hagas —respondió ella—. Por favor.

Su vecino reculó un poco. El insecto que zumbaba tras sus ojos se abalanzó confuso contra el cristal que lo separaba de la humanidad.

—¿Disculpe?

—No puedes ir a por Ike —dijo ella—. No fue allanamiento. Yo lo invité a venir. Es un amigo.

—Señorita Dora —repuso Anthony—, debo hacerlo. Usted es una mujer soltera. Da igual si una mujer soltera te ha invitado a su residencia. No se cruza la puerta sin permiso. Es lo correcto. Y usted lo sabe. Alguien capaz de hacer eso..., ¿quién sabe de qué más será capaz?

—Prefiero morir que permitírtelo —afirmó D.

—Venga, no diga esas cosas.

Arrancó el martillo de bola de la mano del ingeniero-carpintero. La figura, zarandeada, cayó de lado al suelo con un golpetazo hueco que resonó por la espaciosa galería.

—Señorita Dora... —Anthony frunció el ceño y apretó los brazos de la tenaza. La mosca estaba frotándose las patas, intentando comprender sin lograrlo nunca—. ¿Usted también es mala?

D corrió hacia él, levantando el martillo sobre la cabeza, pensando que era su mejor oportunidad de salvar a Ike. Si sorprendía a su vecino, tal vez consiguiera derribarlo. Era su única esperanza.

Si no funcionaba, Anthony la apresaría. Y cuando la tuviera presa, D estaría muerta, pero intentaría convencerlo de que Ike estaba en algún sitio distinto al Paso Franco. Sin embargo, D había oído a la gente chillar en plena noche. Sus madres no habían respondido a la llamada, ni sus dioses tampoco. Cuando el monstruo se pusiera a trabajar en ella, no habría nada, al final, que fuese a permitirle guardar el secreto. Lo único a lo que podía aspirar era a distraerlo el máximo tiempo posible, y luego, cuando su vecino hubiera acabado con D, iría a hacerle a Ike lo mismo que le había hecho a ella.

Anthony apartó la muñeca de D con un manotazo que envió el martillo por los aires, y movió la otra mano en un arco horizontal que estrelló la tenaza contra el caballete de la nariz de D y se lo partió.

Unos segundos más tarde, el fuego que ardía en el centro de su cara la despertó. D dio un respingo, notando el sabor de la sangre en la boca, sintiéndola en su barbilla. Una nieve negra le empañaba los ojos, tapándoselo casi todo. Se miró el regazo y, mientras su visión se aclaraba un poco, vio que tenía allí la cabeza del relojero. Había derribado al relojero-ingeniero al caer. La lente sobresalía hacia ella de la cuenca ocular de cera.

—Venga, señorita Dora. —La mano de su vecino entró en su campo visual—. Vayamos arriba. Este no es lugar donde hablar.

D cogió su mano. El hombre se agachó, le pasó un brazo por la espalda y la puso en pie con delicadeza. La cabeza de cera cayó estruendosa de su regazo al suelo.

Cuando estuvo erguida, Anthony se mantuvo agachado sobre ella, sosteniendo su peso. Aunque la barba le raspaba la cara, D ya no podía olerlo con la nariz destrozada.

—¿Aguanta bien el equilibrio?

—Solo un segundo, por favor.

Las palabras le sonaron como apenas un murmullo a ella misma, pero su vecino las entendió.

—Por supuesto —dijo.

D metió la mano en el bolsillo del delantal. Sus dedos se cerraron sobre la barrena de taladro —Δ PARA TOMAR MUESTRAS DE METEORITOS PEQUEÑOS Δ—, que sacó, y alzó, y clavó en la blandura de la sien de Anthony por encima del ojo izquierdo.

# ¿Me ves? ¿Me ves la cara?

Yacieron juntos en el suelo durante un tiempo.

A D le pareció que quizá había dormido un poco. La sangre de la nariz rota se le había secado en la cara y la notó crujir cuando movió la boca.

Rodó sobre el costado. Anthony estaba tendido en perpendicular a ella. Con las extremidades estiradas y contemplando el techo, parecía calmado. Respiraba a breves bocanadas. Tenía el ojo izquierdo mal, con la pupila medio enterrada bajo el párpado inferior. La sangre de su sien había hecho charco en los tablones. Uno de los triángulos que formaban los clavos estaba sumergido en rojo oscuro y emitía un resplandor apagado. El ojo derecho del hombre parpadeó mirando el techo.

D le puso las manos a ambos lados de la cabeza y la giró hacia ella. Le susurró:

—¿Me ves? ¿Me ves la cara?

El ojo derecho de Anthony parpadeó un poco más, y su boca siguió dando sorbitos de aire y haciendo minúsculas exhalaciones.

Δ

—Cuando se hizo de noche, y la Nana ya roncaba, y mis padres se habían dormido, fui a la habitación de Ambrose. Su chaqueta estaba en el armario, y la bolsa de ostras crudas en el bolsillo.

»Ambrose era mi hermano. Me quería y yo lo quería a él y, cuando unos chicos se rieron de mí, fue a pegarles con una pala de ceniza. Siempre supe que, mientras él viviera, estaría protegida. Pero se juntó con cierta gente, con un hombre en particular, que le dijo que iban a salvar el mundo, y lo invitaron a unirse a ellos. Sin embargo era todo mentira. Eran personas codiciosas y malas que querían vivir para siempre, y les daba igual quién saliera herido o sufriera. Ambrose enfermó porque estaba haciéndoles un recado asqueroso. Enfermó y murió. Su alma fue a otro lugar y él creyó estar viendo a Dios, pero en realidad la gente codiciosa estaba asesinándolo otra vez, quemándolo hasta que no quedó nada.

»Pero, por aquel entonces, yo solo sabía que estaba muerto. Me había quedado sola y nadie me quería. Mi madre estaba segura de que iba a mancharme. Mi padre intentaba hacerme daño para que no lo molestara. La Nana era una borracha.

»Así que cogí la bolsa de ostras y la llevé al dormitorio de mis padres. No se despertaron. Él estaba en su lado de la cama, y ella en el suyo. Fui a la mesita de mi padre y metí una ostra en su vaso de agua, y fui a la mesita de mi madre y metí una ostra en su vaso de agua.

»Fueron las ostras las que hicieron enfermar a Ambrose. No hay que comer ostras crudas del Bello. El agua está contaminada. Lo sabe todo el mundo. Por eso la gente las encurte. Pero un chico le había dicho a Ambrose que esas ostras eran del océano, así que no pasaba nada por comérselas. Pero sí que pasaba. Le dieron el cólera.

»Me senté delante de la cómoda de mi madre y dejé las ostras a remojo. Luego las saqué y las tiré a la basura. Me lavé las manos, volví a la cama y dormí como un lirón.

»Un par de días más tarde, enfermaron. Todos dieron por hecho que se lo había contagiado Ambrose, pero el cólera no se transmite así, y de todos modos no se habían acercado a él después de que se pusiera malo. Era por los vasos de agua que se habían llevado a la cama, por beber de ellos nada más despertaron. Sufrieron igual que había sufrido Ambrose, enloquecidos por la fiebre, y murieron uno detrás del otro. Tuvieron que venir unos hombres a envolverlos y llevárselos también.

»Estaba furiosa, y triste, y ellos no me querían. Los asesiné. Puse ostras en su agua e hice sonar sus campanas.

Salió un largo sonido retumbante del fondo de la garganta de su vecino. Sus brillantes labios rojos se esforzaron por absorber una brizna de aire.

D oyó un repentino chaparrón caer sobre madera. Una voz huraña ordenó: «¡Venga, todos en pie, carajo!».

—Lo desharía si pudiera. Pero no soy inocente. En eso te equivocabas. Llevo mucho tiempo sin ser inocente. Y lamento haberlos matado.

»Pero no matarte a ti. Tú eras un demonio.

# Gente nueva

El Barco Morgue había cruzado de sopetón desde el mar nocturno a una galería larga y alta.

Su quilla chirrió contra el suelo y, cuando la embarcación dejó de avanzar, se escoró gimiendo a la derecha hasta sostenerse contra una pared, destruyendo postigos y ventanas. Lorena había perdido el equilibrio cuando la cubierta se inclinó, pero el segundo de a bordo, Zanes, le había agarrado el brazo y había impedido que diera con los huesos contra el suelo. Un letrero, arrancado de sus alambres por la chimenea, cayó a su lado y se partió en dos:

MÁQUINAS Y SU
S OPERADORES

—¿Se encuentra bien, señorita Skye? —preguntó Zanes.

La repentina transición había conmocionado a Lorena, pero era experta en improvisación. Espiró.

—Estoy bien, señor Zanes, gracias. Pero, así a primera vista, diría que hemos encallado en un museo.

Se abrió la puerta de la timonera y el capitán, Juven, subió por la cubierta ladeada y se agarró a la borda. Enganchó un codo en la regala y se volvió para dirigirse a su tripulación.

—¡Venga, todos en pie, carajo! —bramó—. ¡Es el momento! ¡Es el momento, me cago en todo!

Los tripulantes se ayudaron entre ellos a levantarse y se agarraron a lo que pudieron.

—¡Bien! —gritó Juven—. Y ahora, escuchadme: vamos a salir a la calle y vamos a luchar por nuestra gente. Ya habéis muerto, así que lo que os pase a partir de ahora es coser y cantar en comparación. ¿Estáis conmigo?

—¡Sí, capitán, estoy con usted! —exclamó Lorena, aplaudiendo. Siempre había querido actuar en una obra donde pudiera participar en una batalla—. ¿Qué hacemos?

Juven señaló por encima de la borda.

—Primero desembarcar. —Más abajo titilaban unas estrellas rojas en el suelo del museo—. Y luego buscaros un cuerpo y meteros en él.

Δ

D se incorporó, pero por lo demás se quedó inmóvil, escuchando cómo se congregaban, sus rígidos pasos en los distintos zapatos y pantuflas y botas, el siseo de sus ásperos pantalones, el frufrú de sus faldas almidonadas.

Escuchó, y contempló el charco de sangre del muerto y el patrón triangular de cabezas de clavo. Se habían puesto lustrosas bajo el rojo. La madera del suelo tenía una calidez antinatural bajo la palma de su mano, y D sintió que algo fluía a lo largo del grano de los tablones. Era como si la vida que había abandonado el cuerpo de su vecino hubiera quedado absorbida por el símbolo triangular, y ese símbolo la hubiera redirigido a un nuevo cuerpo: los suelos y las paredes y las vigas del museo.

Una mano rígida le tocó el hombro.

D tomó aire y volvió la cabeza.

La cabeza cercenada de Robert reposaba en el cuello de cera del mecánico, sobre los hombros ensangrentados de la chaqueta del mecánico y encima del cuerpo del mecánico, pero aun así era reconocible inmediata y claramente como él mismo.

Su boca se abrió en una sonrisa de oreja a oreja.

—Hola, teniente —dijo D.

Él le puso la mano de cera en la mejilla. Los dedos crujieron al doblarse, perdiendo pedacitos de piel de cera. Pese a estar animada, la mano parecía incluso menos viva que antes. La cera daba la sensación de haberse endurecido, transformada en algo pétreo. No transmitía calor en absoluto, por supuesto, no como la verdadera piel.

D sollozó.

—Bobby, Bobby, Bobby…

Él le pasó las manos de cera bajo los brazos y, con suavidad, la puso de pie y la abrazó con aquel cuerpo sin sangre.

Apelotonada formando un círculo a su alrededor estaba la población del museo: el carpintero-ingeniero, la soldado-relojero, la ciclista-impresor, los albañiles, los marineros, la mariscadora, el granjero y su perro, el maquinista, el fogonero, el operador de telégrafo, el carretero, el minero del futuro, la mujer llamada Gucci, el cirujano, el paciente del cirujano, los desolladores, el recolector de fruta y todos los demás trabajadores, en su ropa raída pero limpia, con la cara brillante, algunos tuertos, algunos con sus utensilios en la mano. Sus semblantes iban desde la sobriedad hasta la tristeza o el gozo, pero de todos ellos irradiaba una cierta confianza, una solidez, una extraña y fiable bondad. Eran sobrecogedores, pero D no les tenía miedo.

Más allá de la multitud, vio el navío de Juven. El Barco Morgue había encallado al principio de la galería, donde estaba ladeado contra la pared. Cabía de sobra en la estancia de techo alto. Chorreaba agua de sus costados hasta el suelo.

Las historias que contaban eran ciertas: el barco no se había hundido, sino que continuaba navegando. Y parecía que las almas que había llevado a bordo acababan de encontrar nuevos cuerpos, los cuerpos de cera pertenecientes a los trabajadores del Museo Nacional del Obrero.

Desde alguna planta superior del edificio llegó un chirriante estrépito, un ruido de madera y cristal rompiéndose, el agudo gemido del metal contra el metal, como el de las ruedas de tranvía en sus rieles. D creyó saber qué lo provocaba.

—¿Qué vais a hacer? —le preguntó a Robert.

Los labios agrietados del teniente vocalizaron despacio tres palabras. Al terminar, las repitió para D, y luego volvió a repetirlas.

—«Vamos a proteger» —dijo ella.

Robert asintió.

—¿A la gente, quieres decir? —preguntó D—. ¿Ahí fuera?

Él asintió otra vez.

El ruido atronador que había empezado más arriba llegaba más fuerte, el aplastar de unas ruedas reverberaba por el hueco de la escalera.

—Ve con cuidado, cariño —dijo D.

Robert le guiñó el ojo.

Δ

El ejército de cera dio media vuelta y salió con paso envarado del museo.

Tras ellos, el carro metálico bajó desde el segundo piso, estruendoso escalera abajo. Atravesó la puerta de la planta baja con una explosión de ladrillo y listones. Recorrió toda la galería emitiendo un crepitante zumbido, barriendo a su paso exhibiciones y bancos, apartando algunos a los lados y demoliendo otros bajo sus enormes ruedas, dejando un rastro de escombros. Cuando pasó por delante de ella, el soldado de la cara pintada que manejaba el enorme fusil de encima de la máquina pivotó hacia D, con el uniforme cubierto de polvo de yeso, y le hizo el saludo militar.

El carro siguió adelante, salpicando agua al llegar donde el Barco Morgue había empapado el suelo, y bajó a trompicones el último tramo de escalera. D oyó cómo destrozaba la puerta y salía a la calle.

# Amigos

Te rajaré sin pensármelo —dijo Zil, meneando una esquirla alargada de cristal hacia la figura que acechaba en el humo de la entrada a las ruinas.

Len saltó desde una pila de escombros con un grito de batalla y le arrojó su zapato a la amenazadora silueta, que aulló de dolor.

Ike salió del humo con un labio ensangrentado y agarró a Len por el cuello. Zil se entristeció de inmediato al ver que el maravilloso traje marrón de Ike tenía desgarrones en las dos rodillas.

—¡Creía que eras alguien intentando llevársenos! —exclamó Len, forcejeando en vano contra la presa de Ike.

—¡Me has dado en la cara con el zapato!

Ike hundió los nudillos en el cuero cabelludo de Len y los hizo rodar a un lado y al otro.

—¡Ah! ¡Me duele al pie! —gritó Len, dando saltitos a la pata coja para no apoyar el pie descalzo.

Negándose como siempre a desaprovechar una oportunidad de señalar la lección que enseñaba una situación, sobre todo en lo relativo a Len, que tenía una vena muy obstinada, Zil señaló:

—Con la de piedras que hay por aquí y va este y tira un zapato.

—A ver, ¿qué hacen unos cochinos críos estúpidos como vosotros en ese sitio? —preguntó Ike, soltando al chico.

—¡Veníamos a hacer una visita de cortesía! —replicó Len, enfadado.

—Es verdad —dijo Zil.

Ike se quedó patidifuso.

—¿Se puede saber qué lustrosos cojones es una visita de cortesía?

—Es lo que hace la gente, Ike. —Len se frotó el ojo para quitarse una lágrima y se sorbió la nariz—. Es la costumbre.

—Sigue sin explicar por qué estáis aquí. Os dije que iba a estar en el museo.

—Venía un voluntario por la calle —dijo Zil— y hemos tenido que escondernos. Hemos buscado un sitio y nos hemos quedado ahí sin hacer ruido. Y justo cuando empezábamos a pensar en irnos, han empezado el bombardeo y los disparos.

—Y luego están todos esos gatos. Si crees en esas cosas, significa que es seguro —añadió Len, señalando hacia lo que, en efecto, era una cantidad extraordinaria de gatos.

Había como dos docenas solo en las inmediaciones de la entrada vacía del edificio en ruinas. Estaban sentados y repantigados, esculturales, sobre las piedras, en las paredes rotas, en la madera chamuscada que sobresalía aquí y allá. Ni uno solo de ellos parecía algo indispuesto siquiera por el humo y la niebla que los rodeaban.

Aparte de los daños en el traje de Ike, Zil se fijó en que ya no llevaba el bonito pañuelo blanco que le habían regalado. Además de la sangre del labio, había algo desconsolado en su cara, una expresión abatida muy distinta al astuto aplomo que había exudado en anteriores encuentros.

—¿Qué te ha pasado, Ike? —preguntó. Y entonces a Zil se le ocurrió una idea espantosa que la puso sentimental—. Tenía a otro hombre, ¿verdad, Ike? Tenía a otro hombre y te ha dado una paliza. Ay, cuánto lo siento, Ike. —Zil lo rodeó con los brazos antes de que pudiera reaccionar—. Encontrarás a otra persona.

Δ

Era mucho más fácil dejar creer a Zil que Dora lo había mandado a paseo que explicarle la verdad, que había huido del hombre aterrador que lo había sorprendido en el museo. Había huido y había dejado a Dora a su merced.

—Pero antes tienes que contarme unas cuantas cosas —había dicho el hombre al oído de Ike.

Y él, con toda la calma del mundo, con la misma tranquilidad que si estuviera aguardando a que saliera algún resto flotante de la sombra del No, con más aplomo del que jamás creyó que podría amasar, respondió:

—Le diré todo lo que quiera, caballero. No busco problemas.

Eso provocó una risita a su atacante, y Ike notó una relajación infinitesimal del cuerpo que estaba apretado contra el suyo. Descargó un buen taconazo en el pie descalzo del hombre y echó a correr. El pañuelo le ardió contra el cuello cuando el hombre lo agarró, pero Ike logró escapar. En la escalera arriesgó una mirada atrás y vio la figura entera del hombre, grande como una estatua, con una barba negra que parecía una mata de ortigas, sosteniendo sonriente el pañuelo.

—¡Tendré mi entrevista, Ike! —le gritó.

Ike había huido a casa, a los Posos, solo para descubrir que sus amigos habían muerto. La buena de Rei y el bueno de Groat, lo más parecido a unos padres que había tenido jamás, y Marl también. Aunque los habían asesinado esa misma mañana, ya los habían sacado, amortajado y entregado al Bello para que se los llevase. Ike no volvería a verlos nunca.

Para dejar entrar a Ike en el Paso, el soldado que montaba guardia le exigió el diamante que Ike llevaba en el dedo, el que era para Dora, y Ike se lo dio. Había sangre por todas partes, infestada de bichos. El aire olía a hierro y a entrañas aflojadas y a alcohol. Ike salió corriendo otra vez sin haber subido a la buhardilla a coger sus cosas, y vomitó en la calle.

El soldado de guardia se echó a reír.

—Sí que apesta, ¿eh?

Desde entonces Ike no había dejado de moverse. No tenía ni idea de si el gigantesco y barbudo intruso del museo guardaba alguna relación con lo ocurrido en el Paso —veía imposible que pudiera haberla—, y no sabía qué tenían que ver los asesinatos con él, si es que tenían algo. De todos modos, quedarse por allí era evidentemente peligroso. Ese hombre sabía cómo se llamaba.

Las noches las pasaba bajo los puentes. Los días los pasaba vagando por los Despeñaderos, medio planteándose la idea de saltar a las rocas de abajo. Ike se sentía sin aliento a todas horas, se sentía atrapado dentro de sí mismo. Su cobardía lo atormentaba, lo azotaba con el viento de los acantilados, lo husmeaba con los hocicos de las ratas que correteaban a su lado en los sitios donde dormía bajo los puentes. Ike tenía la sensación de que había estado muy equivocado acerca de sí mismo.

Dora sabía cuidarse sola, pero no era rival para el hombre que casi lo había atrapado a él. Ike nunca había dejado de pensar en Dora, desde el día en que la conoció, pero deseó poder hacerlo. En su mente, el hombre de la barba negra la estrangulaba hasta dejarla de color azul muerto.

No fue hasta que comenzaron los cañonazos y las descargas de fusil cuando hizo acopio de valor para regresar al museo. El bullicioso ruido —no solo del combate, sino también de la gente huyendo y chillando y gritando— pareció aislarlo de sus propias recriminaciones, y por fin se sintió fuerte otra vez.

Su progreso hacia la parte alta, hacia Pequeño Acervo, fue lento y desorientador. La ciudad lucía fantasmagórica, manchada de humo y de niebla. Parecía que un paso en falso podía llevarlo a una ciudad completamente distinta, una que compartía ciertas características con la suya, callejones y tabernas y museos y teatros y gente que tenía mucho y gente que no tenía nada, con los Campos Reales y el Bello pero llamándose de otra manera, donde Ike sería un desconocido para todo el mundo, el único hablante de su idioma.

Al llegar al centro de la ciudad, el rugido de los cañonazos sonaba más fuerte, y había multitudes, y la gente topaba contra él. Ike siguió adelante, diciéndose que a lo mejor Dora estaba bien, que a lo mejor el barbudo no le había hecho ningún daño, o la había tomado prisionera. Fantaseó con matarlo y rescatarla.

Por fin llegó al museo y su sosa y alta fachada se materializó entre los zarcillos de humo.

Apretó las manos contra el relieve de cabezas de martillo que sobresalían de la puerta principal y entonces volvió a fallarle el coraje. ¿Cómo iba a derrotar a un hombre como aquel?

Ike se arañó las muñecas con las uñas, se mordió la mano, se dio puñetazos en el hombro, intentando obligarse a palos a probar la manecilla. «Seguro que estará cerrada con llave y podrás marcharte», negoció consigo mismo.

Incluso eso era demasiado azar, demasiado riesgo para su lamentable y cobarde vida. Se había retirado, afeándose a chillidos internos su propia debilidad…, y entonces había atisbado una silueta en la entrada de las ruinas de al lado.

Δ

Los niños parecieron aliviados cuando Ike les dijo que los llevaría de vuelta a los Posos, bien lejos del combate. Ike no tuvo el valor de decirles que, si la lucha se extendía a la parte baja, ya no les quedaría otro sitio al que huir aparte de la bahía.

Se cogieron de la mano y emprendieron la marcha por el sendero lleno de humo hasta la calle. Ike iba agarrado a Zil y Zil a Len. La mano de Zil estaba sudada.

—¿Por qué los críos siempre tenéis las manos tan pringosas? —preguntó Ike.

—Los demás críos no sé —dijo Zil—, pero, en mi caso, es porque las froto en montones de mierda.

—En mi caso también —añadió Len.

Ike les dijo:

—Quiero que sepáis que no voy a dejar que os hagan daño a ninguno de los dos. Es un privilegio que me reservo para mí mismo.

Unas pisadas rígidas, en una cadencia de marcha, se congregaban en algún lugar tras la niebla. Los tres se detuvieron y se apiñaron cerca de la esquina de Legado. Las nubes de humo se desenmarañaron a su alrededor. Se veía el bulto de un cadáver en el suelo a un par de metros, con un atizador sobresaliendo vertical de su torso.

—¿Nos va a pasar algo? —susurró Lumm.

—No —dijo Ike—. Pero preparaos para correr.

Apareció una forma humana. Tenía una melena ondeante. Había algo familiar en la imponente curva de sus hombros. Ike casi se echó a reír.

—¿Rei? ¿Cómo diantres...?

La marisquera del museo ladeó la cabeza mirando a Ike. Las sombras la habían acortado a la estatura de Rei, pero era igual de alta que siempre, y su feroz sonrisa, moldeada y pintada en la cara, estaba enmarcada por pelo de puro color blanco, no por el negro y plata de Rei.

La mano de cera de la mujer cayó sobre la cabeza de Ike y le revolvió el pelo.

Ike había contenido el aliento al verla con claridad, pero en ese momento lo liberó, pues no había nada que temer. La sensación de esa mano era fría e inhumana, pero también era conocida.

—Rei —dijo, porque era ella. Ike lo sabía. Esa mujer era lo más parecido que había tenido nunca a una madre, y lo más parecido que iba a tener. La reconocería en cualquier parte.

La mariscadora, Rei en una nueva forma, asintió, lo apartó a un lado sin miramientos y desapareció en el humo. Zil y Len se habían escondido detrás de Ike. Pasaron otras figuras salidas del museo, emergiendo de entre el humo, moviendo sus brazos rígidos, balanceándose en sus piernas sin articulaciones, antes de que el humo se los tragase de nuevo.

Una figura de cera encorvada con cabeza de mujer y cuerpo de hombre rechoncho pasó junto a ellos. Tenía un semblante muy serio. Ike nunca había visto esa figura en el museo, pero sus andares encogidos eran los de Groat.

—¿Groat?

La figura le dio a Ike un golpe en el pecho, no por completo amistoso, de reconocimiento. En el instante en que esa nueva encarnación de Groat se desvaneció en el humo, llegó un estruendoso golpeteo metálico, y el crujido de escombros reducidos a polvo. Una caja con el tamaño de un carromato, hecha de acero verde, salió rodando del humo sobre brillantes ruedas negras. Había fragmentos de ladrillo y astillas de madera esparcidos por toda la parte delantera de la máquina. Un hombre de cera en uniforme verde estaba de pie a través de un agujero del techo, empuñando un fusil que era largo como un cañón. El humo absorbió el enorme vehículo al cabo de un segundo, pero Ike siguió oyendo sus poderosas ruedas mientras doblaba por Legado y seguía en dirección al centro.

Len había enterrado la cara en la chaqueta de Ike y estaba llorando.

—¿Qué hacemos? —preguntó Zil.

—Tranquilos, tranquilos —dijo Ike—. Lo que haremos es ir en dirección contraria. No creo que esos de ahí vayan a darnos problemas, de todas formas. Soy amigo de unos cuantos.

Δ

Un destacamento de infantería de Mangilsworth había detenido a un trío de sospechosos y los había puesto contra un muro junto al cruce del bulevar Nacional con Legado. Apuntaron con sus fusiles hacia ellos.

—Por el crimen de deslealtad… —empezó a decir su oficial al mando.

Una chica adolescente que formaba parte del grupo de sospechosos chilló que ella no era nadie y que solo intentaba volver a casa. Otra sospechosa, una mujer mayor, se derrumbó al suelo con la falda hecha un amasijo.

—Ah, que os den por culo a todos, putos lamebotas —espetó el tercer sospechoso, Brewster Uldine. Su tranvía se había averiado y él había permanecido con el vehículo, como debía hacer el conductor, y entonces los hombres de Mangilsworth lo habían sacado a tirones y lo habían puesto bajo arresto—. No soy un revolucionario —anunció—, pero, si vais a matarme, ¡considerad que me uno a la rebelión! —exclamó, enseñándoles el dedo.

El traqueteo de centenares de pasos huecos resonó de entre los nubarrones de humo que impedían ver Legado.

—¡Redirigid! —ordenó el oficial, y su hilera de una docena de hombres giró sobre los talones para apuntar hacia el humo que amortajaba Legado.

A medida que la marcha de pisadas se acercaba, el humo pareció vibrar.

—¡Fuego! —gritó el oficial, perdiendo la compostura y saltándose el protocolo que prohibía entablar combate sin contacto visual previo.

Los soldados liberaron una descarga completa al interior del humo. Los estruendosos pasos continuaron, impasibles, y el velo de humo se abrió como por una ráfaga de viento para revelar una formación de civiles, de cara lustrosa y ojos cristalinos, impulsada por extremidades entumecidas. Varios tenían agujeros de las balas de la descarga, pero ninguno sangraba.

—No son personas —dijo un soldado, y arrojó su rifle, y huyó.

—¡Alto! —ordenó el comandante a las figuras que ya abrumaban a sus hombres, pero no le hicieron caso.

Mientras sucedía aquello, Brewster guio a las otras dos sospechosas hasta un portal, y al interior de un edificio.

—¿Quiénes son esos que han aparecido, con la cara tan rara? —preguntó la chica que solo había intentado volver a casa.

El tranviero miró atrás y vio cómo el descomunal carromato verde irrumpía desde la penumbra, escupiendo fuego por el fusil que llevaba encima, y cómo los hombres de Mangilsworth danzaban mientras las balas les destrozaban el cuerpo. Chilló a las dos mujeres para hacerse oír por encima del ensordecedor estrépito que siguieran, que siguieran y que no pararan por nada.

# La cacería

Cuando se marchó la gente de cera con sus almas humanas, cuando hubieron salido caminando y conduciendo por la puerta del museo a la ciudad, D asió la punta de la broca de taladro que asomaba de la sien de su vecino y tiró. La broca salió con un relumbre negro de lo que fuese que había tenido el monstruo dentro del cráneo. D la limpió con su falda mugrienta y la devolvió al bolsillo del delantal, por si acaso. Liberó la tenaza de los dedos muertos de su vecino.

D cruzó la galería. Sus zapatos chapotearon en el agua que había llovido del casco invadido por los percebes del Barco Morgue.

El carromato había destruido el ancho marco y empujado las puertas hechas de martillos fundidos por la calle.

D salió a la penumbra. Notó que algo blando y cálido se le enredaba impaciente en los tobillos y lo siguió hacia la izquierda, en dirección a las ruinas de la Sociedad.

Δ

Dentro del Vestíbulo, D rozó con la mano los triángulos en relieve de la madera, recorriendo a tientas la oscuridad hasta la oscuridad profunda. Esa vez no hubo necesidad de hacerse un corte: tenía sangre de la nariz rota por toda la cara.

La gata blanca iba con ella, acompañada de docenas de otros. Las ruinas de la Sociedad habían estado infestadas de gatos, subidos a la piedra rota, esperándola. En el Vestíbulo, sus cuerpos de animal se revolvían alrededor de sus zapatos y D los oía lamerse el hocico y ronronearse entre ellos. Había pasado el suficiente tiempo con gatos durante sus años de doncella para saber descifrar ese comportamiento. Era lo que hacían cuando los emocionaba la perspectiva de que los dejaran salir a cazar.

Era justo eso lo que habían querido desde el principio, comprendió D, que ella les abriese la puerta. El secreto del Vestíbulo estaba en el pinchazo que Simon el Gentil les hacía en el dedo a sus voluntarias: la sangre fresca de un ser humano era lo que abría el portal. Para eso la habían necesitado los gatos.

Mientras D se guiaba pasando una mano por la pared, tenía la otra alzada para tantear el vacío con su larga tenaza. Un viento caliente y arenoso le levantó el pelo, y al final de un lóbrego corredor se abrió un pliegue amarillo. Se abrió más y más.

Δ

Uno tras otro, los orbes oscuros que jalonaban el sendero del templo se encendieron en llamas. Lumm recorría el camino con paso trabajoso, deteniéndose de vez en cuando a observar mientras el espíritu de un soldado muerto se materializaba en las llamas y quedaba hipnotizado al instante por su propio reflejo en el minúsculo espejo. Había sido idea de Westhover añadir el parche con el símbolo triangular tanto a la librea de la Guarnición Auxiliar como a la del ejército regular, y Lumm tuvo que reconocer que había sido una innovación brillante. En el pasado, para obtener la cantidad adecuada de almas que se requerían para alimentar las luces que rejuvenecían el cuerpo a los miembros de la Sociedad, habían tenido que enviar una enorme carretada de Cartas Rojas que obligaran a la gente a marcarse con el triángulo y suicidarse. Pero, a medida que iban muriendo los soldados que llevaban el parche con el símbolo, sus almas eran transferidas de inmediato a los orbes. Era un arreglo muy muy eficiente: los soldados aniquilaban a los agitadores y las bajas que sufriese el ejército llegaban al Lugar del Ocaso para socorrer a quienes eran mejores que ellos.

¿Dónde estaría Westhover, por cierto? Había prometido que cruzaría después de ocuparse de la desagradable zorrilla empeñada en su estrambótica venganza. Lumm no le tenía ningún afecto a ese hombre, pero resultaba útil.

Y ya puestos, ¿dónde estaba la desagradable zorrilla? Crossley había aparecido en un orbe, lo cual era satisfactorio y justo, pero Westhover también le había puesto la marca a ella, así que ya debería estar por allí. Westhover debía de haber decidido tomarse su tiempo con ella. Bueno, tampoco pasaba nada.

El dramaturgo trató de encontrarle algún sentido a la enemistad que le profesaba esa mujer. ¿Qué podía haber significado para ella Ambrose, ese joven de quien Lumm dudaba que se hubiera acordado de no ser por sus dientes de conejo? Fuese lo que fuese, no merecía la pena. Esos distorsionadores apegos que sufrían las mujeres eran, en su opinión, de lo más trágicos. Mira a Frieda si no, y la despreocupación con la que había salido de paseo a un acantilado acompañada de un individuo sin escrúpulos como él, solo porque llevaban unos cuantos siglos siendo amigos.

—«Esos distorsionadores apegos» —dijo, dirigiéndose al soldado que había cobrado forma en el fuego del orbe más cercano y contemplaba su propio reflejo con narcotizada reverencia mientras su cuerpo se consumía—. ¿Qué te parece como título de una obra?

A Lumm le resultaba un título excelente, evocador. De pronto se sintió inspirado.

El presidente de la Sociedad para la Investigación Psíquica retomó su ascenso tambaleante por el sendero en dirección a la meseta y el portal, con la intención de comprobar si había llegado Westhover. Los primeros zarcillos de un argumento empezaron a ondear en su mente: una chica obsesionada, un brillante dramaturgo a quien le tiene envidia, el daño que pretende hacerle y la justicia definitiva que le imparte él en respuesta. La nueva musa de Lumm lo distrajo del dolor artrítico en las piernas, del peso muerto que eran sus manos exangües. Cerca del principio del camino, afloró un punto blanco en su visión periférica que, en aquel mundo pétreo de colores apagados, solo podía ser que le hubiese entrado un grano de arena en el ojo, y Lumm pestañeó para librarse de él. El enconado odio de la joven por el genial dramaturgo tendría su origen en el amable rechazo por parte de él de sus simplistas intentos de crear arte. La chica habría escrito una obra insípida sobre... ¡gatos!

Lumm rio para sus adentros. Tuvo una visión de la estúpida obra dentro de la obra escrita por la chica, de actores disfrazados de gatos, arrastrándose por ahí y diciendo anhelantes cosas como: «¡Qué ganas tengo de que alguna dulce niña me adopte como mascota!».

El punto blanco creció. Lumm detuvo sus pasos y miró.

Un gato blanco llegaba corriendo hacia él, tan deprisa que no parecía tocar el suelo con las patas, sino destellar en su dirección, aproximarse en largos e imperceptibles saltos. Detrás del animal, estaban saliendo más gatos del portal, demasiados para contarlos. El gato blanco titilaba cada vez más cerca, y a Lumm le recordó al conjurador, ese canalla de baja estofa que nunca se dignó a revelar cómo había aprendido un poco de auténtica magia, prometiendo al público que tenía todo un delicioso menú preparado para ellos mientras enviaba la baraja de una mano a otra con tal velocidad que los cincuenta y dos naipes se fundían en uno solo.

El gato brincó y Lumm gritó:

—¿Quién te ha dejado entrar?

El animal voló hasta su cara, todo diminutos dientes afilados y diminutas garras afiladas y ojos de cristal azul.

—¿Quién narices...?

Δ

Esa vez D lo vio todo claro y tal como era; ya no tenía los ojos vendados.

Los gatos avanzaban como una oleada por delante de ella, bañados por aquella rancia luz de luna. XVII iba en cabeza y los demás la seguían en tropel, blancos y negros y naranjas y marrones, de color liso y a rayas y a manchas, surcando la baldía meseta con la misma determinación que un río en su cauce. Cruzaron la sombra de las columnas y se lanzaron hacia el paso señalado por los orbes ardientes.

Había una figura solitaria al principio del camino. Iba encorvada y torcida, vestida con una chispeante túnica dorada. Lumm, pensó. La figura de la túnica gritó una vez —un frágil aullido de terror— antes de que XVII y los demás gatos lo recubrieran por completo y parecieran derretirlo bajo su peso. Siguieron llegando gatos y más gatos por el portal, ansiosos por unirse al banquete.

Dejó que la tenaza le resbalara de la mano. Cayó al suelo con un golpe sordo.

En su taburete junto a la guillotina, la arpía tatuada dio un seco bufido.

—Ya sabía yo que esos gatos terminarían por volver aquí dentro. —Echó un vistazo a la cara de D y torció el gesto—. Espero que mataras al hijo de puta que te ha hecho eso en la nariz.

—Está muerto —dijo D—. ¿Quién eres?

La arpía se rascó una fosa nasal con una aguja de costura.

—No sé. Lo olvidé. Corto los cuellos y pongo las caras. ¿Quién eres tú?

—Soy D. Era la conservadora del Museo Nacional del Obrero. Ahora no soy nada.

D se hizo visera sobre los ojos para protegerlos del fulgor de aquellas lunas como yemas de huevo. Tenía la sensación de que, si se movía en cualquier dirección, se derrumbaría.

—¿Quieres mi trabajo? —preguntó la arpía, con un leve tono esperanzado en la voz.

—No —dijo D—, lo siento.

La arpía bufó de nuevo. Eso concluyó la conversación. La anciana cerró los ojos y dejó caer la barbilla sobre el pecho.

XVII llegó al trote desde el camino con un pulgar gris en la boca. No hizo ningún caso a D y desapareció de vuelta por el portal con su comida.

D pensó que la vieja sabía lo que se hacía. Obligó a sus piernas a sentarla en una piedra que había cerca. Se hundió sobre ella y cerró también los ojos.

Se le apareció una niña pequeña. No se parecía a ella, no era su hija. Llevaba coletas y tenía un aire de júbilo. Su sonrisa parecía contener media docena de dientes adicionales.

—¿Qué vamos a hacer hoy, Nana? —preguntó.

—Voy a enseñarte a jugar al cuentagotas —dijo D—, para que ganes a todos los chicos.

Se reunieron con Ike en el No-Bello. El pilluelo había madurado por completo y era todo un hombre, lo bastante apuesto para no tener que robar nada ya, porque las mujeres se lo prestaban encantadas. Pero, a pesar de la cara con más carne y los hombros más anchos, seguía luciendo la misma gorra informal a la misma manera informal, alta en la coronilla.

—¡Pero bueno, mira lo que viene por ahí! ¡Que alguien me traiga un marco! —exclamó al verlas.

D imaginó su propia vivienda: la pulcra cocina, la sala de estar con su chimenea y el dormitorio con su cama, y una ventana al lado, y un anochecer violeta entre los árboles. Estaba todo muy limpio y había una estupenda y pulida cerradura nueva en la puerta. No tendría que dejar entrar a nadie que no le cayera bien.

# Invierno

E ntre el rechazo del ejército de la Corona, la negociación de una nueva paz y las elecciones, habían transcurrido tres meses. El gobierno interino estaba dirigido por un estudiante universitario conocido como Barnes, o quienquiera que fuese el individuo que tenía el cuerpo de cera de un mecánico de bicicletas y la cabeza amputada del voluntario. Durante la batalla, la aparición de los guerreros sin sangre había llevado a la derrota absoluta y la dispersión de las fuerzas de la Corona. Cuando Barnes, que se había infiltrado tras las líneas enemigas, apareció en las alturas sobre la Gran Carretera llevando en brazos el cadáver del rey Macon XXIV, y lo había arrojado por el precipicio, el sucesor de Mangilsworth había hecho ondear la bandera blanca de rendición.

Mientras se organizaban las elecciones para la nueva legislatura, Barnes y otras tres figuras de cera, los dos soldados con la cara pintada de marrón y verde y un alfarero, habían tenido sus despachos en las cámaras del primer magistrado. Los Cuatro, como pasó a conocérselos enseguida, expresaron por escrito su voluntad de que se estableciera un único comité formado por veintiún miembros de carne y hueso en el que estuvieran representados, según sus designios, otros tantos oficios. Un estudiante ocupó un asiento del comité y un abogado ocupó otro, pero también había un conductor de tranvía y un cristalero, un panadero y un estibador, entre muchos otros. Y algunos miembros eran mujeres, como una ayudante de cocina que se había dedicado a limpiar cacerolas y sartenes en el Metropole.

Mientras los asuntos políticos recaían en manos de los Cuatro, sus camaradas de cera se dedicaban a despejar los escombros de las calles y a enterrar a los muertos.

Δ

Tras celebrarse las elecciones, los Cuatro se habían disuelto. Barnes partió, sin dejar nada atrás salvo unas manchas de sangre y cera en el escritorio del primer magistrado. Aunque la gente le estaba agradecida, la presencia de Barnes —aquel horripilante cuello que sollozaba sangre fresca y aquella cara de carne viva— resultaba desconcertante de un modo que las demás no, y la noticia de su desaparición se recibió con alivio. Fue visto por última vez caminando por la Gran Carretera hacia las haciendas del norte.

En cuanto a los otros líderes interinos, el alfarero de cera se había mudado a los Posos y, sin perder ni un segundo, se había puesto a moldear iconos a partir de barro del Bello y a cocerlos en los hornos públicos. Que la gente supiera, trabajaba en ello sin interrupciones, día y noche.

Los dos soldados de cera habían conducido su máquina hasta el río, la habían hundido y se habían retirado a una suite en la segunda planta del Metropole. Aunque rara vez se los veía, los empleados del hotel informaban de que eran unos huéspedes ejemplares. No ensuciaban ni hacían apenas ruido, y Talmadge XVII los adoraba. La gata siempre estaba montando en ascensor y subiendo a visitar a sus amigos de cera. Rascaba y rascaba la puerta hasta que la dejaban entrar en sus habitaciones.

Δ

Fue más o menos por aquel entonces cuando Ike dejó el Paso Franco para siempre.

Una mañana se dejó caer del techo con una maleta que contenía sus posesiones. La mariscadora estaba tras la barra, con aquella sonrisa salvaje que tenía pintada en la cara y con el pelo blanco fluyendo en torno a los hombros. No obstante, tuviese el aspecto que tuviese, era Rei de los pies a la cabeza.

Al llegar la paz, todos habían vuelto al hogar que era el Paso en sus cuerpos nuevos. Rei la mariscadora había ido derecha al otro lado de la barra, mientras que Elgin y Marl, pues no podían ser otros, habían recuperado sus taburetes en los cuerpos de aquellos albañiles que llevaban sus viejos tirantes. La figura de cera compuesta por el cuerpo del anciano y la cabeza de la mujer muy seria había ido al asiento de Groat junto a la sucia ventana. En algún momento de la lucha, un impacto de metralla le había arrancado un buen pedazo a la cabeza de la mujer muy seria, dejando un horroroso y carbonizado cráter. La desfiguración encajaba perfectamente con Groat.

Pero había silencio. Aquellas versiones de sus amigos ya no reñían, ni contaban historias, ni amenazaban con darle de comer la Mortífera a nadie. La figura que era Groat salía a veces al patio trasero y se quedaba de pie junto al tocón, pero por supuesto ya nunca le orinaba encima. Las jarras de cerveza que la mariscadora de cera Rei había servido a los albañiles de cera Elgin y Marl estaban igual de llenas que el día que se las había puesto delante. Del mismo modo, el plato de ostras encurtidas que reposaba en la mesa de Groat estaba sin tocar.

Ike había oído hablar de cosas parecidas sucediendo a lo largo y ancho de la ciudad. La gente de cera había regresado a los sitios que sus almas conocían, y en general sus seres queridos los habían recibido con los brazos abiertos. Al principio habían estado atareados, haciendo las cosas que les gustaban, pero, salvo unas pocas excepciones como el decidido alfarero —al que todo el mundo creía habitado por el espíritu del mismísimo Encantador, igual que se pensaba que los soldados debían de ser Jonas Mosi y Lionel Woodstock—, la mayoría se habían ralentizado al poco tiempo y habían vuelto a ser casi unas estatuas. Ike tenía la sensación de que posiblemente algún día dejarían de moverse por completo. Pero la gente seguiría cuidándolos. Quizá hubiera que volver a despertarlos en algún momento.

Ike fue hasta la puerta, machacando valvas de ostra, y se volvió para despedirse.

—Me pasaré a visitaros.

La mariscadora levantó su rígida mano de cera, y él levantó también la suya y se marchó.

No fue hasta después de que hubiera partido cuando un par de lágrimas escaparon de unos ojos de cristal tras la barra.

Δ

La decisión de cambiar de casa había sido más fácil de tomar, claro, porque Ike tenía un sitio al que mudarse.

—¿Por qué? Pero si hay un barco asqueroso atascado en la planta baja —le había dicho Len cuando Ike le contó su plan de instalarse en el Museo Nacional del Obrero—. Puedes buscarte un sitio mejor.

A Zil tampoco le había hecho gracia, aunque por motivos diferentes.

—Tienes que olvidar a esa chica, Ike.

Ike jamás lo reconocería, pero les había cogido cariño a sus vagabundos. Se alegraba de que hubieran comenzado a asistir a las nuevas escuelas públicas y estuvieran aprendiendo a leer, escribir y hacer cálculos.

—Agradezco que os preocupéis —les dijo—, y siempre seguiré vuestros progresos y os tendré un ojo echado. Pretendo ser un mentor y una inspiración para vosotros, pequeños mierdecillas, durante los años venideros. De eso podéis estar seguros.

—Gracias, Ike —había respondido Len, a todas luces conmovido por su sentida promesa, y le había dado un abrazo.

Ike le palmeó la espalda.

—Solo estaré un poco más arriba en la ciudad, nada más, y podéis visitarme cuando queráis.

Pero no había manera de hacer descarrilar a Zil de sus convicciones.

—No quiero que te mueras por tener el corazón roto, Ike.

Lo miró ceñuda y Ike se fijó en que las pecas se le habían suavizado un poco. La verdadera cara de Zil estaba surgiendo, y sería una cara bastante bonita, resaltada por su agudo ingenio. Ike la imaginó como una mujer adulta, seguida por una recua de chicos desgarbados esperando su oportunidad de perder contra ella al cuentagotas. Querrían enmarcarla, pero él no creía que Zil fuese a permitírselo nunca.

Algo en la expresión de Ike la puso furiosa.

—¿Por qué sonríes? —preguntó Zil imperiosa.

Él respondió:

—Porque lo único que podría romperle el corazón a este viejo Ike sería que os pasara algo a vosotros dos.

Δ

En un extremo del No-Bello, Ike divisó al recolector de frutas tuerto cuyo lugar había estado bajo el árbol, en la galería de la cuarta planta del museo. El hombre de cera haraganeaba cerca de una barandilla, inmóvil a excepción de su único ojo, que iba de un lado a otro observando el tráfico peatonal que abandonaba el puente. Además del morral de recolector que llevaba colgado al hombro, tenía un palo en una mano. El frío de finales del otoño le había imprimido lentejuelas de escarcha en la piel de cera.

El palo le sugirió una idea a Ike. Se dirigió al recolector.

—¿Te-Sacudo-El-Polvo?

El recolector de fruta asintió y atizó la barandilla con el palo.

—Si te traigo un par de cosas, ¿crees que podrás limpiármelas a golpes?

El recolector descargó el palo otro par de veces contra la barandilla.

—Así me gusta —dijo Ike—. Nos veremos pronto.

Un poco más adelante paró a acariciar un gato negro que estaba tumbado en los adoquines. La gran panza abultada del animal era irresistible.

—¿Qué has estado comiendo tú? —preguntó, y el gato ronroneó.

—Nunca había visto tantos gatos gordos —comentó una mujer que pasaba—. En fin, digo yo que eso tiene que traer buena suerte.

Ike la saludó levantándose la gorra y le dijo que seguro que sí.

La primera nieve del invierno estaba empezando a caer cuando llegó al museo.

Δ

El nuevo conservador dedicó la mayor parte de su primera jornada barriendo la galería de la planta baja. Escorado contra la pared, el naufragio del Barco Morgue se había secado, igual que el agua de río que había derramado por todo el suelo. La capa de percebes había fallecido al poco tiempo, y se había derrumbado en grandes masas a los tablones de abajo creando una cenicienta alfombra. Ike recogió los restos en unos sacos de cal vacíos que había encontrado y cargó con ellos de uno en uno para tirarlos a las ruinas contiguas, donde había encontrado a los pequeños vagabundos aquella noche.

Mientras trabajaba llegó más nieve, que fue suavizando los montones de ladrillos rotos y dentadas vigas. Hubo, durante un tiempo, un marco de puerta chamuscado en una esquina de las ruinas, bajo un pequeño alero que quedaba del techo, pero Ike se fijó en que o bien se había venido abajo por sí mismo o bien lo habían desmantelado unos vándalos. En su lugar había solo una pila de madera quemada, que la nieve cubrió también.

Al caer la noche, Ike dejó su escoba y se arrebujó en el abrigo para guarecerse de las corrientes que entraban por las ventanas rotas al lado del barco estrellado. Ya había conseguido unos tablones para arreglar la fachada rota del edificio, pero las ventanas también habría que tapiarlas. Después de eso, desmontaría a hachazos el barco podrido. Quizá le llevara todo el invierno, pero tenía tiempo que dedicarle.

Fue hacia arriba, llevando una lámpara para ver, y recorrió

todas las galerías de camino. Nadie conducía los trenes, ni se sentaba alrededor de las piedras pintadas de negro al fuego de los desolladores, ni atendía el horno de la panadera, ni estaba al lado de la caja de madera con la mirilla. Sin su gente, las exposiciones que quedaban parecían pequeñas bajo aquellos techos tan altos, pero Ike pensó que quizá sería mejor así. Cuando la gente fuera a visitar el museo, podrían subir a los trenes, o meterse detrás del mostrador de la panadería. En vez de ver cómo trabajaban las figuras, podrían imaginar que eran ellos mismos quienes conducían u horneaban.

Ike vaciló al llegar a la puerta de la cabaña del buscador de oro, recordando cómo el hombre se le había acercado por la espalda. Pero no había nada que temer: ese hombre estaba muerto. En una visita anterior había visto con sus propios ojos a dos figuras de cera arrastrando su gigantesco y feo cadáver para sacarlo por la puerta del museo.

Entró, dejó la lámpara en la mesa y le bajó la intensidad. Se metió en la estrecha cama.

El nuevo conservador, tumbado, oyó unos pasos que sabía que no eran reales. Olió jabón en la seda de la funda de almohada, el jabón en polvo que utilizaba Dora, con su tenue matiz de limón. Lo sorprendió que el aroma permaneciera después de tantas semanas. Pero así era Dora, ¿verdad? Nunca lo que uno se esperaba. ¿Qué clase de buscador de oro tenía una funda de seda para la almohada? Seguro que Dora la había robado.

Ike se pasó la mano por la mejilla y fingió que era la mano de ella. Fantaseó con que los pasos imaginarios también eran suyos, imaginó que había vuelto a casa con él.

Poco después se quedó dormido, profunda y cómodamente.

La mujer muy real que había estado observándolo desde la oscuridad salió a hurtadillas del museo.

Δ

La puerta que había en los Campos Reales también estaba desmantelada, destruida con un hacha. Aunque nadie se dio cuenta.

Δ

A cierta distancia de la Gran Carretera, no muy lejos de la parte baja del camino que llevaba a la estructura monolítica, Robert Barnes esperaba en una cueva.

La boca de la cueva estaba cubierta por una cortina de raíces y obstruida en parte por arbustos. Robert aguardaba, y miraba por un hueco en las raíces cómo las noches masticaban las lunas y luego las escupían. Aguardaba, y las arañas reptaron sobre sus manos de cera, y los roedores entraron sigilosos para olisquear la sangre que goteaba de la incurable herida de su cuello cercenado, y luego esperó un poco más. En varias ocasiones un gato delgado a leonadas franjas se coló a través de los arbustos y se acomodó junto a su cadera y clavó las garras en la tela del pantalón del mecánico y en la cera de abajo, y ronroneó, y entonces esperaban juntos. Nevó, y él esperaba y esperaba…, hasta la noche en que la silueta de una mujer sola apareció en la Carretera.

—¡Robert Barnes! —llamó la mujer—. ¡Bobby! —Levantó una lámpara y la movió a su alrededor—. ¡Teniente! ¡Teniente!

Robert apartó las raíces y los arbustos y caminó hacia ella recorriendo un prado invernal. Al oír sus zapatos, pisoteando y haciendo crujir la gélida hierba, la mujer se volvió.

—Podemos usar esto para astillar trocitos de las piedras —dijo Dora, y sacó una diminuta broca del bolsillo de su abrigo, y la levantó para que la viese su amado.

*«Podemos usar esto para astillar*
*trocitos de las piedras», dijo Dora.*

# Nota

El brillante estudio de Douglas Starr sobre crímenes reales, titulado *The Killer of Little Shepherds* («El asesino de pequeños pastores», Knopf, 2010), me reveló que los civiles visitaban la morgue de París por diversión, y también me inspiró para crear el Barco Morgue. Starr escribe sobre una auténtica «morgue flotante» que mancilló el río Ródano en Lyon durante décadas, hasta que una tormenta se la llevó por delante y la destruyó.

# Agradecimientos

Antes que nada, esta novela no existiría si Brian James Freeman no me hubiera pedido que aportara el relato que la inspiró a su antología *Detours*. Brian, te debo una.

También quiero darles las gracias a Gavin Grant y Kelly Link por publicar ese relato original en el fanzine *Lady Churchill's Rosebud Wristlet*.

Timothy Bracy, Kelly Braffet, Andrew Ervin, Joshua Ferris, Jennifer Krazit, Charles Lambert, Elizabeth Nelson, Mark Jude Poirier y Stacey Richter leyeron uno de los primeros borradores del manuscrito y me ofrecieron críticas, ideas y ánimos que mejoraron en gran medida la historia. A todos ellos habría que enmarcarlos.

Tengo la suerte de haber contado con Amy Williams como mi agente desde hace veinte años. Amy, gracias por todo lo que haces.

Gracias también a mi agente de derechos internacionales, Jenny Meyer.

Estoy en deuda con toda la gente que trabaja en la editorial Scribner: Sabrina Pyun, Stuart Smith, Clare Maurer, Ashley Gilliam, Mark Galaritta, Jaya Miceli, Kyle Kabel, Annie Craig, Laura Wise y, sobre todo, con Nan Graham por su incesante motivación. Fue Nan quien tuvo la brillante idea de convencer al brillante Joe Monti para que dejara sus responsabilidades en Saga Press para editar *El museo*. Joe comprendió de verdad el libro, comprendió lo que necesitaba y ha sido un placer trabajar con él. ¡Joe, esto tenemos que repetirlo!

Las ilustraciones de Kathleen Jennings son tan maravillosas que no puedo imaginarme el libro sin ellas.

La revisión de Joal Hetherington supuso una ayuda extraordinaria.

El relato del mismo título que inspiró este libro estaba dedicado a uno de mis héroes personales, Peter Straub. Se le echa mucho de menos.

También quiero reconocerles a los siguientes gatos guais sus distintos actos de generosidad y camaradería: Mark Amodio, Greg Baglia, Jim Baker, Tom Bissell, Jim Braffet, Theresa Braffet, Michael Cendejas, Richard Chizmar, Christine Cohen, Lauren DePoala, Sal DePoala, Nathan Hensley, Jesse Kellerman, Josh Kesselman, Joe Lansdale, Mark Levenfus, Rhett Miller, Rob Neyer, Elizabeth Nogrady, Greg Olear, Heidi Pitlor, Lynn Pleshette, Jerry Rocha, Karen Russell y Paul Russell.

Gracias, cómo no, a mi padre, mi hermano, mi hermana y sobre todo a mi madre, que tan entusiasmada estaba con esta historia.

Por último, nada de esto sería divertido en absoluto sin mi familia. K y Z, os dedico este libro.

*El museo* de Owen King
se terminó de imprimir en abril de 2024
en los talleres de
Impresora Tauro, S.A. de C.V.
Av. Año de Juárez 343, col. Granjas San Antonio,
Ciudad de México